ON~~L~~
VADERS

Karin
Brynard
ONSE
VADERS

Human & Rousseau
Kaapstad Pretoria

© 2012 Karin Brynard
Eerste uitgawe in 2012 deur Human&Rousseau,
'n druknaam van NB-Uitgewers,
'n afdeling van Media 24 Boeke (Edms) Bpk,
Heerengracht 40, Kaapstad 8001

Omslagontwerp deur Mike Cruywagen
Omslagfoto deur Karin Brynard
Outeursfoto deur Ansie du Toit
Tipografiese versorging deur Susan Bloemhof
Geset in 11 op 15 pt New Baskerville
Gedruk en gebind deur Paarl Media, Jan van Riebeeck-rylaan 15,
Paarl, Suid-Afrika

ISBN: 978-0-7981-5823-7
Epub: 978-0-7981-5831-2

VIR RIEN

Inleiding

'NDorre oneindigheid, dié ylbegroeide landskap. Vir so ver as wat die oog kan sien, lê dit in die laatsomerson en bak. Geen teken van lewe nie buiten 'n bergarend wat lui op die lugstrome dryf.

Kaptein Albertus Markus Beeslaar leun teen sy kar se enjinkap aan. Hy het by die uitkykpunt van die Vanrhynspas gestop om die brekfis te eet wat hy op Nieuwoudtville gekoop het, die laaste dorp voor 'n mens met die agthonderd meter hoë Bokkeveld-platorand afsak na Vanrhynsdorp. En Kaap toe. Hy kyk kouend na die kaal stuk aarde wat voor hom uitgesprei lê. Die Knersvlakte. Verder op, die Hardeveld en Maskam. Swart gestrafte bossies, yl gevlek soos die kopvel van 'n horingoue man.

Hy eet eers 'n vars, warm hoenderpastei: voorgereg. Dan die spek-en-eierbroodjie, wat hy met 'n beker soet, swart koffie afsluk. Vir die eerste keer begin hy werklik uitsien na sy trippie Kaap toe. Hy was tot gister nog te besig om veel daaroor te dink. Maar sedert hy vanoggend, donkertyd nog, die Kalahari-stof begin afskud het, het daar 'n sprankie opgewondenheid onder sy ribbes kom lê.

Hy was nog nooit in die Kaap nie. Tafelberg en Robbeneiland en Bloubergstrand is vir hom net prentjies – van

7

aangename dinge. Mandela wat uit die tronk uit stap, die kabelkar op na een van die wêreld se beroemdste berge, die strande met pikkewynkolonies, die speelplek van miljoenêrs en filmsterre. Om van sy eie bestemming, Stellenbosch, nie eens te praat nie. Al die wyn en die ou kultuur. Was nog altyd vir hom 'n bietjie Disney – hy wat tussen die giftige mynhope van Johannesburg se Oos-Rand grootgeword het.

Maar nou gaan hy dit alles kan sien. En die tjerrie op die koek – hy gaan dit saam met Blikkies doen. Sy een en enigste pêl wat oorbly na meer as twintig jaar in die Suid-Afrikaanse Polisiediens. Wat op Stellenbosch van alle plekke gaan aftree het. Oor die dogter daar is, het hy aan Beeslaar verduidelik.

Toe die broodjie op is en die tweede beker koffie ook, klim Beeslaar terug in die kar en begin die tog teen die steil bergpas af.

Sy selfoon lui. Hy grawe onder die losgoed op die passasiersitplek rond, die vliesbaadjie wat hy op die laaste oomblik in die kar gegooi het – vir ingeval. 'n Koerant, sodat hy na die Kaapse weervoorspelling kan kyk.

Dis Blikkies, sien hy voor hy antwoord.

"Jes, jes, jes! Is die oom se wyn al koud?" vra hy voor Blikkies 'n woord kan inkry.

"Albertus?" 'n Vreemde stem.

"Ja?" Daar's iets aan die stem, iets stukkends.

"Dis Tertia hier, Albertus. Ek is bevrees ek het slegte nuus, man."

"E . . . ja?" 'n Kilte kom in hom sit, trek hoendervel.

"Hy's dood, Albertus, my pa. Gisteroggend vroeg. Ek . . . e . . . jammer ek bel nou eers, maar . . ."

Beeslaar se kop sny uit. Hy hoor nie die res van haar sin nie.

1

"**D**ood, waar is jou angel? Doderyk . . . wáár jou oorwinning?"

Die dominee keer sy gesig hemelwaarts. Of daar iemand in die balke sit wat hy aanspreek. Hy sluit sy oë en die bejaarde kop bewe liggies.

Beeslaar kyk om hom rond. Oumense, sien hy. Ooms in baadjies uit 'n vergange lewe – sit soos uitgetrapte skilpaddoppe om hul verdorde lywe. Tannies met ingesakte boesems, gebluste oë opgeslaan na die predikant. Wat in sy arendsnes hoog bo die gemeente uittroon. Die gemeente self, meen Beeslaar, is seker van ou Blikkies se ouetehuis, Huis Groot Gewels. Buiten Tertia, die dogter. Sy sit klein gekoes in die voorste ry. Naaste aan die verniste kis: Blikkies se houtmanel. Bo-op, 'n stywe wit ruiker. En 'n geraamde foto van die "ontslapene", soos die doom hom noem.

"Almal van ons," sê laasgenoemde en kyk verdrietig af na die yl kuddetjie voor hom, "álmal van ons vrees die dood. Deur die eeue heen is dit die één afspraak wat geen mens kan afstel nie. Kyk wat sê Job vir ons in die Ou Testament, hoofstuk dertien en veertien: Die mens is 'n verwaaide blaar, 'n droë stoppel, hy is kort van dae en sat van onrus. Hy spruit uit soos 'n blom en verwelk, vlug soos 'n skaduwee, verval soos hout wat weggevreet is."

Beeslaar staar na die foto op die kis. Moet 'n onlangse een wees. Hy herinner hom minder lewervlekke. Minder vore om die streng strepe van die mond. Ore minder uitgeblom, vellerig, lellerig. Wanneer was die laaste keer dat hulle mekaar gesien het? Drie jaar, vier?

"Maar, liewe broers en susters," dring die waterige oumensstem van die prediker weer in, "vandag . . . Hier waar ons saam is om die lewe te herdenk van Balthazar van Blerk . . . Vandag kan ons blý wees. Ja, ons moet vrólik wees."

Dramatiese stilte.

"Vrolik in die wete dat God Sy eie Seun gestuur het om die dood vir ons te oorwin . . ."

Beeslaar verskuif sy gewig en die houtbank kraak hard. Iemand kyk gesteurd om na hom. 'n Vrou met 'n dik, spierwitgrys vlegsel. Haar blik is meer nuuskierig as berispend, merk hy.

"Want vriende, die blye nuus is dit: Toe Christus op Golgota sy laaste asem uitgeblaas het, het hy neergedaal na die onderste dieptes van die aarde . . ."

Hy ken nie een van die mense hier nie, besef Beeslaar. Behalwe Tertia, maar dis ook maar net. Ná Blikkies en sy vrou geskei is, het Tertia 'n tyd lank alle kontak met haar pa verbreek. Beeslaar het haar nooit leer ken nie.

Toe hy vandag by die kerk aankom, het sy haarself kom voorstel. Hartseer, haar gesig vaal en tam, neus koorsrooi. Hy't met 'n skok besef: Dié vrou het omgegee. Ou Bliksem van Blerk het iemand gehad wat haar neusvel aftreur oor hom.

"My pa was so opgewonde oor jou koms," het sy sag geglimlag. "Hy't so baie planne gehad . . . Nuweland vir die krieket, die kabelkarretjie, dalk 'n trippie na Robbeneiland." Sy het haar maer, wit hand na hom uitgesteek. "Hy't vas geglo hy sal jou kan oortuig om 'n verplasing . . ."

10

Haar stem het opgedroog.

Van binne die kerk het 'n getemperde orrel opgeklink.

Beeslaar het sy baadjiepante bymekaargetrek en ingegaan. Sou die klerewinkel die baadjie terugvat, het hy gewonder toe hy gaan sit. En konsentreer om sy twee meter lange liggaam in die hoek van 'n lang kerkbank in te vou. Die skouers sit te knap. Was 'n haas-inkopie, gister, sy kop elders. By die suur ironie van sy lewe: hy wat Kaap toe ry, rustig, om vir sy ou pêl te kom kuier. Net om . . . ha-ha, moerse snaaks . . . die dooiemansdeur. Hy kom met koedoebiltong. Wyn van die Kalahari se Gariepwingerde. Tieroog, die mooiste klip uit daardie wêreld. Geslyp en gepoleer tot die geel en goue strepe daarin gloei. Hy't een gekies wat in 'n mooi tafellampie omskep is. Gereken ou Blikkies sal nou van so iets hou.

Maar toe's Blikkies nie meer daar nie. Sommerso uitgeklok.

"Ék . . . het die sleutels van die dood en die doderyk, verklaar Jesus in Openbaring een vers agttien." Die ou doom kry skielik lewe, nuwe begeestering. "Want sien, geliefdes . . . Hy het dit van Satan afgeneem, daardie sleutels. Toe hy ter helle neergedaal het, soos dit in die Ou Bybel staan. Ja, Christus was in die hel, vóór sy opstanding uit die dood, sy opvaart na die hemel. En dáárom, beloof ek vandag hier vir u . . . Dáárom moet ons bly wees. Oom Balthazar sou nie wou hê dat ons treur nie. Want vandag is hy in die arms van sy Maker, die . . ."

Oom Balthazar.

Hierdie dominee het die "oom" beslis nie geken nie. Anders het hy geweet: Ou Blikkies laat niemand toe om hom op sy doopnaam aan te spreek nie. En twee: Hy glo nóg in die hemel, nóg in die hel. Eersgenoemde, het hy dikwels gesê, is 'n vervelige plek, deur ou vrouens uitgedink. En laasgenoemde deur die kerk se eie kokkedore – ouens wat lankal weet dis nag vir hulle en hulle kerk as mense moet uitvind daar gaat niks aan agter die gordyn nie. Kerkvaders en politici. Dieselfde soort: ouens wat ander hul vuilwerk laat doen. *Ander mense.* Soos dié einste oom: Balthazar "Bliksem" van Blerk. Wat met hierdie sogenaamde angel van die dood moes worstel. Dit 'n leeftyd lank moes aanvat. En uitvat. Wegvat. Maak nie saak hóé nie, vat moet jy hom vat. En hy vat terug. Breek jou bietjies-bietjies af. Stadig, ongesiens. Knak jou in die hoekies van jou binnekamers. Buitekant toe word jy hard. Dit wél. Maar dis binnetoe dat jy slag vir slag 'n bietjie sterf. Dagin, daguit: die breë register van brutaliteit. Die dinge waartoe mense in staat is.

"Hierdie wêreld," hoor Beeslaar die dominee sê, "is nie ons tuiste nie. Dis net die spoor . . . die spoor wat elkeen van ons volg na die ewigheid. Die dood, geliefdes, is deur Satan ingestel. In die Paradys, toe Eva voor die adder geswig het en die mens se dood gebring het! Maar óns, geliefdes . . ." Slukkie water. "Óns . . . kinders van Jesus hoef nie die dood te vrees nie. Ja, mense sterf nog steeds elke dag . . . Ruk ons tot stilstand, tot nadenke oor ons eie verganklikheid. Maar Christus het ons vrygekoop. Vir ons die padkaart na die ewige lewe gebring."

Beeslaar het moeite met die prentjie. Blikkies op 'n wolkie saam met die res van die vyf en tagtigmiljard mense wat al dood is sedert die eerste aap op sy agterpote begin loop het. Hoe hou jy huis met so 'n spul? Hy vou sy arms oor sy bors, hoor hoe die nate van die baadjie kla. Hy los die armvouery, tel vir die soveelste keer die begrafnisbriefie op. Daar's 'n pers lelie voorop, Blikkies se naam en die datum van sy skielike dood drie dae gelede. Onder dit: *Say not in grief "he is no more" but live in thankfulness that he was – Hebrew Proverb.* Agterop die blaadjie is die teksvers van die preek, ook die woorde vir 'n lied – wat seker nog gesing moet word. *My môresang is dankbaarheid.* Hy sug en sit die blaadjie terug in die Bybelrakkie voor hom. Die velletjie papier gly uit en fladder vloer toe. Beeslaar buk vinnig en raap dit terug. Die bank kraak weer. Die vlegselvrou frons hierdie keer toe sy omkyk.

Die tee agterna is by 'n statige ou Kaaps-Hollandse huis reg langs die Moederkerk.

Beeslaar gaan staan onseker in 'n ry by die teetafel. Hy voel soos 'n reus tussen die klompie grysbek-bewers. Hy's maklik twee maal so lank en so swaar soos enigeen van die bloukoppies om hom. Was hierdie mense maar altyd so klein? Of is dit die ouderdom, wonder hy. Het Blikkies óók gekrimp, die laaste tyd? Sy stem oor die foon was nog dieselfde. En eintlik was hy nog jonk. Dié kant van sewentig.

"Jy's die polisieman?"

Die vrou met die lang wit vlegsel het agter hom by die ry ingeval. Sy gee hom nie kans om te antwoord nie. "Blikkies het my baie vertel van jou. Ek is nou Trula."

"Aangenaam," mompel Beeslaar en staan eenkant toe om haar sy plek in die ry aan te bied. Sy bly wag tot hy ook tee het, beweeg dan saam met hom na die skaduwee van 'n akkerboom.

"Wanneer het jy gekom?" vra sy.

"Eergister."

"Dat hy nou só moes gaan."

Beeslaar knik, proe die gal in die louwarm vloeistof. Die diens het te lank aangehou, die tee het bitter getrek.

"So blerrie skielik." Sy blaas liggies oor die tee, haar mond 'n sagte tuit. Dis 'n mooi mond in 'n andersins gewone gesig. Skerp neus, klein vaalblou oë agter 'n goueraambril, haar vel

13

wit en plomp. Die dik aswit hare is platgekam met 'n netjiese middelpaadjie en styf na agter toe getrek in die dwingelandy van die vlegsel.

"Ek en Blikkies was goeie maats," sê sy en neem 'n versigtige teugie tee. "Ons was dalk ook die jongste van die inwoners – albei van ons nog in ons sestigs." Sy kyk om haar heen om haar punt te bevestig. "Hy was my redding, weet jy? Anders het ek ook dalk al met 'n loopraam hier rondgehobbel. So 'n ouetehuis kan 'n mens . . ."

Sy kry nie haar sin klaar gevorm nie, want een van die oues het teenaan haar kom staan.

"So dis nou Balthie se seun," stel die gryse vas en knip haar oë ingenome, kop agteroor, asof sy na 'n kat in 'n boom kyk. Hy skat sy trek die lewenskaal op middel sewentigs. Goed gepreserveer, kapsel nét só, 'n deftige swart-en-wit pakkie waarop 'n duur borsspeld pryk, outydse wit handskoene wat knobbelrige hande bedek.

"Nee, Rea. Balthie het nét die dogter. Tertia. Dis Albertus hierdie. Hy's van die Kalahari. Hy en Blikkies het vroeër saam gewerk."

Beeslaar knik bevestigend.

"En dis Reana du Toit," sê Trula. "Sy's een van die inwoners."

"Dan is jý die polisieman," verklaar die ouer vrou. "Die een wat sou kom kuier het?"

"Dis reg, mevrou. Ek en ou Blikkies kom 'n lang pad."

Die ouer vrou staan 'n bietjie nader aan Beeslaar. "Sê my, doen jy miskien privaat werk ook?" vra sy.

"Rea, nee! Hy's 'n polísieman. Voltyds. Hy's net hier vir die begráfnis," antwoord Trula vinnig. Haar stem is ongeduldig, effe te hard, asof die ouer vrou 'n gehoorprobleem het.

"Maar dis juis oor hy 'n polísieman is," kom die antwoord.

14

"Miskien kan hý ons help. Die dood loop soos 'n brullende leeu daar onder ons rond."

Trula sug en vee met die plat hand oor haar voorkop. "Ai, Rea, dis darem te dramaties, jong. En jou Bybelteks is verkeerd. Dis die dúiwel wat soos 'n brullende leeu loop – nie die dood nie. Verskoon my," sê sy dan. "Ek gaan help oom Dolfie. Hy bewe vandag te veel vir tee drink."

Rea du Toit kom staan nóg nader. Beeslaar kry die oumensruik: naftaleen, ou haarsproei en hoesmedisyne.

"Sy kan maar spot, maar daar loop 'n onheil daar," sê sy sag, "by die ouetehuis. Dit kom al 'n ruk. Klein goedjies, as jy hulle een-een vat. Maar . . ." Sy staan nog 'n bietjie nader.

"Alles het begin by Jan van Riebeeck."

"Ekskuus?" Beeslaar kan nie help nie. Die vraag glip uit voor hy kan keer.

"Hy't verdwyn, sien? En ons dink hy's . . . e . . . hy's . . . vermoor!"

Beeslaar vat nog 'n sluk van die galsterige tee, kry dadelik spyt. Hy draai om, wil die koppie kwytraak.

"Jy moet ons help, Albertus. Balthie . . . Balthie wou nie na ons luister nie. Maar toe Jan van Riebeeck . . ."

Beeslaar kyk rond vir hulp. Maar Trula staan by 'n omie met 'n eiermagie en kruisbande, besig om hom te help met sy koppie tee. "Tannie Rea, ek neem aan ons praat van . . . e . . . ?"

"Ag, jong, niemand ken sy regte naam nie. Hy bly eintlik in die woonstel langsaan. Hy kuier by almal van ons in die gang. En elkeen gee hom 'n pierinkie met ietsie."

Beeslaar glimlag verlig: Dis 'n kat! "Miskien kuier hy in 'n ander gang. Waar die pierings groter is."

"Dis nie 'n grappie nie, hoor? Ons mag nie troeteldiere aanhou nie. So, ou Jan van Riebeeck was 'n belangrike be-

15

soeker. Ons matrone het hom probeer belet, maar hy's 'n dier, verstaan net twee goed: kos en liefde.

"En hy kom elke dag, want hy kry soveel liefde daar by ons. En nou's hy net weg. Sommer skielik. En dis nie al nie." Sy kyk met groot oë op na hom.

"Daar gebéúr goed. Vorige week is die sielsalige ou dominee Potgieter ook uit sy kaktus getiep."

Beeslaar hoes vinnig in sy vuis.

"Dis Antoinette se oorlede man," vertel sy, wys met haar ken in die rigting van 'n aantreklike vroeg-sewentigs vrou. "Albei bitter lief vir tuinmaak. Maar toe vat die kanker hom. Sy't hom alleen versôre daar in hulle woonstel. Tot hy in haar arms gesterf het. Die kinders wil toe die as in die berge loop gooi, maar Antoinette wou hom nie laat gaan nie. Toe vat sy die as . . . enne . . . e . . . sy't die as in die bodem van 'n groot plantbak begrawe. Wat sy toe met kaktusse beplant. 'n Aalwyn, plakkies, woestynrosies en bokpootjies. Hy was so lief daarvoor . . . Maar iemand het gekom en die bak omgeskop. Tien teen een die dief wat op dieselfde dag by ou Arnold Sebens ingebreek het. Netjies sy versameling goue Krugerrande gevat. En net toe raak Jan van Riebeeck ook soek . . ."

Beeslaar hou sy hand op.

"Tannie Rea, wag eers. Laat ek eers iets vra. Het julle die diefstal en die vandalisme aangegee?"

"Ou Arnold het, maar daar't niks van gekom nie. Hy't net gister nog . . ."

'n Selfoon lui al vir 'n goeie paar sekondes in haar handsak. Beeslaar beduie vir haar en sy knip die blinkleersakkie oor haar arm oop.

"Hallo!" basuin sy oor die teedrinkers uit. "Wie praat?" Sy hou op luister en skud die foon, asof daar 'n los skroefie

16

binne-in sit. Dan hou sy die foon na Beeslaar uit. "Vat jy, ou seun. Kyk of jy iets kan uitmaak."

Beeslaar neem oorbluf die foon by haar en druk dit teen sy oor: "Kaptein Beeslaar hier, kan ek help?"

Stilte. Dan: "Is u van die polisie? Sy . . . e . . . weet reeds?"

"Ekskuus?"

"My ma. U het haar . . . my vrou se d-dood . . . ?"

Beeslaar se nekhare rys. Hy ken dié soort stem. "Meneer, u moeder en ek is by 'n vriend se begrafnis. Sy het haar foon vir my aangegee, sy kon nie mooi hoor nie. Wat is dit wat sy moet weet? Moet ek vir haar aangee?"

"Iets verskrikliks het met ons gebeur. My vrou . . . my ma . . . my vrou . . ." Die lyn breek op.

"Hallo?!" Beeslaar stap eenkant toe om onder die gesnater van die begrafnisgangers uit te kom.

"Dis my vrou, Elmana. Sy is ver- . . . e . . . vermoor. Pas. Hier tuis."

Aan die man se stem kan hy hoor daar kom nóg.

"Inbrekers . . ."

"Is die polisie daar? En is u veilig?"

"Wat?" Dit klink of hy tyd nodig het om Beeslaar se vrae te verreken.

"Die polisie. Het u die polisie laat kom?"

"Ja, natuurlik! Maar ons dogter. Ellie. Sy sit nog vas . . . in die huis . . . Sy't haarself toegesluit. Ek kan nie by haar kom . . . My ma moet asseblief kom help. Kan jy dalk die matrone opspoor en . . . help om die nuus . . ."

"Natuurlik. Ek doen wat ek kan. Waar is u?"

"Tuis . . . hier. Hier . . ."

"U woon op Stellenbosch."

"Ons seun is oukei. Dis net . . . my vrou. En ons meisie-kind." Die lyn gaan dood.

Vir 'n oomblik staar Beeslaar na die wit kerk langsaan. Registreer die slag van die uur uit die toring – halfvyf. Dit dawer deur sy kop, ruk hom terug na die hede.

Rea du Toit staan nog nes hy haar gelos het, die handsakkie oop oor haar dun, vellerige arm, haar gesig vraend op hom gerig. Dis eers toe hy by haar is dat hy die bewing in haar gewaar, haar neusvleuels wat wit trek. Sy het dus reeds geraai, besef hy, en steek sy arms na haar uit.

Die dood, dominee, kners dit in Beeslaar se brein. Dís hoe hy lyk. G'n niks van blydskap en jubeling nie.

2

Ghaap draf ligvoets langs die soom van 'n lae duin. Hy stop vir 'n oomblik en skep 'n hand vol van die rooi, droë sand, gooi dit versigtig 'n ent voor hom uit. Sy oë volg die vae pluim van die fynstof. Hy knik tevrede. Hy's nog goed onder die wind.

Om hom strek die blonde savannaveld oneindig ver. Dit word hier en daar onderbreek deur 'n rooi sandduin, die donkergroen hekelwerk van 'n haak-en-steek, 'n kameeldoring se sambreel.

In die rooi sand soek hy 'n spoor. 'n Bloedspoor. Dié van 'n gekweste dier.

'n Gemsbok.

Daar is wrewel in sersant Johannes Ghaap se hart.

Hy het só berekend aangelê. Dooierus. Die dertig-nulses in die mik van 'n jong soetdoring. Tweehonderd meter, het hy die afstand geskat. Windop. Naby genoeg. Dit moes die perfekte skoot gewees het. Die dier was duidelik, sy volle profiel sigbaar. Die swart-wit masker, kragtige nek. Die reusebrug van skof en bors na 'n stert só vorstelik, hy trek 'n sleepspoor in die sand. En horings. Meer as 'n meter lank, twee dodelike assegaaie bo die abstrakte verfwerk van sy gesig.

Ghaap kon op sy gemak korrel, beplan. Die wind was daar,

maar nie só dat dit sou pla nie. 'n Netjiese skoot agter die blad. In die ou grote se enjinkas. Effense speling toegelaat vir die val van die lood.

Hy het aangelê, die Musgrave-kolf koel en glad teen sy wang, die K98 Mauser-aksieslot oorgehaal. Gelaai met net die beste: drie 180-greinpunte. Patrone wat hy self gelaai het – in Norma-doppe. Gevul met ordentlike slaankrag: Sonchem se S365-poeier agter die peperduur Nosler Partitionpunte. Punte wat nie gaan splinter teen die been en senings in so 'n reus van 'n bok se blad nie. Die Rolls-Royce van patroonpunte. Hy't dit spesiaal gespaar . . .

Hy moet aanstryk. Die son begin rooioog gooi.

Maar hiérdie dag, weet hy, maak nie klaar nie. Nié voor daar bloed op die sand is nie. Dit sal óf hy wees, flenters gekerf deur die ram se lang lemme, óf dit sal die prins van die woestyn wees.

Hy loop lig, hy wat Ghaap is.

Soos sy voormense. Nét die nodige. Sy velskoene gedra hulle goed in die los, droë sand en sluit stewig oor sy enkel sonder om sand of gras of duwwels in te laat. 'n Kort kakiebroek, aan sy gordel 'n mes en 'n bottel water. Vir die res is dit hy, sy geweer en hierdie koningsbok.

Dis 'n kwessie van eer. Van die ou manne se respekte.

Sy naakte bolyf is taai gebrei teen die siedende son. Sy hart versterk deur die bloed van 'n spierwit hoenderhaan wat vroe'môre oor sy kop leeggeloop het. Uit die polsende hart van die dier. Die reuk sit steeds in sy neus en die smaak lê in die taai speekselskiwwe agter op sy tong.

Hy hurk by 'n volgende duinheuwel. Die bok se spoor sleep hier. Daar lê 'n modderkoekseltjie eenkant van die spoor. Hy tel dit versigtig uit die sand uit op en vryf dit plat. Hy glimlag, voel hoe die harde korse van die bloed langs sy mondhoeke en wange breek. Die voorvaders is gelukkig, weet hy. Hulle wys hom die . . .

"Hei, Dushy! Dis jou beúrt!"

Sersant Ghaap se kop ruk regop en hy skrik met 'n snork-geluid wakker. Vir 'n oomblik weet hy nie waar hy is nie. Dan onthou hy. Die misnoeë kom sit op hom soos 'n swerm vlieë op vars mensmis. Fokkit, hy's dik vir hierdie skiewie-besig-heid. En om Dushy genoem te word deur hierdie swartner-we. Hy klap sy tong vererg.

"Basop! Maye wena! Mens toon respekte vir jou adjudant-offisiere. Onthou, ons los vir jou net hier! Lat die jackrollers jou kom ukuhlaba!"

Aan die woord is Sibusiso "S'bu" Mthethwa, wat met sy voorvinger 'n mes maak oor sy keel. Hy's die grapjas onder die twee senior offisiere saam met wie Ghaap ry. Die ander is Bandile Mabusela, bietjie ouer, bietjie minder van 'n grap-gat. Ghaap het die "voorreg" om deur dié twee seniors van die Orlando-Oos-polisiekantoor "touwys" gemaak te word in Soweto. Maar hulle "wys" hom niks, behalwe dat hy nooit lewend en in een stuk uit hierdie plek gaan kom nie.

Mabusela begin al grys raak. Ghaap skat hom in sy laat veertigs. Breë bakkies, bitter klein ore en wye neusvleuels. Zoeloe van oorsprong, skat Ghaap.

S'bu is jonger. Heelwat jonger. Daar's meer energie in hom, veral droogmaak-energie. Hy's venynig en agterdogtig van enigiets wat hy nie ken nie. Hy's ligter van kleur as Mabu-sela, maar sy hart is pure Model D – in die lokasie gebore en getoë. En die moer in daaroor. Hy weier om gewone Engels met Ghaap te praat. Kyk eerder hoe hy hom kan dom maak met sy lokasie-sleng. Ghaap is nie eens presies seker wat noem jy dit nie. Al wat hy weet, is dat hy dit nooit sal verstaan nie.

S'bu is ook die dryfveer agter Projek Ghaap: Breek hom in, brei hom, dat die skebengas van die kasi hom nie sal injini – die skobbejakke van die lokasie hom nie vir 'n ride gaan vat nie.

Mabusela is orraait. Maar hy tree nie tussenbeide met die ge-ghwara met Ghaap nie.

En groen soos hy is, het dit hulle nie lank gevat om agter te kom waar sy swakpunte lê nie. Vorige dag wou hulle hom s'kop laat eet – skaapkoppe. En opgekookte beesenkels, die senings en hoewe waarmee die mense in die township rondloop in plastiekemmers en dit een-een in Jiffy-sakkies verkoop. Vorige aand het hulle gesê hulle gaan hom vat vir 'n chisa nyama. Dis die township se braai. Maar hý moet die vleis koop. Toe stuur hulle hom na so 'n ou met 'n emmer. Hy gril hom vrek.

En as dit nie die kos is nie, is dit die taal'n mengsel van omtrent al elf amptelike tale. Ghaap weet darem al "basop" staan vir "pasop". En "ukuhlaba" staan vir "messteek". Verder het hy nog nie 'n blou idee van wat 'n "jackroller" is nie. Maar hy vermoed dis die klas van misdadiger wat hy nie eens helder oordag wil teëkom nie. Een wat hom gaan rol. En hy soek nie om gerol te word nie. Nie in hiérdie lokasie nie!

Ghaap wikkel sy lang lyf uit die Toyota Corolla uit. Hy voel onmiddellik die koue van die Hoëveldse laatmiddaglug en buk weer terug om sy parka te gryp. Verloor amper sy balans, want hy't vergeet hy dra die koeëlvaste baadjie. Twee en twintig kilogram ekstra gewig op sy lang, maer raamwerk.

Hy kan nie gló hoe suig hierdie plek nie. Met sy meerderes wat hom soos 'n blougat behandel, vars af'ie plaas. Al die poefsak-werk doen, soos om die min'ral te gaan koop, wat beteken koeldrank. En sê hy moet 'n kôta saambring – 'n kwart witbrood, gestop met slaptjips en French polony. Jirre! En hy moet alewig die koeëlvas dra.

Hy voel of hy op 'n vreemde planeet geland het, soos in die moewies – Denzel Washington in *The Book of Eli*, die DVD wat Beeslaar hom vir Krismis gegee het. Behalwe dat Ghaap nie regtig die hero in hierdie verhaal is nie. Maar hy voel nes ou Denzel, vasgevang in die hel vanself. Dis 'n wêreld waar die skeidslyn tussen kinderlag en waansin vaag, onpeilbaar is. Hy ril en laat sak sy hand na die Z88 op sy heup, sy vingers op die veiligheidsknip. Daar's altyd 'n rondte in die loop. Hier waarsku jy nie. Jy trek eers vyftien skote af. Waarsku dán. Terwyl jy herlaai.

Hy begin aanstap. Dis hulle derde middag hier, geparkeer op die koppie. Die locals praat van die koppie as Motor Mountain – 'n hoogte van klip en vullis. Papiere, dooie honde, blikke en glas – huisvuil. En sy twee seniors love die plek, hy kan nog nie uitmaak vir wat nie. Dalk oor hulle rustig hier kan sit en bolle rol. Met hul selfone speel, Mxit, kakpraat. Dis Ghaap se derde dagskof in Soweto. Saam met die Big M's, soos hulle na hulself verwys: Mabusela en Mthethwa. Dis die derde dag dat hy gestuur word om die kos te koop. En hy met 'n hol rug van die koppie afstap na die spaza-shoppie in die laagte.

Verder weg lê die groot oneindigheid van Soweto. Miljoene krotjies en huisies en paaie en kragdrade. Dynserig in die vaaloranje steenkoolrook. Soos 'n onheilswolk hang dit. Net hier en daar steek die hoë Apollo-ligte bokant die newel uit. Gooi 'n wye straal lig uit oor etlike straatblokke op 'n slag. Dis glo 'n oorblyfsel uit die apartheidsjare – toe daar oorlog was hier.

Die rook kom van miljoene vure, mense wat kosmaak. Of hitte soek. Laasgenoemde in leë petroldromme en konkas, wat op straathoeke en by taxi-staanplekke brand. Met letterlik enige ding wat kan brand – steenkool, plank, papier, plastiek. Solank dit hitte maak. Die rook word deur die koue aandlug teen die grond vasgedruk, gloei onheilspellend in die vuilgeel skyn van die laatmiddagson en die Apollo-reuse. Alles ruik na antrasiet en roet, 'n droë, bytende reuk wat in jou hare en klere en neus intrek.

So, dís nou Soweto, dink Ghaap namate hy sy treë rek oor die ruwe rug van die pad. Die plek waarvan hy so baie gehoor het. S.O.W.E.T.O – kort vir South Western Townships. Gevaarlikste stad in die wêreld. Gevaarliker as Bagdad. Ghaap het 'n hele lesing oor die plek gekry voor hy gekom het. Die geskiedenis, alles. En een ding is hy oor en oor vertel: Hierdie plek vréét cops. Vir brekfis, lunch, poering, enige ding. Dis net die ysters wat hier uithou. Blougatte soos hy . . . hulle vrek soos vlieë, hoeka die rede vir die koeëlvas wat hy alewig moet dra.

Agter hom hoor hy die Corolla lewe kry en hy vlieg om. As daai twee swernote nou wéér 'n slap triek trek en hom hier los, gee hy sy aanstellingspapiere in.

Maar hierdie keer is daar nie grappies nie.

"Karroof in Dube!" roep Mabusela toe Ghaap haastig op die agtersitplek inval. Hy vroetel vergeefs vir die veiligheidsgordel, sy oë vasgenael op die muur van rook wat hulle tegemoetgaan.

Die paadjie ondertoe is sleg. Mabusela ry screen saver – die locals se benaming vir passasier voor. Mthethwa bestuur. Hy vat nie kanse met die rowwe pad nie. Maar sodra hulle die teerpad slaan, gee hy vet. Ghaap voel hoe die swaartekrag sy bors, met koeëlvas en al, teen die rugleuning vasdruk. Hy loer benoud na die instrumentepaneel voor. Die naald skiet op na tagtig, dan honderd en tien kilometer per uur. Voorkant toe doem daar 'n rooi verkeerslig uit die dynserigheid op, maar Mthethwa se voet bly plat op die pedaal. Mabusela het intussen die blou lig uit en plak dit op die dak vas. Ghaap skat hulle sig is beperk tot vyftig meter tops, die rook soos dik, gestolde mosterd. Weerskante van die pad sit die huisies en pondokkies ingeryg, pitte op 'n mieliestronk. Hoë, flenters vibracrete- en draadheinings, lemmetjiesdraad boop. Alles vlieg verby in 'n dowwe waas. Ghaap se linkerhand is stewig op die deurhandvatsel; sy gat eet so te sê die sitplek op van die senuwees.

Die polisieradio raas. Hy kan glad nie uitmaak wat gesê word nie.

Mabusela hang vir 'n oomblik aan die plafon-handgreep terwyl die Toyotatjie skerp swenk vir 'n slaggat. Dan tel hy die radiomik op en roep iets in Zoeloe, rond dit af met die herhaling van 'n registrasienommer: "Citi Golf, white! Victor, Pappa, Bravo! Six, zero, eight, seven!"

Mthethwa briek skerp toe die reflektorligte van 'n voertuig voor hulle sigbaar word. Ghaap verloor sy greep op die deurhandvatsel en sy swaarbelaste torso skiet vorentoe sodat sy voorkop pynlik kontak maak met die nekstut van Mabusela se sitplek. "Haai, man!" skree hy voor hy kan keer.

Die twee manne lag vir hom met hoë stemme. Spulse hingste, uitgetrip op die adrenalien-high.

Voor hulle lê 'n donkiekar oor die pad uitgesaai, sy as gebreek. Die een wiel lê in die middel van die pad. Mthethwa gee twee kort trompetters met sy sirene, lê op sy toeter. Dan skiet hy verby die waentjie en Ghaap se lyf ruk weer agtertoe, teen die sitplek vas. Hy voel die naarheid in hom opstoot, nie seker of dit vrees, adrenalien of die dag se baie Coke is nie. Kan hom ook g'n moer skeel nie. Hy wil huis toe. Vir hierdie kak sien hy wragtag nie meer kans nie.

"Whaoe!" roep Mabusela skielik uit en die kar kom met skreeuende bande tot stilstand. Ghaap sien die rooi oog van die verkeerslig vorentoe in die pad – en 'n swart blerts met antennas agter op sy dak wat oor hulle gesigsveld heen skeer. "Die trackers!" roep Mabusela weer. "Volg!"

Mthethwa swaai links en sit sy voet hard neer op die petrolpedaal. Ghaap knyp sy oë toe, maar hulle vlieg weer oop toe Mthethwa skerp swenk vir 'n vaal gedaante. "Jissus, S'bu," skree hy vir die man agter die stuur, "hoe weet jy dis nie 'n kind nie!" Al antwoord wat hy kry, is die waansinnige lig wat in Mthethwa se oë in die truspieëltjie dans.

Sy selfoon kry dit reg om bo die geraas uit te lui. In sy hempsak. Onder die koeëlvas. G'n fok gaan hy nou antwoord nie. "Jou phone lui, sersant!" skree die man agter die stuur. "Dis djou mamie!" Groot grap. Ghaap kyk weg, maar kort-kort vang hy Mthethwa se koggel-oë in die truspieëltjie.

Here, hy's gatvol vir hierdie spul. Hy het eenvoudig nie die knaters om hier te oorleef nie. Beeslaar het hom gewaarsku.

Fok hom ook!

Die kar skuur skielik tot stilstand. Ghaap laat nie op hom wag nie en gooi sy deur oop. Hy moet in godsnaam net hier uit.

Dan ruk die deur uit sy hande uit en hy voel hoe iets hom teen hoë spoed tref.

Dis 'n mens!

Ghaap skree en probeer terugtrek in die kar in, maar sy bene word vasgeklem. Hy voel hoe sy boude hul vashou op die gladde sitplek verloor. Hy spartel, probeer die figuur van hom wegskop, sien 'n pistool in die gewoel van arms en bene. Te laat. Dit tref hom teen die kaak. Hy proe dadelik bloed en slaan blindweg met sy vuiste, tref die man in die ribbes, hoor die uitroep van pyn. Die figuur val weg van hom, maar Ghaap gryp met albei hande en kry die man aan

sy klere beet. Alles gebeur so vinnig, hy't nie kans vir dink
nie.

Hy klou met elke sening en spier in sy lyf, wonder waar die
pistool is. Dan kry hy sy antwoord: 'n skerp pyn wat teen sy
voorkop oopbars en sy liggaam agtertoe ruk. Vir 'n sekonde
word dit swart voor hom. En toe hy bykom, sien hy twee fi-
gure in die raam van die oop motordeur. Daar's 'n koorsige
gewoel van ledemate.

Dan klap daar 'n skoot en alles raak stil . . .

3

Trula Momberg beduie hom hoe om te ry. Sy sit agter in die kar, hou Rea du Toit se hand vas.

Beeslaar trap die petrol, tik net liggies rem by die ritse vierrigtingstoppe op pad na die moordtoneel. Hulle hou oos, reken hy. Die rotsknoets van die Stellenboschberg heeltyd regs van hulle.

Die pad vurk. Trula beduie, hou links aan.

Jonkershoeklaan, vang Beeslaar skrams die naam. Hulle ry oor 'n geniepsige klomp spoedwalle, nóg stoppe. Dan moet hy regs. Hulle ry nou reg oos. Nog berge doem op, twee loodgrys rotspieke verrys verder weg, staan trillend in die middaghitte. Regs, word hy beveel, reguit oor verskeie dwarsstrate tot die pad in 'n T doodloop. "Net hier om die hoek." Hy maak so. Sien dadelik die koeksel voertuie – polisiebakkies, 'n ambulans. Kleiner sedans met tollende blou ligte. "Dis die groot witte," bedoelende die groot dubbelverdieping regs voor.

Beeslaar sien nie 'n straatnaam nie. Hy ry tot by 'n uniform, draai sy ruit af.

"Ek het 'n familielid by my," sê hy en beduie agtertoe. "Sy's bejaard. Ek laai net af, dan ry ek weer."

Die man knik en Beeslaar druk die kar se neus versigtig tussen die voertuie in. Dis 'n miernes, asof elke poliesman in die provinsie hier is. Blerrie agies. Hy byt op sy tande vir die ergernis wat opstoot: vir die los hand in bevel van die toneel.

Maar hy steek sy ergernis in sy sak. Dis nie sý saak nie. Hy laai net af, dan skoert hy.

Terug noorde toe. Kalahari toe, waar sy binneste deesdae tuisgaan.

'n Ambulans se harde sirene reg agter hom ruk hom uit sy mymerings. Hy klim uit. Wil die doos se fluit vir hom gaan aftrap. Maar hy sluk sy moer.

Intussen het sy twee passasiers ook uitgeklim. "Kom saam," vra Rea du Toit, haar oë vol skrik. Sy't steeds die handsakkie oor haar arm.

"Trula sal saam met jou gaan, mevrou Du Toit. Ek moet my voertuig skuif."

Sy skud haar kop.

Hy kreun innerlik. Maar hy stap tóg saam.

"Oumaaaa! Help my!"

Dis 'n kind, sien Beeslaar. Sit in 'n vensterbank op die tweede verdieping. Bloedbesmeer. Sy gooi haar bene na buite, asof sy wil uitklim. Maar verloor haar greep, hang vir 'n oomblik aan een arm.

"O my God. Ellie!" Rea du Toit het doodsangs in haar stem toe sy begin hardloop. Sy laat die handsak val, dan is sy uit die bruin kerkskoene, hobbel op haar sykouse.

Beeslaar skiet vorentoe, stamp verstarde figure uit sy pad. Die kind skop vir vastrapplek teen die muur, maar haar voete bly gly. Lang blonde hare oor haar gesig, haar hand wat greep verloor op die vensterbank. "Ouma!" Sy val, Beeslaar nét nie heeltemal daar nie. Sy glip deur sy arms. Hy val ook, breek haar landing met sy lyf.

Om hom hoor hy die paniek, voel hande wat die kind by

29

hom wil vat. Hy voel vinnig oor haar lyf. Alles heel. Maar daar's bloed. Vars.

Haar oë is oop. Sy staar na hom, begriploos.

"Gee hier!" 'n Middeljarige man druk deur die bondel en kom kniel by die kind, raap haar uit Beeslaar se arms uit. Daar's bloed aan hóm ook. "Ellie!" Hy druk haar teen hom vas. "Dis als reg, pop, als reg, als reg. Als reg. Alles. Pappa is nou hier. Alles."

Die man staan op met die kind in sy arms. 'n Swart ambulansman steek sy arms uit na haar. "Fok weg!" word hy deur die man toegesnou.

"Malan!" Rea du Toit is ook nou by. Sy het nog haar handskoene aan en vee die meisie se hare uit haar gesig. Skrik 'n oomblik vir die bloed wat afsmeer.

"Ma, ek vat haar hospitaal toe. Jy moet vir boeta gaan help daar binne, in my kantoor. Ellie gaan oukei wees."

Daarmee draai hy weg na 'n swart Range Rover in die breë oprit na die huis.

Die kragtige enjin brul verwoed. Die man druk die kar se stert hardhandig agtertoe, maak sy eie pad deur die koeksel rubbernekke.

Beeslaar gaan trek sy eie kar uit die pad, beduie vir die ambulans agter hom om dieselfde te doen. Sodra die pad skoon is, wil hy ry. Maar daar's 'n tik teen sy venster. Hy sien die vlegsel by sy ruit, draai af.

"Jy kan nie ry nie," sê Trula gebukkend by sy venster. "Rea het jou nou nodig. Dis net swart daar binnekant." Sy kyk betekenisvol na hom.

Hy skud sy kop. "Ek moet terug. En die mense hier is heel ervare."

"Nee!"

Hy aarsel.

"Albertus, asseblief. Jy weet nie hoe dit is nie." Sy byt haar lip, onseker hoe om haar vrees te verwoord, die rassisme te systap.

Beeslaar sit sy kar in trurat. Hy voel benoud. Sweet week in die stywe boordjie van sy hemp. Nuwe hemp. Begrafnishemp. Hy moet wegkom. "Bly!" Sy het nou haar hand op die deur. "Net vir 'n uur. Net tot ons weet wat hier gebeur het. Jy weet Balthie sou." Beeslaar swets onder sy asem. Maar hy skakel die kar af en klim uit. Vorentoe sien hy vir Rea du Toit staan, op soek na haar skoene. Daar's 'n vent naby wat haar handsak opgetel het. Sy stamboom staan in ruwe tatoeëermerke oor sy voorarms en nek uitgekerf, swart traandruppels onder een oog. Tipiese tronk-tats. Lyk of hy lid is van een van die Kaap se berugte Mitchells Plain-bendes. Beeslaar loop op hom af. Die man sien hom en sit die handsak haastig neer, trek die hoodie van sy baadjie diep oor sy kop en duik weg tussen die mense in.

Beeslaar raap die sak op, kyk of hy die man nog kan sien. Maar hy't verdamp.

"Kom, mevrou," sê hy en neem Rea du Toit se hand. Haar onderlip bewe gevaarlik. 'n Lang, taai druppel val van haar neus. Land op haar lapel. Sy vee die neus met haar handskoenhand; 'n vae streepsel bloed bly agter. Sy haal asem soos 'n dier wat moeg gejaag is: vlak en vinnig.

Iemand gee vir haar haar skoene aan en Beeslaar buk om dit aan haar voete te help. Haar kouse het geskeur, merk hy, knotterige oumenstone wat deur die gate beur.

Hulle stap in stilte na die huis. Die drie: Rea met haar kop weer hoog – haar waardigheid herwin. Trula wat haar aan die elmboog stuur. En Beeslaar agterna. Ongemaklik, soos 'n mak gans aan 'n tou.

Die tuinpaadjie loop weerskante van 'n spuitfontein. Die dam is rond; 'n sementvis rys uit die water op en sproei 'n sambreel van silwer druppels. Goed versorgde palms anderkant, waar die pad weer hande vat en oplei na 'n lae stoeptrap.

'n Swart vrou in 'n baadjiepak wag hulle in, haar gesig stram, oë wat kalm en bedaard die wêreld bekyk. Die broek span effe oor haar dye. Nie vet nie. Gul. Haar middellyf is klein, ingegord met 'n breë seilgordel waaraan haar wapen, boeie, magasyne hang.

Sy steek haar hand uit op die tradisionele Afrika-manier, met die linkerhand wat die groethand se elmboog raak. 'n Teken van respek.

"My simpatie, mevrou." Sy knak haar knieë eerbiedig. "Ek is baie jammer oor . . ." begin sy, maar Rea praat haar dood, ignoreer die groethand wat uitgesteek word.

"Waar's my kleinseun!" Haar stemtoon is gebiedend en bars. "Wie's hier in bevel!"

Daar beweeg iets in die polisievrou se gesig. Haar oë flikker op na Beeslaar en dan weer terug na die bejaarde vrou voor haar. Sy versit haar gewig amper onmerkbaar, versper die deur.

"U kleinseun is veilig," antwoord sy in goeie, bedaarde Afrikaans. "Hy is in sy pa se studeerkamer, by 'n polisievrou en 'n paramedikus. Ek sal u deurvat."

"Waar's Elmana! Wat het hier gebeur?"

"Kom, mevrou. Kom ons gaan binnetoe, dan praat ons daar. Ek is kaptein Vuyokazi Quebeka. Ek lei die ondersoek." Haar stem is mooi en warm, die kil atmosfeer ten spyt. Die klik waarmee sy die eerste klinker van haar van uitspreek, is nat en rond, soos 'n klip wat in diep water plons.

"Beeslaar . . . e . . ."

Hy trap ongemaklik rond, klaar vies vir homself.

"Familie?" help kaptein Quebeka.

"Nee, e . . ."

"Hy is saam met mý. Hy is 'n polisieman. En hy gaan die familie bystaan," sê Rea du Toit, 'n sweem van uitdaging in haar stem. "Hy is hier op die duidelike instruksie van my seun, die eienaar van hierdie huis. Kom, Albertus!"

'n Harde lig gaan op in Quebeka se oë. Sy draai woordeloos om en beveel 'n konstabel agter haar iets in Xhosa. Hy wys hulle moet hom volg, links af uit die voorportaal.

Beeslaar kyk oor sy skouer terug na Quebeka. Sy staar terug, ken omhoog. Hy kan nie besluit of dit arrogansie of uitdaging is wat hy in haar blik lees nie. Of sommer net die gewone rasse-tjip-op-die-skouer. Kan hom ook nie nou veel skeel nie, hy sien net die ou tante af en dan's hy weg.

Die voorportaal is duur. Artistiek gevlekte marmervloer. 'n Oosterse mat. Groot, moderne skilderye. Egtes – een van 'n Nguni-bees. 'n Eetvertrek op regterhand word sigbaar. Veertien stoele, tel Beeslaar. Twee swaar kristalkandelare wat laag oor die tafel sweef, starlight-liggies in die plafon ingebed.

'n Trap. Dalk na die slaapvertrekke bo.

Bloedvlekke teen die muur. Op die dik vag van die mat wat teen die trap op loop.

Beeslaar voel die roering onder in sy buik. Die snaar wat span. Begin vibreer.

'n Moordtoneel. 'n Mens se lewe is pas hier gesteel. Brutaal. 'n Huisgesin verwoes . . .

Hier moet vergelding kom. Dís die boodskap van sy lyf.

4

Die seun sit in die hoek van 'n tweesitplekbank, weggetrek van die polisievrou wat by hom sit, met 'n beker, iets soos tee daarin. Sy staan op om vir Rea du Toit plek te maak langs haar kleinseun.

"Ag, my kind!" Rea du Toit trek hom teen haar vas. Hy laat haar begaan, staar verwese voor hom uit. Vir 'n rukkie sit die twee so, die ouer vrou se gesig vertrek in 'n stryd om beheer, die kind s 'n uitdrukkingloos, sy mond wat oophang vir asem. Hy's in die ongemaklike stadium tussen muis en man. Lang, dun ledemate en knobbels vir knieë en skouers. Die eerste skadu van 'n snor tussen puisies.

Beeslaar bly naby die deur huiwer en kaptein Quebeka sleep 'n regop stoel van gedraaide hout nader en gaan sit by die twee. Sy wag 'n oomblik voor sy iets sê, dan leun sy vorentoe, haar palms op haar knieë.

"Wil jy ons nie asseblief uitlos nie?" Rea du Toit se stem bewe, maar is vol vyandige drif. Daar is 'n trilling in haar gepoeierde wange, haar vlieserige oë wat skitter van die trane.

"Ek is jammer, mevrou, maar ons moet met die seun praat. Dit sal nie –"

Die seun het skielik lewe gekry. Hy beur regop uit sy ouma se greep. "Pappa het gesê ek hóéf nie te praat nie."

Quebeka knik bedaard vir hom. "Jou pa is reg. Maar jy wil ons help om die oortreder vas te trek, of hoe?"

Die seun kyk soekend rond. Sy een been gaan aan die tik en daar is angs in sy oë. Hy kyk op na Beeslaar, dan na Quebeka wat reg voor hom sit.

"Ek weet nie . . . wat gebeur het nie." Hy mompel. Kyk na sy lomp seunshande wat die beker tee vashou. Groot, onelegante hande, vratjies by die regterduim. Hy laat dink Beeslaar aan 'n pasgebroeide volstruiskuiken: ene pote.

"En hy hoef ook nie met jou te praat nie," sê die ouma. "Hy sal praat as daar 'n régte polisieman opdaag." Sy kyk uitdagend na Quebeka, haar mond platgetrek en die neusvleuels gesper. Sy's nie 'n vreemdeling in die bokskryt nie, besluit Beeslaar.

"Mevrou, ek ís die regte polisie. Ek lei die ondersoek. En dit sal regtig . . ."

"Dit gaan nie hélp om met jou . . . julle te praat nie," kap Rea haar af. "Want dis nie júlle mense wat soos . . . soos vlieë doodge- . . . Dit kan julle nie skéél as die hele lot van ons afgeslag en uitgemoor word nie. Inteendeel, julle is blý as nog 'n wit mens vrek!"

Quebeka wil eers antwoord, maar besluit dan kennelik daarteen. Haar mond klap toe en sy sit terug, laat die bejaarde vrou se bitse woede op haar val.

Beeslaar tree nader. "Ek dink dit sal maar die beste wees as die seun vir ons kan vertel wat gebeur het, mevrou Du Toit."

"Ja, ek weet, Albertus. Maar ek sal met jóú praat. Nie met 'n . . . met 'n . . . met een van húlle nie!" Sy kyk nie na Quebeka nie, haar blik op Beeslaar.

"Mevrou, ek kan goed verstaan . . ." probeer Quebeka weer.

"Gaan weg! Ek praat nie met julle nie. Julle . . . julle . . . Weg, jý!"

Quebeka sit nog 'n oomblik, asof sy vir die k-woord wag om te val. Dan staan sy skielik op en die ou vrou trek die seun beskermend teen haar aan, iets wilds in haar oë.

" 'n Woord," sê Quebeka toe sy by Beeslaar verbyskuur.

Hulle tree na buite deur twee groot glasdeure, na 'n klein stoepie onder 'n elegante afdak van gestreepte seil. Twee groot gemakstoele kyk op die dorpsrivier uit. Só, besluit Beeslaar, lyk dit in die skoot van die rykes. Links van die stoep, tuin. Mooi tuin. Blommende herfsstruike in helder oranje en rooi. 'n Lang swembad, uitgeverf in modieuse loodgrys, sipresse in plantbakke op die twee verste hoeke, 'n dek van kiaathout wat dit omsoom.

"Wat presies doen jy hier?" Sy kyk klipoog na hom.

"Niks. Heeltemal niks. Ek was toevallig by dieselfde begrafnis as die ou tannie. Het haar net kom aflaai."

"Nou dan't jy niks hier geverloor nie."

Hy knik. Wil omdraai, maar sy praat weer: "Ek dag ek sal mooi ordentlik wees vir die wit mense, maar . . ." Sy kyk verwytend op na hom, dan verby hom na binne, waar Trula Momberg nou Quebeka se leë stoel ingeneem het.

Beeslaar rem die boonste knoop van die stywe hempboordjie los. Hy weet nie wat om daarop te antwoord nie. Hy wil eintlik net fokkof.

"Begrafnis, sê jy?" Die vraag vang hom onkant.

"Oudkollega. Hy't hier kom aftree."

"Oom Blikkies."

"Jy't hom geken?"

Sy knik: "Kry die sirkus op pad en moenie van die vlooie op die trampoliens vergeet nie."

'n Blikkieïsme.

'n Warm golf staan op in Beeslaar se borskas. Druk die bloed tot in sy ore.

"So jy moet die Kwartel wees. Albertus Markus Aurelius Kwartel. Die vierde tot in die vyfde mag . . . tot in die oneindige."

Beeslaar kyk weg, bang die pyn is sigbaar.

"Einste . . ." Sy stem is skor. Hy maak keel skoon. "Het ek reg gehoor? Hierdie was 'n . . . wat? Inbraak was sleg skeefgeloop het? Huisroof?"

"Wie't vir jou gesê?"

"Die man. Du Toit." Hy kyk vlugtig terug na binne, waar Rea steeds die seun in haar arms het. "Ek was toevallig naby toe hy sy ma bel met die nuus. By die begrafnis. Sy't die foon vir my gegee."

"En hy het gesê dit was 'n huisroof."

"So iets, ja. Was dit dan iets anders?"

"Fokweet. Maar dis nie nou so belangrik nie. Die belangrikste is, dis 'n ramp. Lyk of . . ."

Sy huiwer 'n oomblik. Dan: "Kom kyk self."

Vir die tweede keer vandag is hy 'n mak gans. Traak hom min, hierdie keer. Want in sy kop kom daar 'n stilte. Bekend. Asof al sy sintuie stil raak. Om van diep binne te luister, versigtig te tas na die skimme van die boosheid wat nog dralend hang. Ragfyn spinnedrade, vae eggo's van geweld, onsigbaar en ontasbaar, tensy jy weet hoe om te luister. Dis asof sy hele lyf daarop ingestem raak, die snare tussen hart en kop en lyf saam begin vibreer.

Sy lei hom deur die deftige eetkamer. Hulle loop versigtig muurlangs, op hul tone. Die forensiese mense is klaar besig met uitmerk en afmeet. Naaldekokers, het ou Blikkies hulle altyd genoem. Kom sit net en kyk vir die kak. En styg dan weer op. En jy kan vergeet van iets bruikbaars uit hulle uit kry. Vat hulle weke. En Blikkies het van destyds se forensies gepraat – toe lees en skryf nog 'n voorvereiste was vir 'n jop in wetstoepassing.

Die eetkamer is met 'n boogmuur geskei van 'n groot, informele leefvertrek. Die muur het plek-plek openings waarin bottels wyn grasieus lê en verouder.

En dan tref die verwoesting van die moordtoneel: die vlekke bloed wat uit die leefarea op die wit eetkamermat ingedra is. Iemand met baie bloed aan sy klere het muurlangs om die eetkamertafel geloop. Daar's strepe sigbaar. Heen-en-weer strepe. Ook op die mat. Baie spore.

Hy loop agter Quebeka aan tot by die ingang van die leefvertrek, waar die naaldekokers in hul plastiekpakkies rondskarrel. Daar's 'n eethoek en kroeg links en 'n TV-ruimte regs. Die vloer lê besaai van plante. En stukke erdewerk – waarskynlik die houers waarin die plante was. Baie plante. Baie stukke porseleinskerwe.

Dan sien hy die slagoffer: 'n vrou. Haar agterkop. Só papgeslaan, die grysstof peul sigbaar deur splinters been en hare. Soos 'n oopgekloofde rysmierhoop. Sy's op 'n breë sitkamerbank. Sittend. Hy sien haar van die rugkant af, skrik toe hy die haarkleur registreer: rooikop. Hy skud sy kop vinnig, om die wiele daarbo van die syspoor af te kry: Nié alle rooikoppe is Gerda nie.

"Daar's gepeuter hier," hoor Beeslaar homself sê. Hy word beloon met 'n glimlag van Quebeka. Hy hou van die lig in haar oë: soos 'n hond wat springhaas geruik het.

"Kom," sê sy en draai om, "ons gaan kyk van anderkant af."

Hulle stap weer terug voordeur toe en uit. Om die huis. Nóg 'n fontein en 'n dam. Hierdie keer 'n kruik wat kunstig omgeval het en 'n piepiestraaltjie water lek. Wewenaar se

kruik in sy kanon in, sou Blikkies onmiddellik gesê het. Hy't
'n ding gehad met uitdrukkings, ou Bliksem van Blerk. Veral
vir onvanpastes.

Hulle loop tot op 'n groot stoep agter. Daar's 'n sandput
vir kampvuur maak, 'n gasbraaier in die hoek, groot genoeg
om 'n missiel maan toe te lanseer.

Die rugkant van die huis, sien Beeslaar, is eintlik die voor-
kant. Waar die inwoners wérklik leef – die stoep, gedeelte-
lik onderdak, loop uit op nóg 'n swembad, maar kleiner.
Meer 'n plonspoel met 'n spuitfontein. En daar's die braai,
'n luukse sitstel van rottang en opgepofte lapkussings, die
hout-en-chroom-eettafel . . . baie geld se goed.

En die duurste bonus van die lot: private uitsig op die ri-
vier en berg. Voel of jy net jou hand hoef uit te steek. Pluk jy
'n hand vol heideblomme en proteas. Trossie laat-druiwe uit
die rooi wingerde wat teen die berg uit hardloop.

'n Ry glasdeure verbind die leefkamer met die stoep. Twee
van die deure staan oop. Quebeka gee vir hom handskoene
en 'n stel oortjies – om oor sy skoene te trek. Oortjies. Nog 'n
Blikkies-woord. Snaaks hoe 'n ander mens sy merke so diep
op jou los.

Die reuk van rou vleis en iets chemies hang nog in die lug.
Fresh kill. En onder dit, die klam grotreuk van grond. Uit
die blombakke wat stukkend oor die marmervloer gestrooi
lê.

Beeslaar se hart spring wéér toe hy die rooikop sien. Maar
daar's g'n sprake nie. Die vrou op die bank is lank en bene-
rig. Anoreksies maer. Hy volg Quebeka tot by die bank. 'n
Reuse-televisieskerm op die muur oorkant die bank is aan,
die klank gedemp.

"Kyk," sê sy en wys vir hom die bloedpatrone om die bank.
Kolle, traanvormige spatsels, deurmekaar skoenspore. Tussen

die bank en die TV is daar 'n lang koffietafel van glas. Die glas is gebreek. In die middel van die skerwe lê 'n bronsbeeld. Dis 'n brahmaanbul, sien hy, bloedbesmeerd. Daar's ander merke ook, maar hy kan dit nie goed uitmaak nie. Die beeld lê half toe onder 'n aantal luukse fotoboeke. Kolle bloed oor die goue staar van 'n leeu op een van die buiteblaaie.

Aan die ander kant van die tafel lê daar nog bloed. Lyk soos Australië as mens vinnig kyk, dink Beeslaar. Baie bloed, Australië is groot.

"Sy't nie op die bank gesterf nie, of hoe?" vra Beeslaar toe hulle weer buite staan.

"Ons het haar so gekry."

"Hoe laat?"

"Die roep het kort na vier ingekom. Toe die kinders van die skool af gekom het. Die dogter, watsenaam . . ." Sy rol haar oë. "Emmie, Evvie . . ."

"Ellie."

"Was glo eerste tuis. En toe die seun. Hý't die pa gebel."

"Wat waar was?"

"Laat sake-ete. Die Volkskombuis."

"En hý't jou gebel?"

"Nee, hy't sy prokureur gebel, saam met wie hy by die restaurant was."

Beeslaar sê niks. Kyk oor die werf uit, hande op die heupe. Na die grys rots van die berg. 'n Roofvoël wat daar bo in die warm lugstrome sweef. Dan kyk hy terug huis toe.

Besluit, sê hy vir homself. Voor jy die volgende vraag vra. Want dan's jy vas. Hoek deur die wang. Jy spartel nog ewe, maar dis nag-Nella en verby-Doris-Day.

Maar sý maak die eerste skuif: "Hy was 'n vol kolonel, dan nié?" vra sy en tuur saam met hom na die berg. Sy verwys na Blikkies, weet hy, en hy knik.

"Jy was gelukkig."

Hy kyk na haar. Sy's eintlik bliksems mooi. Fyn vel. Egalig, die kleur van donkersjokolade. Prominente wangbene. Haar wenkbroue maak 'n boog, die vlerkspan van 'n grasieuse voël. Groot, uitdrukkingsvolle mond. Maar dis haar oë wat haar anders maak. Bruin met goudvlekke. Helder oë. Slim. Hy't 'n swak vir slim oë. En gul monde. Gerda s'n. Die rooi massas hare wat haar fyn gesig omring. Die groot, uitdrukkingsvolle mond. Jy kan haar gemoed al van ver af opsom aan die trek van daardie mond.

"Om 'n man soos oom Blikkies in jou lewe te hê, bedoel ek." Sy glimlag. Skitterwit tande. "Ek hoor jy's deesdae nie meer in Jozi nie."

Hy skud sy kop, kyk af na sy skoene. "Dank vader ook," is al wat hy uit sy kop kan krap om te sê.

En dan doen hy dit: Hy tree oor die streep. Hy vra die vraag:

"Die toneel hier . . . dis bietjie té intiem vir 'n huisroof. Of hoe?"

41

5

D ie pyn in Ghaap se maermerrie slaan sy asem weg. Dis van die worsteling met die motorkaper. Die een wat Ghaap per ongeluk vasgetrek het toe hy sy kardeur oopsmyt – nog in die ry. Kêrel het hom disnis gehardloop teen die deur. En in die gestoei agterna is daar lekker op Ghaap se voete en sy maermerries gedans.

Tot die skoot afgegaan het.

Dit was die kaper wat geskiet het, blindelings. En een van die trekkie-outjies wat uiteindelik sy tjank vir hom afgetrap het. Net daar, op Ghaap se maermerries. Ghaap self was salig onbewus, want hy't uitgepaas, dalk van skrik. Eers bygekom toe iemand 'n flits in sy oë skyn om te kyk of hy dood is. Hy't nog steeds op die agtersitplek van die kar gelê, bene na buite. Hy was bewus van 'n klomp deurmekaar stemme en uitroepe. In Afrikaans, Engels en wat hy vermoed Zoeloe is. Daar's nie Zoeloes in die Kalahari nie. So hy kan nie die taal so maklik van ander swart tale onderskei nie.

Hy't soos die doos van die eeu gevoel.

"Kry hom uit die kar uit," het iemand geroep. "Hy't daai bullet gevang. En kry die medics!"

Ghaap het regop gebeur. "Ek's cool," het hy gepiep. Toe harder: "Los my uit. Ek makeer ga'n niks!"

En dis nou amper sesuur in die aand. En hulle is nog steeds

net hier. Sit en wag dat die toneel klaar opgeskryf word. Wag vir die vingers om klaar te kry in die gesteelde Golf. Sodat almal kan aangaan.

Dis Mthethwa wat moet skryf. Hy's die senior in rang, ver verby sy jare en vermoëns bevorder. Kom glo uit die regte families, diep ANC-bande wat teruggaan na die vryheidstryd. Dis 'n oop geheim dat hy dink hý moes stasiebevelvoerder gewees het. Nie die Indiër-ou wat blykbaar nóg nouer familie-bande het nie.

Mthethwa skuif die skryfwerk af op Mabusela. Dié doen dit in die helder kajuitlig van 'n kollega se bakkie. Sigaret in die een hand, sel tussen die skouer en oor vasgeknyp. Ghaap wonder hoeveel hy geskryf kry. En intussen is dit maar wag, hier in 'n klein doodloopstraatjie in Mofolo, halfpad tussen Motor Mountain-heuwel en Dube. Mthethwa self staan een-kant en klets met 'n groepie ysterbaadjies, soos Ghaap hoor die manne hier van die uniform-outjies praat. Aan Mthethwa se handgebare lei Ghaap af hy vertel die storie van die car chase. Met homself natuurlik in die hoofrol. 'n Darkie-Vin Diesel, Soweto se eie *Fast & Furious.*

Ghaap verstaan niks van die iKasi-sleng nie. Dis dié dat hy homself maar eenkant hou – op die agtersitplek van die Toyota, skuinsgedraai, met sy voete op die grond langs die kar. Hy rus die regterbeen veral, oor die pyn so erg is.

Nou en dan, sien hy, wys Mthethwa in Ghaap se rigting. Sy platpoot-gehoor lag met wit tande.

Ghaap steek sy hande dieper in sy parkasakke in, laat sak sy kop. Dis nou nét wat hy nodig het: van zero na hero . . . na zero – slaan flou neer as daar 'n skoot naby hom klap. Soos 'n ou vrou.

Hy sluk die bitter spoeg wat in sy mond vorm. Wens vir die honderdste keer vandag hy was by die huis. Wonder of hy nie vir Beeslaar moet bel nie. Maar dié's met vakansie. En sal hom tien teen een nog uitkak ook. Hy't hoeka nie gekop wat Ghaap se skielike lus vir Soweto was nie. "Plek's deesdae so vol bull-shitters wat rang jaag. Spandeer meer tyd om die stats te kook as boewe te vang," het hy gebrom. Ghaap het ewe gesê hy wil "ware misdaad" gaan leer. "Misdaad is oral dieselfde. Dit vat net een poephol om sy moer op 'n stok te steek en sy vrou of sy gabba te lem. Al verskil is, daar's meer poepholle in Soweto."

Ghaap sug. Probeer die pyn in sy been ignoreer en sien tot sy misnoeë hoe een van die trekkies nader loop.

"Wat skud, ou grote?" Dis die trekkie wat die kaper uitein-delik platgetrek het. Hulle lyk op die oog af na bruikbare ouens. Mens sien hulle oral, het Ghaap nou al agtergekom in sy paar dae hier. Wilde klonge wat in opgezoepte Golfies en Subaru's die blou hel uit die plek uit losjaag. Hulle dra hulle eie uniform: gelaaide Glocks op die heupe met oor-genoeg ekstra clips, stywe jeans en vaartbelynde jagstewels. Net soveel deel van die landskap van Johannesburg soos die mynhope en die SABC-toring. En nie sommer hierjys nie. Dis 'n belangrike subspesie in die groter net van wetstoepas-sing. En omtrent almal oudpoliesmanne. Ouskool. Harde manne. Hare militaristies kort, gejel, box cut of heeltemal skoongeskeer. Dagoud baarde. Rook soos diesellorries. Vat nie kak van kabouters nie.

Die outjie wat die vraag gestel het, is kort. Maar taai – te oordeel na die paar voorarms wat oor die kardeur hang.

"Wat sal mens nou sê?" kom dit floutjies van Ghaap.

"Jy't hom da'em dik gewiks, my ou!" Die man se oë is on-leesbaar in die donker. "Hy sit nou nog en tjank daar agter in daai wên." Hy verwys na die polisiebakkie waarin Mabusela sy vorms sit en volskryf. Die konstabel wie se bakkie dit is, sit agter die stuur, besig met sy eie logboek-gekrabbel.

"Ons soek daai meerkat al baie lankal." Hy praat rustig. Asof hy 'n ouderling is, Ghaap sy gekwelde wykslid. "Hy's 'n specialist, mos. Vat eintlik net Lexus SUV's. Het sy eie starter pack en slang. Peena enige Lexus daarmee. Woep, is hy oop! Wat hom besiel het om vandag 'n le vora te loop haal . . . Maar één ding kan ek jou sê . . . Hy't 'n fokken fabulous flater begaan. Hy's 'n rakker, hy. Twee jaar gelede 'n ou antie se kop inmekaar getimmer en haar Lexus gevat. Sedertdien is hy in die wind. Tot nou toe." Hy't 'n pakkie sigarette uit, steek een aan en hou dan die pakkie uit na Ghaap, wat sy kop skud.

"Wat's 'n 'le vora'?" vra Ghaap. Hy wens die ouens wil hom uitlos, want hy wil in rus en vrede kyk na die skade aan sy maermerries. Hy sweer iets is gekraak of gesplinter, want die pyn maak hom mal.

Die trekkie lag. "Golf VR6. Dis maar wat hulle hom hier in die wyk noem." Hy bly 'n oomblik stil, bekyk vir Ghaap, wat hoop hy gaan skoert. "Hoe lyk dit dan vir my jy's nie lekker nie, my ou?" Die man haal nie die sigaret uit sy mond vir praat nie – gooi sy woorde so uit die een hoek van sy mond. Soos Popeye.

"Ek's cool," lieg Ghaap kordaat en beur orent. Maar die pyn in sy been sluk sy wind in.

"Woza!" roep die trekkie en tree om die oop kardeur. "Sit, my ou. Sit. Lyk my jy't seergekry. Jy tune dan niks!" Hy druk Ghaap se lyf liggies terug in die sitplek in en sak op sy hurke, tas versigtig langs Ghaap se kuite af. Eers links. Dis toe hy aan die regterkuit vat dat Ghaap deur die dak wil spring.

"Heiii, ou grote, hier's bloed, jong. Wag. Ons moet lig kry!" Hy lig Ghaap se been versigtig op, tot dit liggies op sy bobene rus. "Mauritius!" roep hy oor sy skouer na die bondel mans wat by die gekaapte kar staan. "Bring bietjie 'n torch

hiernatoe! Ek dink hierdie laaitie het daai bullet gevang!"
Ghaap wil flou word van die pyn; sy tande begin onbeheersd klapper.

"Moet ons die medics laat kom?" Die flitslig skyn vir 'n oomblik in Ghaap se oë en hy keer met sy hand.

"Jissie, my ou. Jy't wragtag daai bullet gevang. Dit moes die ricochet gewees het. Lig! Mo, man! Skyn die fokken torch hiér, dat ek kan sien wat ek doen!"

Ghaap voel hoe die man die veters van sy uniformstewels versigtig losmaak. Hy hoor 'n skeurgeluid en besef te laat die ou is besig om sy broekspyp oop te sny. Maar hy's verby traak, hy baklei nou net teen die uitpaas. Hy lê plat op sy rug op die kar se agtersitplek, sy kake opmekaar geklem.

Dan is daar skielik 'n siedende brandpyn. "Au! Fokkit, man, wat de fok maak djy!"

"Toemaar, my ou, hy's uit!"

Ghaap kom regop en sien hoe die trekkie iets triomfantlik omhoog hou, asof hy pas 'n baba gevang het. "Dis'ie bullet, my ou. Hy's uit," roep hy uit die hoek van sy mond, sigaret in die bek. Dit maak 'n rooi golfpatroon in die nag as hy praat. Mo, wat gebukkend die flitslig vasgehou het, vat die 9 mm-koeëlpunt by die sittende kêrel. Agter hom het die hele spulletjie trekkies en polisiemanne nuuskierig kom saamkoek.

"Hy's blerrie gelukkig," saai Mo ingenome uit. Hy't 'n hoë stem, half hees, herinner Ghaap aan die *Godfather*-flieks. "Dis net 'n ligte vleiswondjie. Die bullet was nie eens onder die vel nie!"

Ghaap kyk af na sy been, sien die plek net regs van sy skeenbeen waar die koeël vasgeslaan het – tussen die leer van sy stewel en die broek. Daar's nie dramaties baie bloed nie, besef hy, half teleurgesteld. Hy buk af om die storie van

46

nader te bekyk en die sittende trekkie hou die broekspyp oop dat hy kan sien.

"Shit, my ou, jy's gelukkig, hoor. As daai bullet annerkant opgespring het, was jy dalk die mouter kwyt!" Vir 'n oomblik weet Ghaap nie waarvan die man praat nie. Dan snap hy. Maar die verligting wat hy dink hy behóórt te voel, wil nie met volle oorgawe kom nie. Tog, hy was nog altyd van plan om vrou te vat en kiddies te maak.

Ghaap haal sy sakdoek uit en vee die bloedstreep af wat uit die oop wondjie loop. Hy vermoed daar sal die volgende dag 'n moerse blou kol sit. Maar ja, hy was seker gelukkig.

"Daai meerkat se kak het pas verdriedubbel," sê Mo vir die omstanders. "Poging tot moord op 'n poliesman!" Sy aankondiging word begroet met die nodige applous. Net een ou sug: Mabusela, wie se papierwerk pas verdubbel het.

"Nou hoe kom daai bullet in die man se been?" vra hy onthuts. Hy beur deur die klomp tot by die sittende Ghaap. "Wys my jou been. Ek wil sien!" Hy staan só naby, Ghaap kan sy plaak-asem ruik. Agter hom skud die trekkies hulle koppe, kyk betekenisvol na mekaar. Dis soos dit deesdae is, sê die kyke op hul gesigte, die jop het net 'n werk geword. Eight to five. Niks meer nie.

Ghaap hou sy bek en trek sy broekspyp weg.

Mabusela kyk. "Haai man, dis'ie 'n koeëlwond daai nie. Dis 'n skraap! Waar was daai koeël?" Die trekkie wys hom die merk in die metaalraam van die deur waarteen die koeël afgekets het voor hy teen Ghaap se maermerrie te lande gekom het. Ghaap wys hom die gaatjie in die broek. "Shit!" sê Mabusela en klap sy tong. Dan draai hy om en staan kopskuddend terug.

"Kom ek help jou op," sê die kortgat-trekkie en steek sy hand uit na Ghaap. "Ek's Ghalla, by the way. Ghalla Kruger.

47

Ek ry saam met dié snare." Hy wys met sy kop skuins oor sy skouer na waar Mo en nog 'n man in kakie-jeans staan. "Ons ry algar vir Trackers." Dis een van die grootste opsporingsorganisasies in die land, weet Ghaap. Spesialiseer in motorkaping en -diefstal. "Dis nou Mo van Schoor hier'ie," sê hy en vuis-tik die grootste van die drie teen sy allemintige boarm. "Sy ma roep hom Mouwie. Maar jy moet liewer maar by 'Mo' hou, liefs 'Dokta Mo'. En dié," hy wys die derde man uit, "dié's nou ou Dawid Vermeulen. Jy roep hom sommer Duif! Hy's nie fyngevoelig nie." Duif is 'n knewel. Lank en gespierd, maar lenig. Lyk soos ure in die gim. Sy kop is kaalgeskeer en so rond soos 'n kiewieteier – met spikkels en al.

Hy knik sy gladde sproetkop, maar sê niks. Steek ook nie hand uit of niks nie. Lig net 'n wenkbrou.

Met die koeël uitgedolwe, begin Ghaap al beter voel en hy stel homself voor.

"Jannes," herhaal die grote Ghaap se naam en kyk hom takserend aan. "Hoor jy kom uit die Kalahari uit. Leeuwêreld, as ek dit reg verstaan. G'n wonder jy skrik nie vir die meerkatte van hierdie wyk nie!"

Ghaap lag verleë.

As die ou grote maar geweet het . . .

6

Beeslaar stoot sy bord kos vies eenkant toe.
Here, hy hoop nie hy raak nou van vleis af óók nie. Sal mos vrek van die honger. Hy kan klaar nie na rys kyk nie. En soms begin dit neuk met spaghetti ook. Kom van jare en jare se lyke uitgrawe. Waarin die maaiers al lustig krioel. Te veel lyke. Te lank al. Genoeg dat hy sy steak terugstuur as dit nie goed gaar is nie. Een van die dae raak hy nog 'n blerrie vegetariër. Vegetariër in die Kalahari. Ja, raait. Hy's al te lank in hierdie besigheid. Wat, net oor die twintig jaar? 'n Leeftyd. Te lank om vir die dooies te werk.

Maar dis nie dít wat sy aptyt bedonner nie. Dis die ding met hierdie dag: die rooikop, om mee te begin. Die mislikste begrafnispreek wat hy nog ooit gehoor het. En dis sy eie twee hande – wat jeuk. Wat wil ingryp. Sommer intrap al, toe hy daar aangesit gekom het met die ou tannies agter in sy kar. En hy sy tong moes byt om nie die swetterjoel blouapies wat daar rondhang in hul moere in te stuur nie. Op hulle radio's gehoor 'n ryk wit merrim is vermoor. En almal wil dit sien. Van heinde en van verre. Dese en gene. Hy onthou weer die ou met die tronk-tattoos. Beslis 'n bendebroer, te oordeel na die versierings op sy lyf. Die hande, voorarms, nek. Tot sy ooglede, twee kruise. Onder die een oog 'n aantal traandruppels.

Maar Quebeka . . . Sy's nie te sleg nie. Ofskoon sy die meerderwaardige houdinkie het.

Sy't seker ook maar haar probleme. Te jonk, vir starters. Vroeg dertigs, skat hy. 'n Rangklimmer, sonder die voordeel van ervaring in jare of 'n stewige mentor. En tipies van haar soort het sy die selfvertroue van 'n veteraan. Een moerske tjip op die skouer. Maar sy's slim. En hoe de hel sy met Blik-kies gekonnek het, bly 'n raaisel. Hy't vergeet om te vra.

Want die volgende oomblik was die SB daar.

Luitenant-kolonel Prometius Baadjies, stasiebevelvoerder. 'n Rysige bruin kêrel, vroeg vyftigs, wat soos 'n brander oor die toneel gebreek het, die paparazzi in tou. Hy't Quebeka laat roep om saam met hom op die foto's te kom staan. En toe's hy die huis in – na waar Rea du Toit en haar kleinseun mekaar sit en troos het. Hy het aandoenlik gesimpatiseer. In Engels, sodat die TV-nuus, die Engelse koerante en die swart ringkoppe boontoe op dit sou verstaan. En toe kom die emo-sionele vloed versekerings . . . die volle mag van die gereg . . . tot bo, by die minister self . . . geen steen onaangeroer gelaat . . . En die res van wat gewoonlik by dié soort konsert opgesê word.

Beeslaar het homself klein gedra en suutjies weggeglip. Teruggery na sy gastehuis toe. Om in te pak. Sodat hy kan huis toe gaan. Waar hy hoort.

Maar toe hy hom weer kry, dwaal hy in die laatagtermid-dagson deur die dorp se strate. Skop akkerblare op, so hard stap hy – om van die dag se oortollige adrenalien ontslae te raak.

En die ding wil hom nie los nie. Dit bly maal in sy gedag-tes. Die vreemdheid van die toneel. Te veel bloed. Te veel drama. Asof die moordenaar 'n boodskap wou los.

'n Rower?

Huisroof lýk dikwels so. Wanneer dit skeefloop. As die huismense nie saamspeel nie. Maar so helder oordag? Miskien werk hulle anders hier in die Kaap. Gewoonlik wag die rakkers vir pappie om by die huis te kom. Want hý dra die kluis se sleutels. Sal die vuurwapens oorhandig. En die kontant. Maklike prooi, so 'n ryk sakeman. Met sy sagte handjies, wat dink sy geld hou die lelike kant van die wêreld buite. Maar hy's klei, so 'n ou.

Sit die pistool teen klein Jannie se kop. Of die miesies. En hy vou. Sluit alles oop. Pak dit vir jou in. Gee jou al sy skatte. As jy tog net sy gesin sal uitlos.

Met al dié gedagtes in sy kop het hy geloop. Op 'n kol by die dorpsrivier beland, 'n breë oewer onder reuse-akkerbome. Nét af van die middedorp, met 'n voetpad wat al langs die watergang af drentel.

Dit was skielik besig daar. Mense wat met hulle honde stap en jongmense in sportklere. Langbeen-meisies met poniesterte, kort maroen rompies, wat hokkiestokke swaai terwyl hulle uitbundig loop en kekkel.

Die maroen rompies het hom laat dink aan die dogter, Ellie. Sy het nie skoolklere aangehad nie, of het sy? Dalk is sy van die soort wat nie uniform kan verdra nie, dadelik uittrek as sy by die huis kom. Make-up aansit. Baie daarvan. Swart lipstiek, punkerig.

By 'n smal, geplaveide brug het hy oorgestap en was skielik in 'n fraai, formele tuin. Met 'n standbeeld in die middel. Hy't gaan kyk wie's die kort mannetjie daar in die beeld. Dok Craven, sien hy toe, die ou rugbylegende van Stellenbosch. Die beroemde hond wat ewe by sy ystervoete sit en ewe saam-saam die ewigheid instaar. Bliksem, was die hond se naam.

Hy't die hond se kop gestreel. Sonder om te dink wie sien.

51

Gekyk of hy iets bliksems in die dier gewaar. Soos jy op 'n myl-afstand by Blikkies kon sien.

Oom Bliksem. Wat sy gedagtes teruggebring het by Quebeka. By die helse verantwoordelikheid wat sy gegee is. Dalk te veel vir 'n mens wat gefast-forward is oor sy swart en vroulik is. Gaan sy enduit kan volhou? Want uit 'n ondersoek-oogpunt is dit klaar nag vir haar. Daai toneel is so vertrap. Lyk of 'n trop beeste daar deurgesleep is. Gaan forensies jarre vat om kop of gat te maak van al die spore rondom daai toneel.

Die seun, het hy gemerk, was kaalvoet. En daar was nie kaalvoetspore op die toneel nie, nie wat hy met die eerste oogopslag kon sien nie. Maar . . . Kan ook doodgetrap wees deur al die ander.

Die meisiekind: Sy't tekkies aangehad. Van die soort wat tieners lief is om te dra – Amerikaanse basketbaltipes. North Stars, of so iets. Wat toeryg tot bokant die enkel.

As hy reg onthou, het hy bloed aan die tekkies gesien.

En die pa? Van dié't hy eintlik net 'n wasige herinnering: Gemiddelde lengte, stewige bou. Vaalbruin kransie hare om 'n breë pan. En intense blou oë agter 'n bril. Die oë vol verwildering. En paniek.

Beeslaar het in die goue herfsmiddag rondgestap en blare opgeskop tot dit donker was. En hy rigting moes vra om terug te kom by sy gastehuis. Die een wat ou Blikkies vir hom gereël het. Hel, besef hy nou, hy was nog nooit op 'n Kaapse wynplaas nie. Upington s'n tel nie. Val meer in die papsakkategorie. Maar 'n Stellenbosse wynplaas was vir seker op die vakansielys.

"Ek kan nou nie vir jou blyplek aanbied nie, maar een van die oumense hier het 'n kind of 'n ding met 'n gastehuis op die dorp. Ek kan haar vra om vir ons 'n spesiale prys te maak.

Dan kom jy vir 'n paar dae. Wys ek jou hoe die beskawing lyk."

En nou sit Blikkies pens en pootjies in 'n ander dimensie – newwermaaind beskawing.

Beeslaar het nogal uitgesien na die trippie. En die kuier. Want Blikkies was nou maar eintlik naaste aan familie wat hy die afgelope twintig jaar gehad het. Alles wat hy weet, het hy by hom geleer. Praat van sakke sout.

Hy't die oubaas laas gesien kort voor hy uit Johannesburg weg is. Toe Blikkies die pakket gevat het. Vervroegde aftre-de. En toe gaan sy dogter se hondjie, ou Toffie, ook boonop dood. Toffie was al wat ou Blikkies in daardie stadium nog van Tertia gehad het.

"Dat mens nou so kan stukkend raak van 'n hond," het hy gesê. Maar hulle het al twee geweet dis meer as die hond. Dis 'n leeftyd van dinge wat in jou opdam. En dan gebeur daar iets. Soos Toffie gaan dood. En die damwal breek.

Hy't Blikkies by sy woonstel in Triomf gaan oplaai en hulle het die hond in Wespark gaan begrawe. Eenkant toe, hoog teen die heuwel op, skelmpies, naby die Joodse grafte.

En op pad terug het hulle by die Seven Oceans-drankwin-kel in Westdene gestop en 'n bottel brandewyn gekoop. Dit saam-saam seergemaak.

Beeslaar sug diep en neem 'n sluk van die louwarm tee wat hy by sy ete bestel het. Hy kan nie vat kry aan die asyn wat hulle hier vir wyn laat deurgaan nie. Bestel maar tee.

Maar dit smaak na hondepis.

Hy stoot die koppie eenkant toe. Wat nou?

Hy het jare se opgehoopte verlof. Kan nog bly, as hy wil. Vir 'n slag ordentlik vakansie hou.

Maar hy sal nie.

Tensy . . . Hy dink vlietend aan Gerda. Hul laaste ontmoeting . . . Haar sagte hals en gesonde, groot borste. So sag. Vul jou hele hand met warm geluk. Om saam met haar in die wynlande . . .

Nee, Beeslaar, vergeet dit.

Ghaap wil iemand bel. Vertel van die aand se dinge. Die kaper wat hy per ongeluk vasgetrek het. Die feit dat hy 'n bullet gevat het.

Maar wie? Sy ma? Dit sal te veel drama afgee.

Hy bel die enigste ander persoon wat hy kan vertel. En nes hy verwag het, is daar nie blydskap aan die ander kant van die lyn nie: "Weet jy watse fokken tyd van die nag dit is?!"

Ghaap grinnik in die telefoon in. Dis nou vintage Beeslaar: onbeskof.

"En goeienaand vir jou ook, baas Beeslaar. Bly om te hoor dit gaan goed met jou. Nee, met my ook, baie dankie. Behalwe dat ek vanaand 'n bullet gevat het!"

"Wat? Waar? Waarvandaan bel jy? Jy seergekry?"

"Natúúrlik het ek fokken seergekry. Bliksems seer. En ja, ek het die ou gevang wat dit gedoen het en dankie dat jy na my gesondheid ook vra!"

"Grappies op 'n stokkie, Ghaap, is jy genuine geskiet?"

"Ja, ek is. Maar dit was 'n dwaalkoeël. So die skade was min."

"'n Dwáálkoeël? Waarvan praat jy, man? Het een van die gattas van daai plek jou per ongeluk geskiet?"

Ghaap lag. "Nee, dit was 'n hijacker. Ons het hom gejaag. En toe skiet hy my raak."

"Kak, man. As jy regtig geskiet was, het jy my nie gebel nie. Jy't by oom Avbob ingeklok!"

Ghaap vertel vir Beeslaar die hele storie. Toe hy klaar is, is daar stilte.

"Hallo?"

"Ek's hier, jong. Ek probeer net my woorde terugvind. Wie's die manne saam met wie jy gery het?"

"Twee AO's: Mabusela en Mthethwa."

"Mabusela soos in Bandile? Buzi, noem hulle hom."

"Einste. En . . ."

"Hy nog so dik?"

Ghaap grinnik. "Ek sal hom sê jy stuur spesiale groete."

"Hy's nie sleg nie. Wie's die ander ou?"

"Mthethwa."

"Familie?" Beeslaar verwys na die huidige Minister van Polisie met dieselfde van.

"Sal nou nie selwers kan sê nie," antwoord Ghaap. "Hy's nie maklik nie. Die senior van die twee. Maar hy laaik niks van hande uitsteek nie. Ken jy hom?"

"Here, Ghaap," is al antwoord wat hy kry.

"Sy naam is Sibusiso, maar hulle roep hom S'bu. Moerse goeie sokkerspeler, glo. Was blykbaar grootgemaak vir Orlando Pirates, maar toe neuk hy sy knie op."

"Nee, wat, hy's van na my tyd. Maar ek ken ou Mabusela. Een van die min wat nie bakhand loop nie. Ons het in 'n stadium saam gewerk."

"Sáám? Jy en hy?"

"Nee, nie so nie. Ons was net op 'n kol by dieselfde stasie. Maar dit was in die tyd toe ek nog met die ysters doenig was."

"Yster-wat?"

"Honde, Ghaap. Waffer stasie het jý gevang?"

Beeslaar het hom gewaarsku teen Soweto, gesê hy's nog

56

te nat agter die ore. Hy moet eers meer ondervinding opdoen. Maar Ghaap soek bevordering. En hy glo hy sal hier vinniger bevordering kry as op gatsrand in die Noord-Kaap, waar hy hoofsaaklik dronknes opbreek en messtekers vang.

"Orlando-Oos," antwoord hy. "Al van vorige Maandag af. Ek was net een dag op kantoor. En toe sê die SB ek moet saam met Mabusela en Mthethwa ry. Maar ons het verdomp meer gesit as gery. Van dag een af. Hele fokken tyd op Motor Mountain. En raai wie's die doos wat elke slag na die kuka shop gestuur word vir spys en drank? Die twee here wat sélf g'n sent bydra nie."

Hy hoor hoe Beeslaar aan die ander kant van die lyn lag.

"Hei, dis my plek daai!"

"Waar's jy, Beeslaar? Klink of jy hardloop."

"Ryneveldstraat, dink ek. Maar ek's rustig. Dis die wind wat so raas. Die beroemde suidoos, wat so die bome uit die grond pluk. En ek dink ek is besig om in my moer in te verdwaal. Maar waar kiep jy?"

"My nefie, Charlie, in Riverlea se flatse. Maar hy maak my móég, daai klong. Partytjiegat wat heelnag rumoer en ganja rook en bedags loodswaai. Maar sê my, het jy darem al vis gevang?"

"Ghaap, watse kak soek jy? Verlang jy jou ma, of iets?"

"Relax, man, relax. Ek wou eintlik maar net iets by jou uitgetjek het. En ek het nie besef dis só vrek laat nie."

Ghaap hoor Beeslaar iets sê, maar die wind raas só hard in die telefoon in, hy kan dit nie mooi uitmaak nie. Dan gaan die lyn dood.

Hy bel onmiddellik weer. Die telefoon lui tot by Beeslaar se bars stempos: "Kaptein Beeslaar. Los 'n boodskap." Ghaap druk weer die nommer in.

57

"Dis laat, Ghaap. En ek is nie nou lus vir kakpraat nie. Bel môre." Die lyn gaan dood.

Ghaap sit vir 'n hele ruk en staar na die selfoon in sy hand. Verbeel hy hom of het Beeslaar bietjie afferig geklink? So bietjie ekstra ver en los-my-uiterig. Hy hoop verdomp nie Beeslaar se kop gaan staan en haak uit daar in die Kaap in nie. Want dinge in die Kalahari gaan nie dieselfde wees sonder hom nie.

Beeslaar druk sy hande dieper in sy broeksakke in, spyt hy het nie sy nuwe, te klein baadjie aan nie. Dit was vroeër die aand windstil en warm. Hy gaan staan om sy neus te snuit, vererg met sy oë wat so water van die wind, sy neus laat loop.

Gewoonlik hou hy van wind. Maar hierdie ding hier . . . hierdie suidoos. Hy's te wild. Nog 'n goeie rede vir hom om rooidag môre in die pad te val. Huis toe. Shit, huis toe. Snaaks dat hy deesdae nie meer aan Johannesburg dink as hy dit sê nie. Voel vir hom hy's sy lewe lank nog in die Noord-Kaap.

Maar toe Ghaap netnou praat van Soweto . . .

Hy vóél die plek, eerder as wat hy hom onmiddellik sien. 'n Nare plek, op die beste van tye. Maar daar bly mense daar. Alle soorte. Skarminkels. Maar ook goeie, gewone mense. Die meerderheid. Mense wie se lewens ook maar woes opge-neuk is met apartheid. En nou se dae . . . Hulle vreet steeds die skerpkant van die land se misdaad.

Vir 'n lang ruk, toe hy nog in die honde-eenheid was, was hy daar. Dit op 'n manier liefgekry . . . die rye, rye, rye klein twee- en viervertrekhuisies. Omhein met enige ding wat sal regop staan – flentergat-walle teen die misdaad. En by die huise waar daar geld is, is daar die hemelhoë vibracrete-mure. Hy glimlag, onthou skielik die township-naam vir die mure: stop nonsense walls.

En die sinkplaatkrotte – mukuku's soos hulle daar bekendstaan. Meer as wat daar hare op 'n hond se rug is. Elke agtertuin het een. Of drie, of vier. Aanmekaargetimmer van stukke optelhout, sinkplaat, swartsakke. Lyk soos kraaineste. En daar's altyd 'n swetterjoel kaalgat-kleintjies. Met snot wat in twee vet slymstrepe uit die neus in die mond in loop. En hoenders. Wit leghornhoenders. Rocks, noem die locals dit, pothoenders.

Toe hy daar aangeland het in die laat tagtigs, was dit nog hoofsaaklik vir onlustebeheer. Hoe't hulle nie daai plek deurkruis nie – snags as die sogenaamde comrades ontpop het in comtsotsi's, 'n skrikbewind gevoer het. Die boendoehowe, waar snotkoppe van so jonk as veertien "ongehoorsames" verhoor en self gestraf het. Ouers, onderwysers, dominees – enigiemand wat die comrades geïrriteer het. Met strawwe wat wissel van lyfstraf tot necklacing.

Beeslaar ril en slaan sy hempskraag op. Hy't op die hoek van 'n straat uitgekom wat vir hom vaagweg bekend lyk. Links af sien hy fakkelvure op die sypaadjie voor 'n restaurant. Vir die res is die strate stil. Negeuur op 'n Dinsdagaand. Waar sou die plek se krippe wees? Dorp met 'n universiteit, kollege – sal mos darem kroeë hê. Of is die plek te grênd, dalk?

Van iewers hoor hy doef-doef-klanke. Hy volg die klank. Links af, maar hy sien 'n bondel jongmense op die sypaadjie. Lyk vir hom na 'n klub of 'n ding. Hy besluit daarteen, steek die straat oor.

Hel, dié dorp moet baie geld hê, dink hy toe hy by die hoeveelste standbeeld op 'n sypaadjie verbyloop. Hierdie keer is dit 'n brons jagluiperd, van onder belig. Gooi 'n onheilspellende skaduwee teen die blanke gewelmuur van een van die dorp se ou geboue.

Dis die room van die volk wat hier bly, het Blikkies eenkeer gesê. Maar hy glo die ou het dit sarkasties bedoel. Ou Blikkies het geglo geld koop nie vir jou gaaf wees en goedheid nie. "Mens is so goed of so sleg soos jou ouers jou gelaat staan het – ryk of arm," was sy leuse. In 'n stadium wou Beeslaar weet: "Nou wat dan van iemand soos ek, kolonel? Mý pa was nou nie juis 'n rolmodel nie."

"Dis hoekom ék daar is," het die ou na 'n lang stilte gesê. "Om jou in die bek te ruk elke keer as jy uit jou spoor trap."

Beeslaar glimlag by die gedagte. Blikkies was reeds nie 'n groot man nie. Beeslaar, met sy twee meter lange lyf, het hy dikwels sy "seer vinger" genoem. Want hy't die ou man verdwerg. Fisiek. En dit was ook al. Want daar was baie jare se harde ervaring en wysheid opgesluit in die ou man. En ja . . . medemenslikheid.

"Oubie!" Die stem klink skielik links van hom uit die donker op. Daar's 'n reusestandbeeld, sien hy. 'n Naakte man wat op sy tone sluip, twee horings op die voorkop, sluwe lis wat uit hom spreek. 'n Verslete wese leun teen die beeld se massale boud aan, hou sy hand uit na Beeslaar, wat hom vererg. Hy weet nie wat dit aan hom is nie, maar hy trek dronklappe aan soos brommers na 'n bol mis. As hulle klaar met die heining gepraat het of met die ousie baklei het, dan soek hulle hóm op.

"Ja, ouboet. Gaan slaap jy maar weer, man," antwoord hy en draai in sy spore om.

"Ek het mooi gekyk, oubie!" roep die stem agter hom aan. "Lyk 'n paar sentjies vir 'n broodjie! Dat 'n man daam oek kan ietsie eet!"

"Broodjie se moer," mompel Beeslaar en begin spoed op-

61

tel. Hy's éintlik honger, besef hy nou. En hy soek 'n plek waar hy 'n paar gebakte eiers kan wegwerk . . . waar die studente sal uithang.

Hy stap in 'n lang straat af met 'n groot wit gebou regs. 'n Saal, reken hy, dalk die dorpsaal. Hy swenk regs, hou aan loop. Toe hy by 'n T-aansluiting kom, hoor hy musiek. Hy sien dis 'n ou woonhuis wat omskep is in 'n kuierplek. *Mystic Boer* staan daar op 'n uithangbord buite. 'n Studenteplek: jongmense wat dit van hoek tot kant volsit, shooterglase, bierbottels, wynbottels om hulle. Hy moet twee keer vra of hulle koffie bedien voor die snuiter agter die toonbank hom reg hoor. Dan verander hy van plan en vra 'n dubbel-brandewyn. Meer gepas om 'n lewe sonder Blikkies in te wy.

Hy sit 'n twintig en 'n tien op die toonbank neer, skink 'n spatsel water by en kyk rond vir 'n sitplek. Dan ontruim 'n kêreltjie met 'n baard en poniestert sy kroegstoeltjie. Hy wys Beeslaar kan maar sit. Hy sit, sluk die hele glas weg en beduie vir die knaap agter die toonbank hy's reg vir volmaak.

Hierdie keer drink hy stadiger terwyl sy gedagtes maal oor die gebeure van die dag. Oor die gesprek met Ghaap vroeër vanaand. Hy hoop nou nie die klong loop staan en raak die kluts kwyt daar in Soweto nie. Hy wonder vlugtig of hy nie iemand kan bel, vir Ghaap terugkry by 'n plek soos Westbury nie. Tussen sy eie mense. Waar sy vuurdoop minder rou sou wees. Maar Ghaap sal hom nooit vergewe nie.

En dis later se worries. Vir eers drink hy 'n dop op Blikkies. Wat sy gedagtes onmiddellik terugvat na kaptein Quebeka. En die woede wat hy die middag aanskou het daar. En die feit dat dit nie sin maak nie. Die gevoel wat aan hom bly knaag – dat die misdaad van binne daai huis gekom het. Nie van buite nie.

Hy sluk en bestel nog een. Besluit dis nie sy worries nie.

9

Ghaap lê en rondrol.

Hy's ongemaklik, kry nie sy lê met die seer been en die pap holtes van die afgeleefde matras nie. Hiérdie plek, dink hy wrokkig, gaan hom nog doodmaak. Newwermaaind Soweto, hy gaan dit nie hier in Riverlea maak nie. Want dit ráás. Lyk die mense gaan nooit slaap nie. Hy sweer hulle vat beurte om geraas te maak.

Hy het net na middernag 'n geleentheid terug huis toe kon kry – 'n konstabel wat hom in die polisiebakkie gebring het. Hy kan darem weer loop, al is sy been nog seer. Hy het dit goed kom bekyk toe hy by die huis gekom het. Die maermerrie was klaar blou rondom die brandstreep wat die 9 mm-koperpunt teen sy been af getrek het. Dit het letterlik teen die bopunt van sy stewel, tussen die broek en sy stewel, tot stilstand gekom. Hy sal oorleef. As hy kan slaap, want sy neef, Charlie, se partytjie begin nou pas op dreef kom. Die plek was klaar blou van die daggadampe toe Ghaap hier aankom. Bierbottels wat oral rondlê en die een of ander Amerikaanse gangsta rapper oor die luidsprekers, ou Charlie se maters wat vir mekaar skree "p'sop, hie' kom'ie gattas!" Moerse snaaks.

Hy was skaars by die deur in, of Charlie probeer 'n verskrikking van 'n meisiemens aan hom afsmeer. Sy het 'n "passion gap" waar haar voortande moes gesit het. Dik gezol, haar oë glasig van die een of ander drek-drug wat die bruin mense van hierdie plek rook. Ghaap het na sy kamer gevlug, 'n stoel onder die deurknop ingedruk om seker te maak die tandelose teef los hom uit. Hy's verby gatvol, lus om sommer nóú al in sy kar te klim en terug te fokkof huis toe.

Aan die ander kant . . . As hy na net tien dae huis toe gaan, sal hy nooit die einde daarvan hoor nie. En van bevordering kan hy dan vergeet.

Hy dink aan die trekkies wat hy die middag ontmoet het. Al drie van hulle is oudpoliesmanne. Mo, die reus met die hoë, hees stemmetjie, vertel dat hy vyf en twintig jaar agter die blad het. In hierdie einste Soweto, maar hy't nie gesê by watter een van die nege stasies nie. Dis 'n moerse groot plek, het Ghaap die afgelope paar dae vasgestel. Meer as tweemiljoen inwoners, rofweg geskat. En daar kom elke dag nog by.

Ghalla, die klein outjie wat die bullet uit sy been gehaal het . . . Hel, streng gesproke het hy die bullet áfgehaal, nie uit nie! Ghalla is al langer weg uit die SAPD. Gebou soos 'n ratel, maar die slinkse smoel van 'n hiëna. En 'n gesig soos 'n bak roereier – growwe vel vol snymerke. Hy sê hy't eers transit gery – menende hy het die voertuie opgepas wat geld tussen banke heen en weer ry. Lewensgevaarlike werk, want transitorowers doen die jop met AK's. Hy's weg by transito nadat hy die enigste oorlewende was van 'n mislukte roof. Die rowers het die swaar transitowa omgestamp. En toe hulle nie deur die versterkte staalplate van die dak of die onderstel kon sny nie, het hulle 'n kan petrol oor die trok uitgesmyt en dit aan die brand gesteek. Vier wagte binne-in het verkool. Ou Ghalla kon loskom, maar het sy bakkies verloor, onder meer.

Die jongste van die drie, Duif, is ook lankal uit. Hy's die koel, stil Chuck Norris onder die lot. Sê minder, maar weet dalk die meeste. Hy's die langste van die drie by die opsporingsmaatskappy. Netjiese ouens. Hy kon hoor aan hulle praat hulle is ouskool.

En toe hy vra hoekom hulle weg is uit die polisie, was hulle antwoorde maar vaag. Mo, met sy gansstem, het gesê hý's uit oor dit vir hom tyd was. "Maar ek sal enige tyd teruggaan polisie toe," het hy bygevoeg. "My bloed bly blou. Maar jy weet hoe dit is . . ."

Ghaap het maar geknik. Hy weet wat die ou bedoel het. Daar's min toekoms vir wit mans, die salaris bly pateties en die meerkatte is besig om die oorlog te wen.

Oor sy twee "mentors" – Mabusela en Mthethwa – sal Ghaap nie huis toe skryf nie. Mabusela is orraait, maar Mthethwa slaan die kitaar tussen hulle. En hy's 'n lui donner. Behalwe as dit kom by die nuwe blougat "bietjie touwys te maak in die wyk". Die blougat synde Ghaap te wees.

Die wyk. Die ouens hiér praat 'n ander taal, een wat hy dalk nooit gaan baasraak nie.

Van binne, uit die sitkamer, het sy neef se partytjie nou rat verwissel. Die musiek raas nou só hard, Ghaap voel hoe tril die ysterbed waarop hy lê.

Hy staan op en gaan pluk sy kamerdeur oop, loop met lang hale tot by die twee groot luidsprekers wat onder die TV staan. Hy ruk albei uit hulle toue, gooi hulle eenkant toe. In die verskrikte stilte wat volg, loop hy terug na sy slaapkamer, skuif die stoel weer onder die deurhandvatsel in en val op sy bed neer.

10

D is amper twee-uur in die oggend toe Beeslaar uiteinde-
lik by sy gastehuis aankom.

Na regte moes hy sy lift in hegtenis geneem het. Want dié't
hou vir hou die brannas saam met Beeslaar weggepak. Êrens
het hulle oorgeslaan sambuca toe. Wat natuurlik 'n fout was.
Want ná sambuca kom daar altyd tequila. En ná tequila is
mens dors. Dan vat jy iets "ligs", soos cane virrie pyn. En so
aan.

Hy voel in sy broeksak vir die voordeursleutel. Sy hand vat
die nat sakdoek raak. Iewers in die afgelope vier uur het hy
en sy nuwe jong pêl sob-stories uitgeruil. Oor die lewe. En
het albei van hulle 'n skelm traantjie gestort.

Hy kry nie mooi gesien waar presies die deur se sleutelgat
is nie. Staan in sy eie skaduwee.

Hy wip van die skrik toe daar skielik 'n stem agter hom op-
klink: "Goeienaand, kaptein Beeslaar. Het jy hand nodig?"

Kaptein Quebeka.

Hy draai om, kyk reg in die helder straal van 'n flitslig in.
"Bly jy dan ook hier?"

Sy klap haar tong. "Ek was op pad huis toe," sê sy en laat
sak die flits. "En het gedag ek ry langs, sien of jy wakker is.
Maar jy was elders besig. Baie besig, lyk dit my.

"Gee." Vir 'n oomblik is hy verward.

"Die sleutel!"

Hy probeer weer die sleutelgat raaksteek, maar laat val die sleutel uit sy hande.

Sy buk en tel dit op. "Lyk my jy's een van daai ouens wat nie goed op 'n gat is nie. Toe, staan eenkant toe." Daar's lag in haar stem. 'n Mooi stem, besluit hy.

"Nou toe!" sê sy wanneer die deur oop is.

Hy hou aan die deurkosyn vas, bang hy lyk so dronk soos hy is. "Maar hoekom . . . e . . . hoekom soek jy mý? Is daar moeilikheid?"

Sy skud haar kop. "Nee. Ek . . . e . . . dag maar. Jy beter in die bed gaan klim," sê sy.

"Sorrie, ek's bietjie dronk," mompel hy. Hy wil nog iets sê, maar sy het reeds omgedraai en weggestap. 'n Oomblik later hoor hy 'n V8-enjin grom.

"Albertus, dis Rea du Toit. Van Groot Gewels. Ek hoop nie ek bel jou wakker nie."

Haar stem skeur soos 'n vleissaag deur sy babelas skedel. Wat ís dit met oumense dat hulle so hard oor 'n foon moet praat?

Hy leun terug in die bed en probeer in die skemerdonker van die vertrek kyk hoe laat dit is.

"Kan ek maar praat?"

Beeslaar maak keel skoon. "Praat maar," kry hy uitgewurg.

"Dis oor . . . Ons is . . . Dit was 'n verskriklike skok. Ek kan jou nie . . ." Sy blaas haar asem hard uit in sy oor. Probeer weer: "Dis . . . Mens dink dit kan nie met jou gebeur nie. Ek weet nie hoekom nie. Maar jy dink dit net nie. Ons . . . Ek was gister nie myself nie."

"Ek begryp, mevrou."

"Ek wou net nie hê jy moet dink . . . Ek was so bietjie skerp met die ou swart vroutjie. Dis die skok. Malan is my enigste seun."

Beeslaar vee slaap uit sy oë, onderdruk 'n gaap. *Ou swart vroutjie.* Hy wonder hoe kaptein Quebeka dáárop sou reageer.

"Maar dis hoekom ek jou bel. Ou Balthie is nou nie meer daar . . . dat ons na hom toe kan gaan nie, jy weet?"

Sy aarsel. Beeslaar wag, probeer saggies gaap. Hy't soos 'n drieton-os geslaap.

"Die ding is net, ons . . . ons weet nie of die mense hier plaaslik . . . Hoe sal ek nou sê. Dat hulle . . ."

" 'n Mens voel maar so, mevrou."

"Ek is nie 'n rassis nie, Albertus. Maar ek het nie veel vertroue in die mense hier nie. Jy sou nou dink hierdie dorp is ordentlik. Maar net die ander dag nog is 'n man ín die polisieselle dood. 'n Gesinsman, ordentlik. Wat aangehou is vir . . . vir. Ag, hy't gedrink. Maar hulle sluit hom toe met 'n beroepsmisdadiger. Dis eenvoudig 'n nes van korrupsie hier en 'n mens ys! Wat maak ons as hulle nou vir Malan opsluit? Wat? En as Balthie nog hier was . . . Hy sou vir ons kon raad gee. Wat ons kan doen. My seun, Malan. Hy's . . ." Haar stem loop vol.

Beeslaar wag dat sy weer haar woorde vind.

"Hy wil . . . Hy praat van privaat speurders. Want . . ."

"Mevrou, dis seker sy reg om privaat speurders aan te stel. Maar julle moet dalk net . . ."

Sy gee hom nie kans nie: "Ek weet nie of jy weet van die student wat hier vermoor is nie – so 'n paar jaar gelede. Mooi jong meisiekind. Ek vergeet haar naam. Maar dit was in die nuus. Sy's net soos Elmana . . . soos die ding wat Elmana oorgekom het. Die polisie hier het dadelik besluit dis haar kêrel. En . . . e . . . dit wás nooit hy nie. Dit het in die hof uitgekom. Hulle het getuienis verváls om die kêrel skuldig te laat lyk!

"En nou sit ons ook . . . met iets soortgelyks. En ek is bekommerd. Want daai twee kleinkinders van my . . . Hulle kan nie nog hulle pá ook verloor nie!"

Beeslaar sug innerlik. Hy't iewers in die nag self gewonder wanneer iemand die konneksie gaan maak met die opspraakwekkende moord op die student. Dit sal nie net Rea du Toit wees nie. Sy klink uitasem, gespanne. Het moontlik die hele nag gelê en spook met die ding, reken Beeslaar. Haar seun al in 'n plas bloed in die polisieselle sien lê.

"Mevrou . . ." Beeslaar se kop wil bars. En hy's naar. Proe kort-kort die cane en limonade van die vorige nag. Wat het hom besiél? Dan kom dit, sy maag wat opruk.

"Ek bel nou terug," sê hy vinnig.

En vlug badkamer toe.

Dis eers toe hy 'n paar minute later onder die stort staan dat hy besef wat die ou vroutjie hom nou juis gevra het. As mens dit vra kan noem. Dit was meer afpersing as iets anders. En sy klink nie of sy dikwels nee vir 'n antwoord vat nie.

Hy smeer sy hele lyf met seep. Dan skiet die middernagtelike voordeurpetalje met kaptein Quebeka hom te binne. Goeie fok, hy't 'n absolute gat van homself gemaak.

Hy klim uit en draai die groot handdoek om sy lyf, vee met die plat hand oor die toegewasemde spieël. Sy moet besig gewees het, Quebeka. Tussen haar en die naaldekokers en die vingermense. Hy wonder of daar al 'n leidraad is. Malan du Toit is seker een van die dorp se bekende miljoenêrs. Die saak sal mos baie aandag trek.

Teen die tyd dat die foon lui, is hy skoongeskeer en in 'n gekreukelde paar jeans.

"Mevrou Du Toit," antwoord hy so beskaaf moontlik, sonder die haas wat in hom jeuk. Want buite het dit nou lig geword. En hy wil wikkel. Om in die langpad te val.

"Quebeka," kom die antwoord egter. "Jy reg vir brekfis?"

Hy hap nog vir woorde, maar sy ploeg voort: "Oor 'n halfuur by Julian's. By die Eikestad Mall. Jou gasvrou sal jou kan verduidelik." Dan gaan die lyn dood.

Beeslaar staar na die foon in sy hand, sit dit dan stadig neer. Dís nou die laaste ding . . .

Maar die foon gee hom nie kans vir mymer nie. Dit lui onmiddellik weer. Hierdie keer antwoord hy met 'n versigtige "hallo". Sal nie verbaas wees as dit die hoofkommissaris self is nie. Want skielik soek almal hom . . .

"Albertus, dis tannie Rea." Sy val sommer meteens weg: "Wat ek nog wou gevra het, sal jy nie asseblief 'n ogie kan hou nie?"

"Mevrou . . ."

"Noem my sommer op my naam, jong. Of tannie. Ek is nie vol nonsies nie."

"Tannie, met groot respek. Ek moet regtig vandag in die pad spring."

"Wat dan van ons, Albertus? Moet ons nou maar . . ." Sy haal diep asem. "Ons moet nou maar opsnork. Balthie sou ons gehelp het. Ek wéét hy sou. Want hy't gewéét hoe dit voel. Hy't dit aan sy eie bas gehad. Die . . . die . . . magteloosheid! Jy weet nie hoe dit voel nie. Om so . . . uitgelewer. En die mense wat jou moet beskerm, is on- . . . on- . . . met een woord, onbevoeg! En dit kan hulle nie skeel nie, want ons is wit!" Sy begin huil.

Hy wag tot hy hoor sy bedaar. Dat sy hom kan hoor.

"Tannie Rea, ek kán nie doen wat tannie vra nie. Ek mag nie privaat werk doen nie. Ek kan geskors word . . ."

"Malan sal jou betáál!"

"Laat hy liewer dan 'n professionele privaat speurder kry wat hom kan bystaan. Iemand soos . . . Piet Byleveld. Hy's mos nou afgetree en doen privaat werk, dan nie? Dis wat ek . . ."

"Dit het nie tóé gewerk nie, Albertus. Met die student. En dit sal nou ook nie. Met haar moord was daar privaat speurders vir Afrika, mense skoon uit Amerika. Maar die polisie

71

het steeds die boyfriend in die tronk probeer stop. En . . . en . . . die wáre moordenaar, dié loop nóú nog rond. En nou het hy . . . Nou't hy wéér toegeslaan!"

"Tannie Rea, eerlikwaar: As ek by magte was, het ek regtig gehelp. Maar ek mag nie betrokke raak nie."

"Nie eens as vriend van die familie nie?"

"Maar tannie, ek ís nie juis . . ." Sy gee hom nie kans nie.

"Ék beskou jou as 'n vriend van die familie, Albertus. Balthie het baie van jou gepraat. Hy't altyd vir my gesê jy was vir hom soos die seun wat hy nooit gehad het nie."

Beeslaar vóél hoe sy hart vuis maak, teen sy ribbes aan stamp.

Hy sug, en sê hy sal 'n draai kom maak by haar voor hy waai.

"Onthou dat jy by Willem Bester se huis aanklop, direk links van my seun se huis. Hy huisves ons tydelik. Willem is beide gesinsvriend en my seun se prokureur."

Dis 'n mooi oggend en Beeslaar besluit hy stap sommer Julian's toe. Volgens sy gasvrou is dit naby genoeg.

Sy foon lui. Tertia: "Albertus, goeiemôre. Jammer . . . e . . . Jammer ek pla so vroeg." Sy klink verwese. "Mynhardt en ek . . . Ons het gewonder of jy nie wil saamkom vir die . . . Om my pa se as te strooi nie?"

Mynhardt. Dit sal die skoonseun wees.

"Ek was eintlik vandag op pad terug huis toe," antwoord hy versigtig, maar sy hart krimp. Blikkies het net die een kind gehad. Wat in haar grootwordjare tien teen een veel minder van hom te siene gekry het as Beeslaar en die res. Want die oukêrel was net altyd dáár: "Noem my maar die straatveër," het hy dikwels vir blougatte gesê. "Want ek is op aarde gesit nét vir een ding: om die robbiesj uit die strate te vee. Ek en my bybie: Miss Darling Deadly." Dan het hy sy hand op sy Z88 gesit, wat hy altyd onder die regteroksel gebêre het. Want hy was links.

"Ek dink . . . Ek dink dit sou . . ."

Beeslaar gaan staan om beter te hoor. Haar aarselende stem raak al hoe sagter en om hom raas die verkeer. Sy kop voel of dit onder 'n padroller beland het. Hy kyk op sy horlosie. Dis nog te vroeg vir apteke. Maar miskien sal daar in die Mall 'n plek wees wat Panado's aanhou.

"Mynhardt dink ook . . . ook dit sou vir my pa baie beteken het. Ons het nie eintlik gister kans gekry om bietjie . . . bietjie te gesels nie. Hy was so geheg aan jou, my pa."

Kom dit weer: die skop van sy hart.

"Nou wanneer het julle gedink om dit te doen?"

"Sondag?"

Hy sug. Wat maak hy dan tussen vandag en Sondag?

"Kyk," sê hy. "Ek wil baie graag, maar . . . Kan ek jou dalk terugbel? Ek het soort van . . . Ek moet eintlik teruggaan noorde toe. En . . . e . . . ek sal kom groet voor ek ry."

Hy begin weer aanstryk. Dalk help die brekfis vir sy babbie. Sy laaste vastigheid gister was 'n koeksister by die begrafnis. Die nagkos by die drinkplek tel nie. Dis klaar weer uit. En die restaurantkos van vroeër gisteraand tel nie. Hy't skaars geëet.

Die oggendlug is koelerig en hy rek sy treë om hitte op te bou. Hy is heeltyd bewus van die berge rondom die dorp. Seker oor daar nie werklike hoë geboue is nie, reken hy. In Merriman draai hy regs af, soos die gastehuis hom beduie het. Dis 'n besige straat, vol karre en taxi's. Mense op pad werk toe. Hier en daar sien hy mense wat kinders wegbring skool toe: mooigemaakte mammies in groot viertrekwaens, die verpligte selfoon teen die oor. Nuuskierige voorkoppie

73

van 'n kleuter wat eensaam agter uit 'n karstoeltjie opdob-
ber.

Hy loop tot by 'n besige kruising met Andringa, draai links
af.

Quebeka sit al, sien hy van buite af. Hy haas hom deur die
klein tafeltjies buite op die sypaadjie – vir die rokers.

"Ek het solank vir jou bestel," sê sy toe hy oorkant haar
inskuif. "Fullhouse-brekfis. En 'n jumbo-koffie. En 'n paar
Panado's."

Hy sit.

"En? Hoe voel jy?" Haar gesig is ernstig. Hy kan dit nie
lees nie.

Hy haal sy skouers op. "Sorrie oor gisteraand," mompel hy
skaapagtig. Hy moes moer dronk gewees het, want hy ont-
hou net sy was daar. Het hy dalk die een of ander stommiteit
aangejaag? Of erger nog, het hy haar probeer opchat?

Sy kyk oor haar neus na hom, gooi suiker by haar cap-
puccino en begin roer. Sy't slanke hande, die naels lank en
bloedrooi geverf. Geen ring aan die trouvinger nie.

"Ek weet nie wat presies jou rol by die Du Toit-familie is
nie," sê sy en proe aan die koffie, "maar ek wil jou vroegty-
dig waarsku: Ek duld geen loslappies op my ondersoeke nie.
Veral nie as jy die familie teen my gaan opklits nie."

"Wát? Ek?" Hy onthou die uitbarsting van die ouma gister.
"Ek is op pad huis toe, kaptein. Ek moet nog net 'n paar
mense groet, dan skedaddle ek."

Sy sê niks, kyk hom uit. Dan lig sy die koppie stadig na
haar mond, neem 'n klein slukkie en vee die fyn wit streep
op haar bolip weg.

"Kaptein, regtig. Ek meng wragtag nie in nie. Want ek
weet hoe voel dit."

"Ek wonder of jy werklik weet," sê sy, vat nog 'n sluk.

Sy sit die koppie stadig neer. "Jy dink nie ek gaan die pyp rook nie, nè?" Daar's 'n fyn glimlag om haar mondhoeke, maar haar oë glinster gevaarlik.

"En as jy wil weet, ek het klaar vanoggend se koerante gesien," gooi sy agterna.

"Die familie met die media gepraat?"

Sy knik.

"En gesê hulle glo nie hulle sal goeie behandeling kry nie?"

Nog 'n knik.

"Sy't my gebel, vanoggend. Die gôgô. Sy wil hê ek moet 'n onafhanklike ondersoek lei."

"En jy't wat gesê."

"Ek sal daarlangs kom, voor ek huis toe ry."

Sy knik, skynbaar tevrede, maar dan verras sy hom: "Ek sal nie so haastig wees nie . . ."

"Hoe bedoel mevrou nou?"

"Jy is tóg op verlof, nie waar nie?"

"Ek werk weer môre."

Sy lig 'n wenkbrou. "Ek sou nie ry nie. Jy's vir alle praktiese doeleindes nog nie nugter nie, nommer een."

Beeslaar kyk vir 'n bondel studente wat, sigarette klaar oorgehaal, buitentoe loop om te gaan rook. "En nommer twee?"

"Jy kan dalk handig raak."

"Hándig raak."

"Bruikbaar."

"Bruikbaar."

"Is daar 'n eggo hier, kaptein Beeslaar?"

"Hier's iéts, kaptein Tsjoebeka."

Sy lag skielik, die koggel wat in haar oë se spikkels dans. Die lag is warm en diep. Sy laat dink hom aan iets koninkliks, die nek van 'n impala. Maar haar oë is ene tierkat.

"Quebeka," maak sy die sagte plonsklank van die "Q". "Dis hoe my kollegas my aanspreek. En ek wil met jou 'n deal aangaan. Dat jy my ingelig hou."

"Ingelig van wát?"

Maar hy weet goed waarvan sy praat. En hy gaan nie die hoek vat nie, dís vir seker. "My kar is klaar gepak. En ek het uitgeteken daar by my gastehuis."

Sy reageer nie, haar fokus op die twee vol borde kos wat opgedaag het: gebakte eiers, diepgebraaide Weense worsies, spek en bone. En 'n hele mandjie wit roosterbrood.

Dan verbaas sy hom weer: Sy laat sak haar kop in wat hy vermoed 'n stil gebed is.

"Eet voor dit koud is," sê sy toe sy hom in sy staar uitvang. En begin dan hartlik weglê.

12

Sy kar is weg.

Ghaap is só befok, hy's verby woorde.

Hy staar na die plek waar sy kar moes gewees het. Waar hy wéét hy verlede nag nog gestaan het. Toe hy gekom kyk het. Éérste ding nadat hy afgelaai is. Hy het nog met seer been en al eers gehinkepink na hierdie einste kol om te kom kyk. Einste kol waar sy kar nou nié staan nie. Sy splinter . . . splinterfokkennuwe ou kar! Uitgestryk en oorgespuit. Nuwe alloy mags. Klankstelsel wat skrik vir niks. Hy het sy hele Krismisbonus daarop geblaas.

Ghaap voel hoe sy hart al hoe harder begin klop. Hy sweer hy kry 'n koronêr. Net hier.

"Hei, my broe'," hoor hy dan die opgewekte stem van sy neef agter hom. Charlie staan op die onderste treetjie van die staaltrap wat aan die buitekant van die gebou opgaan, een hand doodluiters op die trapreling, die ander wat 'n sigaret agter sy oor uithaal. Hy's maer en uitgeteer, 'n skarrelbrak. Maar cool verby "dudeness" – die hare vol patrone gesny soos 'n gangsta rapper, rooi stene in die oorlobbe en goedkoop, kru tattoos. Tot in die garingsenings van sy nek. Die hele man maak Ghaap die moer in.

"Wie van die etters wat gisteraand saam met jou getik en gezol het, het my kar gevat? Wié!"

"Hei, my broe', sluk 'n stukkie ys, ek sê . . . chillax. Jy't my gisteraand groot skade gemaa-"

"Ek's g'n jou fokken broe' nie. Vullis! Waar's my kar, hè?"

Charlie neem een versigtige tree agteruit, teen die trap op. "Naai, man. E . . . ekke sal nou selwers'ie kan sê . . . Maar jy't my sound system gebreek."

Ghaap storm op hom af.

Charlie val terug teen die trap, trek sy lyf so klein moontlik. Maar daar's nie keer aan Ghaap nie. Hy kry hom aan sy oorgroot T-hemp beet en pluk hom van die trap af. Charlie kerm en keer met sy twee maer arms oor sy kop gevou.

"Ek gaan die hele fokken lot van julle laat toesluit!" skree Ghaap. Hy sukkel om Charlie te kry om te staan. Sodat hy hom kan donner. Dan laat los hy die T-hemp en die bliksem probeer terugskarrel teen die trap op. Maar Ghaap pluk hom af, gooi hom op die natgedoude gras neer.

"Wie's almal daai mense wat saam met jou syp en ganja?" skree Ghaap kortasem. Hy skop met sy gesonde been na Charlie, wat homself soos 'n krimpvark opgerol het.

"Antwoord, bliksem!" Maar Charlie antwoord niks, hy kerm net. "Hou op tjank en praat!" beveel Ghaap. Wat Charlie net aanspoor om harder te kerm. Ghaap tel hom aan sy voete op en sleep hom na die plek waar sy kar se spore nog in die lang gras sigbaar is.

"Nét hier het my kar gestaan, bliksem! En nét hier gaan ek jou moer tot jy my sê wie my kar gesteel het. Hoor jy? Hè, fokker!"

"Oukei, oukei, oukei. Jansie! Moenie vi' my moer'ie."

"Staan op, bliksem!" Ghaap mik weer 'n skop na die gillende man.

"Wag! Wag, my broe'! Wág!" Charlie huil nou regtig en

Ghaap buk om hom op sy voete te help. Charlie verwag egter 'n oorveeg en skarrel hande-viervoet weg.

Ghaap hou op. Probeer sy hartslag onder beheer kry. Hy swets weer en knak sy vingerlitte. "Jy beter nou mooi na my luister," sê Ghaap, sy stem bedaard. "Ek soek die name en adresse, oukei? Die leste een!"

Charlie versit homself versigtig teen die trap op. "Jansie, my broe'," sê hy.

"Ek's g'n jou fokken broe' nie. En my naam is Johánnes. Hoor jy, bliksem? Johánnes! En ek is nie familie van jou nie en ek is ôk nie meer jou fokken tenant nie. En jy skuld my vyftienduisend rand! Vir my kar! Jy't my laat verstaan my kar is veilig hier, maar jy't gefokken lieg! Jy én jou ma. Julle't my vir 'n parra aangekyk, nè? Maar hierdie parra gaan vir julle wys! As my kar vanmiddag lunchtyd nie weer hier staan nie. Hiér, Charlie. Hiér. Dan sluit ek jou toe. Jy my gehoor!"

"Naai, man. Hulle vat gereeld die karre hie'sô! Dis'ie êk'ie! Ook'ie my tjommies'ie! Maar wat van my speakers?"

"Speakers se gat, man. Kry jy net my kar."

Ghaap mik weer na Charlie, wat heftig koes, arms oor die kop gevou.

"Ek is lunchtyd terug," sê hy. "Om my kar te kom haal."

Dan draai hy om en slaan 'n koers in – waarheen, weet hy nie. Al wat hy weet, is dat hy moet wegkom hier. Anders pleeg hy moord.

13

Gerda Matthee vryf ingedagte oor haar maag. Hierdie baba is haastig, skop soms dat haar buik 'n punt staan. 'n Meisiekind. En een ding is seker: Sy gaan groot wees. Moet die pa wees . . .

'n Skaduwee skuif oor haar gemoed. Albertus: sy swaar, swart wenkbroue. Die permanente frons. Sy oë wat onder die kwaaigeid wegkruip. Groen oë. Diepdam groen. Met goue spikkels wat kan dans. En sy lyf . . . 'n rots, maar hy's sag.

En . . . hy wéét nie. Sy het nog net nie die krag gehad nie. En nou's die baba amper daar.

Sy dwing haar gedagtes weg. Vandag is haar laaste dag op kantoor voor sy met kraamverlof gaan. Sy en haar kollegas gaan dit vier met 'n laat ontbyt by die Lucky Bean in Melville.

Daar's skielik beweging in die verkeer. Sy lig haar voet van die rem. Agter haar toet iemand. Sy kyk in haar truspieëltjie: dis haar baas, Hennie Jordaan. Johannesburg bly ook maar 'n dorpie, besef sy verbaas en waai terug. Hy is goed vir haar, ou Hennie. Besorgd. Het 'n koek laat koop toe sy vertel het sy's weer swanger. 'n Bos blomme laat aflewer, uit sy eie sak.

Maar die belangrikste . . . Hy het vir haar 'n uitkoms gebied.

Hulle was saam op skool, maar het kontak verloor. Tot hy

80

by die begrafnis opgedaag het. Sy het nie eens geweet hy was daar nie. Vir haar was dit 'n waas. Ma se kwak wat haar kom spuit het die oggend voor die kerk . . .

Sy haal diep asem, want die pyn is onmiddellik daar. Soos altyd. Wanneer raak dit dan minder?

Sy sit die radio aan. Gareth Cliff praat oor cool ouballies soos Willie Nelson en Clint Eastwood. Sy glimlag, wonder of hy weet wat die letterlike betekenis van 'n ouballie is. Sou hy in Engels gepraat het van 'n senior scrotum?

Sy sien 'n gaping in die verkeer en skiet uit haar baan uit, oor die verkeerslig wat oranje word. 'n Smous, met 'n kraaines van goed in sy hande, spring rats uit haar pad.

Die herfsoggendlug waai koud by die karvensters in, maar sy hou dit op skrefies. Help dat jou venster nie so maklik breek as 'n grypdief jou ruit wil stukkend slaan nie. Dit het nou al twee keer met haar gebeur. Haar handsak met alles daarin. Selfoon. ID-boekie. Rybewys. Kleinpiet se dagmoedergeld, haar grimering. Kredietkaarte.

Die handsak moet eintlik in die kattebak. Maar soggens is moeilik. Dan vergeet sy.

Kleinpiet is nie 'n oggendkind nie. Dis of hy bang is om die dag in te gaan. Wil nie eet nie. Wil net heeltyd vasgehou word. Sy weet eintlik hoekom. Sy was al swanger met hom toe alles gebeur het. En dit móét hom mos getref het, daar in sy gietsel in haar buik. Waar hy ook nie wou uit nie. Dit het 'n induksie gekos . . .

En soggens is daar haar pa ook. Wat uitgesorteer moet word vir die dag. Pa, wat nou weer kind word, vlak voor haar oë. Sy weet nie hoe lank sy hom nog tuis sal kan versorg nie.

'n Toeter agter haar. Geïrriteer. Die verkeer het begin beweeg. Sy laat skiet die rem. Net om maar weer vas te val.

81

Baz wil trou. Maar sy weet nie. Daar's te veel dinge nou. Te veel vloeibaarheid. Ingewikkeldheid.

Dis juis sy punt: "Kom tog huis toe, Maggie." Hy noem haar so. Verwys na die ou popliedjie van Rod Stewart, "Maggie May". Want hy's 'n jaar of wat jonger as sy.

Maar sy geniet haar werk. Die feit dat sy vir haar 'n nuwe lewe bou. Die salaris is pateties, ja, maar sy's oukei met geld. Ma het vir haar gesorg uit die groot klomp geld wat oupa se plaas opgelewer het. Ma het nooit daaraan geraak nie. Dit belê vir 'n oudag wat sy toe self nie kan meemaak nie.

Vorentoe is daar 'n verkeerslig wat nie werk nie. Dis elke oggend se ding: óf verkeersligte buite werking, óf die nuwe Rea Vaya-buslaan tussen die stad en Soweto waaraan hulle bou.

Sy was aanvanklik heel ingenome met die kort afstand tussen Kleinpiet se dagmoeder, die werk en die huis. Maar die verkeer is erg. Die klein privaat skool in Parktown waar sy werk is net 'n klipgooi. Op die kaart dan. Die huis is in Sewende Laan, direk teen die Melville-koppies aan. Die dagmoeder sit net ágter die koppies. Maar dis óm: soggens noord met Beyers Naudé, dan regs af in Judith. Die lekkerste deel van die pad is die mooi stukke tussen die munisipale sportgronde deur tot in die boomryke Emmarentia.

As Kleinpiet afgelaai is, is dit weer terug, suide toe. Na Empireweg, vasgepak soos 'n betonmuur. En daar is nie keuses nie, sy moet daar in, in die tregter wat die pad maak. Verby Wits, onderdeur die M1. Dan af met Jan Smuts. Tot hy haar in Parktown uitgooi by 'n afdraai na die stil, boomryke skoolbuurt. Die werk is nie kernfisika nie, maar darem ook nie vervelig nie. En die mense is nice. Sy geniet dit om tussen normale mense te wees. Mense wat niks met . . . géén polisiemanne. Geen dood . . .

Maar die dood . . . Sy ril. Hy kry jou altyd weer uitgesnuffel.

Soos met Ma.

Beroerte.

Tjoeps.

Verby.

Tog het haar ma se dood die deurslag gegee. Sy't skielik geen ankers meer in Germiston gehad nie. En sy moes in elk geval 'n groter plek kry sodat sy na haar pa kan kyk. Maar in 'n beter omgewing. Meer beskaafd. Weg tussen die mynhope uit. Te veel spoke dwaal daar rond.

Maar nou kan sy weer begin. Dálk. Met Baz, 'n glimmering van hoop.

Bazhunaishvili Rezart.

Hy, met die melancholiese gelaat van die Balkanmense. Ou nasies. Diep geskiedenis – waarvan sy eintlik niks weet nie. Baz sélf eintlik ook nie. Dit was sy oupa wat Suid-Afrika toe gekom het – 'n toekoms hier kom soek het in die goud-myne. Maar hy het vinnig die plafon bereik. Te blas, glo, in die tyd van Afrikaner-regstellende aksie.

'n Winkel was die uiteinde, meestal swart klante. Baz se pa sou oorvat, maar die grensoorlog het hom gevat, destyds. In Angola. 'n Landmyn of iets.

En ná 1999, met die etniese suiwering in Kosovo, het daar 'n stewige Albanese gemeenskap in die Goudstad tot stand gekom. Die winkel het begin spesialiseer in die invoer van Albanese voedselprodukte. En toe 'n restaurant bygekry – Griekse en Albanese kos, wat baie ooreenstem.

Baz het feitlik in die winkel grootgeword, vertel sy ma. Ma Bet, soos hy haar noem.

Hy was die liefling van 'n ieder. Vanselfsprekend – met sy groot kaneelsuikerbruin oë en die pikswart krulle. Deesdae hang dit óf los in 'n weelderige bos oor sy skouers óf dit is in 'n poniestert vasgevang. Groot, sensitiewe mond, 'n sterk, reguit neus en swaar wenkbroue. Sy het nou maar eenmaal 'n swak vir 'n donker man. Toe Gerda hom die eerste keer sien, het hy haar asem weggeslaan. Hy't soos 'n verdwaalde GQ-model gelyk. Met 'n heerlike voorliefde vir ouer vroue. Veral vir ouer rooikopvroue.

Die verkeer kom weer in beweging en Gerda trek weg, sien 'n gaping regs van haar en druk in. Sy word beloon met 'n bulderende toeter. Varke. Sal eerder sterf as om iemand anders 'n kans te gee. Sy swenk af in die straat waarin die skool is en gee vet.

Voel die kleintjie in haar maag beweeg. Haar hart smelt. Sy voel behoorlik hoe die endorfiene oor haar brein spoel, deur haar hart, tot in die verste uithoekies van haar lyf. Haar wange gloei, sy voel haar tepels tintel.

'n Ou meisietjie. Wat van feetjies sal hou. En pienk goetertjies. Met wie sy sag sal kan wees, wat vir Pietman 'n maatjie sal wees. Wat hom sal soen, sy handjie vat, hom troos . . .

Die trane kom voor sy kan keer. Sy knip haar oë en draai haar ruit af vir lug.

Dit sal nooit weggaan nie. Hierdie pyn. Hy sit sy sit. Staar haar meedoënloos uit. 'n Skroeiende wit vlam, ingebed in elk sel van haar liggaam. En op sekere dae . . .

Dalk is dit net die herfs. Johannesburg met sy miljoene bome. Die naaldeike wat rooi en roes raak, die verbleikte lug, asof die hemel wegvlug van die koue aardkors.

Sy draai in by die skool se hek en trek onder 'n plataanboom in. Hy het nog nie al sy blare afgegooi nie. Goddank, want die son kan steeds bitsig raak, al word die nagte koud.

Sy kyk vir oulaas in die truspieëltjie, herstel die effense traanskade aan haar oë.

Oukei, loop die dag tegemoet. Dapper en stapper.

Maar diep binne-in weet sy: Op dae soos vandag . . . dis of die wêreld kantel, lang skaduwees maak. Pa wat bietjie wilder lyk as gister. Baz – wat net so 'n effe . . . wat? Afstandelik? Sy skud haar kop, maak haar deur oop. Op en uit, sê sy vir haarself.

Dis toe sy uitklim dat sy die wit Honda Ballade stadig by die skoolhek sien verbyry. Binne-in sit twee jong manne, diep in hul stoele ingesak. Die passasier het 'n hoodie oor sy kop getrek. Sy kan sy gesig glad nie sien nie. Die ander een kyk stip na haar, 'n swart pet laag oor sy voorkop getrek, 'n donkerbril wat sy oë verskuil. Sodra hulle verby die hek is, hoor sy hoe hulle met skreeuende bande vetgee.

En skielik is die skaduwee terug in haar gemoed.

14

Beeslaar voel soos 'n kind wat 'n gebreekte speelding in sy Krismispakkie gekry het: opgewondenheid wat op misnoeë gestrand het.

Hy baklei teen die opgewonde gevoel, want hy weet dit beteken moeilikheid. As hy doen wat goed is vir hom, ry hy. Terug na sy tuin toe. Wat hy besig is om in die rooi grond van sy agterplaas aan te lê. Na die lewe van 'n kleindorpse langarm, die gemaklike ritme wat sy lewe die afgelope tyd daar begin inneem het.

Hy staar vir 'n sekonde nog na die vreemde vrou oorkant hom wat afgemete haar bord leegrusper. Val dan self weg.

Kaptein Quebeka is eerste klaar. Sy breek behoorlik maar beleef wind agter 'n delikate vuis en trek die tandestokkies nader, waarmee sy fyntjies iets hinderliks uit 'n holte tussen haar tande loswoel. Dan sit sy behaaglik agteroor en drink haar koffie in stilte. Wag vir hom om klaar te eet.

"Drink eers jou koffie," sê sy vir hom sodra hy sy mes en vurk neersit.

Hy grinnik, maar maak soos sy sê.

"Werk die Panado's al?"

"Die kos werk."

"Wat het jy gedink, gister?"

"Weet jy wat alles gesteel is?"

"Kontant uit die kluis – sowat tienduisend rand. Vra my nie hoekom mens soveel kontant wil aanhou nie. En haar trouring. Glo 'n knoets van 'n diamant gehad."

"Daar's genoeg sekuriteit in en om die huis, maar geen gebreekte ruit of so iets . . ."

"En sy's blykbaar ook geskiet." Sy laat val die brok inligting soos 'n rots.

"Jeez."

"Dis wat die naaldekokers gisteraand laat weet het. Maar dis ook al. Die res is useless."

"Vingers?"

Sy skud kop, klap haar tong met 'n sweem van minagting. Daar's beslis iets aan haar, besef Beeslaar opnuut. Arrogant? Dalk maar die gemaklike manier waarop sy in haar eie vel sit. Nie 'n front nie. Maar ook nie enigiets persoonlik nie – die uitdrukkingsvolle oë en mond ten spyt. Sy's meester van die klipoog-staar. Kyk al die kak uit jou uit.

"So, die dogter het die liggaam ontdek?"

"Was die meisiekind, ja. Was glo eerste tuis. Sy wou voor die TV gaan neerflop. Maar toe tref sy haar ma daar aan, let-terlik en figuurlik uitgesprei oor die hele vertrek."

"En toe?"

"Weet nie. Sy sélf kan nie meer onthou nie, sê die pa. Sy't haarself in haar kamer toegesluit. Dalk het sy gedink die oor-treder is nog daar. Dis nou die pa se spekulasie. Hy sê ook die seun het hom gebel en ingelig."

"So albei kinders was by die toneel?"

Sy beaam. "Maar die seun sê hy het net die bloed in die eet-kamer gesien – die strepe teen die muur en die spore en so aan. Hy't besef daar's fout en uitgehardloop, sy pa gebel."

Die kelner kom haal hulle borde en Quebeka bestel nog koffie. Sommer namens hom ook.

87

Hy laat haar begaan, sy gedagtes besig met die rooikop-vrou, Elmana du Toit, die bloedplas langs die koffietafel wat lyk soos Australië.

"Wie sou haar liggaam verskuif het? En hoe het al drie van hulle bloed op hulle gekry?"

Sy reageer nie, staar net stip na hom. Haar gesig is oop, alle sintuie op hóm gefokus. Soos 'n wildsbok wat 'n leeu inskat.

"Ek het nou nie al die feite voor my nie, kaptein. Maar my kop staan weg van huisroof af. Daar's heeltemal te veel woede. Ek . . . ék sou naderby rondkyk. Of hoe?"

Sy knip net haar oë. Hy wil wriemel onder haar blik. Maar hy kén die truuk – die ou hysbak-metodiek. Mense hou nie van stiltes nie. Hulle wil dit kompulsief invul. Met beweging. Of woorde.

"Die slagoffer se man, Malan du Toit, hoe kom hy aan sy geld?"

"Ou Kaapse adel, die Du Toits. Glo Franse herkoms."

"Hugenote."

Sy kyk hom onbegrypend aan.

"Klomp Protestantse hoëlui in Frankryk iewers in die agttienhonderds wat moes vlug toe hul Katolieke koningin hulle begin keelaf sny het."

"Bietjie voor my tyd," merk sy droogweg op. "Maar jy ken die rangorde onder die wittes hier in die Boland? Die Du Plessis's praat net met die Le Rouxs en die Le Rouxs praat net met die Du Toits. En die Du Toits praat net met God." Haar oë vonkel ondeund. "Onse meneer Du Toit het geërf. Maar hy's ook goed in wat hy doen, 'n Midas van ouds met eiendom. Sit dit om in goud. Sy miljoene gemaak uit eiendom hier in die Kaap. In die *boom*-tyd, natuurlik."

"En nou? Meeste mense in die eiendomswêreld krepeer deesdae, dan nie?"

"Ook nie almal nie. Du Toit blyk een van die kanniedoders te wees."

"Weet ons al hoe laat?"

Sy skud haar kop. Net effe.

"Gister was 'n warm dag. Maar die bloed daar . . . Dit was nie ure oud nie. Wat sê haar mense?"

"Die kinders was rondom halfvier tuis. Die skool sluit half-twee, maar die seun . . . Pieter-watsenaam."

"Dawid-Pieter, as ek dit reg gehoor het."

"Ja. Hy was by die een of ander jeugaksie en die sussie neem glo klavierles."

Beeslaar kou sy lip."So, sy was nog warm. Hulle moes aan die liggaam geraak het."

Quebeka bevestig. "Dis die meisie, Ellie, se smeermerke teen die eetkamermuur. Háár en die pa se spore teen die trap op."

"Ek het gister haar tekkies gesien,"sê Beeslaar. "Vol bloed. Maar minder aan Dawid-Pieter. Hy was kaalvoet, maar sy voete was sonder bloed. Die bloed op sy lyf, dalk het hy dit van sy suster opgetel?"

Sy wikkel haar kop, bereid om dit te oorweeg.

"En die pa was ook vol bloed. Het hý die liggaam ge-skuif?"

Sy skud haar kop. "Ontken dit."

"Hoe laat was júlle daar?"

"Binne minute. Ek was in die buurt."

"Orraait. So waarop sou ék nou konsentreer – hipoteties gesproke?"

Sy lig 'n wenkbrou, maar sê niks, kyk uit die hoogte na hom. As hy nie soos 'n properse hangover-doos gevoel het nie, het hy nóú geloop. Sy behandel hom soos 'n onderdaan.

Hulle tweede rondte koffie kom. Gewone koffie, dié keer.

Sy maak drie sakkies suiker leeg in hare. Hy keer toe sy klaar is met die melk en vir hom ook wil ingooi.

Sy glimlag. Mooi. Dit vee al die arrogansie uit haar gelaat.

"Ek," sê Beeslaar en roer sy koffie, "sou dalk begin met die boek. Al die roetine-goed. Usual suspects, diewe wat onlangs losgelaat is. Die voor die hand liggende goed. Bure, bediendes, tuinman . . . dié soort van ding. Vreemdelinge in die buurt, om hulle uit te skakel. Want my neiging loop na die pa . . ."

"Wat reeds vir die koerante laat verstaan het ek wil hóm die swartskaap maak. Wéér 'n fokop met forensies. Vingermerke fabriseer, die hele ou sous. Dat ons weer vir ses en veertigmiljoen rand gedagvaar kan word agterna. Is dit jy wat hom voorgesê het?"

"Kyk, kaptein Quebeka. Noem my 'n rassis. En 'n seksis en 'n buffel of wát ook al. Maar één ding gaan jy my wragtag nie noem nie. En dis dat ek 'n kollega se gat sal toestop . . . Sorrie vir my taal. Maar ek gaan nie 'n ander polisieman . . . óf -vrou se saak bedonner oor ek 'n ryk man se gat wil lek nie. Wit of swart of wat ook al."

Sy antwoord nie, maar gee hom die sfinks-staar.

Hy neem 'n sluk koffie, sê dan: "Jy sê Malan du Toit is in die boubedryf?"

"Ontwikkelaar. Geld soos bossies."

"En sý?"

"Weet nog nie. Maar Charmainetjie, my kollega, tjek die geldstories. Sy's gekonfyt, werk saam met die bende-span. Hulle is gewoond aan grawe in mense se finansies. Sy't vorige nag dwarsdeur gewerk. Dalk het sy iets as ek terug op kantoor is."

"Maar kom ons neem aan hý is die ene met die geld. Hoe het die kredietkrisis hom geraak? Sink hy? Of swem hy? En wat was die stand van die huwelik? Ek sou ook die vriende uittjek. Familie. Jy al met die ouma gepraat?"

Sy glimlag. "Jy't gesién gister, haar houding. Maar ou Prammie het haar reggesien. Na die moewiemense weg is, het hy lank met haar gesels."

"Prammie?"

'n Glimlag breek oor haar gesig: "Ons noem hom maar so, die SB. Oor die hoë stemmetjie. Soos 'n kleintjie wat pram soek. En die naam, natuurlik. Prometius Baadjies."

"Hoe's hy?"

"Jy kry seker erger."

"Waar't jy jou goeie Afrikaans geleer?"

"Model C."

Beeslaar wonder oor haar herkoms. Haar naam klink Xhosa. Sy's dalk die dogter van die een of ander hoofman, vandaar die houdinkie.

Asof sy gedagtes lees, sê sy: "Is dit dan só vreemd vir 'n Xhosa om die Boeretaal te praat?" Sy lag vir sy verleentheid. Dis 'n mooi lag. Voor hy hom kom kry, lag hy saam.

"Tale?" vra hy.

"Xhosa, Afrikaans, Engels, Sotho, genoeg Zoeloe om soos 'n moegoe te klink. Maar ek het jou nie laat kom oor ek my taalvaardigheid wou uitstal nie. Ons praat besigheid. Niks anders nie."

Laat kom, dink Beeslaar. Die blerrie vrou sit haarself nogal hoog neer. Maar hy byt sy tong.

Die rekening kom. Sy weier dat hy betaal. "Dis mý plek dié, so ék betaal," glimlag sy. "Maar jy kan 'n volgende keer, as jy wil."

Volgende keer. "Kaptein Tjoebêka . . . Koebê . . ." Sy tong knoop boertig met die klik van haar naam. Hy laat vaar sy pogings, sê: "Ek twyfel of daar 'n volgende keer sal wees."

Sy bly stil, maar haar oë vonkel. Want éintlik weet al twee van hulle wat vanoggend hier gebeur het: Sy't die aas uitgehou. En hy het dit gevat.

"Laat ek dit só stel," sê hy en hoop hy lyk so beslis soos hy voel. "Oom Blikkies se dogter het gevra ek moet aanbly tot Sondag. Om die as te strooi."

Sy selfoon tril en hy raap dit dankbaar op.

"Sersant Ghaap! Hoe lê die beeste daar by jou in Soweto?" roep hy vrolik uit en glip onder haar oë uit.

15

"My kar is gesteel!"

Hy moet dit twee keer sê voor Beeslaar hom begryp.

Ghaap het begin stap. In die algemene rigting van Soweto, meen hy. Hy moes iéts doen.

Hy vertrou egter nie die vrede aan Beeslaar se kant nie. Hy klink gans te vrolik. Moet in 'n restaurant sit, die ou grote. Ghaap hoor dit in die agtergrond. Dan raak die lyn duideliker. Beeslaar moet na buite gegaan het.

"Hoe bedoel jy jou kar is gesteel?" vra hy. "Is jy séker? Jy't hom nie dalk verlê nie? Wanneer laas het jy hom gery?"

Ghaap sug. Die nuus sink blykbaar nie goed in by Beeslaar nie. "Verlede nag!" roep hy vererg. "Maar dis nie die issue nie. Die kar is weg! Hy was nog nét hier verlede nag. En vanoggend is hy weg. Weg! Soos in missing! Gone. Gedisappear! Soos in nié hiér nie. Oukei?"

"Oukei, Ghaap, oukei. Ek hoor. Maar wat moet ék nou daaraan doen?"

Ghaap se moer spring nóg 'n trappie hoër. "Jy kan my sê waar ek begin te soek. Dís wat . . ."

"Ag, ou Ghaap, daai kar van jou leef lankal nie meer nie, jong."

"Askiés? Ons praat hier van mý kár. Die ding wat my son-

93

der sukkel hiernatoe gebring het. Hy was g'n fokken moer toe nie. Ek het hom gerý tot hier! Hy't niks gemakeer nie!"

"Hy's gechop, ou Ghaap! Lánkal. Jy hoef nie eens te begin soek nie. Halfuur na hy gesteel is, tops. Toe's hy al uitmekaargehaal. Ek gee jou 'n brief."

Ghaap gaan staan, kyk vir die wêreld wat om hom lê. Lelike wêreld. Goedkoop woonstelblokke, graffiti oor al wat 'n muur is. Die mosterdgeel van die mynhope, die vaal hemel.

"En jy kan maar daar gaan kyk, ou Ghaap, daar op die ou Golden Highway iewers. Jy sal die dop daar kry. Dis te sê as hulle dít nie ook opgesaag het nie. Skedonk soos daai van jou . . . hel. Hy's amper vintage. Net sy parte alleen . . . Sal al skaars wees. Tot sy buffers en . . ."

Ghaap voel of hy 'n aar gaan bars. "Waarvan praat jy, Beeslaar? En my nuwe klankstelsel, dan? Wat dáárvan? Was amper net so duur soos die hele kar vanself!"

"Skryf dit op jou pens, ou Ghaap. Daai kar van jou is weg, my ou maat. Klank en al."

"Maar . . . Maar . . . Shit, ek het nog skúld op die ding."

"En jy't nie versekering nie."

Ghaap klap sy tong. "Ek vra nie vir 'n situation update nie. Ek vra jou waar ek begin te soek! Jy ken kwansuis die plek. Waar gaat loop soek ek?"

Die foon raak stil. Hy wag.

"Ai, ou Ghaap. Dis ellendig, jong. Maar ek glo nie ek kan jou help nie. Daai kar van jou is history."

Ghaap gaan staan by 'n besige stopstraat. Hy kyk rond vir 'n straatnaam, maar sien niks. Dan begin hy weer stap.

"Beste wat jy nou kan doen," hoor hy Beeslaar se stem, "is om die saak maar aan te meld."

"Maar jy't mos al die chop shops hier geken? Kan jy my nie

'n paar pointers gee nie? Jy't dan die plek gekén. Soos die palm van jou hand. Dis wat jy altyd vir mý loop en . . ."

"Dis lank gelede. En ek sê jou: Jou kar is lankal spares. Vir al wat jy weet, sien jy dalk dele van hom rondry. Daar waar jy nou loop."

"Hoe weet jy waar ek loop?" Ghaap kyk rond, sien die geboue weerskante van die pad raak min. Vorentoe is daar 'n groot kruising, die bont koeltorings van Orlando se ou kragstasie wat sigbaar word. Hy hoor Beeslaar aan die ander kant lag.

"Ek skat jy's in Commandoweg, want dis waar jou nefie se plek is. En ek skat jy loop werk toe. As jy die groot kruis met Main Reef kry, moenie draai nie. Hou suid. Die pad se naam verander daar. Hy word Canada."

"Jissus, Beeslaar, hóé weet jy waar loop ek?" Ghaap se ergernis wyk 'n oomblik lank.

"Ek't baie talente waarvan jy nie weet nie. Jy't nou pas opgestaan en ontdek jou kar is weg. En jy neuk nou 'n rigting in. Met die enigste pad wat jy ken, uit Riverlea terug Soweto toe. En jy's te skytbang om op een van die oorlaaide taxibusse te klim, want jy weet nie waar in daai groot plek gooi hy jou af nie. Dís maar al. En as jy nou maak soos ek sê, en jy bel my weer so oor twintig minute, help ek tot by die stasie. Want jou pad loop dood in 'n T. Waar jy moet regs. Daarna raak dit ingewikkeld. My raad sou wees om iemand te bel. Mabusela of iemand. Laat hulle jou kom haal. Anders gaan jy loop, ou Ghaap. Jy gaan jou skoene flenters loop."

Ghaap gaan staan weer. "Ek wil my kar gaan soek."

"Vergeet jou kar. Bel iemand dat hulle jou kom haal en gaan gee die saak aan."

"Maar kén jy dan nie meer iemand hier nie? Die ou voertuigtak, of so. Iemand wat my dalk sal gaan wys . . ."

"Ghaap, luister nou mooi vir my. Jou kar bestáán nie meer nie. Hy't óf klaar 'n nuwe eienaar. En 'n nuwe kleur. En 'n nuwe nommerplaat en VIN-nommer. Óf hy's gechop. Ek sê jou! Bel lat iemand jou kom haal. En dan moet jy 'n bietjie chill. Mens raak onnosel as jy so befoeterd rondloop. En dan maak jy foute. En foute maak jou dood. Luister nou maar na Baas Beeslaar!"

"Wat gaan aan met jou, Beeslaar? Is jy dronk, of iets?"

"Nee, ouboet. Ek is oornag hot shit op hierdie dopsteek-dorp. Hot shit." Hy lag vrolik en lui af.

Ghaap sug en begin weer stap. Hy voel hoe die swart kraai van woede weer op hom toesak. "Nou maar thank you very much and fuck you too," brom hy hardop.

16

Beeslaar glip die selfoon terug in sy sak. Hy voel snaaks, asof hy sy vinger in 'n kragprop gedruk het: Pyn kronkel oor sy hele kop, laat sy hart hamer. Nie noodwendig 'n lekker gevoel nie. Dalk babelleer hy net. Dalk is dit dié dorp. Die krullige vroomheid van die argitektuur. Selfs die blerrie akkerbome lyk of hulle deur die Liewe Here self hier ingespit is. Sommige, sien hy, word met kabels en pale regop gehou. Soos die sterwende adel van 'n ou orde.

"Nou toe!" breek Quebeka sy babelas gedagtes oop. "Jy kan saam met my ry." Sy begin ook sommer aanstap. Haar ferm agterstewe span oor die sitvlak van haar broek. Gesónde agterlyf . . . as jy hou van vroue met vleis aan die bene.

Beeslaar kom tot verhaal: "Die Du Toits verwag my," roep hy agter haar aan. "Ek moet dalk maar gaan groet."

"So jy ry saam met my!" Sy draai om en wink hom met haar kop. Sy maak nie vinnige bewegings nie, dié vrou. Ook niks aarselend of onseker nie.

Sy staan op 'n geel streep reg oorkant die restaurant geparkeer. Dis 'n ou polisiebakkie waarin sy ry, sien hy verbaas.

"Die kar is lekker groot en die vangwa agterin is handig," antwoord sy ongevraag. "Intimidasiewaarde kan jy nie koop nie. Véél beter as so 'n pisserige ou Golfie."

Hy loer onderlangs na haar. Sy dra haar hare kort. Nié in

die vlegselrye waarvoor Suid-Afrikaanse swart vroue so lief is nie. Maar uitgekam en in 'n kort, moderne Afro-styl gesny. Beklemtoon die lyne van haar nek.

Hiérdie vrou, besluit hy. Hy sal moet ligtrap. Speel hom soos 'n blikkitaar.

Quebeka swaai regs op in die druk verkeer van Merriman-laan. Oos, vermoed hy. Sy kompas is wankelrig in hierdie plek. Al die berge wat die son vashou. Hulle lyk vir hom almal eenders.

Studente drentel weerskante van die pad en Beeslaar sien witgeverfde twee- en drieverdiepinggeboue, terracotta-dakke. Beleë geboue, besluit hy. Geboue hier word nie oud nie, maar beleë, soos wyn. Dik wit mure, gekrulde houtwerk by die antieke deure. *De Beers-gebou*, sien hy op een. Sal seker 'n gatkruip-skenking wees, nog uit apartheid se tyd – van die Engelse dia-mantmaatskappy aan die Boere se universiteit, vroeër bekend as die Broederbond se kleuterskool.

Hulle swaai na 'n hele ent regs uit die besige pad, verby skole. Hy kyk vir straatname, maar besef hy sal 'n deeglike kaart van hierdie deurmekaar dorp moet kry. Tot hy sy rig-ting terugkry.

Hulle ry 'n woonbuurt binne. Hy sien leivore blink, 'n boomsambreel oor die pad, goue herfsblare wat grond toe fladder. Die erwe is groot, huise deftig. Ou geld, hier rond, vermoed hy. Etlike tuine staan oop straatkant toe. Die vreesneurose van Johannesburg se ryk mense het nog nie hééltemal hier ingeslaan nie. Maar dit sal kom, weet hy. Ver-al na 'n ding soos gister.

Dan is hulle skielik daar. Beeslaar herken die stil dood-loopstraat met die berg op die agtergrond. Quebeka stop en is dadelik uit, begin aanstap na die buurman se huis. "Sluit jy nie?" roep hy vir haar.

Haar antwoord is 'n verveelde blik.

Agter haar word die deur oopgemaak deur 'n lang, maer kêrel met yl blonde hare. Brilglase wat lig weerkaats.

Sodra Beeslaar by is, stel Quebeka die man voor as "Willem Bester, meneer Du Toit se prokureur".

"Ek het eintlik vir kaptein Beeslaar verwag." Sy oë wip onseker van Quebeka na Beeslaar agter haar.

"En u's baie gelukkig, meneer Willemse. Nou kry u twee vir die prys van een," sê sy sonder enige sweem van humor. Sy kyk die man uit haar pad uit.

Willem Bester staan vinnig opsy, laat haar deurkom en steek sy hand uit na Beeslaar. Hy't 'n vergruisende handdruk, regte knaterkrimper. Dit ruk Beeslaar skielik terug uit sy babelas-waas. Wat, in godsnaam, is hy mee besig? Hy't niks met hierdie saak uit te waai nie. Hy moet huis toe, eerder as om soos Quebeka se agterryer saamgesleep te word. Hy kan sweer sy draai Willem Bester se naam en van opsetlik om – net om vir albei die manne hier te wys wie's eintlik die baas.

Beeslaar volg hulle in stilte. Hy's al weer die mak gans, voel hy. Maar een ding is seker: nie meer vir lank nie.

In 'n groot eetkamer sit Malan du Toit en sy twee kinders by 'n brekfistafel.

Hulle gaan weer 'n keer deur die groet-en-voorstelseremonie. Die eetkamer is ruim, lig wat inval deur twee groot skuifdeure wat op 'n agterstoep uitloop. Buite glim 'n swembad. Ook die struike skitter in die vroeë son, maak sterre in die loof, wat nog nat is van die nag se sproeiers.

Du Toit staan nie op vir die handskud nie. Hy knik net, sy arms gaan outomaties na die twee kinders weerskante van hom. Hy dra 'n kortmou-gholfhemp, sy hare nog nat van sy oggendablusies. Maar hy lyk of hy oornag 'n honderd jaar ouer geword het. Donker sakke onder sy diepblou oë, verbluf.

Die dogter, Ellie, is in 'n los langmou-T-hemp wat myle te groot is vir haar. Beeslaar onthou hoe lig sy gister in sy arms was. Haar lang heuningblonde hare is ook effe nat, hang in aapstertjies oor twee knopperige skouers. Die hand waarmee sy 'n haarsliert delikaat agter haar oor indruk, is wit soos begrafnislelies. Die arm is naalddun, 'n porseleinpop. Daar's 'n wit verband net-net sigbaar om haar linkerpols. Sy doen moeite om dit met die T-hemp se mou te verberg.

En waar sy die feetjie is, is haar broer, Dawid-Pieter, die onfraaie padda. Hy sit krom, roer onbelangstellend met sy lepel in 'n ongeëete bord graanvlokkies.

"Ek is bly om te sien jy het niks oorgekom nie," sê Quebeka vir die meisie toe sy gaan sit. "En ek is baie jammer oor jou mamma. Ons gaan hard werk om die skuldige te vang. Sal jy my help?"

Die meisie antwoord nie. Sy skuif nader aan haar pa, bly vroetel met 'n ligpers selfoon in haar hande. Sy draai dit om en om, raak dan bewus van iedereen se oë op haar en vou die foon in albei hande toe. Dan sien sy die verband wat uitsteek onder die mou. Sy los die foon en trek die mou tot oor haar hand.

"Ellie is nog nie sterk genoeg hiervoor nie, kaptein," sê Willem Bester namens haar.

Quebeka kyk nie eens na hom nie. Haar oë is op die kind.

"Die ding is, Ellie," haar stem is sag, "hoe vinniger ons al die moontlike inligting bymekaar kan kry, hoe vinniger kry . . ."

"Met respek, kaptein, maar my kliënt het mos al 'n verklaring afgelê. Gisteraand al." Die prokureur se brilglase flits in die helder vertrek.

Quebeka gee hom 'n koninklike kyk. Die man sluk.

Sy draai terug na die meisie. "Ellie, toe jy gister van die skool af gekom het, het jy enigiets gesien . . . dalk iemand opgemerk? Of iets wat anders was?"

Stilte.

"Ellie?" Quebeka steek 'n hand uit na die meisie, wat verder wegkrimp in haar stoel.

Die pa se blik verhard: "Ons is gister . . . ons as gesin . . . Dis vir ons geweldig traumaties. Net om . . . net om daaroor te praat . . ."

"Ek weet. Ek verstaan," sê Quebeka.

"Ek weet nie of u regtig verstaan nie, kaptein. Ek weet nie of jy 'n gesin het nie, maar om . . ." Sy stem breek af en hy haal diep asem. Daar's 'n bewing in sy ken. Hy probeer weer: "Ons was gisteroggend hierdie tyd nog . . . Ons was sáám. 'n Gesín."

Quebeka vang Beeslaar se oog, gee die leisels oor aan hom.

Du Toit se blik skuif na hom, takserend. Beeslaar kan die vraag in sy oë lees: *En ek dag jy's aan óns kant?*

"Wie van julle het laaste kontak gehad met die oorledene?" vra Beeslaar.

"Watse vraag is dít?" Daar is skielik drif in Du Toit se stem. "Ons het mekaar die oggend laas gesien. Ek sou die kinders skool toe vat. Want dit was koelerig. Elmana het gesê nee, dan moet sy hulle weer gaan haal. Ons het dit bespreek. En toe's die kinders weg op hul fietse. Ek is weg werk toe. Niemand het op sy horlosie sit en kyk wie gaan eerste of laaste weg nie!"

"Het sy afsprake vir die dag gehad? Weet u wat haar bewegings sou wees? Vriendinne dalk?"

Du Toit kyk vlugtig na die twee kinders, waaksaamheid op

sy gesig. "Dit was . . . 'n gewone dag, sover ek weet. Sy is . . . Sy sou tuis wees. Ons huishulp is vir die week na haar mense in die platteland. 'n Begrafnis, dink ek. Sy's van die Oos-Kaap. En . . . Elmana is baie . . . privaat. Sy . . . e . . . sou gewoon . . . tuis wees. Daar was niks."

"Geen nutsmense, 'n tuinier. Vriendinne?"

"Sy . . . e . . . was baie besig. Ek dink sy het 'n Bybelstudie-groep gehad . . ."

Die dogter frons. Liggies, maar haar oë bly neergeslaan. Beeslaar kan dit nie lees nie.

" . . . maar nie gister nie. Maar wat het dít nou te doen . . ."

"U het nie dalk gebel nie, die oggend? U, of een van die kinders?"

"Man, nie een van ons het met Mana gepraat nie. Regtig! Kaptein Quebeka!" Hy wend hom tot haar, laat Beeslaar goed verstaan hy weet wie van hulle twee die broek dra.

"Het enigeen van u aan die oorledene geraak?" beur Beeslaar voort.

"Wát?"

"U wou dalk kyk of sy nog asemhaal."

Geen reaksie, maar hy sien Du Toit se kaakspiere spring. Dan fluister hy iets in sy dogter se oor, plant 'n stil soen op haar nat hare. "Gaan jy saam, boeta," sê hy vir sy seun en die twee skarrel haastig uit.

"Sy kan in elk geval niks onthou nie," sê hy toe hulle uit is. "Sy's op medikasie. Die dokter wou haar eintlik nie gister-aand uit die hospitaal ontslaan nie. Ons is almal maar baie bekommerd oor haar. En dieselfde geld vir my seun." Hy frons vir Beeslaar: "En ek kan wragtag nie glo jy sit óns en terroriseer nie. Wat van . . . Terwyl die huisrowers . . . Hulle hol die blerrie wêreld vol! Régtig!"

Beeslaar sê niks, vou sy arms oor sy bors.

"Die kinders se skool kom smiddae halftwee uit," hervat Du Toit. "Maar hulle het meestal naskoolse aktiwiteite. Gister was Ellie se klavierles. Sy was 'n minuut of wat vroeër tuis as Dawid-Pieter. Sy was dus eerste daar. Moes dit . . . daarop afgekom het."

Beeslaar: "En waar was haar ma se liggaam toe sy haar sien?"

Die man staar na Beeslaar.

"Op die vloer of op die bank?"

"Net daar, man! My seun het my gebel. Ek het gesê hy moet die paniekalarm by die voordeur druk en buite wag; ek kom dadelik. Ek was naby genoeg, maar die middagverkeer . . . Ek het soos 'n maniak gejaag. Dit het my seker 'n goeie tien minute gevat van die Volkskombuis af. Dis aan die ander kant van die sakekern." Hy skep asem, sy neusvleuels wat sper. "En toe ek hier aankom, was ADT al hier. Dis ons private sekuriteit se manne," voeg hy by om Beeslaar se onthalwe. "En julle het minute later hier aangekom. En dis ál! Dink jy nou wragtag ek sou hiér gesit en blerrie brekfis eet het as ek méér geweet het? Regtig!"

Beeslaar staan op. "Meneer Du Toit, u het ons innige simpatie. Maar as daar enigiets is wat u byval, iets wat u onthou . . . Maak nie saak hoe onbenullig dit is nie, bel vir kaptein Quebeka."

"Daar's niks," antwoord hy vererg. Frons dan: "Ek is onder verdenking?" Meer stelling as vraag. "Ek weet julle kyk altyd eerste na die man." Daar's 'n sweem van uitdaging in sy moeë blou oë. "Maar Wim . . . meneer Bester sal kan bevestig dat ek saam met hom en twee kliënte in 'n middagete was, gister."

"So laat in die middag?"

"So laat, ja."

"Het u gedrink?"

"Wat ís hierdie? Wat is éintlik jou posisie hier, kaptein Beeslaar? Werk jy saam met die dame, hier? Ek dag my ma sê jy's 'n speurder uit die noorde van die land. En dat jy ons in jou privaat hoedanigheid sou bystaan."

" 'n Polisieman is nooit privaat nie, meneer Du Toit. Tot hy die dag sy kop neerlê," sê Beeslaar met nadruk.

Du Toit leun ineens vorentoe, sy elmboë op die tafel, hande liggies inmekaargevleg. "Ons is 'n baie . . . 'n geweldig hegte gesin. My vrou . . . Mana was . . . Sy was uitstekend in alles wat sy aangepak het. By verre 'n beter ouer en versorger as ek. Ek kan my ou skoene agterna gooi. As vader dink ek dat ek my gesin . . . Ek was nie altyd dáár nie. My werk verg baie aandag."

Beeslaar sug innerlik. As hy 'n sent gehad het vir elke keer dat hy al dié kakstorie moes aanhoor . . .

"Ek werk baie hard. En Elmana het my verskriklik goed ondersteun. Ons was 'n goeie span, elkeen wat sy bes doen op sy gebied. Haar . . ." Sy ken bewe en Beeslaar kan sien hy byt hard op sy tande. Die sinikus in Beeslaar vermoed dis 'n bekende toespraak, word gereeld uitgeruk by goed soos herdenkings, verjaardae.

"Sy wás ook sterk," sê Du Toit na 'n rukkie. "Sy het ons huishouding, die tuin, die kinders. My ma. Die sopkombuis." Hy skud sy kop lig, oënskynlik self verbyster met die werklas van sy vrou. "So baie liefdadigheidsgoed. Ek wonder of hierdie regering van ons régtig 'n benul het van hoeveel miljoene rande daar jaarliks . . . ag, dáágliks, in hierdie land van ons vir minderbevoorregtes . . . Deur mense soos Elmana. Daar word so maklik vinger gewys na gegoede wit mense. Asof . . ." Hy verloor stoom.

"Elmana was betrokke by die skool, op die skoolraad en

die ouervereniging. Sy was op die beheerraad van my ma se ouetehuis én by 'n tehuis vir minder gegoede bejaardes in die bruin buurt. Sy het die dorp se sopkombuis bestuur, geld ingesamel vir . . . " Sy stem gly en hy kyk weg, na buite, waar 'n rooivlerkspreeu uitbundig kerjakker in die voëlbad.

Daar's 'n nattigheid by sy groot ronde uiloë en 'n geskopte-hond-uitdrukking oor sy gelaat. "Ek blameer myself," sê hy. "Ek was nie daar nie." 'n Traan rol oor sy wang, hang 'n oomblik aan sy ken. "Dis 'n man se eerste plig. Die allereerste. Hy moet sy gesin beskerm."

17

D is kort na tien toe Gerda se selfoon lui.
"Pa?"

Sy herken haar huisnommer. Sy hoor haar pa asemhaal, maar hy praat nie. Hy is deesdae 'n spook. Van iemand ánders. Praat nie meer nie, staar met leë dwaaloë. Die dokter meen dis tyd dat hy opgeneem word. Maar sy kan nie. Nie nou al nie.

"Hallo! Pa! Sit neer, Pa, en roep vir Becca." Hy gee haar die piep as hy dit doen. Dis 'n nuwe ding, die gebellery. Dalk is daar 'n deel van sy brein wat nog nie toegespin is deur die alzheimers nie. Wat probeer kontak maak met haar.

Sy druk dood en beur orent, loop 'n ent weg van die ander vroue met wie sy die kantoor deel. Sy bel die huishulp, Rebecca, wat nie optel nie. Gefrustreer draai sy om en gaan terug na haar lessenaar, vryf oor haar buik. Versigtig oor 'n jeukkol. Dit word 'n brandjeuk. Sy vryf vinniger, vir die bloedsomloop. Haar buik staan soos 'n styfgepompte kangaroebal. Hierdie kleinding is gróót. Sy wat Gerda is, gaan soos 'n uitgesuigde grenadella lyk as die baba eers daar is.

"Hoe lank nog, Gerda?" Dis Jordaan, die skoolhoof.

"Week of wat," antwoord sy en glimlag dapper.

"Gannit met jou pa vandag?" Hy kom staan voor haar lessenaar – gebruiklike grys pak, ligblou hemp met wit strepe

en 'n maroen strikdas. Laasgenoemde 'n onverwagse uitspat-
tigheid by 'n andersins vaal voorkoms. En persoonlikheid.
Maar hy het 'n hart van goud en 'n passie vir die onderwys.
Sy skool se waglyste is nie verniet so lank nie.

"Darem nog orraait," sê sy. "Die nuwe medikasie lyk of dit
hom bietjie rustiger hou."

"Jy gaan jou hande vol hê, die komende maande. Jy moet
sê as jy hulp nodig het, hoor?"

Sodra hy uit is, bel sy weer huis toe.

Die tuinman antwoord.

"What's going on, Xolani? Where's Rebecca?"

"She's helping Oupa. He's crying."

"Did something happen?"

"No, mevrou. He's outside by the front gate. And he's cry-
ing!"

Daar's paniek in sy stem. Dan snap sy – "cry" soos in "skree".
Haar bloed raak koud. Dis die siekte. Die dokters het ge-
waarsku. Hy kan begin hallusineer, selfs aggressief word. Tot
onlangs het dit gelyk of hy die sagter pad van breinaftakeling
sou vat. Dof word, 'n kers wat uitflonker. Maar hy't al onver-
wags na haar geklap. Rebecca gestamp.

Die skreëry is 'n nuwe ding.

"Xolani, go fetch Stoffelina, the cat. Take it there. When
he sees the cat, he calms down. Give him the cat and help Re-
becca bring him inside. Tell Rebecca she must give him one
of the blue pills. She knows which ones. And then she must
call me. Try not to speak loudly. Be soft. Just be . . ."

"I know, mevrou. I will help him. I know the pills."

Gerda sit die foon neer. Pa moenie nou sukkel nie. Laat sy
net eers die bevalling agter die rug kry. Sy sal genoeg tyd hê
in haar kraamverlof.

"Alles reg, ngwanaka?"

107

Gerda kyk op na die vraagsteller. Alison Ntonyane, 'n gryskop Sotho-vroutjie met 'n voorliefde vir African Violets. Die hele kantoor se vensterbanke staan vol van die plantjies, wat sy al om die ander dag liefderik water gee uit 'n koperketeltjie. Sy het Gerda van die eerste dag onder haar vlerk geneem. Sy is die oudste onder die klompie van hulle wat die hoof, die twee adjunkte en die departementshoofde se admin behartig. 'n Warm, meelewende mens met 'n fyn intuïsie. Sy sal soms Gerda se voete vir haar vryf as hulle so dik geswel is. Ander kere dra sy tradisionele kruiebrousels en salwe aan om die swangerskap se las te verlig. Self het sy nooit kinders gehad nie, maar sy't baie grootgemaak. Namate haar vier broers en een suster deur die Groot Siek kom haal is, het sy hulle kinders versorg.

Gerda kon dit nog nooit regkry om selfs die liewe Alison te vertrou met haar lewensverhaal nie. Hennie Jordaan weet uiteraard, maar hy hou dit tussen hulle. Want simpatie, het sy geleer, het 'n angel. Dit ketting jou vas aan jou ellende. Sodra mense weet, raak hulle anders, genope om te simpatiseer, te vra hoe hou jy dit. Jou van voor af herinner. Agterna bly jy hulpeloos rondflop terwyl hulle vroom en deugdelik verder wals!

"Ai, mangwane." Gerda gebruik die respekvolle Sotho-woord vir "tante" – uit erkenning vir die vertederende ngwanaka: my meisie. "Dis my ntate. Ek dink hy's vandag bietjie erger."

"Au, sorrie-sorrie." Alison klap haar tong simpatiek. "Gee vir my daai werk van jou. Ek maak dit vinnig klaar."

"Is orraait, Alison. Dankie. Die werk lei my gedagtes af." Sy roer die rekenaarmuis om haar skerm te verfris, sien dan sy het e-pos. Dis van Baz.

Sorrie, Pops. Moet deurskiet Durbs toe. Staking op die hawe (what's

108

new)! My merchandise sit vas. Vliegtuie vol – scheme ek ry gou deur. Wou vamnaad lamsbredie kook om jou laaaaste dagt te voer. Moet wafg naweek! Lus jou! Net so. Nie eens die moeite gedoen om haar uit die kar te bel nie. Of om die spelfoute reg te maak nie. So . . . min gespin, soos hyself sou sê.

Die trane kom voor sy kan keer. Verbrands! Sy probeer so onopsigtelik as moontlik afvee. Maar in 'n kantoor met vyf vroue . . .

Alison reageer eerste: "Auwe!" Sy staan op en kom slaan haar arms om Gerda. "Miskien moet jy maar huis toe gaan. Gaan kyk agter jou ntate. Ons kan mos ander dag brunch."

Gerda skud haar kop, probeer haar bes om die trane te keer, maar sonder sukses. Haar hormoondeurspoelde lyf maak soos hy lus kry. En hy's nou lus vir 'n groot ween!

Toe sy na 'n minuut of wat bedaar, het die hele tikpoel om haar lessenaar vergader. "Dis haar pa," hoor sy Alison fluister. "Hy's baie siek."

Sy vee met 'n tissue onder haar oë, probeer haar beste glimlag: "Vader weet, hierdie swangerskap werk darem nou régtig nie meer vir my nie." Hoe meer sy praat, hoe sterker voel sy. "Dis die koei in my wat wakker word!"

Die vroue glimlag onseker.

"En hierdie koei is honger. Aanhoudend. Wat sê julle van vonkelwyn by die brunch? Ek koop, maar ek drink nie saam nie. So julle drink namens die pregnant fairy! Ek sal hoor of my pa oukei is, dan gaan ons."

18

"Ek ruik 'n rot," sê Quebeka en tik liggies met haar rooi naels op die stuurwiel van die polisiebakkie.

Sy staar ingedagte voor haar uit, skakel nog nie die bakkie aan nie.

Iemand, sien Beeslaar, het die spuitfontein voor die Du Toit-huis afgeskakel. Hy kyk na die sperbande aan die tralieheining voor. 'n Los stuk wapper lusteloos in die warm herfslug. Die wind het gaan lê. Hy het nie eens agtergekom nie. Laas nag het dit soos 'n hondsdol ding probeer om alles om te gooi. Vanoggend is daar genade in die lug.

'n Verposing.

Dat jy weer die beendere bymekaar kan rakel voor die volgende aanslag. En 'n rukkie se rus, maar wat almal soek. Voor die finale Groot Slaap. Seker maar sý soeke ook. Genade en rus. Hoeka die rede dat hy hier is. Hier in hierdie plek.

Dis wat Malan du Toit ook soek. Daardie afskeidswoorde van hom was nie net survivor's guilt nie. Hy worstel met groter skuld: nie net die feit dat hy nie sy familie kon veilig hou nie. Maar om die gesin héél te hou. Dis 'n pa se werk. Mos. Hy's die hond by die hek wat die gevare buite hou.

Maar Du Toit. Hy was nie op sy pos nie.

Dís wat hy eintlik gesê het.

"Pennie?" Quebeka vou haar arms oor die stuurwiel en draai haar gesig na hom.

"Ek dink aan die langpad."

Sy laat bring haar nie van stryk nie: "Hoe skat jy hom in, die man?"

"Soos 'n ou wat nie die volle waarheid vertel nie. Maar dit doen vir die verkeerde redes. Want ek kan nie sien hoekom 'n huisrower die liggaam sou verskuif nie. Hy's haastig, wil wegkom. Dit maak nie sin nie. En dit, kaptein, is al wat ek te biede het."

Sy frons en glimlag tegelyk. "Oom Van Blerk sou trots gewees het."

Beeslaar sê niks. Kyk by die venster uit.

"Hy was by die CPF," sê sy na 'n hele ruk. "Community Police Forum. Om te praat oor veiligheid by aftreeoorde. So iets." Sy bly 'n oomblik stil, herinnering wat haar oë versag. Dan hik-lag sy: "Ek moes nogal aan hom werk."

"Ja?"

"Ouskool, die oom. Maar jy sal weet. Toe hy uit is . . . Dink hy't nie baie ooghare gehad vir ons darkies nie. En dan's dit nou nog 'n kli'meid ook." Sy skud haar kop en draai haar ruit af, loom herfslug wat inkom.

"Hy't my net so ge . . . so gekýk. Jy weet?"

Beeslaar antwoord nie. Hy wil eintlik nie hoor nie. Dis te naby. Sý's te naby. Hy voel die benoudheid wat onder sy ribbes inpomp. Hy draai sy ruit ook af.

"Toe, op 'n agtermiddag . . . Ek was in Jan Cats – kroeg van die Stellenbosch Hotel," verduidelik sy. "En die oubaas was daar. Hy't sy eie plekkie daar gehad. Reg aan die verste punt van die kroeg. Jy sien hom nie as jy daar inkom nie. Maar hy sien jou."

Sy glimlag, kuiltjies in die neutbruin wange. "Saans as die

111

ander oumense hekelwerk uithaal, stories smokkel oor die kleinkinders . . . dan kom sit hy hier. Anyways, ek was besig met 'n moeilike saak. Moord. Een van die personeel daar was 'n verdagte. Dis maar hoe . . ."

Sy maak nie die sin klaar nie. "Ek wou vir hom 'n dop koop. Hy was besig met 'n whisky – vitamien W, het hy dit genoem. Ek wou nog 'n rondte koop. Respek, sien? Hy't gesê hy's besig met die laaste. Toe bestel ek maar 'n Coke en hy vra of ek my medaljes wil polish, want dis die enigste ding wat Coke voor goed is. 'Gee vir die meisie 'n glas sauvignon,' bestel hy sommer. 'Nié van die pêrepis uit 'n varkblaas wat jy die toeriste voer nie. Iets ordentliks.' Dis toe moeilik, want ek drink nie juis nie. Hier in die Wes-Kaap . . . Dis 'n pes hier."

Dit raak warm in die kar. Beeslaar kyk op sy horlosie. Al tienuur.

Quebeka maak nie aanstaltes nie.

"Ek dink dis oor die saak waarmee ek besig was. Ou Prammie is gefast-track, jy weet? Geen ervaring nie, maar oornag van platvoet tot kolonel."

"Poot," help Beeslaar. "Platpóót tot kolonel!"

"En dié oubaas. Hy't die kyk gehad. Jy kan sien hy't al groot manne weggesit. Maar ek vertel jou nou goed . . . ag, jy weet dit self."

Toe hy steeds nie reageer nie, sug sy en skakel die bakkie aan. In die terugry maak sy 'n oproep. Beeslaar lei af dis werk toe. Sy vra of Malan du Toit se finansiële state al in is. "Staan vas," eindig sy die gesprek.

By Beeslaar se gastehuis stop sy.

"Nou ja, kaptein Koebeka." Hy klim uit, leun terug in die oop venster in. "Sterkte."

"Laat weet as jy aanbly vir die asstrooiery," sê sy. "Jy hét my nommer. Drink ons saam 'n dop of iets." Sy glimlag, 'n wit sekel wat haar gesig ophelder, haar oë met duiweltjies laat dans.

Dan skiet sy weg.

Die foon tril in sy hempsak.

"Ja!"

"En goeiemôre vir jou ook, kaptein Baas Beeslaar! En ja, ek is besig om in my malle moer in te verdwaal. En ja, ek sien nog steeds geen teken van my kar nie. En nee, ek bel nie vir jou hulp nie!"

"Jissie, ou Ghaap. Ek was besig, jong."

"Ek loop in 'n pad wat na nêrens toe gaan nie. Ek sien nie 'n straatnaam nie en ek dink nie die mense hier rond verstaan my Engels nie. Ek is nou al presies in alle windrigtings ingestuur!"

"Wat sien jy?"

"Ek sien fokkol. Dis wat ek sien! Karwrakke en vullis en dooie donkies. En tienduisend teksies . . ."

"Vang een van die taxi's. Hulle sal jou vat. Of minstens kan sê waar jy is! So nie hou jy net aan met loop. As jy nêrens afgedraai het nie, is jy nog in Canada Road. En jy moet mynhope weerskante van jou sien en die treinspoor moet op jou regterkant wees."

"Oukei?"

"So dan's jy nog reg. Maar klim in 'n taxi. Dis nog goedkoop ook."

"Ek wás al in een. Saam met vyftien mense en 'n dik mama op my skoot! Dis 'n death trap, man!"

"Ghaap, moenie al die nonsies glo wat hulle vir jou by die huis vertel nie! Maar . . . loop maar net aan. Die pad gaan kruis met die Soweto Highway. En Noordgesig se polisie is baie naby. Hulle sal jou help!"

Ghaap mompel iets suurs en dan gaan die lyn dood.

Net om onmiddellik weer te lui.

"Albertus?" Sagte vrouestem. "Tertia hier. Ek en Mynhardt is by my pa se plekkie by die ouetehuis. Ons ruim op. Ek het gedink . . . as jy nog hier is, en daar's iets van hom wat jy graag sou wou hê . . . Jy weet?"

Hy gaan haal sy kar uit die veiligheidsparkering van die gastehuis. Hy't voor sy brekfis met Quebeka uitgeboek, sy tas in die kar gesit, nog vas van plan om te ry. Die nuwe baadjie het hy uitgehou. Hy moet gou probeer omruil voor hy ry.

Mevrou Adendorf, die matrone van Huis Groot Gewels, kom ontmoet vir Beeslaar by die tehuis se veiligheidshek.

"A! Kaptein Beeslaar," groet sy. Daar is min warmte in haar stem. Sy's 'n groot vrou, lank op haar voete, 'n breë skof en skerp oë wat jou binne die eerste sekondes omdop en in 'n kassie pak. Beeslaar hoort kennelik in die onderste laai, afdeling: oorskiet. Hy wonder hoe oom Blikkies met so 'n ou draak oor die weg gekom het.

"Mevrou Du Toit is nie nou hier nie," sê sy. "Sy sê vir my jy gaan haar familie bystaan?" Sy kyk takserend na hom.

"Ek is eintlik op soek na kolonel Van Blerk se dogter."

"O." Afkeurende verbasing. "Nou maar kom deur," sê sy en die elektriese traliedeur gons oop.

Sy lei Beeslaar deur 'n tuin, met 'n kort tuinpaadjie langs, verby die groot ingangsportaal – mét fontein – na 'n losstaande eenheid om die hoek. Haar blyplek en kantoor, verduidelik sy. Sy is formeel geklee in 'n donkerblou romp en baadjie, 'n bruin hemp met 'n speld by die kraag. Haar dun, grys hare is gekrul en stokstyf gespuit. Ook nie meer vandag se kind nie, reken Beeslaar.

Tertia staan op toe Beeslaar die kantoor binnekom en kom soen hom op sy wang. Hy moet laag buk om die soen te ontvang, want sy is klein. Mynhardt, die gade, is nie veel langer as sy nie. Maar hy maak op met 'n stewige handdruk.

"Ons is amper klaar hier," verduidelik Tertia. "Admin en so. Van my pa se woonstel. As jy nie omgee nie, kan jy solank opgaan." Sy hou 'n sleutel na hom toe uit. "Ons is oor 'n minuut daar."

Die matrone se blik is dié van 'n aasvoël wat 'n sappige happie aan 'n hiëna moet afstaan. Omgekrap, maar durf niks doen nie.

Hy stap terug deur die tuin en op met 'n trap na die tweede vloer. Blikkies was aanvanklik halsstarrig om in hierdie plek te wees. "Sy't my by 'n bleddie ouetehuis ingeboek, Jaap." Blikkies se naam vir hom. Kom van hulle vroeë tyd saam. Toe Beeslaar onder sy toesig ingedeel is. Hy't nooit gebodder om die blougatte se name te leer ken nie. Vir hom was hulle almal japsnoete. En in Beeslaar se geval het dit uiteindelik Jaap geword.

Maar hy was versigtig, oom Blikkies. Hy sou nie nee sê nie. Want hy moes baie opmaak. Skuld betaal. Die skade van afwesig wees. Veral in Tertia se tienerjare – toe ou Blikkies eenvoudig nie die nuwe, opstandige terroris kon hanteer wat in die lyf van sy een en enigste dogter rondgeloop het nie. En toe's daar nog die egskeiding ook. Hy kon dít ook nie hanteer nie.

Tertia het vir jare nie met hom gepraat nie.

Ná skool is sy na 'n kollege toe. Haarkapster geword by 'n salon iewers in die stad. Geen kontak met haar pa gehad nie. Ou Blikkies het niks gewys nie. Maar Beeslaar het geweet. Dit knaag.

Die vroeë pakket het ook nie gehelp nie. Hy's min of meer uit die mag uit gedwing, om plek te maak vir 'n regstellende-aksie-aanstelling. Dít het hom behoorlik laat wakker skrik:

115

Dat hy sy gesin verkwansel het vir niks. Sy lojaliteit van 'n leeftyd in sy gesig teruggesmyt – met 'n seer middelmatige tjek. Die ou man was bitter, maar toe gaan soek hy na Tertia.

Beeslaar vind die woonstel maklik en sluit die deur oop. Vir 'n oomblik huiwer hy. Hierdie is mos nie die soort van ding wat 'n man alleen doen nie.

Hy gaan nie in nie. Kan nie. Dis of daar 'n onsigbare muur in die deur van *Nommer 208, B v Blerk* ingemessel is.

Hy trek die deur weer toe. Gaan staan by die gangvensters, skielik kortasem.

Dis 'n mooi uitsig, besef hy sodra hy kalmer voel. Blikkies se korserigheid oor die ouetehuis-storie het nie lank geduur nie. "Ek's bleddie nog in my fleur, Jaapman," het hy oor die foon gekla. "Nóú al te loop sit en pillepraatjies maak met die oues van dae. Die tyd uitsit in Avbob se wagkamer. Here."

Maar daar was nie régtig baie baklei in die verontwaardiging nie. Hy sou deur vuur loop vir sy kind.

Beeslaar wag tot Tertia en die gade kom. Stap saam met hulle deur die onsigbare muur.

Dis nie die tipiese oumanswoonplek wat Beeslaar verwag het nie. In Johannesburg het Blikkies ná sy egskeiding in 'n polisiewoonstelletjie gebly. 'n Neerdrukkende plek met 'n goedkoop bankstel in bruin koordferweel en 'n TV op 'n OK Bazaars-tafeltjie. Kaal mure en 'n leeslamp by 'n La-Z-Boy-uitskopstoel. Blikkies kon nie bodder om die plek mooi te maak nie.

Maar hierdie plek lyk of sy ryk skoonseun moes hoes. Dik volvloermat, platskerm-TV teen die muur en 'n potplant. 'n Potplant! Skilderye, geraamde familiefoto's, Blikkies self by 'n medaljeparade. 'n Wynrak. Dis 'n ander Blikkies dié, besef Beeslaar. Een wat moontlik mens kom word het hier. In die lig van sy dogter se liefde.

116

En hy wat Beeslaar is, was al weer te laat.

Tertia het tot in die middel van die sitkamer geloop en gaan staan. Sy kyk stadig om haar heen, soos iemand wat vir oulaas na 'n geliefde portret staar.

Beeslaar se oog vang 'n glimp van die slaapkamer deur 'n oop deur. Hier het Blikkies skynbaar geen inmenging geduld nie. Daar's 'n enkelbed op hoë houtpote teen die muur onder 'n venster, 'n paar Crocs voor die bedkassie. Beeslaar sien 'n boek op die kassie, 'n leesbril en 'n glas water. 'n Funksionele lampie met 'n lang arm, 'n pilboksie met vakkies – een vir elke dag van die week. Die bed is netjies opgemaak. Geen duvet of bedsprei nie. Gewone bruin kombers en een kussing. Bokant die bed hang 'n ou .22. Beeslaar wonder wat Blikkies met die res van sy wapens gemaak het. Hy het 'n taamlik groot versameling gehad teen die tyd dat hy afgetree het.

Tertia trek die sitkamergordyne oop, maak 'n deur na 'n klein balkonnetjie oop. Buite, sien Beeslaar, kyk jy weer vir ánder berge. Hy vermoed dit moet Simonsberg wees.

"Ek is jammer ek kon nie gister meer tyd met jou . . ."

Beeslaar lig sy hand, wys haar hy verstaan.

"Hy was so lief daarvoor om saam met ons Tafelberg op te gaan met die kabelkarretjie," sê sy en Beeslaar voel sy moed sak. "Hy't altyd gespot dat dit hom aan Johannesburg se mynhope herinner." Sy glimlag, haar oë vogtig. "Maar jy moenie bekommerd wees nie, ons gaan dit opstap, van Kirstenbosch se kant af. My pa't my eenkeer gesê jy's nie so lief vir hoogtes nie."

"Jy sê Sondag?" vra hy en voel hoe sy wange brand.

"As die suidoos behoorlik bedaar. Gewoonlik, hierdie tyd van die jaar, is hy al kalmer. Weet nie wat nóú weer in hom gevaar het nie. En as hy so waai, is daar digte mis op die berg. Mense verdwaal in die mis daarbo. Maar intussen gaan ons probeer om hier . . ." Sy kyk na Mynhardt. "Om te ontruim."

"Was jou pa siek?"

Sy skud haar kop. "Dis blykbaar die ding met 'n beroerte. Ons het gedink hy gaan 'n honderd jaar oud word. Hy was ontsettend aktief. Het saam met ons in die Jonkershoekberge gestap . . . ag, gereeld. Hy was nie baie lief vir hierdie plek nie, seker oor hy gedink het hy's te jonk. Maar op 'n dorp soos dié is versorgingsoorde skaars. En duur. Mynhardt – én ek – het gevoel hy moet in die beste moontlike plek bly – ook met die oog op later."

Sy bly 'n ruk stil, staar na die stoel wat kennelik Blikkies se TV-kyk-stoel was. "Hy was ál familie, weet jy? Vir ons albei. My ma is al so lank dood."

Beeslaar knik weer. Blikkies het hom gebel en vertel. Ook dat hy wat Blikkies is, nooit oupa sou word nie. Tertia en Mynhardt se besluit, blykbaar.

"Waar gaan jy tuis, Albertus?"

"Gastehuis." Hy vertel nie dat hy reeds uitgeboek het nie.

"Sal jy bietjie kan aanbly?"

Hy kyk vir die berg.

"Jy kan enige tyd by óns bly. Ons het 'n groot huis. Net hier naby. Dis teen die berg en het regtig mooi uitsigte."

Beeslaar lig weer sy hand. "Ek's oukei. Maar dankie."

Sy glimlag. Hy kan dit nie peil nie, maar hy vermoed hy't pas iets gedoen wat haar aan haar pa herinner.

'n Stilte val oor hulle. Nie ongemaklik nie.

Dan sê die gade vir die eerste keer iets: "Liefie, wat van Maaike?"

Tertia kry nuwe lewe: "Bertus, sy was gister daar. Het jy haar ontmoet? Die Hollandse vroutjie. Sy't 'n studentewoonstel wat leegstaan. Net hier om die draai, Mynhardt sal jou vat."

Hy skud sy kop.

"Gaan kyk net," por sy.

Beeslaar skuif ongemaklik. Hoe de hel kom hy hiér uit?

"Maaike se plek is besonders. Jy sal daarvan hou. Dis baie privaat, op die rand van die dorp by die Eersterivier. En dis gratis. Haar huurder is skielik weg en sy soek net iemand ordentliks wat darem snags daar slaap. En dan gaan die drie van ons Sondag en gaan groet my pa. Wat sê jy?"

Hy ry uiteindelik agter Mynhardt aan, 'n gevoel van onbehae in sy bors. Hulle ry oos, 'n vallei in. Net voor hulle heeltemal die dorp uitry, draai Mynhardt regs af.

Mak gans, besluit Beeslaar bitter. Dís wat hy hier op hierdie benoude dorp tussen die berge raak.

Maar hy het nie tyd vir kleinkoppie trek nie, want hy't nog skaars gestop of die houthek in 'n hoë, erg begroeide muur gaan oop en 'n kort, stewige vroutjie met 'n grys krullebol kom uit en gooi haar arms verwelkomend in die lug.

Vir 'n oomblik wil hy voet in die hoek sit en wegjaag. Maar die pad loop dood, teen die rivier.

Sy het die soort bruisende entoesiasme van 'n rivier in vloed – vee alles plat. Die soort wat elke haar op jou liggaam orent laat staan. Jou lyf versuip in veg- én vlughormone. Jy wil met alle geweld net nie hiér wees nie.

Sy hét ook sommer die stywe stok van 'n Mynhardt in 'n klemgreep, plant 'n soen op elk van sy skoongeskraapte wangetjies. Beeslaar klim versigtig uit sy kar en word onmiddellik bestorm deur 'n worshond.

"Rembrandt!" Dis die wolkop se harde stem – die hond

wat hom nie in die minste daaraan steur nie. Hy staan met sy stertjie trillend orent en blaf kordaat teen Beeslaar aan. Mynhardt probeer om Beeslaar bekend te stel bo die gekef van die hond uit. Daar's 'n voël ook in die prentjie, sien Beeslaar tot sy ontsteltenis. 'n Soort papegaai, vaalgrys met 'n krulkuif en 'n meneer van 'n snawel, sit op haar skouer en hou nie vir een sekonde sy bek nie. Sy naam, hoor Beeslaar, is Vermeer.

Beeslaar steek 'n lang groetarm na haar uit – om 'n moontlike omhelsing af te weer.

Sy lag, wie weet waarvoor, en haar vreemde oë glinster gulsig, bekyk hom of hy 'n sappige hap is. Die een oog is blou, die ander bruin. Gee haar 'n boaardse soort kyk, asof sy ekstra sintuie het, goed kan sien en hoor wat gewone mense nie kan nie – of noodwendig wil nie.

"Godverdomme, wat een brok van een kerel, hè!" roep sy ingenome teenoor Mynhardt. Die papegaai skree iets agterna wat klink soos "fokken brok".

Dan lei sy hulle binne, langs 'n tuinpaadjie af waaroor laventelbosse inleun, hulle reuk afsmeer aan mense wat verbystap. Die huis is oud, 'n Karoostyl-plaashuis met stoepe voor en langs die kant af. Sy stap vinnig vir so 'n klein vroutjie, sodat die voël op haar skouer sy sit moet ken. Beeslaar rek sy treë langer, met Mynhardt en die blaffende wors wat die agterhoede dek.

Verby die voordeur is daar 'n groot portaal vol Afrikakunswerke. Prente en maskers en bokhorings. En houtrakke waarop witgebleikte dierskedels uitgestal word – krokodil, 'n groot mannetjiesbobbejaan, die fyn porseleinkoppie van 'n muis. By die agterdeur uit is daar 'n leiklippaadjie tot by 'n kothuis, wat lyk of dit uit 'n ou skildery kom. Moes vroeër 'n ou werkershuisie gewees het, reken Beeslaar. Maar dis netjies gerestoureer, met 'n bloedrooi perdestal-voordeur en 'n vrolike geel seilafdakkie teen die reën. 'n Windharp klingel aan een van die afdak se maste. Sal moet waai, besluit Beeslaar voor hy koes om deur die lae kosyn van die voordeur te gaan.

Binne is daar 'n klein sitvertrek met 'n televisie,'n kuierkombuis met 'n antieke tafel en stoele, glimmende geelhoutkaste teen die mure.

"Een gezellige keuken. Pardon, *kombuis!*" verklaar sy triomfantlik en die papegaai jodel iets agterna. Beeslaar se ma het so 'n voël gehad. Hy kon sweer sy ma was liewer daarvoor as vir hulle. Kon ure met die ding praat. Wat teruggepraat het soos 'n mens sonder tong.

Die slaapkamer kyk uit op een van die mooiste natuurtonele wat Beeslaar seker nóg gesien het. Ruwe, grou rotstorings wat teen die diepblou hemel opseil en 'n wasige vallei omvou. Tjoklitboks, dink Beeslaar. Eintlik álles hier in hierdie dorp. Fraai, sou sy ma gesê het. Met nét 'n titsel neerbuigendheid in haar stem.

"En?" Sy kyk op na hom, asof sy na 'n reusefrats staar – tegelyk gefassineerd en opgewonde. "Potverdomme, méns! Wat bent jy een boerepaard!" Sy lag gelukkig en vertel vir Mynhardt dat "geen hond" sy pote op haar werf sal sit met Beeslaar daar nie.

"Maar ook geen hond . . . nie," onthou sy dan die dubbele ontkenning agterna.

Hulle stap terug. "Is jy doenig by die moordondersoek?" vra sy en druk die voordeursleutel in sy hand.

"Nee. Ek . . . e . . . ek bly net tot Sondag."

"O, ek dag . . . Jy sou tog die familie adviseer, of zo? Wat 'n tragedie, hè? Grote gode." Die papegaai praat agterna: groute goude.

Beeslaar skud sy kop.

121

Mynhardt kry vir die eerste keer sy stem terug: "Dis ver-
skriklik. Koerante sê dis dalk dieselfde ou wat vroeër die
Matie-student vermoor het. Onthou jy, Maaike?"

Sy knik, en die papegaai boots haar na. "Vreselijk!" sê hulle
al twee.

"En die polisie op hierdie dorp is useless. Met alle respek,"
sê hy en loer versigtig op na Beeslaar. "Ek bedoel niks teen
jóú nie. Of my skoonpa nie. Maar hier gebeur verskriklike
goed op hierdie dorp. Nou anderdag weer. 'n Ou wat ek
gekén het. Pa van twee kinders wat moet leer. Ek het baie
met hom te doene gekry by die stadsraad. Ou Shane Wil-
liams van Pniel. Hulle keer hom aan vir dronkbestuur, maar
hy word die nag in die polisieselle vermoor. Nee, o heng."

Beeslaar krimp innerlik. Heng . . . Wanneer laas het hy
daardie spesifieke suutjiespoep-woordjie gehoor?

Dan lui sy selfoon, red hom van 'n onbehoorlike uitlating.

19

D is warm. Die wit Hoëveldson skitter op die teer. Die verkeer staan.

Gerda vee sweet af. Die middagete was 'n vrolike affêre, met al die vroue ewe broeis oor die klein meisietjie wat kom. Sy het Baz gebel. Sommer vir net. Omdat sy goed voel. Wou hom vertel van haar dag. Maar Baz was nie ontvanklik vir babbel nie. Hy't haar met 'n "I'm busy, babes," kortgeknip.

Die skaduwee van die oggend was weer terug.

Dis seker maar hoe dit sal wees. Vir die res van haar lewe. Op die oppervlak gee jy voor jy's ook 'n normale mens. Met kinders en 'n huis en 'n werk, saans *7de Laan*, Riaan Cruywagen. Maar net onder die oppervlak lyk dit anders. Soos die storie van die eend: lyk so kalm soos hy oor die water gly. Maar onder roei hy dat dit bars.

Roei om te oorleef. Teen wil en dank. Bo bly. Soms wil sy net toegee. Oorgee. Om op te hou roei. Die reddingstoue af te skud, te versink in die koel skemerte van die rus.

Ander dae, weer, moet sy baklei. Voel dit of die lang tentakels van 'n honger monster uit die onderwêreld haar wil gryp. Die Swart Seekat, het sy dit begin noem. Wat haar wil straf. Op dae dat sy durf vergeet.

Vandag is seker maar so 'n dag, waarop die ou seemonster weer doenig is.

Dis Baz, meer as Pa, weet sy. Hy is anders, die laaste tyd. Sy kan nie haar vinger daarop lê nie. Asof daar 'n ratwisseling by hom is. Hy's meer gespanne, blafferig. Sê die ekonomie is entrepreneur-onvriendelik. Hy's so 'n lewendige mens, mal oor kook en kos en mense. En risiko. "Business, babes, should be one long adrenalin rush." Sy vermoed hy verwys na meer as net die kosbesigheid. Hy's slim, 'n geniale black-jack-speler, wat die meeste casino's se bank kan breek. "Ons gaan groot," spot hy altyd as sy kriewelrig raak.

Dis juis sy lewendigheid wat haar so aantrek. Sy lewenslus, die elektriese veld om hom – van praat en lag en speel. Hy maak jou outomaties vrolik as jy in sy omgewing is. En met daardie oë, dié van 'n speelse klein hondjie.

En dan is daar die ander man in haar lewe: Pa. Sy weet hoe hy gaan lyk as sy nou by die huis kom. Soos 'n zombie. Sit en staar voor hom uit, sy regterhand wat onbedaarlik bewe, sy mond hol en droog. Weg vir die wêreld. Hy kon netsowel dood gewees het. Soos Ma. Soos . . . soos alles wat nog altyd vir haar kosbaar was.

Sy voel die trane in haar keel opstoot, maar sy sluk dit weg. Daai dinge is nou klaar. Dis verby. Sy het nuut begin. Sy doen dit vir hulle. En vir hulle boetie. En die nuwe sussie.

'n Nuwe toekoms. Veiligheid. 'n Man wat nié drink nie. Wat uitsien na die ongebore kind, al is dit iemand anders . . .

Sy skud haar kop. Nee, besluit sy en haal diep asem. Ons gaan beslis nie dáár nie. Sy kyk in die truspieëltjie na haar seun wat agter haar in sy karstoeltjie sit.

Kleinpiet is vandag g'n huppelkindjie nie. Hy maak sulke lang, ongelukkige aaaaaa's wat klink of hulle enige oomblik in 'n huiltjie kan oorslaan. Hy voel tien teen een haar "ge-voelentheid" aan, soos die oumense gesê het. Die beendere wat roer, die swart seekat se een oog wat loer.

Sy sit die radio aan en harde popmusiek vul skielik die kar. Kleinpiet skrik, begin huil. Sy sit af.

"O, gallies!" roep sy oor haar skouer. "Die bobbejaantjie sing verkeerd! Stoute bobbejaan." Sy hou aan babbel oor die mal bobbejaan. "Kyk daar, Pietman, dáááár's hy! In die boompie!" Sy druk 'n kinderplaat in die CD-gleuf – altyd haar laaste uitweg tussen die dagmoeder en die huis.

"Kyk daar, Pieda, kyk!" Sy wys na die smouse met hul bont negosieware wat doodsveragtend tussen die ongeduldige karre deurbeweeg. "Kyk'ie ooms, Pietie, kyk hoe lekker lag hulle. Waai vir die ooms! Ta-ta! Waai vir die ooms!" Hy lig 'n tentatiewe handjie, sy onderlippie nat en onseker. Maar dan's die "ooms" verby en begin hy weer met die klahuiltjie.

Gerda se vinger vind die CD-skakelaar en hulle val in die middel van 'n liedjie in: "Eendjies, eendjies, daar in 'n ry." Gerda sing uit volle bors saam. "Saamsing, grootman. Kom! Eendjies, eendjies . . ." 'n Smous met 'n bos rose buk by haar venster, maar sy skud haar kop. Kyk anderpad. Die smous tik teen die venster en probeer homself hoorbaar maak bo-oor die blêrende eendemars binne-in die kar.

Gelukkig begin vloei die verkeer en kan sy lepel neerlê teen die steil bult van die Melville-koppies op. Sy grawe solank op die passasiersitplek rond vir die outomatiese hek se afstandbeheer. En die selfoon. Om Rebecca te laat weet sy moet kom help met die omgekrapte kleintjie.

Toe die hek oopgeskuif het, draai sy in en skakel die kar af. Sy moet nou net die kind in die huis kry. Dit was 'n fout om hom so vroeg te gaan haal. Hierdie tyd is normaalweg sy slaaptyd by die dagmoeder. Maar dit spaar haar 'n ekstra rit later, in die spitsverkeer.

Sy druk weer die hek se knop en hark die inhoud van haar

handsak van die passasiersitplek op. Uit die hoek van haar oog sien sy 'n beweging by die hek. Rebecca, goddank.

Daar's 'n tik aan haar vensterruit. Wat de hel?

Dan sien sy die pistool.

"Quiet, bitch," sis 'n man deur die oop gleuf van die venster en ruk haar deur oop.

20

Ghaap loop en klippers skop. Hy weet hy neuk sy skoene op, maar hy was lanklaas so befoeterd. Hy moes daardie ellendeling van 'n neef van hom gedonner het tot hy hom sê waar sy kar is.

Sy been pyn soos die pes. En die verkeer wat langs hom verbyskeur op die smal, gaterige tweerigtingpaadjie wat die weste van Johannesburg met Soweto verbind, help hom ook net mooi niks.

'n Sirene blêr skielik agter hom en 'n swart Golf GTI swaai van die pad af, reg voor hom in. Skop stof en klippers op. Ghaap gaan staan verwoed. Dis een van die trekkies wat hy die vorige aand ontmoet het, sien hy toe die man uitklim. Ghalla, dink hy, was die naam.

"Liewe vadertjie, my ou, waar loop jy dan so rond? Die broers van hierdie plek gaan mos vir jou skraap as jy nie oppas nie. Jy loop nog so lekker, dan't hulle jou van agter af gevat en jou rollie . . ."

"Hulle het my fokken kar gesteel!" blaker Ghaap dit uit. "Die fokken bliksems van die flêtse. Daar waar ek bly, in River-lea. Móérskonte! Vanoggend . . . Hy's net weg. Phhht!"

"Hel, my ou, dís 'n storie. Was hy nog gisteraand daar?"

"Vir seker! Julle moet hom gaan soek. Ek het nog nie eens die fokken ding klaar betaal nie!"

127

"Ai, my ou." Die man skud sy kop. Hy staan hande in die heupe, hemp gestryk met militêre presisie. "Watse kar was dit?"

"Mazda 323, '88-model. Rooi."

"Dis nou bad luck, my ou." Hy wys met sy arm na Soweto wat agter hom uitstrek. "Jy kan maar sê hierdie plek is die nommer een fan club van daai kar. Maar kom," sê hy, "kom ry saam met my," en begin terugklim in sy kar. Hy beduie vir Ghaap om anderkant in te klim.

Ghaap probeer sy naam onthou, maar gisteraand, hy was so seker hy gaan dood . . .

"Hei, Mauritz," hoor Ghaap hom in sy radio praat terwyl hy inklim. "Ek het daai outjie hier wat gisteraand die bullet gevat het. Hy sê sy hoenderhok is vorige nag gevat." Ghaap hoor die antwoord, maar kan nie uitmaak wat die man sê nie. Hy herken wel sy stem. Dis die reus met die klein stemmetjie.

"Ek stem," sê Ghaap se redder. "Kry mekaar maar op hoofkantoor, en onthou ek vat 'n kleintjie. Ja . . ."

Hy meld af en draai sy kar se sleutel, steek 'n sigaret aan en prop sy navigasiemasjien terug in die kar se aanstekerkontak. Alles in een slag. Ghaap draai die passasiersvenster op 'n kiertjie oop en steek ook aan. Hulle ry in stilte vir 'n hele paar minute, die trekkie wat sy Golf behendig deur die Soweto-verkeer stuur. Hy ry vinnig. Ver oor die spoedgrens, maar niemand kyk skuins op nie. Seker gewoond aan die outjies se vinnige karre wat dag en nag hier deur jaag. Die karre is maklik uit te ken aan die nes lugdrade op hul dakke.

"So jy's maar vreemd in hierdie dorpie," sê die man toe hy links draai in 'n groot straat in. Ghaap kyk rond, herken die Orlando-sokkerstadion wat vorentoe links van hulle lê. Hulle moet taamlik naby sy werkplek wees.

"Ek wil nou net my kar kry, vriend. Dis al," sê Ghaap. Hy trek diep aan sy sigaret en voel hoe die nikotienteer in sy lugpyp afbrand.

"Ghalla," help die man hom. "Jy's seker nie nou aan diens nie?"

"Nee. Rusdag. Maar ek rus g'n stuk voor ek daai kar van my gekry het nie."

"Ai, my ou. Dis nou sleg, man. Jy brekfis gehad?"

Ghaap tuur befoeterd by die venster uit, kyk omtrent die verf af van die karre wat hulle een-een verbysteek. Oplaas skud hy sy kop.

"Nou, ek sê jou wat. Ek en die ander ouens sal traai help. Maar ou Mauritz kan nie operate sonder kos nie. So, as jy wil, dan kom jy saam en ons tree gou 'n eiertjie of twee aan. En dan gaan soek ons jou kar. Wat sê jy?"

"Nee! Ek kan nie wag nie. Jy moet my maar drop, jong. Sommer net hier. Ek sal self my kar soek."

"Dis nou juis die probleem, verstaan? Daai kar van jou is geliquidise, my maat. Soos in maalvleis. Hoendersop. As hy nog nie vir spares uitmekaargehaal is nie, kan jy hoogstens hoop hy word iewers in 'n roof gebruik en gelos. Daai's al manier. Anners is hy history, my . . ."

"My naam is Ghaap! Jannes Ghaap! En met so 'n slapgat houding is ek verbaas dat julle ooit 'n enkele kar opspoor!"

"Jôôô, my ou. Jy moet'ie kwaad staan en raak nie. Dít help nou fokkol." Hy swaai skielik van die pad af en kom in 'n stofwolk tot stilstand. Groentesmouse langs die pad waai vies met groot stukke karton om die stof van hul blinkgepoetste ware af te hou. "Kyk. Ghaap. Jannes. Jy moet nou kalm word, my maat. Ek weet dis blerrie sleg as jy jou wiele verlê." Hy tik met die stywe sigaretvinger teen sy slaap en sê: "Maar jy moet nou die blompot gebruik, my ou. Kom ons kry eers al jou

129

info tussen ons in terwyl ons spys en drank gooi. En dan kyk ons agterna wat ons kan doen. Ons werk van 'n plan af. Oukei? Ek wil jou nie dwing nie. Maar as jy cop shop toe gaan en 'n saak oopmaak, is dit al wat gaan gebeur. Daai docket gaan direk stoorkamer toe. Jy weet self . . ."

Ghaap laat los die deurknip. Hy was gereed om uit te klim. Maar die ou weet seker waarvan hy praat.

Hy sal dit 'n traai gee. Die Here weet, as die blerrie trekkies nie 'n kar kan kry nie, dan ís daai kar seker maar in sy donner in.

Beeslaar staan met sy duime in sy broeksgordel gehaak, beskou die moordtoneel. Op versoek van Quebeka, 'n "laaste skelm guns" namens oom Blikkies.

Van waar hy staan – in die deur wat uit die eetkamer en ingangsportaal lei – bekyk hy eers die wêreld op sy gemak. Die naaldekokers gister moet die toneel taamlik fyn uitgekam het, meen hy. Die forensiese flaters van die Matie-student se moord is nog vars in almal se geheue.

"As die SB agterkom jy's hier, sit ek én jy môre op straat." Quebeka skiet haar rubberhandskoene aan. Sy lyk warm, fyn druppels sweet dou oor haar bolip.

Beeslaar antwoord nie. Op die oomblik is dit nie sy probleem nie, Quebeka se Prammie-man.

Hy stap om die bank en kyk na die toneel daar. Die bloed is oral. Die gebreekte glas van die koffietafel lê in dik skerwe onder die chroomgeraamte. Moet groot krag gekos het, want dis dik glas.

"Was dit die bul?"

Quebeka knik. "Breinweefsel, bloed. Maar niks vingers nie. Hy's mooi skoongevee."

Hy hurk by die tafel, kyk na die hoeke van die chroomraam. Dit dra nog die soekmerke van die vorige dag se naaldekoker-aktiwiteite.

131

"Maar sy's nie nét met die bul getik nie?"

Sy glimlag vir hom. "Reg," sê sy. "Daar was ook hare en bloed aan die regter-voorste hoek van die tafel. Asof haar kop dáár ook 'n draai moes maak, blykbaar vóór sy geskiet is."

Beeslaar staan op, loop na die vier uithoeke van die vertrek, bekyk die toneel van daar af. Hy dop die kussings van die sitkamerstel om, voel in die gleuwe, ontdek 'n paar lekkergoedpapiere, wat hy netjies eenkant neersit. In die bank waarop Elmana du Toit se liggaam gelê het, ontdek hy 'n papiermes. Van die soort waarmee jy knipsels uit 'n koerant sou sny.

Quebeka klap haar tong vir die agterlosigheid en hou 'n plastieksakkie na hom uit. Hy laat glip die lem daarin.

Dan loop hy terug na die oop ruimte tussen die rug van die moordbank en die kroeg en eethoek. Moet wees waar die gesin saans eet, besluit hy. Naby genoeg aan die TV, maar ook aan die drankkabinette en twee vollengte yskaste. Glasdeure wys die rye-rye wynbottels.

Die vloer hier was die vorige dag besaai van die porseleinskerwe.

"Kon julle al iets uit die spore kry?"

Quebeka knik en sug. "Die meisiekind, die pa. En al was daar ook 'n ander spoor, die toneel was verwoes toe óns hier aankom."

"Ja?"

"Ja."

"Weet ons waar die brahmaan altyd gestaan het?"

"Die beeld?"

"Die beeld, ja. Ken jy nie 'n brahmaanbul nie?"

"My kraalherkoms is nie baie vars nie, kaptein Beeslaar. Ek is nie een van die nuwe setlaars hier in die Kaap nie. My mense was lankal hier." Sy glimlag. "Maar die beeld het op die koffietafel gestaan, ja."

"Die outopsie?"

"Laat gisteraand."

"En?"

"Was beslis die koeël, nege mil, in die agterkop."

"En die skietding?"

Sy haal haar skouers op.

"Ek neem aan dis nie Du Toit s'n nie."

Sy skud haar kop. "Hy besit geen wapen nie. Of altans, niks wettigs nie."

"Iets maak nie sin hier nie."

"Jy weet dan. En nóg iets wat jy nie uit hierdie toneel sou raai nie: Sy was so hoog soos 'n kettie. Ten tyde," voeg sy by.

"Op wat?"

"Die antie was so bietjie van 'n druggie. Sy het genoeg metamfetamien in haar gehad . . . om 'n . . . om 'n . . . Dit sou daai koei van jou hartkloppings kon gee!"

"Bul."

Sy beloon hom met 'n geïrriteerde blik. "Anyways. Die dok meen sy's nie 'n nuweling nie. Sy't ook reste van pseudo-efedrien, benzo's, alkohol en nog 'n paar chemiese konkoksies ingehad."

"Pseudo-efedrien?"

"Was vroeër in dieetpille, Nobese, Thinz, sulke goed. Die vet anties het lekker getrip daarop, want die chemiese samestelling is baie dieselfde as vir metamfetamien. Dis glo 'n klein treetjie van pseudo-efedrien na meth. Hier by ons in die Kaap beter bekend as tik – oor hy so klap as jy hom kook. Dok dink sy was maar 'n orreltrapper. Dan uppers, dan downers. Sy't voorskrif-slaappille, 'n groot hoeveelheid, daar bo in haar badkamerkas aangehou. Saam met 'n paar soorte tranqs, nuwer weergawes van Valium. "

Beeslaar gaan leun met sy agterstewe teen die eettafel aan.

Dis 'n reusagtige, soliede stuk hout, maar fyn afgewerk, rus op breë houtpote. Sal 'n plaas se geld gekos het. Hy herkou die inligting.

"Die mammie-huishulp-sindroom," sê hy kopskuddend.

"By wie't sy al die pille gekry?"

"Dokter. En die shrink. En die neuroloog. En die . . . Jy noem die dokter, dan noem ek vir jou die drug of choice. Charmainetjie sê driekwart van die tyd, by mense soos dié, is die dokter die pusher. Maar die tik . . . dit kom van die strate af."

"Hoe gehoek was sy?"

"Genoeg, haar bloedtelling vir benzo's en vir meth was hemelhoog. Dok sê haar lewer is dié van 'n gebruiker."

"En die geweld hier? Die tik-outjies kan mos lelik uithaak, of hoe?"

"Ja, ons sien dit baie. Seker ons grootste probleem hier in die Kaap. Tas jou brein, lewer, niere aan. Jy raak dom. En jou tande val uit. En jy raak paranoïes en verskriklik gewelddadig. As 'n tikkop by jou huis inbreek, kom hy met 'n byl in sy hand, maak mincemeat van jou. Van die enkelma's hier op die Vlakte, wat deur hul tikkop-kinders geterroriseer word, raak só desperaat, hulle vermoor daai kind. Hul eie kind!"

"Hoe dikwels gebeur dit hier?"

"Te veel. Ander dag is 'n jong skoolmeisie hier op die dorp met batterysuur toegetakel. Sy't haar een oog verloor. Die ma wou nie 'n saak maak nie – sy't dit toegeskryf aan 'n "nare element" by haar kind se skool, maar meanwhile . . . Ons vermoed die aanval was 'n boodskap van haar pushers. Jy moet weet, hier's baie verveelde anties wat nie werk nie. As die kinnie by die skool is en die baas by die werk . . . Hulle raak soos ryp vye wat vra om gepluk te word."

"Maar die geweld hier? Sy sou tog nie haar eie bome so verrinnefok het nie." Hy wys na 'n plastiekemmer by die stoep se skuifdeur. Iemand het die plante wat in die stukkende potte was eenkant bymekaar gemaak en in 'n plastiekemmer gesit. Een van die naaldekokers, miskien. Met 'n sagte hart vir groen goed. Gister het die plante die hele wêreld vol gelê. Dis ook nie plante nie. Dis bome. Miniatuurbome. Hy loop tot by die emmer en haal hulle een vir een uit. Sommige van hulle lyk of hulle 'n honderd jaar oud kan wees. Selfs ouer. Maar hulle het sleg seergekry – lyk of hulle met opset platgetrap is. Die verwronge stammetjies gebreek en geskeur.

Wat ook al hier gebeur het gister, daar was groot emosie betrokke. En Elmana du Toit se plante moes saam gestraf word. Hoekom?

Dis immers net plante.

Hyself kon nog nooit vat kry aan dié soort tuinmaak nie, as jy dit so kan noem. Dat jy 'n plant so kan martel. Sy ou worteltone af te knip, die takke so kort te hou. Om 'n honderd jaar oue boom so klein soos 'n skoenboks te hou. Nee. Dis nie reg nie.

Hy los die boompies en loop terug na die eettafel, waar Quebeka intussen 'n stoel uitgeskuif het en hom nou sit en dophou. "Die plante is vermorsel, maar niks anders juis nie. Ook snaaks, nè? Of is daar meer?"

"Daar is, ja. Ek sal jou gaan wys." Sy wys boontoe, na die tweede verdieping, sug: "Bietjie deurmekaar, nè?" Sy kyk oor die vertrek heen. "Ons kon nog nie al die vingers kleinkry nie. Die gesin s'n, ja. Dis die meisiekind s'n teen die mure in die eetkamer. Maar daar's ander ook."

"Personeel?"

"Kon nog nie die huishulp opspoor nie. En daar's nie 'n tuinman nie – dis 'n tuindiens. Kom een keer per week, maar nooit binne nie."

"Orraait. So die pa en die dogter was beslis op die toneel. Sy kom by die huis, tref die chaos hier aan. Sien haar ma in 'n plas bloed op die vloer, probeer haar skud, kyk of sy nog lewe. Dalk doen die pa dieselfde ding as hy by die huis kom. Maar . . . "

Hy kyk na die boompies. "Die pa blý sê dis huisroof . . . Maar wie het die liggaam verskuif? En . . . hoekom haar éérs skiet? En die bul . . . Haar kop verpulp?"

Sy kyk na hom met groot oë. Honger oë. Hy kyk weg.

"Gaan wys my die slaapkamers," sê hy.

Hulle stap deur die formele eetkamer. Die plastiekloper wat die forensiese outjies neergesit het, lê nog steeds daar. Dit kraak onder hulle voetval, die klank skielik hard in die stilte van die huis.

Dis nie enige stilte nie. Dis daardie besonderse stilte wat jy nét kry in 'n huis waar daar moord was. Dis asof alles geskok in hulself in teruggekrimp het, asem opgehou . . . Die matte, die meubels. Selfs die prente teen die mure . . . Alles swyg.

Hy verkyk hom weer aan die hanglampe oor die veertien-sitplek-tafel. Die tafel sélf is 'n indrukwekkende stuk – gladde, blonde hout wat roep dat jy dit aanraak. Die lampe is moderne maaksels van liggies en sterretjies wat vonkel in 'n wolk van kristalle.

'n Bypassende buffettafel staan langs die verste muur af. Maar die gladde oppervlak is vermink. Op die vloer lê die sondaars: nóg miniatuurboompies, hul groen erdewerk aan skerwe. Iémand was duidelik afgepis met die boompies.

"Is daar nog iewers van dié boompies?" vra hy.

"Jy sal sien," is al wat Quebeka sê.

Hulle stap deur 'n kort gang, dan op teen 'n moderne houttrap wat 'n U-draai maak na bo. Aan die bopunt is daar 'n veiligheidshek – 'n gekrulde affêre wat kru uitmekaargesny is . . . Die vorige dag se pogings om die dogter uit die kamer te kry.

Die hek gee toegang tot 'n ruim sitvertrek met TV en boekrakke. Ook hiér was die boomhater doenig.

Die seun se slaapkamer is spartaans. 'n Kruisbeeld bokant 'n reggetrekte bed, groot plakkaat van 'n swetende man met 'n mikrofoon in sy hand, onder hom 'n skare, nié rock-groupies nie, maar biddende mense, arms wyd gestrek, palms na bo. Lyk of hulle in 'n soort beswyming staan. Toe-oë.

Quebeka kyk na die prent en rol haar oë, wys na die Bybeltjie langs die rekenaar.

Die dogter se slaapkamer lyk of daar 'n klerebom ontplof het. Beslis geen kruisbeeld bokant die bed nie. Die mure is swart geverf, waarop iemand vreemde goed met wit bordkryt geteken het: 'n engel met vampiertande. Simbole.

"Heptagram, vertel een van die naaldekokers my," sê Quebeka. "Blykbaar die duiwel se vangwip. Dis veronderstel om al jou demone vas te vang."

Daar's 'n selfportret, met Ellie as 'n vae, skraal figuur met groot, hartseer oë. Tienerangst op sy duidelikste, besluit Beeslaar.

Hy gaan staan by die venster wat op die straat uitkyk, sien Quebeka se polisiebakkie voor die traliehek. Dis hoog hier af, besef hy. Die meisie wou gistermiddag óf 'n helse stelling maak, óf sy was waansinnig van angs.

"Die wond aan haar linkerpols?" vra hy.

"Kyk in haar badkamer."

Hy druk die deur oop. "Ai tog." Die wasbak lyk asof daar 'n vark in geslag is. Daar's bloed op die handdoeke, die spieël, die toilet.

"Vingers?" vra hy oor sy skouer terug na Quebeka.

"Nog net hare. Ek weet ook nog nie van die bloed nie.

Of dit net haar eie is nie. Ook nie in watter stadium van die geveg sy haar pols bygedam het nie."

"Maar dis beslis sy self?"

Quebeka knip haar oë vir "ja".

Die hoofslaapkamer is byna klinies. Die bed het die afmetings van 'n skip. Maar net één mens slaap hier. Daar's 'n waterkraffie en 'n oop boek by een bedkassie. Die ander lyk onbeman.

"Waar slaap hý dan?"

Quebeka staan by die venster, kyk uit oor die rivier en berg. Sy draai om. "Mens kan dit voel, hier, nè?" Hy's nie seker hy weet presies waarvan sy praat nie.

"Dat die Du Toits nie kwalifiseer vir die Drie G's nie?" Nog 'n Blikkieïsme – vir "gemiddelde, gelukkige gesinnetjie".

Sy glimlag. "Nee, hy't sy eie, private hok daar onder – by sy studeerkamer. Badkamer, stort, die hele lot."

Sy lei hom uit die vertrek uit in 'n groot aantrekkamer. Nóg 'n kandelaar. Spieëls vir kasdeure. Beeslaar maak een oop. Dis háre, die klere aan hangers wat volgens kleur gerangskik is – wit, deur na blou, pienk, rooi. Tot by swart. Die skoene het weer 'n ander stelsel, lyk dit. Soos die soldate van verskillende regimente: plakkies almal bymekaar. Dan die informele sandale. Langsaan, informele skoene. Dan die duur sportskoene. En van daar af na meer deftige, formele skoene, deur na stewels. Daar's 'n kluis, die deur oop, maar niks binne-in nie.

In die weerkaatsing agter hom sien hy Quebeka deurstap na die badkamer. "Kom," sê sy.

Die badkamer is ruim, 'n simfonie in gerookte glas, bloudonnerweer-marmer en sneeuwit handdoeke. Ook hiér hang 'n kandelaar: oor 'n ovaalvormige bad so groot soos die Vaaldam.

"Hier," sê Quebeka en wys vir hom die spasie tussen die bad en die gerookte glas van die toiletmuur. Dis 'n versteekte kas agter 'n spieëldeur – van die grond tot die plafon. Binne lê handdoeke, toiletrolle en ander badkamergoed. Plus 'n juwelekissie, die deksel oopgeforseer. Daar's geen juwele in nie, maar wel 'n paar daggastoppe, 'n weggooi-aansteker, foelie en 'n gebreekte glaspypie.

"Daar het jy dit," sê Quebeka. "Maar dis nie die main stash nie. Die gereedskap is bietjie stukkend. Dié moet ons nog vind."

Beeslaar kyk na die res van die badkamer. Elektries verwarmde handdoekrelings, geborduurde handdoeke. Net één stel. Hy steek sy hand uit: Dis donssag. En warm. Ook hiér is kennelik net een gebruiker.

Met die terugstap raak Quebeka haastig. "Ou Prammie vang baie hitte oor dié ding," verduidelik sy. "Asof ons dit juis nou nodig het."

Beeslaar onthou Mynhardt se opmerking, sê dan: "Hoor daar's onlangs iemand dood by julle – in die selle?"

Sy gaan staan, rol haar oë lankmoedig op na hom. "Dít, my liewe Beeslaar, moet jy nie eens noem nie. Die koerante was histeries."

"Was dit op jou watch?"

"Liewe Here, gelukkig nie. Hy's omtrent bewusteloos van die dop opgetel en ingebring en opgesluit. Daar was drie ander manne saam met hom. My bitter intelligente kollegas wat dink hy sal hom nugter skrik. Maar toe skrik hy hom dood. Een van die ander drie het hom verwurg."

"Taai," sê Beeslaar. "Taai. Maar dis bietjie buitengewoon, dan nie?"

"Jy wéét dan. Ergste van alles: Hy's nie eens getoets nie. Die Stellenboschwag het gebel om te sê 'n man rý slinge-

139

rend. Die dienskonstabels het hom loop haal en opgesluit. Sy drie selmaats sê hy't heelnag sit en huil en praat en bid. Poesbedroef. In lewe 'n amptenaartjie hier van die stadsraad, seker sy eerste keer in 'n tronksel en hy't die drie opregte gents saam met hom se nagrus versteur. So, jy sien? Ons het hope kak van ons eie. Die PK wil hê ou Prammie moet die Du Toit-saak vir 'n meer senior ou by Misdaad-intel gee. Ek is nie wit en Afrikaans genoeg vir "die gemeenskap" nie. Maar ou Prammie hou sy nek styf. Hy't senuwees oor die ding, so ek beter my stert roer. Kan ek jou gaan aflaai?"

Hy sê nee, hy't nou stap nodig. Sy sluit die huis en gaan klim terug in die bakkie.

"Jy lus om later enetjie te gaan vang daar by Jan Cats?" vra sy. Nóg 'n sêding van Blikkies.

"Sesuur," sê hy en begin stap.

22

'N Hand vou oor haar mond, versmoor haar. Gerda byt en die hand laat los 'n oomblik, maar sak dan na haar keel, pen haar kop teen die sitplek vas.

"If you scream, bitch, the baby dies." Die pistool se loop is teen haar regterslaap.

Dan voel sy sy asem teen haar oor, ruik die soet stank van dagga. Sy probeer praat. Probeer smeek vir haar kind. Maar daar's geen lug in haar longe nie.

"Move over," sis hy.

Sy skud haar kop, probeer haar hande stadig van die stuur af lig.

Geen skielike bewegings nie, flits dit deur haar kop. Karrowers is soos blouwildebeeste wat leeu ruik – senuweeagtig, onvoorspelbaar. En bitter gevaarlik. Skiet op refleks. Sy hou haar oë neergeslaan, baklei teen die impuls om na hom te kyk.

"M . . . my ba . . ."

Die pistoolloop kom lê op haar mond. Hard. Beur deur haar lippe. Sy kan die trilling van sy liggaam in die metaal voel. Dit ratel teen haar tande. Dwing haar kake oop.

"Hhhnnnnlllôôô . . ." Sy wil protesteer, maar hy druk die loop teen haar verhemelte vas. Sy registreer pyn. Iewers.

"Move over. Or baby dies."

141

Maar die pistool pen haar teen die sitplek vas. Stamp hard teen haar keelvleis. Sy proe bloed, wil verstik.

"Move!"

Hy buk tot teen haar gesig. Dis 'n tiener, sien sy! Sy ruik sy sweet. Wellus en angs en opwinding skitter in sy oë. Hy geniet dit: die ruwe penetrasie van haar mond.

"Move, bitch!"

Sy voel-voel met haar linkerhand na die handrem. Hoe gaan sy haar liggaam uit die kuip van haar sitplek gelig kry?

"Leave the brake alone," dreig hy en haal die pistool uit haar mond, vee dit oor haar ken, haar nek, haar borste. Druk dit pynlik op die ronding van haar maag. Sy voel iets nats oor haar wang beweeg, sy asem warm teen haar slaap. Dis toe die nattigheid by haar oor kom dat sy besef: Dis sy tong! Hy steek die tong by haar oor in, sy asem wat al hoe harder jaag.

Sy probeer so vinnig as moontlik onder die tong uitkom, knyp haar oë toe om te fokus, om te onthou om asem te haal.

"Oe-whie," verklaar Kleinpiet van agter uit die kar.

Gerda kyk om, in nóg 'n pistool se loop vas. Daar's iemand op die agtersitplek langs Kleinpiet, nóg jonger! 'n Maer seun in 'n bruin sweetpaktop, 'n Laerskool Melville-pet diep oor sy vaalswart gesig getrek. Hy grinnik breëbek vir haar, sy voortande swart. Hy sit houtgerus langs die kleintjie, swaai sy pistool na hom. "Koo-whie," sê die kleintjie en gryp met sy vet handjies daarna.

Sy sluk. Stinkasem het intussen ingeklim en die kar aangeskakel.

"The gate," sê hy, baie bedaard. "You open it. Now!" Sy oë verklap sy spanning. Dit bly vlieg tussen die truspieëltjie en die gangetjie wat uit die oop motorafdak direk na haar voordeur lei. As Rebecca of Xolani tog net die kar gehoor het.

"The gate," sis Stinkasem.

Sy grawe in die voetholte, waar dit uit haar hand geval het. Vind dit, druk die oopsluitknop.

"Please, sir. Take the car. There's money in my bag, more in the house. I will give you everything. You take the car. Plea . . ."

"No talking, or I hurt the baby. You understand?"

Sy sluk, proe steeds bloed.

"Nod your head, bitch."

Sy knik heftig.

Dan onthou sy die alarmknop op haar afstandbeheer. Sy druk ongemerk. Wag.

Niks. Geen sirene, niks. Moet stukkend wees, sy't dit nog nooit gebruik nie.

Al wat gebeur, is dat die hek agter hulle piepend oopgly en Stinkasem haastig agteruitstoot in die skerp middagson in.

"We are going to drive nice. Understand? Nod!"

"I . . . please!"

"No talk! You understand? Vrostana?"

Sy knik.

"That's better. We are going on a niiiiiice driiiiive. Hè, bébé?" Hy verstel die truspieëltjie rustig, ry die steil bult af tot by die eerste verkeerslig. In sy regterhand het hy die pistool vas. Maar hy hou dit onder sy baadjie.

Sy kyk rond of sy nie iemand sien wat sy dalk herken nie. As sy net iémand . . . énigiemand se oog kan vang. Maar dis net die smouse. Dieselfde een wat 'n paar minute gelede die bos rose rondgeswaai het. Hy buk af om in die kar in te kyk. "For the lady!" hoor sy hom deur die toe vensters roep. Hy herken haar nie, glimlag breed en gul vir Stinkasem. "C'm'on daddy! Nice for the house!"

Stinkasem glimlag terug.

23

"**M**auritius! Hoe's dinge?" Ghalla en Mo groet mekaar met 'n toevuis-tik. "Kwaailappies," antwoord Mo in sy hoë stem.

Hy sit met 'n reusekoppie Wimpy-koffie voor hom, waarin hy afgemete die een pakkie bruinsuiker na die ander inroer. Kyk met veraf oë na Ghaap.

"Jy weet natuurlik waar jou kar is."

"Waar?" Ghaap gaan sit gretig oorkant die groot man. In die daglig is die man nog groter as wat hy onthou. Meer Beeslaar se portuur. Maar aansienlik dikker. Sy swart hare is vroeg al aan't uitdun, maar hy dra dit in 'n presiese box-cut, die boonste hare pennetjiesorent gehou met jel. Hy het donker oë. Groot, vlesige wange wat 'n fyn, reguit neus verdwerg. Sy mond en dubbele kenne koester 'n yl stekelbaardjie.

"Kyk, jou kar was baie oud, reg?"

Ghaap knik, die blom van hoop wat vinnig verwelk.

"So, hoekom sal 'n meerkat so 'n ou skoroskoro wil hê? Nét vir parte. Of om te gebruik as 'n getaway. Vir 'n roof of so. As hy nuwe wiele nodig het, vat hy iets nuuts, minder opvallend."

"Kentucky Rounder," las Ghalla aan. Hy het langs Mo ingeskuif en lyk soos 'n skoolseun langs die ou grote. Hulle dra nie uniform nie, merk Ghaap. Maar hulle kon netsowel, want hulle lyk so te sê eenders: stywe jeans, ingesteek by sagtesool-stewels. Merrells, sien Ghaap. Bitter duur vir 'n alledaagse skoen. Maar aan die ander kant: Hierdie ouens doen nie alledaagse werk nie. Die hemde, in kamoefleerskakerings, is styf ingewerk by die jeans. Swart gordels, waaraan die heup-skedes vir pistole en ekstra magasyne hang.

"Hy praat van Toyota Corollas," verduidelik Mo vir Ghaap, met verwysing na Ghalla se bydrae oor die hoenderburgers. "Dis hoe hy hier in die wyk bekendstaan." Hy wys vaagweg in 'n rigting. Ghaap vermoed hy bedoel Soweto.

"Ou wat tekkies soek. Hy wil verdwyn. So hy steel 'n kleine-rige sedan. Verkieslik wit. Daar's miljoene van die goed op die pad. En hy verander hom tjoef-tjaf. Nuwe paint job, nom-merplaat, tjêssienommer, VIN-nommer. Alles. Watse kar ry jy?"

"Mazda 323, '88-model. Vars gepaint, nuwe alloy mags. En 'n nuwe surround-sound system! Hy lyk wragtag nie soos enige ander kar nie. Ek skiem as julle my help, kry ons hom vandag nog. Ek sal betaal!"

Mo lig 'n hand so groot soos 'n bos wortels. "Kyk, ou Ghaap, as jy een van ons kliënte was, en hy't 'n opsporings-eenheid in gehad. Ons kry hom lag-lag . . ."

"Ek sal hom op 'n myl uitken, my kar! Ek het dan self ge-help om hom te spuit. En dis my eerste kar, man. Hoe moei-lik kan dit dan nou wees?" Ghaap weier om op te gee.

Mo skud sy groot kop treurig.

"Julle is dan kastig so goed!"

"Dis maar net ons tegnologie, my ou. Jy sien, ons bou vir hom twee tracers in. Onder die dash, sodat hy ongemerk bly. Die een is 'n dummy – hy maak niks nie en ons hoop die meerkatte vind hom eerste en hulle dink dis dit. Maar dan is daar 'n tweede enetjie – diep onder die dash ingebou.

145

En hy's die kalant wat die seine uitstuur. Ons programmeer hom – sodra hy in 'n gebied kom waar jy nooit sal kom nie, sê nou maar die wyk, hier," beduie hy met 'n arm so dik soos 'n beesboud, "dan begin hy met ons masjiene op kantoor gesels. Ons bel jou, vra of jy weet jy ry in Soweto rond. As jy nee sê, weet ons jou karretjie is geklits."

"My kar het nie eens insurance gehad nie, ek skuld bler-riewil nog tienduisend rand op hom."

Die twee trekkies kyk simpatiek na hom, vir 'n oomblik sonder woorde.

"Daai's 'n probleem, my ou," sê Ghalla. "Deesdae . . . in 'n plek soos dié. Daar's geen manier waarop die hoenderhok veilig is sonder tracking nie. Dis maar die way, ouboet." Hy beduie vir 'n kelnerin iets voor hy aangaan. "Ons stelsel is die fokken beste ding wat hulle nóg kon uitvind. Want ons krý hom. En ons vee sommer 'n klomp ander misdade ook op. Jissie, ek meen! Missing persons, huisroof, rape, daar's hordes goed. Goed wat nie eers niks te make het met track-ing nie. En bedrog! Hel, my ou. Elke ou wie se finances haak, hy het 'n way. Dan sê die ou vir een van die broers hier uit die wyk: Ry met die kar en gaan verkoop hom. Volgende dag kom die ou by ons aan. Hy huil, die hoenderhok is weg. Nee, hy's gehijack. Iewers in Gordon Road. Dan doen ons 'n playback op die sisteem. Maar halloooo: Vieruur gistermid-dag, toe hy veronderstel was om gehijack te word, toe's hy in die kliënt se eie jaart. So vang ons hom uit. Oe, dis vir my nice hierdie ding wat hulle uitgevind het. Ons ou's spoor die meeste karre op. Loshande bo enige van die ander ou's!"

"Kyk." Ghaap probeer 'n ordentlike gesig opsit. "Ghalla. Dis nou mooi – dié dat julle so goed is en alles. Maar dit los nie my probleem op nie, my vriend. So, as julle outjies nou hier klaar is, dan gaan laai julle my iewers af. Ek gaan my kar soek. Ek het in elk geval fokkol anders om te doen. Behalwe 'n nuwe blyplek soek."

"Jy kom kiep by my!" Duif het sy opwagting gemaak. Hy gooi sy toksak eenkant op 'n leë Wimpy-stoel neer en kom skuif langs Ghaap in. "Hoesit, my ou. Loop jy darem nog?"

"Hy jol die hele blerrie wêreld vol. Ek sweer!" Ghalla vuis-tik vir Duif in 'n groetgebaar. "Ek tel hom vanoggend op daar naby New Canada-stasie. Loop soos 'n volstruis. Maar hy lóóp, die ou grote!"

Ghaap laat hom nie van stryk bring nie: "Maar julle ouens wéét mos waar's die chop shops. Julle kan my mos vat. Om te gaan soek vir my kar."

Ghalla glimlag simpatiek en vat aan Ghaap se skouer. "Lyk my jy verstaan nog nie mooi nie. As jou kar gechop is, is hy 'n goner. Poerpaptes. Hy't in 'n duisend en tien stukkies uit die chop shop uit geloop. Al wat oorbly, is die karkas, wat ie-wers loop gooi is waar die donkiekarre dit kom aas vir skroot. Maar ek skiem jy kan saamry. Wat sê jy, Mo?"

Mo se megakoppie koffie is leeg. Hy skuif dit eenkant toe om plek te maak vir die bord ontbytkos wat die kelnerin voor hom neersit. Saam met 'n mandjie wit roosterbrood. Ghaap se oë val amper uit sy kop by die aanskou van die bord. Dis varkwors, twee gebakte eiers, 'n paar repe spek, sousboon-tjies in tamatiesous, gebraaide tamatie, sampioensmoor en bruingebraaide aartappelblokkies. Alles onder 'n dik kom-bers gesmelte kaas.

En tot sy absolute afgryse word 'n soortgelyke bord voor hom neergesit.

"Jô," sê Ghaap floutjies. "Dis da'm bietjie baie."

"Is kwaai kos, my ou," sê Ghalla deur 'n mond vol. "Lekker greasy bacon en poepholvrug. Help vir enige ding."

"Poepholvr . . ."

"Eiers, man! Soos in Hendrik, maar die eier wil nie kom nie. Hoe lykit my jy's nog bietjie dof, my ou?"

Die ander glimlag goedig en val weg, Mo wat eers plegtig sy kop buig in 'n stille tafelgebed, die mes en vurk egter oorgehaal in sy twee hande.

Ghaap eet roosterbrood met konfyt. Hy't sy maag verloor vir eiers. Wonder wat sy ma sou sê as sy hierdie ouens moes hoor.

Toe almal klaar is, haal Mo sy beursie uit en beduie vir Ghaap hy moet ontspan: Hy's vandag die trekkies se gas.

Hy't net die note uit, of al drie manne se selfone biep tegelyk. Hulle los alles en kyk, spring dan woordloos op en begin hardloop. Mo los die note langs sy bord en gooi vir die kelnerin 'n teken. Sy knik, kennelik gewoond hieraan.

Ghaap gryp sy baadjie en hol agterna. Mo beduie vir hom hy moet saam met hóm ry. Hy ry 'n Mitsubishi Lancer, splinternuwe model met 'n spoggerige vin op sy kortgat-kattebak. Kenmerkende antennas op 'n plaat bo-op die kar gemonteer. Uit die kattebak haal Mo twee koeëlvaste baadjies, gooi een vir Ghaap. Deur alles praat hy op sy selfoon.

"Ons is in Lens," hoor Ghaap hom steun. "Waar's die sein?" Terwyl hy luister, beduie hy vir Duif en Ghalla, saam in die nagswart Golf GTI, om solank te ry. "Mik vir die Golden Highway!" roep hy. Dan, in sy foon in: "Twee manne op pad Golden Highway toe. Ek vat Ou Potchefstroom. Gooi daai seine! Aan die brand!"

Daarmee ruk hy sy kardeur oop; sekondes later brul die enjin woedend.

Ghaap se deur is skaars toe wanneer hulle met skreeuende bande wegtrek. Petroljoggies en toiletbesoekers gee haastig pad. Ghaap tas benoud na sy sitplekgordel.

–

24

Beeslaar het op sy gemak teruggestap dorp toe, sy kop besig met die raaisel van Elmana du Toit. Hy sak neer by 'n straatkafee en bestel koffie, skrik vir die prys. Hy vra ook water – kraanwater. Sy koffie het pas gekom toe sy selfoon lui.

"Albertus, dis Reana du Toit. Ek is bly ek kry jou in die hande."

Beeslaar wag om te hoor wat sy gaan vra.

"Kan jy dalk by ons 'n draai kom maak?"

"Waar, mevrou Du Toit?"

"Ons is by Willem, my seun se buurman. Malan het my pas kom haal. Toe dag ek maar . . . dalk moet jy alleen met ons praat. Dat ons kan . . . Jy weet?"

Hy sug. Die mense soek iets by hom wat hy nie vir hulle kan gee nie. Hy spreek af vir oor 'n halfuur en trek sy koffie nader.

Dis Rea du Toit self wat later die buurman se voordeur vir hom oopmaak.

"Kom deur," sê sy in 'n bekommerde stem. "Kom sit hier by Malan, dan gaan haal ek vir jou koffie." Sy wys 'n deur wat regs uit die ingangsportaal lei.

Dis 'n TV-kamer, sien hy met die instap. Malan du Toit sit na 'n sportkanaal en kyk, die klank heeltemal afgedraai.

Hy spring op toe hy Beeslaar se gestalte sien, skakel die TV af.

"E . . . Dankie dat jy gekom het. Sit, sit, sit," beduie hy.

Beeslaar gaan sit op die randjie van 'n inslukstoel, gemaak om op die naat van jou stuitjie te lê en TV kyk. Hy't 'n hekel aan dié soort stoel, oor sy bene so lank is. Hy voel soos 'n omgedopte sprinkaan.

Hulle sit vir 'n ruk in stilte. Beeslaar kyk in die vertrek rond. Willem Bester en sy vrou het 'n voorliefde vir seekoeie, lyk dit. Daar's seekoeie van alle groottes deur die vertrek versprei. Die koffietafel sélf is 'n reuseseekoei met 'n glasblad op sy rug gemonteer.

"U wou my sien," verbreek Beeslaar die stilte.

"Kyk, kaptein Beeslaar. My ma sê jy is betroubaar, een van die min ervare mense wat daar nog in die polisie is."

"Daar's ook goeie mense in die polisie, meneer Du Toit. Maak nie saak of hulle wit of swart is nie. U moet hulle net 'n kans gee."

"Kyk man, as dit nou gegaan het oor 'n gesteelde fiets . . . Maar ék wil my gesin beskerm. Daar was 'n geweldige aanslag op ons veiligheid. Ellie is . . . Sy's breekbaar. Ek kan nie bekostig dat sy nou boonop . . . dat sy 'n verhoor . . . U't gesien hoe lyk sy, vanoggend." Die man sluk dapper terug aan die trane.

"Wat sê die dokter?"

Hy vee onder sy neus. "Hy sê presies dít. Daarom is sy vir eers op medikasie. Enige hardhandigheid nou . . ." Hy snuit sy neus. Herstel. "Man, selfs die feit dat dit 'n swart dame is wat die ondersoek doen . . . En die Here weet, ek is nie 'n rassis nie. Maar ons leef in 'n land waar wit mense se lewens niks meer werd is nie. Jou velkleur alleen maak jou 'n teiken, is 'n aanklag. Dat jy . . . enigsins gebóre is. In Afrika. Jy's, jy's voëlvry, jy's . . . oorbódig en onwélkom as jou vel wit is. Maak jou beursie oop, maar hou jou bek en hou jou ongemerk!"

Hy raak stil. Sy kaakspiere werk hard om bedwang. "Die blote feit dat hierdie ondersoek nou op óns fokus. Ek weet nie. My dogter kan nie, sy kan dit nie nou hanteer nie. Sy kom by die huis aan, haar moeder is helder oordag in haar eie huis oorval, gedwing om die kluis oop te maak, dan op die wreedste manier moontlik doodgemaak. Dit kan mos nie . . . Dis mos nie normaal in 'n beskaafde gemeenskap nie. Of hoe, kaptein Beeslaar? En dan kom daar 'n swart polisie-vroutjie hier aan en sy wil die kind onder interrogasie plaas. Regtig!" Hy vee met die plat hand oor sy blink bles. "Nee, man! Kyk, ek het niks teen . . . teen swart mense nie. Maar hoeveel ervaring het iemand soos die . . . die ene met wie jy vanoggend hier was? Ek vergeet . . ." Hy kyk na sy hande in sy skoot. Dis sagte, vlesige hande. Die trouring wat al jare gelede te klein geword het, maak 'n blindedermpie van die vinger.

"Ek is lus en vat die kinders uit die land uit. Dís wat ek wil doen. Switserland, Nieu-Seeland. Enige plek waar hulle hier-die verskrik- . . ." Sy stem gly. ". . . kan vergeet."

"Ek hoor wat u sê," sê Beeslaar. Hy span sy beste begrafnis-stem in, hoop die irritasie wat onwillekeurig by hom opstoot, skyn nie deur nie. "U is heeltemal korrek. Hierdie was die ergste ding wat 'n gesin kan oorkom. Ek verstaan dat u wil vlug. Dat u u kinders wil beskerm. Maar een ding kan ek u beloof: Ons almal wil so gou moontlik die dader opspoor en laat boet."

"Ja-ja," sê Du Toit, ongelowig.

"Het ú miskien gistermiddag u vrou se liggaam verskuif?"

"Waarvan praat jy, man? Here, ek kán nie verstaan hoe-kom die familie nou onder kruisverhoor is nie!" Sy uiloë spring van die woede.

"Meneer Du Toit, u vrou se liggaam is verskuif nadat sy reeds gesterf het. Dit ly geen twyfel nie, maar ons moet ook probeer vasstel wat en wie ons kan uitskakel by die ondersoek. So, probeer onthou hoe die toneel gelyk het toe u by die huis kom. Wat u seun gesê het. So presies moontlik. Ook u dogter."

Du Toit antwoord nie dadelik nie, sy oë spring onstuimig. "Ek het nou al seker veertien keer my storie vertel, kaptein Beeslaar. Maar as u daarop aandring . . ." Hy raak weer stil, soek woorde.

"Kon u dadelik sien dat u vrou . . . dat sy oorlede is? U het nie probeer om haar te . . . e . . . help nie?"

Du Toit vee weer oor sy kop, hierdie keer met 'n sakdoek, want hy sweet.

"Ek het . . . niks. Toe ek daar aankom . . . gister." Hy maak sy oë toe, asof hy die toneel nie weer wil sien nie. "Dawid-Pieter was buite. Hy was huilend. Daar was bloed aan hom. Ek het eers gedink hy het óók seergekry. Hy het in die oop garagedeur gestaan. Iemand van ADT, ons sekuriteit, was by hom. Hy wou keer dat ek in die huis gaan. Gesê die polisie is op pad. Maar Ellie se fiets was daar. In die garage. Ek het hom aangesê om by Dawid-Pieter te bly. Ek gaan vir Ellie soek. Binne . . . Ek het dit so gekry soos u dit seker self gesien het. Ek kon dadelik sien Elmana . . . Here . . . Ek het Ellie hoor roep, haar op die trap aangetref . . ." Hy sluk om sy stem onder beheer te kry.

"Het sy enigiets in haar hande gehad?"

Du Toit skud heftig sy kop.

"Die beeld, meneer Du Toit. Van die brahmaanbul. Het u dit gesien?"

Hy sê niks, maar Beeslaar kan sien daar het iets in die skadu van sy oë geskuif.

"Aan wie se kant is u nou eintlik, kaptein Beeslaar?" vra hy na 'n ruk.

"Ek is aan u vrou se kant, meneer Du Toit. Ek dink ons almal is aan haar kant."

Die stilte tussen hulle rek uit, Du Toit wat sit en sukkel om sy emosies te beheer. Beeslaar sit net na die seekoeie en staar.

Rea du Toit kom met 'n skinkbord binne. Daar's 'n dompelpot met koffie en drie bekers daarop. 'n Bordjie met gemmerkoekies. Beeslaar se gunsteling. Hy vat dadelik twee en druk hulle in sy mond terwyl hy die siffie van die koffiepot afdruk. Du Toit skud sy kop toe Beeslaar vir hom wil gooi, staan op en skink vir hom 'n stywe skeut drank uit 'n kristalkraffie op die koffietafel voor hulle. Whisky, ruik Beeslaar. Hy ril, sy lewer is nog glad nie lekker na die vorige nag se brassery nie.

Rea du Toit gaan sit eenkant met haar beker koffie, kyk afkeurend na haar seun se drankglas. Dis te vroeg, sê haar blik. Maar sy sê niks.

"Ek wil my eie ondersoekspan aanstel," kondig Malan du Toit skielik aan. "Ek gaan wragtie nie my familie deur die trauma sit van . . . van die inkompetensie van ons plaaslike polisie nie. Verstaan?" Die vraag is aan Beeslaar.

"U het, binne die wet, die volste reg om dit te doen, meneer Du Toit."

"En jy moet dit lei." Hy kyk oor die rand van sy glas na Beeslaar. "Ek het dit op goeie gesag dat jy jou storie ken. Jy kan jou prys maak. Forensiese deskundiges van oorsee laat kom, alles. Geld is nie die kwessie nie. Ek sal myself kaal uittrek, maar ek gaan nié . . . nié dat my familie onderwerp word aan die godskreiende . . . die onbevoegdheid en die disfunksie . . . Verstaan my mooi: Ek het niks teen kaptein

153

Quebeka nie." Hy kry ook nie die nat klik van die naam gevorm nie, merk Beeslaar, spreek dit uit as "Koebêka".

"Al wat ek van jóú vra, kaptein Beeslaar, is dat jy dit sal lei. Al is dit dan nou nie-amptelik."

Beeslaar skud sy kop. "Nie eens sprake van nie. Ek en kaptein Quebeka werk vir dieselfde baas, meneer Du Toit. En glo my, 'n privaat speurder sal dieselfde vrae stel, soos in watter stadium Ellie haarself op die boonste vloer gaan toesluit het. En hoekom sy by die venster wou uit, eerder as om die sekuriteitsdeur oop te sluit. En hoe die sny aan haar pols gekom het. Sulke soort goed. En of haar hare los of vas was? Want 'n privaat speurder moet ook presies weet wat gebeur het, sodat hy beter weet wat om voor te soek, die familie kan uitskakel by sy ondersoek. Daarom sal hy wil weet of Ellie iets in haar hande gehad het toe u haar op die trap aantref. Waar die brahmaanbeeld was toe u daar aankom."

Du Toit se voorkop begin rooi brand, ergernis in sy oë. "Ellie het níks . . . níks by haar gehad nie. Sy was heeltemal buite haarself, vol bloed. Ek dink sy het probeer om my vrou . . . om Elmana wakker te maak. En, en . . . wat presies het haar hare daarmee te make?"

Beeslaar antwoord nie, neem 'n versigtige sluk koffie. Kort suiker, besluit hy, maar dis goeie koffie. Dan vra hy: "En u seun, u sê hy was nie ín die huis nie?"

"Vir die soveelste keer, kaptein, nee!"

Beeslaar knik ingedagte. "Die TV was aan; die rowers wou dit nie probeer saamvat het nie?"

"Ek . . . weet nie. Dinge was deurmekaar. Daar was soveel verwoesting, so 'n chaos. Ek kon niks uit Ellie kry nie . . . Sy't gebewe, soos 'n zombie gesit en wieg. Toe ek bel vir 'n ambulans, het sy histeries geword. Ek wou haar optel, haar uit die huis uit kry. Maar . . . sy't uit my arms geglip en teen die trap

154

op gevlug. Ek's agterna, bang daar's nog 'n booswig iewers. Sy't die veiligheidshek agter haar toegeklap, na haar kamer toe gehardloop. Ek kon die hek nie oopkry nie. Dit sluit van binne – vir veiligheid. En toe kom die polisie."

"En Dawid-Pieter was heeltyd buite," sê-vra Beeslaar.

"Man! Wat hamer jy aanhoudend daaroor? Ek het tog gesê . . ."

"Maar hy was vroeër binne, voor hy u gebel het?"

Du Toit rol sy oë dak toe. "Nee!"

"Het u vrou vyande gehad?"

"Wát? Dit was 'n róóf, kaptein Beeslaar. 'n Huisroof. My kluis is leeg, my vrou s'n ook. Ek dag 'n man met u . . . ervaringsveld . . . U moet tog weet! Mense het helder oordag my huis binnegeval, my vrou gemartel . . . haar vermoor en haar kop . . . Here, wat is dit wat u nie wil raaksien nie?!"

"U dogter, Ellie. Hoekom dink u het sy haar polse probeer sny?"

Du Toit kyk na hom met ongeloof in sy diepblou oë. Daar's swart kringe om die oë. Sy wange is bleek, die vel styf en rooi van 'n felle skeeraanslag. In die voue van sy neusvleuels sit skubbe, lyk na droë skeerseepreste.

"Dit moet die skok wees. Here weet, sy's op 'n ingewikkelde ouderdom."

"Hoe was haar verhouding met haar ma?"

"Hoe bedoel jy? Wat het dít nou met alles uit te waai?"

"Ek wil maar net weet, meneer Du Toit. As hulle baie geheg aan mekaar was . . . Dit verduidelik dalk u dogter se gedrag, gister. Het u haar gevra hoekom sy dit gedoen het?"

"Natuurlik het ek gevra. Daar was 'n sielkundige gisteraand by haar – die vrou van een van my sakevennote. Maar Ellie . . ."

"Ja?"

"Sy praat nie. Sy . . . sy onthou niks, sê sy. Die dokter sê dis die skok."

"En u is seker u seun was nie naby u vrou se liggaam nie?"

"Absoluut! Ek het die ADT-man opdrag gegee om buite by hom te bly."

"Hoekom het u nie toegelaat dat die ADT-man eerste ingaan en die huis beveilig nie?"

"Hoe bedoel jy? Elmana was tog klaar . . . Sy was . . . Ek was bekommerd oor my seun. En toe ek Ellie se fiets sien staan. Ek het geweet sy moet binne wees. Ek wou mal word van vrees, dat sy ook iets oorgekom het."

"Maar u seun, was hy by u vrou se liggaam of nie?"

"Nee! Hoeveel keer moet ek dit nog sê? Hy wás nie. Dit was net ek. En Ellie. Net ons twee."

"Maar die ADT-man was tog gewapen. Hoekom, as u vir u dogter se lewe gevrees het, het u hom nie vooruit laat gaan nie?"

"Kaptein Beeslaar. Ek hét al die vrae beantwoord. Kan ons nie nou maar aanbeweeg na iets konstruktiefs nie? Ons mors tyd, in vadersnaam, deur hier te sit en herkou en oor en oor dieselfde inligting uit te ruil."

"Antwoord maar net die vraag, meneer Du Toit."

"Ek het nie gedink nie. Ek het . . . Die ou en ek het so te sê saam daar aangekom. Toe ek sien in watter toestand my seun is . . . Hy was huilend, bloed aan sy hande, op sy skoolklere."

"As hy u vrou se liggaam nie aangeraak het nie, hoe't die bloed aan hom gekom?"

Du Toit teug aan sy whisky. "Hy . . . Ellie was by haar ma. Het baie bloed op haar gekry. Dit het aan ons afgesmeer! Maar nie een van hulle het haar verskuif nie. Hoekom sou hulle? Hulle was verwilderd en verskrik!"

"Die beeld? Hy wou dit dalk optel?"

156

"Dan sit sy vingermerke seker daarop?" Uitdaging op sy gesig.

Beeslaar sit sy koffiebeker neer en mik om op te staan.

"So jy gaan ons nie help nie, Albertus?" Rea du Toit kyk benoud na hom.

"Nee, ek is jammer. Al sou ek ook wou, tannie Rea, maar dan moet ek die waarheid hoor. My goeie raad aan julle is om 'n professionele ou te kry. En oop kaarte met hom te speel. Ek sélf kan nie privaat werk doen én in diens van die polisie wees nie. Maar ek is hier tot Sondag. Julle kan enige tyd op my nommer druk. Intussen beveel ek aan dat julle soveel moontlik inligting aan die polisie deurgee. Goed soos dié waaroor ons nou gepraat het. Tyd is nou van kardinale belang. Hoe meer tyd daar verbygaan, hoe moeiliker word dit om die skuldiges op te spoor. Werklik."

Hy staan op, maar Du Toit wys hy moet sit. "Kyk," sê hy en hou die koffiepot uit na Beeslaar, wat maar weer gaan sit, sy koffiebeker uithou. Daar's 'n bewing in Du Toit se skinkhand namate hy die koffiekan versigtig kantel.

"Mana," sê hy dan, "was 'n besige vrou. Nie jou gewone huisvrou nie. Sy was baie betrokke by die gemeenskap. Báie. Beauty, ons huishoudster. Sy's jarre by ons. Sy en Elmana het mekaar goed verstaan. Want Mana was . . ." Hy kyk na sy ma, sy blik onleesbaar. "Sy wás baie streng. Dikwels té streng. Sy't nie nonsens geduld nie. Foute, miskommunikasie, dié soort van goed . . . Dis nie elke huishulp wat saam met haar kon werk nie. Voor Beauty het hulle kort-kort geloop. Ons . . . die hele huishouding was, is . . . Hoe kan ek sê. Daar was net nooit haakplekke nie. Elkeen ken sy plek. En doen sy deel. Mana het dit seepglad bestuur. Sy kon . . ." Sy stem kraak en hy kyk vir sy ma terwyl hy diep asemhaal, probeer om die emosie onder beheer te kry.

157

"Sy was 'n uitstekende moeder. Sy kon nie vyande gehad het nie. Sy was . . . Dis soos ek sê. Sy was uitstekend in alles wat sy aangepak het. 'n Perfeksionis, streng, gedissiplineerd." Hy raak weer stil, kyk fronsend na die ysbolle in sy glas wat lui beweeg, soos slapendes.

Rea du Toit vat die gaping: "Jy kon haar altyd deur 'n ring trek. Sy was jare lank voorsitter van die fynproewersgilde, dis 'n soort damesklub hier."

Malan du Toit neem weer oor: "Soms, miskien té streng. Ons het woorde gehad, soms. Daaroor. Veral vroeër. Ek het . . . was bang sy probeer die kinders soos soldaatjies groot-maak, te veel dissipline en slae. Maar wat weet ek ook nou. Ek moes werk. Maar sy was oral betrokke in die gemeen-skap."

"En sosiaal?"

"Sy't gesê sy kan nie ledig wees nie. Sy wil besig bly, nie in die teedrink- en skinderklubs beland nie," sê Rea du Toit. "Sy't baie gekla oor die dorp se . . . snobisme. Dat mense neerkyk op haar – weens haar agtergrond. Maar vader weet . . . Ek glo snobisme is 'n ding wat jy in jou eie kop vervaar-dig. Hoe laer jou selfbeeld, hoe meer bedreig voel jy deur ander se opinie. Maar dis nou nie belangrik nie, nè?"

Du Toit neem oor: "Jy moet verstaan watse soort mens sy was. Sy was 'n atleet. Toe sy jonk was, was daar groot verwag-tinge van haar. Haar afrigter het gepraat van die nuwe Zola Budd. Maar . . . haar omstandighede het nie toegelaat dat sy . . . Sy kom uit 'n baie minder gegoede agtergrond. Maar met 'n ystersterk wil en deursettingsvermoë het sy ver gevorder. Sy het met die dissipline van 'n atleet geleef. Elke oggend sesuur was sy by die gim – eers 'n spinklas, dan die circuit en gewigte. Van jongs af. Dis hoe ons twee . . . Ek het destyds, op universiteit . . . Ek was rugby en sy was hokkie. Ons was albei dol op sport. Maar sy't nie studeer nie. Daar was nie geld nie. Maar sy het respek afgedwing as atleet."

"Was sy dalk anders, die laaste tyd? Meer gespanne, slapeloos, of juis slaperig?"

Du Toit en sy ma kyk vlugtig vir mekaar, skud hulle koppe tegelyk.

"Sy was, indien enigiets, baie besig. Jy het geen idee hoeveel honger mense ons het nie. Mense wat eenvoudig net deur die gate glip, haweloos word. Straatkinders. Mana . . . Mense soos sy. Dis húlle wat verhoed dat hierdie land brand, dink ek. Daarom is dit so skreiend, Amy Biehl van voor af.

"Daai verbrandse sopkombuis. So baie van haar tyd opgevreet. En sy was nie altyd gesond nie, veral die laaste paar maande. Sy kon vreeslik skeelhoofpyn kry – migraine."

"En," las die ma by, "sy't al hoe meer probleme met 'n slegte knie gehad, nè, ou seun? Sy't begin dink aan 'n knievervanging."

Du Toit knik, maar sy oë vertel die waarheid: Hy't eintlik nie goed geweet wat alles in sy vrou se lewe aangegaan het nie. Het in die veilige waas van ontkenning gedryf. "Die sopkombuis," sê hy dan, "sy't dit uitstekend bestuur, jy kan byna sê met militêre presisie. Borge onder die dorp se besigheidslui gekry. 'n Bussie van 'n Hyundai-handelaar afgebedel. Om dag-oud-kos by plekke soos Woolworths en Pick n Pay te kan oplaai." Hy dink 'n oomblik na. "Ek kan nie dink dat sy . . . výande kon hê nie. Sy't nie tyd vir sulke nonsens gehad nie. Sy . . . " Hy raak stil, laat sak sy kop, bly vir 'n hele ruk lank stil.

"Vincent," sê hy dan. Eers saggies, asof hy die atmosfeer toets, dan met groter oorgawe: "Die drywer van die sopkombuis se bussie. Ek ken nie sy van nie, maar sy naam is Vincent. Hy . . . Ek wil geen vingers wys nie. Maar dis die enigste mens

. . . Hulle het van die begin af nie 'n goeie verhouding gehad nie. Hy . . . hy't 'n geweldige tjip op die skouer. Gemaak asof dit sý inisiatief is wanneer die koerant 'n foto kom neem by 'n funksie of iets. Nou weer onlangs . . . Daar was 'n brand in Khayamandi – die swart woonbuurt. Mana het vir die slagoffers kos en blyplek gereël, 'n wít vrou het haar arms stomp gewerk vir die mense. En toe daar 'n koerant aankom . . . Sy was in elk geval nie 'n publisiteitsoeker nie. Maar Vincent . . . Hy's die enigste voltydse amptenaar van die voedselaksie. Maar hy veroorloof homself geweldig baie vryhede . . . veral met die . . . met die voertuig. In 'n stadium wou hy Mana aankla by die arbeidshof – vir teistering of iets, glo oor sy te streng was."

"Het jy Vincent se adres, nommer?"

"Dit sal in haar foon wees. By die polisie. Dit kom eintlik al 'n hele ruk aan, besef ek nou." Hy kyk na sy ma, kry 'n bevestigende knik. "Vincent was dikwels nie betyds om die kos op te laai nie. Dan het almal Mana gebel, die kos wat afgaan. Ek ken nie die hele verhaal nie. Ek wou in 'n stadium met hom gaan praat, maar Mana wou nie, gesê ek het genoeg probleme van my eie. Ek is maar dikwels afwesig. Die eiendomsmark hier in die Kaap kry swaar die afgelope paar jaar. Ons moet ons nette wyd gooi. So ek reis baie."

"Maar dis méér as net die werk, nie waar nie?"

Du Toit kyk na sy ma voor hy antwoord. "Ek was baie besig. Dis 'n slegte tyd nou. In die boubedryf."

"Waarom slaap u in u kantoor?"

Hy klap sy tong vererg. "Om nie die res van die huis te steur nie, kaptein Beeslaar. Ek moet dikwels snags werk, oproepe maak Amerika toe of na China of so. Dis maar al."

Hulle sit vir 'n ruk in stilte, die drie. Rea du Toit se hand speel onseker met 'n stringetjie pêrels om haar nek. Sy kyk nie vir haar seun nie, haar gesig sê sy ken haar plek.

160

"En u vrou se geestesgesondheid?"

"Wát? Het níks hiermee uit te waai nie."

Rea du Toit skraap haar keel diskreet, sê: "Mana wás in die laaste tyd . . . Sy't net té veel hooi op haar vurk gehad."

"Met respek, mevrou, sy het bitter swaar medikasie en stimulante gebruik. Metamfetamien en verslankingspille, ver verby die gesonde perk."

"Verslánkingspille! Julle is gek, man," sê Du Toit. "Daar's een ding wat Mana nié gehad het nie, en dis gewigsprobleme. Waarvan praat jy?"

"Metamfetamien. Dis 'n stimulant."

"Dís nie waar nie, Albertus," tree Rea du Toit tussenbeide. "Dis nou presies waarmee die polisie vorendag sal kom. Elmana was regtig . . . Sy het net te veel aangevat. En haar dokter het vir haar iets gegee oor sy so sleg slaap."

"En spanning," voeg Malan du Toit by, "sy't gesukkel. Net . . . gesukkel. Veral soms. Sy kon oorstuur raak. Dan het sy iets geneem daarvoor. Sy wás 'n gespanne soort mens, soos ek alreeds gesê het, het nog altyd aan senuwees gely. Na die kinders daar was, was dit soms moeilik vir haar."

Rea du Toit vat weer oor: "Sy wou eenhonderd persent vir die kinders gee. Geen bediende naby hulle laat kom nie. En jy kon dit aan hulle sien ook. Altyd netjies en mooi aangetrek, die ou tweetjies. Sy was nie een vir TV-kyk of so nie. Nie soos die ouers van vandag nie. Die kinders het opvoedkundige speletjies gehad. En sy was altyd daar vir hulle."

Beeslaar knik. Klink nie vir hom so 'n idilliese kindertyd nie. Aan die ander kant, enigiets is dalk beter as die bokskryt waarin hý grootgemaak is.

Malan du Toit is egter opnuut beïndruk, sê: "Sy was 'n perfeksionis. En namate die kinders begin skoolgaan het, het sy in die gemeenskap betrokke geraak. Al hoe meer verantwoordelikhede aangevat. En saam daarmee het die migraine gekom. Sy was dikwels . . . Ek weet nie. Maar die migraine kon soms dae aanhou en natuurlik moes sy sterk medikasie gebruik."

Beeslaar staan op. Hy't genoeg gehad. Dié twee is óf kliphard in ontkenning óf sit hier met hulle horse and pony show en hoop hy vreet als vir soetkoek op.

En: Hierdie is after all nie sý kopseer nie.

"Ek groet maar eers," sê hy en sit sy beker terug op die skinkbord. "Maar ek moet julle waarsku: Moenie vir kaptein Quebeka onderskat nie. Sy weet presies hoe 'n swaar gebruiker mevrou Du Toit was. So, moenie dink sy gaan hierdie storie van julle sluk nie. Sy gaan vir julle harde vrae stel, soos hoe mevrou Du Toit aan haar dwelms gekom het."

"Maar sy hét nie dwelms gebruik nie!"

"Word wakker, meneer Du Toit. Buiten die doktersvoorskrifte het sy ook ernstige stimulante gebruik. Tik. En dis 'n ding wat die polisie beslis nie gaan ignoreer nie."

Du Toit sit sy glas neer, staan ook op. Hy blaas 'n lang stroom asem uit. "So jy sê vir my ek lieg, nè?"

"Eerlik, ja!"

"Dan . . . dan het ons niks meer vir mekaar te sê nie. Jy het klaar jou kleure gewys. Jy's aan die kant van 'n onbevoegde spulletjie wat tien teen een gaan sorg dat my én my familie se naam deur die modder gesleep word. Terwyl 'n bende huisrowers en moordenaars vrylik buite rondloop!"

Beeslaar staan koponderstebo en wag dat die drif bedaar. Dan sê hy: "Laaste vraag: Het ú vyande, mense wat u of u familie sal wil skade berokken? Dalk dreigemente van enige aard?"

"Wat wil jy nou dáármee insinueer, man? Régtig!"

"U is in die sakewêreld, die boubedryf. En soos u self sê, is

162

daar 'n wêreldwye resessie aan die gang. So dis nóg iets wat die polisie sal wil weet: Vir wie skuld u almal geld?"

"Kyk, kaptein Beeslaar. My besigheid het nou regtig níks met julle uit te waai nie. Ek bestuur my sake behoorlik, verstaan? En ek dink u moet nou maar gaan."

Beeslaar skud sy kop en stap woordeloos uit.

Hierdie man, dink hy, beter begin bid.

25

D is doodstil in die kar.
Gerda byt op haar tande. Maar die histerie maak vuis in haar keel. Versmoor haar. Sy hou haar hande sigbaar, probeer haarself dwing om nie na haar ontvoerder te kyk nie. *Moet nooit oogkontak maak nie. Dit ontsenu die kaper. Doen alles wat hy sê, moenie onnodig praat nie, hou jou hande ten alle tye sigbaar, stel hom gerus, geen skielike bewegings nie, moenie redeneer nie, doen wat hy sê, móénie oogkontak maak nie.*

Hoeveel van hierdie oefeninge is sy nie al deur nie? Hoeveel?

Die man draai links op in Hoofweg. Beheer die stuurwiel behendig met een hand. "Get ready," sê hy.

"Wha . . . ?"

"Not you, bitch. I'm talking to the boy in the back." Hy praat saggies, sy lippe platgetrek. "Don't look back. He has a gun pointed at the baby's chest. If you want your child to survive, you will do exactly as I say. Do you understand?"

Gerda knyp haar oë toe. Daar's wildheid in haar lyf, iets wat weier om te glo wat hier gebeur. Wat wil gil. En braak. En breek. Tegelyk. Wat hierdie man langs haar met die kaal hande wil verskeur. *Haal asem, stadig asem, sta-a-dig. Een-krokodil, twee-krokodil. Moenie oogkontak maak nie, moenie praat nie, doen wat hy sê, haal diep asem, geen skielike bewegings nie . . . Kon-*

sentreer. Trek jou longe vol. Rede. Kalmte. Dis wat jy nou nodig het. Histerie gaan alles vererger, jou seun . . . Nee, ook jou dogter. Sy span haar hande instinktief oor die bol van haar geswolle buik, kyk dan vinnig oor haar skouer. En haar hart wil gaan staan.

Die seun met die skoolpet lig sy baadjie en wys haar die pistool wat hy op Kleinpiet se sy gerig hou. Hy glimlag onskuldig vir haar. Die kleintjie begin 'n huilmondjie trek toe hy haar blik gewaar.

"Please," kerm sy. "Please, just let him go. You can drop him anywhere. He . . . he can walk already. Someone will find him. Just let him go. Please!" Sy kom agter sy huil. Draai haar swaar lyf sover moontlik na agter om haar baba aan te raak.

"Don't move, bitch! Mpho, shoot the child!"

"Noooo! Please, I'll . . ."

Die kar swenk skielik na regs, gooi haar van balans af. Sy hoor motors toet, bande skree. Die enjin brul teen 'n steil bult uit. Sy probeer kyk waar hulle is, maar haar kop weier. Alles is bekend, maar vreemd. Dan skielik is hulle bo-op die koppie tussen Melville en Westdene, val die landskap vir haar oop. Hulle is in Vierde Laan. By Eerste Straat draai hulle regs, links in Araratstraat, skerp regs in Warwick, dan weer links in Motor. Met elke draai kyk hy in sy tru- en kantspieëls. Klaarblyklik vir agtervolgers. Dan draai hy weer: Ararat.

"Wheeeee," kraai die jong seun van agter af. Elke keer as hulle so skielik swenk. Kleinpiet wat agterna "wheee". Gerda hou nou met albei hande aan die sitplek vas om nie rond te val in die draaie nie.

Koelkop ry hy die laaste blok van Ararat af. Kom tot stilstand teen die Westdene-dam. Die strate is stil en rustig. Die middagverkeer het nog nie op volsterkte begin nie. 'n Vragmotor dreun voor hulle verby.

"Wipe your face. You look like an animal."

"I need my handbag." Sy buk. Die handsak is onder haar bene in die voetholte.

"Don't you move! And don't talk! Just clean yourself up," sis hy.

"I need . . ." Die huil wil haar oorval. Sy sluk. "Tissues. M-my handbag." Sy kom agter sy fluister byna.

"Use your fucking hands!" Hy kyk rustig links en regs vir aankomende verkeer.

Dan buk hy vinnig skuins oor haar. "Gimme that!" Pluk die handsak onder haar bene uit.

Hy grawe haastig en behendig in die sak. Kry die selfoon. Dan gee hy die sak aan na die seun agter hom. "Find the house keys and alarm remote," beveel hy.

"I've got money in the house. Let me go get it. And a laptop and . . ."

"Quiet!"

Hy draai regs. In Lewes in, haar selfoon op die sitplek tussen sy bene.

Hulle ry stadig oor die damwal, 'n bus wat van voor af kom. Nou's haar kans!

Sy gryp na die selfoon. Hy klap sy bene toe. Maar te laat. "Bitch!"

Kleinpiet begin huil. "You see what you make us do! Gimme that phone!"

Gerda het die foon al oop, sy probeer met bewende vingers die 10111-nommer skakel. Maar daar's 'n hernieude kreet van haar seun.

Sy gooi die foon terug na die man, asof dit 'n slang is. Draai om, probeer aan haar kind raak, wat nou hard huil, sy armpies na haar toe strek. Sy sien die pistool teen haar kind se ribbes, die kil boosheid op die seun se gesig . . . Dis 'n laerskoolkind! Hy kan nie twaalf wees nie! Sy draai stadig om, sien hulle het nou oor die dam gery en is aan die opswenk in Thornton.

Die bestuurder hou sy pistool en haar foon tussen sy bene, half verberg onder sy hemp. Vir die eerste keer raak sy bewus van sy snaakse kleredrag: vodde sportbroek onder, met tekkies. Maar 'n kraakwit kantoorhemp, das en baadjie. Sy raak opnuut yskoud. Hierdie is nie 'n lukrake kaping nie. Dit is beplan! *Bly in godsnaam kalm, haal diep asem, bly kalm, bly kalm. Konsentreer. Vir jou kind . . . Kinders!*

Die man draai skielik links, in Doverstraat in.

Hoop vlam op. Sy ken mense hier. Die Claassense. Fred en Marita. As sy net iémand se oog kan vang. Die straat is stil, nie eens 'n bedelaar of 'n mielieverkoper nie.

Gerda vee weer oor haar gesig. Sy wil sien.

Die huise sit laag gekoes agter hoë mure, lemmetjiesdraad, spykerlyste, elektriese draad bo-op. Regs lê 'n groot speelveld, verlate. Waar is almal? Sy kyk na 7C, waar die Claassense bly. Hulle maak trots tuin op die sypaadjie voor hulle hoë buitemuur. Grasperk, als. Fred gooi smiddae nat. Sodra hy van die werk kom. Sy "ratwissel"-aktiwiteit, sê hy altyd.

Here, gee dat hy dalk . . . As sy dalk net iémand kan sien wat haar ken. Iemand wat dadelik onraad sal merk en die polisie bel. Of die opsporingsmaatskappy.

Maar by 7C is daar g'n teken van lewe nie. Dis nog te vroeg, niemand is nou al tuis nie.

Hulle ry stadig, terwyl die bestuurder dringend onder die paneelbord vroetel, 'n bondel elektriese drade uitpluk.

Mag hy die aansitter se drade uitruk, Here, asseblief! 'n Kortsluiting veroorsaak.

Hy mompel binnensmonds. Sy kan nie uitmaak watse taal

nie. Hy ry nóg stadiger, kyk kort-kort in die truspieëltjies. Hulle ry om die blok. Hy soek iets spesifieks in die paneelwerk, breek stukke uit met 'n skroewedraaier. Sy vingers, sien sy, werk behendig, weet presies waar om te druk, waar om te trek. Dus nie sy eerste keer nie.

'n Selfoon lui gedemp. Nie hare nie.

Die man los vlugtig die drade en haal 'n foon uit sy baadjiesak.

"Êhê," antwoord hy. "Parcels are fine. We're on time."

Gerda hoor 'n manstem. Liewe Here, wat's die "parcels"? Sy en haar seun?

"Westdene. Êhê. No. We're on time. I'm just doubling up. Soon now I'll drop the tracking. Then we can move." Hy luister vir 'n oomblik. "No, I'm almost there. Piece of pie, I told you. Already found the dummy. I'll park by the dam for the real one."

Die stem raak dringender.

Gerda wil iets doen, die deur oopmaak en om hulp skree. Uitspring. Hulle ry verdomp stadig genoeg. Maar haar kind, vasgegespe in sy kinderstoeltjie . . .

"Help us, we're being hijacked!" Sy gil so hard sy kan.

"Shut the fuck up, bitch!" Hy slaan haar met die selfoonhand op die maag. Dit voel soos 'n ontploffing in haar ingewande, haar wind uit. Dit word swart voor haar oë, sterre wat dans. Dan kry sy haar asem terug.

"You monster!" gil sy en slaan wild na hom. "Monster! Monster!"

Sy pluk aan die stuurwiel, betrap die man 'n oomblik lank onkant. Die kar swenk skerp.

Dan kom hy tot verhaal. "Kill the fucking child, Mpho. Kill it! Make it shut up," gil hy na agter en stoot haar terselfdertyd weg van hom. Hy gryp die stuur met albei hande vas en

168

trap die petrol plat. Die kar ruk vorentoe, gooi Gerda terug teen die sitplek.

Maar sy kom terug. "You fucker, you FUCKER!" Haar vrees en skok sit oor in rou woede. Sy gaan hierdie wetter vermoor. Diep onder uit haar buik gaan skep sy krag. Beur uit haar stoel en draai dwars. Takel hom met albei vuiste toe. Hy swets. Koes, keer met die linkerarm.

Sy slaan blindweg, met elke stukkie krag in haar lyf. Maar hy keer haar houe maklik af, gee nóg vet.

Dan pluk sy die handrem op.

Die kar skuur, swaai.

"Lucky!" Dis die kind agter wat uitroep. "Lucky, watch out!"

Vir 'n oomblik stoei sy en Lucky om beheer van die rem, maar hy wen, sit sy voet hard neer op die petrolpedaal, maar die kar het al te veel gedraai, stuur af op 'n plataanboom.

Sy gil. Probeer die toeter druk, maar hy't die pistool uit, kap haar teen die kant van die kop.

En 'n swart gordyn val oor haar.

Iewers, dofweg . . . van ver af, hoor sy haar seun se hoë gil.

26

Mo het die selfoon teen sy oor. Met die ander hand wissel hy ratte. Hy's klaar op 60 km/h voordat hulle nog verby die petrolpompe is.

Hy swenk onderdeur die N12 wat suid van Soweto verby sleep om by die groot aar verkeer van die N1-Noord aan te sluit. Die pad wat Kaapstad met Beitbrug en Zimbabwe verbind.

Ghaap het nie tyd om sy koeëlvaste baadjie behoorlik vas te maak nie. Hy kry eers die sitplekgordel vas. As hulle teen hiérdie spoed teen 'n ding sou bots, raak hy 'n menslike projektiel. Skiet deur die voorruit soos Rocket Man en land in Potchefstroom. Of in sy ma se eie agterjaart in die Kalahari.

Mo praat steeds op die foon, beheer die stuurwiel om die beurt met sy foon-elmboog, 'n knie en die linkerhand. Die kar se paneelbord lyk soos 'n Boeing s'n – vol instrumente wat piep en poep en kras. Een is 'n polisieradio, 'n verrassing vir Ghaap. Hy het nie geweet die trekkies is op die polisienetwerk nie. Twee GPS-stelsels – een onder die truspieëltjie, die ander vlak voor Ghaap, aan die passasierskant. Dan is daar nog 'n ding met 'n groen LCD-paneel wat aanhoudend tjirp en piep en 'n kompas vertoon.

Mo roep vir die ou op sy selfoon om vas te staan. Dan prop

hy die foon terug in sy handevry-staander – óók op die pa-
neelbord gemonteer.

Ghaap sukkel om kop of gat uit te maak van wat aangaan.
Maar dit skeel hom ook nie. Hy klou aan die sitplek onder sy
boude vas uit 'n desperate vrees dat hy binnekort sy ma gaan
sien. Maar éérs hoop hy om sy kar te sien. Dalk is dit syne wat
hulle nou jaag, bid hy optimisties.

Dan begin die groen trekkie-oog op die paneelbord praat:
'n geleerde Engelse stem: "Polo Vivo, hatchback, white.
Licence plate Yankee Foxtrot Bravo Zero Zero Five Golf."

Mo se selfoon lui. Ghalla se stem kom oor die kar se klank-
stelsel.

"Ons hou aan Golden Highway toe! Daai kar gaan Eldo's
toe!"

"Sharp!"

Die verbinding gaan dood en Mo lê lepel neer. Ghaap kan
sweer hy't in die laaste twee dae van sy lewe meer gebid as
die pous. Sy voetsole brand soos hy briek skop elke keer as
Mo om 'n draai gaan. Die omgewing is een lang waas in die
passasiersruit langs hom. Pondokkies met buitebande, ou
kruiwaens en meubels op die dak – Afrika se antwoord op
dakspykers. Erwe diefdig gemaak met allerlei goed – matras-
geraamtes, hoenderhokdraad, stukke plant, sinkplaat, wiel-
doppe. Oral sien jy "rocks", die wit leghornhoenders op hul
lang pote. En kinders, bokke en brandsiek honde. Alles en
almal gee pad voor die brullende Lancer, of staan met rub-
bernekke en kyk wanneer spat die bloed.

Die piepgeluid in die groen boksie raak dringender.

Mo bel weer.

"Hy's hier naby my! Klipspruit. Waar's julle? Die sein is
oos van my. Eldo's se kant op. Ons gaan kyk eerste by Tros
se plek!"

171

Die lyn gaan dood.

Mo skuif regop in sy sitplek en tik iets in op sy GPS. Ghaap merk die twee toestelle is gesinchroniseer. Die passassier doen dus gewoonlik die telefoon- en intikwerk. Hy wonder wat van Mo se rymaat geword het. Maar die wonder is van korte duur, want hy moet klou toe die kar uitswaai vir twee supermarktrollies vol skroot, getrek deur twee siele in toi-ings. Tref amper 'n aankomende minibustaxi, wat heel sportief uitswaai. Niemand hier, besef Ghaap opnuut, sukkel met enigiets wat naastenby na wetstoepassing lyk nie. Almal ewe gatvol vir die crime.

"Hoe weet julle waar's daai kar?" roep Ghaap bo die geraas uit.

"Golf," roep Mo terug, "die Bushies soek hom!" Ghaap gryp na die armrus op die deur, desperaat om sy balans te hou toe hulle gly-gly om 'n hoek skiet. Hy merk skaars die rassistiese woord wat Mo teen hom gebruik. "Klokslag!" gaan Mo aan. "Ons wag vi' hulle. Eldorado Park! Baie! Daar's 'n ou daar wat . . . " Die res van sy woorde verdrink in 'n nuwe vlaag radiostatika. Klink of die cops ook nou van die kaping gehoor het.

Mo sukkel met hard praat, hoor Ghaap. Klink soos 'n woedende makou.

"Wat dan van mý kar?" waag Ghaap dit.

Mo antwoord nie, skud net sy kop, terwyl die piesangvingers van sy linkerhand koördinate intik in die trekkie-kompas. "History, my ou," sê hy voor hy haastig van rat verwissel, die kar se toereteller tot in die rooi laat skiet. Die groen boksie begin al hoe dringender piep en Mo haal sy voet van die petrol af, begin rondkyk. Hy druk 'n knop op sy selfoon. "Waar's julle dan? Die blerrie cops gaan vinniger hier wees as julle!"

"Ons is bý jou! Mandela View!" Ghaap herken Ghalla se stem.

Mo swets en maak 'n U-draai. Aankomende karre en taxi's moet skerp rem om hom ruimte te gee, wag dat hy sy ry kry en gaan doodgewoon aan.

"Staan vas!" roep Mo vir Ghalla oor die foon. Die enjin skree soos 'n berserkte hings. Ghaap sien 'n afgebreekte straatnaambord. Alles hier, maar álles, het skrootwaarde. En dit wat nie verkoop kan word nie, word gebruik – maak 'n gat in 'n muur of 'n dak of 'n heining toe. Madiba Drive, sien hy dan op 'n randsteen.

Mo gaan staan skielik op die remme. Voor hulle in die pad staan Ghalla se swart Golf. En voor dié staan die wit Vivo, skuins oor die pad, al vier passasiersdeure oop, asof die insittendes in al vier windrigtings laat spaander het.

Ghalla en Duif sit en bespied die wêreld, dan wys Duif in 'n rigting.

Ghaap rek sy nek, maar hy sien niks snaaks nie. Die pad is stil. Die buurt is arm, maar nie erbarmlik nie. Vibracrete-mure, ysterhekke, sementsteenhuisies agter. Die gebruiklike karwrak op bakstene iewers, stapeltjie stene by die voordeur: tuinmeubels.

Die groenoogmonitor piep nou histeries, soos iemand in 'n hospitaaldrama net voor die finale hartaanval.

Ghaap sak laer af in sy sitplek. Die swaar dop van die koeël-vas sak egter nie saam nie. Ghaap verdwyn in hom in tot by sy neus. Liewer muis as man, besluit hy. Want die spanning in die lug is tasbaar. Hy vroetel met die swaar baadjie se velcro, maar die ding sit soos 'n loodjas. Hy wens die donnerse ge-piep wil ophou. Wens hy was elders. By die huis. Sy ma wat vir hom roosterkoek bak, dit met haar eie perskekonfyt smeer, ekstra insit werk toe. Sodat die ander ook daarvan kan geniet. Miskien moes hy nie na hierdie plek toe gekom het nie. Hy wou kammakastig ervaring opdoen. Vir Beeslaar wys hý's nie die enigste ou met ysterballe daar in die Kalahari nie. En kyk waar sit hy nou. Karloos. Dalk enige oomblik voosgeskiet. Hy't gehóór hoe befok is dié plek se sleg ou's – skiet met AK's. Veral na poliesmanne. En dit vir die een of ander ryk bliksem se kar. Jissis . . .

Hy sluk, kyk senuweeagtig na Mo. Maar dié sit roerloos. 'n Blok spek en konsentrasie.

Hy sak nog laer. Kan hom nie skeel dat hy soos 'n banggat lyk wat deur sy eie poephol traai sak nie.

In die kar voor hulle het Ghalla pas 'n lang gun vanuit die voetholte agter Duif se sitplek gehaal.

Ghaap sluk weer.

Dan begin dit. Hy hoor die fluit. Sien die pleister teen 'n tuinmuur links afspring. Die slag, 'n kanonskoot. Klink soos 'n karabyn, outomaties. Dalk 'n R5.

Mo skree iets onhoorbaars, skiet terug en val by die kar uit.

Ghaap spartel met sy sitplekgordel. Dit haak vas. Hy trek sy kop heeltemal in die koeëlvas in, hoor nog skote klap.

Dit raak stil. Hy hoor voetsole klap, iemand wat skree, 'n kar wat met skreeuende bande wegtrek. Hy lig homself op, sien dis Ghalla en Duif se kar. Maar hy sien net een silhoeët agter die stuur. Waar's Duif? Hy rem aan die sitplekgordel, probeer terselfdertyd vorentoe beur om sy pistool onder sy sitplek uit te grawe – waar hy dit vroeër weggesit het. Hy swets. Die trekkies hardloop wragtag 'n spul motorkapers wat outomatiese gewere het agterna. En hy sit vasgekoek hier, soos 'n drol in skaapwol.

Die gordel spring oop en Ghaap maak die passasiersdeur sagkens oop, terwyl hy met sy regterhand grawe vir die pistool. Hy voel die warm staal en rol van die sitplek af. Na buite. Loer onder die bakwerk van die kar deur. Iemand fluit saggies. Elders, agter toe, 'n antwoord-fluit. Daar's beweging regs voor hom. 'n Jong kêreltjie met 'n wolmus loer oor 'n vibracrete-muur. Hy fluit weer 'n keer, kyk rond, luister vir die antwoord. Dan is hy op die muur, ligvoets. Val geluidloos pad se kant toe, pistool in die hand. Hy wink vir iemand.

Ghaap sien sy kans, wil skuif om aan te lê, maar die swaar baadjie anker hom. Hy seil uit hom uit, in trurat, soos 'n kat uit 'n kardoessak. Kruip vorentoe, met die karwiel as sy skuiling. Hy glip die veiligheidsknip af. Hy't nog nooit 'n mens geskiet nie. Vir 'n sekonde sluit hy sy oë, die beeld van die kaper teen die muur teen sy ooglede vasgebrand. Dan asem hy uit, kruip versigtig vorentoe, loer na die teiken. Maar die muur is leeg. Die kêrel is óf terug oor die muur, óf hy't koers gekies uit Ghaap se gesigsveld uit.

Hy sukkel weer agteruit, wonder waar die res van die trekkies is. Geen manier waarop Mo met sý lyf oor so 'n hoë tuinmuur . . .

'n Skaduwee val oor hom. Hy wil opvlieg om te baklei, maar word vasgepen – iemand se volle gewig wat met 'n knie tussen sy blaaie vasval.

"Uggh," maak sy longe soos die wind uit hom jaag.

Hy wil spartel, maar voel die vuurwarm staalloop agter sy oor.

27

B eeslaar bel vir Quebeka sodra hy by die Du Toits weg is, vertel haar van Vincent, die sopkombuis se drywer.

"Ek kom laai jou," sê sy. "Waar?"

"Ken jy die Hollandse vrou?"

"Maaike?"

"Ek bly daar tot Sondag."

Dis net 'n paar blokke van die Du Toits se straat na sy nuwe blyplek. En die stap is aangenaam. Ou jakarandas, akkerbome, wildeolyf. Wilgers wat lang blareslierte in die kabbelende leiwatervore steek. Daar's 'n stemmigheid in die lug. Iets Europees wat hier asemhaal, eerder as die baldadigheid van Afrika.

Toe hy by sy nuwe plek aankom, wag Quebeka al. Hulle ry noordwes, heeltemal die dorp uit. Die swart buurt lê opgeskif teen die lae heuwel van die Papegaaiberg uit, mkuku's en bokshuisies wat soos broodskimmel teen die berg uitmarsjeer.

Sy swaai op teen 'n steilte uit, die pad wat nou raak tussen die sinkpondokkies, voordeure direk op die rioolbesmette pad. Aan die bopunt draai hulle noord, beweeg tussen rye baksteenhuisies in. Dis by een van dié huise dat sy stop.

Vincent Ndlovu loop hulle tegemoet en nooi hulle in. Hy lyk vriendelik, maar versigtig.

Binne is dit donker, die woonkamervenster sit klein en hoog teen die muur. Die meubels is eenvoudig, maar netjies. Hy bly alleen, verduidelik die jong man. Die huis is eintlik sy pa s'n. Maar dié het na sy aftrede teruggegaan "land" toe. Die Oos-Kaapse platteland, dus. Waar sy mense en sy kraal is. En waar hy sy beeste kan aanhou.

Quebeka probeer nie Beeslaar se teenwoordigheid verduidelik nie, stel hom eenvoudig voor as "kaptein Beeslaar". Hy gaan staan eenkant teen die muur.

Ndlovu loer vlugtig op na Beeslaar. Hy het 'n sakdoek in sy hand. Vee kort-kort aan sy neus en oë. Hy's nog jonk, skaars dertig, skat Beeslaar.

"Wanneer het jy die oorledene laas gesien?" begin Quebeka.

Ndlovu lek oor sy lippe, loer weer na Beeslaar. Val dan geesdriftig weg in Xhosa.

"Praat reg, man," knip Quebeka hom kort. "Die kaptein hier praat nie isiXhosa nie!"

Ndlovu skud sy kop. "Naai, man," sê hy nukkerig, praat nie verder nie.

"Ek wag, meneer Ndlovu," por Quebeka.

"My Afrikaans is ook nie so goed nie."

"Wanneer."

"Neeee. Wat sal ek nou sê. Sy't my gefoun. Gister nog. By die oggend. Sy raas, baie kwaad." Vee agter sy nek. "Ek was bietjie siek, ek. Sy sê ek moet werk. Maak nie saak ek is siek nie."

"Hoe laat was dit?"

Ndlovu haal sy skouers op. Herhaal die gebaar dan vir Beeslaar – asof hy gebare ook vir die whitey moet vertaal.

Beeslaar sê niks, kyk na die wegneembokse vir hoender in die kombuisie se een hoek. Nando's, staan daar op een. Herinner hom aan die stout advertensie: *Is jy lus vir voël?*

177

"Maar jy sien, kaptein, ek kon'ie gekom het nie. Want daai tyd . . . Eish. Ek is baie siek. Vreestelík." Hy kyk grootoog op na Beeslaar om seker te maak hy volg.

"Dis my maag. Ek het baie pyn. Ek moet dokter toe gaan."

"Watter dokter? Waar?"·

"Eers, ek het gegaan by die sangoma. Hy sê ek is getoor. Miskien dis iemand wat hy wil my siek maak. Hy gee my die muti, maar die maag word nie reg nie. Toe gaan ek by 'n ander sangoma en hy sê ek moet maar surgery toe gaan."

"Watter surgery?"

"Nee, dis'ie ene daar by die Bird Street. Ja."

Quebeka knik, kennelik weet sy wie die dokter is en waar sy kamers is.

"Hoekom het mevrou Du Toit met jou baklei?"

"Nee! Hy praat baie goeterse, oor ek was laat by die werk. En . . . baie ander problems."

"Soos wát, Vincent. Soos wát!"

"Nee! Hoe sal ek nou sê."

"Hóékom was mevrou Du Toit vir jou kwaad? Wat het jy gedoen?"

"Nee! Fokkol. Ek het hom die fokkol gemaak. Maar daai vrou . . ." Hy skud sy kop en begin ingedagte aan die sakdoek frommel. Daar's skrik op sy gesig, dink Beeslaar, maar niks wilds nie. Hy is netjies aangetrek. Duur skoene, chinobroek met platgestrykte nate, kantoorhemp en -das. Om sy linkerpols dra hy 'n bonkige horlosie en aan die regterpols 'n leerriempie, tien teen een van 'n boerbok, die lang wit hare van die dier wat fraai oor sy dun pols uitsprei. Hy het 'n sterk gelaat – swaar oogbanke en prominente mond. Dis 'n intelligente gesig.

"Kyk," probeer Ndlovu aan Quebeka verduidelik. Hy skuif vertroulik vorentoe, 'n begeerte om 'n goeie indruk te maak wat uit hom straal. "Mevrou Du Toit, sy soek nie dat ek een keer of twee keer vir iemand lift gee nie. Sy wil nie hê ek moet 'n ouma of oupa oplaai as ek met die werk se kar ry nie. Sy laaik dit fokkol."

"Maar jy laai die tjerries, nè?"

"Haikôna!"

"Gaan aan, Ndlovu."

"Nou," hy verduidelik met die sakdoek, "Maandag, ek ry Somerset Mall toe. Ek gaan haal die Woolies rejects. Ek bring dit hier by die soup kitchen. Ek laai op, ek laai af. Heeldag."

Quebeka, sien Beeslaar, krabbel op haar notaboek. Maar albei bly stil, dat die man sy werkroetine uitlê.

Toe hy klaar is, vra Quebeka: "En gister?"

"Nee, sy bel my vroe-vroe. Ek moet by die huis kom. Ek moet iemand gaan oplaai by haar, hom iewerster vat. Maar ek is siek. Sy sê nee, ek lieg. Jô!" Verontwaardiging op sy gesig.

"En toe?"

"Nee! Ek gaan eers by die dokter . . . so ten o'clock. Jy kan hom vra, daar'ie man. Dokter Han Erasmus. Bel hom! Ek bel hom." Hy gryp na 'n selfoon in sy broeksak.

"Rustig, Vincent. Jy praat van dokter Johan Erasmus. Naby die Du Toit-stasie?"

Die jong man knik sy kop energiek.

"Hoe laat is jy daar weg?"

"Nee! Ek . . ."

"Net die tyd, Vincent. Ek soek net die tyd."

Hy laat sak sy kop, werk met nuwe energie aan die sakdoek. Dan beduie hy "nee" met sy kop, haal sy maer skouers op. "Ek was siek," mompel hy. "Maar die queue was lank by dokter Han. Ek maak eers laat klaar."

"Nou as jy gister nog so vreeslik siek was, hoe lyk jy dan vandag so springlewendig?"

"Nee! Kyk bietjie. Dis my maag. Die dokter gee my medisyne, die maag kom reg. Dis al lankal se dinge. Dan ek loop, ek loop, ek loop. Baie mooi. Maar dan's dit weer van voor af! Die maag maak baie lastagheide!"

"So jou maag pla jou gereeld?"

Ndlovu knik.

"En jy is gereeld by dokter Erasmus?"

Nog 'n knik.

"En die sangoma?"

"Nee, sy goeterse maak my die fokkol."

"Hoe't jy klaargekom met mevrou Du Toit?"

Vincent se gesig raak vaal. Hy loer bang na Beeslaar, asof dié 'n lewende slang in die hoek van die vertrek is.

"Sy's baie kwaai, daai vrou. Sy soek'ie stories nie. Sy word baie kwaad!" Weer die kopskud – asof dit 'n totaal onbegryplike situasie is.

Quebeka sit die pen terug in haar hempsak, leun vooroor, elmboë op haar knieë. Vincent Ndlovu lyk benoud. Dan val sy weg in 'n stroom Xhosa, haar stem hard en ongeduldig, klikklanke wat soos spykers vlieg. Beeslaar kan uit Ndlovu se gesigsuitdrukkings aflei dat sy hom probeer vaspen oor sy presiese verhouding met sy baas. Daar val 'n hele aantal "fokkols" en "eishe". En kopskudde en ontkennings.

Dan is dit skielik verby. Quebeka staan op en stap deur toe, beduie met haar kop vir Beeslaar om saam te kom.

Ndlovu bly sit, sy oë rond en bang.

Toe hulle terugklim in die bakkie, sê sy: "Die bliksem lieg oor iets, dalk oor sy sogenaamde siekte. Maar moord?" Sy kyk vraend op na Beeslaar.

Hy haal sy skouers op.

"Vet lot wat jy ook help, kaptein Beeslaar," sug sy en skakel die bakkie aan.

Hulle ry in stilte terug tot in die dorp, waar sy hom op die hoek van Merrimanlaan en Birdstraat aflaai.

"Gaan jy my al iets kan sê, vanmiddag?" vra sy toe hy uitklim. "Ou Prammie sit in my nek."

"Ons kyk maar," sê hy, draai weg en begin stap. Die dorp is allermins fraai aan hierdie kant, besluit hy. Niks van die witgekalkte argitektuur of die sjiek koffiewinkels onder die eike nie. Dis of daar 'n onsigbare grens met Merrimanlaan getrek word: goedkoop winkelgeboutjies, vis-en-tjipskafees, Pep Stores, drankwinkels. Die deel van die dorp waar die armes, oorwegend swart, hulle inkopies doen.

Oorkant is 'n reuse-taxistaanplek, smousstalle met goedkoop Chinese invoergoedere wat dit omsoom. Die smouse self lyk ook na vreemdelinge, skraal, blouswart gelaatskleure, praat Frans, Portugees en ander Afrika-tale. Amakwerekwere, soos hulle neerbuigend genoem word. Vreemdes.

Beeslaar steek die straat oor en gaan sit op 'n lae wit muur, kyk vir die smouse. Een of twee mik om hom te nader, maar verander van plan. Ruik natuurlik die wet aan hom.

Lank sit hy, wonder oor die skisofrenie van 'n dorp soos dié. Die twee gesigte, die aparte wêrelde.

Sy selfoon tjirp: Rea du Toit.

Hy sug, antwoord.

Sy wil hoor of hy weer daarlangs kan kom.

Hy weifel. "Ek is bietjie ver van julle af, nou. Hier onder in Birdstraat. Is daar iets?"

"Ek voel nie . . . gerus . . . kan ek maar sê oor ons gesprek vroeër nie. Malan is nie homself nie. Op die oomblik. En . . . en . . . as Balthie nog hier was . . ."

181

Beeslaar trek sy longe vol lug. As een iemand nou nóg 'n keer op daai snaar gaan slaan, verloor hy dit.

Maar hy belowe tóg om te kom.

"Ek's terug by my eie plek, Huis Groot Gewels," sê sy.

28

Ghaap hoor 'n skoot klap. Maar dis ver, in die rigting van waar Ghalla en Mo oor die heining verdwyn het. Vir eers is hy pynlik bewus van die pistoolloop wat teen sy agterkop brand.

Hy probeer asemhaal, maar sy aanvaller druk hom plat teen die grond, sy knie tussen Ghaap se blaaie. Sy gesig druk pynlik teen die klippies en gruis van die grondpad en hy sukkel om nie stof in te asem nie. Maar hy roer nie. Hierdie ouens speel nie speletjies nie.

As hy sy ma weer wil sien, roer hy nie 'n lit nie, bid dat een van die trekkies terugkom. Die Here weet, sy ma vergewe hom nooit as hierdie meerkat hom nou moet doodskiet nie. Soos 'n hond in die middel van die straat, in die middel van die een of ander vrot coloured plakbuurt in Soweto! Met die reuk van riool en die smaak van giftige mynsand in sy bek.

Die knie lig skielik van sy rug af en sy longe trek kompulsief saam, hy hoes soos hy stof inasem. Die skaduwee oor hom beweeg. Hy voel hoe die man sy skietding afvat. Hoor hom weghardloop. Ghaap wil agterna, maar hy's pap. Sy pistool. Die fokker het sy pistool afgevat!

Nog skote val iewers. Ghaap hoor dit oor sy gehoes. Dit voel of hy 'n hele mynhoop ingeasem het. Sy keel brand en hy hoes dat sy liggaam wil breek daarvan. Desperaat probeer hy regop kom, maar dan is sy brekfis skielik in sy keel. Hy braak. Proe wit roosterbrood, die smaak van riool, koffie. Sy liggaam wil met elke stuiptrekking van nóg iets ontslae raak.

"Hei, ouboet!" Iemand hier reg langs hom. Ghalla, sien hy toe die kêrel by hom hurk. Hy't sy linkerhand uit na Ghaap, 'n ingewikkelde tatoeëermerk wat van sy hand af boontoe rank. 'n Naakte vrou met 'n dolk in haar hand, 'n moerse slang wat om haar lyf krul.

Ghaap vee sy mond met sy arm af. Hy begin beter voel, druk homself orent. Hy wil wegkom van die kots wat hier voor hom in die stof lê en dik word.

"Hôôô nou," hoor hy Ghalla fluister. "Lê plat en moenie beweeg nie."

"Waar's die ander?" vra Ghaap, sy keel seer en rou.

"Hulle's oukei, my ou. Ons het die een meerkat gepot. Net daar anderkant daai antie se muur. En ons het die kar gekry."

"Is hy dood?"

"Glo nie. Maar ek dink hy't dringend 'n dokter nodig. Hy bloei soos 'n vark." Hy grinnik.

Ghaap knyp sy oë toe, probeer sy boude lig, maar hy's lam. Hy't nog nooit 'n skietding teen die kop gehad nie. Mes, ja, hy't al baie met 'n mes kennis gemaak. Veral vroeër, voor hy by die cops aangesluit het. Maar 'n pistool! Hy probeer om sy asemhaling te reguleer, deur sy mond asem te haal, want sy neus is bottoe van die stof.

Dan klap daar nog skote en Ghaap hoor 'n verskriklike gil.

Stilte. Ghalla druk met sy tattoo-hand op Ghaap se kop. "Moenie beweeg nie, my ou."

Na 'n paar minute val die hand weg en begin Ghalla hom ophelp.

"Dis verby, my ou. Alles klaar. Daai meerkat is voos. Ek dink dis ou Duif se gun wat hom geëet het, net daar op daai muur. Lyk my hy't ander kant toe geval. Oor die muur, die outjie, oor die muur."

Hy help vir Ghaap op sy voete en stap om die kar. Ghaap voel só tam, hy sak op die passasiersitplek neer. Sy pistool! O herretjie, hy's in groot kak. Daai meerkat is to moer 'n gone met sy skietding. Hy kan maar netsowel sy papiere gaan inhandig. SB waarsku hoeka – daar was 'n memo, van bo: byna een en twintigduisend vuurwapens uit die polisie weg, vorige jaar. Die volgende bobbejaan wat sy skietding "verlê", moet maar weet. Hy gaan huis toe. Sonder die pakket.

Ghaap se stasiebevelvoerder is blykbaar nuut in sy pos. 'n Ongewilde aanstelling, met die skoonbesem-sindroom in hoogste graad. Biduur, soggens, vertel hy hulle hoe hierdie ding van skietgoed verloor by hóm gaan eindig. Geld veral vir die blougatte. Hy sal dit nie duld nie.

En hoe loop vertel hy nou dié sad story by die huis. Vir sy ma-goed. Hulle dink hy's die beste ding sedert witbrood. Een van die dae 'n régte speurder!

Se gat, besluit Ghaap en laat sak sy kop in sy hande. Toe hy weer opkyk, sien hy die groot gestalte van Mo wat ligvoets oor die vibracrete-muur spring aan die oorkant van die straat. Hy moet ontsettend sterk wees om daai groot lyf so gemaklik oor 'n sesvoetmuur te kry. Eland. Dis waaraan hy Ghaap laat dink. Die dier is so groot soos 'n koei, maar hy glip soos 'n gedagte oor 'n wildsheining.

Ghalla loop Mo tegemoet. Die twee staan vir 'n oomblik en praat en beduie, sigarette klaar opgesteek en aan die brand. Hulle loop al geselsend terug kar toe.

Ghaap lig homself met groot moeite uit die kar uit. En swik amper van die pyn in sy skeenbeen. Hy't skoon vergeet

185

van die "koeëlwond" van die vorige aand. Dit voel ook soos jare gelede.

"Jy oukei?"

Mo kom leun met sy groot voorarms op die kar se dak. Die sigaret hang skuins uit sy mond en sy oë is op skrefies getrek.

"Ek's oukei," sê Ghaap. Maar hy kyk nie vir die groot trekkie nie.

"Wat het dan gebeur? Kyk hoe lýk jy, my ou."

"Dit moes een van die rowers gewees het. Hy't 'n double-up gemaak . . . Julle was . . . Jy en Ghalla. Julle was al anderkant die muur. Julle moes vlak by hom verby gegaan het, of iets. Dalk was hy in 'n bos of 'n ding. Want toe ek weer sien, toe's hy terug in die straat in. Ek het aangelê, maar ek kon hom nie goed sien nie. Ek was nét hier, op die grond, lángs die kar. Toe't ek my wéér kom kry, is hy óp my. Van agter af."

Mo skud sy kop – ongeloof en empatie op sy groot gesig.

"Ek wóú . . . wou agter julle aangaan, maar die blessitse safety belt. Fokken ding . . . Jy moet die ding laat regmaak. Ek kon dood gewees het, man, sit hier soos 'n . . . soos 'n parra op 'n stok. Maar dis tóé dat ek sien . . . Etter. Ek hoop jy't die kak uit hom uit geskiet."

Mo se mond trek op in 'n skewe glimlaggie. "Naaaa . . . Hy's gelukkig, want ek was lús vir hom." Mo neem die sigaret uit sy mond en gee dit vir Ghaap aan. "Maar ons het sy maatjie lelik geslat!"

Ghaap vat dankbaar die sigaret. Enigiets om die kak smaak uit sy mond te kry.

Mo steek 'n nuwe sigaret aan: "Hy dag nog hy hardloop weg, toe kom Duif van die ander kant af. Twarra! In die been! Toe sít hy. Soos 'n lap. Hy's kláár! Sit en blaas soos 'n kameel. En hy loer vir ons. Hy kan blerrie bly wees die cops het ge-

186

kom. Anders het ek hom net daar laat leegbloei." Mo blaas rook uit. Hy't 'n gelukkige trek in sy oë. Die soort trek wat jy kry as jy weet jy't nóg 'n robbiesj van die straat af gehaal.

Die cops.

Ghaap sluk. Vandag sien hy sy gat vierkantig. "Is die cops nóg hier?" vra hy.

"A ja-a. Net hier om die draai. Skryf die toneel op. Daar's twee. Daai een speurder saam met wie jy gister gery het. Mthethwa. Hy's daar. Maar die ander ou ken ek nie. Hulle het die ambulans laat kom, Duif hou hulle geselskap."

"En die kar?"

"Nee, hy's daar, maar hulle het hom al baie verniel, jong. Sy dashboard is stukkend gekap en die speedometer se glas is gebreek, so aan. Die ou karretjie lyk maar suf. Amper soos jy," sê hy en glimlag. "Het hulle jou seergemaak?" Die sagtheid in Mo se oë maak Ghaap vies.

Maar hy sê niks, skud net sy kop en trek diep aan die sigaret. Hy kan sien hoe sy vingers bewe. Hy byt op sy tande. "Ek het daai laaitie wragtag nie sien kom nie. Hy was net skielik . . . Hy't my platgeval. En toe vat hy my . . ."

"Wat? Jou gun gevat? O, jissie, my ou, jy's tot hiér." Mo beduie met sy hand onder sy ken – dis so diep Ghaap in die kak is. Agter hom het Ghalla sy sigaret weggeskiet en 'n nuwe een aangesteek. Hy staan en rondtrap, kyk na die wêreld om hom. Duidelik nog vol adrenalien.

Om hulle begin die straat weer stadig lewe kry. 'n Groot vrou kom onder 'n sambreel aangestap, kruideniersakke in haar vry hand, 'n kind agter haar rug vasgebind. Iewers het 'n hond begin blaf en van ver af hoor Ghaap die geloei van die ambulans se sirene.

"Ons moet seker maar ry," sê Mo en klim in die kar in. "Face the music. En jy beter weer daai koeëlvas aantrek, my ou."

187

29

"Albertus!"

Rea du Toit het vir hom die veiligheidshek by Huis Groot Gewels kom oopmaak. Sy stap voor hom uit, terug na haar woonstel toe. Sy lyk vandag kleiner. Haar hare, wat sy tien teen een vir die begrafnis laat doen het, is platgedruk teen haar agterkop, die bleek pienk kopvel sigbaar.

"Sit, ou seun," sê sy toe hulle binne is. Sy hang haar sleutels aan 'n haak agter die voordeur, beduie dan na 'n antieke riempiesmatbank met bal-en-kloupote.

"Verskoon tog, dis bietjie deurmekaar hier, ve'môre," sê sy en gaan sit op 'n gemakstoel. Haar woonstel is goed gemeubileer, vol kunsblomrangskikkings, skilderye.

"Ek kom nou net daar van anderkant af. Malan het my gou kom aflaai. Ek wil by die kinders gaan bly, maar hy sê nee. Daar's nie juis plek in Willem se huis nie. Maar dis nie hoekom ek jou gebel het nie. My seun . . . " Sy kyk vir 'n oomblik weg, trane in haar oë. "Daai twee kinders kan nie nou bekostig dat hulle pa onskuldig opgesluit word nie. Hulle is so erg . . . "

"Hokaai, mevrou," keer Beeslaar. "Hy is nog net ondervra. Dit is maar roetine, soos alle ondersoeke na so iets begin. Hulle moet regtig soveel inligting moontlik kry oor wat gister gebeur het. Om hulle werk te doen. Dis maar al."

"Niemand het met mý gepraat nie."

Die beskuldiging hang vir 'n rukkie in die lug tussen hulle. Beeslaar dink aan iets om te sê, maar sy gee hom nie kans nie.

"Jy weet. Julle . . . Ek bedoel . . . jonger mense. Hulle dink dat oumense . . ." Sy byt haar lip en sug dan. "Ons raak onsigbaar, weet jy? Mense kyk deur ons. Praat of ons nie bestaan nie. Asof ons nie meer deel is van die . . . Ag." Sy kyk by die venster uit, staar na die berg wat ongeroerd in die middagson lê.

"Iemand sal beslis nog met jou kom praat, mevrou. Ek is seker."

"Maar dís nie wat op my hart is nie. Ek wil hê . . . ek wil éintlik hê jy moet jou invloed gebruik . . . Jy moet my seun help. Ons polisiediens hier het 'n slegte naam. Kyk nou maar toe ou Arnold Sebens . . . Hy woon nét hier af in die gang . . . Kyk nou maar toe hy die inbraak gehad het. Toe't 'n speurdertjie hier aangekom. Hy't kammakastig ons almal kom toespreek en vertel dat ons versigtig en paraat moet wees. Maar hy't nie 'n vinger gelig om Arnold se goed terug te kry nie. Niks! Arnold het hom 'n paar keer gebel. Hy't nooit eens gebodder om terug te bel nie. So, ek het geen illusies oor hoe hierdie . . . hierdie verskriklike ding wat my seun oorgekom het . . ." Haar stem gly onder haar weg.

Beeslaar wag dat sy herstel. Haar plek is piepklein, nes ou Blikkies s'n: sitkamertjie wat op 'n balkon en 'n posseëlgrootte tuintjie uitloop. Dit lyk nie of sy veel waarde heg aan die tuintjie nie. Dis oorgroei van die swaarvarings en delicious monsters – goed wat nie aandag nodig het nie, weet hy.

"Daai kinders, Albertus. Daai twee kinders . . . Die Here weet."

189

Sy staar na hom.

"Twee swaeltjies in 'n storm. Hulle . . . Veral my Elliekind."

"Hoekom wou sy gister by die venster uitspring?" vra Beeslaar versigtig. "Het sy al gesê?"

"Ai, die kind." Sy skud haar kop. Dink 'n rukkie na. "Sy't . . . sy was so verskrik. Klink my maar sy was net bang. Sy't opgehardloop kamer toe. Om van al die bloed . . . die narigheid weg te kom. Deure agter haar toegesluit. Sy wou net wegkom, dink ek. Sy't . . . probleme, die kind. Sy's baie . . . breekbaar. Slim en alles. Sy presteer vreeslik goed op skool. Té goed, eintlik. Tot onlangs. Was altyd eerste in die klas, haar rapport vol onderskeidings. Maar in die laaste tyd . . ." Sy sug, kyk betekenisvol na hom.

"Muisneste?"

"Nee, nie dít nie. Sy's net . . . opstandig. Wild. Malan-hulle het al alles probeer. Haar laat toets. En sy was vir 'n kort rukkie weg."

"Weg?"

"In 'n inrigting." Sy fluister byna. En Beeslaar raai dadelik: eetprobleme. Die kind is so maer soos 'n stokkie. Haar bleekheid en moeë liggaamshouding het hy outomaties aan skok toegeskryf. Maar die kringe onder haar oë, die ontsettende dun liggaampie . . .

"En dat dit nou juis sý moet wees wat haar ma so moes . . ."

"Mevrou Du Toit, het jou skoondogter . . . e . . . Het sy baie vriende gehad?"

"Natuurlik, ja. Sy was dárem 'n Du Toit. En sy het wraggies haar deel gedoen. Jy kan nou maar sê van haar wat jy wil. Sy was agtermekaar. 'n Regte raakvatter."

"Sy't nie in die proses taamlik op ander se tone getrap nie?"

"Nee wat." Sy tuur vir 'n minuut na 'n sonkol op die Persiese matjie tussen hulle.

"Min mense het haar seker régtig geken, Albertus. Min mense."

"Hoe bedoel u?"

Sy sug. "Sy't swaar grootgeword. Nie altyd dinge maklik gehad nie. Maar dit het nou seker niks daarmee uit te waai nie."

"Kon u ooit aan haar merk dat sy . . . medikasie misbruik?"

Sy skud haar kop, maar haar oë lyk minder seker.

"U sal dit nie vir altyd kan wegsteek nie, mevrou Du Toit."

"Man, watse nonsens is dit nou? Haar liggaam is nog nie behoorlik koud nie, dan begin die stories al loop. Mense is waaragtig . . . En dit lê al seker die dorp vol. Malan du Toit se vrou was aan pille verslaaf. Daarom is sy vermoor. Is dít wat die polisie ook dink?"

"Ek glo nie die polisie dink al enigiets nie. En kaptein Quebeka is knap. Ons moet haar die geleentheid gee om haar werk te doen."

"Jy móét ons help, ou Albertus. Ons weet nie wat om te doen nie. Malan is my enigste kind. Hy't self nie veel van 'n kindertyd gehad nie. My man, Malan senior, is bitter vroeg dood. Malan junior was nog klein, het so te sê sonder 'n pa grootgeword. Moes nog altyd sy eie man staan."

Haar oë raak nat. 'n Druppel loop teen haar neus af en val op haar hande. Sy bodder nie om dit af te vee nie. Bly staar na haar hande, die vingers skeefgetrek van die rumatiek, opgehewe kneukels en krom vingers. Seker die rede vir haar handskoene dra kerk toe.

"Hy was van kleins af . . . so 'n presteerder. Victor ludorum. Op laer- en hoërskool. Gecum op universiteit. Ek weet

191

mense sê nare dinge van hom hier rond. Maar dis suiwer jaloesie. Hy sê maar altyd vir my: 'Ma, die Here ken my hart. En dis al wat tel.' Hy's 'n diep mens, Albertus. Diep."

"En u skoondogter?"

Sy vee vinnig onder haar oë.

"Agtermekaar vrou. Netjies, gesteld op orde. Malan junior kon seker nie beter gedoen het nie."

Beeslaar wag vir meer. Maar dit lyk na die somtotaal van Rea du Toit se siening van haar skoondogter. Dis duidelik dat hulle verhouding allermins 'n warm een was.

"Het julle goed oor die weg gekom?"

Sy ontwyk sy oë.

"Na mý smaak was sy te streng met die kinders. Al twee. En . . . hoe sal ek nou sê . . . Sy het hoë eise gestel."

"Het julle rusie gemaak daaroor, tannie Rea?"

"Ek ken my plek," sê sy kopskuddend. "Was soms moeilik. Daai twee kleintjies kon skaars loop, toe's hulle al gepotty-train. En sy't g'n stoutigheid geduld nie. Maar hulle het nooit 'n tekort aan enigiets gehad nie. Anders as sy self. Haar pa was maar 'n houtwerkonderwyser. Lief vir die bottel. En lief vir die lat. En haar ma, ag foei. Sy was hier by ons, weet jy? Maar sy's huis toe, soos ons maar hier onder mekaar sê. Nou, so drie maande gelede."

Beeslaar knik. Hy léés hierdie tante. Soos 'n boek. Sy is besig om haar Du Toit-mense behendig uit te keer, weg van die afgrond waarheen Elmana du Toit besig was om hulle te lei.

30

Gerda hoor 'n foon lui. Veraf. Die gelui kom nader. Té naby. Sy klap wild daarna . . . en skrik wakker.

Waar's haar kind, is haar eerste gedagte. Sy probeer beweeg, maar die pyn teen haar regterslaap verlam haar. Sy kyk versigtig rond. Waar is hulle? Sy herken nie die omgewing nie. Digte struike en bome.

Dis die kaper se foon wat so lui. Hy ignoreer dit.

Wat het gebeur? wonder sy.

Dan onthou sy. Die plataanboom waarop hulle afgestuur het. Sy wat die handrem optrek. Hulle moet die boom getref het, want dit lyk of die enjinkap links voor 'n stamp gekry het. Op die agtersitplek het Kleinpiet weer begin huil. Langs haar is die kaper steeds doenig met die paneelbord. "Shit! Shit-fuck-shit," vloek hy.

Lucky, onthou sy die naam. Hy't 'n skroewedraaier, kap daarmee aan die instrumentepaneel rondom die karradio.

Die foon lui steeds.

En of die duiwel wil saamwerk, begin Gerda se foon óók lui. Dalk is dit Rebecca, wat wonder waar sy is . . . Of Baz . . . spyt oor hy vroeër so kortaf was. Rebecca sal nie loop voor Gerda nie tuis is nie. Veral nie op 'n dag dat Pa 'n aanval het nie. O Here, Pa . . . Wat gaan van hom word as sy nie meer . . .

"Sir, please." Sy herken haar eie stem nie. Dis hoog en

hees. "Take the car. It's old, but it's a good car. Take it. I won't say anything. If you just drop us here . . ."

"Shut up!"

"I won't talk to the poli . . ."

"Shut UP!" Hy lig sy skroewedraaierhand dreigend. "I don't need you, you hear? I will kill you like a dog."

"But why . . ."

Haar antwoord is 'n vuishou. Sy koes en dit tref haar skrams. Maar steeds hard genoeg om haar te laat duisel.

"Make that fucking baby shut up. Mpho, give him the medicine!"

"Leave him . . ."

Sy kry weer 'n klap. Kleinpiet se huil hou skielik op. Hy maak slurpgeluide. Sy loer en sien Mpho hou vir hom 'n bottel met iets soos sap daarin. Kleinpiet drink gulsig. Sy't geen idee hoe lank hulle al hier sit nie. Kwartier? 'n Uur? Een ding is seker, Lucky is besig om baie vinnig sy cool te verloor. Hy swets onophoudelik terwyl hy met die skroewedraaier bly kap om die kar se paneelbord oop te maak.

Sy selfoon lui weer.

"I can't fucking finish if you keep on calling!" sis hy in die foon in. Hy hou dit links vas, terwyl hy onder die stuurwiel vroetel. Die kar se enjinkap spring oop. Hy moet aan die hefboom onder die stuur getrek het. Sy kan nou duidelik sien dat die kar gestamp is.

"Nooo! I told you! I'm looking for the second one. Time's running! Sooner you stop calling, sooner . . . Yes!"

Hy klap die foon toe en draai na Gerda: "You keep your fucking trap. I kill you! I kick your fucking baby's fucking head, make it squash like a fruit, fucking bitch." Daarmee vlieg hy uit die kar en gaan klap die enjinkap hardhandig toe, staan 'n oomblik lank en rondkyk. In die syspieëltjie sien Gerda iemand onder in die straat aangestap kom. 'n Man met twee honde aan leibande. Dan weet sy skielik waar hulle is. By die onderste ingang na die Westdene-dam. 'n Ou man en sy honde . . . Hulle kom natuurlik vir hulle daaglikse stappie.

Dis nóú haar kans! Sy trek aan haar deurhandvatsel, maar versteen toe Lucky op haar afgestap kom. Sy verwag dat hy die deur gaan ooppluk, maar hy loop verby. Die agterdeur gaan oop en sy hoor hoe hy vir Kleinpiet losmaak uit sy stoeltjie. "In front," beveel hy vir Mpho.

Gerda skree vir hom om die baba te los, maak haar deur oop, maar hy druk dit van buite toe, die kind klaar in sy arms. Mpho het intussen na die bestuurdersitplek geklouter, rats soos 'n apie. Hy hou sy pistool op haar gerig.

Die wandelaar kom ál nader en Lucky wieg die baba in sy arms, die besorgde jong vader wat die huilerige baba 'n bottel gee. Die omie met die honde loop verby, kyk nie eens na hulle nie. By die hek buk hy om sy honde los te maak, twee swart labradors wat onmiddellik wegskiet dam toe, die omie agterna.

Kleinpiet word terug in sy stoeltjie gegespe. Die kind is nou stil. Gerda waag dit om om te kyk, sien hy is vas aan die slaap. Mpho klouter weer agtertoe, gaan sit langs die baba en vou sy arms, die pistool se loop wat teen die kleintjie se sykant insnoet.

Gerda voel 'n nuwe vlaag huil opstoot. Sy moet iets dóén. As sy net haar hande op haar kind kan kry. Hulle sal nie waag om hier te skiet nie.

"Please," fluister sy vir Mpho. "I can pay you lots of money. Lots. Much more than the other people will pay you."

Mpho antwoord nie, hy bly net glimlag; sy ooglede hang halfmas. Hy lyk gerook, besef sy. Dít ook nog: 'n daggakoplaerskoolkind met 'n oorgehaalde pistool!

Sy hoor Lucky buite op sy selfoon praat. Hy het omgeloop en staan nou met die foon teen sy oor en sy ander hand op die deurknip, praat dringend in 'n swart taal. Dan klap hy die foon toe en ruk die kardeur oop. Sy foon lui terstond weer. "Will you leave me the FUCK alone! I've got the merchandise. I'm looking for the tracking systems. And I'm running out of time because your fucking cunt won't let me finish my job." Hy bly 'n oomblik stil om te luister. Dis 'n manstem, hoor Gerda, heftig. 'n Aksent. 'n Wit man, vir seker. Lucky druk die foon dood en skakel die kar aan. Die foon lui onmiddellik weer. Hy vat die foon en gooi dit oor sy skouer na agter: "Switch the fucking thing off!"

Hy draai die kar om en begin ry, rustig. Gerda sien 'n jong kind met 'n klein hondjie aan haar hand, bes moontlik ook op pad dam toe. Sy gaan staan toe die kar nader kom, trek aan die hondjie se halsband om hom uit die pad uit te hou. Gerda rek haar oë vir die kind, probeer haar paniek en hulpeloosheid aandui.

Die kind frons. Steek haar tong uit.

Trane. Here, is dit dan ál waartoe sy in staat is? Sy wil gil en skree en skop en slaan tegelyk. Die paniek sit soos 'n bol dorings in haar bors, jaag haar wind uit. Wat wil hierdie mense van haar hê? Wie's die man wat so aanhoudend bel?

By die kruising met Lewes, die straat wat oor die damwal loop, draai hulle regs. Lucky gebruik nou háár selfoon, skakel in die ry 'n nommer.

"Ja," sê hy hard, sy stem gejaagd. "I need the wheels. Now!" Hy luister na 'n donker manstem wat terugpraat. "Just be ready! In ten!"

Hy druk die foon dood en gee vet.

By die aansluiting met Perth draai hy regs. Hulle ry verby die Helen Joseph-hospitaal, rigting Wes-Rand, Soweto.

Here, as sy net vir Baz kon bel. Hy ken so baie mense. Albanese, mense van alle soorte.

Of Albertus! Hý ken hierdie plek. Het soveel jare hier gewerk.

Lucky ry al hoe vinniger namate die verkeer begin oopmaak. Deur 'n bruin woonbuurt, die Coronationville-hospitaal. Dan sien sy die Moslem-begraafplaas regs. Hulle is amper in Soweto, weet sy. Die pad se naam verander. *Commando*, staan op 'n vernielde bordjie. Sy probeer soveel bakens as moontlik eien, vir as sy 'n kans kry om hulp te ontbied. 'n Stukkende verkeerslig keer hulle voor. Die motoriste hanteer dit as vierrigtingstop. Almal skuifel stadig vorentoe.

Nou's haar kans! Sy ruk haar deur oop, gooi haar bolyf uit die kar uit. Haar hande vat grond en sy skop met haar bene, sodat haar onderlyf kan volg. Maar Lucky gryp haar aan die bene, trek haar terug. Dit raak 'n stille gestoei. Gerda probeer skop na hom. Terselfdertyd begin sy gil. Dan voel sy 'n vreemde pyn. 'n Bysteek. In haar dy. Sy probeer nog skop, maar haar bene word skielik traag. Sy voel hoe die lamte deur haar lyf trek.

Agter hulle het 'n minibustaxi op sy toeter begin lê.

Hoekom help niemand nie? Kan hulle nie sien sy word ontvoer nie? Waar . . .

Sy voel mislik; haar maag ruk en sy gooi op oor haar hande. Iewers hoor sy 'n kardeur klap. Goddank, iemand kom haar help. Dan is daar twee hande wat haar oplig.

"Thank you," mompel sy dronkerig. Wat gaan in godsnaam aan met haar? "Help me, help . . . we . . . my son . . ."

Haar ooglede is nou so swaar, sy kan kwalik haar oë oophou. Die mislikheid wel weer op. Haar liggaam ruk, maar daar's niks meer wat kan uitkom nie.

Vaagweg hoor sy 'n stem: "Are you all right?"

En Lucky: "She's going into labour. I'm taking her to the hospital. Thank you. And sorry!"

"You must hurry, my brother. She looks ill."

Twee sterk arms druk haar terug in die kar. Druk haar deur toe.

Please, wil sy nog sê, please, maar haar tong weier om 'n woord te vorm. En die groot swart gordyn val. Sy gly in 'n genadige donkerte in.

31

"Jy jou kar gekry?"

Ghaap moet mooi luister om Beeslaar se stem te hoor. Klink of hy in 'n orkaan staan.

"Jy moet hard praat, ek hoor jou nie ..."

"Ek sê! Het jy daai hoenderhok ... Staan vas!"

Ghaap wag. Die lyn word beter.

"Ek is in die kak," val hy met die deur in die huis. "Ek het my dienspistool verloor."

"Verlóór? Jissus, Ghaap."

"Ek soek nie preke nie. Ek wil net weet ..."

"Jy beter jou maar regmaak vir baie preke. Beginnende by ..."

"Ja-ja!"

"Vertel."

"Was 'n hijacker."

"Waar?"

"Mandelaville."

"Bruin buurt. Saam met wie't jy gery?"

"Die trekkies."

"Liewe Here, Ghaap!" Daar's 'n oomblik stilte. Ghaap hoor Beeslaar vroetel aan die ander kant van die lyn.

"Jy weer beginte rook?"

"Nee man! Maar wat soek jy saam met die trekkies, van

alle mense? Moenie vir my sê jy't hulle oortuig om jou skoro-skoro te loop soek nie? Of is jy besig om te moonlight? As dít die geval is, kan jy maar jou papiere ingee."

"Was niks van daai nie. Een het my opgelaai. By New Canada Station. Toe ek werk toe geloop het. En toe . . . Ek . . ."

"En toe kry hy 'n call en jy klim nie af nie?"

"Min of meer."

"Here, Ghaap. Waar's jy nou?"

"Op die toneel. Daar was twee hijackers."

"Wat het hulle gevat?"

"Kentucky Rounder."

Hy hoor die blaflag wat Beeslaar oor die foon gee – moet wees vir die Soweto-sleng wat hy so lustig rondgooi.

"Hulle het ons geambush. Mo en Ghalla is agter hulle aan. Een van hulle gepot."

"Dood?"

"Ongelukkig nie."

"En waar was jý die hele tyd?"

"Ek was in die kar. Ek het . . ." Hy sukkel, die woorde droog op.

"Nou hoe verloor jy dit dan in die kár?"

"Moenounie fokken simpel wees nie. Ek het uitgeklim toe ek die verdagte gewaar. En ek dag nog ek lê aan op hom. Toe bespring hy my van agter af!"

Beeslaar sê niks.

"Hy't 'n gun teen my kop gehad, Beeslaar. Ek kon fokkol doen. Toe vat hy hom."

"Sommerso?"

"Jissis. JA. Sommerso! Wat verwag jy? Die etter het 'n gun teen my kop gedruk. Moes ek 'n fokken liedjie sing?"

Ghaap hoor 'n geroggel. Die bliksem lag. Ghaap raak só woedend, hy's lus en breek die foon. In plaas daarvan skop

200

hy die kar se wiel. En wil onmiddellik flou word van die pyn. Hy't vergeet van sy maermerrie.

Hy staan 'n oomblik met toegeknypte oë, hoor Beeslaar vra of hy nog daar is.

"Ek's hier," kreun hy.

"Here, Ghaap. Jy's histeries, besef jy dit?"

"Dís dan hoekom ek jou bel, for fuck's sake. Die Orlando-cops is hier. Een van die outjies met wie ek ry. Ek wil hê jy moet hom bel. Vir Mthethwa."

"Sallie werk nie, ou Ghaap. Daai klong gaan jou knaters in 'n vicegrip gooi as jou 'wit baas' namens jou gaan praat."

"Dan moet jý die SB bel!"

"Ghaap, kom by! Dink jy nou regtig . . . ?"

"Jy moet my help!"

"Ek kan vir jou niks doen nie. Bel die Moegel." Beeslaar verwys na hulle streekskommissaris op Upington, Leonard Mogale. "Dis al raad wat ek het, ouboet."

"Nee." Ghaap weet as hy nóú bel, lê dit môre die hele Kalahari vol.

Hy hoor hoe Beeslaar lag, en aflui. Swernoot.

"Jy's blerrie useless, Beeslaar!" skree hy in die dooie foon.

Dis warm. En dit stink. En daar's vlieë wat aanhoudend op sy gesig kom vasplak. Ghaap vee sy voorkop met sy hempsmou af, kyk na Mo, wat 'n entjie weg by Mthethwa staan. Daar's 'n ander polisieman by, wat druk besig is om die toneel op te skryf. Op die grond by hulle voete sit die gewonde motor-kaper. Ghaap kyk na hom. 'n Jong klong van niks oor die sewentien jaar nie. Hy sit sy been en vashou, die blou jeans se broekspyp is van bo die regterknie sopnat van die bloed. 'n Horde vlieë draai om hom. Sy hande en voete is geboei, wat maak dat hy vlieë moet wegjaag met 'n elmboog of sy kop. Sy gesig is op 'n plooi getrek – half tussen 'n frons en 'n huil. Sit en kyk wie se aandag hy kan trek om simpatie te kry. Dan vang hy Ghaap se oog, wys vir hom pleitend hy soek 'n sigaret. En dis dít wat Ghaap sy moer laat strip. Hy raak só kwaad dat hy op die ou afstorm. Hom 'n helse skop in die ribbes gee.

Die man roep hard uit.

Iemand kry Ghaap aan sy skouer beet en trek hom weg, maar hy ruk los. Hy wil die ellendeling op die grond se gesig maan toe skop!

"Hau, man!" Dis Mthethwa. "Los hom uit, man."

Die verdagte begin huil, tjank kliphard. "Assamblieftog, my bra," roep hy vir Ghaap.

"Ek's ga'n jou fokken bra nie. Sit hier skielik poesbedroef! Etter! Waar's jou maat? Praat, moerskont!" Ghaap skop weer.

Mo tree voor hom in. Die sagmoedige reus: "Ag, los'ie outjie maar eers, ou Ghaap, man. Hy's klaarpraat, my ou. Six-love, six-love. Poerdesmerdes."

"Maar dis fokkers soos hý. My kar gesteel vir scrap! Ek. Wat my gat af sukkel . . . En my gun! My fokken gun, man!" Ghaap probeer om óm Mo te tree. Daar's 'n woede in hom wat iets wil breek. Hy wil sy twee kaal hande om die fokker se nek kry, sy adamsappel vir hom plat vryf soos jy 'n luiseier sal vryf. Hy wil sien dat hy blou word, hoe die vrees in sy fokken . . .

"Rustig, rustig. Hierdie outjie is gefok, my ou. Vier en twintig windrigtings van die hel. Poerpaptes. Lós die outjie vir die gattas. Nou-nou maar kom hy los oor hy gedonner is. Oukei?"

Ghaap staan tru. Mo is reg, hy kan die man se ander been ook afskop. Maar hoe gaan dit sy gun terugbring? Of sy kar. Maar die blote gedagte aan sy kar . . . Die red carnation-rooi van die verfwerk. Sy ma se gunstelingkleur. Wat hy gehélp spuit het. En die mags . . . het hom sy hele Krismisbonus . . .

Hy tree vinnig om Mo en mik nog 'n skop na die bebloede man op die grond.

"Sergeant Ghaap!" Dis Mthethwa. Hy het Ghaap nou aan die boarms beet en ruk hom eenkant toe.

Dan het hy 'n paar boeie uit en Ghaap voel hoe dit om sy polse seil.

En skielik is die kwaadgeid uit hom uit.

En in die plek daarvan kom sit 'n swart verdoemenis: Nóú't hy properlies sy gat gesien.

32

Beeslaar sit die foon ingedagte terug in sy sak. Stomme Ghaap. Dat dit hóm nou moet oorkom. Maar hy was lekker balhorig, wil nie luister na goeie raad en kry eers ondervinding op Upington of Kimberley nie. Nee, Ghaap wil 'n hero wees.

Beeslaar staan vir 'n oomblik besluiteloos, kyk vir die besige Birdstraat, die taxi's, die smouse. Hy's al weer honger. Sy full house van die oggend saam met Quebeka is lankal afgestap.

Hy sal moet gaan soek vir 'n restaurant. Hier rond is daar net vis-en-tjipsplekke.

Hy vind weer die plek waar hy die vorige aand gekuier het, die Mystic Boer. Maar hy hou verby, die reuk van alkohol binne-in die plek gaan nie nou goed wees vir sy gestel nie.

'n Uur later het hy 'n bord pasta met tamatie-maalvleis weggewerk. Hy begin terugstap in die rigting van sy nuwe blyplek by Liewe Heksie, om sy kar te gaan haal. Die son begin water trek en hy wil by Blikkies se watergat uitkom om Quebeka te ontmoet. Die wind het weer in alle erns opgekom, waai stof en blare en straatvullis in alle rigtings, teister die vermoeide bome.

Beeslaar hou sy mond toe – vir die stof. Hy loop en dink

aan Elmana du Toit. Sy was duidelik geen warm mens nie. Inteendeel, die beeld van haar wat begin vorm aanneem, is dié van 'n hardvogtige militaris. Hy't nog nie een liefdevolle treurwoord oor die vrou hoor val nie. Sy word geprys, ja. Ten hemele. Maar met gebruikswoorde soos "agtermekaar" en "netjies" en "perfeksionisties".

Of is dit maar hý? Met sy sensitiewe oor vir daai soort woorde: sy ma, met oom Tol destyds, die "agtermekaar" man waarmee sy Beeslaar se pa altyd vergelyk het. Jirre, die rusies. Daar tussen die mynhope van die Oos-Rand. Pa wat skree dis oor haar "gekyf" dat hy saans in die kroeg sit. Ma wat terug-skree hy suip hulle almal saam met hom in die afgrond in. Ná Koefie se dood was dit anders, die rusies skielik verby. Maar die haat was intenser, dalk té intens vir woorde. Hulle het mekaar dood probeer staar. Pa het verloor. Hy's eerste weg. Gedros met 'n hartaanval.

Die kanker het vir Ma kom haal.

Beeslaar gaan staan; sy bors brand skielik. Hy trek sy longe vol lug, blaas dit langsaam uit. Dis hierdie wind, oortuig hy homself. Dit vee die asem uit jou mond uit. Jaag soos 'n bose gees die straat af. Plek lê klaar besaai met takkies en blare wat die wind groen-groen van die bome af ruk. Hoe bly mens in 'n plek met so 'n woede aan hom? wonder hy.

Wat sy gedagtes terugbring na Elmana du Toit. Die woede rondom haar sterftoneel. Was dit vóór? Of eers ná sy dood was? Want die doodskoot self was komkommerkoel. 'n Koeël. Standaard, nege millimeter met 'n sagte neus. Klein gaatjie buitekant, binne klits hy alles in 'n puree. En sy's van agter af gepot. So helfte van haar gesig is weg. Nee, die woede was die werk van die persoon wat die bul vasgehou het. Wie se vingermerke so netjies van die beeld verwyder is. En die bonsaiboompies. Selle persoon? Vir wát, in godsnaam? En hoekom al die verwoesting as sy klaar dood is? Watse punt wou hulle maak?

Dis nie die soort ding wat huisrowers doen nie. Of is dit deesdae deel van die modus operandi? Hy weet nie. Leef in 'n land soos hierdie, daar's net één ding waarvan jy seker kan wees: dat die brutaliteit waarmee mense afgeslag word jou elke dag meer verstom.

Wat het Elmana du Toit gedoen om soveel woede te ontketen?

En wat van Malan du Toit? Hy was by 'n restaurant. Sy eie persoonlike prokureur beaam dit. Maar aan die ander kant – dis prokureurs se brood-en-botter. Lieg soos tannetrekkers.

Tertia en Mynhardt het hom genooi om by hulle te gaan eet vanaand. Maar hy het dit van die hand gewys. Hoekom? Hy weet nie. Dalk weet hy net nie wat om vir hulle te sê nie. Hy het ou Blikkies nooit veel van Tertia hoor praat nie, veral vroeër, toe hulle nog saam gewerk het. Sy was net nooit deel van die prentjie nie. En nou staan en kyk hulle twee vir mekaar . . . weerskante van 'n diep ravyn.

Rembrandt die worshond kom haal hom by die voorhek, loop stertjie-orent voor hom uit na die huis. Beeslaar wil rigting vra. Hy weet nie waar die kroeg is waar hy Quebeka moet gaan ontmoet nie.

"Ik dag jy bent niet betrokke by die onderzoek?" vra Maaike. Haar onpaar oë soek nuuskierig oor sy gelaat vir informasie.

"'n Kollegiale hoflikheidsdrankie. Sy't ook my oudkollega, Van Blerk, geken. Dis al," antwoord hy.

"Ik het hem ook geken, weet jy? Wil jy weet hoe?"

Beeslaar maak 'n gebaar. Hy wil nie regtig weet nie.

"Dit was een van die personeel daar. By hulle." Sy wys met haar ken in 'n rigting en Beeslaar neem aan sy praat van die ouetehuis. "Sy het geglo sy is . . . hoe zeggen jullie het ook nou weer . . . betoverd."

"Getoor," help Beeslaar.

"Potverdomme, ja. En sy geloofde dat zó vast dat sy onge-steld . . . e . . . ziek geword het. Toe kom meneer Van Blerk by my op bezoek en vra of ik iets kan doen voor die vrou. Ik het gegaan, maar die vrou was al baie ver heen. En sy's kort daarna dood." Sy blaas 'n lang asem uit. "Wys vir jou hoe sterk die grysstof hier bo is, hè?" Sy tik met 'n stywe vinger teen haar slaap.

"E . . . ja," is al waarmee Beeslaar vorendag kan kom, maar hy vermoed sy gesig het sy denke verraai.

"Kyk," sê sy, "ik kry veel . . . e . . . baie hiermee te maken. Met die tover- . . . die toordery. Ik het dit bestudeer, hè? Dat is ook waarom ek na Suid-Afrika gekomen ben. Ik wou . . . Maar dis een baie lang storie. Balthie het vir my gesê dis die enigste ding wat hy gevrees het – as polisieman. Hy het zelf gesien hoe sterk dit nog in sommige gemeenskappe was. As iemand glo hy is be- . . . getower." Sy skud haar kop en kyk betekenisvol na hom met die onpaar oë. "By wit mense ook, weet je wel? Op 'n dorp als hiérdie!"

"E . . . Die hotel?" herinner hy haar en trap ongemaklik rond, haastig om weg te kom.

"O, natuurlik . . . ik praat te veel," sê sy en verdwyn die huis in, kom dadelik weer te voorskyn met 'n toerismebrosjure in die hand, wys hom die kaart binne-in en die plek wat die hotel aandui. "As jy terug kom, heb ik iets . . . vir jou iets om te eet, oukei?"

Hy wys dit van die hand, sê hy sal sommer in die dorp iets eet.

"Moenie vir Maaike onderskat nie," sê Quebeka toe sy later by hom aansluit. "Sy lyk dalk vir jou so dowwe-dolla. Maar jy kan gerus luister as sy iets te sê het." Hulle sit in Jan Cats, by die kroegtoonbank. Buite op die stoep is die wind te erg.

"Hoe lyk dit my almal ken mekaar op hierdie dorp?" Hy het 'n yskoue Windhoek Lager voor hom, sy 'n glas wit van Ken Forrester. En 'n Coke.

"Lyk vir jóú so. Maar dis maar selle ou seldes. Selle ou verdelings, drie wêrelde. Die wittes in die hoofdorp . . . agter slot en grendel. Die bruines op hul plek, onder die gangsters. En die swartetjies. Dié sit duskant die ystergordyn."

"Ystergordyn?"

"Treinspoor en nywerheidsgebied. Teen die Papegaaiberg vasgedruk. Location, location, location."

Sy grinnik vir haar eie grappie.

"Verder is alles dieselfde."

"En waar's die geld?"

"Waar dit maar gewoonlik is – onder die tafel deur."

Hulle klink op nóg 'n Blikkieïsme, drink vir 'n wyle in stilte.

"Die Du Toit-meisiekind," sê Quebeka dan. "Sy's nie lekker nie."

"Julle iets uit haar gekry?"

"Nappy Squad het met haar gepraat. Maar wat . . ." Sy skud haar kop, drink diep aan haar Coke. "Ek het laat kyk na haar wonde . . . op die arm. En dit lyk sy's 'n óú snyer."

"Skender?"

"Ja. Veral op die bobene, waar niemand kan sien nie."

"Fokkit. Dis nou die een gier wat ek nie begryp nie. Ek het in Johannesburg gesien. Die jong prostitute en die ryk jong meisies snags in die klubs. Hoog op speed en ecstasy en dan sit hulle met die lemmetjies aan hulleself. Skep fisieke pyn om emosionele pyn te verlig."

"Ja, maar watse pyn kan so 'n meisie nou hê? Sy't álles. Kyk daardie huis. En skoene. Het het jy gesien hoeveel daar onder in haar hangkas is?"

Beeslaar skud sy kop, vat 'n diep teug aan sy bier. "But money can't buy them love," sê hy en word beloon met 'n maanwit glimlag.

Hulle drink 'n rukkie in stilte, albei bewus van die leë stoel in hul midde.

"Hoe lank is jy al hier?" vra Beeslaar dan.

"Twaalf jaar. Blougat hier aangekom, nog baie van die lanies uit die ou bedeling hier gehad. Was moeilike tye."

"En nou?"

"Ag, ons kap aan. Selle moeilikheid as elders: Elkeen beskerm sy eie gat. Maar ou Prammie is oukei. Nie baie gewild nie. Maar ek laaik hom. Hy's op speed dial deur die range. Glo nie hy't al ooit 'n dronknes moes gaan opbreek nie. Maar hy's oukei. Laat hom nie rondneuk nie."

"Was hy hier toe die student vermoor is?"

Quebeka sug vermoeid. "Daardie bleddie saak sal ons ook ry tot by oom Daantjie. In sy fokken hoenderhok."

"Kalwer."

"En weet jy wat die ironie is? Die ondersoekspan was so leliewit soos . . . soos . . . Almal whiteys. Die leste een."

"Was jy betrokke?"

"Nee, goddank. Maar nou't ou Prammie mý in die hot seat. En ek kan my eie span kry. En alles wat oop- en toemaak."

"Wel, baie geluk dan."

Sy glimlag en skuif die wynglas eenkant toe, wys vir die kroegman sy wil nóg 'n Coke hê. Coke Zero. "Nikse geluk nie. Jy weet so goed soos ek: As ek droogmaak, is dit maklik om hulle hande aan my af te was. Onervare, 'n vrou, 'n darkie – flat nose and frizzy hair to prove it." Sy glimlag met die kuiltjies, steek Beeslaar aan. Hulle klink. Bier en Coke Zero.

"Maar as jý nou die hoenderbeen getrek het . . ." Hulle klink dadelik weer. Vir die Blikkieïsme.

"Ek sou dadelik kyk na ander inbrake in die omgewing. Daar begin. My nuwe landlady sê die Karindal-Unieparkgebied het die laaste tyd swaar gekry onder 'n man wat glo klim oor al wat 'n muur is. Laaste keer twee Duitse toeriste se goed gevat . . ."

"Daai ou, ja. Hy sit klaar. Maar hy was oulik. Houtgerus. Loop heen en weer onder die sekuriteitskameras verby. Altyd met 'n pet. Of 'n hoody. Kan nooit sy gevreet sien nie. Maar daar's baie meer waar hý vandaan kom. Dis hierdie dorp. Hy trek hulle soos 'n magneet. Want hier's geld. Baie geld. Die buurte daar van die Du Toits. Vrot van die geld."

"Maar huisroof . . . Hier's tog nog nie so baie huisroof nie?"

"Nog nie, maar dit kom. Hoe meer ryk mense hier intrek."

Sy staar ingedagte na haar glas, speel met die kondensasietrane wat daarteen afloop. "Jy weet," sê sy uiteindelik, "daar is nie juis vrek veel weg uit die huis nie. Haar diamantring is weg, maar Du Toit sê sy't hom oral afgehaal en vergeet. Hy weet nie wanneer laas hy dit gesien het nie. En die kluis se geld. Maar dis al. Die kinders se rekenaars, Du Toit se rekenaar in sy kantoor, alles nog daar. Daar is verskeie TV-stelle in die huis. In die home theatre, die drie verskillende sitkamers, die twee eetkamers, die slaapvertrekke. Dis eintlik net die pakkie met tienduisend rand se note en die ring wat weg is. Haar selfoon is nog daar. Haar handsak het onaangeraak in die kombuis op 'n stoel gelê, haar beursie, alles nog daarin."

"Sy't haar aanvaller geken."

"Almiskie. Dit kon haar dealer gewees het."

"Yello man . . ."

"Sugar man, oompie. Sugar man, won't you bring back all the colour to my dreams . . . Hè?"

Beeslaar knik. Dis die Rodriguez-liedjie wat in sy skooldae gewild was. Toe dwelms nog 'n vreemde ding in die land was.

"So, my Charmainetjie het haar rondtes gemaak."

"Wag nou eers. Charmainetjie is nou weer . . ."

"My kollega. Ons ry meestal saam. Sy's 'n slim antietjie, goeie kop vir somme. Ek baklei hard om haar te hou, maar die taakmag-ouens, georganiseerde misdaad, hulle soek haar. Hulle is glo besig om vir tannie Thuli by die Openbare Beskermer 'n saak te bou teen een van die groot visse hier onder die Kaapse gangsters." Sy spreek die woord Kaaps uit – sonder die Engelse intonasie.

"Dalk 'n beter career move vir haar?"

"Seker, ja. Maar eerlik gesê, hoop ek sy bly. Sy ken die Kaapse bendes. Het tussen hulle grootgeword, kan jy maar sê. So sy't 'n neus vir hulle. Sy breek vir ons baie sake oop. Maar om terug te kom: Sy't al wat 'n dealer is, gerol. Ons kry nie die Du Toit-vrou se spesifieke dream daddy onder hulle nie, maar ons bly soek."

"En die geld?"

"Gaan minder maklik wees om na te kyk. Du Toit trek swaar aan die resessie, sê Charmainetjie se syfertjommies. Maar hy't genoeg om hom aan die lewe te hou. Hy't 'n yster in omtrent elke vuur. Daar's 'n wynplaas, wat hy met 'n maatskappy deel. Dan het hy 'n vennootskap by 'n ou met fabrieke in China. En hy't bouprojekte in Argentinië, in Australië en hier op in Afrika in ook. Alles hoërisiko-besighede. Maar dis nou Charmaine se bybie. Sy gaan dit vir ons uitsort. Baie van

211

die besigheid is glo in háár naam. Blykbaar juis vir ingeval daar probleme kom, dat dit nie die hele appelkar omneuk nie. Maar dis nog early days. Ek dink, ek dink, ek voel . . ."

". . . 'n gevoel," eindig Beeslaar vir haar die Blikkies-rympie.

Hulle sit vir 'n oomblik in stilte, laat die herinnering oor hulle rol.

Beeslaar bestel nog 'n bier. "Die Du Toits sit nog steeds aan my," sê hy toe die kroegman 'n vars bottel neersit. "Wil hê ek moet hulle man wees in die ondersoek."

Sy reageer nie, knip haar groot bruin oë met die goue vlekke. Stadig. Vat 'n versigtige slukkie Coke.

"Ek het nee gesê. Want hulle bly lieg. Ek dink hý't sy vrou se liggaam verskuif."

"Vir wat?" Sy kyk skepties op na hom.

"Waarom, weet ek nie. Maar daar is geen manier waarop 'n rower haar sal skiet, dan haar kop verbrysel en haar dan netjies op die sitkamerbank laat regop sit nie. O ja, en dan nog gou-gou al die plante in die huis verrinneweer. Maak nie sin nie."

"So, jy dink Malan du Toit . . . beskerm hy sy vrou se repu-tasie, of wat?"

"Ek dink dis meer as dit. Hy lieg te ingewikkeld. Die hele familie lieg. Ouma inkluis. En die slagoffer klink vir my of sy maar taamlik issues gehad het."

Quebeka sug. "So, jy dink hulle wéét wie die vrou doodge-maak het?"

"Nie noodwendig nie. Maar hulle probeer hul uiterste bes om jóú te laat glo dit was 'n huisroof."

"Ons hét al 'n paar gehad, hoor. Lelik, baie lelik. Maar dis nog nie Johannesburg se soort epidemie nie. En die ryk mense bly kom. En hulle kom Stellenbosch toe. Ek dink daar's meer miljardêrs per vierkante meter hier as wat daar vlooie op 'n hond se rug is. Veral die Boere-tipes. Hulle maak hulle geld in Johannesburg. En dan kom keer hulle terug na die roots hierso. Dis wynplase en perdeplase, golf estates en hotelle en spa's – elkeen het sy eie klein hobby wat hy bedryf. Meeste kom van Gauteng af. Ag, van oral, eintlik. Oorsese mense ook. Paasfeestyd, soos nou, moet jy dophou hoe lyk die strate van die dorp. Gelyk 'n Rolex-convention."

Beeslaar reageer nie dadelik nie, laat spoel die inligting stadig oor die moordtoneel in die Du Toit-huis. "Jy weet," sê hy oplaas, "ek sal die huisroofteorie nog koop . . . as dit net nie vir daai boompietjies was nie." Hy neem 'n sluk van die nuwe bier, dit bruis yskoud teen sy verhemelte. "Ek sélf het baie huisrowe gevang . . . in Johannesburg. Ek weet hoe lyk hy. Chaos. Hulle is terroriste, die outjies. Slim ook. Geoefen, elke man ontplooi met een spesifieke opdrag. In en uit binne minute. Maak die kluis leeg, eerste, kry die wapen. Dan die elektronika. Die mense binne kry séér as hulle nie saamwerk nie. Ek het 'n hele paar gekry waar die kinders met warm strykysters bygekom is, die ma kamer toe gesleep is. Hulle ken hulle storie. Weet presies hoe laat is die pa saans tuis, hoe laat gaan slaap hy. En dis net daar, as hy al diep rustig is, gereed vir die kooi. Dan slaat hulle. Roekeloos. Skop die voordeur af, skiet die honde, gryp die kinders en die vrou . . . Pa raak soos klei."

"Oukei. Maar. Die Du Toits het goeie sekuriteit. En daar's geen teken van 'n hek of 'n deur wat oopgeforseer is nie. Hoe't hulle dan ingekom?"

"Sulke ouens is koel soos komkommers, doen recces voor die tyd, samel inligting in, hou die huis dop, dreig die personeel af vir binne-inligting. Daar was een huis in Johannesburg . . . Plek was nét oorgeverf. Die rakkers het die huisvrou

213

groen geverf. Ander plekke sou hulle ekskresie los. Oral. Op die beddens pie. Daai klas van ding."

"So jy dink dit kan rowers wees? Dalk was hulle jonk. Se-nuweeagtig, daarom die overkill met die slagoffer. Haar eers skiet en dan haar kop verbrysel."

Beeslaar skud sy kop. "Daar's te veel liggaamsgeweld. En byna te min ander skade. Buiten die boompies." Hy kyk na Quebeka. "Hierdie ding voel vir my meer . . . persoonlik. Dít en die feit dat die hele familie lieg. Oor wat, weet ek nie. Nóg nie."

Sy sug en staan op. "Jy 'n lift?"

Hy skud sy kop. "Ek het met my kar gekom. En ek dink ek gaan nog bietjie hier aanhang. Dalk iets eet. Jy's nie . . ."

Sy lig haar wenkbroue. "Ek dag jou landlady maak kos! Sy klink my baie opgeklits met die Kalahari-stier op haar werf."

Beeslaar skeur aan die etiket op sy bierbottel, kyk nie na haar nie.

Hy hoor die koggel in haar stem toe sy groet en wegstap.

Hy sit nog lank so. Tot die hele papiertjie van sy bierbottel afgeskeur is. Hy drink nie juis nie; sy lyf leef nog swaar van die vorige nag se oordaad.

Hy bestel 'n hamburger uit die hotel se kombuis, eet in stilte. Een ding wat sy gedagtes besig hou: Malan du Toit se gesig toe hy bely dat hy nie "daar was" vir sy familie nie.

Die dorp is stil teen die tyd dat hy terugry. Hy's moeg. Die verskriklike babelas en die min slaap van die vorige nag begin hom inhaal.

By sy nuwe tuiste is alles stil en donker. Hy probeer sy bes om ongemerk verby Liewe Heksie se huis te sluip. Sy en haar dieretuin is die laaste ding waarvoor hy nou kans sien. Maar Rembrandt verraai hom.

214

'n Lig gaan in die voorportaal aan en die wolkop loer om die voordeur. By haar voete staan die worshond opgewonde en blaf.

Sy skakel die stoeplig aan en kom uit. Tot sy verbasing sien Beeslaar dat sy nog ten volle geklee is. Tog was die huis stik-donker toe hy hier aankom. Hy't 'n nare spesmaas dat sy hom dalk in die donker sit en inwag het.

"Dag," roep sy bo die blaffende hond uit. "Ik wou je nog zeggen . . ." Sy tel die hond op om hom stil te kry. "Die buur-vrou van hiernaas," sy wys met haar kop skuins regs, "was saam met Elmana du Toit in die sopkombuiskomitee. Was ook vroeger in haar Bybelstudiegroep."

Beeslaar trap ongemaklik rond. "Eintlik," sê hy, "is ek nie betrokke by die ondersoek nie."

"Jy ken nou al vir Vuvu?"

"Vuvu?"

"Quebeka!"

"Ek het haar . . . e . . . ontmoet, ja."

"Nou. Laat ik je iets vertellen wat niemand anders tegen háár sou zeggen . . . tegen Vuvu. Snap je?"

Hy weet wat sy bedoel. Dis 'n rasding.

"Mevrou Van der Wiel, kaptein Quebeka . . . Vuvu is al een met wie u kan praat oor hierdie saak."

Hy maak geen duit indruk op haar nie. Sy gaan onver-stoord voort: "Maaike. Noem me Maaike. Maar jy kan gerus praat met . . . e . . . huppeldepup . . . die vrou van hiernaas. Wat is haar naam ook nou weer? Hanna! Kort vir Hanna-lore. Sy was ook gister op die begrafnis. Volgens háár was die voedselaksie op het punt om Elmana te fire. Hulle hadden genoeg van haar. Nou wil niemand slegte dinge praat van die dooies, hè? En veral niet as hulle ook met 'n zwartje moet praten, begryp je?"

Beeslaar knik, sy hande op sy heupe. "Was daar dan baie stories oor haar? Mevrou Du Toit, bedoel ek."

"Ja, die mense hebben veel geroddeld oor haar. Roddel, onze woord vir skinder. Statusbewus, 'n snob, arrogant. Maar weet je wat dink ik?"

Beeslaar lig sy skouers.

"'n Minderwaardigheidskompleks, dát was de hele Elmana vir jou. Van niets na iets. Gister arm, maar vandag ryk. Maar binne-in. Daar blyf jy hetselfde, nog steeds . . . armmansgoed. Jy glo jy is nooit goed genoeg. Dus, dink ik. Hoe groter die snob, hoe groter die kompleks. Begryp?"

Hy knik.

"En haar moeder, die was lewenslank depressief, hè? Tot en met haar dood zo 'n maand of wat gelede."

"Hoe lank gelede, presies?"

"A. Niet zo lang, hè? Begin vorige maand, zou ik zeggen. 'n Week of ses geleden. Ik dink dit was 'n soort . . . wat is het juiste woord . . . 'n soort krisis voor Elmana. Huppeldepup . . . Hanna zegt sy was niét meer hetselfde agterna."

Maak sin, dink hy, nie gretig om die vreemde mens gelyk te gee nie. En is dit nie ook wat Rea du Toit vanmiddag vir hom probeer sê het nie? Op haar manier.

Dis laatnag en hy lê nog en rondrol.

Hy mis die klein CD-spelertjie wat tuis op sy bedkassie staan. Met Mozart se horingkonsert daarop.

Hel, hy mis sy huis. Die stilte veral.

Hy't in die Kalahari gewoond geraak daaraan. 'n Stilte so oorweldigend, jy kan jou eie hartklop hoor. Veral op warm dae. As selfs geen insek dit waag om in die siedende son rond te beweeg nie, wat nog te sê voëls. Sulke dae dat jy 'n grote-rige voël – iets soos 'n muisvoël – letterlik sien val as hy van een vrugteboom na 'n volgende probeer beweeg. Uitputting vang hom. En hy tuimel geluidloos grond toe. Lights out. Waar die son hom vinnig leegsuig.

Hier in hierdie plek. Hier is dit die wind. En spuitfonteine. En sprinkelbesproeiing snags. Zik-zik-trrrrrr. Voortdurende gesuis. Watergetrommel op breëblaarplante.

En hadidas. Hy't die luidrugtige geblêr van hierdie ou grotes heeltemal begin vergeet in die Kalahari. Gedink dis 'n Randse verskynsel. Maar die gebroedsel vlieg hier ook gil-lend rond. Trek ál agter die rykes aan, seker, al die nuwe golf estates.

Dis egter nie geraas wat hom wakker hou nie.

Dis Mathilda. Wat vir hom sit en wag het toe hy vanaand hier aankom – teen die plafon in sy slaapkamer en reg bo-oor die bed. Maaike het gevra hy moet haar tog nie dood-maak nie. Sy doen glo "goeie werk" hier. Kom elke nag uit en reken met die muskiete af. Sy's 'n reënspinnekop, het Maaike verduidelik, "miskien bietjie raar om na te kyk".

Maar "raar" is die onderskatting van die eeu. Die dierasie wat hy inderdaad in die kamer aangetref het, is enorm. So groot soos die palm van 'n man se hand, met lang, harige pote met spikkels op. Hy't dadelik geweet: Óf Mathilda slaap vannag hier in die kamer, óf hy. Maar beslis nie albei nie – goeie werke ofte not. Hy't 'n besem uit die kombuis gaan haal, haar probeer doodslaan. Maar sy hardloop soos 'n snel-trein. Dis net pote . . . Hy ril hom vrek. Tot onder in sy tone. Sy's uiteindelik by die venster uit, wat hy dadelik agter haar gaan toemaak het.

Maar dis ook nie net Mathilda wat hom uit die slaap hou nie.

Hy dink aan Quebeka. Hy het 'n swak vir groot vroue. Hul sagtheid en vroulikheid. Hou nie van geraamtelyfies nie.

Gerda was vir hom op haar mooiste toe sy swanger was met Kleinpiet. Die groot borste in die laehals-somersrokke wat sy gedra het. Die rooierige sproete oor haar hals, die vel fyn en sag. Mooi bene ook – goed gevorm, maar met 'n laag melkwit sagtheid bedek. Hy onthou die hitte van haar lyf, die rondings van haar heupe, haar sagte dye. Sy's nie soseer 'n mooi vrou nie, meer interessant. 'n Onnutsige, intelligente gesig: groen katoë. Haar vel, melk met 'n strooisel kaneel daaroor. Die rooi hare . . .

Hy draai om, sodat hy na die venster kan kyk. Daar's 'n lig iewers buite, wat nou en dan aangaan. Dalk 'n sekuriteitslig wat deur die wind geaktiveer word. Hy kyk na die skaduwees buite die venster, terwyl sy gedagtes terugdwaal na Quebeka. Die manier waarop sy oënskynlik in Blikkies se hart gekruip het. Dit sit nie in enigeen se broek om die bebliksemde ou-baas só goed te leer ken dat sy al sy sêgoed kan onthou nie.

Maar sy't 'n manier aan haar, Quebeka. Katrol jou stadig in. En sy rep g'n woord oor haarself nie. Hy wonder of daar 'n meneer Quebeka is. Sy dra geen trouring nie. En dit lyk of sy die werk bitter ernstig opneem, 'n hardekooltjie wat wil wys sy staan vir geen man terug nie.

33

Gerda word wakker van 'n stem.

Vir 'n oomblik wonder sy of dit 'n mens kan wees. 'n Vreemde, onaardse neuriegeluid. Iemand biddend, klaend. 'n Man, oud. Hy praat in Zoeloe, dink sy, sê sekere woorde oor en oor, soos 'n monnik, werk deur al sy mantras van die dag.

Hy's hier, bý haar. Die klank kom in vlae. Sterker. Dan weer dof, raak byna weg, soos 'n outydse radiosender. Of is dit sý? Wat kom en gaan, vloei in 'n diep, sagte, donker tonnel weg. Maar netnoumaar. Dan kom dit weer, eggo uit 'n nuwe gang.

Salig. Sy drywe ankerloos, lig en sorgeloos, 'n distelsaad op die lui, loom oppervlak van 'n dam. Groot, grenselose dam.

Dan versplinter die dam. Sy raak bewus van . . . pyn? Dit skroei versengend. Iewers in haar lyf. Spoel in, trek weg . . . Waar sit die pyn? Waar slaan die branders aan? Sy luister fyn, voel-voel. Dit spoel saam met die klank, die neurie/biddery/geprewel. Waar dryf sy dan, waar daar so gebid word? 'n Sagte, donker wolk. Sy moenie saamsweef nie, maar sy wil.

Want sy gaan die kinders haal.

Sy roep-roep-roep. Vir Boetatjie. So klein, net twee. En Neiltjie. Hom oupa se naam. En hom mamma se rooi-rooiworteltjies oor die koppie . . . die koppie . . . die klein rooi kinderkoppie . . . nee-nee-nee-nee nie so rooi, so lelik rooi nie. Nie so skieterig en spatterig en stukkendrig . . . nee, worteltjies uit die tuin uit mooirooirooi . . . haar twee rammetjies wat wegkruip daar diép weg daar. Waar die stoute pappa hulle nie gaan kry nie. Hulle wag vir mamma daar. Mamma kom, kinnekies, mamma swem soos 'n groot dolfyn. Kom julle haal.

Maar mamma is moeg. So moeg, so moeg.

Wat het dan gebeur?

Dit was Kleinpietertjie, karnallie. Hy wil nie slaap nie, hy's bang sy mamma-mens loop weg . . . agter die boeties aan . . . oe-oe-oe, moenie huil nie, liefiekind. Sjjjj. Slaap, kinnie, slaap, daar buite loop 'n skaap.

Sy wil aan hom vat, hier by haar op die bed. Hier, dat sy kan lê en kyk na hom. Ure om. Die blonde ligkrans om sy kop. Die ogies effens oop.

Waarvan sou hy droom? Paddavissies. En 'n hondjie, dalk?

Iewers lui 'n selfoon.

Die geprewel hou op.

"Yebo."

Dit dring van ver af tot haar deur: Sy's nie tuis nie. Waar dan?

Sy wil weer wegsweef, maar die vraag loop haar agterna. Saam met 'n reuk. Iets wat brand, hare en papier. Sy voel iets warms naby haar gesig. Die reuk beur in by haar, by haar neus en mond. Seil deur haar liggaam, vinnig soos 'n slang.

Iemand praat.

"One thousand," eggo dit deur die gange van haar kop. "No. That is only your deposit."

Sy gly weer weg . . .

'n Vis. Sy is 'n vis. Sy hang gewigloos in die water, die diep groen skaduwee waarin sy skuil. Skuil? Sy wag . . . vir die gevaar om weg te gaan. 'n Groot gevaar.

'n Voël kom aangeswem. Nee, 'n kat. 'n Wilde ding: kolle en vere, oë wat bloedrooi brand. 'n Wolk wat brand. Nader. Dis die wolk wat haar versmoor.

"Yebo," hoor sy uit die wolk. "You want the unborn, you pay the price. Fifty thousand. The other one is more."

34

Duif Vermeulen het 'n duiweboerdery in sy agterplaas. Duiwe wat nie slaap nie.

Ghaap lê vererg en luister na die gefladder en gekoer buite sy kamervenster. Hy sweer hy's allergies vir goed met vere. Hy eet klaar nie sommer meer hoender nie.

Sy keel brand en hy hoes. Kan nét die duiwe wees.

Of dalk die pak sigarette wat hy deur die loop van die middag hel toe gerook het. Dit was hittete of Mthethwa het hom agter in die vên gegooi – saam met die kaper. En ou Mo moes mooipraat voor Mthethwa selfs die bangles verwyder het. Dis rubbish soos Ghaap wat die SAPS 'n slegte naam gee, het hy geskel.

En hulle het skaars grondgevat, terug by die polisiestasie, toe slaat hy 'n reguit lyn na die bevelvoerder toe. Sommer deurgestap, met hom wat Ghaap is in tou. Hom gaan verkla, geëis dat die SB die saak deurgee Pretoria toe. Dat daar 'n voorbeeld van Ghaap gemaak word.

Maar die SB was nie lus om rondge-order te word nie. "Uncle Solly", noem hulle hom. Kolonel Suleiman "Solly" Kajee, stasiebevelvoerder van Orlando-Oos, glad nie gewild onder die oorwegend swart polisiemanne nie. Veral by mense soos Mthethwa, tjip-oppie-skouer-ouens. Uncle Solly is van buite, het Ghaap al vir Mthethwa hoor brom. Van Laudium-

Pretoria se sterk Indiër-families, gooi heavy in die ANC se kollektebordjies.

Daar's drie klagtes, het Mthethwa gesê. En die laaste is seker die ergste: naamlik dat Ghaap kammakastig af siek is met sy "sogenaamde" skietwond, maar meantime vir die treksters moonlight.

Die Uncle was egter onvatlik vir Mthethwa se hitte. Hy't vermoeid gesug: "But why are you standing here, man. You should be out there catching the man who stole sergeant Ghaap's service pistol! You're fiddling horseshit while this place is burning, man!" Hy spreek die *man* op Afrikaans uit, sy stem mooi melodieus. Bedaard.

In 'n stadium het Ghaap ongenooid gaan sit. Sy af maermerrie wou nie meer nie. Voeg daarby dat hy amper met 'n koeël agter die ore huis toe is.

"What are you going to do about this?" het Mthethwa aangedring.

Die Uncle het weer gesug, tee bestel. Een koppie. En toe stuur hy Mthethwa uit.

Hy't sy moeë blik op Ghaap gewerp, hom met sy groot, uitgesakte Hush Puppy-oë bekyk, sy wange wat soos twee saalsakke weerskante van 'n klein, bloupers mondjie uitdrup.

"Jy weet natuurlik dat ek nie 'n keuse het nie, sersant," het hy gesê.

"Met respek, kolonel, ek het régtig nie gemoonlight nie. My eie kar is vorige nag gesteel. En toe ek vanoggend werk toe stap om die saak te kom aangee, het een van die trekkies my gelift. En vir my koffie gaan koop en verduidelik ek moet my nie moeg maak oor die kar nie. Hy's lankal scrap. Siende nou dat dit so 'n ou kar was en als. En die koffieplek was ver – op die N12 tussen Lenasia en Soweto. Dink ek. Hulle móés my maar saamsleep toe die call kom."

Sy ma slag hom lewendig af, het hy vertel, as hy huis toe gestuur word met 'n skorsing. Hy gaan liewerster dood, want hy wil geen ander jop doen nie. Hy wil nét 'n polisieman wees. Tot lat hy die dag doodgaan.

En toe kom die tee. En die Uncle beduie sy sekretaresse sy moet dit vir Ghaap gee. "Sterk suiker," het hy aangeraai.

Ghaap het van só 'n ding by 'n bevelvoerder nog nooit gehoor nie. Hierdie Indiërman moet wragtag 'n Kristenmens wees, sou sy ma gesê het. En dan's hy nog Afrikaans ook.

"My probleem, sersant, is dít. Ek sit hier met 'n korps lede wat nie lekker saamtrek nie. Hulle hou nie van ons makula nie." Ghaap het gesluk toe die man die kwetswoord vir Indiërs hardop gebruik.

"Laat ek jou nou sommer met die intrap een ding leer, sersant. En dis dat diplomacy omtrent negentig persent van 'n bevelvoerder se dagtaak uitmaak. En daarom gaan ek jou huis toe stuur."

Ghaap was verslae. Hy moet sy oë toegeknyp het. In afwagting op die tweede doodskoot van die dag.

"Kyk vir my, sersant. Laat ons twee mekaar mooi verstaan."

Ghaap het gekyk.

"Jy kén die reëls. En Mthethwa het 'n goeie punt beet. Ek is lus en gooi jou gat deur na die Prov Kom, om 'n voorbeeld van jou te maak. Maar, ons is kort van staf. So gaan jy vir 'n dag of drie huis toe. Jy moet in elk geval rusdae vat."

"Met respek, kolonel . . ."

"Dit sal al wees, sersant." Die Uncle se moeë oë het Ghaap vertel hy moenie nou teëpraat nie. Hy het lig genoeg daarvan afgekom. Ghaap het regop gespring en gesalueer.

"En vat die koppie vir Pinky op jou pad uit," het die Uncle gemompel, sy aandag klaar by iets anders: 'n boksie Turkish

224

Delight waarvan die helfte reeds geëet was. Met sy vet vingers het hy delikaat enetjie uitgesoek, die poeier afgeskud en in sy mond geskiet. Die rooi granaatsteen aan sy pinkiering het 'n dik streep onder Ghaap se verskriklike dag getrek.

35

Beeslaar word wakker van 'n gewig op sy bors en 'n ge-spin in sy ore. Hy vlieg orent, sien die twee katte wat kermend vloer toe spat.

Buite is dit nog donker. Maar sy horlosie sê dis al half-ses. Miskien die baie bome, of die baie wind. Hel weet, as hý die son was, het hy ook tweede gedagtes gekry. Hy gooi die duvet af en trek sy tekkies aan. En 'n vliesbaadjie teen die herfsknyp van die oggend.

Toe hy verby Maaike se huis stap, hoor hy vir Rembrandt binne blaf. Daar brand lig in een van die kamers. 'n Dowwe flikkering, asof daar 'n kers brand. Dan tref 'n nuwe geluid hom. 'n Lae gemurmel, 'n man. Hy gaan staan. Konsentreer, maar die wind lawaai so, hy kan skaars hoor.

Klink in elk geval nie soos moeilikheid nie. Dan hou die geluid skielik op en die lig verdoof. Hy ruik iets. Nie die kers nie, meer iets soos gras wat brand.

Hy wil net aanstryk toe Rembrandt skielik reg agter hom blaf. Hy moet knyp om nie uit te roep van die skrik nie. Die hondjie kom staan teen sy been op, dun stertjie soos 'n an-tenna op die sitvlak. "Sjjjt," sê Beeslaar vir die hond.

Toe hy die buitehek agter hom toetrek, glip die hond ook uit. Beeslaar keer, roep agter die hond aan, maar die wind gryp sy woorde en smyt dit weg.

Hy stap in 'n noordelike rigting. Beeslaar kan motorverkeer hoor, maar hy sien niks. Hy kom by 'n groot kruising. Links gaan 'n mens die dorp in. Na regs sien hy 'n glimmering agter die hoë rotspieke. Hy slaan die berge se koers in, oos. Direk in die bek van die wind in. Vorentoe sien hy die kenmerkende suidooswolk. Dit hang moerig en malend oor die bergspitse, soos 'n woedende bul. Dat die wind nie kan einde kry nie, dís sy gat se deksel. Hy máák jou buk, laat stap jou soos 'n ou man, aan 't baklei teen 'n onsigbare hand wat jou grond toe krenk.

Die pad loop op teen 'n lae helling. Links en regs is daar wingerde, verder agtertoe sien hy die berge maak 'n kom. Dit moet die Jonkershoekvallei wees, besluit hy en versnel sy pas. Daar's 'n sementpaadjie aan die regterkant van die pad gebou, wat sy gang vinnig en gemaklik maak. Agter hom hoor hy die klikgeluidjies van die hond se pote. Dis 'n verdomde klein hondjie, maar hy hou by.

Namate hy stap en sy liggaam in 'n outomatiese ritme inval – senings en spiere en kraakbeengewrigte wat soos 'n goedgedrilde peloton saamwerk – raak sy gedagtes los.

Dit was 'n moeilike nag. Eerstens slaap hy sleg in vreemde plekke. En die venster moes heeltyd toe. Dit maak die kamer benoud. Hy maak 'n nota in sy kop om vandag iewers Doom te koop. Boggher Mathilda.

En tweedens . . . Wat? Hy het 'n "gevoelentheid", soos Blikkies sou sê. Impending doom. Soos mens maar kry met babelas. Maar hy't skaars gedrink die vorige aand. Dalk is dit net depressie. Want ja, hy is donners depressed oor ou Blikkies juis nóú moes staan en uitklok. En hy gaan hom mis. Eintlik het hy nog nie kans gekry om regtig tot verhaal te kom oor oom Blikkies nie. Dinge het so verskriklik vinnig gebeur.

Hy en die oukêrel maak so lank al planne vir hierdie kuier.

Blikkies wat maan, elke keer as Beeslaar dit uitstel vanweë die een of ander ondersoek waarmee hy besig is: "Jy kom nog so hier aan, dan kom hou jy begrafnis!"

Beeslaar gaan staan en grawe vir 'n sakdoek. Daar's skielik 'n nattigheid in sy oë. Hy vat net die sleutels en die foon raak. Vee sommer met die sweetpakmou oor sy neus en wange.

Dan oorval dit hom. Die huil. Trane wat oor sy wange loop en hy wat op sy tande byt om die verdriet terug te hou. Hoe kan dinge dan so fokken verkeerd uitwerk?

Hy snuif vererg en vee met sy hande oor sy gesig. Blaas sy neus aan die soom van sy T-hemp. Tog net water.

Die hond kom staan teen hom aan.

"Gaan huis toe!" skel Beeslaar hom. Maar die hond bly staan, sy agterpootjies wat 'n akrobatiese balanseertoertjie uitoefen om die lang lyfie orent te hou. "Sie jy!" Maar Rembrandt bly staan, die ene wil, ore wat soos strikkies weerskante van die spits gesiggie staan. Hy maak sagte kermgeluidjies, kyk smekend op na die reus voor hom.

Beeslaar sug. "Dis nou presiés," hy buk, "wat ek gewéét het . . . " raap hom met die hand op, "gaan gebeur! Jy's fokken grootmeneer as jy by die hek uitspring, maar nou's jy moeg, moet ék jou fokken dra . . ." Die hond kyk geïnteresseerd op na hom en gee 'n harde blaf: Hit the road, Jack.

Beeslaar skud sy kop, begin stap. Hy's besig om blerrie mal te raak. Staan hier in die skemer van die oggend, in die wind, praat met 'n verdomde hond. Hy vee weer sy neus.

Hy het vanoggend weer daai eensaam gevoel. Van mens en vriend verlaat. Voel vir hom dis nét hy, hier, langs 'n onbekende pad in 'n onbekende plek. Met 'n potsierlike hond in sy arms en 'n wind wat tekere gaan of hy iets persoonliks teen Beeslaar het. Hom wil platvryf, in 'n sloot wil inrol.

Jy't verloor, ouboet, blaas die wind vir hom. Six-love. Jy't niks. Jy ís niks. Het 'n leeftyd daaraan gewy om so alleen te word. Eers Koefie, toe Pa. En toe's dit Ma. Wat soos 'n blom verwelk het, asof haar haat vir Pa die ding was wat haar geanker het. Sy het oornag 'n skim geword ná sy dood. Dof en wasig. Haar oë wat nie meer wou fokus nie. Dis die morfien, het die dokter gesê. Maar vir hóm het sy gesê dis Koefie wat sy sien. "Hy kom my haal, Albertus. Koefie sê hy's alleen. Ons moet na hom toe gaan . . ."

Koefie was háár kind. Skraal soos sy. 'n Windhond. Die Forrest Gump van Germiston. Jy kon hom eenvoudig nie moeg kry nie. Hy was mooi soos Ma. Fyn gebou, die perfekte atleet. Maar sag. En vol lag. Met sy viooltjieblou oë. Wat op 'n goeie dag . . .

Beeslaar gaan staan, haal weer diep asem. Goeie hemel. Waarmee is hy besig? Hoeveel ou koeie wil hy dan nóg vanmôre uitgrawe?

Hy onthou Ma se gedenkdiens. Hoe min mense daar was. Een of twee kennisse uit die eertydse ou mynwerkersbuurt van Germiston. Waar die vroue destyds bedags met krullers in die hare geloop het. By mekaar langs gegaan het om 'n sigaret te rook. Of een te bedel. En by mekaar te kla, te verpleeg aan diés wie se mans hulle gedonner het. Sý pa het opgehou ná Koefie se dood. En toe vat hy die lafaard se pad uit: drank. Met Ma wat hom bly verwyt. Soos 'n windpomp wat ghries kort, het Pa geskree. En dan kroeg toe gegaan.

Blikkies het saam met hom begrafnis toe gegaan. En toe agterna vir hom 'n dop gaan koop by die Turffonteinperderesiesbaan. Waar hy gesorg het dat Beeslaar goed dronk word en deeglik sy hart leegpraat.

Maar hy't daai dag nie oor sy ma gepraat nie. Dit onthou hy. Hy't hoofsaaklik gekla. Oor hy al weer vir bevordering oor die hoof gesien is, die jong latte wat een rang na die ander inpalm. En hy wat saam met die opdrifsels rondgespoel word.

Ou Blikkies het hom laat gal afgaan. Tot hy leeg was. En opgegooi het van al die brandewyn.

Hy het niks gesê nie.

Maar 'n rukkie daarna het hy op 'n dag laat val dat daar nie so iets is soos die ideale werk, die ideale baas en die ideale omstandighede nie. As dít jou vereistes is, moet jy maar liewer jou papiere inhandig. Want die lewe is hard. En onregverdig. En speel klaar met sissies. As jy 'n man wil wees, moet jy die werklikheid leer hanteer, dinge aanvaar soos hulle is. Dieselfde geld verandering. Jy moet maak soos die karate-ouens, jy gee toe, bly soepel, roll with the punches. Jy mors nie energie op goed soos selfbejammering en onvergenoegdheid en jaloesie nie.

Jy doen jou beste. Dis al waaraan jy werk. Die res is God se besigheid.

Ja, ou Blikkies. God se besigheid.

Wat maak dat die vrou wat jy liefhet . . . Dat jou liefde haar lewe vernietig het. En hy wat bly hoop. Soos 'n naïeweling. Hy wéét dis verby. Sy het dit oor en oor gesê: "Ek kan nie meer nie, Albertus. Dis te woes vir my. Ek moet nou vashou, vir my kind se onthalwe. Dis al wat ek het. Verstaan jy? Dis al."

"Jy het mý ook, Gerda."

"Jy dra te veel verdriet saam met jou, Albertus." Dit was laat die Saterdagaand, in sy hotelkamer ná haar ma se begrafnis. Hy't van Upington af opgevlieg daarvoor.

Maar sy was nie bly nie. Het bly klou aan die langhaaruitlander. 'n Gorilla met 'n goue ketting in sy borshare. Jakkalsoë, die mond van 'n swakkeling. Hy wou die man uitmekaarskeur. Dwarsdeur die diens. Hy het nie gebly vir die verversings agterna nie. Gevlug.

Maar toe kom soek sy hom. Die aand in sy hotelkamer. En hulle swig. Soos hulle altyd doen wanneer hulle alleen is. Wanneer die verdriet en die skuld en die swart eensaamheid hulle verlam, hulle teen mekaar aanspoel. Sy het in sy arms kom lê. En hy het haar gesoen. Oor haar voorkop. Haar geslote oë. Oor haar wange. Kon die sout van haar trane proe. Af in haar nek. In die sagte, kloppende kuiltjie van haar hals. Oor haar tenger skouers, haar deinende borste. Die intieme hoekies van haar maag.

Hulle het liefde gemaak. Soos van ouds. Stadig, teer, soos jy 'n gemeenskaplike wond sou troetel.

En toe hulle later natgesweet in mekaar se arms lê, het sy saggies gehuil.

"Bly by my," het hy gesmeek.

Maar sy het tóg weggegaan.

Beeslaar versit die hond na die ander arm. Die dier spring teen sy bors op en lek sy wang. Hy draai sy gesig vies weg. Hy hou nie van klein hondjies nie. Seker maar oor sy ma nie van hulle gehou het nie. Stoepkakkertjies, wat mens omlope gee. En vuilsiek. Was seker maar haar manier van nee sê elke keer as hy vir 'n hond gevra het.

Maar as 'n mens 'n kind is . . . Jou ouers is gode. Die gode wat jou bestaan verwek het. Jy't geen sê daarin gehad nie. Hulle het jou gemaak. Maak jou wêreld vir jou. Hulle bepaal hoe welkom of onwelkom jy in die wêreld voel. Hoe diep jy binne of buite die kring van die mensdom staan.

Hulle weet beter, is beter, sterker, slimmer as enige ander mens. Sy pa – met die sterk voorarms. Hoe gemaklik hy 'n geroeste moer loswoel, die senings en spiere wat op sy voorarms beur. En dan woep . . . is die moer los. Sy pa was die sterkste man in die wêreld. Sterker as Superman. Ma was die mooiste. Pa het gesê sy's die Elizabeth Taylor van Ger-

231

miston. Van Suid-Afrika. Hel, sy's móóier as ou Liesbet sélf! Jou ma en jou pa . . . Vir Beeslaar is daar nie eens 'n kompetisie in die debat tussen "nature or nurture" nie. As jy 'n kind is, is dit jou ma en jou pa wat jou hart vashou. Hulle is jou lotsbepalers. Jy leer nie net die praktiese dinge soos goeie maniere by hulle nie. Maar ook die tussen-dinge. Soos hoe lyk liefde. Hoe lyk humor. Hoe om 'n man te wees.

Sy ma het vir hom en vir Koefie eenkant gehou. Gesê die buurt se kinders is nie skoon nie. Wáár sou sy daaraan gekom het? Haar eie rykmansagtergrond, tien teen een. Waar daar geld was, bediendes wat heeldag loop en skoonmaak het.

Dit moet vir haar swaar gewees het, het hy later besef, in daardie gemeenskap van rowwe myners. Sy was te jonk, het hy haar soms vir iemand hoor sê, toe sy vir Pa gekies het. Hy't haar swanger gemaak met Koefie. Haar ouers wat haar onterf het. Sy het Pa dit nooit vergewe nie.

Sy dink sy's te goed vir hom, sou Pa skree. Maak sy seuns soos pansies groot en nee, daar's nie geld vir nóg kinders nie. Albertus was klaar een te veel.

Hy versit weer die hond. Die dier lê vorstelik oor die lengte van sy voorarm, blaf berispend vir alles wat verbykom.

Toe 'n klomp tarentale luidkeels oor die pad hol, spring hy uit sy hoë gestoelte. Beeslaar wil keer, bang die hond breek sy nek, maar die hond is te vinnig. Hy storm op die tarentale af, sy krom voetjies word 'n waas in beweging. Toe die tarentale gillend oor die grensdraad gevlug het, gee die hond nog een finale blaf: *Laat dit nou wéér gebeur.* Dan trippel hy selfvoldaan terug oor die pad, waar sy persoonlike koetsier hand op die heup vir hom staan en wag.

Die pad maak toe vorentoe, sien Beeslaar, hoë bome wat tot teenaan die straat groei. Hy kyk vir al die interessante naamborde, loop verby 'n spoggerige hek met videokameras en 'n arme doos in uniform wat in 'n hokkie moet waghou. Hulle knik vir mekaar.

'n Paar fietsryers kom van agter verby, geselsend. Groet hom in die verbygaan. Rembrandt groet namens hom terug. Vorentoe is daar 'n steil helling met 'n digte bos populiere weerskante. Maak 'n donker tonneleffek oor die pad. Hy beur so hard as wat hy kan teen die bult uit. Sy hart pomp soos 'n dieselenjin.

Toe hy bo kom, laat sak hy sy arm dat die hond kan afspring en staan vir 'n paar sekondes koponderstebo om sy asem terug te kry.

Dis met die opkomslag dat hy sien wat om hom aan die gang is: 'n Reuse-bouersbord met 'n aankondiging van 'n eksklusiewe, luukse sekuriteitskompleks. *Jonkers Valley*, skree die bord.

Beeslaar staan verslae.

Dan sien hy die naam van die kontraktéur: *Malan du Toit*.

36

Hy moes toe tog geslaap het, is Johannes Ghaap se eerste gedagte. Buite sy slaapkamervenster hoor hy 'n andersoortige koer. Duif Vermeulen s'n.

"Hie'sô, my girlie. Hoe lyk't vandag. Gaan jy vir ons bietjie vlie? Toe nou, toe nou, toooeee nou. Oooo, maar die meisie is driftig ve'môre? Jaaaa-ja-ja-ja-ja. Daaaaa'z hy. Daaaa'z hy. Nie so haastag nie, Frikkels."

Ghaap besluit om maar op te staan. Dít kan hy nou nie langer aanhoor nie.

Hy stap deur kombuis toe, waar 'n megagroot boks Coco Pops in die middel van die tafel staan. Weerskante twee klein plastiekbakkies en 'n liter boksmelk. Herre, hy sal mos nooit hou op wind nie? Hy kom net vol van stywe mieliepap. Sy ma s'n.

Die gedagte aan sy ma laat sy keel toetrek. Hemel weet, hy's uitgekuier aan hierdie plek.

Dan onthou hy van sy kar.

Hy sak op 'n stoel neer, sy kop in sy hande. Hy was so vol planne toe hy daai kar gekoop het. Hy wou ook een van die bestes raak. 'n Man wat die uniform dra soos 'n dominee sy toga: soos 'n geroepene. Soos Leo, die held van *The Matrix*. Met jas en al. Sy ma het hoeka vir hom ook so 'n jas gemaak. Was nou wel nie régte leer nie, maar tog . . . Hy't dit ewe saamgebring, maar dis opgekreukel in sy tas, neffens 'n duiwehok. By 'n man wat met voëls praat.

"Môresê," kom die einste man se stem van buite af. Hy staan in die agterdeur, 'n lawwe smaail op sy bakkies en 'n kropduif in sy reuse-regterhand. Die duif flap sy vlerke toe Ghaap vinnig orentkom.

"Hoe lyk dit my jy sit nog vas aan die slaap, my ou?"

"Sit maar sommer," mompel Ghaap en begin rondkyk vir 'n elektriese ketel.

Duif beduie vir hom waar die koffiegoed is. "Kom ontmoet my kinners terwyl die ketel kook," nooi hy en verdwyn.

Buite haal Duif nog een van die voëls uit, stel Ghaap voor aan Girly. Dan haal hy 'n ander een uit. Vir Ghaap lyk die twee presies eenders, mossies op 'n ry.

"En dié's Kokkedoor, my bobaas-sprinter," spog Duif. "Wil jy hom vashou?"

Ghaap skud sy kop en lig die koffiebeker. Sy hande is vol, wys hy, en merk verlig dat dit geensins 'n keep in Duif se geesdrif maak nie.

Ghaap staan vieserig terug, kyk hoe Duif sy gebroedsels se waterbakke omruil. Die hok stink soos nat mieliemeel. Dui-wepis, besluit Ghaap. Dis die reuk in sy slaapkamer ook. Hy gril hom vrek by die gedagte aan hulle koue, nat, stinkende pootjies.

Duif ruil al fluitend die waterbakke om, haal die oues uit wat vol drifsels en vere en duiwe-uitskot lê, sit skoon bakke terug.

Agterna eet hulle brekfis. Ghaap merk dat Duif nie sy hande gewas het nadat hy van buite ingekom het nie. Dit laat elke Coco Pop in sy keel vassteek. Hulle is halfpad klaar toe Duif se selfoon tjirp. Hy kyk dadelik.

"Karroof," roep hy en spring op van die tafel. "Wag voor by die kar! Ek sluit net toe!"

Ghaap skiet kamer toe en klim in sy jeans. Tekkies en sokkies in sy hand, blerts tandepasta in die mond. Dan hol hy vir die voordeur; die adrenalien het hom nou helder wakker.

En lus vir die jag.

37

B eeslaar sit Rembrandt neer toe sy selfoon lui. Die hond protesteer, maar Beeslaar stryk net aan. Hulle is 'n halwe blok van die huis af.

Quebeka.

"Kan ek jou kom oplaai vir brekfis?"

"Ek kom met my eie wiele. Ek gaan ander dinge doen vandag."

"O?"

"Ek vertel jou oor brekfis. Oor 'n halfuur?"

Sy stem in en lui af.

Rembrandt het nou huis geruik en nael op die voorhek af. Hy spring daarteen op en blaf opgewonde. Klein swernoot, dink Beeslaar, hy's so vars soos 'n daisy. En die arme doos wat hom heelpad moes dra, kriewel van top tot tone van die hondehare.

Hy wil net sy sleutel in die hek steek toe die elektriese hek gons en oopspring. 'n Lang, maer kreatuur kom uitgestap, steek verras vas toe hy Beeslaar sien.

Rembrandt ken die vent kennelik, want hy raak vrolik aan die blaf en staan teen die man se been op. Die man dra 'n verslete denimbroek en T-hemp, 'n oorgroot baadjie van springbokvel wat sakkerig oor alles hang, Jerusalemsandale wat lyk of hy dit self met 'n els en rieme aanmekaar gesit het.

Sy hare is in vuilblonde rastalokke gedraai, wat onder 'n breë-randhoed met 'n luiperdvelband uitsteek.

"Heita, Boss," sê die man en steek sy hand uit. "Andries April."

Hulle skud blad en April buk en tel vir Rembrandt op, wat dadelik sy hand begin lek. "Ek hoor'ie voëltjies flyt jy's oek 'n bospikkewyntjie?" Hy verduidelik, toe Beeslaar nie reageer nie: "Dis maar hoe ons Capies die binnelanners roep."

Beeslaar knik.

"En djy's by die Ore?"

Beeslaar frons.

"Ek het ma' bietjie kom mielies gooi hier, by die Dutch antie. Oor al'ie dinge hier. Sy't my lekker getune."

Beeslaar knik en maak gereed om aan te beweeg, maar die man keer hom.

"Ek sê," roep hy, "jy oek biesag met die lanie-moord?"

"Vir wat wil jy weet?" Hy kan die ergernis nie uit sy stem hou nie.

"Nee, ek skiem djy gat'ie brille buig met diese besigheid, ek sê."

"Ja?" Beeslaar raai hy verwys na die moordsaak. Hy stap deur die hek en wil dit agter hom toetrek. Dan sien hy dat Rembrandt nog salig in die rasta se arms sit. Hy steek syne uit vir die hond.

"Malan du Toit," sê die rastaman en gee die hond aan, "ek skiem hy's die grootste snaai op hierie plek."

"Nou wat laat jou dít sê, meneer April. Het jy dalk per-soonlik 'n appeltjie te skil?"

"Vir seker, dja. Hy en sy soort. Skiltrille. Almal van hulle. Rapists van die Moeder Aarde. Vetkatte. Met bloed annie hanne."

"Wát?" Beeslaar kan nie besluit of dit 'n wit of bruin man

of selfs 'n albino is nie. Sy oë is 'n onaardse, melkerige blou, glinster hatig uit die bruin gelaat. Sy hande is weer pienkwit gevlek.

"Hy en sy spul," skel hy oor die wind se lawaai uit, "anner pêre daai. Destroy alles! Met hulle so-called march of progress. Sit dik innie skille. En hulle skiem elke dag vir meer. Vriet die wêreld op soos bleddie sprinkane. Enige plek . . . wat nog 'n lappie virgin aarde is. Hulle sak hom toe. Een van hierdie dae het hulle alles tussen hie' ennie Kaap met shopping malls en security estates toegemaak. Tjek maar!"

Beeslaar staan oorbluf met die hek in sy hand.

"Word wys, detective!" Hy gebruik die twee witmuishande om die hek oop te hou. "Daa's plentie mense wat daai vetkat wil rol. Enige en elke kant. Saki maki. En waa' knak djy 'n ospoes soos Du Toit? Jy piets hom op sy slapte. Vat hom aan sy snoek. Is djy duidelik?"

"Ek sal u opinie aan kaptein Quebeka oordra, meneer April. Sy lei die ondersoek. Baie dankie!" Beeslaar trek die hek toe, maar die wilde man is sterk.

"Ek loer'ie hol nie. Ek wéét."

"En wat presies 'wéét' jy?"

"Dat die oulady geplant is met 'n message. Dís wat ek wiet."

Beeslaar sug, los die hek. "Ja, ja," sê hy en draai om.

"Hei, Beeslaar!"

"Wát?"

"Gaan vra jy maar jou landlady. Sy kokkenodge dit in die bene. Sê lat sy vir jou die bene gooi."

Quebeka sit al met haar cappuccino toe hy by Julian's buite die Eikestad Mall opdaag. Hy't Maaike gaan sê sy moet maar die beloofde ontbyt terughou, hy moet dorp toe.

"Ken jy 'n ene Andries April?" vra hy met die sitslag.

Quebeka rol haar oë.

"Hy meen te vertelle dat Elmana du Toit vermoor is om 'n boodskap oor te dra. Dat dit 'n moord is wat gewag het om te gebeur." Hy wag vir haar reaksie. Maar sy blaas 'n gaatjie in haar cappuccino-skuim in, vir die suiker, skeur die suiker-koevertjie met groot aandag oop, frons ligtelik verveeld vir die koffie.

"Het jy die nuwe uitbreiding daar in die Jonkershoekvallei gesien?"

Toe sy opkyk, sit die kuiltjies in haar wange klaar daar.

"Jy sien?" is al wat sy sê, die oë wat voldaan vonkel: Sy weet, en hy weet, hy's nou behoorlik gehoek aan hierdie saak.

Hy raak ongemaklik onder haar blik, voel hoe die gloed in sy nek opstoot.

"Kyk," sê hy, "as dit 'n kwessie van eiendomswoede is, dan plaas dit Elmana du Toit se dood in 'n ander lig. Dan begin die woede met die boompietjies meer sin maak. Want dit dra 'n boodskap, nie waar nie?"

Die duiwels verlaat haar oë en sy raak ernstig: "Hy's 'n moeilikheidmaker, onse mister April. Baie ysters in die vuur. Werk vir 'n NGO in Wellington – hulle baklei teen uitsettings van arbeiders van blanke plase af – iets van die aard. Hy's 'n groot voorstander van die idee dat die "eerste mense" hier in die Kaap hulle grond terugkry – verkieslik met die huis en die wingerde en die trekkers en alles wat daarmee saam-gaan. Sy groot hobby horse hiér is met ontwikkelaars. Hy's kort-kort in die koerante, sit 'n keel op oor nuwe ontwikke-lings vir die rykes. Veral as dit voorheen landbougrond was. Sê dis 'n nuwe soort kolonialisme. Die wit mense wat nóg nie Australië toe geëmigreer het nie, semigreer liewerster na veiligheidskomplekse – soos Jonkers Valley." Sy neem 'n sluk koffie, vee aan die vae lyntjie wit skuim wat op haar mond agterbly. 'n Lui, sensuele beweging.

"Hy's bedrywig, dié ou," hervat sy, "maar alles binne die wet. Hy't iewers in die vallei vastrapplek gekry en vandaar doen hy nou allerlei dinge, veral met jongmense hier uit Cloetesville en Idasvallei. Dis ons twee so-called coloured townships. Hy beweer hy hou hulle uit die kloue van die gangsters, maar as jy mý vra, gee hy meer gangster-opleiding as iets anders."

Beeslaar peins, vra dan: "Ander dag by die toneel, toe die meisie gespring het. Daar was 'n ongure kêrel daar tussen die omstanders, tjappe op sy gesig en arms. Tipiese tronk-tats."

Sy skud haar kop. "Daar's so baie van hulle. Sal Charmaine-tjie vra. Sy's beter op die gangsters."

Hulle kos kom. Sy buig die hoof en Beeslaar wag respekvol tot sy klaar is voor hy die eerste vurk vol warm eier en rooster-brood na binne slinger. "Watse kerk is jy?" vra hy kouend.

"Rooms grootgeword. Maar deesdae . . . Die meeste gods-dienste is vir my bietjie primitief." Sy neem 'n sluk koffie en sny haar gebakte eiers in klein blokkies, roer die sousboon-tjies en sampioene met haar vurk daarby en laai dit dan op 'n stuk wit roosterbrood, dik van die botter. "Ek gló, verstaan my nie verkeerd nie. Maar ek dink ek's . . . ek dink ek is bietjie verby die prentjie van 'n wit man met 'n baard, Noag en die Ark en so aan. En met die konsep van 'n pous. So 'n ou omie in voorskooie, tien teen een nog 'n pedofiel ook."

"Maar jy bid, Quebeka. Vir wie bid jy dan?"

"Man in die maan."

"Of is jy een van die soort wat net vir die wiste en die on-wiste 'n agterdeurtjie oophou?"

Sy glimlag stram. Haar oë sê vir hom hy moet sy neus uit haar sake hou.

"Is Malan du Toit se geldsake al duidelik?" vra hy. "Ek meen, die ontwikkeling van hom daar in die vallei – Jonkers Valley. Dit moet mos verskriklik duur wees? Of is dit erfgrond?"

"Dis nie erfgrond nie. Dis 'n stuk wat deel is van 'n plaas, blykbaar nie vreeslik vatbaar vir landbou nie. Te moerasserig, of iets. Die ou apartheid-stadsraad het dit nog destyds gekoop vir 'n slegs-blanke piekniekplek aan die rivier. Maar nou's elke sandkorreltjie daar sy gewig in goud werd – so daar's tenders gewees. Du Toit se mense het dit gekry. Eerste ding wat hulle gedoen het, was om die bruin mense wat daar huisies gehuur het, uit te gooi. En dis waar mister April en sy groepie inkom, sien?"

Beeslaar neem 'n groot sluk koffie, spoel die laaste reste van die gebakte eier af. Die boontjies laat hy eenkant lê. Die vet wit boontjies in die rooi sous demp sy eetlus.

"Die woede," sê hy om sy aandag af te lei, "ek dink jou fokus moet wees op die woede. Dit vertel 'n ander verhaal. Iemand wat sy huis verloor. Sy werk dalk ook. Hoe kwaad is so 'n ou?" Hy smeer konfyt op sy roosterbrood. "As jy 'n moord soos daardie beplan, dan klop dit vir my . . . die koeël. Selfs nog die eerste hou met die brahmaan. Maar die vernielsug? Dis na my mening meer persoonlik. As jy nou iemand . . ." Hy kou en sluk. "As jy nou regtig afgepis is met iemand. Dat jy hom met jou kaal hande wil doodmaak. Jy gaan dalk net skiet en laat spaander, of hoe?"

Quebeka het nou haar mes en vurk neergesit, haar volle aandag by hom.

"Iemand soos die kêrel met die tattoos wat ek die dag daar gesien het, sê maar. Maar hoekom sal hy die liggaam skuif? En hoe't hy ingekom? Daai huis is vrot van die sekuriteit. Het die vrou hom self binnegelaat, of hoe?"

"Ja?"

"Gestel dit was die heer en meester van die huis."

"Wat volgens getuienis heeltyd in 'n restaurant was."

"Vra my vriend Frik," sê Beeslaar.

"Askies?"

"Sommer die ou Hollandse uitdrukking: vra my vriend Frik, hy lieg net als ik. So iets. My ma't altyd gesê my ouma het dit altyd gesê. Was op skool toe hulle nog moes Nederlands . . . Newwermaaind. Wat ek bedoel: Malan du Toit het net sy beste pêl die prokureur wat sy alibi staaf. Het julle met die restaurant getjek?"

Sy knip net haar oë.

"Orraait. Maar ek sou hom nie buite verdenking laat nie."

"Motief?"

"Ek kan onmiddellik aan twee dink: Die huwelik was verby, maar skei is duur. En haar verslawing. Wonder wat die kinders te sê het?"

Quebeka skud haar kop. "Swyg. Nie eens die Nappy Squad kry iets uit hulle nie."

"Orraait. Wat weet ons van Malan du Toit? Die mense met wie hy besigheid doen, wie sy vyande is. En die mevrou self: Wie was haar dealer? Buiten nou die dokters op die dorp."

"Elkeen van haar dokters skryf vir haar resepte, het ons vasgestel. Sy't by drie verskillende apteke lopende voorskrifte. Maar die meth kom van die straat af. En die konneksie was dalk ons chronies ongestelde meneer Ndlovu."

"Jy't vroeër gesê sy het ook 'n neuroloog. Vir wat was dit?"

"Fibromialgie."

"Firo- . . . wat?"

"Fibromialgie, 'n soort senuweesiekte."

"Liewe vader."

"Ja. Jy kry pyne oral oor jou lyf. Maar die pyne het nie 'n

243

fisieke oorsaak nie – soos 'n rugwerwel of 'n verrekte spier of iets nie. Dis meer emosioneel van aard, glo 'n tipiese stres-siekte."

"Wat my wéér laat vra, watse stres kon 'n vrou soos sý hê? Sy't alles gehad. Behalwe miskien vir die stres oor waar die volgende hit vandaan kom. Wat weet ons régtig van die vrou self? Wat het Elmana du Toit gedoen wat iemand of iemande vir haar só kwaad kon maak? En wat het in daai Du Toit-familie aangegaan? Die prentjie wat ék van hulle begin kry, is maar vreemderig. Gemiddelde, gefokte gesinnetjie. Kwali-fiseer toe tóg vir Blikkies se Drie G's."

Sy knik en pers haar lippe saam, staar ingedagte in die verte.

"Kon jy al met vriendinne of kennisse by al haar komitees en goed uitkom?"

Nog 'n knik. "Maar niemand sien kans om iets onbehoor-liks oor haar te sê nie. Sy klink of sy in liefde en die lig ge-wandel het."

"Nie regtig nie. Nié as ek na die familie luister nie."

"Dalk wil hulle nie teenoor my iets sê nie – oor ek van die donkerder oortuiging is?" Sy sê dit met 'n glimlag, twee kuil-tjies weerskante van die mond.

38

"Ghalla, waar's jy? Tel jy sein op?"

Duif praat "hands free" met Ghalla, terwyl hy ratte wissel en tegelyk die GPS aan die gang kry. Ghaap se kop draai.

Oor die luidspreker hoor hy Ghalla antwoord. "Hos, my broer. Ons soek 'n wit Dolly Parton. Plates: Bravo, Alfa, Sierra, one, zero, nine, Golf. En hy't nie sein gegooi nie. Was 'n call-out. Die huishoudster wat sê merrim het nie huis toe gekom gist'raand nie. Sy en 'n twintig maande oue seun."

"Wat sê die cops?" vra Duif.

"Weet nog niks, maar die Triekster is in kontak met Melville se cop shop. Dalk is dit al formeel aangegee, maar hulle soek nog nie. Nog nie die vier en twintig uur geslaan nie. Maar dis beslis een van ons s'n. Vermoedelik gisteraand al geroof in Melville. En die meerkatte moes iewers gaan koudlei het, verlede nag. Iewers buite die wyk. Maar die computer boys gaan nou sy spoor vat uit Melville uit."

"Is die sein nou geaktiveer?"

"Positief. Ons het hom in Lenz opgetel. Maar ek dink dis dalk waar hulle die unit gedrop het. Mo is op pad syntoe. Ek is nog op Ontdekkers." Hy lui af.

"Dawid," kom 'n ander stem op, een wat Ghaap nie herken nie. Dalk die baas. "Ek stuur nog iemand uit. Julle cruise vir my drie kolle. Jy vat die noordooste. Die res dek die suide en weste. Behou kontak. En behou vrede. En die polisie-outjie, is hy by jou?"

Duif bevestig.

"Hy moet 'n koeëlvas kry. Sommer nou. Ek bring die vrywaringsvorm. Ons soek nie onnodig kak met die law nie."

Duif bevestig weer en die lyn gaan dood. Hulle is op 'n pad wat Ghaap herken. Dit loop direk suid van Duif se huis en sluit aan by Main Reef Road, 'n besige tweerigting, ooswes. Duif draai links in die besige pad in en vleg haastig deur lorries, karre en miljoene minibustaxi's.

Ghaap het niks verstaan van die laaste foongesprek nie, maar besluit hy gaan nie vra nie. Hy wil nie nou Duif se aandag aflei nie, want hulle ry plek-plek negentig kilometer per uur. Ghaap kan buitendien skaars 'n geluid uitkry. Hy sit en sluk soos 'n Krismiskalkoen wat "Stille Nag" hoor.

Vorentoe kruis hulle met Kommandoweg, die grootpad wat uit die Johannesburgse middestad na Soweto loop. Die verkeer sit geblok. Maar dit keer ou Duif nie. Hy het sy flitsligte aan die karre gee pad. Selfs die taxi's. Hulle draai in by Kommando, net so vol.

Vorentoe, aan die suidwestelike hemel, hang die vaalbruin newel van Soweto se vroegoggendvure. Mense maak oral langs die pad vuur in groot petroldromme met bylgate in die wande om die suurstoftoevoer aan te help. Koeksels werkers maak in die verbygaan hande warm. By sommige taxistaanplekke is daar klein vuurtjies, sommer op die sypaadjie. Stukkies plastiek en papier uit asdromme wat dien as brandstof.

Hoe nader hulle aan Soweto kom, hoe smaller en meer beknop raak die padruimte. En hoe meer raak die vure, smouse wat los vrugte verkoop, goedkoop pakke mieliepap-

en-sous, die *Sowetan* en *Citizen*. Ghaap sien selfs hier en daar
'n *Beeld* ook.

Terwyl hulle wag, sê Duif hy moet solank die koeëlvaste
baadjie van die agterste sitplek kry en aantrek. "Ek verwag
nie moeilikheid nie. Ons het die beter dele van die wyk om te
dek. Maar mens weet nooit." Hy sien 'n gaping en druk in, lê
op sy toeter. Swets toe die voertuig voor hom nie gou genoeg
uit die pad kan kom nie. Dan skiet hy deur. Die verkeerslig is
oranje, maar hy lê lepel neer. Ghaap wil nie eens kyk hoe vin-
nig hulle ry nie, want hy weet hy kry onmiddellik 'n maagseer.
Hy sukkel met die baadjie en die veiligheidsgordel, bid vir nog
'n knoop in die verkeer sodat hy behoorlik kan vasmaak.

'n Minuut later is hulle uit die verstoppings uit en vlieg af
in Canada, verby die groot New Canada-treinstasie. Dan is
hulle in Orlando-Oos, naby Ghaap se werk, in Mookistraat.

Duif swaai by 'n dwarsstraat in en gooi die ratte terug. Hul-
le verloor spoed en Duif skuif homself gemaklik in sy stoel.
Hulle gaan nou cruise, weet Ghaap. Die wêreld deurkyk om
te sien of hulle die Dolly Parton gewaar. Hy kry homself inge-
gordel en die oorgroot baadjie so gerangskik dat hy minder
soos 'n armmans-Ninja Turtle lyk.

"Waarvoor soek ons?" waag hy dit dan. Hy het 'n sigaret
aangesteek en hou dit vir Duif uit, steek dan sy eie aan. Duif
ry met sy venster oop, maar Ghaap vertrou die rustigheid in
die omgewing nie genoeg nie. Sy venster is net op 'n kiertjie
oop om die ergste rook uit te waai.

"Dolly Parton. Dis wat hulle daai ou Mercedes SE's roep.
Die ou modelle."

Ghaap gooi sy halfklaar sigaret by die venster uit. Sy mond
proe na mensmis. "Hoekom?" vra hy en draai die ruit styf toe.

"Kom van die transit-ouens. Hulle is lief daarvoor om hom
te vat. Vroeër het die maatskappye wat cash vervoer, nog Hi-

247

Ace-bussies gebruik. Ag, maar hy's useless teen die meerkatte. Stamp hom met 'n BMW. Dis 'n kar met gewig voor. Daai ou bussie het nie 'n kans nie. Tiep om soos 'n los meisie. Maar toe . . . Toe raak die cash-karre bietjie groter, kry dubbelwieletjies agter, raak armour plated. Toe sê die rakkers, nee, nou't ek 'n sterk kar nodig. En dis nou hoekom hulle so stout is oor die ou battleships. Dis sy ander naam. Daai model se gewigsverplasing was bietjie verkeerd. Vir gewone gesinsvervoer, altans. Vyf en sestig persent van die gewig sit voor. Bietjie top-heavy, sien? Vandaar die naam."

Duif se oë is heeltyd in sy truspieël en op die uitkyk rondom hom. "Dit werk so," gaan hy aan en tik as by die venster uit. "Hulle beplan daai move maande voor die tyd. Kry die regte toerusting. Karre, AK's, die inligting, elektriese sae, plofstof . . . Alles. En dan, op 'n goeie dag, dan's dit sulke tyd."

Hy trek diep aan die sigaret, skuif homself gemaklik reg vir vertel. Ghaap bly stil. Hy's nie regtig in die bui vir 'n les nie.

"Nou kyk, ek het my Dolly Parton. Ek doen 'n spoed van omtrent honderd en dertig k's. Net voor ek die transitovoertuig stamp, wat doen ek? Ek rem. Soos 'n rugbylopie. En ek kom van die kant af, want dis al manier wat jy hom kan lig. Jy slaan hom dat hy omval. Sodat jy die onderkant of die dak kan oopsny. Daai stuk is nie gepantser nie. Nou sê mense jy moet alles pantser, maar jy kan nie. Dit maak die kar te stadig en sy body roll te veel. So, ek wil hom op sy sy hê. Die polisie is ver, so ek het tyd om hom oop te skroef."

"Klink vir my na baie werk," sê Ghaap.

"Wanneer laas het jy van 'n geslaagde bankroof gehoor? Sê my dit. Uit watter operasie maak jy die meeste. En kom jy die maklikste weg?"

"Steeds – om so lank voor die tyd te beplan en alles."

"Nee. Dis maklik, maklik. Ek sê jou. Ek het mos darem

nou al gesien. Hulle is slim, die meerkatte. En hulle vat hom aan soos 'n militêre operasie. Jy onthou vir Colin Chauke?"

Ghaap knik. Hy haal nog sigarette uit, want Duif het syne klaar. Hulle ry letterlik straatop en straataf. Nou en dan ry hulle stadiger as hulle 'n wit Mercedes voor 'n huis geparkeer sien staan, maar dis nie 'n Dolly Parton nie.

"Nou, dáái ou, ou Chauke. Hy's ex-MK, nè. Ken sy AK en hy ken van militêre strategie. Hy't 'n klein weermaggie van sy eie gehad. Miljoene-miljoene in transito gesteel. Een roof het hy ses security guards hemel toe gepos. En hy vat tienmiljoen rand. Ander keer, in Pretoria. Hy haal twee wagte uit, kry . . . Ek kan nie mooi onthou nie. Maar ek dink daai keer was sewentien miljoen rand."

"Shit," beaam Ghaap, beïndruk. Hy wonder wat die voormalige superbandiet uit te waai het met die Dolly Parton waarna hulle nóú soek. Maar hy vra nie, wil nie die les onnodig uitrek nie, want ou Duif begin spoed optel.

"En die oud-MK-ouens. Jo, jo, jo! Daai ouens het vir jou wapens. Toe hulle ná '94 terugkom uit die blerrie bos, toe's daar nie vir hulle werk nie. Meeste van hulle het skaars skool klaargemaak. En die politici haal skouers op. Kwessie van dankie, manne, julle was great in die liberation struggle, maar nou's julle op julle eie. En daar's duisende van daai outjies, skielik ledig. En hulle is fokken afgepis. En honger. Sit met die tjerries en die aangenaaide kinders wat wil kos en klere hê."

"Maar dink jy die kar wat ons soek . . . die Dolly Parton."

"Nee, nie noodwendig nie. Ek educate jou maar net so bietjie. Dalk kom werk jy nog vir ons. Die pay, my ou, is nie so sleg soos die polisie s'n nie."

Duif se selfoon gee weer sy waarskuwingstjirp.

En Ghaap se maag trek dadelik inmekaar: Liewe herretjie, laat dit tog net nie weer 'n gejaag afgee nie.

39

"**E**k gaan die heer Ndlovu opsoek. Kom jy saam?" Beeslaar kou sy lip. "Ek wil eintlik gaan rondloop." "Rondloop." Quebeka is besig om 'n banknoot uit haar beursie te haal en op die brekfisrekening neer te sit. Sy steek 'n peperment in haar mond, sê niks.

"Nie rondloop soos in toeris speel nie. Ek dink op my beste as ek stap. Kon julle al die huisbediende opspoor?"

Sy skud haar kop: "Huishoudster. Bediende klink my bietjie na 'n slaaf. Ek self is afhanklik van een, anders staan my huishouding stil."

"Jy kinders?"

"Ja."

Hy wag vir nog inligting, maar sien aan haar gesig dit gaan nie kom nie. Hy los dit. "Wie's die bewaringsmense van die dorp? Ken jy enigiemand?"

"Nee, tensy hulle mekaar moer of moor, ken ek die wit gemeenskap nie juis nie. En dis net die wittes wat tyd het vir goed soos bewaring. Miskien moet jy by Kokkewiet begin. Dis nou die baas van die plaaslike koerantjie. En Henkie, 'n eiendomsagent. Hier grootgeword en ken almal." Sy haal haar selfoon uit en bel 'n nommer. Hy hoor hoe 'n vrouestem aan die ander kant antwoord, bevestig dat sy nou beskikbaar is.

"Henkie," sê Quebeka toe sy klaar is, "is stapafstand – sommer net hier in Andringastraat af."

Hulle staan op en stap na buite.

"By the way," sê Beeslaar toe hulle in die wind buitekant kom, "hoe goed ken jy my landlady?"

"Goed genoeg."

"Die April-karakter. Is hy 'n boyfriend of 'n ding?"

Die duiwels begin weer in Quebeka se oë dans en Beeslaar voel die ergernis in sy nek opstoot.

"Ontspan, jong," paai sy. "En nee, hulle is nie lovers nie. Hy was haar vorige huurder. En ek dink hy konsulteer haar seker."

"Konsultéér?"

"Ja. Maaike het wonderbaarlike kennis en vaardighede. Sy's 'n soort berader."

"Oor wat?"

"Vra haar self, Beeslaar. Kan jou nie kwaad doen om jou gasvrou bietjie beter te leer ken nie."

"Maar April het iets gesê van 'bene gooi'. Soos 'n sangoma of iets?"

Quebeka lag. "En jy is bang jy's uitgelewer aan 'n toorder."

Hy antwoord nie, vra liewer: "Waar's die plek van die eiendomsvrou nou weer? En is Henkie haar naam of haar van?"

Henkie Cilliers het – tot sy verdriet – vir hom koffie gereed toe hy by haar kantoor instap. Hy't 'n geesdriftige sooibrand oorgehou van die Julian's-brekfis.

Die agentskap bestaan uit een enkele kantoor met groot glasvensters op 'n besige toeristestraat. Die vensters is byna volledig toegeplak met foto's van huise en plase wat te koop aangebied word: Goedkoopste huis, sien Beeslaar voor hy instap, kos vier punt twee miljoen.

"Seker van die duurste eiendom in die land," sê Henkie toe sy hom tegemoetloop. Sy't 'n swaar Bolandse brei, lang blonde hare met strepe in en swaar grimering. 'n Langbroek en noupassende top onder 'n ligte baadjie rond die prentjie af. "Vra my nie hoekom nie. Maar as jy Stellenbosch, Franschhoek of Clifton as adres het, het jy gearriveer," lag sy. Haar stem borrel plesierig oor die erre.

Sy maak die deur stewig agter hulle toe en hang die *Closed*bordjie op. "So ja," sê sy. "Nou kan ons ongestoord praat. En 'n dampie maak."

Sy wys hom na 'n sithoek buite sig van die voordeur.

"Die meeste mense wat in hierdie dorp werk, kan nie bekostig om self hier te bly nie. Hulle kom van plekke soos Somerset-Wes, Bellville, Kraaifontein. Een van die redes is al die landbougrond rondom, sien? Daar's nie juis plek vir uitbreiding nie. En dit maak elke stukkie eiendom kosbaar. Maar wat presies is jou belangstelling? Help jy vir Vuvu met die moordondersoek?"

"Nee, ek het eintlik vir 'n begrafnis gekom, maar jy kan seker maar sê ek 'konsulteer'. So, kan jy my dalk inlig oor die nuwe ontwikkeling in die vallei?"

"Wat wil jy alles weet?"

"Byvoorbeeld, watse geld betrokke is?"

"Jy bedoel of dit genoeg is vir 'n man om sy vrou oor te vermoor?"

"Nie soseer nie. Maar voel vry om jouself daaroor uit te laat."

Sy glimlag en frons tegelyk.

Beeslaar probeer nog 'n slag: "E . . . hoe goed het jy die oorledene geken? Óf haar man." Sy mond word droog. Hy's nie 'n private eye se gat nie, besef hy. Sukkel sonder die gesag van die wet agter hom.

"Jy sien," probeer hy weer, "ek ken nie dié dorp en sy mense en sy issues nie. Ek soek eintlik net bietjie agtergrond, jy weet? Niks ampteliks nie . . . Ons gesels net. Off the record, oukei?" Hy kom agter hy sweet, verwens homself dat hy toegelaat het dat daai mooi Xhosa-vrou hom op sleeptou neem.

"Oukei," sê Henkie versigtig. "Maar dit bly tussen ons?" Sy wag vir sy knik, gaan dan voort: "Ek dink daardie ontwikkeling gaan seker nog hooggeregshof toe, jy weet?" Sy spreek die "weet" uit as "wiet". En haar "hooggeregshof" klink soos 'n graaf in klipperige grond.

"Hoe so?"

"Want almal dreig almal met dagvaardings."

"Wie almal?" vra Beeslaar.

"Van Cosatu deur die Belastingbetalersvereniging, die blanke inwoners, die DA-stadsraadslede, die Erfenismense, die universiteit. You name it, they're suing!"

"Net Du Toit alleen?"

"Wel, hy vir starters. En die sogenaamde Jonkers Valley Trust."

"Trust?"

"Kyk, ek weet nie presies wie se geld almal daarin is nie – dit sal jy hom self moet vra. Ek weet ook nie hoe hulle die toestemming gekry het vir 'n ontwikkeling daar nie."

"Watse behuising beoog hy?"

"Van heel duur tot goedkoper trosbehuising. Dis waaroor die bohaai gaan, jy wiet? Almal wat 'n eier te lê het, sê dit gaan opeindig in die toebou van die hele vallei. Dis immers 'n landbougebied met geskiedenis."

"Maar . . ." Beeslaar stoot sy koppie weg. "Wie sal, of liewer, kán dit keer?"

Sy dink 'n oomblik na. "Kyk, jy kan nie sommerso net . . .

253

Laat ek dit só stel: landbougrond hier in die Wes-Kaap is skaarser as hoendertanne. Dis hoekom dit so duur is, jy wiet? En in die vallei nog meer so: onbesoedelde rivier wat deur hom loop, geen deurpad vir swaar verkeer. En dis natuurlik verskriklik mooi. Ons praat van so drie- tot vyfmiljoen rand per hektaar. So elke lappie waarvoor daar toestemming gegee word vir ontwikkeling . . . Jy moet omtrent oor lewendige kole loop voor jy dit kan regkry. Want die grond moet gehersoneer word. Eerstens. En om dít reg te kry . . . Dis 'n Ou Testamentiese verhaal in red tape . . . nagmerries. Beginnende by die minister van landbou wat die toestemming moet gee. En haar nes van onbevoegde amptenare. En daarna moet dit goedgekeur word deur die stadsraad. En die provinsie. En Cape Nature, die Kaapse natuurbewaringsmense. Veral as dit grond is wat aangrensend is aan 'n natuurgebied – soos dit in hierdie geval ís. En Jonkers Valley se grond . . . Jong! Daar was vir jarre eers die gerugte. Al hoe meer ryk mense wat grond koop in die vallei. Ryk-ryk sakemanne uit Gauteng, buitelanders, dié klas van mens. Die Jonkers Valley-koop was tjoepstil, maar toe word die arbeiders van die grond afgegooi en almal sit skielik regop en vra wat gaan aan."

"Hoeveel geld praat ons hier van?"

"Baie, baie, baie, baie. Al is jou naam Bill Gates, jy gaan hik vir dié soort geld . . . Dis baie geld."

"Maar van wátse syfers, min of meer? Gee my 'n idee."

"Nee, o vrek, jy vra die kortpad na die maan, jong. Jy seker ek kan nie jou koffie vir jou optop nie?"

Beeslaar keer vinnig. "Maar as ek reg verstaan, hét Malan du Toit baie. En te oordeel na sy beskeie woning hier op die dorp . . ."

Sy lag. "Ek het die huis aan hom verkoop, wat pra' jy! Maar ja, hy't baie. Van alles. Veral baie grond. Hier, in die Boland."

Sy sê 'boeland'. "Hy't 'n perdestoetery daar in die Hotten-tots-Hollandberge, 'n wildplaas in Namibië, so aan."

"So? Wat sê jy eintlik, woeker hy met sy eie geld?"

"Sal moet, nie waar nie? Met die resessie nou, die banke gee geen lenings nie. So jy móét eers jou eenhede verkoop. En as jy die geld het, dan sal die bank dalk 'n vinger verroer. Maar nog lank voor jy só ver is, is dit omgewings- en estetiese en ver-keers- en ander impakstudies. Dit klaar kos al mínstens vyf-, sesmiljoen rand. Mínstens. Landmeters, ingenieurs, grond-deskundiges . . . Ag, you name it. En jy moet onthou: Heel-tyd dat dié outjies besig is, hardloop jy teen die tyd, want jou skuld trek rente, jy wiet? Dis gelyk aan hier buite in die hitte staan en probeer om jou roomys teen die son te beskerm. Jy kýk hoe word hy by die sekonde kleiner – ín jou eie hand!"

"Raait, so hy sal vennote en finansiële borge moet hê."

"A ja-a. Maar geen bank nie. Deesdae het jy nog nie eens die bankbestuurder gegroet nie, dan klap hy al die deur in jou gesig toe. Die kredietkrisis het deur hierdie Kaap getrek soos 'n pokke-epidemie. Dis net die groot pêre wat oorleef. Aan die hare van hul tande, sê ek jou. Die hoeveelheid ont-wikkelaars wat die afgelope twee jaar onderdeur is, op dié dorp alléén. Sterk manne."

"En Du Toit? Waar kom sý geld vandaan?"

"Kyk." Sy begin aftel op 'n hand met kort blougeverfde naels. "As ek nou rofweg moet skat. Báie rof. Dan sou ek skat jy moet mínstens vyf en tagtig- na 'n honderdmiljoen rand hê. En dis mos nou 'n slegte tyd in die boubedryf. Pryse sak geweldig, oral. Gister se boukoste van twaalfduisend rand per vierkante meter kos vandag tienduisend. So ek glo me-neer Du Toit het dalk al aansienlike verliese gely. Eiendom daar naby die Lanzerac," sy wys met haar kop in 'n rigting, Beeslaar knik. Dieselfde rigting waarin Du Toit se huis is.

"Daar sit ek al vir drie jaar met 'n huis wat nie wil verkoop nie. Die eienaar wil een en twintigmiljoen rand hê, maar die naaste bod wat ek kan kry is twaalf miljoen. So, jy sien? Dinge is taai.

"Maar steeds: Vir Du Toit se soort projek . . . Jy't baie geld nodig. Cash. Vir starters. En ek praat nog nie eens van die aantal hande wat in die proses geghries moes word nie. Want wat Du Toit reggekry het . . . Hy't óf die gawe tot wonder-werke, óf hy't konneksies op elke liewe plek, jy wiet? Want jy moet behoorlik bereid wees om 'n veer uit die engel Gabriël se heilige vlerke te gaan pluk voor jy landbougrond vir ont-wikkeling goedgekeur kry!"

"Maar dit lyk vir my die bouery gaan voort?"

"Dit lyk so, ja. Weet nie waar hy die geld vandaan kry nie, maar daar's iewers 'n oop kraantjie wat direk na sy bank-rekening toe lei. En verder glo ek nie Du Toit gaan hom laat koudsit deur die groenies en die beswaardes nie." Haar "groenies" raak iets raars soos "ghwoeniez".

"En jy? Hoe voel jy daaroor?"

Sy kyk by die venster uit. Die straat buite, bedrywig van toeriste met kameras om die nekke, in duur stapskoene en kakieklere, die karwagters wat lui-lui rondsit, dese en gene dophou. Sy het diep lyne om haar mond, merk Beeslaar, en swaar fronsplooie. Dit vat seker senuwees van staal, dink hy, om in 'n ontwikkelingsmark soos hierdie te kan oorleef.

"Kyk," sê sy na 'n ruk, "dis maar 'n moeilike saak. Daar word oor elke sentimeter grond hier baklei. Met lang messe. Ek probeer my maar klein hou sover ek kan. Maar soms raak dit rof."

"Hoe rof?"

Sy sug, plooi haar lippe in 'n kring. "Wat ek nou vir jou gaan sê bly tussen ons? Want jirgghe, jong," bry sy dramaties, "iemand soos ek kan nie bekostig om kant te kies nie, jy wiet? Ek verdien my brood uit alle kante van die gemeenskap uit. En deesdae is die politiek nie meer so maklik soos vroeër nie. Jy weet nie meer wie behoort aan wie nie, met wie se geld daar gewoeker word nie."

"Ons praat nét agtergrond," verseker Beeslaar haar.

Sy sit agteroor, grawe ingedagte in 'n baadjiesak en haal 'n enkel sigaret in 'n koker te voorskyn. Sy steek dit in haar mond en suig diep. Dis 'n elektroniese sigaret, besef Beeslaar, daarom dat sy dit nie aansteek nie. Kan wragtag nie lekker wees nie, besluit hy, maar sê niks. Sy dra nie 'n trouring nie, maar sy't 'n ring aan omtrent elke ander vinger. Goedkoop kettingwinkelgoud. Om haar nek is ook 'n aantal fyn, goue kettinkies van verskillende diktes en lengtes, lê só gerangskik dat dit die aandag na haar gawe borsspleet lei.

"Hier's 'n kamtige waghondorganisasie hier," begin sy en rol die rook – wat eintlik stoom is – saam met die slepende erre uit. "Nogal 'n gedugte spul. En hulle het genoeg geld vir hofsake. As hulle die slag sterk genoeg voel oor 'n ding, moet jy weet hier kom 'n groot baklei. Tensy dit hulle eie beursies raak, jy wiet?" Sy trek diep aan die sigaretjie. "Hierdie dorp," begin sy dan, "het 'n lang geskiedenis. Drie eeue. Dis die oudste amptelike dorp in die land. So dis drie eeue se regte en onregte. En dit kan lelik raak."

"Lelik genoeg om 'n ontwikkelaar se vrou te vermoor?"

"Dít kan ek nie vir jou sê nie. Maar net anderdag nog . . . Vyftigerjare. Toe is die bruin families uit die dorp gegooi deur apartheid. Die noordelike stuk van die ou dorp . . . Daar was 'n naam vir hom. Die Vlakte. Baie mense het gemeng daar gebly, skoolgegaan. Die Moslemkerkie staan nóg daar. Moskee, seker.

"Maar hoe ook al. Daar's nog baie emosie oor daai ding.

Families wat besighede gehad het op die dorp, hulle kinders geleerdheid gegee het. Wat binne een geslag tot op handarbeidersvlak verarm is. Nee, hoor jy nou wat ek vir jou hier sê. Die wit mense dink dis ou koeie. Maar daar loop nog baie hartseer rond oor daai ding.

"En nou's die blankes se nuwe ding bewaring. Voor en agter. My pa was in die onderwys. Destyds, toe hulle die bruin skool toegemaak het onder hom. Hy't gesien hoe gierig die blankes daai tyd met die eiendom omgegaan het. En die bruin mense was skaars uitgegooi, toe trek daar 'n . . . 'n . . . jy kan amper sê 'n slopingswoede deur hierdie dorp. Dis 'n wonderwerk dat daar nog enige gebou ouer as ses jaar hier staan. Historiese huise, winkeltjies . . . Dis of die Boere destyds ook die geskiedenis wou afbreek. My ouers was jonk daai tyd en hulle het dit alles beleef – die wit nasionalisme, hoe woedend daar tekere gegaan is. Suiwer rassisme waarmee hulle die bruines uitgewerk het. En hulle stemreg weggevat het. My pa leef nog. Jy wil nie die stories oor daai tyd hoor nie. Dit was rof."

"Oukei. Maar wat van nou?"

"Nee. Dis nou deesdae se ding. Ons trek nou laer rondom bewaring, dis één legitieme manier om die nuwe politiek se vet katte buite te hou." Sy lag. "Een van hulle het op 'n slag vrot snoekkoppe in 'n ontwikkelaar se posbus gaan gooi. Dis meer hulle soort wraak. Beslis nie moord nie." Sy vat 'n laaste trek aan die elektroniese sigaret, sit dit dan terug in haar sak.

"Nee, o vet. Dis 'n geaas hier vir grond. As daar 'n gaatjie oopval, moet jy maar weet: Môre staan die bulldozers daar. En dúúr."

"Maar wie koop dit dan?"

"Ag jong. Almal. Nou't jy 'n ryk pa uit Gauteng. Hy wil vir Sussie laat leer by die laaste Afrikaanse universiteit in die land. Hy haal 'n miljoen of twee uit vir 'n woonstelletjie ie-wers. En daar gaat jy!"

"Maar Malan du Toit . . ." herinner Beeslaar haar. Sy sooi-brand sit nou al in sy keel.

"Ek sal nie kan sê nie. Daar word maar geskinder. Maar in die laaste tyd meer oor haar, ook 'n ánder entjie mens. Ek is . . . was saam met haar in 'n Bybelstudiekring. Dis wat die huisvrouens hier doen. Bybelstudie. Hier's baie kerke hier. Van die handjiesklappers tot by die Moslems. Maar ons ou groepie . . . Baie van ons was saam op skool. Minstens, dís seker al rede dat ek ook by is. Want dis nou vóórvrouens. Met goud beslaan. Gaan op skivakansies, jy wiet?"

"Maar Elmana . . ." Beeslaar probeer haar terugbring na die onderwerp.

"O ja, Elmana. Haar mense is maar van hier rond, maar nie welaf nie. Sy't as jong meisie by die bank gewerk. Maar met haar . . . e . . . Sy was vrek mooi, hoor. Perdebylyfie, die hele works. Atleet, baie betrokke met sport en gim. Altyd in die gim. Maar ek dink sý's die een wat die broek dra in die huis. Behoorlike humeur en 'n opinie oor elke ding. Ek sien nou hoe die koerante oor haar skryf. Maar dís nie hoe ek haar geken het nie, hoor?"

"So, jy dink sy't vyande gemaak?"

Sy grinnik. "Sy't nou onlangs op 'n stadsraadsfunksie so 'n ding gehad. 'n Bruin proffie van die universiteit het gesê haar voedselaksie is om haar wit gewete te sus. Haar man gooi mense van die grond af, maar sy loop soos 'n heilige rond en deel kos uit. Sy't hom lelik in die bek geruk. Nee, sy skrik nie, veral as sy 'n wyntjie in het."

Sy dink na, sê dan mymerend: "Seker ook nie altyd maklik om wit te wees nie . . . veral ryk en wit. Jy wag heeltyd nog vir die wraak – oor die sonde van apartheid. Vir die honger hordes om die veilige wit buurte in te vaar met brandende tyres en klippe en pangas." Sy lig 'n dun geplukte wenkbrou.

"Ken jy 'n man met die naam Andries April?"

Sy knik. "Hy's skielik all over the show. Sê Du Toit het die Extension of Security of Tenure-wet oortree deur die bruin mense van die Jonkers Valley-grond af te gooi. O, en die hele vallei hoort eintlik aan húlle. Die eerste grondbesitters daar was vrygestelde slawe, glo. En vóór hulle, die Khoi. Daar was optogte en betogings. Een van die plase daar se wingerde brandgesteek."

"Maar die bouery gaan aan?"

"A-já-a! Daar's vrek baie geld op die spel. En die stadsraad sit armpies gevou – want hulle is klaar afbetaal. En die provinsie is tjoepstil in hierdie stadium. 'Bestudeer' glo nog die geval. Maar teen die tyd dat hulle klaar gebestudeer het, is daai vallei toegebou!"

"Mars van die tyd," sê Beeslaar en staan op.

"Mars van die tyd," bevestig sy.

Sy sien hom by die deur af en beduie vir hom die pad na die plaaslike koerant. Na Kokkewiet Syster, redakteur van die blad.

"Sterkte, jong," groet Henkie Cilliers en haal die *Closed*-teken van die deur af. "En vra jy maar bietjie vir Kokkewiet uit na Elmana du Toit, veral die arigheid van die mens die afgelope paar weke."

40

Gerda dryf tussen slaap en wakker. Sy hoor kinderstemme. Of nee, honde wat tjank. Iets tussen tjank en lag. Sy ruik appels. Hier by haar. Dis iets lewendigs wat so ruik. Iets onrustigs, sy pote gaan heen en weer, loop op en af. Sy hoor hom. Dis hy wat so jammer tjank. Met elke voetval, die hoë piep. Daar sleep iets saam met hom . . . 'n ketting?

Dan skrik sy helder wakker: Waar ís sy? Waar's haar kind? Wat gaan aan?

Sy probeer uitroep. Maar daar's iets in haar mond. Here, wat het gebeur?

Sy was . . . Pa, wat by die hekkie huil . . .

Dan slaan dit haar.

Sy wil opvlieg, skree. Maar sy kry nie eens haar oë oop nie, voel nie haar arms nie. Wat het hulle haar ingegee? En waar is klein Pietertjie? O, God. Sy voel die trane, stik. Dis die trane wat in haar keel terugloop. Die kinders . . . haar kinders. Kleinpiet . . . O God, bid sy. Jy gaan nie nóg 'n keer my kinders vat nie. Ek het betaal vir my sonde: dubbeld, met twee gesonde seuntjies. Ons is mos nou kiets?

Spaar net my kinders. Dié slag? Of neem ons almal weg.

"Die verdoemenis in," onthou sy dan haar pa se woorde. Van déstyds nog. Sy't geweet hy gaan ontsteld wees, gewéét. Sy was die appel van sy oog. Sy rooikoprissiepit. Rierie het hy haar genoem. En hy was haar held. Met sy uniform, die skitterende knope en medaljes. Vol kolonel.

Maar die dag toe hulle vir Nelson Mandela vrylaat – daai dag het alles verander. Pa was kwaad – vir alles en almal.

Gerda voel die bekende ou pyn wat in haar keel kom sit, vuur wat in haar neus opstoot. Is dít wat haar pa bedoel het? Was Pa toe al die tyd reg? So met al die gesag wat hy saam met sy uniform gedra het. Kolonel Casper Cornelis Matthee. Een van die ringkoppe in Wachthuis, destyds die polisiehoof-kwartier in Pretoria. Saam met die minister op parades. En skielik sit hy met 'n pakket, weggegooi soos 'n hondekarkas. Ma het gesê hy moet sy eie besigheid begin. Sekuriteit. Maar Pa het in 'n bitter stilte teruggetrek. Hy het almal afgesny, kollegas, vriende. Wou niks van hulle weet nie. Uitverkopers, het hy op hulle geskel. Hy't godweet hoeveel jaar baklei teen die terroriste, hoeveel jong rekrute se bloed in die townships sien loop. Vir wat?

Hy het nog net met haar gepraat. Tot sy hom vertel het sy't haar trouman ontmoet. Denzel Fouché.

Sy dogter met 'n nie-blanke man. Was die laaste strooi.

"God sal jou en jou nageslag uitspuug," het hy getier. Ná Neiltjie daar was, het sy hom gebel. "Jy't 'n kleinseun, weet jy? Met jou naam."

"Hy's niks van my nie." Hy't die foon in haar oor neergesit. Ma het vertel hy's nou by 'n ander kerk. Mense wat glo nie-wit mense is nasate van Satan. Noem hulle die modder-ras. Voortgebring uit Eva se owerspel met die slang in die paradys. En Gam, wat "omgang met die diere" gehad het.

"Pappa," het sy op 'n keer gaan pleit, "ons het mekaar lief."

"Dís wat die Bybel sê," het hy koud geantwoord, die teksgedeeltes afgerammel – uit Genesis, uit Deuteronomium.

Maar dis die een uit Levitikus wat by haar gaan vassteek het. Soos 'n angel. Dáárdie verdoemende, hatige vloek. Die een wat gaan oor die "onrein mense" met "misvormdhede". En dié met plat neuse. Plat neuse!

"Pappa, maar God is liéfde, nie háát nie. Liefde."

"God, my kind," het hy moeg gesug, "is regverdig. Hy haat alleen Satan. En die nageslag van Satan. Jy kan maar huil, dit maak dit nie reg nie. En ek het 'n gelofte teenoor God. Ek het jóú aan Hom opgedra! Jý het God verloën! Deuteronomium 23 vers twee: Geen baster mag in die vergadering van die Here kom nie. Dís wat daar staan."

Sy het omgedraai, begin wegloop. Weg van sy verskriklike oë. Die bitterheid. Sy kon dit aan hom ruik.

41

Dis 'n vrou, sien Beeslaar tot sy verbasing toe hy by die *Akkernuus*-kantoor navraag doen na die redakteur.
Syster, is haar van. Ou Kaapse van, reken Beeslaar. Veronica Syster. Karamelkleur vel, hoë wangbene, mooi ligbruin oë. En 'n geboortevlek oor haar linkerslaap, wat inbloei in haar wenkbrou en tot teenaan haar wimpers lê. 'n Hand, lyk dit, wat van iewers af insteek en die oog wil gryp. Haar hare is lank, agter haar kop opgebind.

Buiten 'n lang kuif, waarmee sy die merk gedeeltelik bedek, lyk dit nie of dit haar pla nie. Sy luister na hom met 'n stil selfvertroue in haar oë, probeer uitlê wat hy by haar soek.

"Maar u sélf is nie van Stellenbosch se polisie nie," bevestig sy weer toe hy klaar is.

"Inderdaad, nee, soek eintlik net agtergrond . . . e . . ." Hy haak vas.

"U ken nie die gemeenskap nie? En die polisie is hierdie keer versigtiger as om die eerste beste naasbestaande te gryp. Om twee jaar later vir vyftig miljoen gedagvaar te word."

Hy sug. Nie lus vir baklei nie. Hy moes van beter geweet het as om by 'n bleddie joernalis te kom bedel vir inligting. Hy kyk rond in die vertrek, sien die foto's van kinders op die liasseerkabinette en in 'n boekrak agter haar lessenaar. Maar sy dra nie 'n trouring nie, het hy gemerk.

Sy volg sy oë na die foto's, maar sê niks.

"Nou maar vra, kaptein Beeslaar. En dan kyk ons hoe ver kom ons. En jy besef natuurlik dat hierdie 'n tweerigtingpad is?"

"Ek het wragtag nie enige nuwe inligting oor die saak nie. En u sal seker verstaan dat ons in 'n vroeë . . ."

"Ja, ja. Ek ken die storie. Julle mag van ons gebruik maak. En in ruil . . . o ja, in ruil mag julle ons wéér gebruik. Want wat julle doen is in landsbelang. En ons is net op soek na sensasie . . . Is ek reg?" Sy neem 'n sluk water uit 'n glas wat langs haar oop skootrekenaar staan.

"Ek wil nie u tyd mors nie, mevrou Syster. Maar ek is onder die indruk gebring dat u die oorledene goed geken het?"

Sy haal 'n slag diep asem, kyk na haar rekenaarskerm, asof dit iets fassinerends bevat. Haar kantoor sit op 'n besige straat in die historiese kern van die dorp. Deur die venster sien Beeslaar 'n groot grasperk, omsoom deur ou gegewelde geboue.

"Ons was nie vriendinne nie," begin sy dan. "Maar ek het haar goed leer ken deur die voedselaksie op die dorp."

"Dit 'n kerkding, of wat?"

"Nee. Ons koerant is die hoofborg en -organiseerder. En die res is in die hande van 'n groep vrywilligers."

"Waarvan Vincent Ndlovu een is?"

Sy kyk hom skerp aan, 'n onsigbare radar wat hom lees vir moontlike innuendo's. "Nie 'n vrywilliger nie, nee," sê sy uiteindelik. "Betaalde werknemer. Danksy mense soos El-mana kry ons donasies van besighede op die dorp om ons werk moontlik te maak. Ons gee kos aan die armste van die armes en versorg haweloses en straatkinders. Vincent se taak is om elke dag die kosskenkings te gaan oplaai en by die regte plekke uit te kry."

265

"Maar hy en Elmana du Toit het nie juis 'n warm verhouding gehad nie?"

"Ek weet van min mense wat regtig 'n wárm verhouding met haar gehad het. Sy . . . e . . . Kyk, ek voel eintlik nie gemaklik om . . . En my koerant se amptelike standpunt is dat hierdie ding 'n swaar slag vir die gemeenskap is. En dis 'n skande dat die polisie nie die gemeenskap kan beskerm nie. Nog iets?"

Beeslaar staan op. Dit was 'n simpel idee om na 'n koerantmens te kom. Hy moes van beter geweet het. Quebeka moet maar op eie houtjie dié soort inligting uitsnuffel.

"Dankie vir u tyd," sê hy.

Sy antwoord nie en staan ook nie saam op nie, begin reeds die rekenaar nadertrek.

"Ek is jammer as ek dalk bruusk klink," sê sy, "maar . . . ek weet nie of ek 'n goeie persoon is om u in te lig oor hierdie dorp nie. Dis 'n ingewikkelde plek. En ek kan nie bekostig om kant te kies in die saak nie. Hierdie is 'n gemeenskapskoerant, hy verteenwoordig almal op die dorp."

Beeslaar staan met sy hand op die deurknop. "Ek begryp," sê hy, wag vir nog iets, maar daar's niks. Sy staar na die rekenaar, die vlek op haar voorkop wat lyk of dit smeul.

"Nou maar tot siens," sê hy, "en dankie vir u tyd."

Hy draai die deurknop, maar los toe hy haar weer hoor praat: "Onthou net, kaptein Beeslaar, hierdie hele gemeenskap is getraumatiseer. Mense raak allerlei dinge kwyt. Wat hulle nie normaalweg sou doen nie."

"Soos wat, mevrou Syster?"

Sy staar na hom, skat hom in. "Alles hier is politiek," sê sy dan, "hou dit net in gedagte as jy met mense praat, oukei?"

"Ook niks nuuts nie," mompel hy en maak die deur oop. Dan begin sy weer praat: "Dorpe soos dié is nog baie 'ou

Suid-Afrika', as jy verstaan wat ek bedoel. Dinge is nog baie
. . . e . . . apart. En vir die wit Afrikaner is Stellenbosch . . .
Dis meer as net 'n dorp. Dis 'n instelling, 'n simbool, dalk be-
langriker as enige monument. Die konsep van 'Afrikaner' is
hier gebore. En vir baie is hierdie dorp die ordentlike gesig
van die Afrikaner. Hier kan hulle wys dat hulle nie almal . . .
almal . . . onder een kam met die boosheid van apartheid
geskeer kan word nie – so met die universiteit en die wyn-
kultuur en die historiese argitektuur." Sy skuif die rekenaar-
muis, haar blik steeds op die skerm.

Hy draai weer om om te loop, maar sy verras hom weer:
"So, het julle al iemand geváng?"

"Nee."

"Die misdaad het ons almal plat. En 'n ding soos dié met
Mana . . ."

"Was sy anders, die laaste tyd?"

"Wat laat jou so iets vra?" Sy kyk skerp op na hom.

"Maar net gewonder. Haar man sê sy was baie gespanne."

Sy sê niks, kyk terug na die rekenaarskerm, die vlek wat
gloei. En nes hy besluit om maar te gaan, nóú het sy klaar
gepraat, sê sy tog weer iets: "Meer oorspanne, sou ek sê. Ná
haar ma se dood. Dikwels siek. Migraines . . . so aan. Rusie,
meer as gewoonlik."

Beeslaar haal vlak asem, bang die oomblik verbrokkel.
"Met Vincent Ndlovu?"

"Arme Vincent. By 'n fotonemery . . . Sy't hom voorop
gestoot – haar liefdadigheid politiek-korrek laat lyk. Maar
agteraf . . . so sleg . . . behandel, veral in die laaste tyd."

Sy praat al hoe sagter en Beeslaar moet behoorlik sy ore
spits.

"Gesê hy verkoop die kosskenkings vir eie gewin. En toe
weer . . . Sy was . . . Ek het by tye gedink . . . Ek het gedink

267

sy's besig om . . . van haar trollie af te raak. Want soms het sy gebel . . . gesê hy wil van háár ontslae raak!"

"O? Het jy haar geglo?"

Sy sug diep, trek die rekenaar nog nader, haar oë bly afgewend.

Ná 'n ruk sê sy: "Ek het natuurlik ondersoek ingestel, hom gekonfronteer. Ek meen . . . óns betaal sy salaris, maar ek kon nie bewyse vind nie. Ag, en ek kon sien, sy was . . . nie haarself nie."

Sy byt haar lip. Beeslaar wag.

"Die arme Vincent. Hy't op 'n keer . . ." Sy bly 'n ruk stil. "Net weggebly."

"Wanneer laas het u met haar gepraat?"

Sy bly lank stil. Beeslaar hou asem op, kyk na die besige straat deur haar kantoorvenster. Toe sy weer praat, is dit só sag dat hy sukkel om mooi te hoor.

"Sy het my gebel die oggend van haar dood. Wou hê ek moet na haar huis toe kom. Sy was bietjie . . . e . . . deurmekaar. Ek weet nie of sy . . . nugter was nie. Gepraat van blackmail. Mense wat haar wil vernietig. Ander mense. Nie Vincent nie. Ek onthou nie wat sy alles kwytgeraak . . . Ek was ongeduldig, het gesê ek is besig." Sy kyk bekommerd op na hom. "Maar nou . . . As ek miskien beter geluister het, na haar toe gegaan het, was sy dalk nog lewendig."

"Ek hoor julle was in elk geval op die punt om haar van haar pligte te onthef?"

Sy laat sak haar kop, oë toe, waai hom met 'n handgebaar by haar kantoor uit.

'n Oomblik later is Beeslaar terug in die besige straat, adrenalien wat in sy kop zoem.

42

Sy's geblinddoek. En haar hande is langs haar sye vasge-
bind. Styf. Kan hulle skaars voel.

Sy lê al geruime tyd wakker, konsentreer om te luister.
Sy is iewers in 'n township. Dít kan sy hoor. Iemand wat
hard uitroep in Tswana. 'n Ander wat antwoord. En sy hoor
'n trein wat kort-kort verbyratel. Maar dis veraf. Hier om haar
is dit stil. Té stil. Asof sy in 'n kerkhof lê. Sy ruik riool. En nog
steeds die vreemde reuk van appels tussendeur.

Haar kop pyn. Maar daar's iets anders. Iets dringenders
wat haar aandag vra. Dis 'n angs . . . huiwer aan die rante van
haar bewussyn.

Sy wil praat, om hulp roep, maar voel haar mond is toe-
geplak. Met iets hard en sterk. Trek die vel oor haar wange
as sy haar kakebeen beweeg. Sy probeer haar kop heen en
weer beweeg. Vir loskom. Vir nie so hulpeloos net lê nie.
O Here, dís dan hoe haar einde is. So . . . aaklig. Afgryslik.
'n Ontsettende angs oorval haar en sy skree en spartel met
elke greintjie krag in haar lyf, maar produseer hoogstens 'n
gekerm. 'n Vae gewriemel.

Dan dring dit tot haar deur: Haar kind! Waar's haar kind?
Die gille stoot van voor af in haar keel op, breek teen die
muilband oor haar gesig. Sy rem aan die toue wat haar han-
de en voete vashou. Waar ís sy, in godsnaam? En Kleinp- . . .

269

Sy moet kalm raak. Onmíddellik. Histerie bring jou nêrens. Sy moet dink. As Kleinpiet enigsins nog leef . . . O God, wat kon hulle met hom gemaak het? En die kleine . . . Sy voel niks. Sy moet kalm word. Kalm. Kalm. Konsentreer op die asemhaling. Sy blaas hard om haar neuskanaal oop te kry. Konsentreer op die asem. Dink aan positiewe dinge. Praat met Neiltjie en Boeta. En Kleinpiet. En Lara. Haar meisietjie. Maak soos sy saans tuis maak. Sê nag, vir al vier van hulle.

Maar die angs dring deur: Hoe het sy hier beland? Die laaste wat sy onthou . . . Die wilde struweling in die verkeer, die steekpyn in haar boud. Hy moet haar ingespuit het. Mpho, die jong enetjie wat agter by Kleinpiet gesit het. Hoe lank is sy al hier?

En Pietertjie. Lééf hy nog? En haar meisietjie? Sy luister fyn. Dalk hoor sy die ekstra kloppinkie van 'n hart. Hoekom vóél sy niks? Het sy 'n miskraam gehad? Was dit die inspuiting? Die skok?

Haal asem. Haal stadiger asem. Haar kinders is afhanklik van haar. Nét van haar. Nóóit weer gaan iemand haar kinders kan seermaak nie. En haar lós . . . vir die hel van oorlewing nie. Nee. Toe die lafaard in sy dronkenskap haar seuns . . . Bondeltjies hitte. En vreugde, ruik na heuning. Pistool teen die kop. Sneller wat . . . Het hy dit vinnig gedoen? Kon hulle weet? Boeta. Die sensitiewe een. Met sy groot blou oë en sy roesrooi krulle. Wat haar soos 'n skaduwee gevolg het. Nie sy dummy wou los nie. Nagmerries as pappa so drink. So drink dat hy alles stukkend maak. Het hy wakker geword van die eerste skoot? Het Neiltjie dalk uitgeroep? Hy was eerste . . .

En sy het die skote gehoor. Sy't gehóór. Maar sy was nie daar nie. Sy was by haar minnaar oorkant die straat. Sy moes by haar kinders gewees het, daardie aand. Dat daar iémand was vir hulle, wat hulle vas kon hou. Met haar liggaam die koeëls kon keer.

Die ou woede stoot galbitter in haar mond in. Die Here weet . . . hoe sy hom al vervloek het. Sy éie kinders. Nie wéér nie. Nooit weer gaan iemand dit aan haar doen nie. Aan haar kinders nie.

Sy moet hier uit. Sy moet hulp kry. Albertus, waar is jy? Jou kind is in gevaar! Kom help. Jy's ál een wat sal weet. Jy, wat elke duim van hierdie plek ken!

Sy trek diep asem in. Kalm bly.

Daar is 'n nuwe geluid!

Die skraap van sinkplaat oor grond. 'n Deur? Sy voel die verandering in die atmosfeer. Die koeligheid wat inkom.

Iemand wat asemhaal.

Sy lê doodstil.

Die persoon buk by haar. 'n Hand rus op haar buik. Sy hoor die geritsel van klere, dan 'n hand teen haar nek. Sagkens. Voel vir die slag van haar hart.

Tas oor die blinddoek oor haar oë, voel in die nattigheid van haar trane.

"Are you awake?"

Dis 'n vrou!

Gerda lê roerloos.

"Your child is looked after," fluister die stem.

Sy kan dit nie help nie. Die snik ruk diep uit haar buik uit op.

"Shh-shh. He is doing well. Do not worry. You must rest."

Gerda probeer praat.

"No, no, no! Think of the little one. Be quiet. Rest, just rest. You're doing fine. As long as you . . ."

Haar stem word uitgedoof deur die getjank van die dier. Hy krap met sy pote teen iets, hier by haar. Snuif en krap. Hy ruik haar. Ruik haar vrees. En dit vuur hom aan. Hy krap al hoe hewiger. Sy hoor sy tande klap. En skraap oor sink.

"Lie still, lady. Please, you make the Shaka very angry. Be still. It is best for you."

43

Die "baas" eet vanoggend saam op "hoofkantoor".
Hy word aan Ghaap voorgestel as Patrick van Breda,
hoof van die firma se spesialiseenheid. Hy's supernetjies.
Hare tot ver bokant die ore kortgeskeer. Boks-top bo-op –
gholfbaan se lawns, reken Ghaap. Sy kortmouhemp maak
presiese voue oor sy skouers – soos hy tien teen een in die
army geleer is. Sy jeans is swart, noupassend en met 'n net-
jiese naat gestryk. Lyk ook sommer splinternuut. Hy dra ook
Merrells aan sy voete, styf opgeryg tot oor die enkels.

"Watse spesialiseenheid?" wil Ghaap weet.

"Jy kyk na hom," kreun Mo. Hy sit in diepe konsentrasie
na die Wimpy-spyskaart en staar. Asof daar na al die jare dalk
nog iets is wat sy fynproewersoog ontsnap het.

"O," sê Ghaap skaapagtig en gaan sit.

"Ek het hierdie ouens met die hand uitgesoek," verduide-
lik Patrick besadig. En Ghaap wonder of hy weet die ouens
het vir hom allerlei byname – wat wissel van Patsy tot Parras
tot die Triekster.

"Hulle het meer ervaring saam as wat daar babers in die
Loskopdam is. En hulle ken die wyk. Dra respek met hulle
saam. Respek vir die mense. Én andersom." Hy praat saggies,
asof hy 'n groot geheim deel. Ghaap moet fyn luister om
bo die Wimpy-lawaai mooi te hoor wat hy sê. Hy't gebel, 'n

halfuur gelede, om te sê hulle het sein verloor. Daar was 'n helikopter, wat die kapers weer laat onderduik het. Toe't hy gesê hy sien hulle oor 'n halfuur op "hoofkantoor".

Die Wimpy op die N12, blyk dit toe te wees.

Die Triekster leun vertroulik nader. "Ek het hierdie ouens een-een gaan haal. Jy't nog nie almal ontmoet nie. Maar hierdie manne het 'n suksesrekord wat skrik vir niks. Ons kom op daai plekke uit waar julle ouens . . . met respek, nè . . . waar julle ouens al opgegee het."

Hy leun 'n oomblik terug sodat die Wimpy-vrou vir hom sy koffie kan neersit. Ghaap sien sy't vir hom vyf pakkies suiker bygesit. Kennelik nie sy eerste koppie koffie op "hoofkantoor" nie. Hy bedank haar in 'n swart taal, en sy kom terug met "pleasure, my baby!" Sy's 'n middeljarige vrou, heupe en dye bolrond, blinkgladde vel wat styfspan oor al die rondings, haar borste soos twee waatlemoene onder haar uniform.

"Vorige week het hulle 'n pa opgespoor wat soos mis verdwyn het. Die ma en dogter het hom vermis aangegee. Was nie eens 'n kliënt van ons nie, maar die cops het gevra ons moet help soek. Toe krý hierdie outjies hom. In sy eie kar. Morsdood. Net daar tussen die mynhope buite Krugersdorp. Homself vergas. Maar die ding is, toe die manne hom kry, toe's daar twee jackrollers besig om hom uit te sleep. Om die kar te vat. En hulle skiet op ons, dat die . . ."

Die kloktjirpe uit almal se selfone lui gelyk. Al vier los waarmee hulle besig is en gryp hulle fone. Die Triekster druk 'n snelbelknop en plak die foontjie met 'n enkele wysvinger teen sy oor vas. Hy luister vir 'n oomblik ernstig, almal se oë op hom gerig. Hy skud sy kop vir hulle en almal ontspan.

Nou lui Ghaap se foon. Hy pluk dit verras uit sy hempsak

en druk dit haastig teen sy oor, maar laat val dit amper toe die een-vinger-truuk misluk.

"Jaaans," hoor hy sy ma se stem. Hy vlieg skuldig op. Hy moes haar al gebel het, maar gister . . .

"Jannes, is dit jý?"

" 'Túúrlik, Mammie," sê hy en probeer wegstaan van die trekkies. Dis nie nou 'n goeie tyd om met 'n man se ma te staan en klets nie.

"Nou ma' vir wat staan hou jy jou so stilletjies? Ek praat met antie Ursula en sy loop vertel jy't vir Charlie aangerand?"

"Nee, Mammie! Ek het die . . ." Ghaap sien al vier die trekkies kyk vir hom en hy loop 'n ent verder weg, laat val sy stem nóg 'n ent sagter. "Ma, ek sal láter verduidelik. Ek is nou . . ."

"Jannes, moenie laat ek vir jou kom uithaal daar . . ."

"Mammie, 'seblief! Ek wérk!"

"Waffer werk dan? By die pôliese weet hulle g'an eers jou se naam . . ."

"Ek werk undercover, Mammie," fluister hy. "Kannie nou nie. Later, oukei? Vanaa- . . ."

"Johannes Ghaap, jy staat liég weer vir my. Onthou, jy't almiskie nie 'n pa nie, maar ek laat'ie . . ."

"Mammié! Ek is op 'n case! Kánnie nou praat'ie. Life and death!" Hy druk die foon dood. En sit dit sommer af ook. Want hy weet sy gaan weer bel. Dit kan haar nie skeel waarmee hy besig is nie. As daar familiemoeilikheid is, dan moet dít eers uitgesorteer word.

Toe hy terugkom by die tafel, is die kos reeds daar. Mo het kennelik klaar gebid, want hy sit entoesiasties en smul aan die gebakte eiers, spek, varkworsies, boontjies, gebakte aartappels en roosterbrood. Met bruinsous oor alles. Ghaap sluk. Hulle gaan hom uitlag as hy vir pap vra. Hy hark 'n kleinbordjie nader en smeer 'n stuk roosterbrood. Daar's gelukkig konfyt en gerasperde kaas ook uitgesit.

Ghalla stoot sy bord eerste agtertoe, drink lank en diep aan 'n groot pienk melkskommel. Hy ignoreer die strooitjie. En toe hy klaar is, het hy 'n pienk snor, wat hy kragtig met 'n bondel servette wegvee.

"Hoe lyk dit dan vir my jy verlang so bietjie na jou ma se kos?" vra hy vir Ghaap.

Ghaap kyk weg. Nie lus dat sy ma en sy herkoms die onderwerp van gesprek moet word nie.

"My eie ma," gaan Ghalla voort, "het mos opgehou kook. Sê sy's afgetree. Net Krismis. Dan's dit oorlog daar by die huis. Met die meid ook tussendeur."

Ghaap kyk vinnig na die Triekster. Die man lyk vir hom nie of hy rassisme gaan duld nie. Maar hy sê niks, eet sy bord van links af metodies skoon.

"Krismis is omtrent die enigste tyd dat my skoonpa my kan ompraat om saam met hom te gaan visvang," gaan Ghalla ongestoord voort. "Want dan's Dingaan moeilik. Sy wil die boudvleis en die geelrys maak, tiekiepoeding agterna. En my vrou en die meid baklei terug. Hulle wil kalkoen doen. En roomys, want die kinders byt hulle tande uit op die tweerandstukke in die poeding. Skoonpa sluip weg met 'n bottel brannas en 'n bak stywepap en wurms."

Ghaap drink sy koffie, hou sy bek. Maar hy begin sterk wonder oor hierdie ou, wat voortbabbel oor visvang en sy skoonma, wat hy "Dingaan" noem.

Ghaap se ore sny uit, hy vou sy arms en tuur in die rigting van Soweto. Tussen die Wimpy en die vaal hemele bokant die groot swart stad lê die besige N12. Groot lorries en karre vlieg heen en weer oor die snelweg, laat Ghaap weer aan huis toe gaan dink. Want hy't einste met dié pad gekom. En hoe onnodig dit nou van sy ma was om juis vanmôre oor sy pa te praat. Daar was nooit so iemand nie. Hy onthou 'n man wat een Sondag voor kerk daar aangekom het, met 'n sakkie lekkers vir Ghaap en 'n kopdoek vir Ma. Mammie het Ghaap kamer toe geja. En hy't hulle twee gehoor praat, tot sy op die ou end sê hy moet gaan. Sy en haar seun gaan laat wees vir kerk.

Sy en haar seun. Hy onthou hoe trots hy gevoel het. Sy het van hom gepraat of hy 'n grootman was. "Ek en my seun!"

Ghaap skrik uit sy mymering wakker as die vier trekkie-manne se selfone weer hulle tjirpklokke maak. Trieng-treng-trang.

Dis weer die Triekster wat beheerkamer toe bel. En dan sy kop knik. "Roof," blaf hy vir die res, wat opspring soos een man.

Ghaap grawe nog vir sy beursie, maar die Triekster wys hy moet gaan.

Hulle klim nie direk op die snelweg soos Ghaap verwag het hulle sou nie, maar ry op 'n ruwe grondpaadjie al langs die snelweg af tot daar 'n groot opening onder die opgeboude N12 sigbaar raak, 'n reuse-stormwaterpyp onder die snelweg deur, wat mettertyd deur plaaslike mense in 'n pad omskep is.

Toe hulle deur is, lê Soweto voor hulle uitgestrek, feitlik boomloos. Tienduisende dakkies lê en blink in die vaal og-gendson. Soos skubbe op 'n vis.

"Ons het sein," roep Duif toe die groen monitor op die paneelbord begin piep. Hy bel, vertel sy kollegas hy's op Boundary Road en dat hy in die rigting van Chicken Farm ry.

Hy luister na waar hulle is en beëindig die oproep. "As dit in Chicken Farms is, is dit moeilik," sê hy teenoor Ghaap.

277

Ghaap knik maar kameraadskaplik, maar hy het geen snars van wát hulle jaag of waar hulle is nie. Die polisieradio begin kras, 'n stem wat in onverstaanbare Engels iets skree. Tussendeur raak die trekkie-sein al hoe sterker, die gepiep al hoe dringender. Op die GPS roep 'n Engelse vrou die koördinate uit. Tussendeur begin Duif se selfoon weer lui. Hy moet omtrent skree om homself hoorbaar te maak. "Staan vas!" roep hy in die foon in, sy oë stip op die pad en sy linkerhand wat hard werk tussen die ratstang en die stuurwiel. Plek-plek hou hy die wiel vas met net sy knieë.

Dan kruis hulle 'n groter straat, Turf Avenue, sien Ghaap.

Die foon lui weer: "Ghalla, ek kan nie hoor nie!" skree Duif in die foon in. "Raak kálm, my ou. Raak kálm. Ek kan . . . Ghalla!"

Duif gee die foon vir Ghaap aan, sit die stroboskopiese ligte aan en gee vet.

"Ek het . . ." Die res van Ghalla se geskree kan Ghaap nie uitmaak nie. Maar hy weet, die ou is gestres.

"Wáár's jy, Ghalla. Wáár!"

"Hulle skiet . . ."

"Ghalla!"

Duif gryp die foon terug uit sy hand en druk dit dood. Hy druk 'n snelbelknop en gee die foon terug vir Ghaap voor hy met skreeuende bande rem vir 'n stootskraper wat skielik vanuit 'n dwarsstraat voor hom inry.

Die selfoon vlieg uit Ghaap se hand en hy gryp om vashouplek te kry. Duif swaai om die skraper en reg voor 'n minibustaxi in wat teen 'n taamlike spoed van voor af kom. Die taxi vreet grond op die skouer van die nou pad; die twee voertuie mis mekaar rakelings. Vir 'n vlietende oomblik registreer Ghaap die wit van al die oë binne-in die ander voertuig, maar Duif sit klaar weer voet neer.

Ghaap voel onder sy sitplek vir die foon, vat dit darem raak.

"Die fokkers skiét op my," hoor hy vir Ghalla skree.

"Waar's jy?" Hy hoor net geraas.

"Sê hy moet sy koördinate SMS!" roep Duif.

"Ghalla. Ghálla! Stuur jou . . ."

Duif gryp die foon weer uit sy hand en skree die opdrag in die foon in. Toe hy klaar is, druk hy dood. Bel dadelik weer. "Ghalla is onder vuur," roep hy in die foon in. "Ek weet nie waar hy is nie, maar ek skiem iewers in die noorde. Kry vir my sy koördinate. Ek's naaste aan hom!"

Hulle jaag met die klein straatjies af. Naby 'n treinspoor. Ghaap weet, uit die bietjie wat hy al van die kaart probeer memoriseer het, daar is twee noord-suid-lyne wat deur die groter Soweto loop. Hierdie moet die een wees wat Dhlamini en Pimville skei. Hy herken die erg vervalle ou geboue van Kliptown. Vorentoe, die groot geboue rondom Freedom Charter Square, die Soweto-hotel, heeltemal uit plek uit hier.

Hulle ry verby die vierverdiepinghotel – bes moontlik die hoogste gebou in die hele groot area. Duif vleg behendig tussen smouse, voetgangers en verkeer deur. Die trekkies se groenoogsein word nou weer sagter, hulle ry te veel oos, meen Ghaap.

Dan is hulle oor die spoor, glip oor die Ou Potchpad en verby die Orlando Power Station se kleurryke koeltorings. Dan in meer bekende omgewing vir Ghaap, moet Orlando-Oos wees, want op 'n kol jaag hulle verby die polisiestasie waar Ghaap veronderstel is om te werk. Dan is hulle op die Soweto Highway, oos. En weer af, tussen die huise in. Vorentoe doem 'n reuse-mynhoop op.

Om 'n draai sien hulle Ghalla se kar, die deure oopgegooi. En verder g'n teken van hom nie.

44

Gerda moes weer haar bewussyn verloor het, want sy word wakker van die deur se skraapgeluid. Sy spits haar ore. Iemand loop op sy tone tot teen haar.

Dan, 'n hand op haar wang. 'n Ander hand, dié keer. Dit krap aan iets op haar wang.

"Do not cry out, lady. Please. I want to . . ."

Sy begin dadelik spartel en kreun. Sy kan dit nie help nie.

"No! You must be quiet."

Die hand lig. Sy hoor die sagte asemhaling. Vinnig, gespanne. 'n Jong mens s'n. 'n Kind?

Die hand krap weer aan haar wang. Dan voel sy die trekking. En die skielike rukbeweging. Die skerp brandpyn van die kleefband wat stukkies vel oor haar lippe en ken afruk.

"Shhh. No noise. I don't want him to hear."

"Who . . ." probeer sy, maar haar tong is dor en haar lippe dood.

"Shhh. Do not talk. I give you water."

Sy voel die hand oor haar mond. "You must be quiet. Otherwise I cannot give you water. He must not know."

Sy knik. Voel dan die tuit van iets koels teen haar brandende lippe. Water wat in haar mond invloei. Sy drink gulsig, stik 'n slag, maar bly drink. Voel die koel water wat teen haar ken afloop tot in haar nek.

"Not too much." Die tuit word weggehaal.

"Please, my eyes," smeek Gerda. "Just for one minute."

"I can't, lady."

"My son. Where is he?"

"My mother . . ." Hy byt die sin af, besef hy het dalk te veel gesê. Maar Gerda het sy stem klaar geëien. Dis Mpho, die jong seun wat by Kleinpiet agter gesit het tydens die kaping.

"Please, Mpho!"

"No!" Die band word oor haar mond teruggeplak, dan die skraapgeluid van die deur.

Stilte. Sy hoor die sinkplate bokant haar kraak. Dit moet oggend wees, besluit sy. Die eerste strale van die son wat die metaal laat uitsit.

Links van haar het die dier tot rus gekom. Hy kou aan iets. Sy hoor die gegirts van sy tande, been wat kraak. Dit moet 'n bitter groot hond wees. Maar sy treetjies is klein. En die reuk van appels is snaaks.

Sy't 'n strooihalm gekry – iets om aan vas te klou. Kleinpiet lewe, is oukei. Sy kan ruik dat sy haarself natgemaak het. Dis 'n slegte teken dat hulle haar so laat lê. Voorspel niks goeds nie. Sy lê hier soos 'n vark ter slagting.

Maar wát wil die mense hê?

Dan onthou sy. Daar was 'n man hier by haar. Iewers in haar benewelde drome. 'n Selfoon. Sy het 'n selfoon hoor lui. 'n Man wat praat, syfers noem. *Fifty thousand for the unborn.* Die angs laat haar hart hamer.

Is daar iemand wat na haar sal soek? Iemand wat haar mis?

Baz . . . Hy's besig met sy invoerprobleme – *sorry, babes, I'm busy.* Sy weet nou wat krap die afgelope tyd so aan haar. Hy is nie reg vir haar nie. Niemand is nie. Want op die ou end is dit net sy . . . net sy alleen. Wat oor en oor moet baklei om

aan die lewe vas te hou. Die lewe wat meedoënloos . . . soos
'n masjien . . . tak, tak, tak, tak. Kap aan. Toe sy moes uittrek
uit die huis in Fordsburg. Dit was die swaarste ding. Dít was
die draai van die dolk. Want hulle was nog daar. Haar twee
babaseuns. As sy stil gaan lê op Neiltjie se bed, sy kon hom
voel. Sy vet, sagte handjies oor haar wang. Hy ruik soos warm
botter. Maar sy moes uit. Die woningnood in die polisie . . .

Albertus wat smeek sy moet na hom toe kom. Hy sal haar
liefhê . . . tot sy weer heel is.

Tot jý weer heel is, Bersman. Dis jou eie heling wat jy soek,
my lief. Jou hart sit baie diep begrawe. Só ver, jy self kry hom
nie meer nie. Stukkie blik, splintertjie glas. Verskrompel.
Lánkal, toe jou ouboet Koefie weg is. Jy't my vertel, onthou?
Hoe jy die hele nag by die bloedkol daar in die straat sit en
waak het. Dis waar jy jou kinderhart gelos het, my lief.

Ons twee . . . ons het te min oor om mekaar te versorg.

Gerda voel haar blaas gaan. Sy ruik die urine, 'n nuwe
vlaag huil wil haar versmoor.

"You must not cry so much . . . you lose much water."

Gerda ruk van die skrik.

Dis die stem. Die een van die selfoon. Vroeër in haar dro-
me. Here, is sy besig om mal te word boonop?

"It will not help you . . . the crying."

Die stem is diep, maar sag. Sy is nie eens seker sy hoor dit
nie. Sy hou haar asem op, luister fyn. Links van haar het die
Dier ook ophou kou.

"But I have good news for you." 'n Roggellaggie. "Your suf-
fering wil not be long . . . it will go . . . calm . . ."

Die stem sterf heeltemal weg. Sy lê met gespitste ore, elke
sintuig in haar liggaam orent. Sy verbeel haar dat daar nog
'n naklank is, soos iemand wat verweg neurie. Of prewel.
Dan raak dit heeltemal stil. Sy lê en wag vir die skraapgeluid

van die deur. Maar sy hoor niks. Nie eens klere wat beweeg nie. Daar hang 'n vreemde, rokerige reuk in die lug. Soete-rig, soos kruie. Maar ook dit raak ligter en na 'n ruk is sy nie eens seker of dit ooit daar was nie.

Dan hervat die Dier weer sy onrustige tred.

'n Nuwe besef dring tot haar deur: Sy het in die kloue van iets boos beland. En vir die eerste keer is sy bang.

Régtig bang.

45

"Kyk maar . . . die grysheid hier," sê Trula Momberg vir Beeslaar. Hulle staan in Huis Groot Gewels by 'n glasskuifdeur wat uitloop op 'n binnehof, waar 'n twintigstuks oumense besig is met teetyd.

Lyk vir hom heel aangenaam, maar hy vind dit steeds moeilik om hom die kwasterige Blikkies hier tussen die oumensies voor te stel.

Beeslaar kyk veral na een ou tante. Haar loopraam staan langs haar stoel geparkeer. Sy gebruik dit om haar een elmboog op te stut, vir die hand waarmee sy haar koppie vashou, maar dié bewe steeds so erg dat sy die tee in 'n straaltjie oor haar ken en bloes stort.

"Dis juffrou Aggenbach," sê Trula. "Eensame ou mens. G'n kind of kraai nie. Sy was skoolhoof op haar dag, doktorsgrade en alles. Ook al waaroor sy kan praat. Hoe belangrik sy was en wie sy almal geken het. Doktor dié en professor daai. Ook almal al dood, seker, niemand kom kuier vir die stomme ou mens nie. Sit Krismis na Krismis soos haar vinger hier. En 'n hardekooltjie, hoor. Niemand mag haar help nie. Weier om 'n bekertjie met 'n tuitjie te gebruik vir die tee. Of hulp met die etery. So, sy sit so en mors."

Sy draai weg om aan te stap en Beeslaar volg. "Dis wat in hierdie plekke gebeur, Albertus. Ons almal kom hiernatoe.

En ons word niks. Deel van die groot grysheid. Uitgestoot na die rante van die lewe. Jy verloor jou vaste plek as mens, so stuk-stuk. En daar kom sit 'n ander bang in jou."

Beeslaar weet nie wat om te sê nie. Hy't nog nooit juis lank stilgestaan by oumensdood nie. Want sý mense, die hele lot van hulle, is vroeg weg. Koefie wat dit alles begin het. En Beeslaar weet hy gaan self nie ou bene maak nie. Nie op dié manier nie. In sy drome is hy saam met Gerda, maak hy haar hare los. Saans . . .

" . . . maar te bly as 'n kind jou bel," dring Trula se stem weer tot hom deur. Hulle stap met die trap op na haar woonstel. "Al is dit net om koebaai te sê voor hulle met vakansie gaan. Dis nie almal nie. Maar hier's mense, jong. Hulle vingers krom gewerk om die kinders geleerdheid te gee. Beter kanse. Al wat hulle daarvoor kan wys, is die krom ou vingers. Ek kyk baie keer so vir die hande hier . . . Hulle sê mos mens se hande is die eintlike vensters van die siel. Vang jou trane, jou blydskap, wys jou liefde, hou jou kinders vas, jou smart. Woede. Elke ding. Jou vashouplek. Jou hartseer en jou spyt. Gaat sit alles in die hande."

Sy sluit haar woonstel se deur oop, hulle stap na binne.

Dis haar boeke wat hom eerste opval, rakke vol.

"Dis my swak in die lewe," sê sy. "Ek en Balthie was goeie maats. Maar my boeke is my regte vriende."

"Was hý gelukkig hier?"

"Hy was . . . Hoe sal ek sê? Hy't maar 'n moeilike verhouding met Tertia gehad. Maar dit wás 'n verhouding. Sy was dikwels hier. Ek dink sy was liewer vir hom as andersom." Sy gaan sit, haal 'n sigaret uit 'n pakkie op die arm van haar leunstoel, steek dit aan. "Een per dag. Die meeste mense hier weet nie eens nie. Want ek moedig nie juis 'n gekuiery aan nie." Sy glimlag. Die rook vou haar wit vel en lang wit vlegsel toe.

"Sy wou hom aanhoudend saamsleep op vakansie. Hy't een keer gegaan, gesweer nooit weer nie. Hy hou nie van fênsie plekke en gedoentes nie. Sy skoonseun is van die jappie-tipe wat wil gholf speel saam met belangrike mense. En meer as 'n honderd rand betaal vir 'n lekseltjie kos op jou bord. Jy weet? Maar ou Balthie . . . Hy't sy eie ding gedoen. Visgevang. Dikwels saam met een of twee jonger manne wat hy in die kroeg raakgeloop het. En Tertia . . . " Sy sug. "Ek kry haar jammer, weet jy? 'n Kind soos sy . . . wil trone bou vir hulle ouers. Asof hulle die seerkry van hulle kindertyd op dié manier wil heelmaak."

Sy draai die sigaret se as netjies af in 'n asbak, soos mens 'n potlood skerp maak, haar oë op die aksie gefokus.

"Dis daai verlange, dink ek, na 'n ma of pa wat nooit wás nie. Die liefde of geduld of respek wat tekort geskiet het. Die kinders bly pleister en heelmaak aan daai beeld. Ek was gelukkig. My ouers was eenvoudige mense. Namakwalandse boere. Arm, maar hulle was liefdevol met ons. Daar was nooit geweld nie. Heel anders, eintlik. In 'n tyd toe kinders nie gesien of ontsien is nie." Sy blaas rook dak toe, kyk deur die rook na hom. "Maar jy's nie hier vir my sielkundelesse nie. Gaan jy nou help by die Du Toit-ondersoek?"

Beeslaar skud sy kop. "Nee."

"Nou maar waarmee help ek jou?"

"Ek . . . e . . . wou sommer kom hoor hoe dit in die laaste tyd met oom Blikkies was. Ek was die afgelope weke bietjie besig. Ons het Sondagmôrens altyd gepraat. Maar in die laaste tyd . . . Ek het gedink, ek kom mos nou in elk geval."

"Ja." Sy kyk na hom met glimmende oë. Dis slim oë, weggesteek agter 'n swaarraambril.

"Jy't nou vir Vuvu ontmoet, nè?"

Hy knik.

"Sy's een van die vreemdes wat vir ou Balthie kom kuier het. Soms wie weet watter tyd van die nag." Sy vee met haar vry hand oor haar groot, plooilose voorkop. Die hand glip oor die hare en eindig met die punt van haar vlegsel. Sy't dalk haar lewe lank al daai vlegsel, reken Beeslaar, want die handeling is asof vanself.

"Ja, dis maar sleg. Veral oor dit so skielik was. Een oomblik is hy nog hier. En die volgende oomblik net weg. Poef. Vir hóm natuurlik beter so. Niks uitgerekte lyding en seniliteit en so nie. Volledig in die saal uit die lewe gery." Sy dink 'n oomblik na. "En nou, met die ding van ou Rea se skoondogter. Al waaroor almal praat, ou Balthie is klaar vergeet. Seker ook maar oor wie Elmana was."

"Sy was seker dikwels hier?"

"Toe haar ma hier was, stomme ding."

"Watse soort mens was sy?"

"Wie, die ma?"

"Mevrou Du Toit."

Sy dink 'n oomblik na. "Elmana is 'n ander een," sê sy dan, vat met die sigarethand aan haar tong, asof daar 'n stukkie twak sit. Óók 'n gewoonte, het Beeslaar al opgemerk.

"Sy was maar 'n rissiepit, as jy nou my eerlike mening wil hê. Giftig, sommer. Maar die ma weer . . . 'n Vernielde mens. Seker ook maar albei van hulle. Die pa was 'n tiran, reg tot aan sy dood. Die stomme ou vrou gedwing om by hom in te trek in 'n gestig vir verswakte bejaardes, want hy wou nie dat vreemde mense hom voer nie. Sy't daar gebly tot hy dood is. Toe kom sy hierheen. Maar verrinneweer. As jy haar groet, dan huil sy. Die dogter, weer, was 'n bakleier.

"Toe ons kinders was, het ek 'n maat gehad met so 'n ou streng bliksem vir 'n pa. Gestraf vir elke bakatel. Ek het tóé gesien. Sulke kinders, hulle bly honger. Vir meer, maak nie saak wat nie. Bly soek. Om heel te maak, die gate, dink ek, wil 'n groter honger stil. En as hulle groot is en hulle eie kinders het . . . dan kom daai geweld weer terug. Ek glo mos . . . geweld baar geweld."

Sy frons. Haar sigaretas val op pad asbak toe op die stoelleuning en sy blaas dit saggies weg.

"Maar dit het seker nou niks met niks te doen nie. Ek het Elmana nie goed geken nie. Maar ek kon haar tekens lees. En as ek reg verstaan, het sy dit ná haar ma se dood maar moeilik gehad. Rea het vir my buurvrou gesê sy's bekommerd oor die kleinkinders, wou hulle selfs wegvat daar. Maar smaak my vanmôre se koerante praat van 'n reeksmoord. Glo jy dit?"

"Nee. Koerante se spesialiteit is reeksleuens. Op die beste van tye."

Beeslaar gaan klop by Rea du Toit aan, wat dadelik wil hoor of daar nuus is uit die ondersoek. Hy stel haar teleur. "Ek was in die rondte," sê hy, "toe kom sê ek maar dag."

"Kom ons gaan sit," sê sy en wys hom na 'n gestoffeerde stoel op hoë pote. "Hy't graag daar gesit – een maal per jaar, as ek verjaar. Hy't gehou van die Spaanse sjerrie wat my seun altyd vir my van oorsee af saambring. My man was ook so lief vir 'n sjerrietjie, saans voor ete. Ek doen dit nou nog." Sy glimlag moeg.

Beeslaar merk die bonsaiboompie op 'n koffietafel voor die venster. Sy knopperige stam rys kunstig sywaarts uit sy pot uit. Die boom lyk of hy sy lewe lank al voor die Kaapse suidoos moes buk, 'n visuele kreet van lyding en droefnis.

"Die bonsai," vra Beeslaar. "Is dit van u skoondogter?"

Rea du Toit se gesig verander toe sy na die boompie kyk. Word harder.

"Ai, die mens tog. Sy het so elke tweede week hier ingewals en die bome kom ruil. Sodat sy hulle self kan versorg, sien?" Hy hoor die onuitgesproke verwyt. "Dalk is dié ene die enigste wat die . . . aanval oorleef het," sê sy en kyk na die boompie. "Ek self is nou nie juis lief vir die goed nie."

Sy bly 'n oomblik stil, kyk na die gemartelde boom.

"Ek is ook nie mal daaroor nie," sê Beeslaar. "Lyk of julle wind hom grootgemaak het."

Sy glimlag. "Ja, die wind. Maar ek hou van die wind. Hy waai die lug skoon."

Haar oë raak dadelik weer stroef: "Maar Elmana . . . Jy't nie sommer nee gesê vir haar nie. En die goed is duur. Peperduur." Sy sug gelate. "Ek het haar maar laat begaan, wat. Maar sy was nie enigeen se speelmaat nie. Herinner my baie aan my eie jong dae. Toe ek darem nog . . . Voor ek 'n suurstofdief geword het." Sy glimlag wrang. "Bid jou dit aan. Dis wat 'n kind nou die dag vir my skree. Jong mannetjie op 'n skaatsplank. Suurstofdief!"

Sy skud haar kop. "Dis húlle wêreld, nou. Die kinders. Ek verstaan driekwart van die tyd nie eens meer wat hulle sê nie, al praat hulle Afrikaans."

"Jou eie kleinkinders ook?"

Sy antwoord nie, bly krap met 'n vingernael aan 'n kol op haar romp. "Balthazar het nog bygebly. Sy dogter het vir hom 'n aai . . . aai . . . Dis nie die foon nie, die ander ding. Groter."

"iPad," help Beeslaar.

"Ja. Sit hy smoors by brekfis met die ding. Sê hy lees die koerante. Maar hy't 'n rekenaar ook. Hy en ou Arnold, die enigste ander mens hier met 'n rekenaar, want hy neem foto's."

Die naam klink bekend, maar voor Beeslaar kan vra, help sy hom: "Einste die een met die gesteelde Krugerrande."

"Baie?"

"Hý sê so. Duisende rande s'n, glo. Maar om jou die eerlike waarheid te sê, ek het nog nooit die goed gesien nie. Ek gaan nie graag by hom in nie. Hy rook. Pyp én sigarette. En die plek stink vreeslik. Jy ruik dit sommer as jy by die voordeur verbyloop. Maar dis nou nie belangrik nie. Wat ek wou sê ... e ..."

"U wou sê oor die kleinkinders."

"Ja. Ek is baie bitter oor daai twee kinders. Báie. Dis twee sagte kinders. Baie troetel nodig. Maar ... maar dís nie wat hulle kry nie." Sy hou op krap aan die romp, sit haar twee hande langs mekaar op haar skoot neer. Die dun, goue pand aan haar ringvinger lyk of dit ingemessel is. Vasgegroei in die artritis-hande. Sal ook seker saam met haar die graf ingaan.

"Ek is nou te oud. Maar as ek jonger was ... Ek sou hulle wragtag daar gaan uithaal het ... Maar ek het geen sê meer nie. Sit hier op die ashoop van die lewe. Niemand wat iéts meer van jou nodig het nie. Ek wéét, want ek was self daar. In jou dertigs, as jou kinders klein is ... Jy's besig. Jou man se loopbaan waaraan albei bou, jou gemeenskap waarin jy gesién wil wees. In jou vyftigs haal jy vir oulaas uit en dan woeps, dan sit jy self daar. En jou eensame ouers is dood en dis te laat."

Beeslaar se selfoon lui.

Quebeka. "Waar's jy?" vra sy.

"Kan ek terugbel? Ek sit in 'n vergadering."

"Vergádering? Nou watse ..."

Maar hy druk dood, sit dit sommer af ook.

Rea du Toit sit na buite en staar. "Daai twee kinders is eintlik eensaam," sê sy dan skielik. "Ek dink dís wat die groot probleem is. Hulle voel soos ek. Oorbodig. Ellie het in die laaste tyd baie hier gekom. Ek is ... Eerlik gesê is ek bekommerd oor haar. Baie bekommerd. Sy's nie sterk genoeg vir hierdie verskriklike ding nie. Sommige mense, weet jy, se ankers aan die lewe is maar lig. En Ellie is een van daardie mense. Die ding wat sy eergister gedoen het, dis nie die eerste keer nie, hoor."

"Sy't al vantevore probeer?"

"Twee maal." Sy sluk trane, haar ken bewe wild. "Voel vir my ons kon hierdie ding gekeer het. Ons almal – ek en Malan – ons dra die skuld vir Elmana. En die kinders. Dat ons nie harder probeer het nie."

"Het Malan ooit gepraat van skei?"

"Nie teenoor mý nie. Maar ek dink hy was desperaat. Dit wel," sê sy en die trane vloei nou vrylik.

Beeslaar grawe vir sy sakdoek en bied dit aan. Dan, ná 'n rukkie, verskoon hy homself saggies en loop amper op sy tone tot by haar voordeur.

En laat homself uit.

46

Gerda skrik wakker uit 'n doeselslaap. Sy hoor 'n kind skree. In pyn.

"No!" skree hy. "It wasn't me! No, please, please, please, PLEASE!"

Sy hoor 'n sambok se harde swiep deur die lug, die hou wat val, die kind se gil.

Langs haar het die Dier gaan staan. Dis die geweld in die lug. Hy snuif dit gulsig in.

Nog 'n hou val. En nóg een.

Die kind skree met elke hou harder.

Wie in godsnaam slaan 'n kind só? Die houe kry nie end nie. Sommige, hoor sy, tref skrams, asof die seun met sy arms keer. Of dalk onder die houe probeer uitbeweeg.

Gerda lê stokstyf en luister. Te bang om behoorlik asem te haal.

En dan word die kind stil. Sy hoor nog etlike houe val, maar die kind, besef sy, het óf oorgegee óf sy bewussyn verloor.

In die doodse stilte wat volg, hoor sy swaar voetstappe wat wegslof, asof die aanrander geen krag meer oor het nie.

Wat sou die kind gesondig het? Lééf hy ooit nog? Dis grafstil. Selfs die buurt se honde hou saam stilte. Of is dit vrees? Die vrou wat by haar was . . . Hoe kan 'n vrou so iets toelaat?

'n Nuwe vlaag wanhoop spoel oor haar. Sy mag nie toegee nie, weet sy, haar kinders oorlaat aan die boosheid hier nie.

Die Dier kom krap en snuif aan die sinkplaat hier naby haar, asof hy haar gedagtes ruik. Krap en snuif, maak fyn tjankgeluidjies. Al vinniger, dringender.

Sy probeer haar liggaam skuif. Weg van die boosheid.

'n Pyn skiet uit haar buik op. Sy kreun hardop. Hoor hoe die Dier tot stilstand kom en die lug besnuif.

Dit moet haar rok wees, besluit sy. Dit het 'n plooi of vou iewers onder haar buik gevorm, knyp haar vel. Maar dan kom dit weer. Sy besef dis nie haar rok nie.

Dis die baba! Sy wil kom!

Die bliepgeluid van die trekkietoestel op die paneelbord skree nou volsterkte.

"Koeëlvas!" skree Duif vir Ghaap en klim uit. Hy het sy wapen uit en hardloop gebukkend na Ghalla se kar toe, terwyl Ghaap die baadjie van die agtersitplek af skraap en aansukkel. Hy maak sy deur saggies oop en dan is Duif skielik weer by hom.

"Kyk daar in die cubbyhole. Daar's 'n hoenderboud," fluister hy.

Wat de fok, wonder Ghaap, maar nou's nie die tyd nie.

"Ek gaan ou Ghalla soek," fluister Duif. "Hy's nie in sy kar nie. As hy 'n bullet gevat het, moet hy hier iewers wees. Bly jy hier, ek sal jou sein sodra ek jou nodig het."

Hy hardloop gebukkend in die rigting van die mynhoop, sy skietding in albei hande, oorgehaal.

Dan's hy weg, ingesluk deur 'n stuk rowwe veld met skouerlengte gras.

Duif het gelukkig met die stopslag die trekkiesender afgesit. Ghaap hoor net die polisieradio, raas en spoeg kodes in die dun, gespanne stilte in.

Waar's Ghalla dan? Hoekom fluit hy nie of iets nie? Die kapers moes weggekom het, want dis net Ghalla se kar wat hier staan. Dan klap daar 'n skoot. En nog een.

Hy koes, gebruik die oop deur van die kar vir beskerming, maar die geweervuur is ver.

Hy hoor 'n kind iets opgewonde skree.

Ghaap kom stadig regop. Hy sien 'n groep kinders. Hulle staan sowat honderd meter vorentoe in die pad. Jóng kinders – laerskool. Hulle wys opgewonde met hul armpies na die mynhoop se kant. Ghaap kyk, maar hy sien niks. Ook nie vir Duif nie!

O jirretjie, wat maak hy as Duif óók raakgeskiet is? Hy moet alarm maak, die Triekster bel. Duif se foon, die nommer sal daarin wees.

Hy buk terug in die kar in, kyk of hy die foon sien. Voel onder die bestuurdersitplek.

Sy klere haak vas aan die handrem en hy wikkel om los te kom. Hy swets ergerlik, voel soos 'n trapsuutjies met epilepsie. Die klere kom los, maar hy vind geen foon nie. Hy verwens die etter wat gister sy gun afgevat het. Hier sit hy nou soos 'n ospoes, beteken niks vir niemand nie.

Hy wonder waar's die kapers. Die Dolly Parton is nêrens te sien nie, maar die trekkiesender was op hartstuipe toe hulle hier aankom.

Hy koes instinktief toe hy weer 'n skoot hoor. Hierdie keer van 'n R1. Moet ou Ghalla se lang gun wees. Hy loer bo die kar uit.

Duif, sien hy, sit bo-op 'n hemelhoë vibracrete-muur 'n ent anderkant Ghalla se kar. Dié sit neffens hom, die R1 op die mynhoop gerig. Hy vuur elke dan en wan 'n skoot af. Ghaap kyk of hy die teiken kan gewaar, maar hy sien geen beweging teen die mynhoop self nie.

Die twee sit vir nog 'n tyd op die muur, hul koppe draai heen en weer soos hulle soek na beweging. Dan ontspan hulle en steek sigarette aan.

Die kinders hardloop op 'n streep in hulle rigting, jillend en opgewonde. "Where's the bodies, where's the bodies?" roep hulle.

Ghaap stamp sy kardeur toe, trek die koeëlvas reg en begin dan ook in hul rigting aan te stap. Hy voel so useless soos 'n bleddie voorvel.

Mo kom aangejaag, stop met skreeuende bande, agter hom twee polisiebakkies. Ghaap se hart spring, hy's van voor af in die kak, maar sien tot sy verligting dis onbekende polisiemanne.

Mo swaai sy groot lyf uit die kar, pistool in die een hand en 'n R5-geweer in die ander. Die polisiemanne bly in die bakkies sit. Tipies, meen Ghaap. Hy wag tot Mo by hom is, stap dan saam met hom muur toe.

Dis hoog. Ghaap kry homself met groot moeite bo, maar Mo staan, roep met sy makou-stemmetjie: "Kom help my, Ghalla. Toe man, Duif. Ek's te fokken vet!" Die veerkrag van die ou eland is pap vandag, lyk dit vir Ghaap.

Ghalla gee sy geweer vir Ghaap aan, spring dan af en gaan buk voor Mo. Ghalla is nie 'n groot man nie, hy kreun toe Mo met sy mieliesak-knie op sy rug klim. Maar hy bly staan – tot Mo homself hoog genoeg teen die muur opgehys het dat hy kan gaan sit.

Ghalla kom regop – steeds met die sigaret in die mond. Sy gesig blink van die sweet, maar hy wip doodgemaklik terug op die muur.

"Ek dag jy's geskiet," sê Mo toe hy ook 'n sigaret aan die brand het.

"Nine lives, my ou. Ek sê jou mos. Ou Dingaan tiek hulle af. Ek skiem sy wag vir die laaste." Hy hoes-lag met die sigaret tussen stywe lippe, sy hande besig om 'n pakkie Grand-Papoeier uit sy gatsak te grawe en oop te maak. Hy hou sy kop agteroor en laat val die poeier in sy mond. "Aaahhh," maak hy die horingou radio-advertensie na, "Grándpa! Niks wat jou beter laat operate as 'n pis of 'n poeier nie." Hy meng die poeiermengsel met sy tong rond en sluk 'n paar keer, vat sy geweer terug by Ghaap.

"Maar wat het gebeur?" neul Mo. "Kon julle die tannie met die baba sien?"

Ghalla skud sy kop. "Hulle het haar lankal gedrop. Iewerster." Hy maak nog 'n koevertjie van die poeier oop.

Duif vertel verder: "Die een outjie het in die kar bly sit en die ander twee was besig om die unit met kabels en al in die veld te gooi, toe Ghalla hier aankom.

"Hulle het natuurlik geskiet, maar toe Ghalla die lang gun uitpluk, het die bestuurder laat spat. Die ander twee is hier oor die muur en weg. Hulle't amper vir Ghalla gepos. Wys bietjie daar, Ghal."

Ghalla sit eers die sigaret terug in sy mond. Hy't 'n jagbaadjie met kakiegroen kamoefleerkolle aan. Hy trek die linkervoorpant weg, wys na die koeëlgat net bokant die sak. "Kyk'a'sô! Kyk. Hie'sie entrance bullet en daar's die exit." Hy wys 'n brandmerk teen sy hemp en nog 'n gat net agter die synaat. Die sigaret in sy mond, merk Ghaap, bewe liggies.

Mo draai sy groot liggaam skuins na Ghalla en steek vet vingers deur die gate. "Jissus, my ou."

Ghalla skiet sy stompie weg, en steek dadelik 'n nuwe sigaret aan. "Maar ek was kláár, die Here hoor my lied. En die klein wetters . . ." Hy suig gulsig aan die sigaret. "Uhm, ek hol lat ek vrek agter hulle aan. Want nou's ek mos die moer in, maar hulle blý terugskiet. Toe Duif bykom, is hulle weg. Jong outjies, man. En toe's dit verby. Ons het hierdie plek fyn-fyn-fyngekam. Maar daar's niks."

297

Die vier van hulle sit vir 'n wyle in stilte en kyk na die ontsaglike mynhoop voor hulle.

Dis eintlik nie so 'n lelike ding nie, so 'n mynhoop, mymer Ghaap. Veral nou. Laatmiddag. Die son kantel en die fyn wit sand van die ou mynhoop verkleur na goud. Dit lê daar soos 'n berg pienk suiker. Hoe diep onder die grond kom daai sand vandaan? wonder hy. Hy't iewers gehoor hierdie myne is die diepste in die wêreld. Tensy dit 'n kakstorie was.

Ghaap kyk verby die mynhoop, na die verkeer van die N1-snelweg wat suid-noord uitrusper. Alles lyk so normaal, amper mooi, maar iewers in daardie stil, pienk kolos, weet hy, draf daar twee knapies. Honger, dalk miltsteek van die hitte, die dors, uitputting. Net een gedagte in die kop: oorlewing.

Tot die volgende slag.

48

B eeslaar skakel sy selfoon aan, sien daar's twee oproepe van kaptein Vuyokazi "Vuvu" Quebeka wat hy misgeloop het. En een van Ghaap.

Hy druk die nodige knoppe. "Wat's dit?" vra hy toe Ghaap antwoord.

"Ek dink daaraan om my papiere in te handig."

Beeslaar sug en kyk by 'n ry vensters uit na die oumense wat onder in die vierkant sit en tee drink. Hy soek die tannie met die doktorsgrade, die oudskoolhoof wat so mors-mors tee drink. Sy sit en slaap. Haar kakebeen het oopgesak, die kop skuins na agter soos sy ingedommel het. 'n Blink streep loop uit haar mond en verdwyn in die dik trui wat sy oor haar gekolde bloes dra. Een arm hang langs die stoel af, 'n horlosieband steek onder die mou uit. Sy slaap soos 'n kind, dink Beeslaar, weerloos. Die grys haartjies is kortgeknip, sien hy. Prakties. Die kopvel skyn pienk deur. 'n Diep hartseer kom sit skielik hier tussen sy ribbes. As sy ma nog geleef het . . .

"Hallo? Jy nog daar?!"

"Ja, sersant. Ek is hier. Praat."

"Mthethwa het my gister lelik in die kak gedrop. My by die bevelvoerder loop verkla!"

"So jy bel mý nou?"

"Ek bel om te . . . e . . . Ghalla was nou amper bokveld toe."

"Ek neem aan dis een van die trekkies."

"Ons het 'n Dolly Parton gejaag. Gister geroof in Melville. Met die . . ."

" 'n Wát?" Beeslaar lag. "Jirre, ou Ghaap. Jy's tog nie ernstig nie. Daar's nie trekkies in die Kalahari nie."

"Ek wéét, maar ek skiem as die diens my dan nie wil hê nie . . . Hulle sóék glo goeie mense. En ek kom goed reg met . . ."

"Ou Ghaap, laat ek nou vir jou één ding vertel, en dis iets wat daai snuiters nie vir jou vertel het nie: Jy sal moet báie jare diens agter die blad hê voor hulle jou 'n ernstige jop gaan aanbied. Soos jy nou is, gaan jy tee maak, my ou pêl. Jy gaan beslis nie jou eie moutertjie kry waarmee jy in die townships losgelaat gaan word nie. Daarvoor gee ek jou 'n brief!"

"Maar . . . maar ek het met die baas sélf vanoggend gepraat. Patrick, hy sê hy ken jou."

"Baie mense ken my. Baie. Maar dit maak niks uit nie. My raad aan jou is om terug te gaan werk toe. Los die trekkies dat hulle hulle eie werk doen. Leer jy eers 'n bietjie meer van polisiewerk in daai plek. Dis die beste opleiding wat jy kán kry, soos jy self gesê het. Oukei?"

"Die ding is . . . Ek is soort van geskors. Oor ek my gun geverloor het."

"Ai, man, dis rof. Maar daar's nou wragtag niks wat ek vir jou kan doen nie. Hulle verloor baie wapens in daai plek. Elke dag. Jý sal nie die eerste wees nie. Gaan praat met die bevelvoerder. En met Mabusela. Sê vir hom ek stuur groete. En los die trekkies uit!"

Beeslaar het skaars die foon doodgedruk of dit lui weer.

Kokkewiet Syster groet versigtig.

"Mevrou die redakteur. Waaraan het ek dié eer te danke?" Beeslaar probeer nie sy verbasing wegsteek nie.

"Ek verneem Vincent Ndlovu is vanmiddag in hegtenis geneem, kaptein Beeslaar."

"Ek . . . e . . . o!"

Ysige stilte.

"So dís jou manier van samewerking?"

"Mevrou Syster . . ."

"Die eerste die beste. En as dit maar die swart ou is. Want daar's altyd 'n swarte in die verhaal, nè?"

"Hokaai. Wag 'n bietjie."

"Ja-ja. Wag dat die saak weer tóégesmeer word? Julle is almal kop in een mus."

"Met wié?"

"Die laaste ou wat gedurf waag het om iets te sê, lê nou ses voet onder die kluite!"

"Waarvan praat jy?"

Sy antwoord nie. Die lyn is reeds dood.

Beeslaar frons, sit die foon ingedagte terug in sy hempsak.

Buite sit die oudskoolhoof met die stapraam nog steeds en slaap. Langs haar sit iemand en brei. Haar oë is nie op haar handewerk nie, maar op die geselskap, waaraan sy nou en dan 'n woord of 'n laggie toevoeg.

Is dít waarheen ons almal op pad is? wonder Beeslaar. So eenkant, netjies uit die gemeenskapsweefsel uitgekam en eenkant toe geskraap. Onder die soom van die lang skaduwee in. Jy sien dit in die lig wat dowwer word in die ou oë om jou. Iemand wat ineens jou naam vergeet. En dan 'n kleinkind s'n. Die paniek as dit gebeur.

En ou Blikkies? Oor die telefoon het hy altyd so . . . wat? Dapper? Dis seker maar al manier. Van iets . . . na niets. 'n Grys gedaante met gevlekte wange, jou gesig wat definisie verloor. Die vel. Dit raak los van die beendere. Beendere wat krimp. Sal hý ook so sit en ghwel?

301

Hy begin stap. Hiér moet hy wegkom. As hy nou nóg nie kens is nie, gaan hierdie donker gedagtes hom vinnig daar kry.

"The mind is a dangerous neighbourhood," het ou Blikkies altyd gesê. "You don't go there alone."

By die voordeur is daar 'n wit verkalkte oubaas wat sukkel om die groot skuifdeur oop te trek. Hy't 'n kierie wat hom regop moet hou, 'n kamera om die nek en plastieksak in die hand. Probeer alles vashou en die swaar deur oopskuif.

Beeslaar strek oor hom en skuif dit oop. Die man kyk oor sy skouer op, 'n kwaai frons, onbehae in die ongevraagde hulp.

"Jy Balthie se klong?"

"Ja, oom."

Die man versit die plastieksak na sy kieriehand. "Arnold Sebens. Hy't my vertel van jou."

Hulle skud blad.

"Hy't gesê ek moet wag tot jy hier is."

"Ja?" Beeslaar glo nie vir 'n oomblik dat ou Blikkies so sou gesê het nie.

Hulle stap na buite en die ouer man sak neer op die groot tuinbank op die stoepie. Hy sit die sak versigtig langs hom neer, asof daar 'n kleinood in is, beduie Beeslaar om te sit.

"Nou anderdag, toe breek hulle mos by my in, siet? Die polisie was hier en het kammakastig vingerafdrukke gevat, maar dit was ook die laaste sien van die blikkantien."

Beeslaar glimlag vir die outydse spreekwoord.

"Dit was hélder oordag. Ons het geëet – net hier in die eetkamer." Hy wys 'n rigting in langs 'n ry vensters af. "Ek is vroeër as gewoonlik terug woonstel toe. Nou, ons sluit nou nie juis nie. Want wie kan nou inkom? Jy sien hoe lyk die beveiliging hier. Maar ek hóór dit toe. Toe ek my deur oopmaak. Toe staan ta daar. By my lessenaar. En hy gooi my met 'n ding en toe's hy weg. Soos 'n blits. By my stoepdeur uit, siet?"

"Ja, oom . . ."

"Noem my sommer Arnold. Ek lyk net so oud, maar ek is nog nie tagtig nie."

"Arnold, jy weet die polisie is eintlik die beste toegerus . . ."

"Pah! Hier was 'n inspekteurtjie en 'n kamtige vingeraf-drukspesialis. Maar daar het niks van gekom nie. Ek het die ander dag nog die inspekteurtjie gebel. Maar die klomp hier. Spreek my klaar aan as oupa. En erger: oubie! Kan jy nou . . . Ek was so die vieste in, ek het sommer die foon neergeplak."

"Oom Arnold, jy moet die ouens darem kans gee. Wat is alles weg?"

"Kans gee! Dink jy ék is 'n kans gegee? My plek is omge-dolwe en al my goed is deurmekaar gekrap. Járre. Járre se werk, sê ek jou. My ou rekenaartjie se boks gesteel. Al my albums uit die boekrakke gesmyt. My eksterne geheues. Drie van die goed. Kos duisend rand stuk. En my Krugerrande!"

"Wat was op die rekenaar?"

Die ou man se lip bewe en hy sluk 'n paar maal. Frons om die huil uit sy oë te kry.

"Alles. My hele . . ." Sy stem steek vas, hy snuif. "Ek kan dit wragtag nog nie glo nie. Al die ander goed staan nog daar. Jy kan kom kyk as jy wil . . . Dis net hier in die gang . . ."

Beeslaar hou sy hand op. "Arnold, ek moes al lankal by 'n ander afspraak gewees het. Ek is jammer die ouens het jou gedrop. Ek kan jou egter niks belowe nie. Behalwe dat ek persoonlik sal gaan navraag doen. Die meeste ouens wat goed steel, smelt dit sommer dadelik om te verkoop. Ek sal gaan vra of daar al nuus is, maar ek moet nou hardloop." Hy grawe in sy hempsak vir 'n visitekaartjie en oorhandig dit.

Die ou man vat dit by hom, maar bly geblus sit. Staar na die kaartjie in sy hand. Beeslaar is vas oortuig die speurder wat hier was, het hom ook 'n kaartjie gegee. En met mooi beloftes hier weggestap. En 'n dossier oopgemaak. Wat onmiddellik onder die veertig ander op sy lessenaar beland. Want dis maar hoe dit is.

Die wind wil hom skep sodra hy by die hek uit is.
Hy loop en bel Quebeka.
"Ek hoor jy't Ndlovu gaan haal."
Sy sug in die foon in.
"Is dít hoekom jy my gesoek het?" vra hy.
"Nee. Ja. Eintlik hierdie hele besigheid wat stink. Maar ek kan nie nou praat nie. En ek het 'n kakhuis se papierwerk. Seweuur. Jan Cats."
Die lyn gaan dood.

Hy's net 'n paar treë van die ouetehuis af toe 'n Citi Golf voor hom inswaai en parkeer. 'n Groep jongmense bondel uit, saam met harde musiek. Gospel rock, besef Beeslaar verbaas. Dis óf dit óf 'n rocker met sy gat op 'n spyker; roep heeltyd: "Jeeeezas! Looooooord!"
In die verbygaan herken Beeslaar die Du Toit-seun, Dawid-Pieter, wat selfbewus groet.
"Dag, jong." Beeslaar gaan staan.
Die res van die groep steek ook vas, kyk nuuskierig na hom. "Hy's van die polisie," mompel die seun vir hulle. Twee van die seuns kom nader en gee Beeslaar die hand, stel hulleself en die res van die groep voor. Twee meisies en twee seuns, ouderdomme tussen vyftien en agttien.
"Ons kom kuier vir Dawid-Pieter se ouma," sê die seun wat homself as Francois voorgestel het. "Ons kom vir haar bid."

Hy het 'n oop gesig, hare byderwets gejel, met 'n verspotte kuifie wat regop staan. Asof hy 'n graspol daar kweek.

"Sy's nie in ons gemeente nie, maar sy ken ons. Ons kom dikwels hier."

"En wat maak julle as julle hier is?" vra Beeslaar. "Is dit liefdadigheid of is dit verkenning?"

"Oom?" Dis die graspolkop.

"Ek vra, wat maak julle hier?"

"Ons kom bid vir die oumense. Dis ons diens aan die Here, oom."

Beeslaar frons. Hy't al gehoor van die kerke wat so met die jong mense se koppe smokkel.

"Ons is almal wedergebore, oom. Ons het ons harte aan die Here gegee. En ons doen Sy werk." Die graskop begin agteruit tree. Beeslaar kan die mengsel van oordeel en onsekerheid in sy oë lees. Net voor die seun omdraai om te loop, steek hy egter sy hand uit. Daar's 'n kaartjie in, wat hy na Beeslaar uithou. Hy neem dit, kyk, sien daar's 'n Bybelteks op geskryf. Beeslaar wil hom vererg, maar besluit daarteen.

"Nou maar toe," sê hy dan en die groep stap aan. Maar hy keer Dawid-Pieter uit. "Ek wil jou eers iets vra," sê hy.

Die kind gaan staan, sê niks. Hy't 'n paar stywe jeans aan en 'n los T-hemp. Sy hare lyk ongewas en hang in slierte om sy kop. Hy kyk nie op nie, staar na die grond, sy puisiegesig uitdrukkingloos.

"Hoe's dinge?" vra Beeslaar.

Die seun antwoord nie. Hy kyk 'n oomblik op na waar sy maats by die hek van die ouetehuis staan en wag vir iemand om oop te maak, dan kyk hy terug grond toe.

"Is jou suster . . . Ellie, is sy ook in jou kerk?"

Hy skud sy kop.

"En jou pa?"

Nog 'n kopskud.

"So dis net jy . . . in die familie."

Kopknik.

"Hoe dan so, jong?"

Lang stilte. Dan: "Hulle is nog nie . . . reg nie. H-hoor nog nie die roepstem van . . ." Sy stem gly en hy maak hard keel skoon. "Die sonde is sterk, oom. Ek bid. Ek het vir my . . . vir my ma ook gebid. Sonder ophou. Sonder . . ."

Beeslaar se hart krimp vir die kêrel, wat tien teen een geglo het hy sal sy familie op dié manier kan beskerm. "Ai, jong, soms raak dinge nogal complicated, of hoe?"

"Dis die Vyand . . . Die Vyand is los . . . Ons kry wat ons verdien."

"Wie?"

"Ons! Oom. Sondaars! Dis voorspel."

"Wat is voorspel, jong?"

Die seun skud sy kop, druk sy hande in sy stywe sakke en mompel dat hy moet gaan.

Beeslaar los hom.

Liewe Heksie wag hom in. En Rembrandt, wat blaffend op die tuinhekkie afstorm.

Beeslaar tel die hond op, meer om sy lawaai te laat bedaar as iets anders. Die hond spring opgewonde teen sy borskas op en probeer hom in die gesig lek. Hy sit die dier vies neer. Omlope, kom die refleksgedagte.

"Stil, Rembrandt!" raas die Hollandse vroutjie van die stoep af. Sy dra 'n soort kaftan, krale om haar nek en arms. Haar voete is kaal, ringe aan die tone. Die voël is op die stoeptafel langs haar.

"Potverdorie, is daar iets fout?" roep sy uit toe Beeslaar nader kom.

306

Hy gaan verbaas staan. "Met mý?"

"Met jou, ja!" Sy wink hom nader, terwyl die voël op haar skouer wip. Daar's 'n bottel wyn en twee glase op die tafel langs haar stoel, asof sy verwag het Beeslaar gaan enige oomblik by die voorhek instap.

"Ek het 'n afspraak," keer Beeslaar.

"Dit weet ik, ja. Vuvu het jou gezoek. Maar intussen kan jy een of twee minuutjies kom zitten. Lekker glaasje wyn geniet."

Hy sug en loop die trap op, maar hy gaan sit nie by die tafel nie. Hy gaan sit op die stoeptrappies, sy rug teen 'n stoeppaal en die hond op sy skoot. Boggher die omlope.

"Jy lyk 'n bietjie . . . deur die wind," sê sy en skink vir hom 'n glas in.

Hy ruik aan die wyn, neem versigtig 'n eerste sluk. En dadelik 'n groter een. Dis onverwags lekker. Hy lig sy glas na die sakkende son. "Proost," sê sy en doen dieselfde.

Hulle sit en kyk na die laatmiddag in die vergelende blare van die berke om haar huis.

"En toe?" por sy.

"Ek was by jou buurvrou langs . . ." Huppeldepup, wil hy amper sê, maar keer homself. "Hanna, van wie jy gisteraand vertel het. Maar daar was niemand. Intussen kan jý dalk 'n ander vraag beantwoord? Wat," vra hy en kyk op na haar, "maak dat 'n jong seun van vyftien – op die ouderdom dat hy só deurspoel is met hormone, hy't net één ding op die brein – wat maak dat so 'n kind soos 'n monnik leef en saam met Jesus freaks uithang? As hy 'n Moslem was, het hy sweerlik in 'n dinamiet-manel hier rondgeloop."

Sy lag. "Julle Afrikaanders, julle is nogal . . . Hoe zal ik het nu zeggen. Julle is nogal obsessief met kerk en godsdiens."

"Wat bedoel jy?"

Sy neem 'n sluk wyn, spoel dit in haar mond rond. "Erg doenig met die kerk en godsdiens. Tydens apartheid, dink ik, was julle . . . julle was gesteld op sedes. En toe die mag onder julle uit . . . uit verdwyn het. Julle was . . ."

"Oukei, Maaike. Ek het eintlik maar net gewonder oor die kind?"

"Nee, dit is juis my punt, begryp je? Julle het die apartheidskerk gelos. En toe word dit 'n nuwe soort godsdiens, hè? Die voelgoed-soort van die Amerikaners. Instant gratification."

Beeslaar sug, vat maar nog 'n sluk wyn. Wanneer die glas leeg is, skoert hy.

"Vir Dawid-Pieter," sê sy na sy self nog 'n slukkie geneem het, "vir hom, dink ik, is dit 'n uitvlug. Nee, eerder 'n tóévlug!"

"Maar dis tog nie normaal nie?"

"Nee, dát niet. Maar as jy emosioneel honger is. As daar 'n gebrek is in jou binneste . . . en jy sien jou wêreld val uitmekaar uit . . ."

"Jy's nou bokant my kop verby." Hy staan op en gaan sit by haar, gee vir haar die kaartjie wat die graskop in sy hand gestop het. Sy skud haar kop, sê sy het nie haar bril by haar nie, en gee dit terug.

Hy lees hardop: "Twee Kronieke vier vers veertien: *As God se mense hulself verootmoedig en bid en afsien van hul sonde, sal Hy hulle vergewe en hul land genees.*"

Hy draai die kaartjie om, kyk na die teken van die vis en die kruis agterop, 'n telefoonnommer en naam.

"Ja," sê sy weer. "Daar was groot honger in daardie kind se huis. Emosioneel honger, hè? Sy, Elmana, was geen warm mens. En baie . . . op haarself . . . met sigself besig."

Beeslaar rol die beeld rond in sy kop. Hy onthou Dawid-Pieter se spartaanse kamer. Die meisie, Ellie, se swart mure met die heksetekens. Albei hulpkrete, eintlik, as 'n mens so daarna kyk.

"Hoe goed het jy haar dan geken? Die ma?"

"Die voedselaksie. Hele aantal jaren gelede. Sy het inge-kom en wou die . . . die hele boel onder eige beheer kry." Sy sug.

"En toe?"

"Toe niks. Ik het haar laat begaan. Wat kan dit my nou skeel wié die baas is? Was veel belangriker dat die armes ge-voed word, dagt ik." Sy haal haar skouers op. "Maar ik het toe al gesien. Elmana is een vreemde vogel. Geen warmte vir die mense wat sy kosgee. Hoe goed ken jy die sielkunde?"

"Goed genoeg om te weet dis overrated, veral as mense dit gebruik om verskonings te maak vir misdaad," mompel hy.

Sy glimlag, kyk deur haar glas na die sterwende son. Die lig breek in skerwe in die vloeistof, weerkaats glimmend op haar onpaar oë. "Weet jy," sê sy, "mense sê kinders . . . ze hebben harte van rubber. They bounce back. Hulle onskuld beskerm hulle teen groot trauma. Maar ík geloof anders. Dat vernieling . . . Hoe zeg ik het . . . As jy een kind verwaarloos, fisiek en emosioneel pyn aandoen. Dit . . . dit gaan niet weg – van binne. Net zoals die jaarringe van 'n boom. Die vel groei daarover heen, maar die letsel, dit bly. En soms sweer dit, bars gewelddadig uit . . ."

Sy neem nog 'n slukkie wyn, staar na die dansende ligkol in die glas. " 'n Baba weet nie wie of wat hy is. By geboorte, hè? Hy ontdek homself in sy moeder se blik . . . Hoe sy na hom kyk. Verstaan jy?"

Beeslaar sê niks. Wat sê mens nou van só iets?

"Hy sien dit in haar ogen. Of hy . . . welkom is, geliefd. Of hy sien die skaduwees daar."

"Van?"

"Weet ik veel. Die pyn van haar eige kindertyd?"

Hierdie keer kyk sy na hom, dwing 'n antwoord af.

"Eintlik," sê hy ongemaklik, "is ek nie van die filosofiese soort nie. Ek het maar net . . . gewonder hoekom so 'n jong bulletjie 'n handjiesklapper word. Jy dink dis oor sy ma issues gehad het."

"Ja," sy glimlag, "ik dink so."

"Maar wat dan van die pa?"

"Goeie vraag. Eigelik een nasionale issue, hè?"

Beeslaar skud sy kop, nie lus vir sulke nonsens nie.

Maar Liewe Heksie is op 'n roll. "Wat ik bedoel te zeggen," sê sy, "is . . daar ís geen vaders meer. Julle almal . . . Hoe zal ik het zeggen."

"Ons almal? Nee, hokaai . . ."

"Nee! Julle kinders groei op sonder vaders. Dát is wat ik wil zeggen. Twee derdes van alle kinders hier . . . leef zonder vader. En dan vragen julle nog waarom die land so . . . waarom daar zo veel woede en misdaad is, begryp je?"

"En dis ons mans se skuld?"

"Ja. Nee. Wag, niet zo snel reageren. Dit is . . . gekompliseerd. Tradisioneel is die Afrika-vader 'n belangrike figuur. Maar daardie . . . e . . . posisie is grootliks vernietig. En . . . sonder vaders. Die jongens . . . e . . . seuns. Hulle leer hoe om manne en . . . én vaders te word . . . by hulle vaders!"

"En ons het niks geleer nie?"

Sy sug gefrustreer. "Ja. Dit is niet so eenvoudig, Albertus. Ik sien dit hier by my – my kliënte. Kinders leer by hulle ouers om mens te word. Nergens anders."

"Watse kliënte het jy dan?" Hy hou sy glas dat sy nog 'n bietjie gooi.

"Ik is 'n berader."

"O. Ek dag . . . Jy bedoel soos in 'n sielkundige?"

"Ja. Nee, geen formele sielkundige, 'n berader."

"Wat bene gooi?"

Sy lag. "Ik is 'n geregistreerde kruiedokter, maar ik het 'n agtergrond in maatskaplike werk en sielkunde. Eintlik maar die werk wat die tradisionele sangoma doen, hè?"

"As jy so sê, seker ja. En jy sien baie vaderlose mense?"

"Wat ik bedoel te zeggen: Dit is een groter kwessie as mans wat . . . wat los en vast kinders maken. Dink trekarbeid. Dink armoede. Wat doen . . . Hoe voel 'n man wat niet sy kinderen kan versorgen? Skaam. Magteloos. Woede? Ja! Op wie . . . wie rig hy sy magteloosheid, die woede? Die weerlozen, natuurlik. Kinders en vroue!"

"En wat het dit met Malan du Toit te doen? Hy's nie juis werkloos nie – toe ek laas gekyk het?"

"Nee, natuurlik niet. Maar hy ís ontmagtigd!"

"Wát? Liewe hemel, Maaike, waar val jy nou uit?"

"Dié vader is co-dependent."

Beeslaar het nie woorde nie.

"Ken jy die storie van die dooie olifant in die sitkamer?"

"Nee. En ek wil ook . . ."

"Dit weeg vyf ton, stink ten hemele en almal in die huis voel magteloos. Het probleem is te groot. Malan du Toit het . . . Hy't gedink as hy dit . . . ignoreer, dan gaan die olifant vanself weg. Ons noem dit ontkenning, begryp je? Alleen een heel sterke, volwasse man pakt het probleem op. Ik dink niet hy was . . . of is zo sterk."

Beeslaar drink sy glas met een sluk leeg, staan op. "Ek moet gaan," sê hy. "Dankie vir die . . . e . . . wyn. En die wysheid."

49

Ghaap kyk na die bondel trekkies wat opgewonde vir Patrick-die-baas staan en vertel van die skietery. Ghalla wys die koeëlgate. Hulle rook. Steek vir mekaar sigarette aan. Kort-kort een op 'n selfoon. Gelag en geskouerkloppery tussendeur. Nóg trekkies kom aan. Bring bottels Coke. Ghalla sluk nog 'n Grand-Pa-poeier met syne af.

Ghaap staan weg van hulle, boude oor die enjinkap van Duif se kar gehaak. Jaloers, as hy eerlik moet wees. Op hierdie ouens se kameraderie. Hy self is nou al 'n paar jaar in die polisie, maar dis eers van Beeslaar daar aangekom het dat hy weet hoe hierdie ouens nou voel. Soos oorlogsveterane. Ouens wat saam in die loopgrawe gestaan het. Broers. Dit skep 'n band wat geen mens weer kan losmaak nie. En hy reken . . . miskién is dit so 'n band wat hy met die bedonnerde Beeslaar het. Want hulle wás al saam in die loopgrawe. Saam vir 'n aankomende koeël gekoes.

En nou gaan hy vir Beeslaar drop. Want as hy nóú loop . . . of gedwing word om te loop, sal hy hiér moet bly. Hy kan nie huis toe nie. En hy weet voor sy siel . . . hiér sal hy nie oorleef nie. By die Orlando-polisie het hy klaar sy gat gesien. Maar al word hy ook nie geskors nie . . . Die politiek daar is te kwaai vir hom. Die enigste Dushy in die plek. Ouens soos Mthethwa, wat openlik rassisties is. Altyd hom laat voel hy's nie welkom nie. Sal staan en praat met 'n tjommie, skielik stilbly as Ghaap aansluit. Of hy ghwarra met Ghaap: "Heita, butizi! Hier's die kom-ver!" Almal lag, Ghaap ook. Tot hy agterkom 'n "kom-ver" is 'n vreemdeling, 'n makwerekwere.

En dan is dit hierdie plék. Newwermaaind die misdaad. Dis te benoud hier. Te veel mense. Te veel nasies wat mekaar moet uitwerk vir oorlewing. Soos hiënakleintjies in 'n werpsel. Die enetjie met die grootste moordlus . . . dis die een wat oorleef. Hy't hulle al gesien, die ou kolwolwe. Die ma het net twee tiete. En net genoeg melk vir een kleintjie. So dis rek of vrek. Die sterkes werk die ander swakkes uit. Hy loop lê daar eenkant in die gat, gaan dood.

Hier in die wyk het hulle 'n naam daarvoor: ukutabalaza. Om te oorleef. Om te skarrel. Te spin, sê hulle. Enigiets om jou hand op smeka te lê – geld. Maak nie saak hóé nie. Maak glad nie saak nie. Jy vat. Jy gryps, jy laat looi met die lemme – ukuhlaba! Of jy steel 'n stadige ou soos Ghaap se wiele – 'n Pentium I.

Nee. Hierdie plek is nie vir hom nie. In die eerste plek is dit sy blou bloed, sy lidmaatskap van die Vaders. Dis soos sy mense in die Noord-Kaap na 'n polisieman verwys. Die darkies hier roep weer anders: Bokgata of Bo 4. Die bruines gebruik gattas, varke vir die N'gamla – die wit cops.

Al die name is juis sy tweede probleem hier: "onverstandigheid" met die tale. In 'n plek waar dit net die top honne is wat oorleef. Elkeen het sy eie plan. Jy's of lid van die Amanyora, die sleg klomp, of jy's 'n mamparra.

Sy selfoon lui.

"Sersant Ghaap?" Hy herken dadelik Uncle Solly, die stasiebevelvoerder, se stem.

"Middag, kolonel!" Ghaap spring pennetjie-orent.

"Jy moet maar inkom, hoor. Ek roep alle mense op rusdae terug. Ons het alle hande nodig. Nagskof, nè?"

Die foon gaan dood en Ghaap staar vir nog 'n minuut daarna. Nie seker oor wat hy nóú moet maak nie. Hy onderdruk die impuls om vir Beeslaar te bel, hom in te lig sy luck het gechange. Hy stap opgewonde in die rigting van die bondel trekkies. Hulle moet blykbaar op die toneel bly tot iemand van die forensiese afdeling gekom het – vir vingerafdrukke en bewysstukke. En die Triekster moet glo bly om die boekwerk met die cops te square. Omdat daar 'n skietery was.

Duif gooi sy arm oop vir Ghaap. Om by hulle kringetjie aan te sluit. Maar Ghaap sluit nie aan nie. Hy vra weer lift. En hierdie keer, voeg hy by, moet hy régtig werk toe gaan.

Duif vra nie vrae nie.

Dis al donker toe hulle voor die Orlando-Oos-polisiestasie stop. Hulle het intussen die polisieradio se volume opgedraai en geluister na die opdrag om op die uitkyk te wees vir die ou wit Mercedes wat laas in 'n oostelike rigting uit Soweto opgemerk is. Moontlike ontvoering: wit vrou, middel dertigs. Swanger. Met 'n baba van twintig maande. Die buurt waar die skietery was, word genoem as laaste plek waar die kapers opgemerk is. Waarskuwing – gewapen en gevaarlik. Approach with caution.

"Gaan 'n lang nag wees, my ou. En jy't brekfistyd helfte van jou kos laat staan!" Duif haal 'n bruin kardoes agter sy sitplek uit en bied vir Ghaap 'n stuk droëwors daaruit aan. "Dié plek het nie beskuit nie. Knaag jy solank hieraan."

Ghaap gryp die droëwors na 'n sekonde se weifeling en stap dan by die dienstekantoor in. Hy's steeds in sy civvies, maar hy reken dit gaan nie vannag saakmaak nie.

In die gang op pad na die algemene kantoor loop hy vir

Mabusela raak. "Jy's saam met my," sê hy en wys Ghaap moet hom volg.

'n Rukkie later val hulle in by die verkeerstroom, stad se kant toe. Mabusela sê Ghaap is vanaand die skrywer. Daar's 'n clipboard in die vakkie van die deur langs hom. Hulle gaan na die slagoffer se huis in Melville, verduidelik hy.

"Sy's agt en dertig jaar oud, wit, nege maande ver swanger en het haar babaseun by haar. Sy's laas gesien by 'n restaurant naby aan haar huis, die Lucky Bean. Sit vir ons die adres in." Hy wys na die GPS op die kar se paneelbord, draai die polisieradio bietjie sagter. Die adres wat hy aangee, is vir iewers in Sewende Laan. Ghaap kan sy ore nie glo nie. Kan dit diesélfde straat as die televisiereeks s'n wees? Sy ma sal hom nooit glo nie. Dis die naam van haar gunsteling-sepie, en sy't seker nou net klaar gekyk.

Ghaap wonder wat van Mthethwa geword het en hoekom hy nie saam met hulle is nie, maar hy vra nie.

Hulle ry in stilte deur die woonbuurte. Eers Orlando-Oos self, waar die skemeraand die rye baksteen- en sinkhuisies in 'n sagte, rosige waas toemaak. Oral is daar kinders wat nog in die laaste lig buite in die strate speel. Oumense wat oor 'n voorhekkie hang en met iemand oorkant die straat gesels. Die meeste huisies en sinkpondokkies het elektriese lig in, maar hier en daar sien Ghaap die warm gloed van paraffienlampe by 'n oop voordeur uitspoel. Daar is telkens 'n kamer of 'n aparte sinkhuisie aan die voorkant van die erf met 'n groot, oopgeslane luik agter veiligheidstralies – spazawinkeltjies wat deur huiseienaars bedryf word, basiese noodsaaklikhede soos mieliemeel, sigarette, lekkergoed en selfoonlugtyd. Hy't iewers gelees daar's veertigduisend van hierdie winkeltjies in die groter Johannesburg-area.

Hulle ry verby een waar mense houtgerus rondstaan, kleintjies op die heup. Gesels gesellig in die ligkol wat uit die betraliede venster val. Tussendeur is daar hier en daar 'n sjebien waaruit 'n harde doef-doef hulle in die verbygaan tref. Met 'n klompie "gents" wat op die sypaadjie buite saamkoek in netjiese hemde en broeke, goeie kantoorskoene en 'n fedora op die kop. Sommige van hulle sit in 'n kring op hulle hurke, verdiep in Morabaraba, die gewilde Afrikaspeletjie wat met klippies en sade in 'n houtbord of sommer in gaatjies in die grond gespeel word. Ghaap ken nie die spel nie, het dit die eerste keer hier in Soweto gesien.

Daar's 'n rustigheid, 'n amperse kleindorpse landelikheid wat oor die plek neergedaal het. Niemand sal sê dat hierdie plek 'n reputasie as rampokkerparadys het nie. Spog met die hoogste verkragtingsyfer in die wêreld. En dan praat jy net van die syfer wat aangemeld word.

Hy vra of Mabusela al na die sepie *7de Laan* gekyk het. Die grys kop skud. Hy's nie vanaand 'n prater nie.

Hulle is gou uit die rustigheid uit, beland in die groter stroom verkeer deur die bruin woongebied. Al die dorpe in die land is so ingerig: wittes eenkant, waar die winkels en besighede is. Dan die kleurlinge en die Indiërs. En dan die swartes. Ver weg. *Kom-ver* gemaak deur apartheid.

Ghaap begin weer die omgewing herken. Hulle is in Canada Road – waar hy net gisteroggend nog loop en klippe skop het. Voel soos 'n leeftyd gelede. Bring die moerigheid terug oor sy kar. Hy swets hardop.

"Wat?" vra Mabusela, sy oë op die pad.

"My kar," antwoord Ghaap. "Dis gesteel."

Die gryskop klik sy tong. "Skebengas," is al wat hy sê.

"Is dit dieselfde as 'n jackroller?" vra Ghaap.

Die gryskop lag. Maar hy sê niks, want hulle val vas in Main Reef Road, die groot aar oos-wes. Karre staan alkante van die wind opgedam, die verkeersligte buite werking. Mabusela klap weer sy tong, sit die blou lig aan. Druk deur. Hulle ry 'n hele paar kilometer in druk verkeer. Die blou lig bly aan. Toe hulle by die Helen Joseph-hospitaal verbysuiker, ontspan Mabusela.

" 'n Jackroller," sê hy dan, "is 'n snuiter wat net twee goed in sy kop het – geld en seks. As hy in die omtrek is, moet die mense met meisiekinders hulle deure sluit. Want as hy inkom, kom vat hy alles. Hy loop weg met 'n smaail. Die meisiekinders wat agterbly, loop bakbeen. Gerape. En as hy wil, dan dress hy sommer die ander vroumense in die huis ook. Dis maar sy way. Hy't baie name, daai outjie. Hy's 'n playa, 'n gent, 'n majita. Dis hoe dit maar is hier in die wyk," sê hy.

"So skebengas is dieselfde?"

Mabusela wikkel sy kop. "Soort van," sê hy dan, " 'n heavy criminal."

Melville, sien Ghaap, die régte Melville, lyk nie juis baie . . . Hy weet ook nie wat hy verwag het nie. Die hoofstraat begin 'n effense Afrika-kleurtjie kry, met KFC's en ander kitskosplekke, 'n Chinese winkel en 'n kroeg van waar hy musiek hoor pomp.

En in die woongedeelte sit die huise agter hemelhoë mure. By sommige, meen hy, sal jy nie eens weet daar sit 'n huis agter nie. G'n nok of dak wat uitsteek nie. En dis stil. Niemand op straat nie. Selfs nie karre wat ry nie. Lyk of die Groot Wegraping vroegtydig hier begin het. Die plek het 'n donker, bedrukte, vreesagtige gevoel. Selfs die straatligte is dof, besef hy, toegegroei van die baie bome.

Die huis waar Mabusela stop, kan 'n mens wél van die pad af sien. Hy sit hoog bokant die straat, opgebou teen die Mel-

ville-koppie. Hy't 'n hoë muur en traliehekke, lemmetjies-
draad. En 'n elektriese heining bo-oor.

Hulle klim uit. 'n Helse hondegeblaf bars los sodra Mabu-
sela die elektriese klokkie by die hek druk. Iemand antwoord
in Engels oor die interkom en Mabusela kondig homself aan.
"My naam is Rebecca," sê die vrou wat die voordeur oop-
maak. Haar oë staan soos pierings, die skrik gee haar gelaat
'n gelerige skynsel.

Sy lei hulle in 'n gang af na 'n slaapkamer, waar 'n ou man
in die bed lê. "En dis oupa Matthee. Dis mevrou Gerda se
pa." 'n TV-stel saai die Afrikaanse nuus op volsterkte uit. Hy
steur hom nie aan die twee polisiemanne nie, sy oë vasgenael
op die toestel.

Mabusela vra of die TV afgeskakel kan word. Sy kyk be-
noud na die ou man. "Oupa, ons kyk weer later die nuus,
oukei?" Sy tel die afstandbeheer op, maar die ou man kry
skielik lewe en slaan wild na haar. Sy tree vinnig terug, maar
sy vuis tref steeds die hand waarin die afstandbeheer is. Dit
kletter grond toe.

"Los!" roep die ou man. "Los. Dis die nuus. Ek kyk nuus!
Los." Hy kyk agterdogtig na Ghaap. En dan val sy oë op Ma-
busela, wat effe agtertoe staan. Die ou man se oë sper wyd-
oop en hy skree. "Help! Help! Pattie! Help, dis 'n . . . dis
'n . . . Heeeeeelp!"

Rebecca wys vir Mabusela en Ghaap om uit te gaan en buk
af vir die afstandbeheer. Sy prop dit vinnig in die oukêrel se
hand, wat naarstig daarna gryp en die klank opdraai.

"Vir wie roep hy dan so?" vra Mabusela toe hulle wegstap.
Sy lei hulle kombuis toe, wys hulle moet sit. "Dit was sy vrou
se naam. Pat. Oupa is baie siek. Hy't die vergeetsiek. En . . .
jô, hy's baie moeilikheid. Van gister af al. Soos hy raak sieker,
so baklei hy. Of hy huil. Hy roep vir sy vrou. En dan huil hy.

318

Al ding wat hom besig hou, is die TV. Mevrou neem nuus op. By die masjien. En as die oubaas so af raak, dan speel ons vir hom die nuus. Selle nuus. Worrie nie."

Sy staar na Ghaap en Mabusela, asof sy wag dat hulle raad het. Of minstens goeie nuus.

Mabusela sê iets in Zoeloe, maar sy skud haar kop. Sy verstaan nie die taal nie, beduie sy. Sy's Tswana. Dan: "Waar's my mevrou? En Kleinpietie. Die seuntjie. Elke dag, mevrou sy gaan by die werk, ek kyk agter die oupa. Ek en Xolani. Hy werk by die tuin."

"En gister?" Mabusela wys vir Ghaap hy moet notas neem.

"Nee. Gister ek wag, maar sy kom nie. Ek dink miskien sy't by die shop geloop. Of by Baz, dis die boyfriend wat hy wil met haar trou. Maar sy't my niks gesê nie.

"Nine o'clock, toe weet ek. Ek bel by meneer Baz se plek, maar niks. Ek weet nie wat het ge-gebeur nie. Dalk die kleintjie, die babbatjie het uitgekraam. Sy's by die hospitaal. Dalk was dit vinnig. Ek weet nie. Ek bel die pôlieste."

"Wie is Xolani en waar is hy nou?"

"Nee, Xolani, hy's weg. Maar hy werk ook hier. Hy doen die maintenance en hy help sorg met oupa. Hy't netnoumaar geloop. Hy moet by sy huis gaan. Sy kind, hy's siek. Maar hy kom weer. Vorige nag, hy't ôk hier gekom bly. Toe onse mevrou nie uitkom nie, ons wil nie geloop het nie. Want die oupa kan nie allenig bly nie. Hy maak groot moeilikgeit."

Sy kyk na albei mans, ontsteltenis in haar oë. Mabusela vra wanneer sy die saak aangegee het en sy vertel van die konstabel wat die vorige aand laat opgedaag het, beloof het hulle sal navraag doen by die hospitale. Sy het niks weer van hom gehoor nie.

Dit was eers vroeg vanoggend, vertel sy, dat sy onthou het van die maatskappy wat die karre soek, die trekkies. Die buurvrou het kom help en tussen die twee van hulle het hulle die regte maatskappy opgespoor en kon hulle alarm maak.

"Ons weet sowaar nie wát van onse mevrou geword het nie. Sy't gister . . ." Sy kry trane in haar oë, vee dit met haar voorskoot af.

"Hoe ver is mevrou Matthee swanger?" wil Mabusela weet.

"Nee, die bybie se tyd is nou."

Mabusela wil weet waar hulle Baz kan vind. Sy noem die naam van 'n restaurant in Melville se hoofstraat. Ghaap skryf neer. "Hy wil trou met haar," vertel sy. "Maar dan sal die oupa moet weggaan. En mevrou, sy sê nee, sy gaan agter Oupa kyk tot hy vanself afsterwe. Sy sê vir my: 'Rebecca, ek het alles geverloor. Ek kan nie vir Oupa wegsmyt nie.' Meneer Baz hy's kwaad. Hy sê die oupa hy moet by die siekplek gaan. Maar mevrou sê net nee. Ammekaar nee." Sy skud haar kop vir die probleem.

Sy gee vir hulle "meneer Baz" se selfoonnommer en Ghaap bel, maar sonder sukses. Die foon is afgeskakel.

Ghaap kyk om hom rond. Hy mis iets, maar weet nie wat nie. Dis 'n netjiese kombuis, 'n kuiertafel in die middel. Die sitkamer is ook 'n gesellige vertrek, landskapskilderye teen die muur.

Dan snap hy: Dis foto's wat hy mis. Huis met 'n baba, 'n boyfriend, 'n oorlede moeder, sterwende pa. Daar moet mos foto's wees.

Hy stap die gang af, verby "Oupa" se kamer. Langsaan is nog 'n kamer. Lyk soos 'n spaarkamer – met strykplank en 'n wasgoedmandjie in die een hoek. Twee enkelbeddens, waarop die vorige nag geslaap is. Seker Rebecca en Xolani.

Hy trek een van die ingeboude kaste oop. Binne is lakens, komberse, handdoeke. En kinderklere. Hempies, 'n trui met Superman op – groot genoeg vir 'n vier- of vyfjarige. Hy kyk in 'n kragie vir 'n naam. Sien niks. Dalk het die boyfriend kinders van sy eie. Deesdae bly daar mos maklik drie, vier spanne onder dieselfde dak.

In die hoofslaapkamer loer hy vlugtig in die kaste, sien min mansklere. Die man bly dus nie hier nie.

Ook hier is daar geen familiefoto's nie. Hy trek die bedkassie se laaie oop, vind 'n babamonitor, haarborsel, Bybel en 'n boksie gemmerpille. *Werk naarheid teen*, verklaar die plakker buite-op. Hy maak dit oop en ruik. Hoenderhok, besluit hy.

Voor in die Bybel is 'n inskrywing: *Aan ons mooiste meisiekind – vir jou aanneming. Pa en Ma.* Die datum daarby: *1990.* Hy blaai vlugtig deur, sien hier en daar 'n droë plantblaar, elk met 'n datum: *Neil – 2006. Fransie – 2008.* Ou boyfriends? Heel agterin, agter die leerskede van die omhulsel, is daar 'n paar foto's. Een van 'n jong bruin polisieman. Moet maklik twintig jaar gelede geneem gewees het. Die man lyk nog ene blougat. Op 'n ander foto is hy, nou bietjie ouer, saam met 'n rooikopvrou. Albei se gesigte is effe dof, maar hulle lag uitbundig, elkeen met 'n bottel bier in die hand. Agter hulle staan 'n lang, donker man, sy gesig effe weggedraai vir die kamera – asof hy op die laaste oomblik kop uittrek vir die foto.

Ghaap staar na die foto. Hy kan sweer die lang man lyk soos 'n jonger, maerder Beeslaar. Die groot skouers en rugbystut-skof is egter dieselfde. Soos die reguit neus en dik oogbanke in 'n frons saamgetrek. Op jeugdige leeftyd al permanent bedonnerd.

Ghaap skud sy kop. Dis moontlik. Maar van alle mense . . . Hy blaai deur die res van die foto's. Verskeies met babas, dan die rooikopvrou met twee klein seuntjies.

Hy kies een van die meer duidelike foto's van die vrou, aarsel 'n sekonde, dan steek hy die foto met die Beeslaar lookalike ook in sy hempsak.

50

Gerda se hart hamer in haar ribbekas. *Nie nou nie, Ou-nooi, nou is nie 'n goeie tyd nie. Iemand sal ons kom soek, by 'n hospitaal kry. Dán kom jy!*

Sy moet nou kophou en kalm bly.

Langs haar, hier teenaan haar, hoor sy weer die Dier se gekrap en getjank. Met groter drif as vantevore. Hy ruik die stres, wéét hier kom iets.

Sy hoor die man se stem, die een wat by haar was. Die wreedaard. Hy praat met die Dier. Sagte, kloekende woorde. Sy hoor 'n hek oopskarnier, die ketting wat sleep, voetstappe. Die man wat die Dier uitlaat?

'n Geluid by haar deur. Sy skrik. Luister met elke instink. Die deur skraap stadig, baie saggies. Klein, delikate stote.

Gerda probeer haarself draai, weg van die deur, om die baba te beskerm. Die deur gaan weer toe.

'n Fluistering: "Lady." Dis die kind, die een wat vroeër by haar was, Mpho. Hy haal weer die muilband oor haar mond af. Sy sluk, om haar tong nat te kry.

"M . . . Mpho. Is that you?"

"Thula! Shhh." Sy voel hoe hy haar hande losmaak, haar voete.

"Please, what did you do with my child? Who . . . Who are these people? Why did he hit you?"

"No talk, thula. Him angry."

Stilte. Sy luister fyn, probeer haar eie asemhaling reëlmatig hou.

"Mpho!" Hy antwoord nie. "Will you help me, Mpho? Please, they are going to kill my child!"

"He does not like the naughtiness. Is all."

"Who? Who is this man?"

Stilte.

"Mpho, are you hurt? Does it hurt badly? Did he hit you with the sjambok?"

"He shapa the naughtiness. I'm all right. I'm big now. No talk. We wait."

"Is it your father?"

Die kind sug.

"How old are you, Mpho?"

"Fifteen."

"I think you're nine."

"I work for him," is al wat hy antwoord.

Van iewers af hoor sy 'n enjin. Diesel. Kan dit 'n vragmotor wees? Of 'n motorfiets?

Die geluid kom nader, maar aan die terugploffing hoor sy dis bloot 'n ou kar waarvan die uitlaatstelsel en knaldemper geblaas is. Dit stop iewers naby en twee deure klap.

Sy hoor iemand roep, 'n stem van iewers binne die huis wat terugroep.

Mpho giggel.

Dan 'n harde gil, 'n man wat skree. Voetstappe, vinnig, en kardeure wat klap.

Mpho giggel weer.

Sy vra wat gaan aan, maar hy antwoord haar nie. Dit moet die Dier wees, besluit sy. Die pa sit met daardie Dier in sy voorhuis. Hy gebruik dit tien teen een as wapen teen ongenooide besoekers. Of om klante mee te beïndruk. Is hy 'n toordokter? Wat sy toorkrag só wil demonstreer?

As hierdie 'n sangoma is. Nee, daar's geen twyfel nie. Hy móét een wees! Die vreemde reuke en die geprewel en die rook. Die geritsel van houtkrale, beendere, vere. Dan is haar teenwoordigheid hier . . . Haar brein weier om die berekening te maak. Maar sy onthou die man se stem, vroeër. Gister? *Fifty thousand for the unborn.*

Sy hoor die man se geslof buite, die rinkel van die Dier se ketting. Die hekkie van sy hok wat piep en die Dier wat byna dadelik sy heen-en-weer-tog hervat.

Die man se voetval verdwyn, terug die huis in, vermoed sy.

Na 'n minuut of twee klink daar weer stemme op, kennelik die besoekers wat terugkom, noudat die Dier weer weggesluit is.

Gerda besef sy het heeltyd haar asem opgehou. Die paniek klem haar bors toe. Sy byt op haar onderlip. Hárd. Proe die bloed, maar sy hou nie op nie. Sy móét kalmeer. Sy móét. Vir haar kinders. Sy is al een wat nou vir hulle kan baklei.

"Mpho . . . they are going to kill my babies. You must help me. The police . . . They . . ." Die huil oorval haar en sy snuif vererg. Nie nou swak word nie.

Sy voel 'n sagte hand aan haar skouer.

"Shhh. Please. Mpho help you. Thula, quiet. He will hit us. He . . ."

Sy gryp na sy hand en rol moeisaam terug op haar rug.

"Where's the baby!"

"The mother. She looking after it. She make it sleep."

O goeie Here. Hulle voer die kind slaapmiddels of iets. En hy's nie sterk genoeg nie. Hy was nooit 'n sterk baba nie. Hy sal . . .

"Take the blindfold off, Mpho!"

"No! You lie still."

"I *cannot* lie here and let your father sell my baby!" Sy praat al hoe harder.

"Thula! We wait. You no thula, I run away."

Sy hoor stemme nader kom – die wreedaard s'n herken sy. Twee ander manstemme. Die seun skarrel vinnig weg van haar.

Die deur skraap oop.

Gerda lê doodstil, hoor haar hart hamer. Daar's mense, weet sy. Hulle kom nie nader nie, maar sy weet hulle kyk na haar. Sy verroer nie, bang iemand merk op haar hande en voete is losgemaak.

Die deur gaan weer toe. "Tomorrow, my brother. Be ready. We do the ceremony."

Die stemme beweeg weg.

B eeslaar besluit om tóg maar te loop. Daar's oorgenoeg
tyd. Die wind te trotseer wat hardhandig ruk aan bome
en struike, soos 'n poltergeist met issues. Gee hom maar eni-
ge dag die Kalahari se na-winter-wind. Laat Julie en Augustus.
Knaend. Meedoënloos en een-fokken-stryk deur. Iedere dag
opnuut. Vanuit die noordweste tot teenaan die woestynkus
van Namibië, waar hy die dag in nag omskep en die verf van
jou kar af vreet. Hy vreet op die lang duur jou senuwees ook
op. Maar hy't niks van hierdie onbeskofte woestigheid nie.

Hy loop en nadink oor Maaike van der Wiel se filosofiese
gesprek van nou net. Oor die Du Toit-telge. En wat sy te sê
het oor mans. Suid-Afrikaanse mans, wat sulke swak vaders
is. En hy weet. Sy's eintlik bleddie reg. Vat sy eie geskiedenis.
Vat Gerda s'n. Ag, hoeveel mense wat hy ken. Blikkies.

G'n wonder daar's soveel geneuk in die land nie. Val din-
ge so uitmekaar nie. Hy dink aan 'n ding wat hy op TV gesien
het, op 'n Amerikaanse cop show. Die poliesman wat sê die
groot beskawings van die verlede, wat geval het . . . Dit was
nie soseer die gulsigheid en korrupsie onder sy regeerders
wat hom laat val het nie. Of 'n vyand wat die land binnege-
val het nie. Nee, dis oor sy waardes verdwyn het. Tot op die
vlak waar hy sy eie kinders verwaarloos, sy toekoms uitwis.
Kinders wat nie 'n stem het nie. Wat die lewe instrompel

met 'n agterstand. Emosioneel gekwes, 'n sagte teiken vir die onheil.

Wat het Maaike gesê van apartheid en onderdrukking? Apartheid se onderdrukking van die swart meerderheid is verby. Maar die onderdrukking van kinders vier nog hoogty. Hy skud sy kop. Wil die narigheid uitskud. En hy sien uit na 'n behoorlike dop in Jan Cats. Wat hom aan Blikkies herinner: "Drank los nie jou probleme op nie, maar die fok weet, tee en koffie ook nie!"

Voor hom, straataf, sien hy 'n vrou met 'n hondjie. Sy't die hondjie aan 'n leiband. 'n Mopshondjie, die soort met die swart draakspuier-gevreetjies. Die hondjie beur op sy krom pootjies, trek met al sy krag, soos 'n vooros, sy stertjie in 'n vet varkenskrulletjie op sy agterwerke.

Die vrou moet lang treë maak om by te hou, maar agteroor geleun teen die wind, soos een wat bergaf stap. Op hoë hakke ook nog.

Beeslaar loop haar van agter in. Die hond blaf.

"Jakob," raas die vrou. Sy kyk verskonend op na Beeslaar. Hy knikgroet. Stap aan.

"Verskoon," sê die vrou dan skielik. Hy gaan staan, die hond hou aan met blaf. Sonder om te dink, tel hy die hond op.

En tot sy misnoeë word hy beloon met 'n oorstelpte glimlag. "U is . . . gaan tuis by Maaike, nie waar nie?" Sy vat aan haar hare, wat die wind van agter af skep en oor haar gesig gooi.

Hy knik. Die hond lê steunend op sy voorarm.

Sy begin weer stap, die hond se leiband steeds in haar hand. "Die wind," roep sy vir hom, "laat my altyd aan my oorlede ma dink. As ek so gekla het daaroor, het sy altyd gesê dis goeie oefening vir die bome – die gedans in die wind."

Sy draai in by 'n huis op die hoek van 'n stil doodloop-
straatjie. 'n Mooi grasdakhuis, oud. Daar's geen heining nie,
'n mosbegroeide klippaadjie wat na 'n koningsblou voordeur
lei. Sy wys hy moet volg, hond en al, lyk soos die visterman
wat die haai gevang het wat die snoek gevang het.

Beeslaar sit die hond neer in 'n gesellige voorportaal.
"Noem my sommer Birrie. Kom, kom drink 'n glas wyn,"
nooi sy en loop 'n gesellige sitvertrek binne. Twee groot ge-
makstoele in groen pastelle, Persiese tapyte, een hele muur
boeke. Die res van die mure is toegehang met skilderye. Mo-
derne keramiekvaas met lelies en verskeie potte met orgi-
dees op lang stelte.

Daar's 'n bottel witwyn in 'n koelemmer, sien Beeslaar.
"Thelema," sê sy en skink twee langsteelglase halfvol. "Die
eerste sauvignon van die seisoen. Na mý mening een van die
bestes hier rond."

Hulle gaan sit en die wyn is inderdaad lekker. Hy sal moet
stadig, weet hy, want hy gaan nie net Coke drink in Jan Cats
nie.

"Tragiese besigheid," sê sy en kyk met glinsterende oë na
hom. "Die twee kinders is by my op skool, nè?"

Sy is kort en atleties gebou. Bruingebrand, asof sy gereeld
langs 'n atletiekbaan staan.

Hy skat haar so middel tot laat veertigs, energiek. Spierwit
hare in 'n bob, die kuif wat in 'n kroontjie van haar groot
voorkop af wegwip. Sy dra 'n konserwatiewe donkerblou
baadjiepak, maar haar hoë hakke en oorringe van Zoeloe-
krale in die kleure van die landsvlag verraai 'n onnutsigheid.
Sy betrag hom met ingenome fassinasie, asof hy 'n seldsame
gogga is.

"Ek verneem jy is die Du Toits se privaat speurder?"

Beeslaar sug innerlik, help haar reg.

"Ek is my lewe lank al in die onderwys. Maar die Vader weet." Sy swaai haar glas wyn aan die lang steel, laat die vloeistof binne kolk. Sy ruik behaaglik daaraan en neem 'n slurperige mondjie vol. Fynproewer, wys sy, om Beeslaar se onthalwe.

" 'n Ding soos dié traumatiseer die kinders so. En glo my, ek het al baie dinge beleef. Maar om jou eie ma só aan te tref . . . Dit vat eintlik aan ons almal. Ek het dus gewonder of iemand soos u . . . of ek kan vra . . . U sal nie dalk kans sien om met die kinders te kom praat nie?"

Beeslaar val amper van sy stoel af. "E . . . hoe bedoel u?"

"Birrie. Noem my Birrie. Ek is adjunkhoof by die hoër-skool hier om die draai. U is tog 'n ervare polisieman. Wat die kinders dalk weer gerus kan laat voel. So iets soos hierdie wek onbewustelik angs by jong mense. En . . . e . . . daar was klaar vandag 'n voorval. By die skool. Een van die wit kinders se voortande uitgeslaan. En die slaner was toevallig swart. Die baklei was oor iets onbenulligs, maar toe . . . Die ouers kom tussenbeide en dis skielik 'n ras-ding."

"U bedoel die geveg het niks met die Du Toit-moord te doen nie, maar die ouers maak dit 'n rassekwessie?"

"Tussen my en jou gesê, ja."

"Vra vir kaptein Quebeka, sy lei die ondersoek. Dalk is sy selfs 'n oudleerling hier?"

Sy skud haar kop. "Ek vermoed sy's dalk te besig, as sy die ondersoek lei. En dit sal goed wees as dit 'n man is wat met die leerders kom praat. Sielkundig gesproke is 'n sterk vader-figuur dalk nou meer van pas. Iemand soos u," sê sy en knip haar wimpers.

"Dan sou ek voorstel u vra die stasiebevelvoerder, kolonel Baadjies. Ek is werklik nie in die posisie om so iets te doen nie." Hy verduidelik hy's eintlik met vakansie – dat hy beslis nie 'n privaat speurder is nie.

Sy lyk gepas teleurgesteld, neem 'n mondjie wyn.

"Hoe goed ken u die familie?"

Sy't die oë van 'n wakker foksterriër, sien Beeslaar. Mis niks.

"So goed soos die res, sou ek sê. Ek maak dit my besigheid om al die leerders se ouers te ontmoet. Ek glo absoluut daaraan dat ons as opvoeders 'n groot verantwoordelikheid het. Die ouers wil dikwels te véél van ons verwag. Hulle vergeet húlle is die primêre opvoeders van die kind. Maar met dié geval . . ."

Haar gelaat verander, word somber. Sy tel die wynglas op.

" 'n Mens wonder altyd . . . Kon jy dalk iets gedóén het. Want as ek nou vir jou eerlik moet sê . . . Daar was iets nie pluis met haar nie."

Beeslaar neem aan sy praat van Elmana du Toit.

"Die meeste van die ouers is betrokke by die skool. Dit kan nie anders nie, want sonder die ouers se . . . insette . . . As ons van ons staatsubsidie alléén moes leef, was hierdie skool lankal nie meer een van die bestes in die land nie. Die ekstra onderwysers alleen. Die toerusting. Die onderhoud. Ons ouers betaal daarvoor." Sy sit die wynglas neer. "En dan kry jy ouers én ouers, nè? Elmana du Toit was een van dáái." Sy rol haar oë en tel weer die glas op. Hy wonder hoeveel sy al die middag gedrink het.

"Ellie is nou graad elf. Dis 'n moeilike stadium in 'n kind se lewe – vis nog vlees, soort van. Maar sý . . . Ek weet nie. Dit lyk of sy eenvoudig . . . Ek wil nie sê verlore is nie. Dis dalk oordrewe. Maar . . . sy was sedert die begin van die jaar baie afwesig."

"O?" Beeslaar sit sy glas versigtig neer. "Was sy Dinsdag óók afwesig?"

Sy lig haar wenkbroue, knik betekenisvol. "Ja, sy was beslis afwesig. Ons het juis gister in die personeelkamer daaroor gepraat, jy weet? As skool moet ons natuurlik 'n gebaar van medelye maak, nè? Maar sy was sedert die naweek nie terug nie."

"Het een van julle navraag gedoen?"

Sy sug, trek haar mond op 'n bondel. "Dit was moeilik, die laaste tyd. Die kind het gewig verloor, swart kringe om die oë, skielike aggressiewe gedrag. Ek was oortuig sy ly aan depressie. Ons het Elmana gebel, natuurlik. Want Ellie is eintlik 'n uitblinker, amper oorpresteerder, maar enigeen kon sien sy is besig om . . . e . . . onder ons uit te glip. Elmana het gesê dis 'n fase. Sal oorwaai. Sy was ook maar so in haar tienerjare."

"So daar was geen gesprek nie?" Beeslaar dink aan Maaike se vyfton-olifant.

"Nee. Maar toe's sy skielik in die hospitaal en haar klasmaats vertel sy't selfmoord probeer pleeg. Haar polse gesny en 'n klomp van haar ma se slaappille gedrink. Maar Elmana het dit as 'n ongeluk bestempel, die kind het bloot die verkeerde pille gesluk. Nou vra ek jou: al was dit energiepille . . . Sy't volgens die maats omtrent dertig van die goed gesluk. Maar die ma het voet by stuk gehou."

"En die pa?"

"Ek ken hom nie juis so goed nie. Sien hom baie minder. Jy weet hoe dit gaan." Sy trek haar oë groot om haar opinie oor pa's te onderstreep.

"Sy was so vir 'n dag of tien uit die skool uit. En weer terug. Maar toe gaan dit eers sleg. Sy't aan niks meer deelgeneem nie. En sy was aanhoudend siek. Bly weg. Toe bel ek weer. Wil die ma én die pa gaan sien. Maar Elmana du Toit sê die kind is onder behandeling vir senuwees. En as dit vir mý 'n probleem is, sit sy die kind in 'n ander skool. Jy kon my met 'n veer omtik!"

331

Dis al byna seweuur toe Beeslaar by Jan Cats aankom. Quebeka sit klaar, maar hy kan dadelik sien iets skort. Haar gesig is vaal en moeg, haar kop in haar skouers ingetrek. Hy vang haar oog met die instapslag, sien die nederlaag in haar oë. Hy besef ineens: Dís wat sy eintlik verberg onder die voertsekhoudinkie. Langs haar sit 'n aantreklike klein vroutjie met wakker groenbruin oë. "Dis nou Charmaine Jephta," stel Quebeka haar voor, die kollega na wie sy telkens verwys. Die een met die goeie kennis van die bendes.

Hulle twee drink klaar elkeen 'n glas sap.

Beeslaar bestel 'n ordentlike dop: dubbel brandewyn, op die rotse. Dis nog te vroeg vir Coke.

Hulle klink glase, Quebeka wat die heildronk instel: "Op die eerste agt en veertig uur! En die groot fokop van my loopbaan."

Sy neem 'n sluk sap. "O, en op die grootste klomp clowns wat jy al in jou lewe gesien het. En die provinsiale kommissaris homself – mag hy lank leef! Want hy is op hierdie juiste oomblik, as we speak, besig om die groot sukses van hierdie ondersoek by 'n internasionale perskonferensie aan te kondig."

"Perskonferensie," eggo Beeslaar. "En watse sukses?"

"Met die oplossing van hierdie saak. Die darkie in die verhaal sit klaar agter tralies! En die vrou in die verhaal lyk soos 'n doos. Deur die provkom sélf gewys hóé los mens 'n saak op. Hoe 'n mán dit doen: tjop-tjop. Kragdadig. En hy maak nie 'n moordkuil van sy hart nie. Hy't ou Prammie goed laat verstaan dat daar sekere sake is wat 'n 'man' s'n is."

"So, dis Ndlovu?" waag Beeslaar.

"Einste. Die stomme drol het 'n stel duur oorringe van die vermoorde vrou in sy besit gehad. Dus: Hy't haar vermoor, einde van die verhaal. En jy, kaptein Beeslaar, kan nou amptelik jou swembroek en jou strandhanddoek en jou grafie en jou emmertjie gaan uithaal en by die see gaan ontspan. Ek en Charmainetjie hier het 'n berg papierwerk wat ons moet afhandel sodat die magte en kragte hulle se stempels daarop kan neerbliksem."

Sy en Charmaine klink nog 'n slag glase. Beeslaar wikkel syne sodat die ysblokkies hul lê kan kry.

Sy hart krimp vir Quebeka. "Ai, man," troos hy, "dis maar blerrie sleg. Maar jy moet jouself gereedmaak: Dié soort van ding gaan nog baie gebeur. Dis maar hoe dié jop werk."

Sy kyk op na hom, haar mond 'n platbeneukte streep.

"As ek jy was," sê Beeslaar, "het ek terugbaklei."

"Nie sprake nie, Beeslaar. Die getuienis teen Ndlovu is sterk. Hy't die oorbelle in sy huis gehad. Goed met baie diamante in. En dis sterk genoeg vir aanhouding."

"Maar het jy die moordwapen by hom gekry?"

"Ons het fokkol anders by hom gekry. Geen gun residue, nie 'n skoen op sy naam wat pas met die bloedspore op die toneel nie. G'n vingers, niks."

"Die goedere is natuurlik iets," antwoord hy na 'n ruk, "maar dis nie genoeg vir 'n slim prokureur nie. En glo my, daar sal genoeg jagse prokureurtjies wees wat Ndlovu se saak pro bono wil aanpak. Veral as dit bekend word dat Elmana du Toit 'n tikkop was."

"Ek's lus en fokkof. Gee my papiere in saam met die Du Toit-dossier. Want ek gaan nié sit en wag vir die lawsuit nie. Bliksem-bliksem-bliksem," sê sy. "Ek raak sommer aan die drink."

"Wat presies is die provkom se storie, Quebeka?"

"Ek dink dis maar al die slegte publisiteit die afgelope tyd. Al die mishaps wat ons gehad het. En die ses en veertig-miljoen rand-hofsaak teen die departement help ook nou nie juis nie."

Sy drink die glas leeg, trek 'n gesig vir die suurheid van die sap en bestel 'n Coke. Dan draai sy na hom: "Het jy dalk iets beters?"

"Een ding 'het' ek, en dis dat ons nog nie eens die puntjie van die ysberg in hierdie saak ontdek het nie."

Sy lig 'n wenkbrou. "Jy weet dan," sug sy.

"Eerste plek," sê Beeslaar en hou sy voorvinger op, "ons weet heeltemal te min van Elmana du Toit en wat met haar aangegaan het die laaste drie maande. Ná haar ma se dood. Ek dink sý moet ons lei na wat werklik Dinsdag in daardie huis gebeur het. Jou vriendin van die koerant bevestig dat sy haar jop op die voedselaksie se bestuur sou verloor. En sy praat van paranoia, dat Elmana du Toit glo op die dag van haar dood gebel het en haar wou sien. Sy het gepraat van 'n afpersery. Mevrou Syster het nie gegaan nie, want die vrou het vir haar hoog in die takke geklink. Ek lei af dis nie die eerste keer dat sy die paranoia gehad het nie."

Hy steek die middelvinger op: "Ons weet nie genoeg van haar presiese verhouding met Ndlovu nie. Wat, byvoorbeeld, as hy só getreiter was deur haar onstabiele gedrag dat hy regtig 'n maagsweer ontwikkel het? As ek reg verstaan, was sy nogal manies die afgelope maande, en het volgens Veronica Syster geglo Ndlovu wil van haar ontslae raak. Ek dink nie die stomme Ndlovu het genoeg dapperheid in hom nie. Maar . . . hoe kom die juwele in sy pozzie?"

"Hy sê sy't dit vir hom gegee."

Ringvinger: "Die slagoffer was 'n tipiese benzo-junkie. Al die senuweepille en die paranoïese gedrag, die tik. Het dit haar afpersbaar gemaak? Ja, seker. Maar deur wie?"

Pinkie: "Hoe ver was sy al op die trappe van verslawing? Hoe desperaat was sy al? Hoeveel tik het sy nodig gehad? En waar's die gereedskap dan, die straws? En wie's haar dealers?

Sy't tog sekerlik nie sélf loop skarrel vir die tik nie? Of was dit juis Ndlovu se jop? Het sy hom betaal met 'vaste goed'?"

Duim: "Ellie." Hy vertel haar wat Birrie, die adjunkhoof, hom pas vertel het. Bly sit met die duim in die lug: "Wat het in hierdie huishouding aangegaan? Hoe kon daardie vrou so baie middels gebruik het sonder dat dit 'n effek op haar gesin gehad het? Mense soos daai is onstabiel. Een oomblik normaal, volgende kan hulle jou kop van jou lyf af ruk, letterlik. Was sy ooit gewelddadig teenoor die kinders? Of was haar . . . ding meer emosioneel van aard? Die ouma sê sy't die kinders soos soldaatjies grootgemaak. Het sy in die laaste tyd baie erger geraak? Hoeveel? Ons weet sy het met ieder en elk vasgesit, geglo iemand wil haar doodmaak."

"By the way," sug Quebeka, "daar was bloed aan die papiermes wat ons op die toneel gekry het. Die meisie s'n. En ek het Veronica Syster weer ondervra, maar sy het g'n clue vir wie Elmana bang was nie. En ek dink nie sy huil baie hard oor die mens dood is nie."

"So ons moet weer na die pa kyk?" vra Charmaine na 'n ruk. "Gaan die provkom 'n baie gelukkige man maak, hoor." Sy bry, hoor Beeslaar. Ougat.

"Feit is, Charmaine," Quebeka onderdruk 'n Coke-hik, "Ndlovu is te . . . voor die hand liggend. Jy sê self die geldsake is dalk die ding wat ons gaan lei."

"Dis reg," beaam Beeslaar. "Daar sal tien teen een 'n geldspoortjie wees. Ons het nog niks anders op Malan du Toit junior nie? Jy sê sy hande het geen gun residue gehad nie, nè? En die bloed aan hom kom van die vrou probeer lawe. En die kinders? So, ons kyk na die geld. Hoeveel mense het hy nie die moer in gemaak met sy ontwikkeling daar in die vallei nie? Watse geld praat ons van, Charmaine?"

"Huidige pryse vir eiendom daar? Begin by vyfmiljoen

335

rand per hektaar, sou ek sê. Die vra-pryse vir 'n groot huis –
gastehuis, eintlik – is tans ses en twintigmiljoen. Ons praat
van boukostes vanaf so twaalfduisend rand per vierkante me-
ter. So dis groot geld, want die gemiddelde huis daar is seker
so agthonderd vierkante meter of meer."

"Raait," sê Beeslaar. "En weet jy al wat die oorsprong van
die geld agter sy projek kan wees?"

Charmaine skud haar kop en roer die ys in haar lemoen-
sap. "Werk nog daaraan. Maar een ding kan ek jou nóú al sê:
Dis nie van 'n bank nie." Sy kyk skrams op na Beeslaar.

Sy's skaam, besef hy verras, die hardeneut-oppervlak ten
spyt. Of is dit die idee wat Quebeka by hom gewek het? Maar
hier sit sy en bloos wragtag, glimlag in haar lemoensap in.
Mooi tande, sien hy.

"So jy sien?" sê hy vir Quebeka. "Charmainetjie stem ook
met my saam: There are more questions than answers. En dit
beteken daai docket van jou is nog ver van klaargeskryf! So,
gaan terug en baklei daarvoor!"

Buite gekom, loop hy teen die wind in.

Hy wou nog nooit glo dat hierdie wind iemand van die
grond af kan lig nie. Maar vanaand is hy bereid om van opinie
te verander. Hy herken die stadsaal se statige wit pilare toe hy
in Pleinstraat indraai. Op die hoek van die straat moet hy vir
'n oomblik gaan staan om die vlaag stof uit sy oë te kry. Dit
voel of hy reg in die bek van die tierende monster instap.

By die sirkel voor die Absa-gebou sien hy hoe 'n man se
das oor sy gesig rondgeklap word – asof dit elektriese skokke
kry.

'n Kar toet agter hom.

Die prokureur, Willem Bester, wys vir Beeslaar om in te
klim.

"Veels geluk, kaptein," sê hy toe Beeslaar in die koel stilte van die Mercedes inskuif, "ek hoor julle het die skuldige vasgetrek!"

"As u verwys na Ndlovu, hy's net ingebring vir ondervraging. Sover ek weet is hy nog nie aangekla nie."

Hulle ry 'n ruk in stilte. Die Mercedes glip haastig oor 'n vierrigtingstop, net om agter 'n rokende ou Nissan-bakkie te beland wat skaars teen twintig kilometer per uur ry.

"Dis nou ons beroemde Swart Sedoos, kaptein," sê Bester en gee vet om verby die rokende skedonkie te kom.

"Beroemd is dalk nie die regte woord nie," antwoord Beeslaar. "Vir hoe lank waai hy so?"

"Enigiets van twee dae tot 'n week. En dis nou ons gevaarlikste tyd. As daar 'n veldbrand uitbreek en hy waai só, is dit nag. Die wind hardloop met hom oor al hierdie berge."

Beeslaar sê niks.

"Waar kan ek jou aflaai?" vra Bester.

"Ek ry saam tot by jou huis. As meneer Du Toit nog daar is."

Malan du Toit sit met 'n glas wyn in sy hand na die *Business Report* op BBC en kyk toe Beeslaar en die prokureur die huis instap. Hy staan verbaas op. "Ek dag jy's weg."

"Ek bly nog tot Sondag," antwoord Beeslaar.

Die prokureur bied Beeslaar 'n glas wyn aan, maar hy wys dit vinnig van die hand. Vra water. Wat hy in stilte begin sluk terwyl Du Toit besig raak om nog 'n bottel wyn oop te maak. Hy sien hoe noukeurig die lood om die prop met 'n messie afgesny word, die kurktrekker wat dan piepend ingedraai word en op 'n sagte noot uitglip.

Die prokureur verskoon homself en Du Toit gaan sit, plaas die bottel en 'n ekstra glas op 'n koffietafel voor hom neer.

Hy lig sy glas in Beeslaar se rigting. "So dit was toe Vincent," sê hy dan. Hy't 'n vreemde uitdrukking op sy gesig – 'n soort beangste verligting. 'n Spier trek aan sy mondhoeke, laat dit lyk of hy wil lag.

"Ek dink dis nog te vroeg om vir seker te sê, meneer Du Toit."

"Dit was tog nou net op die nuus! Perskonferensie, alles. Maar nie een van julle dink daaraan om ons, die familie, in te lig nie. Of is dit nou maar net nóg 'n moord? Gewone dag by die werk vir julle klomp?"

Beeslaar swyg. En Du Toit doop 'n voorvinger in sy wyn en trek daarmee 'n weenklank uit die fyn kristal van sy glas. Die geluid vibreer treurig teen al die ander glas in die vertrek.

"Was u bewus daarvan dat u dogter nie meer op skool was nie?"

Die geluid stop, maar Du Toit kyk nie op nie. Dan doop hy weer die vinger in die wyn en hervat die lamentasie.

"Meneer Du Toit?"

'n Klein slukkie wyn, wat hy oor sy tong rol en geoefen inasem. Sy oë gaan toe terwyl hy sluk. Toe hy hulle weer oopmaak, is daar iets pleitends, iets moegs in sy oë.

"Ellie was siek," sê hy uiteindelik.

"En u vrou?"

Hy neem nog 'n klein slukkie van die wyn. Die hand wat die glas vashou, sien Beeslaar, bewe liggies.

"Sy . . . e . . . Kan ons dit nie nou maar met rus laat nie? Laat ek my vrou begrawe in rus en vrede."

"U sal die een of ander tyd daaroor moet praat."

"Maar Vincent . . . "

"Ons weet nog nie dat Vincent Ndlovu die skuldige is nie, meneer Du Toit."

Du Toit frons, asof sy brein iets moet bereken wat eenvoudig te moeilik is. "Jy weet, ek het nie eens geweet Elmana se oorbelle is weg nie. Ek het dit vir haar uit Rusland gebring. Dis die tweede grootste diamantland ter wêreld, jy geweet?" Beeslaar skud toegeeflik sy kop.

"Meer as twee karaat vleklose stene aan elke oor. Magna cut, honderd en twee fasette elk. Ek weet nie of dit vir jou iets sê nie. Maar 'n duurder steen as dit kry jy nie sommer maklik nie. Sy . . ." Hy sug, kyk na die glas in sy hand. "Miskien was dit vir haar 'n waardelose present. Ek het haar dit selde sien dra. Daarom dat ek nie geweet het dis weg nie."

"U begryp seker dat Ellie en u seun se . . . weergawe van twee dae gelede . . . dat dit nie juis sin maak nie, gegewe die feit dat Ellie tuis moet gewees het ten tyde van die moord?"

Du Toit frons weer, sy oë steeds op die wyn in sy hand.

"Maar dis . . . wat?" Hy staar onbegrypend na die glas – asof hy dit vir die eerste keer raaksien.

Is die man dronk? Of het hy régtig geen idee van wat in sy eie huishouding aangaan nie? wonder Beeslaar.

"U dogter was die afgelope maande dikwels afwesig van skool, maar Dinsdag het sy u laat verstaan dat sy om vieruur van haar musiekles af gekom het en haar moeder se liggaam in die huis aangetref het."

"Dit was regtig . . . so 'n deurmekaar dag. Ek weet nie of sy . . . Ek het . . ." Hy kyk op na Beeslaar met oë wat vir die eerste keer begin fokus.

Dan kom die prokureur terug. Hy's in 'n kortbroek en 'n T-hemp, kaalvoet. Sy voete soos twee bleek visse. Hy vat die glas wat Du Toit na hom uithou en wag dat hy vir hom wyn inskink.

"Hierdie man beweer dat ons lieg oor Dinsdag, Wim."

"Hoe so?" Aan Beeslaar gerig.

"Meneer Du Toit se dogter was nie Dinsdag skool toe nie. So ek wonder maar hoekom meneer Du Toit hier, en sy seun, Dawid-Pieter, iets anders in hulle verklarings gesê het. En blykbaar was Dinsdag nie Ellie se eerste selfmoordpoging nie."

Bester frons. "Is hierdie soort ondervraging nie bietjie mosterd na die maal nie?"

Beeslaar kyk nie na hom nie, sy aandag steeds by Du Toit: "Wel, iémand lieg. En waarom, sou u sê, meneer Du Toit, het Ndlovu die twee duur juweelstukke van u vrou in sy besit gehad?"

"Dís nou belaglik," sê Bester. "Hy't dit natuurlik gesteel! Sy het hom betrap en hy het haar vermoor. En hy's . . ."

Hy knyp die sin af toe Beeslaar skielik opstaan en sy waterglas neerplak. Hy't genoeg gehoor. "Kaptein Quebeka sal verder met u gesels, meneer Du Toit. Maar as u meer inligting oor u kinders wil hê, praat gerus met doktor Birrie Scholtz, die adjunkhoof by hulle skool. Want vir mý lyk dit nie of u veel weet van wat hier langsaan by u eie huis aan die gang was die laaste tyd nie."

Hy loop deur toe. Die twee manne agter hom sê geen woord nie.

By die deur draai hy om, sien hoe Du Toit die res van die glas wyn in sy keelgat afgooi.

"We wait."
"The blindfold, Mpho. Take it off, please. I need to see."

"No. The Fatha, he sees everywhere."

Sy begryp nie wat hy wil sê nie. Maar sy praat nie teë nie. Netnou verander hy van plan. En dan, skielik, hoor sy vir Kleinpiet.

"He's crying, Mpho! Please, you must fetch him. Tell your mother you will look after him."

"Thula!"

"Mpho, please! Please!" fluister sy. "He's hungry. Maybe he . . ."

"Shut up! We wait. Wait." Sy kinderstem klink moeg, bang. En dit dring skielik tot haar deur dat hierdie kind 'n geweldige risiko neem deur selfs net met haar te praat. Sy wonder hoekom hy slae gekry het. En wat die aard van sy wonde is. Dit het verskriklik geklink.

Maar hy's reg, sy moet kalm bly.

Binne hoor sy die manstemme opklink – asof hulle heftig redeneer. Hulle praat Xhosa, vermoed sy. Sy hoor dit aan die klikklanke. Vir die soveelste keer in haar volwasse lewe verwens sy haar lelieblanke opvoeding, wat haar eie land met al sy tale vir haar 'n geslote boek maak.

Een van die mans binne lag uitbundig. Daar's nou 'n vrou se stem ook by. Sal dit die "mother" wees? Klink of hulle drink. In die hok langsaan loop die Dier onverpoosd heen en weer. Dis of hy wag vir iets om te gebeur, of is dit vir stresverligting, soos in dieretuine – 'n jagluiperd . . . Here, kan hierdie dier 'n jagluiperd wees? Wat so tjank? Nee.

Sy hoor die vrou laggend na buite kom en Mpho skarrel weg. Die deur skuur oop. Gerda bly tjoepstil lê, haar asemhaling vlak.

"Lady."

Dis die "mother". Sy voel 'n warm hand teen haar nek. Die vrou voel haar hartslag, besef sy. Die hand beweeg na haar buik, waar dit 'n oomblik rus.

"Lady." Die stem is skor, ruik na sigarette en bier.

Sy reageer nie, maak of sy slaap.

Die hand op haar buik skuif na onder, raak swaarder. Begin druk-druk op haar laebuik rondtas. "You keep that baby inside, you hear? Don't think I did not hear you moan. If it comes before tomorrow, you are dead."

53

"**W**at skud, my ou?"
Dis Ghalla, hoor Ghaap dadelik. Die dapper rassis.
"Ek's in Melville."

"Hoeka!"

Ghaap begryp eers nie mooi nie, dan onthou hy die trek-
kies ry deesdae ook met polisieradio's rond. Hy en Mabusela
het pas die nuwe gegewens uitgegee van die Matthee-vrou
en haar vriend met die moeilike naam. Ghaap vat-vat skuldig
aan die foto wat hy teruggehou het. Met die Beeslaar look-
alike op.

"Ons soek nou die boyfriend. Hy's van 'n ander nasie.
Lebanees. Nee, iets anders."

"Albanees?"

"Scheme so. Naam met 'n moerse lot z's en goed."

"Hulle is stout, daai Albanese. En jy kan maar weet, as daar
'n kontrak op daai vroutjie uit is, dan maak jy die connection
na hóm toe."

Ghaap dink na: Hierdie Ghalla-man is blerrie vrot van die
vooroordeel. Nou's daar sommer 'n kontrak op die Matthee-
vrou uit. G'n wonder die kêrel is uit die polisie nie. Met so 'n
houding is hy tien teen een gefire.

"Jy moet maar varkoor gooi, my ou. Jy kry nog straks die
connection by daai Albanese parra. Ek en ou Duif-hulle sit

nog vas hier op die scene, maar die Triekster en ou Mo help soek ook nou die antie. Ons is netnou los, dan tjek ons jou. Maar jy moet ook maar solank gaan kyk by die Westdenedam. Ons het mos die een unit hier gekry. So hulle moes die ander ene iewers gedrop het. Hulle is lief om dit te doen by óf die dam óf die Joodse begraafplaas."

"Die wát?"

"Wespark. Dis die groot begraafplaas oorkant van die Melville-koppies. Hy't 'n separate cemetry net vir die Jode. Saam met wie ry jy?"

"Mabusela."

"Hy sal weet waarvan ek praat. Sê hom julle moet agterom ry, daar waar hy en die broers altyd die Paaseiers gaan haal. Oukei? Tjek jou!" Die lyn gaan dood.

Ghaap verduidelik vir Mabusela van die opsporingseenheid wat daar by die mynhoop deur die kapers gelos is. En dat die ander een, die dummy unit, wat die kardiewe gewoonlik eerste opspoor, hier naby moet lê.

Mabusela bel werk toe, praat met Uncle Solly – wat opdrag gee dat hulle die Albanees se huisadres opspoor. Hy sê hulle moet opskud, want elke minuut wat verbygaan, is 'n minuut nader aan die vrou en haar kind se dood.

Mabusela ken die area goed genoeg, vertel hy toe hulle uiteindelik vertrek. Hy het vir 'n ruk in Hillbrow gewerk. Ghaap wonder of hy moet vra of hy Beeslaar geken het. Hy besluit om vir eers nog stil te bly. Hy weet nie onder watse wolk Beeslaar hier weg is nie. Hy weet net dit wás 'n wolk. 'n Moerse een.

Hulle ry in 'n suidwestelike rigting. Oor Melville se besige Hoofstraat, dan op teen 'n steil heuwel. Vleg deur 'n paar stil, donker strate, dan af by die heuwel, waar 'n groot stuk swart water in sig kom.

"Westdene-dam," sê Mabusela rustig en vertel van die keer toe 'n bus vol skoolkinders in die dam beland het. Wit kinders, voeg hy by. Wat dit natuurlik anders maak, vermoed Ghaap. Want normaalweg is dié soort ongeluk 'n ding vir swart of bruin kinders. 'n Bus vol Zoeloekinders wat van die Van Reenenpas afneuk. En nou die anderdag in die Kaap iewers,'n minibustaxi vol bruin skoolkinders. Op 'n treinspoor, as hy dit nie mis het nie.

Hulle ry nie oor die dam nie, hou links. En dan dadelik weer regs langs 'n ry huise wat op die dam sit. Aan die onderpunt van die straat is daar 'n parkeerarea. Mabusela hou stil.

Met hul flitse loop hulle heen en weer oor die parkeerplek en soek. Dan sien hy dit: 'n baba se fopspeen. Hy roep Mabusela, wat op sy hurke kom sit en dit bestudeer. "Kan ook enige kind s'n wees," bevind hy na 'n ruk. Maar hy haal tog sy selfoon uit en skakel 'n nommer. Uncle Solly, lei Ghaap af.

Terwyl Mabusela besig is, soek Ghaap solank verder. Hy probeer dink waar 'n kaper, tien teen een op sy senuwees met die vrou en baba in die kar, sou gestop het om die opsporingsapparaat weg te gooi. Dis die eerste ding wat hulle doen, het Duif vanoggend verduidelik. Hulle begin al in die ry die paneelbord uitmekaar haal om die opsporingseenheid uit te haal. As dit in 'n blanke gebied bly lê, is die kaper veilig. As ekstra maatreël word daar deesdae twee sulke toestelle ingebou. Maar die slim kapers, wat hulle huiswerk doen, weet dit. So hulle bly aan soek tot hulle die tweede een ook het.

As die tweede een dus die ene is wat Ghalla vanmiddag amper sy lewe gekos het, is die moontlikheid groot dat die fopeenheid hier sal lê. Of in die begraafplaas. Of in een van die stad se tienmiljoen vullisblikke.

"Ons staan vas," hoor hy Mabusela op Engels aan Uncle Solly sê.

"Hulle stuur vingers. Ons moet solank die toneel afsper," sê hy vir Ghaap en loop terug kar toe, klaar besig met die volgende oproep. Ghaap kan hoor hy gee aanwysings van hoe om hier uit te kom.

"Verskoon," hoor Ghaap skielik vanuit die donker agter hom en sy hart slaan 'n slag oor.

Dis 'n wit oubaas met 'n hond, sien hy.

"Jammer, meneer," antwoord Ghaap, "maar u kan nie nou die hond dam toe vat nie. Ons gaan hierdie gebied nou afsper. Dis 'n misdaadtoneel."

"Dis juis hoekom ek hier is. Ek het gister laatmiddag hier kom loop met Bella en Swietie. Ek dink . . . Ek is nie seker nie, maar ek dink ek het die wit Mercedes gesien. Dit was op die nuus vanaand. Die vrou van Melville wat gekaap is. Die kar was gestamp. Ek het die vrou binne sien sit hier. 'n Rooikop, as ek reg onthou. Ek onthou nou nie meer so goed nie. Maar ek het nogal gesien. Daar was 'n man by haar. En hy't 'n baba vasgehou . . ."

Ghaap se hart spring weer. Hierdie keer van die adrenalien. 'n Getuie. Hy voel of hy die maer ou oompie kan soen!

"Hoe't hy gelyk, oom? Die man? Hoe't hy gelyk? Wit of swart of wat. Lank, kort, vet, maer."

"Nee . . . e . . . ek . . ." Hy haal sy skouers op.

"Ek is sersant Johannes Ghaap van die Orlando-Oospolisie. Ek en my kollega is juis besig met hierdie saak. Kom," sê hy en neem die oubaas aan sy arm.

"Nee, ek wil nêrens heen gaan nie, man. Ek dag net, toe ek nou die blou lig sien, dat ek maar sal kom vra of . . ."

Ghaap kan sy opgewondenheid skaars beteuel. Hy roep dringend na Mabusela.

"Adjudant-offisier Bandile Mabusela," stel Ghaap 'n effe uitasem Mabusela voor. "Vertel vir hom wat oom alles gesien het."

Die oubaas blyk 'n paar huise van die damingang te woon, sê hy kom elke dag hier verby. Die vorige middag was hy net na twee daar. Die wit Mercedes wat hy gesien het, is van die groot, ouer modelle, vertel hy. En die vrou binne-in het "gelyk of sy bietjie moeg was".

Ghaap lig met sy flits op die foto wat hy by hom het, maar die ou man bly onseker. "Ek kon haar nie juis . . . Sy't net gelyk of sy slaap. Lang hare. Rooi. Miskien bietjie . . . e . . . fris, sou ek sê. Maar die man . . . Daar was 'n man. Hy het teen die kant van die kar gestaan om die baba aan die slaap te sus." Maar sy aandag was by die honde. "Hier's maar altyd mense hier. In karre, bedoel ek nou."

"Hoe lank was die kar hier?" wil Ghaap weet.

"Nee, jong. Dít sal ek jou nou wragtag nie kan sê nie. Ek het nie lank gestap nie, toe's my ou Bella moeg. En toe kom ek maar terug."

"En was die Mercedes nog hier?"

"Nee, ek dink nie so nie. Maar ek weet ook nie."

"Was daar dalk ander mense ook hier? Stappers, bedoel ek."

Die oom skud sy kop, kyk bietjie verlore op na Mabusela. "Man, ek kan nou nie . . ."

"Probeer, oom, asseblief," vra Ghaap op sy ordentlikste.

Die ou man sug, staar vir 'n ruk in die pad af, speel ingedagte met die hond se leiband in sy hand. Ou, verweerde hande, sien Ghaap. Selfs in die swak straatlamp is die lewervlekke daarop sigbaar.

"Maar . . . ek dink ek het vir Wollie gesien," sê die oom oplaas.

"Wie's Wollie?" Mabusela frons gebiedend.

" 'n Hondjie, meneer. Dis die mense wat aan die einde van die straat woon, die dogtertjie. Háár hond. Sy's dikwels hier met hom." Hy wys met 'n krom vinger in die straat af – op die juiste oomblik dat 'n Golf GTI met 'n draaiende blou lig om die hoek kom.

Mabusela verskoon homself en loop die kar tegemoet. Dis 'n oorgewig Indiërvroutjie wat uit die kar klim en haar tas uit die kattebak haal. Sodra Mabusela haar ingelig het, klim hy in die bakkie en ry die paar honderd meter straataf met die oom en sy bejaarde honde wat Wollie se huis gaan uitwys.

Ghaap bly by die nuwe aankomeling. Sy's haastig, merk hy aan haar praat en haar doen. Sy dra 'n driekwartbroek en Crocs. 'n Rooi kol tussen haar oë. Haar lang swart hare is gestreep met vroeë grys, vasgemaak in 'n praktiese stert agter haar kop. Sy stel haarself vlugtig voor aan Ghaap, en vra hy moet haar help met sy flits. Hy stap geduldig agter haar aan, staan by elke kolletjie waar sy hurk om 'n foto te neem en gooi vir haar lig.

En dan maak die klein vroutjie haar groot vonds: Sy vind die trekkies se opsporingsapparaat. In 'n vullisdrom by die ingangshek na die Westdene-dam. Ghaap kan sien sy't al vantevore so 'n vonds gemaak, want sy bel dadelik iewers heen en lees 'n nommer van die klein boksie af. Die toestel, sien Ghaap, is omtrent so groot soos 'n koekie seep, met losgerukte drade aan weerskante. Dis 'n absolute wonderwerk dat hulle dit kon vind.

Die bevestiging kom dadelik: Dis die gekaapte Dolly Parton se fopeenheid.

'n Halfuur later is Ghaap en Mabusela weer op pad. Wollie se baas – die jong meisie aan die einde van die straat – het die ou man se storie bevestig, vertel Mabusela. Maar het 'n ietwat vreemde verhaal gehad. Volgens háár het die rooikop-vrou bietjie soos 'n heks gelyk. Sy het swart kringe om haar oë gehad. En sy het vir die meisie gesig getrek.

"Wát? Hoe oud is die kind?"

"Nege. Maar sy sê die man agter die stuur het baie kwaad gelyk. Dit het gelyk of hy met die vrou baklei. En agterin die kar was daar twee kinders. 'n Baba en 'n skoolseun. Sy kan nie onthou of hy wit of swart was nie, die seun. Maar hy het 'n swart skoolpet op sy kop gehad."

Mabusela ry terug Melville toe, na die Albanees se huis-adres. Ghaap bel solank vir Duif om hom van die asblik-vonds te vertel.

"Jissie, my ou. Jy's 'n yster! Ons is nou klaar hier. Ons gaan net 'n stukkie chow, dan cruise ek jou rigting."

Die middeljarige vrou wat die voordeur 'n rukkie later vir hulle oopmaak, het baie myle op die gesig. Sy lyk nie naas-tenby soos Ghaap verwag het nie. En sy praat Afrikaans. Boe-revrou. En bebliksemd. Knaterkraker van die eerste water, besluit Ghaap.

"Ek kan eenvoudig nie verstaan wat die polisie met mý wil bly neuk nie," sê sy vererg, diep kepe om haar mond. Sy't 'n sterk neus en flitsende klein swart ogies. Laat Ghaap onwil-lekeurig aan 'n swart kraai dink. Sy het 'n sigaret in haar een hand, onaangesteek.

"Mevrou, dit gaan oor 'n motorkaping. 'n Baie ernstige misdaad. En ons het rede . . ."

"Julle het g'n rede nie. Dis net weer julle manier om my en my gesin by 'n gemors te betrek. Ek het vir julle níks te sê nie. My seun is gister weg Durban toe. Vir sake. En nee, ek het nog nie weer kontak met hom gehad sedert hy weg is nie. Ek het hom Dinsdag laas gesien. En hy's nie meer 'n kind nie. Hy's 'n sakeman. In eie reg."

Sy staan steeds met die voordeurknop in haar hand, haar gesig onversetlik. Mabusela trap effe onseker rond. Tien teen een nie gewoond daaraan om ou wit anties te moet konfronteer nie. Dis tye soos dié, dink Ghaap vlietend, dat hy Beeslaar se hardegatgeit mis.

Hy maak keel skoon en tree nader aan die vrou – wat onmiddellik die deur wil toedruk. Ghaap steek sy skoen uit en keer.

"Vat wég jou been," raas sy. "Ek het niks verkeerds gedoen nie. En hier was die hele middag al van julle mense hier. Ek weet níks!"

Ghaap laat hom egter nie van stryk bring nie. "Mevrou Rezart, u kan in groot moeilikheid kom as u weier om met ons te praat. Ek weet nie hoe goed u mevrou Matthee ken nie, maar sy verkeer in lewensgevaar en u is op die oomblik die enigste mens wat ons kan help."

Tot sy verbasing maak die vrou die deur wyer oop, skakel die ganglig agter haar aan. Ghaap besef nou eers hulle het in die donker staan en praat.

Sy draai om en loop vooruit in 'n smal gang, die twee van hulle volg haar stil-stil.

Sy moet dalk al in die bed gewees het, sien Ghaap. Sy dra 'n afgeleefde kamerjas, ewe uitgetrapte pantoffels en haar lang grys hare hang in olierige slierte oor haar skouers. Sy gaan staan by 'n deur en skakel 'n lig aan, laat hulle vooruit stap in 'n stowwerige sitkamer vol outydse meubels wat na ou sigaretrook ruik. Sy slof na 'n klein tafellampie en skakel dit aan. Slof dan terug gang toe om al die ander ligte af te skakel.

Niemand sit nie. Mabusela voer die woord, so in die semidonker, vra haar of sy nommers het vir personeel by haar seun se besigheid, vennote, enigiemand. Mense wat sal weet waar Baz Rezart op die oomblik is. Sy haal haar skouers op as antwoord. Maar Mabusela beur beleefd voort, vra na haar seun se verhouding met die Matthee-vrou. Of hý die pa van haar agttien maande oue seuntjie en die ongebore kind is.

"Gmf," sê sy kortaf.

Ghaap voel kriewelrig. Dis die donker. Asof dit 'n blinde is wat hier woon.

Hy skrik toe sy skielik weer begin praat: "Kyk, ek is nou baie jammer die vrou is weg en alles. Maar my seun het níks daarmee te doen nie. En ek weet nie waar julle aan julle inligting oor hom kom nie. Laat ek dit nou vir die soveelste keer vandag sê: Wat ook al van hom gesê word, hy is 'n harde werker en sy besigheid doen baie goed en dis hoekom die vrouens so agter hom aan is."

"En dis hoekom Gerda Matthee ook agter hom aan is? Volgens ons inligting is hy van plan om met haar te trou."

"Ga! Één ding kan ek jou sê . . . Sy's net agter sy geld aan. Nes al die ander. Sy's kamma so onafhanklik. Eie werk, eie huis. Maar ék weet wat Baz elke maand aan haar spandeer. En ek sê jou dis nie bietjie nie. En sy spin haar web vir hom. Dít kan ek jou sê!"

Ghaap en Mabusela kyk vir mekaar, albei onseker van hoe nou verder.

"U seun woon hier?" vra Ghaap dan.

"Ja."

"Kan ons na sy kamer kyk? Hy't dalk foonnommers, van sy vennote, personeel, of so."

"Jy kan na sy kamer kyk as jy met 'n regter se goedkeuring hier aankom. En tot daardie tyd gaan ons nou vir mekaar goeienag sê. Verstaan?"

"Mevrou Rezart, ek is seker u seun sou al kontak met u op-geneem het. Gerda Matthee en haar baba se verdwyning was op televisienuus. Al die kanale. Landwyd. U seun is nêrens op te spoor nie. Dalk is hy in gevaar, wie weet?"

"Hy's nié saam met haar nie. Dit weet ek."

"Maar hoe weet u, mevrou? U het Dinsdag laas met hom gepraat. Laat my asseblief net gaan kyk op sy rekenaar. Dalk spoor ons iets op wat dit vir ons makliker gaan maak om met hom kontak te maak. Ons weet nie in hierdie stadium of hy nie dalk óók in gevaar is nie. Asseblief."

Sy staan vir nog 'n oomblik. Doodse stilte. Dan beweeg sy uit die sitvertrek, gevolg deur Mabusela en Ghaap.

Sy sit nie die ganglig aan nie. En Ghaap loop met 'n hol rug. Hierdie plek. Dis soos 'n grafkelder. Ruik, 'n suur onge-waste mens-reuk. Katpie en vuil asbakke. En stof. Hy dink aan 'n storie wat iemand hom eenkeer vertel het van 'n blinde oumens wat vir 'n week lank nie geweet het waarheen haar man verdwyn het nie. Tot hulle hom in sy stoel voor die TV aantref. Al vier dae dood, besig om te ontbind.

Hy wip amper uit sy vel uit toe sy selfoon lui.

Dis Duif, met 'n jubel in sy stem. "Jes, my blaar! Goeie nuus, jong. Ons het daai Dolly Parton gekry!" Hy klink uitasem en vol adrenalien. "Net hier in die wyk, skaars 'n blok van waar ou Ghalla daai bullet gevat het."

"Maar die slagoffer? En haar seun?"

"Negatief. Maar ek smaak ons gaan nie sukkel nie. Hoeveel wit bloupensies kan daar nou hier in die wyk rondloop?"

"Wit wát?"

"Preggies, man."

"Nou maar vir wat wag jy nog? Julle kry mos alles wat julle soek, julle ouens?"

"Nee, my ou, ons is fokken goed, maar ons kan nie toor

nie. Maar ons het 'n verdagte. Swart outjie, vroeg twintigs en vol stories. Ek bel weer later!"

Die vrou sluit 'n deur oop wat na buite lei, staan terug dat die twee manne kan verbykom. Daar's godsydank tuinverligting, sien Ghaap. Hulle stap met 'n geplaveide paadjie tot in die hoek van die erf, waar 'n boogdeur hulle na 'n volgende erf lei. Net voor hulle deurstap, kyk Ghaap terug na die huis. Die deur staan nog oop, maar hy sien nie die ou vrou nie. Hy voel egter haar oë op sy rug en wikkel vinnig deur die muurhek agter Mabusela aan.

Dit moet 'n aparte erf wees, reken Ghaap. Of dis dalk een van die groot ou stadserwe, wat die Rezarts self onderverdeel het.

Die jongeheer se leefkwartier lyk heel anders as dié van sy ma. 'n Groot, donker poel lê dwarsoor die erf – met pilare wat net-net bokant die water uitsteek en as paadjie na die voordeur dien. Mabusela swets saggies in Zoeloe terwyl hy en Ghaap versigtig oor die swembad stap. Ghaap kry lag vir die koddigheid van die situasie. Hier sit hy in die middel van Sodom en Gomorra en hy loop letterlik op water. En dit spooknugter. Ná hy die wit skrik van sy lewe gekry het.

Baz Rezart se plek is duidelik ingestel op 'n gesonde ego. Dis 'n groot oopplan-leefarea met 'n tuisgimnasium wat die hele regtervoorkwart in beslag neem. Met spieëls van vloer tot plafon. Links is 'n versonke sitkamer – bedek met spierwit wolhaartapyte en 'n glasopening in die muur waardeur die subtiele swembadbeligting speels flonker. Agtertoe is 'n groot kombuis en eetkamer en 'n wenteltrap wat boontoe lei. Hulle begin rondkyk. Ghaap merk die kroeg in een hoek. Als van spieëls. 'n Ryklik versierde houtdosie op die spieël-toonbank. Binne lê 'n dun, silwer pypie, oop aan die een kant en die ander kant in die vorm van 'n plat stofsuierkop. "Aitsa," roep Mabusela uit, "die man het sy eie Hoovertjie!" Hy skud sy kop en klap die kissie se deksel weer toe. Ghaap is nie seker nie, maar hy vermoed dis 'n kissie waaruit die heer Rezart sy vriende op kokaïen trakteer. Hy skud maar saam kop.

In die boonste vertrek is daar 'n reusestort en 'n deursky-nende bad op pote. Nog 'n badkamer, maar meer privaat. Met 'n toilet.

Die res van die vertrek is TV- en slaapkamer. Diep leer-banke, met voetkussings, stip gefokus op 'n groot TV-skerm teen die muur. Die dubbelbed staan teenaan 'n glasdeur. Dié lei uit na 'n balkon wat noord kyk, uitsig bied oor die hele noordelike Johannesburg. Ghaap se mond hang oop vir die uitsig. Jy sien stadsliggies vir so ver as wat die oog kan kyk. En bome. Hy sweer hier's meer bome as mense.

Langs die bed staan 'n antieke lessenaar – van die soort met 'n deksel wat toerol. Maar dis gesluit. Ghaap keer twee vase bo-op die lessenaar om, vind die sleutel in een.

Daar's 'n Apple-skootrekenaar in die lessenaar, wat Ghaap effens huiwerig oopmaak. Hy soek swetsend vir die skakelaar – nie juis baie tuis as dit by die tegnologie kom nie. Mabusela help en tussen die twee vind hulle na 'n ruk die regte knop. Albei skrik toe die ding met orkesgeskal lewe kry.

Ghaap gee die rekenaar aan Mabusela oor en begin die laaie van die lessenaar ooptrek. In een van die laaie vind hy twee selfone, afgeskakel. En in nóg 'n laai 'n geraamde foto van 'n rooikopvrou met groot groen oë en 'n vol mond. Gerda Matthee, reken Ghaap en wys vir Mabusela. Onder die foto is 'n goedkoop plastiekalbum met foto's. Die eer-ste een vertoon 'n gespierde donker kêrel wat aan die een of ander marathon deelneem. Sy bos swart krulhare is in 'n stert agter sy kop vasgebind en hy wys 'n oorwinningsduim vir die kamera. Sy glimlag is dié van 'n Colgate-advertensie en sy swaar, swart oë praat net één taal, meen Ghaap, en dis slaapkamerkoerasies. Hy blaai haastig deur die res van die boekie, maar sien dis byna almal dieselfde: die spiertier teen 'n ander agtergrond van doodsbeswete drommels, hy met sy duim omhoog en 'n wennersglimlag op sy bakkies. Altyd drawwend.

'n Bok vir sports, besluit Ghaap. Duikrol die tjerries.

Met die rekenaar, die geraamde foto en die album onder die arm loop hulle 'n paar minute later oor die swembad terug na die ma se huis. Sy laat hulle 'n goeie vyf minute wag voor sy die deur vir hulle kom oopmaak. En dan beduie sy vir hulle hoe om óm die huis te stap. Sy is onverwags inskiklik toe hulle haar inlig dat hulle solank die foto's en die rekenaar vir meer inligting terug neem stasie toe. Hulle wil nog groet, maar sy maak die deur in hulle gesig toe.

Terug in die kar bel Mabusela die inligting deur kantoor toe.

"Ons moet seker 'n kwitansie skryf vir die goed wat ons invat," sê Ghaap onseker.

"En wie van ons twee gaan daai antie nou opklop om dit vir haar te gee?"

Hulle ry in stilte weg. Vir die eerste keer die aand is Ghaap deeglik van sy maag bewus. Hy wonder wat hy met die stuk droëwors gedoen het wat Duif hom gegee het. En wat is die verdomde "hoenderboud" waarvan Duif gepraat het?

Mabusela lag vir die vraag. Die trekkies, sê hy, praat hulle eie taal. Maar hy skat 'n hoenderboud is 'n rewolwer.

54

Gerda probeer regop beur terwyl die seun haar aan haar arm trek. Maar sy het eenvoudig nie genoeg krag nie. Wat hierdie mense ook al vir haar ingegee het, dit het haar hele liggaam aangetas. Sy voel swak en sonder energie. Toe sy uiteindelik sit, haar voete op die grond, besef sy sy het nog haar sandale aan. Die plattes wat sy pal dra oor haar voete op die oomblik so swel.

"Can you walk?" Mpho fluister só saggies, sy kan hom skaars hoor.

"I'm wet. I wet myself."

Hy sê niks, trek haar aan haar twee hande om haar te help opstaan. Sy druk hard met haar hakke in die grond, maar kry haarself nie goed gelig nie. "The blindfold, Mpho. Please, I cannot see."

"Walk," fluister hy terug. Daar's 'n kloppende brandpyn in haar voete. En sy's naar; haar maag wil opruk.

Sy probeer die blinddoek losmaak, maar haar vingers weier. Sy kry kwalik haar elmboë bo haar kop gelig. Sy vryf haar hande, probeer op die matras druk om op te staan, maar haar polse knak.

"Shhh." Sy stem is skaars hoorbaar, maar die naakte vrees daarin is tasbaar.

Na 'n paar sekondes probeer sy weer. Mpho trek, sy druk

en beur. Tot sy staan. Gebukkend, oor die pyn in haar onder-lyf. Hy hou haar aan die elmboë vas, sy asemhaling in haar oor. Vinnig, 'n verskrikte dier. Sy wieg; haar bene wil onder haar padgee. Sy gryp vervaard in die lug voor haar, gryp hom raak. Hy kreun. Sy't vergeet hy's pas flenters geslaan met 'n sambok.

Sy wonder hoekom hy weier om haar blinddoek af te haal. Wil hy beheer oor haar hou? Dan besef sy: Dis vrees. As iemand kom, gaan daar nie tyd wees vir blinddoek vasmaak nie.

Sy wag dat hy haar hande neem, begin dan voetjie vir voet-jie saam met hom oor die oneweredige vloer skuifel. Sy kan voel hoe haar rok aan haar agterstewe vaskleef, die oorskot nattigheid wat teen haar bene afdrup. Sy wil huil. Van dank-baarheid. Sy gaan dit maak! Vir die eerste keer in 'n ewig-heid is daar hoop.

"Good," fluister Mpho.

Sy wil hom vra wat nou – hoekom gáán hulle nie?

"Shh," keer hy.

Hulle loop vir enkele minute al in die rondte, sy wat soos 'n blinde deur die kind gelei word. In 'n stadium is hulle terug by die bed en vra hy sy moet probeer sit. Sy skud haar kop. Nee, sy gaan wragtag nie terug na die stinkende bed nie. Nie noudat sy kan loop nie. As hy nie vinnig 'n plan gaan maak nie, gaan sy self iets doen om weg te kom. Sy weet nie of sy hom sal kan oorrompel nie. Maar hoe sorg sy dat hy nie skree nie? Sy moet haar hande om sy keel . . .

"Wait," fluister hy saggies in haar oor. "I am going out. Do not go before I come fetch you. If you hear . . ." Hy raak vir 'n oomblik tjoepstil. Sy hou ook haar asem in, luister saam met hom na die harde stemme vanuit die huis.

"The mother. They come, you lie, make sleep."

"Can the . . . the mother help us?"

357

Hy sê niks. Maar sy weet: dom vraag. Die vrou het pas ge-
dreig sy maak haar dood as die baba nou kom. Sy ril onwil-
lekeurig, voel die seun se greep op haar arm verstewig. "She
bad witch," is al wat hy sê. "Anyone comes, you lie down.
Make sleep."

Dan hoor sy hom wegbeweeg. 'n Oomblik later is daar die
ligte skraapgeluid van die deur wat saggies oopgeskuif word.
En weer toe. Wat voer hy in die mou? Sy kan die man en die
besoekers hoor praat, die vrou wat kraai van die lag, moet
aan die drink wees.

Dan hoor sy die Dier buite tot stilstand kom. 'n Grom en
iets soos kake wat klap. Nog 'n keer. En weer. Is dit Mpho?
Sy onthou sy gesig op die agtersitplek van haar kar: die leë
staar, die leedvermakerige glimlag waarmee hy die pistool
dán op haar, dán op Kleinpiet rig. En waar is Lucky? Sy het
sy stem nog nie een keer gehoor vandat sy haar bewussyn
herwin het nie.

Die angs wil haar waansinnig maak: Moet sy hier bly staan
of moet sy probeer om uit te sluip en haar kind te gaan soek?
Weg te kom?

Maar sy kry nie kans om verder te tob nie, want daar is
skielik 'n groot beroering onder die partytjiehouers. Gille.
Iemand bly roep: "Shaka! Shaka!" Sy hoor meubels omval,
glas wat breek. 'n Man wat skree, in pyn uitroep.

Die volgende oomblik is Mpho terug by haar, pluk die
blinddoek van haar gesig af en trek haar aan haar hande. Sy
kan steeds niks sien nie, die vertrek is stikdonker.

"My baby," roep sy. "I'm not leaving without my baby."

"Thula!" raas Mpho in 'n dringende fluisterstem. "Here,
you hold him!"

Sy voel die sagte, warm bondel in haar arms, maar wil swik
onder die gewig. Haar arms en hande is nog te swak. Mpho

vat die kleintjie weer en wikkel voor haar by die deur uit. Sy probeer byhou. Haar bene is lam, maar sy beweeg darem. Haar buik baklei, want dit dreig om sametrekkings te maak.

By die deur moet sy asemskep. Die deur self, sien sy, is 'n los stuk sinkplaat wat met draad geskarnier word aan die vensterlose hok waarin sy aangehou was. Die woonhuis is teenaan, 'n helse lawaai binne.

"This way," fluister Mpho en hulle skuifel gebukkend om die hoek van haar gevangenis. Dis donker buite, maar sy kan die vae buitelyne van 'n traliehok uitmaak – moet die hok wees waarin die Dier aangehou word. Dis leeg! Net die reuk van appels en vrot vleis hang nog daar.

Mpho help haar deur 'n opening in die heining en dan is hulle in die veld. Dis donker, maar daar is lig vorentoe. Straatligte. Gerda struikel 'n paar keer oor graspolle, val, maar sy bly nie lê nie. Soms wil haar longe bars van die pyn, haar knieë ingee, maar sy byt vas. Hulle begin skielik sak, 'n droë lopie. Mpho het die baba in een arm, help haar met die ander hand. Dit raak koeler namate hulle in die lopie sak. Los gruis in die erosiewalle wil hulle van balans gooi. Toe hulle onder kom, laat hy haar rus. Hy verskuif vir Kleinpiet, sy liggaampie slap. Hy moet nog verdoof wees. Beter so, besluit Gerda.

Hulle rus net genoeg dat Gerda bykom. Maar 'n kontraksiepyn trek haar krom. Mpho moet letterlik sy hand oor haar mond druk om haar gil te smoor.

Na 'n rukkie kan sy weer loop, met Mpho wat haar agter hom aan moet trek. Hulle loop 'n geruime tyd in die kil, donker aardskeur. Dan moet hulle klim, hande-viervoet teen 'n grondwal uit, om bo te kom. Rondom hulle is dit steeds donker, maar vorentoe sien Gerda die helder ligte van 'n snelweg. Sy durf nie agtertoe kyk nie, te bang sy hoor die gesnuif van die Dier.

Nader aan die grootpad begin Mpho stadig loop. Kort-kort hurk hy agter bosse, afgekapte bome. Sy asem jaag ook, hoor sy. Kleinpiet moet 'n ontsettende swaar las vir sy uitge-teerde kinderlyfie wees.

"We wait," sê hy oor sy skouer vir haar.

"No, Mpho, I can't. The baby, she wants to come!" Sy pro-beer Kleinpiet uit sy arms uit losmaak, maar hy hou haar teë.

"They find us, we dead."

Sy laat los, sak weens die pyn op haar knieë, bid dat sy nie nóg 'n kontraksie kry nie.

Vir 'n geruime tyd bly hulle so. Mpho kyk heeltyd bekom-merd oor sy skouer, dan weer na die grootpad. Dit lyk of hy self twyfel: Sit hulle hiér en die Dier vind hulle? Of gaan hulle grootpad toe en "The Fatha" vind hulle?

Gerda gewaar 'n akwaduk onder die pad, wys vir hom. Hulle loop buk-buk tot daar, sak neer in die koue sand van die reusepyp. Gerda hou haar hand uit vir Kleinpiet en die seun gee hom vir haar aan.

Sy klem die kind só styf vas dat hy begin kreun. Deur haar trane kyk sy na Mpho, wat haar uitdrukkingloos aanstaar. Sy gesig lyk nóg kleiner sonder die skoolmondering van die an-der dag. Sy asem jaag steeds, sien sy, en daar is sweet en snot op sy bolip. Oor sy gesiggie lê 'n rooi opgehewe bloedstreep. Dit loop oor sy wang, sy regteroog; die oogbank slaan wit deur, tot in sy hare.

Dis soos 'n wilde sambok slaan. Die voorslag lek om die rondings van jou lyf, ruk die vel af. Gerda kyk na sy arms, sien hoe die hale daaroor lê.

"Thank you," sê sy saggies en steek haar hand na hom uit.

Maar hy vat nie haar hand nie. Hy draai om en staar terug na die skraal verligte gebied van waar hulle gekom het.

55

Kaptein Quebeka klink moeg toe Beeslaar haar bel na sy gesprek met Du Toit en kie.

"Help my fokkol," sug sy in die foon in.

"Kaptein, jy moenie dat daai loodswaaiers jou aftrek na hulle vlak toe nie. Jy't 'n PK hier in die Wes-Kaap wat niks minder of meer van 'n drol is as wat die res van ons mee moet klaarkom nie. Hulle het maar almal 'n meerstersgraad in window dressing. Jy moet nou kophou. As hierdie mý saak was, was Du Toit, sy seun, sy dogter en die vervlakste prokureur nou op my shit list." Hy moet hard praat om homself bo die wind hoorbaar te maak. "Hulle almal lieg vir ons – ouma inkluis. Reg van die begin af."

Sy sê iets wat hy eenvoudig nie kan hoor nie en hy lui af met die belofte om haar later terug te bel. Rek sy treë huis toe. Hy wil sy kar gaan haal om iets te ete te gaan soek. Hy hoop om dit op die stilste moontlike manier te doen, sonder dat Liewe Heksie en haar raserige dieretuin op hom afstorm.

Maar Rembrandt hoor hom tog. Die hond kom groet hom by die hek, luidrugtig, ore wapperend in die wind.

Hy het nét sy hande en gesig gewas en 'n kam deur sy hare getrek toe daar 'n klop aan sy deur is. Sy hart sink deur sy skoene.

Dis Maaike. Daar's 'n onseker trek in haar onpaar oë, 'n benoudheid. Hy laat haar binne, voel een van Blikkies se "gevoelenthede" oor hom kom. Sy gaan sit nie, maar draai ongemaklik rond.

"Waaraan het ek die eer te danke?" help Beeslaar om haar aan die gang te kry.

"Ik wou maar weet . . . e . . . Is alles goed hier? Jy iets nodig?"

"Nee, baie dankie, ek's heel orraait. Was net op pad. Is daar iets waarmee ek kan help?"

Sy gaan sit.

"Maaike?" Hy gaan sit teenoor haar.

"Ik dink daar . . . Hoe zal ik het zeggen . . ." Sy kyk deurdringend na hom. "Ik . . . ik kan nie Vuvu hiermee opsaal . . . nie. Maar ik het gehoor van die man wat . . . wat gevang is. Die zwarte . . . e . . . huppeldepup, ik vergeet sy naam. En hy . . . dis nié hy nie, hoor."

"Vincent Ndlovu," help hy.

"Ik dink Vuvu maak 'n fout. Vincent is geen 'n moordenaar."

"O? En wat laat jou dit sê?"

"Ik . . . wéét dit net!"

Rembrandt spring op Beeslaar se skoot, maak 'n paar draaie en plof met 'n sug neer.

"Ik dink . . ." Sy kyk benoud rond, amper of sy bang is iemand luister af. Dan sê sy skielik: "Maar jy vind dit 'n fyn plekkie?"

"Fyn, ja," sug Beeslaar. "Of is daar fout hier? Hoekom is jy skielik so gesteld op my gemak?"

"Nee, o! Ik bedoel maar . . ." Haar woorde droog weer op.

Hy wag, sy maag wat kla vir kos.

"Dit is . . . Die man . . . Die man wat voor jou hier was."

"Andries April."

Sy skrik toe hy die naam noem.

"Jy ken hom?"

"Ek het hom vanoggend vroeg hier by jou hek raakgeloop. Ek dag hy was 'n boyfriend of . . ."

"O, nee, hoor! Hy het . . . Hy wou . . . Dit was 'n professionele gesprek. Niéts meer."

"En watse 'professionele' gesprek voer jy dan met mister April?"

"Dít is wel privaat, hoor! Héél vertroulik."

"So, help my dat ek jou reg verstaan: Jy sit nou hier vir een rede – en dis om te sê Vincent Ndlovu is onskuldig."

"Ja."

"Nou maar baie dankie. Ek is seker sy ma stem saam."

Hy staan op, sit die hond neer, versigtig, soos jy 'n lewendige rugbybal sou neersit, wat jy hoop nie weer ongenooid op jou gaan spring nie.

Sy verroer egter nie.

"Of is daar nog iets, Maaike? Ek wil nie ongeskik wees nie, maar ek is effe haastig."

Sy skud haar kop, maar kyk nie vir hom nie.

Rembrandt begin skielik grom. Hy staan en snuif verwoed by die voordeur, die hare oor sy kruis orent. Beeslaar beweeg om vir hom die deur oop te maak, maar Maaike gryp hom aan die arm. "Nee!" fluister sy dringend.

Sy's bang, besef hy. Haar oë staan soos pierings.

Hy maak haar hand los en loop met lang, vinnige hale deur toe en ruk dit oop. Rembrandt skiet onder hom uit, hardloop blaffend die donker in, in die rigting van die voorhek. Beeslaar het sy pistool uit en hardloop agterna. Toe hy om die hoek van die huis kom, hoor hy 'n kar wat met skreeuende bande wegtrek.

Teen die tyd dat hy deur die voorhek is, is die kar al 'n hele ent weg – te ver om 'n nommerplaat te sien. Dis 'n room-kleurige sedan, oud. Die rook borrel by sy uitlaatpyp uit en sy een agterlig is uit.

Dan hoor hy Liewe Heksie se gil uit die huis.

56

Genadiglik is hulle die Joodse begraafplaas gespaar, mymer Ghaap. Danksy die vullisblik-vonds by die West-dene-dam.

Op pad terug Soweto toe stop Mabusela by 'n KFC. "Toyota Corolla," sê Ghaap toe Mabusela hom vra wat hy gaan eet. Die ander man lag. "Vir 'n blougat uit die bos is jy baie wys, nè?" Hy klim uit. "Of is dit al die tyd wat jy met die trek-kie-broers deurbring?"

"Ek lyk maar net so dom, adjudant. Maar daar waar ek van-daan kom lê die tjerries palmtakkies voor my voete neer."

Daar's 'n tou by die KFC-toonbank, die inhoud van 'n aan-tal taxibusse wat buite geparkeer staan, meen Ghaap en gaan staan gedweë agter in die ry. Maar Mabusela stap verby, steur hom nie aan die vuil kyke en die enkele gesis uit die tou mense nie.

Dit raak 'n uitbundige gegroet met die meisies agter die toonbank. "Wha'kind, sista?" In 'n stadium draai Mabusela gul om en wys vir Ghaap om nader te staan. "And for my friend, sisi, a Kentucky Rounder. He's from the Kgalagadi, where they still eat the chicken with feathers and all. And two min'ral, Cream Soda. To go, nè?" Die vroue glimlag vriende-lik na Ghaap, kleurvolle oorbelle wat teen hul donker wange swaai. Toe die rekening kom, draai Mabusela om en begin 'n luidrugtige gesprek met iemand in die ry. Ghaap sug en betaal, neem die nommer en loop weer uit. Dis bedompig daar binne, met so baie asems en nog die oliereuke agter uit die kombuis ook.

Buite kyk hy na die stroom verkeer wat verbykom, meestal wit minibustaxi's met moeë, vaal gesigte wat nikssiende by die ruite uitstaar. Die verkeer is steeds druk, dam kort-kort op. 'n Peloton smouse, met verkoopsware wat wissel van s'kop – die opgekookte halwe skaapkoppe – tot goedkoop pakkies lekkers en soutighede, draf heen en weer tussen die stilstaande verkeer deur.

Die verkeersligte op hierdie belangrike verkeersaar, sien hy, is steeds buite werking. Die kruising staan toe van die taxi's. En waar die pad vernou word weens die Rea Vaya-buslaan, daar ry hulle sommer oor sypaadjies om verby stadiger verkeer te kom. Of deur die veld, waar daar 'n stukkie onbeboude gebied is.

Verder weg sien hy die bekende koeltorings van Orlando, met die groot skilderye op. Mense spring glo daar met 'n bungy-tou af. Jy moet lekker mal wees, of verskriklik dronk, besluit hy. Of dalk doen jy dit vrywilliglik as jy lank genoeg in hierdie plek gebly het.

Soos 'n glimmende, polsende swart oseaan lê dit in die nag uitgestrek. Yslike Eskom-maste wat soos rye geraamtes die gebied binnemarsjeer. Hier en daar sien mens helder verligte strepe – die groot verkeersroetes soos Klipspruit Valley Road en Old Potchefstroom Road. Die res is dof en dynserig, broeiend onder die rookkombers wat in die skerp herfsaandlug hang. Hier naby hom sien hy juis 'n aantal mense om 'n oop konkavuur staan. Dalk taxidrywers wat gou die hande warm maak en 'n sigaret rook terwyl hulle klante KFC koop.

Hy kyk weer terug oor die stad, neem die verdorde ou

mynhope in wat lyk soos geheimsinnige albino-Karoorant-
jies. En die Apollo-ligte op hulle hoë stelte – die skerp, al-
siende oë van die destydse apartheid staar hulle blind in die
rokerigheid.

Hy wonder oor die Matthee-vrou en haar kind. Waar in hier-
die plek is hulle? En hoekom is hulle liggame nog nie gevind
nie? Die waarskynlikheid dat hulle nog leef, is skraal. Eintlik
weet hy bitter min van hierdie soort misdaad. Want herre, wat
is daar in die Kalahari om te kaap? Donkiekarre? Of die vrot
ou bakkies wat die Boere ry? En waar steek jy in elk geval so 'n
kar weg? Jy ry honderde kilometers voor jy 'n . . .

"Ekstra tjips vir die Kgalagadi-ietermagô," sê Mabusela
skielik langs hom. Hy hou die kenmerkende rooi-en-wit
boksie na Ghaap toe uit. Ghaap wil eers 'n aanmerking
maak oor sy nuwe bynaam, maar sy mond water te veel. Hy's
nie gewoond aan heeldag kitskos vreet nie. Dis in die eerste
plek te duur – veral as sy meerderes hom elke keer laat be-
taal. Daar's buitendien nie sulke goed in die Kalahari nie.
Nie genoeg salaristrekkers wat so 'n plek aan die gang sal
hou nie.

Maar die kos ruik fantasties. Hy steek 'n bondel skyfies in
sy mond, maar spoeg dadelik weer uit, want dit brand soos
die pes.

Mabusela vou dubbeld soos hy lag.

Ghaap blus die brand met 'n lang teug van sy Cream Soda.
Sy oë water en sy humeur wil oorkook. Hy laat val die rooi bok-
sie met skyfies en hoenderburger op die grond en loop kar
toe, te moerig om hom te steur aan Mabusela se uitroepe.

By die bakkie gekom, klap hy sy selfoon oop en skakel
Beeslaar se nommer. Dit gaan onmiddellik oor na stempos,
maar hy voel te befoeterd om nou met 'n masjien te staan
en praat. Klap die foon toe en pluk die bakkiedeur oop. Hy

klim in, sien hoe Mabusela aangedraf kom met die kos in sy hande. Hy het wraggies Ghaap se kos van die grond af opgetel.

Ghaap besluit om sy humeur te sluk.

Toe hulle twintig minute later by die polisiekantoor instap, is daar beroering. Hulle loop vir S'bu Mthethwa in die gang raak, wat Mabusela uitbundig groet – wha'kind, butiza – maar vir Ghaap ignoreer. Hulle praat óf Tswana óf Zoeloe, of 'n mengsel van die twee. Ghaap verstaan niks.

Ghaap loop kantoor toe – 'n ses-by-ses-meter vertrek met heeltemal te veel lessenaars daarin geprop, met telefoonkabels wat die wêreld vol lê, dossiere en stoele van alle grootes en ouderdomme. Daar kom binnekort nuwe meubels en lessenaars, is die woord wat rondlê. Die nuwe gatskop provinsiale kommissaris wil net die beste vir sy manne hê. Glo is sien, reken Ghaap egter, maar hy hou sy mening vir homself.

'n Dushy met opinie het nie 'n lang raklewe hier rond nie.

Daar is 'n soort eensgesindheid onder die meeste van die klomp hier wat dit moeilik maak vir buitestanders om deel van die kring te word. Dis nie 'n kwessie dat die anderskleuriges uitgehou word nie. Meer 'n ding van agtergrond, vermoed Ghaap. Die swart polisiemanne kuier in die smokkies. Wit ouens – die N'gamlas, soos hulle agter die rug genoem word, drink in hotelkroeë of by 'n braaivleisvuur. Die swart ouens verkies hulle pap en vleis teen twaalf rand 'n bord by een van die wyk se miljoene agterplaas-eetplekkies. Dis nou as hulle nie KFC eet nie. En die wit ouens bly weg van die pap-en-vleis-plekke, hou nie daarvan om met hulle hande te eet nie. Of so lyk dit altans tot dusver vir hom. En Ghaap val maar in by wie ook al sy senior offisier vir die dag is. Is seker maar die lot van sy soort, tob hy en gaan sit by 'n leë lessenaar. Hoort eintlik nêrens tuis nie. Nie swart genoeg nie. Maar was ook nog nooit wit genoeg nie. Toekykers.

Hy sug en soek 'n pen. Hy't 'n kakhuis vol papierwerk wat moet gebeur, vrug van die aand se werk. Van Mabusela is daar g'n teken nie. Hy hoor hom egter: sy gelag elke paar minute.

Sy selfoon piep.

Duif, sien hy. Wat wil weet of Ghaap tyd het vir 'n hoofkantoor-meeting. *Moet werk*, antwoord Ghaap. Hel, iémand moet seker begin om die dossier ordentlik aanmekaar te sit.

57

Maaike van der Wiel sit by haar kombuistafel toe Beeslaar die deur binnestorm. Die tafel lê besaai van die bloed en vere. Vermeer die papegaai s'n, helaas. Die voël se kop is afgekap. Dit lê op 'n broodplank langs die opwasbak, saam met een van sy vlerke wat morsaf gesny is.

Beeslaar tree verby en deursoek vinnig die res van die huis, maar vind niks. Hy loop terug kombuis toe, waar Maaike met haar kop in haar hande sit. Sy hart krimp vir die arme vroutjie, al kan hy nou nie haar smart oor die voël deel nie.

"Ai, Maaike," sê hy. Die hond staan teen haar been op en sy skep hom en druk hom styf teen haar bors vas. Hy wriemel en spring uit haar arms uit, loop snuif-snuif deur die kombuis, nies toe daar 'n veer aan sy neus bly vassteek.

"Wie, Maaike?" vra Beeslaar. Want hy dink sy weet goed wie. "Is dit Andries April?"

Sy snuif, maar kyk nie op nie.

Beeslaar maak 'n besemkas in die hoek by die spens oop, haal 'n skoppie en borsel uit en begin die vere bymekaarvee. Maaike bly sit. Geblus.

Die vere stop hy in 'n leë plastieksak, wat hy ook uit die besemkas opgediep het. Sit die broodplank met voël en al ook daarin en neem dit uit. Buite gekom, staan hy vir 'n oomblik die wêreld en bekyk, die oorgroeide struike en bome. Hope wegkruipplek vir 'n booswig. Hy bel Quebeka, sê sy moet 'n draai kom maak as sy kan.

Dan stap hy vinnig na sy eie kothuis, waarvan die deur nog wawyd oopstaan. Hy gaan haal die bottel brandewyn uit sy tas. Die dure, Flight of the Fish Eagle, wat hy saamgebring het om met Blikkies te deel.

Maaike sit nog steeds by die tafel, sien hy toe hy terugkom in die kombuis. Hy sit die bottel brandewyn neer, soek glase en ys. Skink vir elkeen van hulle 'n behoorlike paar vingers.

Sy tel die brandewyn met bewende hande op, skiet dit met een slag in haar keel af.

Hy gooi vir haar nog.

Hulle sit in stilte en drink. Sy snuif kort-kort, vee onder haar oë met die agterkant van haar hand.

"Ek dink jy beter my maar vertel, Maaike," sê hy oplaas. "Want as ek die tekens hier nou reg lees, is daar iemand wat nie baie gelukkig is met jou nie, of hoe?"

Sy sluk, maar kyk steeds nie na hom nie.

"En by the way, ek het Quebeka gebel. Sy is op pad hier-heen."

"Nee! Ik moet geen polisie hier hê!"

"Jy wil liewer hê dat iemand jou . . . met jou doen wat hulle met Vermeer gedoen het?"

Sy snuif.

"Wat gaan aan, jong? Vir wie is jy so bang? En wat is dit wat hulle nie wil hê jy moet vir my sê nie? Dis April, is dit nie? Dis hoekom hy vanoggend so vroeg hier by jou was? Hy't jou kom afdreig. Maaike!"

Sy knik, baie liggies.

"Nou maar wát is dit?"

"Hy . . . Ik dink . . . ik moet terug na huis," sê sy met 'n klein stemmetjie.

"Jy meen Holland toe?"

Knik.

Beeslaar neem 'n klein mondjie drank, rol dit in sy mond rond. Voel die opstyg van die visarend. En die sagte landing, ver agter op sy tong.

"Dit is nie meer veilig hier, vir my. Om my werk te doen." Sy sit nog 'n oomblik en staan dan vasbeslote op, asof sy dadelik wil vertrek. Maar sy loop na die muurkas, haal drie borde, messe, vurke en 'n sout-en-peperstel uit. Servette met vrolike Hollandse koeie op. Uit die yskas haal sy 'n aluminiumbak, toegemaak met foelie. 'n Bredie, sien Beesaar, toe sy die foelie afhaal en die bak in die oond druk.

"Paar minuutjies, dan kan ons eet," sê sy sag. "Sodra Vuvu hier is."

"Ek hoop jy besluit om nie vir haar ook te sit en kluitjies bak nie. Sy's glad nie so maklik soos ek nie. Ek waarsku jou maar net."

Sy sê niks, sluk.

Rembrandt kondig kaptein Quebeka se koms aan toe hy van Maaike se skoot afspring en blaffend by die agterdeur uitstorm.

Maaike skep vir elkeen 'n groot porsie lensie-en-pampoenbredie in. Beeslaar kyk die stomende, klam hopie op sy bord effe versigtig uit, nie seker of hy kans sien vir die bruin pitjies nie. Die twee vroue merk sy huiwering en hy steek vinnig 'n vurk vol in sy mond. En dis onverwags heerlik, gegeur met Indiese kruie en goed. Hy en Quebeka se borde is gelyk leeg en sy skep woordloos weer vir hulle in, lek smakkend haar skephand af waarop 'n strepie sous te lande gekom het.

"Ik heb Andries April leren kennen," begin Maaike vertel.

"Afrikaans, Maaike," berispe Quebeka sagkens. "Ek weet

dis moeilik as 'n mens verskrik is, maar ek het nie vanaand ore vir Hollands nie."

"Godverdomme, maar ik spreek geen . . ."

"Ja, jy doen dit."

"O. Sorrie. Ik . . . Ek het hom geleer ken deur die CIC, 'n organisasie voor . . . vir vrouen en kinderen wat die slagt . . . slagoffers is van gesinsgeweld. Hy het 'n jonge moeder en haar dogter daar aangebring, wat deur die pa se bende . . . bende-kamerade ge- . . . gerape was. Ons . . . hy en ik, het bevriend geword. Veel raakpunte, hè?"

Beeslaar is nie so seker dat hy die raakpunte sien nie, maar hy hou sy bek, eet in stilte.

"Hy het in daardie tyd heel veel planne gehad, met de jeugd. Hy het gesê hy wil jonge mensen help om uit die bendes te bly. Hy wil hulle geleer het van die veld en die natuur . . ."

Beeslaar kan nie help nie, hy snork onwillekeurig. Die twee vroue ignoreer hom. Natuur soos in bottelbrand en zol rook, meen hy, maar dis dalk nie nou die tyd vir redeneer nie.

"Hy het . . . égt probeer. Zo . . . veel . . . baie jonge mensen wat geen . . . wat uit enkel-ouderhuizen kom . . . unwanted babies, verwaarloos, met veel geweld opgroei. Hy . . . hy geloof dit is niet armoede wat van mense slegte ouers maak. Dit is eigentlik wat armoede aan jou dóén . . . jou menswaardigheid . . ."

"Oukei, Maaike, ons kry die prentjie. Maar wat het dit nou met Vermeer en met jou te doen? Hoekom wil hy nie dat jy met die polisie praat nie? Het dit iets met Elmana du Toit se dood te maak?"

Liewe Heksie skrik vir die naam, knyp haar oë toe en haal diep asem.

"Joga. Ik . . . ek had 'n jogaklas, toe. En sy het een of twee keren dit bygewoon. Hier, tuis."

"Tot ongeveer drie maande gelede?" wil Beeslaar weet. Hy vind dit moeilik om hom die kort, dik lyfie van Liewe Heksie in 'n lotusknoop voor te stel.

"Ja, ik dink so."

Vir Quebeka sê Beeslaar: "Haar ma se dood." Sy knik.

"En toe," hervat Heksie haar storie, "een avond . . . aand. Dit was laat, heel laat, het ik Elmana hier betrap."

"Wat, hier, soos in hier by jou huis?" vra Quebeka.

"Nee. Ja."

"Nou wat wou sy in die middel van die nag by jóú hê?"

"Niets! Sy was by Andries, hè?"

Beeslaar en Quebeka kyk vir mekaar, glimlag. Die missing link-teorie van Blikkies. As 'n ding te maklik lyk, soek die missing link, het hy altyd gesê.

"Jy wil sê April het aan haar drugs verkoop, Maaike. Hoekom sê jy dit in godsnaam nie net nie? En hoekom het jy nie eerder . . ." Quebeka se oë blits. "As April haar vermoor het . . . en jy weet dit. Dis blerrie dwarsboming van die gereg, man. Jy kan fokken vir ewig tronk toe gaan!"

"Nee! Dit kan ik niet zeggen . . . dat sy haar drugs van Andries het gekry. Dit het ik nooit gezien!"

"Maar jy wéét dat daar iets tussen hulle was. En jy verswyg dit, Maaike? Nee, man! Stilbly en lieg is een en dieselfde ding."

"Miskien," sê Beeslaar, "moet Maaike ook sommer vir ons van Vincent Ndlovu vertel?"

Quebeka sug vererg, staan op en skink vir haarself 'n glas water en drink dit leeg voor sy weer kom sit, kalmer.

"Maaike," sê sy en haar sjokoladestem het 'n krakie in, "hierdie dag was 'n bitter, bitter lang en moeilike dag. Ek wil hom nie afsluit met jou in die tjoekie nie. So sal jy in . . . in váders naam nou ophou rondfok en praat. Wat het Vincent Ndlovu hier gesoek?"

"Dit was vroeger, 'n paar weke gelede. Die genezer in Khayamandi. Die sangoma van daar. Ik . . . Hy stuur soms kliënte, omdat ik . . . Ek het ook opleiding, in die Swazi-tradisie, wat . . ."

"Vincent Ndlovu, Maaike!" raas Quebeka.

"O. Ja. Volgens my was hy . . . e . . . heel erg met stres. En depressief. En vir dít kan ik geen medisyne aanmaak. Ik het wel 'n ritueel voor . . . vír hom gedoen. Om hem . . ."

Beeslaar vra: "Het hy gesê wát sy spanning veroorsaak?"

"Hy had slapeloosheid, maagpyn, aptytverlies. Angst. Maar ik wist . . . e . . . ek het natuurlik ook geweet dat hy . . . wel, dat hy vir Elmana moes werk, hè? Ik . . . ek het gesê dat hy moet na Johan Erasmus toe gaan. Han, noem die mense hom. Hy's 'n GP met 'n surgery digby Khayamandi. Ik het vir Han gebel en . . . gesê hoekom ik vir Vincent stuur. Dis hoekom ik weet dat Vincent dit niet . . . Hy is geen moordenaar, Vuvu."

"Hoe sal jý nou weet, Maaike? Of fluister die voorvadergeeste dit in jou oor?" Quebeka staan op en trek haar baadjie aan. "Ek begin vir die eerste keer te glo ek het wél die regte man in hegtenis geneem. Wie anders het beter motief as Vincent? Ek verwag jou môreoggend om agtuur by my op kantoor om 'n verklaring af te lê, verstaan? En ons weet steeds nie hoekom April vir . . . die voël vermoor het nie. Wát is dit wat jy nie vir ons mag sê nie? Dat Elmana haar drugs by hom gekry het?"

Maaike kyk gekwes op na Quebeka, dan knik sy.

"Nou maar baie dankie. Ek moet terug werk toe. Maar éérs moet jy in die bed kom."

Maaike knik gedwee.

Beeslaar staan ook op, vat sy bottel brandewyn en die halfleë glas saam. By die agterdeur draai hy om. "Sê net weer hoekom presies jy vir Andries April as huurder uitgeskop het?"

Sy sug. "Het . . . dit was moeilik. Onprettig, hè? Daar was te veel vreemde . . . elementen. Mense. Wat hier gekom het."

"Watse vreemde mense?"

Sy vee oor haar krullebol. "Gewoon raar. Ik kon dit voel. Die donkere auras. Ik moet dit nie hier hê, begryp je? Veral één vent wat heel veel . . . wat baie hier was." Sy ril, sê sy weet nie presies wat sy naam is nie, want sy het hom net gesien, nooit met hom gepraat nie. Hy het tatoeëermerke oor sy hele gesig gehad – twee pyle bokant sy wenkbroue en traandruppels onder een oog.

Quebeka kyk na Beeslaar: "Sal 'n ou wees met tronkgeskiedenis. Die traandruppels is dikwels die hoeveelheid moorde wat hy al gepleeg het – vir sy 'generaal'. Tien teen een 'n lid van een van die nommer-bendes van die Vlakte. Kon jy ander merke aan hom eien, Maaike?"

Maaike haal haar skouers op en Quebeka rol haar oë.

Beeslaar groet die twee vroue en maak spore.

By sy eie plek sit hy net 'n skemerlamp aan, sak neer in een van die gemakstoele en kyk na die wilde dans van die bome buite in die wind. Dis soos die gedagtes in sy kop ook vanaand dans, besef hy.

As Andries April haar verskaffer was, en nie Vincent Ndlovu nie . . . Wat maak Ndlovu dan met die duur oorbelle?

En hoekom April se vrees dat Liewe Heksie hom as verskaffer sal uitwys? Bang sy politieke belange in die vallei ly skade?

Of is dit geld? Hy het nie vir Beeslaar gelyk soos die tipe wat te veel slaap gaan verloor oor sy image nie. En wat presies wou hy aan Beeslaar oordra, toe hulle mekaar vanoggend vroeg by Maaike se voorhek raakgeloop het?

Hy sug en maak sy tong nat met die duur brandewyn.

Engeltjiepis, puur en suiwer. Jy mors hom nie op met Coke nie. Die Coke kom by vir 'n goedkoop brandewyn. Block-en-tackle, noem hulle dit in die polisiekroeë. Hier in die Kaap, hoor hy in Jan Cats, praat hulle van 'n "stoute Cokie" en 'n "cappuccino".

Hoekom bly hy torring hieraan? Dit is nié sy saak nie. Hy ken nie hierdie plek nie. Hy ken nie die mense nie. Die enigste een wat hy wél hier geken het, is dood. En streng gesproke is daar geen rede vir hom om hier rond te hang nie. Verdwaalde doos. Hy wás by ou Blikkies se begrafnis. Hy hét finaal afskeid geneem. Mét 'n after tears-dop in Jan Cats. Saam met Quebeka . . .

Is dit sy wat hom hier hou? Of sy eie ego? Hy wil die groot wit held wees. Vir haar. Grootmeneer vir die mooi swart vrou. Hel, hoe pateties kan jy nou wórd?

Maar dis nie net dit nie. Daar's iets wat in sy agterkop rond-hang. 'n Skimmerige ding. Wat vir hom fluister dat hy eintlik al klaar die kolletjies verbind het. Hy sit daarop. Dis iets wat hy iewers gesien het. Maar wat? Nie by die begrafnis nie, nie in die Mystic Boer, toe hy besig was om homself poeskas te suip nie. Waar?

Hy draai sy glas ingedagte en die ys roer gesellig. Wonder of Quebeka se baas slaap vanaand. Ou Prammie.

Quebeka sê hy is nie die soort wat maklik buig voor druk van bo nie. Maar vandag hét hy. En in die proses oor Que-beka geloop.

En hy gaan slange vang as hy moet hoor Quebeka "kon-sulteer" na buite. Met 'n oupoot-has been van die platte-land. Wat sy lyf Magnum PI hou op 'n dorp wat hy nie ken nie. Waarin hy, inderdaad, nog nooit vantevore sy voete ge-sit het nie. En waarheen hy gekom het om sy beste vriend . . . hel, sy énigste vriend, die man wat die afgelope vyftien

jaar . . . Kan mens dit sê? Mág jy dit sê . . . Dat hy ou Blik-
kies beskou as die pa wat hy nooit gehad het nie? Hy skud
sy kop vererg, druk die koue glas teen sy voorkop. Wat néúk
hy met die ou geraamtes? Feit bly: Hy kry nie die warrigheid
en die teenstrydige gevoelens oor hierdie moordsaak uit sy
kop nie.

Hy maak weer tong nat, proe dat die arend vinnig besig
is om hoogte te verloor: Die ys smelt van sy warm hand. Die
bottel is byderhand en hy "mors" 'n skramse skeut by.

Daar's 'n sagte klop aan die deur.

Quebeka.

Hy laat haar binne en haal vir haar 'n glas te voorskyn.

"Ek drink wragtag nie daai goed nie," keer sy.

"Nou wat dan?"

"Jy't nie kakao nie – vir sjokolademelk?"

Hy sit die ketel aan vir koffie.

"Hoe's dinge daar binne?" Hy kantel sy kop in die rigting
van die hoofhuis.

"Ek het 'n vrouekonstabel laat kom om die nag by haar te
bly. Maar sy hou voet by stuk dat sy nooit gesien het dat April
'n pusher was nie."

"Nou hoekom is hy dan weg by haar?"

"Die 'elemente', seg sy. Die ou met die tronktjappe, hy't
hier rondgehang soos 'n stink poep. April het beweer die
ou is bietjie van 'n rowwe diamant. Moeilike verlede – tronk,
bendes, sulke soort van goed. Maar hy het gedraai, hy help
nou in die gemeenskap. Maar Maaike sê haar menslike an-
tennas lieg nie. So, sy't April laat gaan."

"Het ons 'n naam vir die tronk-ou?"

Sy skud haar kop. "Ndlovu se alibi, by the way, word on-
dersteun deur dokter Han. Die ontvangsdame bevestig daar
was 'n lang tou wagtendes. Hulle het by die wagkamerdeur

uit gesit, onder die boom in die parkeerterrein. Dokter Han het Ndlovu Dinsdag eers iewers tussen drie en vier gesien, volgens haar boeke, maar sy onthou dat hy vanaf die oggend gewag het. Daar was glo 'n noodgeval en die dokter het agter geraak. So, dis nie waterdig nie, maar dis iets wat dalk in die hof sal tel."

Sy vat die beker koffie by hom, roer die drie lepels suiker wat hy vir haar ingegooi het.

"En wat, presies, makeer hy?"

"Dokter sê dis senuwees. En oor die res praat hy nie. Nie sonder toestemming van sy pasiënt nie. Maar ek sal my kop op 'n blok sit . . ."

"Groot Griep?"

Sy knik, stap roerend aan die koffie terug sitkamer toe. "Wat weer ekstra gas gee aan 'n motief vir moord."

"Tóg teen die wet om iemand met MIV af te dank. Maar jy's reg. As dit rugbaar sou moes word, sou dit moeilik raak. Newwermaaind die stigma in die man se eie geledere. Maar hy werk ook daagliks met kos. Van iewers sou daar druk kom. En die oorbelle? Hoe verklaar jy dit?"

Sy drink haar koffie, loer met groot oë oor haar beker se rand na hom. "Dit was toegedraai in 'n ou trui in Ndlovu se klerekas. Hy sê dis 'n ou trui van Du Toit. By Elmana persent gekry, net so gebêre in die kas."

"Sou kon sin maak," sê Beeslaar. " 'n Maklike manier om van Ndlovu ontslae te raak, nie waar nie? Sy was hoeka die laaste tyd baie paranoïes. Dalk het sy . . . Sy't hom gebel die oggend van haar dood. En sy het vir Kokkewiet Syster gebel. Wou hê albei moet na haar huis toe kom. Dalk het sy beplan om hom voor Kokkewiet van diefstal aan te kla."

Sy knik en slurp saggies haar koffie, maar sy lyk nie oortuig nie.

"En wat nou van April?" vra hy.

Sy drink die laaste sluk en klap haar tong behaaglik, sit die beker neer. "Hy moet seker maar buk?" Nog 'n Blikkieïsme – soos in buk om afgeransel te word. "Maar dís nie my probleem nie. My probleem is my eie baas, wat glad nie happy gaan wees as ek agter sy rug – én die provkom se rug, mind you – nou nuwe getuienis uitgrawe nie."

"Quebeka, jy doen óf hierdie werk behoorlik, óf jy gaan aartappels skil by die fish 'n chips."

Sy sug en rol haar oë. "Dis nou die laaste ding waarin die politici boontoe op belangstel. Jags vir syfers, die hele spul van hulle. Nog 'n arrestasie: tiek. Nog 'n moord binne agt en veertig uur opgelos: tiek."

Sy skep asem, tuur by die venster uit met klam oë. "Voel my ek staan soos my vinger alleen in hierdie ding. Ek weet nie . . ."

Sy selfoon lui. Hy sien dis Ghaap, maar antwoord nie. "Wag nou, ons pak die ding van 'n kant af: Nommer een," sê hy, "is om vir Andries April te gaan laai. En nommer twee is om uit te vind hoekom die Du Toits so lieg. Jy moet hulle skud. Tot dusver is hulle met sagte handjies gehanteer. Moet ook nie wag hiermee nie. As jou Prammie-baas môreoggend inklok, moet jy gereed wees vir hom. Mét nuwe getuienis. Oortuigende getuienis. En al dreig die politici jou met skorsing, baklei jy terug. Want hulle wil hê jy moet gaan lê. Maar jy moet juis nou uithaal en wys. As jy een keer gaan lê het, is jou loopbaan verby. Kan jy netsowel by die koeltekonte aansluit en parking tickets uitskryf!"

"Nog iets, baas Beeslaar?" Sy glimlag moeg, maar nie vyandig nie.

"Iemand moet Ellie behoorlik ondervra – trauma of geen trauma nie."

Sy antwoord nie en die twee sit vir 'n ruk lank in stilte. Tot Beeslaar vra: "Weet jy waar April woon?"

"Iewers in die vallei. By die groep wat weier om uit die vallei te trek, betoog vir permanente verblyfreg."

"Waar?"

"Assegaaibosch se kant op. Teenaan Cape Nature, die provinsie se navorsingstasie."

"En die groep, wie's hulle presies?"

"Hulle voormense was plaasarbeiders – meeste van hulle. Sommige werk nog steeds in die vallei. Ander werk vir Bosbou. 'n Klomp is sommer net rondlopers. Hulle't so paar maande gelede begin roer. Twee arbeidersgesinne is verskuif, dorp toe. Die eienaar van die grond wou verkoop of iets. En die nuwe eienaar se voorwaardes was dat daar geen personeel op die grond is nie."

"Dis tog nie wettig nie."

"Jy wéét dan. Maar geld wat krom is . . ."

"Stom is," help hy reg.

"Ja-ja!" Ongeduldig, 'n sweem van die ou Quebeka weer terug. "Ek meen, die gesinne is uitbetaal. Want dis die ding met geld. Buig die wet soos hy wil. En ek vermoed daar's wette gebuig daar dat die biesies bewe. Die nuwe eienaar het die gesinne se huisies in gaste-akkommodasie omskep. En toe word sy wingerd afgebrand. En niemand weet hoe die brand ontstaan het nie, ensovoorts. Ek vertel jou nou maar net die kort kant. Volgende is die nuwe eienaar se kar middernagtelik onder die klippe gesteek toe hy by sy plaashek indraai. Die man moes steke in die gesig kry. Sommige van die klippe was effe groot.

"Hoe ook al. Onse heer April was doenig onder die klomp. Dit was skielik betogings en padversperrings en plakkate. En April praat met die koerante oor die onregte van die wit mense wat die vallei in een groot golf estate wil . . . blah-blah fishpaste."

Beeslaar sit sy glas neer. "Nou maar wat daarvan ons gaan lê 'n besoekie af by die heer April?"

"Nóú?"

"Kom," sê hy en staan op.

58

Die kind bly staar in die rigting van waar hulle gekom het.

"We must move, Mpho." Gerda kyk oor sy skouer, maar sien niks.

Sy sukkel om op te staan, die dooie gewig van Kleinpiet se slapende liggaampie te veel vir haar. Sy kry hom nie gemaklik genoeg oor haar swanger maag gemaneuvreer nie. En sy wil hom nie neersit nie, vasbeslote dat hierdie kind nie weer haar arms sal verlaat nie.

Dit het koud begin word. Tipies Hoëveld-herfs, weet Gerda. Bedags kan dit nog baie warm wees, maar die nagte maak soms al ryp. Sy kan sien Mpho bewe. Koue is dalk nou minder van 'n probleem vir hom. Dis duidelik dat sy vrees vir The Fatha groter as enigiets anders is. Daarvan spreek die bloederige T-hempie wat hy dra. Plek-plek is die materiaal stukkend geslaan en vasgekoek in die wonde. Sy sien die skraal lyfie, die skerp knobbels van sy maer rug, sy woeste kroeskoppie. Haar Neiltjie sou vanjaar skool toe gegaan het. En al was hy stewiger van bou, sou hy dalk dieselfde lengte kon hê as hierdie kind – wat twee maal so oud is.

"Mpho," sê sy sag, "where are we?" Geen antwoord.

"Mpho!" Sy herhaal die vraag, steeds fluisterend. Hy haal sy skouers op.

"Where are your real parents?"

Die kind kyk nie om nie. Hy sit en blaas in sy hande, kyk bekommerd na 'n kol in die veld skuins links van hulle.

"Thula," sê hy oplaas vir haar en kyk vir 'n oomblik om. Sy sien die wit van sy oë teen die donker vel, lyk of dit uit sy gesiggie uit skyn.

"Mpho, why did you hijack us? And where is your brother?"

"He make jabu pule. He want the car. Strong car. Sell it. The sharkboys, they . . . they boom!"

"Crash?"

Hy knik. "They take big smeka. Money. Big mountain."

"You took us for the car?"

"Noooo. The car we sell. The sharkboys, they use that car."

"They use the car for a heist – but what about us?"

"Was business."

"How do you mean, business?"

"Mama, no talk."

"What business, Mpho?"

"uMlungu business."

"A white man?"

"Yes. No. Look like Dushi, but he kwerekwere. He want the business. He pay big smeka for the business."

Gerda besef die kind praat iScamtho, 'n taal van jong swart stedelinge. Sy hoor soms van die woorde by die skool. uMlungu, weet sy, is 'n wit man. En kwerekwere is 'n uitlander. "What's his name?"

"No! No more talk."

"The animal, what is it? Why does it smell so . . ."

"Shaka. He stink. Wash with Colgate shampoo."

Hulle sit 'n ruk lank in stilte. Maar sy wil weg, bewus van

384

die aanhoudende pyn in haar bekken. Haar Lara-kind wil kom.

Sy beur op teen die koue beton van die akwaduk, kyk in die groot pyp af. Is daar dalk huise aan die ander kant, plek waar hulle kan hulp kry? Sy wil vir hom sê, maar hy maak haar bruusk stil. Sy tree versigtig dieper die donker in.

Die pad bo hulle moet breed wees, want die akwaduk is lank. Sy kan nie 'n opening aan die ander kant gewaar nie. Dit is ook heeltemal te donker. Met Kleinpiet in haar een arm probeer sy voel-voel dat die pypwand haar lei. Maar die kleintjie se gewig is gou te veel. Sy rus, maar durf nie sit nie – sy sal nie weer kan opstaan nie. Sy kyk terug, die sittende figuurtjie van Mpho is net-net uit te maak in die donker. Sy wonder waarvoor hy so kyk. Verwag hy The Fatha om sélf agter hulle aan te kom? Vanuit die donker te materialiseer? Sy het self die gevoel gehad die man kan sonder geluid beweeg. Sy ril, hoendervel wat oor haar rug en bene afloop. Gee haar die nodige energie om dieper die donker pyp in te loop.

Sy onthou die stopvak wat sy destyds op universiteit gehad het. Hemel, dis meer as twintig jaar gelede. Volkekunde. Dit was in die laaste dae van apartheid. Die byna neerbuigende manier waarop daar oor inheemse swart gelowe geskryf is in een van haar handboeke. Die donker toorders: Thakathi, uitgespreek 'n sagte "k" – taghatie. Sy kon die stories nie glo nie. Van toorders wat snags op die rûe van bobbejane en hiënas ry om hul duister werk te verrig, wat grafte beroof en die dooies in zombies verander. Die toorders sélf wat kon verander in 'n uil. Of 'n likkewaan.

umThakathi. Dis by so 'n mens dat sy en haar kind die afgelope dae was. Sy kon die boosheid aanvoel daar. En die vrou ook.

Gerda se bene begin ingee. Sy het verskriklik dors, haar

tong kleef aan haar verhemelte. Sy vind die pyp se yskoue wand met haar rug en begin stadig neersak. Haar hart dawer in haar bors. Here, sy moet hou. Sy voel versigtig oor haar buik. Kleinpiet kreun toe sy hom verskuif. Sy voel niks. Sy maak haar oë toe, probeer op die ongebore kind fokus. Die afgelope paar maande, as sy bietjie af voel, het sy dit gedoen, na binne lê en luister, haar dogter voel. Haar pienk klein bobbejaantjie. Wat saggies in haar liggaamsholte dryf. Sy kon haar hoor, haar selfs verbeel hoe sy aan haar duimpie drink, kon die helder goue hitte van haar liefde daarop projekteer. . . . *Jy's veilig, liefiekind. Hou net nog 'n bietjie vas. Mamma gaan ons wegkry hier van die narigheid. Net 'n rukkie . . .*

Sy gaan dit maak. Hulle drie tesame . . . Sy laat haar kop sak en druk haar seun se gesig tot teenaan hare. Sy warm lyfie gee haar moed, hoop, krag. Die wil vir terugbaklei, maak nie saak wat nie. Sy sál weer opstaan. Sy sál met haar kind in haar arms hier uitstap. Sy sál hulp kry. As sy by 'n huis kan uitkom. 'n Gewone huis. Waar die warmte en sorg en mededeelsaamheid van 'n Afrika-mens is. Want dís die Afrika wat sy ken. En wat sy liefhet.

Nie die bangmaakstories van haar jeug nie. Nee. 'n Duisend keer nee. Nie die drogfobies van haar pa nie.

Sy druk haar neus in haar kind se nek, voel die sagte voutjies daar, vryf haar neus oor die sagte rosie van sy oor. "Ons gaan dit máák, kleinman," fluister sy vir hom. "Ons het tot hier gekom. Tot hier, nou nog net 'n bietjie aanhou . . . aanhou wen. Beste geweer. Dapper boertjie maak 'n plan. Eendjies na die dam. Ons drietjies op 'n ry, daar's ook goeie mense hier. Meer goed, bly glo, bly glo, bly glo. Gly bo . . ."

Die koue teen haar rug begin nou dringend raak. Sy moet beweeg.

umThakathi. Sy wéét dit is geen mite nie. Dis dié soort

ding wat haar . . . Sy kan sy naam nie eens dink nie. Wat hom oor die rand gestoot het. Hy en Albertus . . . saam in die honde-eenheid. Die gruwelstories. Hulle wou haar nooit vertel nie. Maar sy't geweet, as hulle weer met só 'n saak besig was. Waar mense opgekap sou wees vir medisyne. Kinders, liefs lewend, hulle handjies af, onthoof. Daar was veral een keer . . . hy . . . die vader van haar seuns . . . het kliphard aan die drink gegaan. Nooit geslaap nie. In die donker sitkamer bly sit. As hy indut, met 'n uitroep wakker geskrik. Sy wou hê hy moet dokter toe, vir slaapmedikasie, sielkundige hulp. Maar hy't geweier. "Ek gee nie in nie," was al wat hy sou sê. "Ek en my twee vriende," sou hy sê en sy pistool lig, sy hand op Sakdoek, die hond, se kop. Sy werkshond, wat hom help lyke uitsnuffel het. Wat sulke nagte sy geselskap was. "Ons drie. Ons gee nie in nie. Laat die fokkers kom!"

Op rusdae was hy soms nét met die hond doenig. Asof hy Sakdoek moes troos, moes opmaak vir al die naarheid wat sy snoet help opdiep het. Die kinders kon nie naby die hond kom nie. "Dis 'n fokken werkshond, g'n speelding nie," het hy op 'n slag vir Neiltjie weggejaag.

Een so 'n nag was hy dronk genoeg om haar te vertel. Van die kind sonder kop en hande. Die "thakathi" oes dit "lewend", anders werk die toorkrag nie. Die mond, die lippe, die ore en oë. Word teen duisende rande verkoop. 'n Hand wat jy in die fondasie van 'n nuwe winkel inbou – om nuwe klante in te wink. Hý en Albertus moes die kind se kop soek. 'n Sesjarige Soweto-kind, wat die vorige dag nie van die skool af teruggekom het nie.

Die lyk is gevind tussen twee pilare in 'n sementheining langs die treinspoor. Die liggaampie ingewurm in die nou gaping. Die kop is met 'n boomsaag aan die ander kant van die heining afgewring, die klein tottermannetjie uitgekerf.

Later die dag het haar man en sy hond die kop gekry, sonder ore, oë, tong en lippe. Die brein was leeggeskep. Die geplunderde kop agteloos op 'n dak geslinger, tussen die ou buitebande en klippe . . .

Gerda ril. Sy moet beweeg. Druk met haar elmboog en rug teen die koue betonmuur, staan vir 'n oomblik en wankel. Hulle sit al te lank hier. Voel soos ure. Sy kyk terug na waar Mpho nog sigbaar is. Sy roep hom saggies, maar hy roer nie.

Hy bly kyk. Soos 'n getoorde voëltjie in 'n wip. Sy begin weer versigtig stap. Dis moeilik. Daar's baie rommel, ou geroeste blikke wat lawaai as sy dit raaktrap, papiere wat soos nat vingers teen haar bene lek. Sy moet haarself keer om te gil toe daar iets harigs oor haar voete skarrel. Rotte. Sy hoor hulle piepend skree. Nog méér rede om te beweeg. As haar kragte nou ingee . . . Die diere sal nie skroom om aan hulle te vreet nie.

Dan steek sy skielik vas, 'n gegrom wat uit die donker opklink. Sy hou asem op, luister so fyn moontlik. Kleinpiet begin in haar arms roer. Dan hoor sy dit weer. Die onaardse geroffel. Uit 'n reusedier se bors. Geen hond. Dit weet sy.

Sy tree terug. 'n Paar treë. Staan stil om te luister. Dan hoor sy dit weer. Náder, hierdie keer. Die Dier! Sy ruik hom!

En sy draai om en vlug blindelings terug. Na die lig. En die silhoeët van die kind wat regop gekom het van die geraas.

59

Hulle ry in Quebeka se bakkie. Die pad uit die dorp uit loop eers teen 'n helling op, verby 'n historiese opstal, nou 'n luukse hotel, sak dan weer die vallei in, begin kronkel by donker uitdraaipaadjies en spoghekke verby. Die groot konstruksiebord van Du Toit doem op, glimmend in die lig van 'n flentertjie maan wat pas bo die rotskolomme van die berge opgekom het.

Quebeka skakel die bakkie se hoofligte aan. "Dié blerrie ontwikkeling gaan nog baie bloed op die grond uitgiet. Ek gee jou 'n brief." Sy verminder spoed. "Kyk uit vir 'n twee-spoorpad," sê sy. "Daar's nie borde nie."

Dan swaai sy skielik links uit en volg 'n hobbelrige pad teen 'n steil helling uit. Op 'n plato maak die bome oop. Daar's lig in twee rye woonblokke.

Quebeka hou stil, gaan haar pistool na en klim dan uit, Beeslaar wat volg.

'n Groep mans sit om 'n oop vuur. Toe hulle die polisie-bakkie sien, staan een op: Andries April. Hy kom nie nader nie, maar wag dat Quebeka en Beeslaar tot by hom en sy kring stap. Namate hulle nader kom, ruik Beeslaar die dag-ga. En toe hy by die vuur kom, sien hy dat sommige van die mans se oë bloedbelope is. "Hos!" roep een van die sittendes. "Hie's 'ie Kêrels oek!"

April staan arms gevou.

"Meneer April," begin Quebeka, "is daar iewers waar ons privaat kan praat?"

April skud sy kop.

"Of verkies u om saam met ons in te gaan dorp toe – stasie toe?"

Een van die manne spuug eenkant toe. "Op waffer klagtes," sê hy en steek sy ken uitdagend uit. Beeslaar herken hom: Hy't 'n passion gap en baie tjappe oor sy arms, hande en gesig. Die twee bliksemstrale oor sy voorkop, een bo elke wenkbrou. Groot, swart traandruppels onder sy linkeroog – 'n oog met 'n blou vlies oor. Hy't dié man al gesien, dink Beeslaar. Dan tref dit hom: Dis dieselfde man wat Rea du Toit se handsak opgetel het, drie dae gelede by die moordtoneel. En dieselfde een van wie Liewe Heksie vroeër die aand gepraat het.

"En wie is u?" Quebeka sit haar hand liggies op die pistoolskede op haar heup neer.

April tree na vore. "Sit, Quentin. Hulle soek vir my."

Maar Quebeka wyk nie: "Ek wil weet wat jou naam is, of is jy doof?"

"Quentin, Mamie, ma' my true friends call me Swiff, soes in spliff! En soes in fok vinnig." Hy gryns vir Quebeka, steek sy tong vinnig in en uit in die gaping van die voortande.

"Shuddup, Quentin," sê April, sy oë dreigend.

Maar Quentin geniet die aandag. "Ek het respekte virrie law, my broe'. Respekte virrie law, wat ô's bratha's floor. Respekte virrie gattas, warrie stok swaai oppie Vlaktas!" Die res van die kring giggel vir die rympie.

"Jou naam!" bulder Quebeka.

"Ma' ek sê'ra' virrie sisi-mêrim. Swiff soes in stiff!" En hy bal 'n omgekeerde vuis en stamp die lug obseen daarmee.

Die volgende oomblik het Quebeka haar pistool uit en dop die man om. Sy val met haar knie op sy rug en pen hom vas. Pistool terug in die skede, boeie uit en soos blits om sy polse.

Sy kom veerkragtig orent en pluk die man saam met haar, marsjeer hom woordeloos na die bakkie en boender hom agterin. Quentin skree soos 'n vark. Vloek in alle tale en noem Quebeka 'n "vi'skriklike Xhosa-meid", onder meer.

Beeslaar sien die skrik wat in April se gesig kom sit het. Sodra hy bewus word van Beeslaar se blik, kyk hy grond toe, begin aanstap bakkie toe. Hy klim gedwee agterin, ignoreer sy maat se gekoggel en gekerm.

Hulle ry in stilte terug, Quebeka soos 'n beneukte rots agter die stuur. En 'n swaar voet op die petrolpedaal.

Haar kantoor is 'n kleinerige vertrek op die tweede verdieping van die groot polisiestasie, wat sy met Charmainetjie en iemand anders deel. Daar's 'n plant op 'n staal-liasseerkabinet wat dorstig vergeel. Vir die res lyk dit soos 'n kantoor in polisiestasies die wêreld oor.

Sy't vir haar en Beeslaar koffie gemaak, met beskuit uit 'n blik wat sy toegesluit in 'n kas hou.

Beeslaar neem twee, die lensies van vroeër by Maaike al lankal vergete.

"En as jou baas nou hier aankom, Quebeka?"

Sy antwoord met 'n koninklike kyk, lyk weer baas van die plaas. "Hy't ook vir oom Van Blerk geken, mos."

Sy laat kom vir April uit die selle.

Hy lyk aansienlik meer bedeesd as vroegoggend, dink Beeslaar, toe hy hom buite Liewe Heksie se huis raakgeloop het. Hy sit stroef en staar na sy hande in sy skoot.

"Nou ja toe!" begin Quebeka. "Raak wys en sê maar vir die gattas waar was jy Dinsdagmiddag tussen twee en vier."

Hy antwoord afgemete: "Gegraft."

"En wie sal dit kan bevestig?"

"My baas."

Op Quebeka se bevel gee hy die naam en 'n telefoonnommer van sy streekshoof, ene Adams. Beeslaar gaan uit om hom te bel. Die man is ontstoke. Omdat hy "in die middel van die nag" vir "stront" gebel word. Hy bevestig oplaas dat April Dinsdag deel was van 'n streeksvergadering.

"Maar wat gaan aan? Wat sukkel julle al weer met onse mense? Wie's jou bevelvoerder? Ek dring aan om met hom te praat. Nou!"

Beeslaar sug en gee hom Pram Baadjies se naam, maar sê hy sal weer môre op kantoor wees. Die man kalmeer.

"Meneer April is nie in hegtenis geneem nie, hy help ons met 'n moordondersoek," sê Beeslaar.

"Help? Hierdie tyd van die nag? You must be joking!"

"Een van ons manne sal môre by u kantoor verbykom vir 'n verklaring. Goed so? Want dan sê ek eers tot siens." Beeslaar druk die foon dood. Hy het nie nou sin in 'n geredekawel nie, in elk geval nie met 'n ou wat klink of hy al 'n hele paar nightcaps in het en klaar die tande vir die nag uitgehaal het nie.

Hy glip terug in Quebeka se kantoor en fluister in haar oor dat Adams pas April se alibi bevestig het. Sy knik, haar oë heeltyd op April.

Beeslaar gaan staan met sy sitvlak gehaak oor die buurlessenaar. Van hier het hy 'n duidelike uitsig op die worsrolle van die man se rasta-haarstyl. Hy raak bewus van sooibrand. Dis Liewe Heksie se lensies, besluit hy. Lensies is pitte. En pitte is bedoel vir voëls.

"Waar was jy vanaand tussen agt en nege?" vra Quebeka.

"Nêrens."

"Jy was by Maaike van der Wiel se huis."

392

"Ek was daar waar julle vir my gekom skraap het. Dis nou maar my blomplek daai, sedert Maaike my uitgegooi het."

Quebeka wys met haar koffiebeker na Beeslaar, vra: "Hoekom vertel jy nie vir kaptein Beeslaar hier wanneer jy begin het om vir Elmana du Toit tik te gee nie?"

April kyk 'n slag senuweeagtig op na Beeslaar, konsentreer dan weer op sy twee blouwit hande. "Ken nie," mompel hy.

"Askiés?" Quebeka trek haar wenkbroue op. "Jy was haar pusher, meneer April. 'Tuurlik het jy haar geken."

April skud sy kop, net-net merkbaar.

"Dís wat jy gaan doen het daar by haar, Dinsdagmiddag. Maar toe loop die storie skeef, nie waar nie?"

Hy antwoord nie, maar skud sy kop.

"Ag, dís nou flou, meneer April. Eensklaps werk jou geraasgat in reverse. Maak oop jou bek en vertel wat Dinsdagmiddag by Elmana du Toit se huis gebeur het! En hoekom jy haar geskiet het. En waar jou skietding nou is."

April skuif regopper in sy stoel, sy oë wat senuweeagtig van Beeslaar na Quebeka dans. Hy skep diep asem, sê dan: "Ek hét nie 'n yster nie!"

Beeslaar se bloed roer. Hy ruik die man se vrees. "Vir 'n bang ou soos djy naai djy lekker met'ie gattas, hè?" probeer hy April se Kaapse sleng napraat. "Of soek djy 'n lekker vet Boereslaappil? Jy kan kies van wie, maar ek wed jou kaptein Quebeka hier slaan harder as ek."

Hy vang Quebeka se oog, wat vonkel. "Hy skiem hy pluk ons verward as hy die gangsters se taal gooi, hè? Hy dink ons verstaan nie die taal nie, hy kan ons lekker deurmekaarpraat! Hy skiem hy sit hier en kak saai met twee doosbreine, maar as hy nie oplet nie, gaan hy gerol word. Daarvan kan hy seker wees, nè, kaptein? Lippe teen die klippe, as hy nie praat nie!"

"Ek het ga'n niks met daai antie uit te waai nie," sê April.
"Ek kom hoor oek ma' hoe die manne hier hol loer."

"Praat reg!" raas Quebeka. "Watse stories is dit wat jy hoor?"

"Sy't smaak vir zol. En sy's dik innie skille. Dis ma' wat 'n ou hoo', nè, soe onder die kakpraat van 'n ou se manskappe, as hulle die varkie rondstuur."

Beeslaar se bloed begin borrel. "Smaak my dié man soek 'n PK. Hè, April?"

April skuif 'n bietjie onder Beeslaar uit. Quebeka kyk vraend na hom. " 'n Soort klap," verduidelik Beeslaar. "Maar jy sê dit nie voor dames nie. Maar jy moet nét sê, ou grote," sê hy vir April, "my hand jeuk! Jy charf my poef, ek buckle jou frame!"

Quebeka drink die laaste van haar koffie: "Kom ons begin weer. En nou hou jy op grappies maak en jy hou op lieg, meneer April."

April laat sak sy kop, sodat die los wolrolle van sy kapsel sy gesig verberg. "Ek . . . het haar nié vermoor nie."

"Volume, April," sê Beeslaar. "Gebruik jou fokken speakers! En vertel sommer vir kaptein Quebeka wie's die kêrels met wie jy so sit en bottel brand het daar!"

'n Sug, aangeplak. "Ek het niks gemaak nie. Ga'n niks. En ek hoef oek nie met julle te praat nie. Dis 'n wederregtelike arrestasie hier'ie."

Beeslaar buig af na April; sy asem roer die bossiekop se los haartjies.

"Mevrou Du Toit is alle ure van die nag by jou huis opgemerk," sê Beeslaar en leun terug, sodat hy April se oë kan sien. Dan leun hy weer nader. "In die tyd dat jy daar by juffrou Van der Wiel gebly het. En ek dink jy gaan nou maar sê wat sy daar gesoek het, oukei?"

"Hierdie is intimidasie," brom April.

Beeslaar leun weer nader. Hierdie keer gaan haal hy die volume ver: "EK SÊ, verTEL!"

"Sy was lastag. Vir zol. 'Is ma' al. Maar ek het haar niks gemaak nie."

"Ek wil nie weet van die aaptwak nie, April. Ek vra . . . WAT nog?"

"Vir . . . nyaope . . ."

"Kak, man! Dis'ie darkies van Jo'burg se pyp daai. Praat!"

"Sy't geskiem sy kan 'n lolly of twee by my kom score."

"Tik."

"Tik, ja. Maar sy't al die tyd die wrong address gehet!"

"Praat normaal!" sê Quebeka.

"Die verkéérde adres. Ek dra nie sukke heavy gooi nie!"

Quebeka rol haar oë.

"Nee," sê Beeslaar, "maar jy kry dit by jou goeie vriend Swiff-soos-in-spliff! Maar ons kom nou-nou by hom."

April skuif versigtig, sy een been ritmies aan die wip, sê: "Sy't sieke' gescheme sy . . . Sy hét daar gekom. Maar sy't vir die koeksuster gekom kuier. En vir wat tune julle mý nou? Ek weet julle het daai bantoe-bra platgetrek!"

Hy kyk onder sy wolstringe op na Quebeka.

"Jou stories raak te ingewikkeld, mister April. Eers sê jy mevrou Du Toit wou by jou kom dagga score en dan insinueer jy sy het 'n lesbiese verhouding met Maaike van der Wiel gehad?"

April bly stil, sy oë onrustig.

"Begin weer!" sê sy.

"Sy't . . . vir my geambush. By die hek voorgekeer. Wou my lift gee. Of ek vir haar 'n gwaai het, jy wiet? Zol. Ons . . . e . . . het gerook. Toe gaan laai sy my in die dorp af. En sy tune sy soek my phone-nommer."

"En jy vind dit normaal dat iemand soos Elmana du Toit jóú selfoonnommer sal wil hê."

Hy dink 'n oomblik na, skuif ongemaklik. "Ek mag nou vir julle net coloured rubbish wees, maar . . ."

"Ons weet bleddie goed wie jy is. Wat ons nié weet nie, is vir wat jy met low lifes soos Quentin rondhang. Of is dit deel van die politieke plan van aksie daar in die vallei?"

"Hy's níks van my nie, fókkol! Hy't nou maar bietjie sit en kak charf daar met die manskappe, saam gerook. Maar ékke, ek het niks met hom uit te waai nie. My one and only mission is om die arme mense van die vallei te beskerm, om te kyk dat hulle nie wéér uit hulle eie grond gegooi word nie!"

"En dit doen jy deur grondeienaars in die vallei se wingerde af te brand en hulle karre onder die klippe te steek?"

Hy skud sy kop.

"So wat maak jy vanaand daar by Quentin en die ander boomrokers?"

"Dis hulle se blomplek daai. My kliënte. En ek het nou tydelik nie huis nie. So ek kiep snags daar tot ek weer teruggaan Wellington toe."

"Kliënte?"

"Van onse NGO, vir die outjies wat ytgesmyt raak. Van die plase af. Die mense met die boomstam wat terug cruise na die tyde van die ou slawe. En die Khoi-khoin. Daai hele valley. Issie 'n happy valley nie. Dit was die plek van slawegrond. Soos die helfte van hierdie dorp se hele business areas . . ."

"Orraait, April." Beeslaar voel die sooibrand tot in sy keel, sweer in stilte hy eet nooit weer lensies nie. "Los maar die history lessons. Vertel ons hoe handig die 'vriendskap' met mevrou Du Toit jou gehelp het met die éintlike baklei: die een met Malan du Toit en sy ontwikkeling."

April trek sy asem diep in, kyk in die vertrek rond. Soek

inspirasie vir sy volgende leuen, meen Beeslaar. Uiteindelik sê hy: "Naai, man, die antie . . . Sy's . . . lonesome. Om bietjie kak te tune met 'n anne' asem. So bietjie mielies gooi en 'n zolletjie rook. Daai's maar al."

"Sy moes maar verdómp eensaam gewees het as sy jóú geselskap opgesoek het," brom Beeslaar. "Maar sy was 'n maklike teiken, nè? Jy't haar afgedreig. Vir geld, of hoe? Of was dit haar mán wat jy afgedreig het?"

"Naai, man!"

Quebeka staan op, borsel beskuitkrummels van haar ruim boesem af. "Sê maar net, April, in gewone taal. Dat ons kan aangaan. Die nag word lank. Elmana du Toit het 'n voorliefde vir tik begin ontwikkel. Sy kon dit nie by Ndlovu kry nie, want hý was te skytbang. Toe raak jý haar verskaffer. Jy was haar púsher, nie haar boesemvriend nie. Pusher. Is dít wat jy gekom doen het Dinsdag daar by haar? 'n Drop gekom maak? Jy't gescheme jy's oulik. Kry Malan du Toit beet op die plek waar jy weet jy hom kan seermaak?"

"En jy gebruik 'n vrou vir jou vuilwerk?" voeg Beeslaar by.

April skud kop, kyk na sy hande. Vir 'n hele ruk sit hy so, welbewus van die twee paar moeë, geïrriteerde oë op hom.

"Kyk. Oukei. Sy en ek het 'n zol gedeel. So what. En toe tune sy lat sy so hard moet graft. Haar kragte is klaar – sy short 'n bietjie gô. As 'n man haar nou kan haak, sien? Lat sy weer kan liewendag voel. Sy soek lollies." Hy bly 'n oomblik stil. Sy mond werk van die konsentrasie. "Die Here wiet, ek self ráák nie aan die rubbish nie. Dis die duiwel se eie twak daai. Maak 'ie ou mal. En sy . . . sy was slowly biesag om in 'n poesplas te verander – 'n heavy disaster area."

"En sy het jou deeglik vergoed, is ek seker." Beeslaar vou sy arms oor sy bors, leun terug sodat hy na die vent se neergeslane gesig kan kyk.

Stilte.

"Antwoord die kaptein!" roep Quebeka. "Ons wil huis toe gaan, nie na jóú performance sit en luister nie!"

April maak keel skoon. "Ek het niks met haar man uit te waai nie. Lat hy koekbak waar hy wil. En ja, sy was op 'n mission. Maar sy's 'n laanie-goose. Sy kan nie sommer by die smokkie gaan injol en gereedskap koop nie. En ek kan handjie bysit. Ek ken die tjommas wat jy by kan score."

"En jy noem dit hélp. En wie was jóú verskaffer?"

April kriewel. "Ek hét nie eers so 'n ding'ie. Ek doen nie daai biesagheid nie. Een van die outjies het gesê daar's 'n man wat chill daar by 'n smokkie in die Idas Valley. Slang is wat hulle hom noem. Hy't 'n tjap van 'n slang oor sy nek. En daai's al."

"Jy praat kak, man. Vir hoe lank het jy haar tik gevoer?"

"Ek het haar niks 'gevóér' nie! Ek het net die directions gegee. Maar die koek . . . Maaike, sy's blind skerp, sy nodge vir miesies Du Toit as sy daar by my kom. Toe't ek my weer kom kry, toe sit ek sonder pozzie, want Maaike like dit niks dat die mense vir my kom soek nie. En ek het eers niks gemaak nie. Vra maar vir Appollis en vir Adams. Ek werk saam met hulle saam. Ons fight virrie surplus people. Die armstes van die armes. En die landless. En ons fight juis dat mense wegbly van die gemors af."

Quebeka strek haar rug en haar arms, stap weer terug na haar stoel toe. "Ja, April. En jou tjommie, mister Swiff? Hy's mos nie van hier se mense nie? Hy dra Mitchells Plain se merke. Wie se man is hy?"

"Ek ken hom ga'n," mompel April.

"Maar jy sit lekker saam met hom om die vuur en stuur die daggazol rond? Kom ons probeer weer."

"Sy naam is Quentin. Hy's van die Vlakte."

"Quentin wie?"

"Quentin Latief Daniels. Hy't net gekom zol sweef."

"Jy meen," sê Beeslaar en buig tot teenaan April se gesig, ruik die man se senuwees. "Jy meen seker hy het kom aflaai. Dis van hóm wat jy die tik aankoop, nè? En in wie se span is hy? Watter *gang*?"

"Ek weet niks van daai nie," sê April senuweeagtig.

"Jy lieg, April," sug Beeslaar en staan op. "Het ons al sy vingers gevat?" vra hy vir Quebeka. "Skoene ook?" Sy knik. Een van die ysterbaadjies in die dienskantoor het dit vroeër gedoen, sê sy.

April sit vooroor gebuk, soos een wat naar wil word. Dis die senuwees, meen Beeslaar en vra: "En jy hou by jou storie oor Dinsdag, April?"

Stilte.

Dan gee hy in: "Ek moes een of twee keer deliveries maak, veral lately, toe die ding haar hap."

"En Dinsdag. Jy was Dinsdag ook daar. Jy het tien teen een die lollie vir haar brand gesteek, of hoe?"

April sit weer regop, sy gesig bleek. "Nee. Fokweet, ek sweer. Ek het ein'lik gemeen die goose het 'n nuwe supplier gekry. Want sy was niks lastag nie. Ek het geskiem . . . dalk vat sy koue kalkoen, los die tos. Maar ek was wragtag nie Dinsdag eers naby daai plek nie."

"Ja, maar jou beste pêl, meneer Swiff, was daar!"

April skud sy kop heftig. "Hy's niks eers van my nie. Genuine. Ek lieg niks. Julle kan gaan tjek . . . Buite, by die swembadpomp. Dis waar sy haar tackle aanhou."

"Kom," sê Beeslaar, "kaptein Quebeka het baie werk om te doen. En sy moet iewers vannag nog bietjie slaap inkry ook. Maar eers gaan wys jy ons."

60

Adjudant Bandile Mabusela het vir Ghaap uit die kantoor kom haal, wil hê hy moet insit by die ondervraging van die jong man wat in die gesteelde Dolly Parton aangetref is.

Dis 'n kínd, besef Ghaap toe hy by die kamer instap. Lyk skaars agttien.

Hy's diklip geslaan en sy een oog is 'n bloederige moeras. Hy sit met sy hande voor hom geboei, voete met verslete sportskoene wat heen en weer swaai. Is dit nou hoe een van die plek se gedugte motorkapers lyk? 'n Jackroller in lewende lywe? Kan nie . . .

Mthethwa gee Ghaap 'n vuil kyk voor hy hom na die jong man wend, vra hoe oud hy is. Hy kry 'n gemompel vir 'n antwoord.

"Speak up!" skree die groot polisieman. Hy slaan oor na Tswana, maar die seun skud sy kop. Hy's maer, met dowwe kolle oral op sy donker vel. Hy lek kort-kort aan die bloedplek op sy onderlip.

"What's your name?" Mthethwa skuif sy skryfgoed na Ghaap toe. Wat dit met 'n innerlike sug ontvang.

"I did nothing," antwoord die kind.

"Your name!"

"Lucky Molefe."

Ghaap skryf.

"Who do you work for?" vra Mabusela, meer besadig as sy kollega.

"I didn't do nothing," is al wat die seun laat val. Hy lyk bang. Bang vir iets anders as die twee groot swart polisiemanne hier voor hom. Ghaap sit eenkant, met die notaboek en pen.

"Lucky, why you hijack the uMlungu woman and her child?" Mabusela leun oor die tafel, om die erns van die situasie in te prent. "We caught you with the transi she was hijacked in. So you do not bosh by us. Just tell us where the woman and her child are."

Lucky staar na sy knieë, sê niks.

"Where did you take them? And where do you live? Who's your authi?"

Lucky sê niks. Een van sy vingernaels het ingeskeur, merk Ghaap, dit bly bloei. Moes gebeur het dieselfde tyd dat hy die slae op sy gesig gevat het. Sy T-hemp is geskeur onder die mou en by die kraag, met bloedkolle oor die bors.

Mthethwa sug en staan op. Raak Mabusela op die skouer en wink hom saam deur toe. Hulle wys vir Ghaap hulle gaan rook.

Ghaap bly sit, staar na die dun figuurtjie wat k. ponderstebo sit en wikkel op sy stoel.

"So jy's nou een van die fymis jackrollers van Soweto?" sê Ghaap vir hom.

"I didn't do it," antwoord die outjie en kyk deur die bebloede oogbank op na Ghaap.

"Wie't jou so geslaan?"

"Waar?"

Die antwoord vang Ghaap onkant. Hy staan op en stap nader aan die mannetjie, lig sy skraal arms met boeie en al. Die vel is oortrek met letsels en bloukolle, sommige vars. Ander

401

wat al geel word. Die kind krimp in sy stoel in, verwag tien teen een 'n hou teen die kop. Ghaap lig die hemp en kyk af op 'n benerige rug wat die rooi hale dra van 'n onlangse drag slae. Sambok wat só slaan, weet Ghaap.

"Wie't jou so gekatara?"

Die kind skud sy kop.

"Jy hoef nie bang te wees nie, Lucky. Ek's nie saam met daai twee pôliesmanne nie. Ek laaik niks van slaan nie. Ek sal jou protection gee."

Lucky kyk hom ongelowig aan en Ghaap knik aanmoedigend. Daar's 'n krakie sigbaar in hierdie mondering. En as die buffel van 'n Mthethwa nou lank genoeg rook, kry Ghaap dalk tot hierdie jong man deurgedring.

"Waar's jou boetie? Die kleintjie saam met wie jy die wit vrou en haar kind gevat het?"

Lucky se oë raak onstuimig, maar hy sê niks, sy ken op 'n vasberade punt getrek.

"Jy sien, ons wéét jy't jou boetie by jou gehad. Want daar's baie mense wat julle gesien het, oukei?"

Niks.

Ghaap wag, begin 'n prent van 'n perd in sy notaboek teken. Die boetie, mymer hy, is dalk die ding waarmee hy hierdie harde dop gaan kraak. Hy sit 'n hele ruk en teken. Die ore kom te groot. Ding lyk soos 'n kruis tussen 'n haas en 'n donkie.

"Is he safe, your brother?"

Ghaap kyk nie op nie, maar hy weet Lucky kyk vir hom.

"Ek kan hom ook protection gee," sê Ghaap terloops. "Him and you, together. Stroesbob en fo'shore. Wat sê jy?"

"No, themba," sê die kind saggies. Ghaap voel hulpeloos. Wat in godsnaam beteken themba?

Dan onthou hy iets wat Mthethwa aanhoudend sê. "Nine-

nine! Fo' sho!" Hy dink "themba" beteken "vertroue" en as hy reg onthou, sê jy dan nine-nine – jy noem 'n graaf 'n fokken graaf! Vir seker is "fo' sho".

Lucky takseer Ghaap vir 'n oomblik in stilte. Dan sak die kop, begin hy weer wikkel op die stoel, soos iemand wat dringend moet urineer. Tussendeur bly hy vroetel aan die ingeskeurde nael. Hy moet 'n geweldige hoë pyndrempel hê, dink Ghaap.

Hy begin 'n nuwe perd teken.

"The Fatha," sê Lucky saggies.

Ghaap se hart bokspring, maar hy hou hom ongemerk. Na 'n hele ruk begin die kind weer praat.

"Ons lastag, hy kwatile. Angry," vertaal hy dan om Ghaap se onthalwe.

"Is dit julle se pa?"

Hy skud sy kop heftig, maar sê weer die naam, "The Fatha". Hy kyk benoud rond, ook in die deur se rigting. Maar Ghaap weet dis nie Mthethwa wat hy vrees nie. Dis die man wat hy The Fatha noem.

"Wat soek jy by daar'ie man, Lucky?"

"Hy's die Grootman. Grootman. We work for him. We do the gryps – on the taxis and trains. Everything."

"What is that? You steal for him?"

Lucky knik.

"Your brother too?"

"No. He is small."

"Jy hoef nie bang te wees nie, Lucky. Ons hang cool, hoor. Jy's veilig hier. Al die gattas hier, hulle sal nie toelaat dat The Father jou kom slaan nie. Oukei?"

Lucky kyk weg.

"Waar's die vrou van die Dolly Parton, Lucky? En jou boetie? Waar's hulle?"

Heftige kopskud. Té heftig, meen Ghaap, maar hy laat dit eers gaan. Begin 'n nuwe perd. Die vorige een se nek is te kort. Lyk soos 'n hond. Hy wou nog altyd 'n perd gehad het. Kleintyd al. Sy ma het gesê dis nou net origheid, om met 'n perd te karring. Wie dink Ghaap gaan hom moet voer?

"Die Dolly Parton wat julle gevat het, is dit vir The Father?"

Knik.

"Hoekom?"

"Business."

"Wátse business, Lucky?"

"uMlungu business. Hy bai' kwata. Vrostana?" sê hy en trek met sy voorvinger oor sy keel.

"Ek sal sorg dat hy nie aan jou vát nie. Hy sal nie hier kom nie. Hy laaik nie dié plek nie. Die bokGatas-plek nie."

"Ja. Hy laaik dit fokkol." Daar's 'n effense verheldering op die seun se gesig.

"Waar's die plek van The Father, Lucky? Daai vrou en haar bybietjie wat julle geloop vat het. Ons moet daai vrou help, man. Jy kan ons help. Jy moet net met ons wheeti. Maak skenner met ons. Praat. Niks two-six, nè? No lies. Ons sal nie lat daai man jou kom vat nie."

Die kind sug. Dis 'n oumens se sug, lewensmoeg.

"Chicken Farm," hoor hy dan Lucky se fluistering.

Ghaap besef hy't g'n blou idee waar Chicken Farm is nie. Hy weet hy't al gehoor daarvan, dat dit 'n woonbuurt van Soweto is.

Hy staan op, sien hoe die kind terugkrimp in sy stoel. "Lucky, chilleka, my bra, ek maak niks, nè." Hy kom buk by hom. "Focus," sê hy en wys met sy twee voorvingers na Lucky se verskrikte oë en dan sy eie. "Ek promise vir jou. Jy's veilig. Daai snaai gaan vir jou wragtag nie wéér slaan nie. Shot? Ek, Johannes Ghaap, sê dit nou vir jou. Vrostana jy?"

Knik. Groot oë wat opkyk na Ghaap.

"Jy bly sit hier. Ek gaan ons baas roep, hy sal ook vir jou kom sê, oukei?"

Ghaap steek sy neus by die deur uit en sien sy twee kollegas wat aan die onderpunt van die gang staan en rook en gesels. Hy fluit en hulle kyk op. Hy wys hulle moet kom.

"Waar's Chicken Farm?" vra Ghaap sodra hulle binne hoorafstand is.

Mthethwa lag. "Soek djy bietjie jollies vir die nag?" vra hy leedvermakerig.

"Dis waar die ontvoerde vrou en haar kind is."

"Sê wie – daai klein stront daar binne?" Mthethwa gryns ongelowig. "Jy ken nie die amajitas van hierdie plek nie. Hy lyk vir jou so jonk en onskuldig, dan sny hy jou keel af. Ek sal g'n woord . . ."

"Daar's 'n sangoma of 'n ding daar," sê Ghaap. Dié keer wend hy hom tot Mabusela. "Lucky en nog ander kinders – ek weet nie hoeveel nie – werk vir hom."

Mthethwa laat hom egter nie van stryk bring nie: "Watse sangoma? Ek weet van g'n sangoma in daai plek nie. Dis net cockroaches daar. Lovas en skebengas."

"Waarvan prâât hy?" vra Ghaap vir Mabusela.

"Skelms en loafers, werkloses. Wat het jy gemaak dat die man so skierlik met jóú praat, my bra?"

"Ek het hom beslis nie geslaan nie," sê Ghaap en kyk vinnig in Mthethwa se rigting.

"The Fatha." Mabusela en Mthethwa kyk vir mekaar, dan weer vir Ghaap. Al twee glimlag.

"Daar bestaan nie so iets nie, man, Ghaap. Daai kind naai jou deur die ore. Wragtag."

"Hy's skytbang soos hy daar binne sit. Nie vir jóú nie," sê hy vir Mthethwa. "Hy's bang vir iets veel ergers. Ek weet nie

405

of jy hom bekyk het nie, maar sy rug is rou. Mens kan sien hy word gereeld met die sambok gedonner. Tot hy bloei. Jy't gesien hoe lyk hy? Sy arms en sy bene?"

"The Fatha is 'n urban legend, sersant Ghaap. Hy's die ding waarmee mense hulle kinders dreig as hulle kak aanjaag. Vra enigiemand wat hier grootgeword het. Dis 'n ou-ou bangmaakstorie!"

"Nou hoekom sal die kind vir my lieg? En hoekom is hy so geslaan? Mens kan sien hy word al baie lankal so verrinneweer."

"Die meeste van die tsotsi's in hierdie plek lyk maar so. Baie daarvan kom van baklei. Mes fights. So, hy praat lekker kak met jou, sersant Ghaap," sê Mthethwa. "En ek sal dit aan jou bewys."

Hy stamp die deur van die ondervragingskamer oop. Ghaap probeer hom sonder sukses keer.

"Wié's die anner manne met wie jy daai kar gevat het? En wat het julle met die boss vrou en die bybie gedoen?"

Lucky se oë rek. Hy kyk oor Mthethwa se skouer na Ghaap en Ghaap sien hoe Lucky se gesig val.

Hy skud sy kop en kyk weg.

Mthethwa stap om die lessenaar tot by die jong man en kry hom aan sy hemp beet, lig hom uit sy stoel. "Práát, bliksem! Of is jy lus vir slae?"

Ghaap voel 'n swart woede in hom opstoot. Hy kyk na Mabusela, maar dié staan ongeroerd en toekyk.

Voor Ghaap homself kan kry, het hy óók om die lessenaar gestap en Mthethwa van die kind weggestamp. "Hierdie seun is nou genóég geslaan, adjudant. Gaan slaan mense van jou eie size!"

Mthethwa knip sy oë verbaas en begin dan lag. "Die Dushy-mamparra uit die bosse uit dink wragtag hy't rang!" Dan raak hy ernstig: "Maar as jy wéér aan 'n senior offisier stamp, lê ek 'n formele klag. Hét jy my?"

Ghaap knik, maar hy laat los nie die kind nie.

"En aangesien jy nou so besorgd is oor 'n fokken snaai soos dié, kan jy hom 'n bedjie gaan opmaak in die selle."

"No!" roep die kind skielik. "He will find me. Please!" Hy steek sy geboeide hande uit na Ghaap. "You promised!"

"Ons moet iemand van die nappy squad inkry, wat hom kan vat," sê Mabusela. "Ghaap, vra vir Nthabiseng om te help."

Ghaap het geen idee wie Nthabiseng is nie, maar hy vat die kind aan sy arm en loop met hom by die deur uit. "En wie gaan Chicken Farm toe?" vra hy toe hy by Mabusela verbystap. Maar dié skud net sy kop.

"Kry die laaitie georganise, ons sal met die Solly-man gaan praat."

"En tussentyd loop die klok, nè?" kan Ghaap nie nalaat om op te merk voor hy die pad vat nie.

61

"You make rasa!" sê Mpho kwaai toe sy by hom kom. "Thula!"

"We run," sê sy vir hom. "I think there's something in here. Come!"

"No!"

"Come, Mpho. He's in here!"

"Wait."

"I'm going, Mpho," hyg sy. "There's something in this pipe. I think it is the animal from the house."

Hy skud sy kop. "There's nowhere he will not find us."

"Who, the animal?"

"The Fatha. He see everywhere. He walk like the wind. He like the cat-thing."

"The animal from the house is here, Mpho. I can't risk my baby. Please."

"The animal she's in the mkuku."

"The what?"

"I chase it there, the . . ." Hy sukkel om die korrekte Engelse woord te vind, sien sy.

"House?"

Hy knik. "I chase it there. She kwatile, she bite. She bite your head."

"Mpho, that animal is here. I heard it. There." Sy wys terug in die stiknag van die tonnel in. "I know it's here. I smelt it. It must have tracked us. We must go!"

Sy sien die twyfel in sy oë. Dan gryp hy haar aan die arm en forseer haar af. "We crawl. He not see." Sy weet steeds nie na wie hy verwys nie – die man of die dier.

"I cannot crawl with the baby, Mpho. Maybe you run, you take the baby and you run. Go across the road. Find help."

"There's nothing there! We go to the lights, we find shu-maarker."

"A whát?"

"Shu-maarker. He jabu pule."

Sy snap – Michael Schumacher, die renjaer. En 'n sokker-speler, Jabu Pule, bekend en bemind vir sy snelheid.

Hy hou sy hande uit na die baba. Vir 'n oomblik twyfel sy. Maar haar lyf kan nie meer nie. Sy hou die baba na hom uit.

Kleinpiet begin knieserig kerm, dalk besig om uit sy beswyming te ontwaak. Mpho het hom regop teen sy bors, sy oë rek vreesbevange toe die baba begin kla. "No rasa," sê hy en gee haar weer die kleintjie terug. Gerda laat lê hom in haar arms en sus hom, bewus van die pyn in haar bekken wat al hoe erger raak. Sy haal vlak asem, kort, vinnige teugies lug.

Maar die pyn raak dringender; sweet slaan uit oor haar lyf. Sy kan nie die kreet keer toe dit weer kom nie en haar bene begin onder haar padgee. Mpho trek haar aan haar arm. "Run! We run," fluister hy dringend vir haar. "He hear everything."

Sy staan 'n hele ruk en asemskep. Dan begin die pyn effe be-daar. "It's rubbish, Mpho. He just tells you that to scare you."

"No! He strong like snake. He eat the vulture eyes. He see very far. He eat baby feet. Make him run strong. He kill us, eat us. Come!"

Gerda sukkel om regop te kom. "Take the baby, Mpho. You run. You find the Schumacher, go to police."

"No!"

"I can't." Gerda voel die trane. "Please take the baby and get him safe. I cannot, this one . . ." Sy druk haar natgeswete palms teen haar buik.

Hy sê niks, maar sak langs haar neer. Die kleintjie kla van die gewoel.

Gerda kyk die donker pyp in. Sy wéét die Dier is daar. Sy voel dit aan. Sy probeer haar asemhaling reguleer. Kalm word. Asemhaal. Stadig.

"Mpho," hyg sy, "who is the boss man, who, who . . ."

"Many money. He pay only clippas and 'sgodo."

"Clippas?"

"One hundreds. 'Sgodo is the one thousands."

"He uMlungu?" vra sy.

Knik. "Big hair. Like woman. He make business there by us. He give money for the sharkboys. They bring the cars. The Fatha, he make them strong. Like crocodile. The bullets fall off. Like water. Police cannot kill them, bullets no good. This uMlungu, he kwerekwere. He pay with *you.*"

"What . . . He pays with *me?*" Sy voel mislik, sluk. Proe die gal.

"He buy dagga, crack, nyaope."

"Nyaope?"

"Drugs, cheap."

"He pays with me?" Sy sluk. 'n Blanke buitelander: kwerekwere. Lang hare.

"And the sharkboys, who are they?"

"My brother and his team. They work for him. They clever, take any car."

"Who do they work for?"

"Hairy man."

"That man, does he wear a ring?"

Mpho hou sy pinkie op.

Hierdie keer kan sy nie die mislikheid keer nie. Sy gooi op, oor haar bors en buik, te lam om te keer. Haar verstand weier om te glo wat sy pas gehoor het. Dit kán eenvoudig nie. Nie Baz nie. Hoe is dit in godsnaam moontlik?

Toe die braakspasmas verby is, vee sy met haar hand oor haar mond, die suur reuk van haar eie ingewande in haar neus. Sy vee die hand aan haar rok af en steek dit uit na Mpho. "Come, we go," sê sy en vat sy arm.

"I help you," sê hy en sit vir Kleinpiet versigtig op die grond neer.

Gerda haal diep asem en beur saam met die seun om reg-op te kom. Haar kop draai gevaarlik, maar sy staan.

Mpho laat haar los en draai om vir Kleinpiet, maar ver-steen toe hy sien die kleintjie se komberse beweeg.

"My baby! Mpho, it's the animal!" roep sy.

"Hamba!" roep hy. "Voertsêk!" Hy het die een punt van die kombers beet en trek verwoed, maar verloor sy balans. Hy val vorentoe, gryp die baba en rol hom in Gerda se rig-ting. Sy buk en tel hom op.

Dan het die Dier vir Mpho aan die broek beet. Hy skop wild en gillend.

Gerda kyk benoud rond vir iets soos 'n klip. 'n Stok. Maar daar's geen tyd nie. Mpho se spartelende liggaam verdwyn die donker in.

In die bek van die grootste hiëna wat Gerda nóg ge-sien het.

62

Hy vra Quebeka om eers by die garagewinkel in Mer-
rimanstraat te stop. Om Rennies te koop. April bly
agter in die vangwa sit. Beeslaar koop die grootste pak wat
hy op 'n rak aantref, 'n sakkie of twee Gaviscon en 'n bottel
water.

Sodra hy terugkom by die bakkie, sien hy April sit en rook.
Hy skiet die stompie weg sodra hy Beeslaar sien, wat hom
bloediglik vererg. Hy stap om die kar en gaan trap die half-
gerookte sigaret dood.

"Jy's kastag so 'n groenie, maar jy gooi jou kak net waar jy
wil," sê hy en pluk die bakkie se deur oop.

"Fuck's sake," hoor hy April brom, " dis net 'n stómpie."

Hy klap die deur toe. Gaan staan voor die tralievenster
van die vangwa. "Dis nié net 'n fokken stompie nie, meneer
April, dis 'n lewende kool vuur bo-op 'n dam petrol!" Terwyl
hy raas, wikkel hy twee, drie Rennie-papiertjies oop, prop
hulle in sy mond en ruk weer die bakkiedeur oop. Hy kou
verbete en die surerige poeiersmaak laat hom tot in sy lieste
gril. Spoel dit met water af. Vinnigste manier om dit in die
maag te kry.

Hy en Quebeka ry in stilte. Reg oos. Met Merriman op,
verby die groot sirkel op die kruising met Cluver. Verby die
groot stuk rowwe veld van Maraispark. Beeslaar sit kouend,

heel tevrede dat hy die bakens na die Du Toit-huis begin ken. Sy draai weg, rivier se kant toe, straatname wat verby-flits. Zwaanswyk, sien Beeslaar. Dan swenk sy in by die stil straatjie na die Du Toits se huis. Die huis lyk verlate – dalk oor hy weet die huismense slaap sedert Dinsdag by die buurman. So nie is dit die tuinverligting, wat dit soos 'n vergete monument laat lyk.

Hulle klim in stilte uit. Quebeka kry die hekke oop en laat hulle deur. Sy't 'n paar handskoene uitgehaal, hou dit na Beeslaar uit.

In die tuinpaadjie voordeur toe steek April vas. "Ek gaan net nie daar ín nie," sê April. Sy oë staan wild.

"Rustig," sê Quebeka. "Ons loop om."

"Jy't my anderdag aspris verkeerd gelei," sê Beeslaar toe hulle begin stap. Hy laat hom voor loop.

April antwoord nie. Beeslaar gaan staan, ruk die man aan sy arm. "Ek sê!" April draai om, sy albino-oë wat die bleek skynsel van die flentermaan optel.

"Ek het?" Die ene onskuld.

"Ja, jy het. Jy't aan my probeer vertel hoe ongewild Malan du Toit hier rond is en hoe dit jou nie sou verbaas as sy vrou se dood sy eie skuld was nie. Onthou jy, of vee die zol jou geheue aanmekaar skoon, soos die alzheimers?"

"Alzies is vir die krimpers," antwoord April. "En ek rook net baie bietjie."

"Jy lieg. Toe, stap!" Quebeka. "Jy en jou tjommie Swiff, julle stink ene witpyp."

"Ek gebruik'ie harde drugs nie. Ek drink'ie eers nie. Het nog nooit en sal ook nooit. Ek het genoeg in my lewe gesien hoelat dit mense opfok."

Beeslaar vat nog 'n sluk water.

Agter die huis lê die lang, donker swembad soos iets le-

413

wends, sy waters wat roer van die spuitfontein, vonkel in die weerkaatsing van die tuinligte.

Hulle moet agterom die groot bad stap, 'n stuk deur die tuin, om by die pomphuisie uit te kom. Beeslaar buk in met 'n flits, wat hy amper laat val toe daar 'n ding uit die donker op hom afvlieg. Hy stamp sy kop met die wegrukslag.

"Kat," hoor hy April agter hom sê.

Hy leun oor die groot bolvorm van die pomp en lig rond met die flits, maar hy sien niks.

"Kyk onder die blare," sê April weer van buite af.

Beeslaar buk dieper in, sodat hy met sy hande in die droë blare op die vloer van die hok kan krap. Gelukkig het hy handskoene aan, want hy gril hom vrek by die gedagte aan hoeveel spinnekoppe daar onder dooie blare leef. En dis die een ding in sy lewe wat hom die horries gee.

Hy vat genadiglik met die eerste krapslag iets raak: 'n Ziploc-sakkie, binne 'n glaspypie wat in 'n balvorm eindig – soos 'n miniatuur-proefbuis – en 'n aantal weggooi-aanstekers. Hy sukkel sy selfoon uit sy sak en neem in die flitslig 'n foto van die sakkie in die blare. Dan tel hy dit op en tree terug, ril onwillekeurig vir die spinnerakke wat oor sy nek vee.

Hy hou dit op teen die lig en April knik: "Dis haar gear."

Die drie stap in stilte terug na die swembaddek toe, waar Quebeka vra of sy Beeslaar by sy huis kan aflaai. Sy moet teruggaan stasie toe met die nuwe getuienis. Beeslaar sê hy stap sommer huis toe.

"En wat van mý, sisi? Hoe kom ek terug by my pozzie?"

"Jý, meneer April, kan bly wees ek gooi nie jou gat in die tjoekie nie." Sy draai om, slinger nog 'n laaste woord oor haar skouer: "Jy kan maar toneklap, die zol afloop!"

"Dis fokken ver, daai plek," sê April vir Beeslaar, wat net sy skouers ophaal. Nie sý probleem nie.

414

Hulle staan vir nog 'n rukkie, kyk na die lig op die swem-badwater, wind wat in die bome raas.

"Sy was voos, die vrou," sê April. "Ek weet fokkol van hoe dit hiér was." Hy druk met sy ken in die rigting van die huis. "Maar één ding kan ek jou sê: Sy's 'n faktap nonna gewees, sy. Mooi. Blindmooi. En sy't haarself netjies versôre. Duur alles. Jewellery, wat sy stuk-stuk beginte trade het vir . . ." Hy skud sy kop. "En ek dink nie dis nét by my lat sy gescore het'ie. An-ner tye, as sy daar by my injol, was sy klaar gespat. Dan was sy roekeloos. Roe-ke-loos," rek hy die woord uit en skud sy kop.

"En jy't maar alte graag haar geld gevat."

"My broe', ek is net met lastagheide gebataal."

Beeslaar wil hom ruk. Vir die gebroerery.

"Ek dag eers ek score blind. So lanie tjerrie. Beste 'reverse' innie wêreld. En sy wéét dit, dra altyd die stywe jeans. En toe ek nou eers mooi lyster, van wié se vrou sy is . . . jirre, my broe'. Toe trap ek hoog. Soes 'n spogter-pêrd." Hy raak stil, steek sy hande in sy broeksakke en kyk vir die swembad terwyl Beeslaar nog twee Rennies afskil.

"Jy weet," sê April na 'n ruk, "my groot passion is Mother Nature. Vallei soos dié, hy's soos 'n vrou se baar. Dis 'n spe-cial plek dié. Jy sal nie glo nie, maar hier loop nog wilde luiperds hier in hierdie berge. Laaste van die laastes."

Hy kyk op na Beeslaar, treurige maanskynoë. "Selle as die ou Kaapse lou, vyfhonderd kilogram ding met tanne, so swaar soes 'n fokken koei. Hy't hiér sy gat gesien – die boe-re met die roere en die march van die progress. Moer toe. Tjoef! Al tjoef wat oor is, is die drek wat ons vanaand hier uit die pomphuis uitgehaal het. Res is gone. Of besig om te vrek. Jy kan maar sê die vallei is een lang funeral parlour. Die voëltjies hier sing nou se dae net tjieng-tjieng-tjieng."

"En jy wil dit keer met lawaai maak?"

April gryns, skud sy kop. "Progress and jobs, sê mister Du Toit en sy tjommas. Maar eintlik is dit 'n lewendige ding wat afkak. En elke nuwe grênd kasteel. Kom sit soos 'n kankertjie in die ou moeder se baar. En die first peoples, mý mense . . . Hulle staan en kokkenodge van die sidelines. Eerste man wat grond gekry het, hier, was Marquart, 'n vrygestelde slaaf. Nou hoor ek die nuwe projek word Marquart gebaptise."

"Ek dag die plek se naam is Jonkers Valley."

"Naai, daai's die working title, die trust se naam."

"Orraait. Maar die plek se naam is nou nie iets wat ek of jy iets aan kan doen nie. Nie hiérdie tyd van die nag nie. Kom, ek wil gaan slaap."

Beeslaar begin stap. Sy sooibrand begin uiteindelik buk onder die aanslag van die Rennies. "Buitendien," sê hy oor sy skouer vir April, "die issue hier is nie soseer aan wie die Jonkershoekvallei behoort nie. Dit gaan oor 'n ma van twee kinders wat vermoor is."

"En as dit 'n swart ontwikkelaar was? Of, God behoede ons, 'n coloured? Wat het jy en die sisi dán gemaak?"

"Ag, jy praat nonsens, April. Kom, ek wil gaan slaap."

"As dit 'n mister Kunene was, baas Beeslaar, wat die hele vallei wou toebou, was jy en die sisi soos twee honde om 'n lekke' stuk spek. Het julle elke kienk in die red tape om dié besigheid sit en uitkam."

"Om wát mee te bewys, April?"

"Dat Du Toit se development in die vallei onwettig is."

Beeslaar gaan staan, sy rug teen die wind. "Dis 'n ander issue, April."

"Luister, ons NGO se hoofkantoor is in Wellington. Ons law boys daar het na die aktes gaan kyk. Maar dit staan toe van die tjappe. Alles is piele met die paper works."

"Nou? Wat het jý dan verwag? Dat 'n man soos Du Toit nie

weet wat hy doen nie? En net om moedswillig te wees, toe steek julle maar die plek aan die brand!"

Die kloskop skud. "Was'ie ônse mense nie. Maar . . . Da' was skielik moves, hier. Heavy moves. 'n Lawyertjie kom hier by my aangejol. Haar client, anonymous, wat wil kak pluk met die gangsters wat hier doenig is. Sy tune my nee, daa's 'n geneuk met die archives, ou servitudes en ander dingese. Nog uit die slawe se tyd. Toe mý mense nog iets gehad het."

"Kyk, meneer April, my hart bloei vir die mense. Maar ek gaan maar eers waai. Ek wil gaan kiep."

"Staan soos feite, my broe'. Jy't al die lanies getjek van die conservation hier op'ie dorp? Ysters, hulle almal. Ek het die law goose na húlle toe gestuur. Hulle't blind baie mielies. Retired proffies en goed. Sal kan betaal vir die lawsuits. Nie lat ek saam met hulle loop nie. Hulle's kastig concerned vir'ie history. Maar hulle was min toe ônse mense in die apartheid uit die dorp uitgesmyt is."

Beeslaar begin omdraai.

"Wa-wa-wag, my broe'."

Beeslaar sug, maar hy loop nie.

"Wat ek jou nou gaan sê . . . Dis dangerous. En ek wil anonymous bly. Oukei?"

"Sê maar, jong."

"Jy moet my promise, my broe'."

"Spoeg dit uit," sê Beeslaar geïrriteerd. "En los die gebroerdery. Ek gee jou een minuut."

"Hierdie man se mielies," sê April versigtig en wys vlugtig met sy duim na die huis. Hy praat sag, amper 'n fluister. Hy't 'n sigaret aangesteek en vat 'n diep trek daaraan, knyp hom dan tussen duim en voorvinger dood, sit die oorblyfsel in sy sak. "Weet jy hoeveel boere vertel vir my hulle sal met 'n smaail hulle grond ve'koep vir development? Dis te duur

417

vir boer. Net die snare met die heavy mielies wat hier kan inkom. Ernie Els en die Ruperts en sukke pêre."

"Nou wat wil jy nou eintlik sê? Dat Malan du Toit nie genoeg geld het nie? Dis kláár syne, my ou."

"Sharp-sharp, my broe'. Hy't baie skille, maar hy't ôk nou weer nie só baie nie."

"Nou hoe sal jý nou weet, April? Jy's 'n blerrie dwelmsmous wat agter 'n NGO skuil om kak te maak!"

April lag, begin beweeg. "Waar daar skille is, is daar spore."

Beeslaar sug, begin ook stap, om die swembad. Die fontein is stil, moet op 'n tydskakelaar werk. Die swembadligte is ook af, maar die water roer steeds rusteloos onder die aanslag van die wind. Hy gaan staan waar die swembad 'n diep inham in die houtdek maak en staar vir 'n oomblik lank na die water. 'n Ent weg hoor hy die rivier se sagte gekabbel. Wat 'n absolute paradys, dink hy. Maar hoeveel ongelukkigheid het dit nie verdoesel nie.

"Wie's dit wat die prokureur gestuur het?" vra hy dan.

"Nou raak jy wys. Maar laat ek jou eers bietjie educate. Want dis'ie ding met die Kaapse paperworks. Dit gaat eeue terug. Terug na die first peoples. Mý mense. Die Adams en die Evas van onse land. Niemand wiet mee' hulle se name nie. Maar dit was hulle se blomplek dié."

Beeslaar sê niks, stap om die huis na die voorhekke. "Deesdae sit die owners dik innie skille, verkoep die plekke uit aan vet foreigners. Soes Lanzerac, daai fênsie hotel, hulle skiem hy's vir two hundred mill geve'koep. Original slawegrond. 'n Outjie wat hulle Schrijver geroep het. Hy en drie free slaves. Dis óú history en . . ."

"Dis waar ons dit gaan los, April!"

"Naai, man. Dis dan nou juis . . . dis'ie ding! Jonkers Valley se eerste owner: Antony de Kaffir. Was 'n free slave en alles. Maa' waa' sit sy agtermense nou? Met fókkol! En mister Antony se testament, sy agtermense het entry tot die rivie' . . ."

"Jy mors my tyd, man." Beeslaar buk onder die polisie se afsperbande oor die motorhek in, begin rek sy treë.

"Wag," roep April. "Jy moet my lift gee, my broe'."

"As jy my nou nog één keer jou fokken broer noem, dan kry jy daai beloofde PK, oukei?"

April hou sy mond en stap agter Beeslaar aan, tot by Maaike se plek. Beeslaar se kar is voor die hek geparkeer. Hy sluit oop, wys met 'n sug vir April om te klim.

Hulle ry in stilte die vallei in. Die skrapse maantjie maak net-net genoeg lig om die Pieke teen die horison te laat op-staan.

"Kyk net," sê April toe hulle by die Lanzerac-hotel se giet-ysterhek verbyry. "En ons klonkies, ons word uitgesmyt. Want ons bloed se kleur is nog steeds nie goed genoeg nie. Eers onse Khoe-voormense . . ."

"Goeie vader, man! Hoeveel tjippe kan één mens nou op sy skouer hê? G'n wonder jy's lui vir loop nie. Jy dra te swaar."

"Koperdraad en krale, my broe'. Toe hulle nie meer wil kraletjies vat'ie, toe word hulle onder die gewere gesteek. Maar toe tref die skaarstes. Groot verdrietigheid, die boere het'ie vye nie. Hulle moet maa' ammekaar draad slaat. En toe's die Khoe-antie weer kwaai lekker. Maar die grond was gone. Onder ons gatte uitgesnaai. En nét toe ons nou wil op-staan, toe slaat hulle ons met die apartheid. My eie oupa het 'n winkel gehad in Stellenbosch. Hy't kon bekostig om my twee oudste ooms te laat leer. Maar toe word die hele spul van ons uit die dorp uitgesmyt. Ons skool, ons kerke. Ons huise. Oornag het ons niks gehad nie. Fokkol. En daar's niks se ge-constitutional rights nie. My oupa gebreek, ons arm gemaak. My se pa het 'n gangster geword. Ek sê jou!"

"En ék weer, April, bid jy moet jou bek hou."

"Ma' dis'ie ding! Jy en die sisi moet tjek vir die gangsters wat vir Jonkers Valley bankroll. Die 'Mocha Java Diamonds' van die Cape Flats. Hulle koep grond, nou se dae. Heavy in die property in saam met Boere soes Du Toit!"

Beeslaar se selfoon lui. Ghaap, sien hy voor hy antwoord.

"Gooi maar," sê hy verveeld in die foon in.

"Jy alleen?"

"Nee, maar ek wens ek was, my broe'."

"Hier's groot kak hier. Baie. Ek moet jou vra oor 'n ding."

"Ék gaan nou slaap, ouboet. Ek's op pad kooi toe."

"Asseblief, Beeslaar. As jy kans kry, bel my. Dis nogal dringend," sê hy en die lyn gaan dood. Beeslaar sit die selfoon ingedagte terug in sy sak, wonder wat oor Ghaap se lewer geloop het. Watse nuwe gemors hy nóú weer in sit.

Langs hom het April weer sy storie hervat, maar Beeslaar luister nie. Sy gedagtes is by die arme Ghaap.

"Luister jy, my broe'?" wil Andries April weet.

"Nee! En ek wil hê jy moet nou maar jou fokken bek hou, oukei?"

63

Ghaap sit en kriewel. Hy wéét die jong man, Lucky, het nie vir hom gelieg nie. Mabusela en Mthethwa is weg, laggend. "O pambene wena," was Mthethwa se afskeidsgroet. Hy't met sy voorvinger 'n draaibeweging langs sy regterslaap gemaak. Wys Ghaap is mal.

Hy bel vir Duif.

"Hoe lê die beeste daar aan jou kant, ouboet?" antwoord Duif. Hy klink deur die slaap.

"Hoe goed ken jy die Chicken Farm?"

"Bad plek daai, my ou. Bad plek. Jy loop nie in die nagte daar rond nie. Selfs die hoenders sal jou gang rape."

"Ken jy die dokotelas van hierdie plek?"

"Ei, my ou, het jy aaptwak gerook? Daar's 'ie dokotelas in Chicken Farm nie. Dis 'n suf plek daai, daa's net . . . Weet jy ooit wat 'n dokotela is?"

" 'n Toordokter, ek weet!"

"Nee, my ou, jy praat van die regte dokters. Met die surgeries. Dis die tsotsi's wat hulle so roep. Al die gangsters het hulle eie dokotela, wat hulle vaswerk as die cops hulle voos geskiet het. Maar ek weet nie van toordokters daar in die Chicken Farm nie. Hoekom vra jy? Het dit iets te doen met daai outjie wat ons in die Dolly Parton opgetel het?"

"Hy sê daar's 'n ou in daai plek wat hulle noem The Fatha."

Stilte.

"Jy nog daar?" vra Ghaap.

"Ek hang bal, my ou. Jy praat nou van die tokkelos. Dis net bangmaakstories."

"Die kind is bang genoeg, wragtag. Maar die darkies hier lag my uit. Hulle sê dis 'n urban legend. Maar . . ." Ghaap dink. "Wat daarvan dis 'n ander man, een wat wil wys hoe sterk is hy. En hy noem homself The Fatha?"

"Eish, my ou. Ons kan gaan kyk. Ek was lanklaas daar. Die mense wat daar bly, is te dof vir karre steel. Hulle steel nog rocks. Die broers is mos lief vir hom, die ou wit kiepie."

"Wat as die laaitie die waarheid praat, Dawid? Wat as daai vrou en kind daar is?"

"Moet ek jou kom laai?"

"Ek's aan diens, my broe'. En ek sit klaar in die kak."

"Kyk, as julle 'n voertuig daar kan instuur. Nié 'n bakkie nie, die straatjies is te nou. 'n Starter pack, of so iets. En julle gaan vra daar rond . . . Maar dit sal iemand moet wees wat die taal kan gooi. Want die mense is bot."

"Wat's 'n starter pack?"

"Stata pâk. Klein karretjie. Golf, enigiets."

Ghaap sug diep, die frustrasie blom in sy bors. Smaak vir hom jy moet hier gebore wees, anders word jy heeltyd gerol. "Nou maar shot," probeer hy sy eie lingo en lui af.

Hy gaan kyk of Nthabiseng al klaar is met Lucky. Sy's van die kinderbeskermingseenheid en sou hom eers skoonmaak en sy wonde verbind en hom dan by 'n plek van veiligheid uitkry.

Hy vind haar in een van die kantore waar daar nog lig skyn, besig by 'n rekenaar. Vermistepersone-rekords, sê sy, kyk of sy 'n identiteit vir Lucky kan opspoor. Maar tot dusver soek sy verniet.

"What did he tell you about his name?"

"Just Lucky. And that he lives with a man called The Fatha."

"The Father." Sy stoot haar stoel agteruit en kruis haar bene, hande oor haar ruim buik.

"I know," sê Ghaap by voorbaat. "Everybody tells me it's an urban legend. But I'm just telling you what the kid told me. Where is he, anyhow?"

Lucky is saam met 'n maatskaplike werkster weg na 'n hospitaal, verduidelik sy, want van die wonde oor sy rug was septies. Hy't eintlik lankal mediese sorg nodig gehad. En hy's ondervoed. En paranoïes. Laasgenoemde dalk weens sy dwelmgebruik.

"Tell me about the legend."

"Ag, bangstories, you know. If a child becomes taaikop . . . e . . . stubborn, his mother will say the Fatha man sees all naughty children. He's a powerful wizard, umThakathi. Not like in the sangoma, but in the bad stuff. Very bad stuff."

"So what does he do when he catches the children? Body parts?"

"That's not what the mothers tell their children. I, for one, will rather klap the taaikop child. I find it cruel to scare children with the stories of the magriza . . . the old women," vertaal sy vinnig toe sy die konsternasie op Ghaap se gesig sien. "But the story goes that the Bad Fatha turns himself into an animal, a baboon or a hyena. And he takes the child away and makes him a zombie."

"A *zombie?*"

"Ja, it's really just old superstition. There isn't such . . . people . . . things. But in the old days the belief was that a bad sangoma, the thakathi, has workers . . . you know . . . slaves. They dig up fresh graves of someone who was cursed. And they turn the dead body into a zombie. You can recognize a zombie in the night time, because you can see it. It's white. And it has no eyes, but it can smell you. Just rubbish! These days you don't need the thakathi or the zombie to harm children. The parents sommer do it themselves. All the runaways we deal with, eish. They know where the moffies cruise. Sometimes they get taken to the nice flat and get a nice meal, watch some porn with the man and skommel him." Sy maak haar oë groot om die masturbasie aan te dui. "Sometimes they kill the man and take his cellphone and his money clip. So, no, they don't need the thakathi anymore."

"But people still believe in it?"

Sy sug en rol haar oë. "Stupid people, yes."

Ghaap dink 'n bietjie na. "Have you ever been to a sangoma?"

Sy kyk hom aan of hy van lotjie getik is. "Hhayibo! No ways," sê sy dan en lag.

"Maar serious," sê Ghaap, "hoekom sal 'n . . . tha-dinges, 'n vrot sangoma, 'n kar wil hijack? Soos ek verstaan, doen dié soort ouens mos nie dit nie?"

"No, you're right. Maybe it's the customer. Gangster boss. Or car theft syndicate. The sharkboys that they employ to steal the cars, they wear the muti that turns police bullets into water." Sy dink na, glimlag. "Selfs die soccer teams, elkeen sy eie sangoma, to win the game. He talks to the forefathers, burns the mphephu for them and slaughters a . . ."

"Rock," help Ghaap en sy lag weer.

"Ja, 'n rock. Die ancestors soek hom, die rock . . ."

Sy raak weer doenig met die rekenaar.

"Can this computer . . . Does it have internet?" vra Ghaap.

"Of course, ja."

"Die wit vrou, Gerda Matthee, sy't nie geskiedenis nie."

"What you mean?"

"In her house. Ek is deur daai hele huis, maar sy't niks foto's nie. Sy bly saam met haar pa. En sy't 'n bybietjie van twintig maande. And she's pregnant. She's got the boyfriend. He's not the father, but he . . . he's done a jabu pule, ran away."

Ghaap kyk tevrede hoe sy lag vir sy stukkie Soweto-sleng. "Hy's pis innie wind. Gone. The strange thing, sisi, there's no photo's in that house. Not nowhere. He's in the system. But not her. Can you nodge her maybe on the net? Facebook, or something."

Sy lag weer. "Djy's op Fácebook?"

Hy skud sy kop, kyk hoe sy die naam intik, help haar reg toe hy sien sy spel Matthee met net een "t".

Daar's miljoene, sien Ghaap, maar die hele eerste klomp verwys na 'n bekende skrywer.

"Put in her first name. She's Gerda Johanna – two 'n's', nè – Elisabet." Hy help haar met die Afrikaanse spelling.

Terwyl die soekenjin sy sirkeltjie omloop op die skerm, vra sy: "Het Lucky jou gesê vir wie werk hy?"

Ghaap skud sy kop.

Sy leun nader aan die rekenaarskerm. "I asked him, but he wouldn't tell." Sy klik haar tong en skud haar kop in misnoeë. "He's never been to school. Doesn't know his surname. He's not even sure how old he is. But he's got septic wounds on his lower back and his reverse."

"And on top of that he was beaten again shortly after his arrest," voeg Ghaap by.

"Auwe," sug sy. "Some people . . . This whole place. You know how many dead children we have every year? Here in Soweto. It's a disease, my brother. It is bigger than Aids, I tell you. You know how many raped and sodomised children I've seen this year? More than enough. That's only at this station.

And it's not even Easter yet. Come school holidays, the numbers jump. Woza . . ." Sy leun nader aan die skerm, lees die eerste webinskrywing waarop sy klik: "Jassas! This woman . . . Oh, my god. Oh, my god. The poor lady. She's already lost two children. Two boys!"

"Ek het hulle klere gesien – sy't nog die klere daar by haar huis." Hy kom kyk oor haar skouer, sien die opskrif van *The Star* se berig: *Cop shoots sons, himself. Pregnant wife escapes death.*

"Liewe Here," prewel Ghaap. Daar's 'n foto van die vrou, baie dof, maar uitkenbaar. Dis Matthee.

"Good God. It says here her husband snapped after his dog died. He had been depressed and was drinking heavily. The woman wasn't at home at the time, she was visiting a friend. Good God! You come back, your house is a slaughter-house."

Ghaap lees saam met haar. Die berig eindig met 'n no-comment van die "neighbour".

Ene inspekteur Albertus Beeslaar!

64

Sy sooibrand is weg, maar hy dink hy's wéér honger. Sal in elk geval nie kan slaap nie, daar's te veel spoke wat in sy kop rondloop.

Sy foon lui: Quebeka.

Val hom by – hy't vergeet om die stomme Ghaap terug te bel. Quebeka sê sy's pas klaar met die heer Swiff, oftewel Quentin Latief Daniels, wat hulle saam met April ingebring het vroeër die aand. Aanskoulike strafblad, dié knaap. En twee maal gebuk, "bloubaadjie" gedoen, albei vir poging tot moord. Jy kan maar sê hy's die Twenty Eights se wisseltrofee tussen die Kaapse tronke. Sy tatoeëermerke bevestig dit – hy dra die son-af-tjap, soos daar verwys word na die tatoeëer- merk van 'n ondergaande son. En die hand op sy keel merk hom as lid van die Twenty Eights. En tien teen een nou in die topstruktuur van The Firm, een van die mees berugte bendes buite die tronk.

En hy's ook nie sommer enige hierjy nie. Charmainetjie sê hulle noem hom die "fixer" – hy sien die outjies reg wat dislojaal raak.

"Maar hy loop vry rond?" vra Beeslaar.

"Ja, hy's sedert Januarie los."

"En wat maak hy hier?"

"Dis nie sy plek hierdie nie. Maar ek is seker sy fênsie

Engelse prokureurtjie wat hier onder sit en wag, sal my in-
lig." Sy lui af.

Hy ry terug na Liewe Heksie se huis. Die huis is donker, sien
hy dankbaar. Hy wil nét om die hoek van haar huis koes toe
hy haar stem vanuit die donker hoor: "Albertus?"
   Hy gaan staan. "Ek dag jy slaap."
   "Sal nie kan nie, hè?" Sy sit op die voorstoep, in die skadu
van die stoep se afdak. Rembrandt lê op haar skoot en sy't
iets in haar hand wat baie na 'n daggazol lyk.
   "Waar's die konstabel wat jou moet oppas?" vra Beeslaar.
   "Slaap."
   Sy steek die daggasigaretjie op, trek diep in, laat die rook
bietjies-bietjies uitvloei terwyl sy met opgehoue asem praat:
"Ik dink . . . dat ik . . . na . . . huis moet."
   "Dis die boodskap wat Andries April vanaand hier kom
aflewer het?"
   Sy skud haar kop, blaas die rook stadig uit.
   "Dit is nie net Andries. Dit is hierdie land, godverdomme!"
   Hy kyk hoe sy nog 'n trek vat, wag vir die lang uitblaas. "Jy
is verkeerd over Andries." Suig, vashou, dun straaltjie rook
baie stadig uitasem. "Hy is niét 'n man van geweld."
   "O? So wie het jou . . . e . . . vir Vermeer so verfonkfaai?"
   "Was niet Andries." Sy neem 'n laaste trek, hou dit 'n ruk
in haar longe en blaas dan uit.
   "Wie dan?"
   "Dit was die mense wat hy . . . wat hy júis teen veg."
   "Sorrie, Maaike, maar jy maak nie sin nie. Hoeveel boom
het jy al gerook vanaand?"
   Sy versit die hond op haar skoot, vryf ingedagte oor sy flap-
ore. "Andries is geen slegte man, Albertus. Hy werk hard om
sy gemeenskap heel te maken."

"Wel, hy't 'n baie snaakse manier van heelmaak."

Sy sê niks, haar hand bly net streel oor die hond.

Beeslaar wil net groet, toe sy skielik weer begin praat.

"Andries wil die jongens uit die bendes hou, Albertus. Egt. Hy leer hen . . . hulle krieket, sokker, rugby. Om ze weg te keer van het ontzettende trekkrag van bendes. Dwelms, misdaad. Ik·dag . . ."

Sy soek vir woorde, lyk dit; haar oë staar onrustig die donker in. "Ik dag . . . e . . het gedink ik kan meedoen, help. Want ik zie hoe dit gaat, hè? Die kinders . . . En die vroue. Die mense wat by onze halfweghuis kom. Zó . . . verniel." Sy snuif en Beeslaar merk verras die traan wat langs haar koekdeeg-neusie afloop.

"Ik was zo 'n idioot. Zo naïef! Ik dag dat . . . dat ik 'n verskil kon maak. Maar hierdie land . . ." Sy sluk, vee die traan af met die rugkant van haar hand. "Die skade is reeds te groot, weet je? Te groot, te groot, te groot." Nog 'n traan glip oor haar wang. "Die wond van armoe . . . eeuen se geweld. Mensen van hen eer beroof. Tot hulle sélf geloven . . . glo . . . dat ze minderwaardig zijn. Die frustrasie, die woede wat dit wek. Uitgehaal op die weerloses. De vrouwen en kinderen."

"Maaike, ek hoor jou. Ek is nie seker ek volg al die pad die Hollands nie. Maar dis maar die geskiedenis, jong. Dit is soos dit is. Niks wat ek of jy nou daaraan kan verander nie."

"Nee," sê sy na 'n ruk, "maar wij . . . julle . . . die blanken hier . . . julle Afrikaners. Julle begryp het stééds nie. Julle dink . . . julle dink die swartes en die bruines . . . dat hulle vergeet het. Maar die wond is nog heel erg rou."

Beeslaar knik, seker ook waar. Maar dis nie iets wat hy nóú wil beredeneer nie.

"Gisteravond vroeger, jy vra vir my waarom 'n tienerseun zo . . . 'n obsessie met godsdiens ontwikkel?"

Hy knik weer, vou sy arms. Die duiwelswind word koel.

"Ik sal je zeggen waarom. En dit is nie net hy. Dit . . . dis julle allemaal."

"O," sê hy verbluf.

"Julle gryp terug na 'n belagelijke god . . . 'n Amerikaans fantasie. Fanaties. Halleluja, ons spreken in talen. God zal ons red. Want onse eigen vaders hebben ons verraden, verlaat. Kyk, ons . . . ons is geen rassisten. Apartheid was niet onze skuld. Dit was onze vaders . . . die kerk, die patriargie van die politiek."

Haar oë glim van die nattigheid, die emosie. "Ik het gehoop dat ik hier . . . hier in Afrika . . . dat ik 'n verskil kon maak. Minstens help om . . . 'n paar kinderen uit die visieuse kring te help." Haar stem verloor die stryd teen die emosie, haar onderlip gaan aan't bewe.

Beeslaar trap ongemaklik rond. Hy't 'n spesmaas dis dronkverdriet wat hy staan en aanhoor. "Ek is regtig jammer oor jou papegaai," is al waarmee hy uiteindelik vorendag kom. "En ek dink jy moet probeer slaap. Jy sal sien, môre voel jy sommer beter. Oukei?"

Sy verroer nie.

"Toe, Maaike. Ek sal wag tot jy binne is, tot ek die grendel hoor. Reg so?"

Sy staan op, hond onder een arm, en stap voordeur toe. Voor sy oopmaak, kyk sy terug na hom, sê: "Andries en ik het baie gepraat hierover, weet je? Hy wou dit ook begrypen."

"Wat, Maaike?"

"Die geweld in hierdie land. Die woede. Maar ík is 'n vreemde, 'n kwe . . . kwe . . ."

"Kwerekwere," sê Beeslaar, nie seker hy help nie.

"Ja! Andries . . . Hy het gesê as ons die jongens . . . Daar is zo veel van hulle zonder 'n vader, je weet? Meer dan twee derde zwarte en bruine kinderen heb . . . leef niet met 'n vader. En kinderen zonder vader presteer zwak, ze . . . hulle het meer emosionele problemen, meer aggressie, tiener-swangerskappen, jeugdmisdaad. Ag . . . van alles. Andries en ik. Ons . . . ons was nie sterk genoeg. Die . . . die dam van woede . . . Die donkere stroming is net te groot."

"Ai, ou Maaike. Dit is maar soos dit is, jong, die dinge hier. Maar jy moet dit jou dalk nie so aantrek nie. Dis darem nou nie of jy persoonlik die dinge kan . . . "

"Wéét ik, ja! Maar dit is júlle, julle manne. Doen jou ogen oop, Albertus. Kyk hoe lyk die kinderen: dom, vernield, mis-bruik. Dit is 'n krisis, hoor! Groter dan Aids! Daar is geen be-hoorlike vaders meer. Geen rolmodellen. Geeneen wat kan omgee en uitkyk en leiding . . ." Sy begin huil.

"Ai, ou Maaike." Hy kom nader, wil haar troos.

"Nee!" roep sy uit. "Raak my niet aan. Ik ga weg. Dit is my te héftig hier. Maar vir julle . . . Dit is in julle . . . julle vlees en bloed en gebeente . . . Dit is inge- . . . huppeldepup . . . ingebrand, die geweld!"

Hy sug. "Gaan slaap nou maar, Maaike."

Sy maak haar voordeur oop. Beeslaar begin dankbaar aan-stap. Dan praat sy tóg weer, maar darem met minder drif. Hy gaan staan, maar kyk nie om na haar nie.

"Deze samelewing is gelyk een groot, verbrokkelde gezin. Lumpenproletariaat! Vry van apartheid, ja . . . maar julle het geen selfrespek. Geen job, geen verstand, geen opvoeding. Skaam vir sigself. Vir swart wees, want dis gelyk aan arm en onnosel wees! En vol woede . . ."

Beeslaar loop weg. Laat sy maar vir die fokken wind preek, dink hy.

65

M̲aar die mure druk hom vas, voel Beeslaar. En sy kop raas. Maaike se uitbarsting wil hom nie los nie.

Hy kon haar al lankal gesê het: Sy's nie die eerste weldoener uit Europa hier in Afrika nie. En sy sal vir seker ook nie die laaste wees nie. Jy moet van sterk staal aanmekaar gesit wees as jy hier sinvol wil oorleef.

Hy trek sy vliesbaadjie aan en vat die pad; dalk kry hy nog 'n hamburger of 'n ding te ete by die Mystic Boer. Die buurte is stil, buiten 'n paar honde wat blaf.

Hy mik vir die middedorp, loop reguit wes. Die wind help hom van agter aan. Weerskante van hom is groot huise, diep in hulle erwe teruggetrek. Sierlike ysterhekke, digte tuine. Dis nou dalk 'n mooi plek dié, besluit hy weer. Anders as die plekke waar hy grootgeword het. Die mynhuisies van die Oos-Rand op hulle klein erfies. Net genoeg plek vir 'n karwrak op bakstene. En 'n sementkabouter in die tuin. Bruno, onthou hy, was hulle kabouter se naam. En daar was 'n Pablo ook. Die Mexikaan teen die sitkamer se buitemuur, wat onder sy sombrero lê en slaap. Teen die kaktus-met-die-arms aangeleun.

Was lekkerder tóé. Koefie was nog daar . . . Dinge was nog taamlik heel.

Maar hy gaan nie nou ou koeie uitgrawe nie. Al het die Hollander elke laaste een weer wakker gemaak. Hy beland in 'n breë straat, fraai Victoriaanse straatlampe weerskante, ou huise met torinkies, broekie-lace en al.

Hy dink aan die historiese verbintenisse waarvan Andries April vroeër die aand gepraat het. Die baklei oor grond, so baie eeue oud. Die eerste mense wat hier was. Die aankoms van 'n klomp duusmanne. Wittes. Wat nie hoort in Afrika nie, sê Maaike. Die nuwe inkomelinge hier – matrose, slawe, boere. Wat 'n nuwe taal begin praat het. Wat nou dalk weer uitsterf, sy mense wat vlug. Saam met Maaike se voorvader-geeste. Verdwyn weg in die grysheid.

Jy sal nie glo jy's in Afrika nie. Nie as jy hiér rondswerf nie. Dis asof die berge alles buite hou. Die plek beskerm teen die . . . Wat het sy dit genoem? Lump . . . Lumpenproleta-riaat. Die skuim wat heers . . . uMlungu. Die Xhosa-woord vir skuim en die skeldnaam vir wittes. uMlungu's.

By die Mystic Boer bestel hy cane en Coke. Dubbel. Was Blikkies se laatnagdop. Spook en Diesel, val dit hom by. En jy vra 'n tweeling. Ligte dop. Maar as die nood druk, vra jy vir triplets. Drink 'n halfbottel cane leeg met een blikkie Coke.

Hy vat sy eerste sluk. Rilling langs die ruggraat af. Eende oor sy graf. Dis dalk die Spook. Val vanaand op die verkeerde plekke. Die middelplekke. Waar alles in sy lewe ánders ge-word het. Die bloedstreep in die gruispad. Koefie se opge-frommelde fiets.

Hy sug, wys vir die kroegman hy is reg vir nog, kou aan 'n blokkie ys terwyl hy wag. Hy bestudeer die spyskaart. Dis hamburger en tjips. Of dis hamburger en slaai. Hy laat kom een met tjips.

Twee keer is sy lewe so afgekeer. Het dit 'n vóór en 'n ná gekry. Die keer met Koefie. En toe met Gerda: vóór die tyd van Gerda. En die chaos van daarná.

Die geweld van daardie dag. En die tyd wat stil gaan staan.

433

Fouchétjie se brein, uitgesprei oor die Goofy-muurpapier van die kinderkamer. Die kind self, Boetatjie, die helfte van sy kop weggeblaas. En die ouer enetjie, Neiltjie. Op sy magie, opgekrul in sy lekker-slaap-lê. Die gat deur sy . . .

Beeslaar skuif die dop eenkant toe, wink vir die kroegman, bestel 'n dubbel brandewyn. "Met eish?" probeer die outjie 'n grappie maak.

Maar Beeslaar se sin vir humor is platgekam. Dit kom van onthou, betig hy homself. Van sy ore uitleen aan Hollandse anties wat skielik wakker skrik. In Afrika!

Terwyl hy wag, kyk hy na die studente wat in groepies aan tafels hang. Of buite op die stoep staan om te rook. Vir húlle begin die aand nou pas. En hy is die enigste volwassene onder hulle. Oud, laat dit hom voel. 'n Krimpie. Te veel al gesien vir een leeftyd.

Sy selfoon lui. Hy voel dit in sy broeksak tril, besluit om dit te ignoreer. Dis fokken eenuur in die nag. En hy's veronderstel om op vakansie te wees. Gedink hy gaan leer visstok vashou. Maar hier sit hy. Al weer: met onbegrip vir die verstommende hoeveelheid maniere waarop mense mekaar kan leed aandoen. Dis eenvoudig eindeloos.

Om 'n lyk se kop met potplante flenters te moer. Dis net té absurd.

Sy drankie arriveer. Dis nie sterk genoeg nie, reken hy, en hy vra nog 'n tweevinger.

Toe hy weer opkyk, kyk hy vas in die gesig van Ellie du Toit. En sy lyk allesbehalwe verwese en broos. Haar lang hare is los en glimmend. Daar's kleur in haar gesig: Die mond is 'n donkerpers roos. Die treurige oë is swart gesmeer van die grimering. Sy staan met 'n shotglas in die een hand, 'n sigaret in die ander, terwyl 'n groepie jong mans haar aanpor om die drank weg te sluk.

"Three, two, one . . . SHOT!" roep hulle. Sy slaan die drank weg en plak die glas hard op die kroegtoonbank neer, haar oë uitdagend op Beeslaar gerig. Die seuns skuif nóg 'n glas voor haar in, tel weer tesame af en sy herhaal die toertjie.

Beeslaar voel hoe sy bloed begin kook. Hy spring op en storm op die meisie af en kry haar aan die drinkarm beet. Sy gil en slaan tegelyk na hom; die glas vlieg uit haar hand. Hy gryp haar ander arm ook vas.

"Whouuuu!" skree die groepie, blink oë in hulle jagse gesigte. "Die oempie dink hy's fokken chief!" roep een van hulle en hy kom onseker orent.

"Sit jy, snotneus," snou Beeslaar die jongman toe en stamp hom hardhandig op sy sitvlak terug.

"Los my uit!" gil die meisie en skop geniepsig na Beeslaar se skene. "Los my, jou perv!"

Beeslaar laat nie los nie. Hy draai haar arms agter haar rug in en dra-marsjeer haar by die deur uit tot op die sypaadjie. Sy vloek op hom, skree, maar hy luister nie, stamp haar voor hom uit. 'n Paar van die manne op die stoep loop dreigend nader en Beeslaar reik onder sy baadjie in vir sy pistool. "Polisie!" bulder hy. "As één van julle snuiters nou nóg 'n tree gee, laat ek hom opsluit! Hierdie meisie is minderjarig."

Hy sien hoe die veglus uit die manne se oë verdwyn. Hulle draai om, sluip druipstert terug. Die meisie hou aan skree, en hy pluk haar om en gryp albei haar skouers vas, gee haar 'n behoorlike skud.

Sy begin onbedaarlik huil, koponderstebo, 'n gordyn van hare wat haar gesig bedek. Beeslaar trek haar teen hom aan, voel die groot snikke wat uit haar dun liggaampie ruk. Hy wag dat sy uithuil. Sy hande lomp en groot om haar smal skelet.

Toe sy klaar is, staan sy terug. Die swaar grimering het in

lang strepe oor haar wange gestroom. Dit versterk die wilde angs wat hy in haar oë lees. "Ellie," sê hy en buk om haar reguit in die oë te kan kyk, "wát maak jy . . ." Die res van sy sin verdwyn onder 'n nuwe huilbui.

"Dit was ék," spoeg sy dan skielik uit.

Beeslaar weet dadelik waarvan sy praat. Maar sy verstand sukkel om dit te verreken.

"Wat wát gedoen het? Ellie!"

Sy val weer teen hom aan; haar snikkende kop kom skaars by sy borsbeen uit. "Dit was ék, oom. Dit was ék," hoor hy haar in sy baadjie in snik.

Beeslaar voel lam. Vir 'n oomblik lig hy sy kop en wil hy bid. Bid dat hierdie kind vir hom lieg. Hy's eensklaps terug by daardie stopstraat. Die swart kol in die stof . . . Die onmag om vir Koefie terug te dink. Sien weer die Goofy-muurpapier . . . Die vlek van geweld en van skande wat hy sedertdien dra. Gerda . . . Gerda wat die foon neersit. "Daar's te veel onthou tussen ons . . ."

Hy vou sy arms om die meisie se skouers en druk haar vir 'n oomblik teen hom vas. "Dis orraait," hoor hy homself pre-wel, dalk meer vir homself as vir haar. "Dis orraait, orraait."

Nadat sy heeltemal gekalmeer het, lei hy haar na 'n kar wat dwars oor die sypaadjie geparkeer staan. Hy laat haar op die enjinkap sit en gee haar 'n Gary Player-tissue uit sy sak. Sy vat die tissue, maar sy vee niks af nie, sit krom en verwese voor haar en uitstaar.

"Wat het Dinsdag daar by jou huis gebeur, Ellie?" vra hy versigtig.

Sy antwoord nie, haar oë leeg en dof.

"Ellie?" Hy vat die Gary Player uit haar hand en begin die mascara-strepe van haar wange afvryf. Die aanraking skud haar uit haar waas.

"Ek het haar doodgemaak," sê sy dan. "My ma. Dit was ek wat dit gedoen het. Ek."

"Hoekom, Ellie?"

"Ek was . . . My ma was weer out of it. Sy't uitgefreak." Sy raak weer stil en Beeslaar kan sien hoe sy fokus begin verloor. Hy lig haar ken, dat hy haar gesig beter kan sien.

"Hoe het sy uitgefreak, Ellie? Wat het gebeur?"

"Dit was so . . . Sy was mal," sê sy skouerophalend, skud dan haar kop. "Sy't gesê die gangsters. Hulle wil haar vermoor. Hulle is buite in die tuin, ons moet . . . ons moet alles sluit. Sy't geskreeu, dis die Twenty Eights, hulle kom haar doodmaak. Sy't . . . sy't die pistool gehad. Sy was . . . so uitgefreak, oom. Sy't, sy't mal geword. Sy't die veiligheidshek op die trap laat insit. Ons moes . . . My pa . . . Ons moes ons deure van binne sluit. My pa . . . Sy't gesê die gangsters werk vir hom. Hulle kom ons doodmaak."

Sy kyk verlore op na hom. Sy't erg begin bewe, sien Beeslaar. Hy trek sy baadjie uit en gooi dit om haar skouers, draai dit styf vas en trek haar teen hom aan.

Dan bel hy vir Quebeka.

66

Gerda sukkel om haar lyf teen die steil helling van die snelweg op te kry. Sy durf nie nou aan Mpho dink nie. Of hy nog leef . . . Of aan die Dier nie.

Hulp. Sy moet by hulp uitkom. Anders sterf al vier van hulle hier vannag.

Sy bid. Hardop. Dat die sametrekkings wegbly. Tap haar, sy kan nie meer die kleintjie dra nie. Sy skuif hom vorentoe. Bid. Liewe Vader, help.

Sy beweeg tree vir tree, hande-viervoet: een tree. Skuif die baba op. Rus. Nog 'n tree. As die pyn kom, wag sy. Haal asem. Dan weer: een tree. Hande, knieë, voete teen die gemesselde helling op. Haar tone is al stukkend, kan sy voel. Sy't iewers haar skoene kwytgeraak. Haar rok uitgetrek. Om makliker te beweeg.

Waar is die hiëna? Wás dit 'n hiëna? Kan tog nie . . . Een tree. Skuif die baba op. Maak nie saak wat dit was nie. Sy moet net bo kom. Hulp kry. Minstens dan vir hierdie kind van haar. Vir Pietertjie. Mínstens. Liewe Here, help dan net vir hom. Vir hom alleen. Net hierdie enetjie.

Sy's amper bo, hoor al die gesuis van karre. Of dalk is dit die duiseligheid. Die kleintjie kerm toe sy hom verskuif. Sy prewel 'n dankgebed. Ten minste lééf hy nog.

Dan is sy bo, skuif die kleintjie onder deur die metaalbuffer van die pad. Hy huil nou uit volle bors, goddank!

Sy trek haarself regop teen die buffer, kyk angstig terug die nag in. Hoop sy sien Mpho, dat hy oukei is.

Haar bene gee onder haar pad en sy sak grond toe.

In die verte, anderkant die oop stuk veld waaroor sy en Mpho gevlug het, hoor sy sirenes. Sien blou ligte flits . . . te ver vir haar.

Sy raak bewus van 'n verkeerslig regs van haar. 'n Enkele kar wat stadig oor die rooi lig beweeg, sy flikkerlig aan om weg te draai.

"Help!" skree sy en swaai met haar arms. "Help my!" Sy probeer regop kom, in die pad in loop. Duisel, die swart nag wil om haar toevou. Sy bly sit. "Help . . ." prewel sy gedaan.

Sien verslae hoe die kar begin wegbeweeg. Sy probeer weer skree, strompel in die pad in. Hulle sien haar nie. Sy moet nader aan die verkeerslig kom, maar haar knieë gee pad onder haar. Sy syg op die grond neer, voel die kilheid van die teerpad teen die natheid van haar dye. Sy lig 'n arm op, maar daar's nie genoeg krag om hom bo te hou nie. Sy sluit haar oë, bly sit.

Pas dán hoor sy die kar, 'n flitsende lig wat op haar afpyl.

67

Ghaap probeer die soveelste keer om Beeslaar in die hande te kry. Nthabiseng het intussen vir Mabusela en Mthethwa opgespoor en ingelig, daarna vir Uncle Solly.

Hy't weer na die foto gaan kyk. Die een wat hy vroeër die aand uit die Matthee-vrou se Bybel gehaal het. Noudat hy weet van die konneksie, kan hy omtrent nie glo dat hy Beeslaar nie heeltemal herken het nie.

Sy selfoon lui: "Hoss, sersant," hoor hy Ghalla Kruger se stem. Klink soos 'n hond wat 'n haas gejaag het. "Sit jy?"

"Gooi maar, ek's die ene ore," sê Ghaap moeg.

"Ons het nou net daai tannie met die bybie opgetel."

"Genuine? Waar?"

"Is soos jy gesê het, by Chicken Farm!"

Ghaap se mond val oop.

"Ons moes jaag, want sy wou kalf, die tannie. Sommer daar in ou Duif se kar."

"Waar was sy?"

"In die pad. In die middel van die pad, my ou. Ou Potch highway. Nie te ver van waar jy daai jackroller gister so getrap het nie."

"Waar's sy nóú?"

"Bara, my ou. Die grootste hospitaal in die hele wye wêreld," voeg hy by. Lag: "Wat mý betref, die grootste fokken

440

mortuary in die hele wye wêreld. Maar daai's'ie beste wat ons nou vir haar kon doen, give and take nou die situasie. Sy was só naby kraam, ek sweer daai bybie het sélf die hospitaal ingemarch."

"En?"

"Ek skiem hulle is orraait, my ou. Bietjie van 'n rough ride gehad, maar die tannie het gehou tót daar. Jy moes ou Duif gesien het. Sy twee headlights heelpad op brights! Dik geskrik. Want hy moes die anner bybie vashou. Ek't maar die wiel gewerk." Hy bly 'n oomblik stil en Ghaap vermoed dis óf om 'n Grand-Pa te sluk, óf om 'n sigaret aan te steek. Of dalk albei tegelyk.

"Het sy gesê waar sy was?"

"Nooit, my ou. Sy was te besig daar op die voor-seat. So knyp-knyp dat die bybie nie uitkom nie. Ou Duif wat heelpad hier van agter af roep sy moet asemhaal. Intussen skreeu daai ander bybietjie dat die kar se wiele buckle."

"Maar hoe't sy tot daar gekom?"

"Ek sê'ran, my ou. Daar was'ie tyd vir chit-chat nie. Ek het heelpad die cops op die kriek geroep. Maar toe's daar darem twee van Pimville se broers wat vir ons die pad oopgestoot het. Jirre, ons het gekatrol, my ou. *Gone in 60 Seconds* se moer! Toe gooi ons haar af."

"Afgooi?! Het jy g'n respekte nie, jong? Daai vrou . . . sy's . . . sy's familie van my, man. Hoe praat jy dan, vir 'n wit man?"

"Ei, sorrie-sorrie, man. Ons het almal maar net so bietjie geskrik."

Ghaap bedaar. "Nou is sy nou oukei?"

"Nee, ons wag maar om te hoor, my ou. Jy ken nie dié plek nie. Hier kraam die meide sommerso in die gange. Daar's 'n halfmiljoen siekes, maar net drieduisend beddens."

Ghaap se temperatuur styg weer. Witgat wat nog van 'meid' praat. "Waar's julle dan?" probeer hy, bedaard.

"Nee, ons hang bal. Hie'sô. Oorgegee virrie cops. Nou staan ons maar vas, diékant. Want jy weet nooit. Dalk is daar 'n tweeling. Sy was groot genoeg vir so iets, die antie. Sorrie, my ou. Watse familie is dit dan skielik van jou?"

Ghaap antwoord nie. Hy sê koebaai. Bel Mabusela, kry sy stempos-antwoord. Dan probeer hy weer vir Beeslaar: selle storie. Uiteindelik skryf hy 'n SMS: *Gerda Matthee. Pas lewend gevind. Die babas sover OK. Bel my DRINGEND!!!!*

Dan bel hy vir Duif.

"Hoe kom ek by jou uit?" vra hy. "Ons moet daai etter gaan soek wat die Matthee-vrou ontvoer het."

"Ek dink die cops is klaar daar. Ek en Ghalla het gaan soek daar in die Chicken Farm. Ons het een ou flenter-sangoma opgespoor. Maar dis'ie hý nie. Hy was bietjie voos. Skiem hy't Aids of iets. Bedel geld vir info. En Ghalla tune hom heeltyd hy moet die voorvaders vra!"

"Weet hy van The Fatha?"

"Daai's ouvroustories, my ou."

"Die mense sê hy's 'n shape-shifter. So, hoe gaan jy weet of dit nie al die tyd hý was nie?"

Duif lag. "Here, Ghaap. Sê nou maar daar wás so 'n rubbish. Die cops sal hom vat. Hulle krioel nou oor die plek. Daar's op die oomblik meer cops as luise daar. Al'ie piele met wiele. Dis net blouliggies en sirens. So, al wás daar ook 'n heavy ou, hy's teen dié tyd lánkal in Sandton. Of waar-ever. Dalk sommer op die V8-broomstick geklim." Hy lag uitbundig vir sy eie grappie, sê dan hy moet gaan. Die lanie-cops het gearriveer, die ouens met die coppers op die skouers. "As daar nóú 'n bom bars hier, is die hele Gautengse topstruktuur moer toe," lag hy vrolik en lui af.

'n Halfuur later kom Mabusela en Mthethwa binnegesluip.

"Waar de fok was julle?" roep Ghaap. "Daai jong jackroller was toe fókken rég. Sy wás in Chicken Farm!"

"Shut up, Dushy," snou Mthethwa en plof agter sy lessenaar neer. "We've got the radio, my friend. Yesterday's news."

"Hy was toe al die pad reg, Lucky," kap Ghaap opstandig terug. "Maar julle hang in die shebeens rond! Sy kon fokken dood gewees het."

"You just go back to sleep," sê Mthethwa. "Leave the police work for us, Dushy."

Ghaap gryp na Mthethwa. Vannag is die nag dat hy nog al die lewende kak uit hierdie ou uit donner.

Maar Mabusela keer. "Wait-wait-wait! You've got it wrong! We *did* go to check it out. But we couldn't go far enough in. En ons moes wag vir back-up. Dis geváárlik, daai plek! So, sit down, for god's sake."

Ghaap laat sak sy vuiste en gaan sit.

"That place is very, very dangerous. No way you go in there on foot – not without back-up. They'll panga you without blinking. You don't know that place. Dis donker. No electricity. No nothing. The roads are dongas, full of dead things and sewerage. So, we . . ."

Ghaap se foon lui en sy ore sny uit toe hy sien wie dit is: Beeslaar.

68

Sy's bewus van 'n Babelse geraas om haar en helder, ver-blindende ligte. Moet 'n hospitaal wees. Maar waar?

Sy kan skaars onthou hoe sy hier gekom het. Daar was sirenes, blou ligte. Sy't half gelê, half gehang in die passasiersitplek, hande en voete wat oral gryp vir vashou en vir die pyn. En toe's hulle skielik in die lig. Malende mense. Sy wat aan haar arms deur die jong manne daar ingesleep word. Sy't geroep vir haar baba, maar 'n oorgewig verpleegster met sweet op haar gesig het haar onder hande geneem. Sy't Gerda se ken in een hand geneem en haar gesig opgelig: "Thula. Thula, mama. You're going to be fine." Met behulp van die jongmanne het sy Gerda op 'n trollie geskuif, haar deur die mensemenigte begin beweeg.

Gerda kyk na die ligte in die plafon. Sommige dood, sommige buise wat los hang. En oral mense. Teen die lang gang se mure af. Heen en weer, gesigte, stroef en siek.

"Basop," hoor sy die dik verpleegster skree vir 'n figuur met 'n bebloede waslap teen die kop wat haar aan die arm gryp, op hulp aandring. Gerda roep na Kleinpiet. Maar in die geraas hoor sy haarself skaars en moet sy baklei teen 'n swart duiseling wat haar wil oorval. "Stay with me, mama, stay!" hoor sy die verpleegster skree. Voel die ligte tikkies op haar wang. Sy moet fokus. Kyk, bly kyk na die ligte. Na die mense teen die gange se mure. Sommige in komberse, oë hol en monde oop, asof hulle reeds dood is. Ander lê, op die kale vloer. Staar voor hulle uit, oë verbyster van die pyn en angs dat hulle nie betyds gehelp gaan word nie.

Gerda probeer regop kom, soek deur die chaos vir haar kind.

"My baby!" Sy steek haar hand uit na die verpleegster. "Where's my baby! Please don't take him again. Please! He's been . . ."

"Woza," sê die swetende vrou en gaan staan, "listen. Look at me!" Sy vat Gerda se gesig in haar twee hande vas. "Your baby is taken care of. Do you HEAR me? He's with the doctor. He looks dehydrated, but he will be fine. Now you work with me, you hear? You WORK with me. We take care of the one that's coming, OK? Do you HEAR what I'm saying, mama? Nod if you can hear. LOOK at me! Focus!"

Gerda knik en haar liggaam gaan opnuut in 'n spasma in. Sy kreun, die geluid wat diep uit haar maag kom, al die geraas om haar uitdoof. Sy kry nie asem nie, is net bewus van die pyn. En vaagweg, ver, die dringende dreun van die suster se stem: "I need a ventilator," hoor sy haar bulder. "Someone bring me a ventilator. Stay with me, mama, STAY with me! Don't close your eyes. Breathe!"

Gerda se keel trek toe. Sy kan nie asem kry nie.

"Over here!" hoor sy die groot vrou roep. "Here! Boniswe! It's coming fast now. We're not making it. Push her against the wall, give her some privacy. Thank you, my darling, you are my star tonight!"

Dan is die warm stem by haar oor.

"I'm sister Lucy. You're doing good, you're going to be fine. But you must tell me: Are you Z3?"

Gerda skud haar kop. Sy verstaan nie.

"HIV. Is your baby safe?"

Sy knik en voel hoe haar onderlyf opnuut saamtrek. Sy kreun. Dit slaan oor in 'n lang skreeu.

"No-no-no! Do not scream. What's your name? Lóók at me! Lalela – listen!"

Suster Lucy se gesig sweef hier by haar, sy kan die vrou se moeë asem op haar voel. "The pain," fluister sy. "I need something for the pain, sister. The pain . . . the pain."

"Noooo. Askies, mama. You need nothing now. Your baby is almost here. I will help you, nè? Tell me your name?"

"Gerd . . . a. Gerd . . . a. Johanna. Elis- . . ." Sy sukkel om die naam te sê. "Matthee. Gerda . . ."

"Whôô. OK. Put your hands there." Sy neem Gerda se hande en druk hulle ferm onder haar boude in. "You keep it there. You focus there. And you push. Don't scream, it wastes your energy. You need it for the baby. OK? Come, lift your forehead. Now. Push. Push. Push. PUSH."

Gerda druk vir al wat sy werd is. En tussendeur trek sy diep teue lug. Met elke druk raak die drukking in haar bekken meer.

"I need a delivery pack. NOW!" roep suster Lucy. "Bonni, my darling, go! Delivery pack and a drip. Quick-quick. She's had a rough time. She's bleeding all over, so hurry, my star!" Dan draai sy haar terug na Gerda. "You don't worry now, mama. Sister Lucy has delivered thousands of babies in this place. You're doing fine. When the pain comes, you push! You close your mouth, nè? Lift your face. Don't scream, nè? You push the energy down the-e-e-re. For the baby. No shout. Now. Again! Push! Push! Push!"

Gerda druk met al haar laaste energie.

"Ja-a-a-a-a," roep die suster dan. "It's coming, it's coming, you're doing g-o-o-o-o-d. One more push. One more!"

446

En dan's dit skielik verby.

"Beautiful!" roep suster Lucy. "We made it! Jô-jô-jô!"

'n Oomblik lank vou 'n genadige duisternis oor Gerda. Sy gly gemaklik in 'n sagte stilte in, 'n heerlike vrede het haar kom haal. Maar sy ruk weer wakker toe die suster haar wange liggies slaan.

"Stay with me, Gerda. Look down there! Just look. It's a girl. A beautiful, healthy, sweet baby girl! Laduuuuma!" gee sy die bekende sokkerkreet.

69

"Kaptein Lelieveld van die nappy squad is nou by die kind," sê Quebeka toe sy haar kantoor binnestap. "En 'n dokter."

Beeslaar sit in die lendelam besoekerstoel oorkant haar lessenaar, stokstyf van skok ná Ghaap se nuus.

"Halloooo?" Sy waai met haar hande om Beeslaar se aandag te kry. "Ek wil ou Prammie net asseblief nie nou inlig nie. Hy skiet 'n koronêr." Sy gaan sit moeg, trek die Du Toit-dossier nader, onderdruk 'n gaap en blaai lusteloos daardeur. Haal een van die foto's uit en bekyk dit van naderby, 'n fyn frons tussen haar gevleuelde wenkbroue.

Beeslaar kyk na haar, maar sy gedagtes wil nie die beeld van 'n swanger Gerda los nie. Sy's bloesend, perskepienk, haar groen oë skitter. Maar dit was laas . . . Vóór die tragedie. Hoe was sy nou? Hoekom het sy hom nie gesê nie? Hoe ver was sy swanger? Wie se kind . . .

"Kaptein! Slaap jy, of bid jy?" Quebeka glimlag met kuiltjies.

Beeslaar skud sy kop, mompel: "Sorrie."

"Is daar iets fout?"

"Niks," sê hy. "So wat staan in daardie docket van jou wat ons nie raaksien nie?"

Sy sug, kou ingedagte aan haar lip. "Asof ek dit nie al 'n

duisend keer gesit en bekyk het nie." Sy haal die dokumente een vir een uit, staar 'n oomblik daarna en sit dit langsaan neer. "Kyk," sê sy, "as Ellie du Toit haar ma geskiet het, hoe kom sy aan die pistool? Sy moes dit by die ma afgevat het. Hoe? Was die ma dalk lights out? Tik maak jou baie dinge, maar dit sit jou beslis nie aan die slaap nie. Tensy dit jou hart laat stilstaan. Wat hier nie die geval was nie."

"En," help Beeslaar, "as sy regtig paranoïes was, was daar geen manier waarop sy die wapen aan daai asempie van 'n kind sou oorhandig nie."

"So jy dink dis tóg Du Toit?"

"Nee. Ellie se presiese woorde: 'My ma was weer out of it.' Menende sy was bedwelm. Ellie het op die bank gelê en TV kyk. Haar ma het agter uit die tuin gekom. Dit het geklink of sy met iemand praat. Maar daar was niemand nie. En toe sy Ellie sien, het sy begin skree. Die kind vir 'n 'lui slet' uitge-skel, haar uit die huis probeer jaag. Ellie was doenig met die paper cutter, haar dybeen aan't verfraaie. Die einste een wat ek in die kussings gevind het, nè?"

Quebeka antwoord nie. Sy sit en staar na foto's van die moordtoneel, sê: "Oukei. Sy't dalk haar moer gestrip, haar ma met die papiermes gedreig." Sy skud haar kop. "Klink vir my na 'n kakstorie, Beeslaar."

"Nie soseer nie. Kyk bietjie na die forensiese verslag – die hoeveelheid tik. Jy't self gesê dis genoeg om 'n bees te laat omkap. So sy was op 'n baie bad trip. Danksy meneer Swiff-soos-in-spliff Quentin Daniels, nè?"

"Oukei," sê Quebeka, "wanneer het die pistool dan hande verwissel? Toe-toe – jy's mos so blerrie slim. Wat jy sê, is: Sy hét haar ma vermoor? Maar ons weet nie presies hoe nie?"

Beeslaar sug. "Ja. En nee. Ek dink wél daar was 'n rusie. Ma en dogter. Sy sê haar ma was 'alewig op haar case'. Veral in die laaste tyd. Buitengewoon aggressief. Dalk het sy probeer om te cold turkey. Maar dat sy Dinsdag ingekonk het en 'n hit gevat het wat haar bossies gemaak het."

"En toe skiet die kind haar? En wat maak sy toe met die pistool? Here, wat 'n gemors! Ons het Dinsdag nie eers daaraan gedínk om haar hande vir gun residue te toets nie. Hoe's so iets moontlik? Hè? Shit! Fuck-shit! Ons het net áángeneem dit was 'n drug deal wat in moord ontaard het. Het ons aan die neuse laat rondlei deur wat die familie en daai Willemse-prokureur van hulle vir ons vertel het!"

"Bester," sê Beeslaar.

"Wát?"

"Willem Bester! Dis die flippen prokureur se naam!"

"Oukei, oukei. Klink ook almal so eenders."

Daar's iets aan die naam, besef Beeslaar. Die manier waarop Quebeka dit aanhoudend verkeerd kry. Hinder hom – iewers in sy agterkop. Hy kry nie sy vinger daarop gelê nie.

Hulle sit 'n ruk lank in stilte, elk met sy eie gedagtes. Sy haal nog 'n foto uit die dossier, skuif dit oor na hom toe. Maar hy kyk nie daarna nie. Sy rol haar oë en skuif die foto terug in die stapel en begin hulle dan een vir een bestudeer.

"Kyk hoe lê die boompietjies gesmyt. Kan so 'n klein, maer graatjie soos sy die goed so gooi? Of het sý ook van mammie se meth ingehad? Lekker opgeklits en die moer in."

Hy reageer nie. "Beeslaar! Ek práát met jou!"

"Oukei, Quebeka."

"Maar jy was bý. Jy't gesien hoe histeries sy was. Liewe jirregod. Sy't by die fokken venster uitgespring. Hoe kon ons so stupid gewees het? En jy! Ek dag jy's so fokken slim!"

Sy staan op en skop haar stoel agteruit, teen 'n staalliasseerkabinet aan. Met 'n kruiwavrag dossiere bo-op. Die vrag kantel en dan val die dossiere oopketel van die kas af.

Quebeka swets weer. En skop na die kas, wat die laaste paar bruin lêers laat afval. Sy draai om en loop swetsend uit die kantoor.

Beeslaar het deur die hele vertoning onverroerd bly sit, sy gedagtes eenduisend vyfhonderd kilometer hiervandaan. Hy was nie dáár vir haar nie. Hoe lank was sy ontvoer? En Kleinpiet? Hy sukkel nog om Ghaap se verhaal klein te kry. Die onverklaarbare verdwyning van die Albanese aapman, op die presiese dag dat Gerda gekaap word. Swanger. Here, sy was swánger!

Die ou, bekende pyn kom sit in sy keel, wurg hom met hernieude ywer. Sy het hom niks gesê nie. Niks. "Ek maak vir my 'n nuwe lewe, Bert," het sy laas gesê. Hy was dronk. En eensaam. En die drank het hom roekeloos gemaak. Telefonitis. Hy móés net haar stem hoor.

Sy't geslaap toe hy bel. Maar dit kon hom nie skeel nie. Was ná 'n rowwe dag daar in die Kalahari: 'n tweejarige wat verdrink het. Hulle het die ma opgespoor, sy was dronk.

Sy was nie kwaad nie, Gerda. Hy't half verwag sy sou raas. Maar haar drif het sy lankal verloor. Sy't hom maar net uitgeluister, hoe hy sy verwonde liefde voor haar voete lê – op 'n plaastelefoon en met die sentrale-meisie wat tien teen een sit en saamluister.

"Bert," het sy saggies gesê. "Jy moet aanbeweeg. Jy moet vrede vind. Asseblief. Vir mý onthalwe. En vir . . ." Sy't lank stilgebly. "My lewe is nou anders. Daar's nie meer geweld nie. Ek is klaar met daai ou lewe. En ek wil vergeet. Asseblief. Gun my dit . . ."

Beeslaar staar na die selfoon in sy hand. En die kind? Is dit die aapman s'n? Was sy al swanger toe hy haar die laaste keer gesien het? Haar ma se begrafnis. Die aand in sy hotelkamer.

Hy voel skielik trane wat agter sy oë brand. Hy snuif ongeërgd en vee oor sy gesig. Hy moet beweeg. En hy't 'n dop nodig. Daar sal iewers tog nog iets oop wees?

Maar hy kom nie ver nie, want Quebeka keer hom voor. "Jy kan nie gaan nie," sê sy, aansienlik kalmer as 'n minuut of wat gelede. "Malan du Toit en sy prokureur is op pad hiernatoe. En ek het vir Pram gebel. Hy's ook op pad. En hy's nie vreeslik gelukkig nie."

"Jy't my nie nodig nie, Quebeka. Jy en die kolonel moet nou die pa hanteer. Hy gaan vol stories wees, om sy dogter uit die tronk te hou."

"Dink jy dis hý?"

Hy sug vermoeid. "Sê my liewer dit: Het jou Charmainetjie nie dalk al oor Swiff getrap nie? 'n Konneksie of iets tussen Swiff en Malan du Toit opgetel nie?"

Quebeka haal haar skouers op. "Ek weet dis deel van 'n groter ding, wat sy lankal mee doenig is. Sy werk kort-kort saam met die ouens van die ekonomiese misdryfeenheid."

"Bel haar," sê Beeslaar.

"Dié tyd?"

"Bel haar."

Quebeka kou haar lip. "En sê vir haar wát? Dat Swiff Daniels en sy prokureurtjie tydelik hier by ons uitkamp? Sy weet al. Sy en die eenheid-ouens is doenig met 'n stuk of tien van die grootste bendes hier op die Vlakte. Sy gaan haar nie wil steur aan 'n kakkerlak soos Swiff op wie ons eintlik niks konkreets het nie. Nie vingers nie, niks."

"Maar hy was dáár, die dag. Ek het hom tussen die rubbernekke gesien, ek is seker daarvan. Die tjappe op sy gesig en arms . . ."

"Maak hom nog nie skuldig aan moord nie. En buitendien: Die meisie het so goed as beken. Wat meer wil jy hê?"

"So wat maak die heer Swiff hier? In die vallei? As hy dan 'n Vlakte-man is. Wat soek hy hier?"

"Hm. Besigheid? Sy prokureurtjie hou vol hy besoek familie en vriende."

"Familie soos in oumas en oupas? Of familie soos in die broederskap . . . The Firm? Jou Charmainetjie sal ons kan sê, nie waar nie?"

"Dis 'n goeie punt, dalk. Vir 'n dom kont soos jý. Ou Kwartel." Sy glimlag vir hom. "Hulle gaan mos groot deesdae, die kêrels. Doen internasionaal besigheid – direk met die Colombiane, die Chinese. Alles op iPads en selfone en goed. Hulle eie rekenmeesters en voltydse prokureurs, ingewurm in die legit besigheidswêreld. Hotelle, casino's, eiendom, sulke goed."

"Nou dan't jy mos genoeg ammunisie vir Du Toit? Jy't my nie meer nodig nie, Quebeka." Hy beweeg, maar sy steek haar arm uit.

"Ons is nou só naby." Haar groot oë wat vra. Hy sien hoe moeg sy is, die donker skadu's onder haar oë. "Dis nie net die Du Toit-kêrel nie. Ou Prammie ook. Hy blaas lewende vuur oor vanaand se gebeure. Sê ons laat lyk hom soos 'n doos. Jy moet my help om hom te oortuig. Sal jy?"

Hy sug. Sy hart wil hê hy moet wegkom, 'n vliegtuig vang, Johannesburg toe. Soweto toe. Daar waar hy . . . wát presies wil gaan doen? 'n Ander man se bybie vang? Sy siel van voor af uitdop? Net om soos 'n spook agtergelos te word?

Hy sug weer, sit sy hande op Quebeka se skouers. "Nou maar raait. One for all. And all for one. To protect and to serve, of hoe?"

"Kaptein!" bulder 'n kort, stewige man wat by die trap opgestorm kom. Moet ou Pram wees, besluit Beeslaar en laat Quebeka los.

"Wát in gódsnaam dink jy doen jy?" Hy kom met klappende hakke op hulle afgestap, 'n sak beskuit in sy een hand, 'n selfoon in die ander. Toe hy by hulle kom, blaf hy: "En jý's die befaamde Beeslaar!"

"Dis reg, kolonel," antwoord Beeslaar en steek 'n hand uit wat die man ignoreer.

"My kantoor," beveel die man en marsjeer verby.

Quebeka kyk vlugtig met ek-het-jou-mos-gesê-oë na hom en gaan agterna. Beeslaar doen maar dieselfde.

In die kantoor gekom, begin Quebeka dadelik praat: "Kolonel, die meisie het klaar 'n voorlopige verklaring afgelê, kaptein Beeslaar ook. En Ndlovu het 'n man van Legal Aid laat kom, wat dreig om ons hof toe te sleep. Hy't pyne gehad met die perskonferensie. En oor sy kliënt in die pers skuldig bevind is nog voor hy aangekla is." Sy staan met voete stewig geplant, hande in haar sakke, kyk na die opgewerkte mannetjie agter sy lessenaar.

En klein is luitenant-kolonel Prometius "Prammie" Baadjies gewis. In sy middel vyftigs, skat Beeslaar, sy besembossnor wat al diep strepe wit uitsit. Alles aan hom is klein. Die blinkgladde toffiebruin gelaat, waarin 'n klein mondjie wegkruip onder die robuuste snor. Klein oortjies weerskante van sy feitlik kaal kop, klein handjies. Maar hulle is sterk, sien Beeslaar. Lig baie gewigte, het dalk vroeër selfs bantam geboks. Lyk ene Rambo, die nek so te sê niebestaande in die dik vlegte van sy skouerspiere.

"En jy en Beeslaar arresteer 'n man oor hy julle geïrriteer het. Waaroor was dít nodig? Het ons nie genoeg kak soos dit is nie? Ek word middernag gebel deur die provkom wat wil weet of ons van lótjie getik is!" Sy selfoon lui en hy antwoord

454

aggressief: "Ja!" Hy luister 'n sekonde en blaf dan: "Jy mors my tyd. Kaptein Quebeka het al die reg in die wêreld gehad om jou kliënt toe te sluit! Jy kan hom môre kom haal. Môre, meneer Patel," sê hy beslis en lui af. Dan rig hy sy irritasie op hulle twee: "Ek wág," sê hy en wink met die knopperige klein handjies.

"Kolonel, die ding werk só," begin Beeslaar rustig. "Kaptein Quebeka het rede gehad om 'n verdagte in die Jonkershoekvallei te gaan ondervra, laat gisteraand – ná 'n . . . e . . . huisbraak, saakbeskadiging en aanranding by mevrou Maaike van der Wiel in Karindal. Sy het goeie rede gehad om te vermoed dat Andries April en Swiff Daniels vir die . . . oortredings verantwoordelik was. Ek loseer daar, dus het ek aangebied om haar te vergesel – vir 'n ondervraging van die twee here. Maar toe ons daar kom, was daar 'n hele klomp mans bymekaar. Hulle was al taamlik onder die invloed. Kaptein Quebeka het die leier onder hulle, meneer April, aangespreek, maar toe word een van die ander kêrels lastig. Hy het kaptein Quebeka gedreig . . ."

Ou Prammie se selfoon lui weer. Dié keer antwoord hy meer bedaard, wys hulle moet skoert. Dis tien teen een die provinsiale kommissaris, meen Beeslaar toe hy die deur agter hulle toetrek. Blyk 'n man te wees wat nie baie slaap kry nie. Sy toutjies word van iewers af getrek. Kort-kort.

Terug in haar kantoor, begin Quebeka die lêers optel wat sy vroeër bo van die kas af geskop het.

Haar lessenaartelefoon lui. Sy luister. Woordloos.

"Dis Du Toit," sê sy nadat sy afgelui het. "Hy's hier. Hy en die Willemse-man."

"Bester. Willem Bester," sug Beeslaar en ontvang 'n moordkyk vir sy moeite.

"Swernoot en sy liegbek-prokureur. Laat hulle wag," besluit sy dan. "Ek dink ek het iets sterks nodig. Beker tee. Hoeveel suiker vat jy?" Sy loop op haar tyd by die deur uit, wag nie vir sy antwoord nie. Hy hoor haar voetstappe in die raadsaal langsaan se matwerk verdwyn, die gerinkel van breekgoed.

Hy bel vir Ghaap. Wat hom inlig dat niemand 'n spoor kan vind van die man wat Gerda en Kleinpiet aangehou het nie. Die enigste getuienis wat hulle het, is wankelrig, maak bewerings van 'n toordokter in die Chicken Farm-plakkerskamp.

"En?"

"G'n spoor."

"Julle soek verkeerd," sê Beeslaar. "G'n hond in daai plek gaan sy bek ooptrek as die cops met hulle lawaaiwaens daar instorm nie. Waar's Mabusela?" Beeslaar dink hard aan meer name uit sy tyd daar. Dis te lank terug. Die omset van cops in daardie wyk is hoog.

Ghaap sê: "Hy en Mthethwa is uit na 'n ongelukstoneel. Drie voetgangers in 'n tref-en-trap in Orlando-Wes."

"Killer Road! Dis die naam vir Klipspruit Valley. Hierdie tyd van die nag is dit 'n resiesbaan vir die jong cheese boys."

"Die wát?"

"Ryk jong rammetjies. Speel hulle's Michael Schumacher. Maar dis nie nou belangrik nie. Jy moet iemand vra om jou te vat na nkosi Zonda, hy's 'n sangoma in Meadowlands-Oos, Zone 5."

"En hoe kom ek almiskie dáár? My tekkies is moer toe. Ek loop Johnnie Walker, of het jy klaar vergeet?"

"Konsentreer, boetman. Oukei?"

"Die getuie praat van The Fatha, maar die broers lag my uit. Sê dis 'n kakstorie. Hoe kry ek . . ."

"Wát is dit van The Fatha? Hoekom't jy my nie lánkal gesê nie?"

"Jy't nie juis jou foon geantwoord nie, het jy? Jy sien dis sommer net ou Ghaap. Kap hom met 'n ignore."

"Los die kakpraatjies, Ghaap. As The Fatha julle man is, beter julle hom nóú kry. Want hy verdwyn soos mis."

"Die mense sê hy's 'n shape-shifter. Verander homself in bobbejane en goed."

"Dis nonsens. Maar hy ís bitter bad news. Sy regte naam is . . . Wag, ek dink. Hlanganani. Maar dis nie belangrik nie. Hy noem homself uBaba – die vader. En hy's wragtag jou ergste nagmerrie. Hy smous body parts. Ons . . . ek het hom jarre gelede gejaag na ons 'n paar verminkte kinderlyke begin optel het. En jy sal moet vinnig spring, ou Ghaap. Hy't laas net verdwyn. Iewers in die gopse van Zoeloeland in het ons sy spoor verloor. Gaan vra vir nkosi Zonda. Hý sal weet. Gaan sê hom: Ék stuur jou. Mkhulu Umfana. Grootseun. Dís hoe hy my ken. En dan sê jy hom wie jy soek. In Chicken Farm. Hy's amper tagtig, ken daai plek en sy mense soos hy sy hoenders ken. Hy's in Twalastraat, feitlik óp die Phefeni-treinstasie. Maar jy moet wíkkel! En bél my as jy iets van Gerda . . ."

Maar Ghaap het klaar die foon doodgedruk.

Quebeka steek haar kop om die deur. "Jy moet kóm," sê sy dringend. Sy het twee bekers tee in haar hande, hou een na hom toe uit. "En die Pram wil insit. Hy't nou net vir Swiff laat gaan. Aandrang van die provkom," sê sy en rol haar oë.

In kolonel Baadjies se kantoor tref hulle Du Toit se bleek prokureur aan, in 'n hewige argument met die bevelvoerder gewikkel.

"My kliënt dring ábsoluut daarop aan dat ons met haar praat. Sy het nou haar eie mense nodig."

"U sal haar weldra sien. Maar éérs gaan ons gesels," antwoord ou Prammie kordaat, die senings in sy perdenek gespan.

"Sy's op swaar medikasie, géénsins toerekeningsvatbaar nie. Julle kan haar eenvoudig nie aanhou nie," sê hy driftig. "En ek dring ábsoluut daarop aan dat sy regsverteenwoordiging kry. Onmíddellik!" Hy staar ontstoke na Baadjies.

Dan sit Du Toit 'n hand op sy prokureur se arm neer. "Wim, bly stil. Ek het vanaand hierheen gekom om 'n bekentenis af te lê. Ek is meer as bereid om die hele verhaal te vertel. Dis ék wat vir Elmana se dood verantwoordelik is. Niémand anders nie."

"M . . . maar Malan!" stotter Bester. "Dís tog nie waar nie! Jou vrou se moordenaar is nie jou dogter nie. En dis beslis ook nie jý nie. Dit was 'n huisroof. Haar juwele is gesteel. En die skuldige sit rééds . . ."

Baadjies tree tussenbeide. "Niémand is nog aangekla nie, meneer Bester. En miskien moet u nou u kliënt 'n kans gee. Vir die waarheid, hierdie slag. Ek luister!"

Du Toit laat nie op hom wag nie: "Elmana hét nog gelewe toe ek by die huis aankom. Dis presies soos ek julle aanvanklik gesê het. Dawid-Pieter het my gebel. Gesê daar was 'n inbraak en Mamma . . . Elmana het baie seer gekry. Ellie was binne-in die huis toe ek daar aankom. Alles . . . Die huis was gesluit. Ek het 'n ruit probeer breek. Maar dis veiligheidsglas. Ek het geroep, bly roep. Agter om die huis gehardloop. Vir Dawid-Pieter gesê hy moet by die voorhek bly wag. Die polisie . . . tien-trippel-een . . . Eksélf het ADT, ons sekuriteit, gebel. Ek het nie geweet wat in die huis aangaan nie. Ek . . . ek het soos 'n besetene . . ." Sy stem breek af.

"Malan," sê die prokureur vermanend, maar Du Toit ignoreer hom.

"Dalk was die aanvaller nog ín die huis, het ek gedink. En toe sien ek . . . Ek was by die skuifdeur op die agterstoep. Dit was nie gesluit nie. Maar ek kon Elmana se liggaam binne sien."

"Hoe?" vra Quebeka skerp. "Sy het op die vloer gesterf! U sou haar nie van buite af kon sien nie!"

"Sy . . . Ek kon sien daar was chaos. En sy . . . Ek het die bloed gesien. Die TV wat blêr. Baie bloed. Vir 'n oomblik het ek gedink sy was weer . . . weer . . ."

"Hoog op dwelms," voeg Quebeka in. "Aanvaar nou maar dat ons weet. Ons het haar gereedskap vannag gekry. In die swembadpomp se huisie, waar sy dit weggesteek het."

Du Toit kyk skuins op na haar, 'n vreemde lig in sy oë. Dan laat sak hy sy kop vooroor. "Ja, sy was . . ."

"'n Tikkop." Weer Quebeka. Sy sleep een van die stoele van ou Prammie se konferensietafel nader, kom sit langs Du Toit.

"Maar sy was nie dood nie, nè, meneer Du Toit?" sê Beeslaar. "Sy was hoogstens bewusteloos?"

"Ja. Nee! Dís . . . Ek was woedend, ja." Hy vee oor sy voorkop, druk vlugtig met sy palms oor sy oë, vee die nattigheid weg. "Sy het oornág. Soos handomkeer, ná haar ma se dood. Sy was . . . angstig. Nooit geslaap nie, niks geëet nie. Bang. Haarself in haar kamer toegesluit. Ek en die kinders . . . Ons het van Debonairs geleef – die pizzaplek in die dorp. Ek het Elmana gesmeek sy moet hulp kry. Dan het sy histeries geword. Ek het mooi gepraat, hard gepraat, gedreig om haar te laat sertifiseer. Dan gaan dit weer bietjie beter. En dan, weer, op 'n dag bel die kinders my . . . dan het sy hulle uit die huis uit gesmyt. Staan hulle buite op straat met hulle skoolkoffers. Elmana binne. En Dinsdag. Dinsdag was dit weer . . ."

Hy knyp sy oë toe, probeer sy ken in beheer kry. "Maar . . ."

Hy vee weer oor sy gesig, druk met die duim en wysvinger hard op die dun brug van sy neus. Tot sy asem bedaar. "Toe ek by haar kom," gaan hy bedaard voort. "Sy het met die pistool gesit. Sy was mal . . . Gesê sy sal skiet as ek nader kom. Asof . . . asof ék gekom het om haar te . . ."

"So hoe het die pistool van háár hande in jóúne gekom? En waar's dit nou?"

"Ek . . . het gelieg, vroeër. Die pistool het ek van my pa geërf. 'n Luger."

"Watter maak?"

"Dit was oud. Ek weet nie veel van die goed . . ."

"Watter grootte, meneer Du Toit?" Beeslaar moet konsentreer om nie die man te wil skud nie.

"Dis . . . my oupa . . . Hy't dit ná die oorlog uit Duitsland saam teruggebring. Dis soort van 'n familie-erfstuk. Ek het nooit sover gekom . . . Dis baie waardevol. Maar na my pa se dood . . . Ek het dit nooit geregistreer nie. Was in my kluis, tuis. Maar . . ."

"Watter gróótte!"

"P 08," fluister hy.

Quebeka en Beeslaar kyk vir mekaar: Dit sou kon, want die P 08 gebruik 9 mm-ammunisie, die koeëltipe wat Elmana du Toit se dood veroorsaak het.

"En waar's dit nou?" Quebeka sit terug, tel haar teebeker weer op, wag vir sy antwoord.

"Dis gestéél!" Die prokureur se bydrae. "En daarsonder kan julle niks teen my kliënt . . ."

"Ag, gaan huis toe, meneer Bester. En vat vir Du Toit saam." Beeslaar kan sy irritasie nie meer inhou nie. "Ellie het vir kaptein Quebeka die hele storie vertel. En eerlikwaar, dis lofwaardig, wat jy probeer doen. Maar dis te laat."

"Buitendien," voeg Quebeka by, "u dogter slaap al. Sy's onder mediese toesig en daar's 'n uitstekende persoon wat by haar waak. Sy sal môre vir ons gaan wys waar sy die pistool begrawe het. Nie waar nie, kolonel?"

"E . . . ja," sê Baadjies en kom op sy voete.

Maar Du Toit bly sit. "Ek gaan nié. My kind is onskuldig. Sy't níks hiermee te doen nie!"

"Dis nie wat sy vir óns sê nie," sê Quebeka. "Sy het reeds 'n verklaring afgelê. Mét 'n persoon van die kinderbeskermingsdiens teenwoordig. So, gaan nou maar huis toe. Jou seun het jou nodig."

"Ja," beaam Baadjies. "Ons praat môre verder. En dan kan jy dalk jou dogter ook sien."

70

Gerda kom by, die warm asem van suster Lucy in haar gesig. Vir 'n oomblik weet sy nie waar sy is nie.

"Mpho . . . Mpho . . ."

"Sh-sh-sh-sh," troos suster Lucy. "You'll feel better now-now. You did very well. Your baby is beautiful. Don't worry. She's fine."

"Mpho . . . You must help him. The hyena, it took him. Please help him."

"Shhhhh. You're going to be all right. You've got your drippie, nè? Soon . . ."

"No!" Gerda probeer om haar kop te lig, maar dit weeg 'n ton. "The boy. There was a boy, sisi. He . . . he helped me . . . He . . . I left him there." Sy begin huil.

"Sh-sh-sh-sh. Thula, thula. Shhh."

"Please! You must help the boy. There was a boy . . . His name is Mpho. He is injured."

"Where was this boy?"

"I don't know. On the road. Where . . . the people found me. I left him there. I'm so sorry."

"Whao-whao-whao." Sy vee met 'n klam babadoek oor Gerda se gesig. Haar voorkop, wange. Haar nek. "Don't cry. It's not your fault. Tell me where is this child."

"In the donga. Under the road. The . . . the animal bit him."

"What animal? Who made you so sick and so weak? Cut you here, by your breasts? Come," sê sy en lig Gerda se kop effe, haar arm sterk en bestendig terwyl sy 'n plastiekbeker-tjie na Gerda se lippe bring. Gerda neem 'n sluk en hoes. Neem dan nog een, terwyl die water oor haar mondhoeke stort en teen haar nek afrol.

"I didn't see," sê sy tussen klein mondjies water deur. "But you must hurry. Please. It was . . . I think it was the . . . Don't know where. Squatter camp. By the railway line . . . A big hotel. I could see it from the road. Please, please, send some-one for the child. He's so small. And alone."

Ghalla Kruger het vir Ghaap kom haal. Duif moes eers die duiwe laat vlieg, dan sluit hy by hulle aan.

Hulle ry wes, teen 'n spoed. Ghalla skiet sy stompie by die venster uit en draai die ruit op. "Begin koel raak hier in die wyk," sê hy en gaap. "Rustige ou dorpie, dié, as jy hom so sien. Die broers moet móég wees vannag. Van al die jigga-jigga."

Ghaap maak sy sitplekgordel vas en begin terugleun in sy stoel. "Wat's jigga-jigga?"

"Bybies maak." Ghalla gaap weer, maar sy voet bly hard op die petrolpedaal.

Die pad is donker, min straatligte. Die gehuggies en boks-huisies skiet in 'n vaalbruin waas langs Ghaap se gesigsveld verby. Daar's weinig verkeer. Nog te vroeg vir die eerste taxi's. Tien oor vier. Hy voel naar van al die koffie en Coke wat hy heelnag al drink. En die frustrasie. Hy moes oplaas vir Ghalla bel vir 'n lift. Al die beskikbare voertuie van die stasie was uit.

"Ja wat," sê Ghalla en steek oor die soveelste rooi verkeers-lig. Hy gooi sy stroboskopiese ligte aan, skuur rakelings verby 'n donkiekarretjie waarop twee vaal figure ingekrimp teen die koue sit. "Dis maar die tale hier van die wyk. Hulle't 'n woord vir elke ding wat jy aan kan dink. Jy't nou gehoor van 'n starter pack?"

Ghaap antwoord nie. Sy kop voel te dof vir 'n lesing.

"Dis die straatnaam vir 'n Toyota Tazz. Maar dis ook die ding waarmee hulle die Golfies oopsluit. Of 'n slang. Die vervaardigers dink hulle is baaaie slim. Elke keer nuwe antitheft technology. Maar dis nie lank nie, of hulle sluit hom oop, lag-lag. Dis waarvoor die cops moet soek, as hulle 'n verdagte kar aftrek, daai starter pack. Maar vandag se cops . . . Lui moere."

Hy's die ene onskuld toe Ghaap hom 'n moordende kyk gee. "Ek sweer!" sê hy. "As jy 'n bakkie sien verbyry, sy pakplek mooi netjies toegemaak . . . Jy kan hom maar stop – jy kry óf die spares wat die outjies uit die chop shop wegry, óf jy kry die slang. Hulle het baie name vir die goed, die ou broers.

"Elke plek, elke bende. Eie taal en woorde. En daar's elke dag nuwes by. Elke dag, my ou, elke dag. Veral vir die belangrike goed. Soos geld. En seks. En aaptwak."

Hy maneuvreer die kar om 'n sirkel en die enjin kla onder die ratwisselings. Toe hulle deur is, sit hy weer terug. Mister Koel. "Ja," sê hy. "Jy kry die tiger, nè? Tien rand. Die halftiger is vyf. Two tiger vir die twenties. En so aan. Honderd rand is weer 'n clip. Soos in 'n money clip, verstaan?"

"Hoe ver is dit nog?" vra Ghaap. "Ek dag jy sê dis net hier om die draai."

"Kilometer of wat, my ou. Nou-nou daar. Kyk, daa's 'ie stasie al."

Ghaap se senuwees kou hom. Hy's blerrie befok in sy kop, dink hy. Om hierdie tyd van die nag hier rond te jaag. En dit met hiérdie ou. Ghaap vermoed hy't breinskade, of iets. Dalk opgedoen toe hy transit gery het. Hy ry of die duiwel hom jaag, oor rooi verkeersligte, stropstrate, briek en swaai om die slaggate. Dit voel kort-kort of hulle gaan rol. As daar nóú 'n band bars . . . Mens kan skaars behoorlik sien. Die rook word dig en laag op die teerpad vasgedruk deur die koue.

"Nou moet jy uitkyk," sê Ghalla en begin skielik spoed verminder, trap dan briek en swaai skuins oor die sypaadjie sodat die kar se ligte 'n netjiese baksteenhuis agter 'n vibra-crete-muur verlig.

Hulle val uit; die kar bly luier.

Ghaap klop. Dringend.

'n Bejaarde oubaas in 'n T-hemp en slaapbroek maak die deur oop, sy oë op skrefies van die kar se helder lig. Ghaap laat nie op hom wag nie, hy vertel hom dis die Makhulu Boe-re wat hom gestuur het. Om te help sê van u-Baba. "Askies, nkosi," sê Ghaap, "ek vergeet sy regte naam. Maar daai Ma-khulu Beeslaar, hy sê The Fatha, jy ken."

Die ou man knik. "Ja. Hlanganani. He's back?"

"Ons glo hy's in Chicken Farm. Hy't die vrou daar gevat. 'n Wit vrou. Ons soek hom, daai mthakathi . . . Maar hy's min."

"Hawu-we!" sê hy en skud sy kop. "Daai man, hy's baie-baie gevârlik. You must go to mama Mahlatse. She's the sangoma there. Look for her house by the railway line. Tell her I sent you."

"Which house, nkosi? Ek ken nie dié plek nie."

"Jy keep right, nè? Soos jy kom in. Dit lyk daar's nie pad nie, die hysietjies maak toe. Maar jy hou by daai pad. Is lelike pad, maar hy vat jou tot daar. By die spoor. You will see her house. It's a brick house. It has a spaza in the front."

"Ek ken daai huis," sê Ghalla. "Kom!"

"Ek moet my mense inlig," roep Ghaap toe hulle met skreeu-ende bande wegtrek.

"Rustig, my ou," roep Ghalla terug. Maar Ghaap voel alles-behalwe rustig. Hy wonder oor 'n shape-shifter . . .

Hulle skeur om 'n skerp draai in die pad, oor 'n rooi lig, met Ghalla wat net liggies briek. By 'n groot kruising draai hulle regs. "Nou's dit reguit pad al'ie pad. Klipspruit Valley Road. Nou's dit one time, my ou. One time. Vinnig-vinnig." Ghalla het sy Beretta klaar uit, dra dit gemaklik tussen sy bene terwyl hy die stuur beheer.

Vorentoe sien Ghaap 'n enkele hoë gebou op die dynserige horison uitsteek. "Wat is al daai ligte daar?" vra hy.

"Dis die nuwe Kliptown – 'n moerse nuwe development daar by Freedom Square. Hotel, woonstelle, die hele boksemdais!"

Ghalla verminder spoed en swenk dan skielik links van die teerpad af. Sy ligte gooi 'n wye baan oor 'n see van donker, plat gehuggies. Vir Ghaap lyk die hele plek na 'n skrootwerf. Geroeste sinkplaat, kasplanke, draad. En dis pikdonker. Ghaap sien rotte so groot soos springhase. Hulle oë wat rooi in die karligte reflekteer.

"Ai toggie," brom Ghalla by homself, "jou broers het dié plek snuifgetrap, my ou. Jy moes'it gesien het, vroeër vannag."

Ghaap sak laag af in sy sitplek en maak sy gordel los, gereed om uit te spring as die kar dalk vasval of 'n pap wiel kry. Hy hou sy oë gepriem vir enige skielike bewegings rondom. Die krotgehuggies staan skouer aan skouer, styf opmekaar ingewikkel weerskante van die kar. Op plekke is die paadjie só nou dat Ghalla sy hand by die ruit moet uitsteek om wasgoed uit die pad te stoot. Dan swenk hy regs af en die pad raak nóg nouer. Iemand se "tuinhek" staan oop: 'n verroeste bondel draad en plank. Ghalla stoot dit liggies met die kar se neus toe.

"Kyk bietjie op die agter-seat," sê Ghalla gedemp. "Dan haal jy vir my die lang gun uit. Dat jy aan iets kan vashou, my ou. Maar jy hoef nie te worry nie. Hierdie mense slaap. Die cops het hulle kláár gemaak vanaand."

Ghaap weet glad nie hoe Ghalla dit regkry om so rustig te wees nie. Want hy self was nog selde so bang. Nie soseer vir die omgewing nie. Nee, dis meer die goed wat hy nié kan sien nie. Van 'n kêrel wat jou uit die donker uit kan toor. Wat mense lewendig uitmekaar uit slag. Praat van 'n anderste soort chop shop! Hy ril. Shape-shifter. Hy kan die woord nie uit sy kop kry nie.

"Kyk in die cubbyhole," sê Ghalla sag en stop. Die pad lyk of dit doodloop teen 'n muur pondokkies. "Vir die flits."

'n Skerp rioolreuk, gemeng met rook en verrottende vleis, hang in die lug. Links van hulle loop 'n gehawende betonmuur, skei die huise van 'n treinspoor. Verder weg sien Ghaap die hotel se lig. Staan soos 'n seer vinger uit die afval op.

"Dáár," sê Ghalla en wys na een van die vervalle huise by die spoor. "Ma Mahlatse se plek." Hulle klim uit die kar. Ghalla los die ligte aan.

"Hou vas die gun," sê Ghaap. Hy wil nie aan die antie se deur klop met 'n geweer in sy hand nie. Hy kom in vrede. Mos.

Dis 'n jong meisie wat die deur oopmaak.

"I look for Mama Mahlatse," sê Ghaap. Hy moet behoorlik spoeg bymekaarmaak om homself hoorbaar te maak, só droog is sy bek.

"Wait," sê die meisie sonder aarseling en maak die deur toe. Asof dit die natuurlikste ding in die wêreld is. Hy kan hoor hoe sy saggies die Mahlatse-vrou wakker roep.

Die voordeur gaan oop. "No police," sê die meisie hierdie slag.

"Tell her I'm looking for a man who calls himself uBaba. The Fatha. Imi . . . Imikosi Zola sent me."

Die volgende oomblik word die deur hardhandig oopgepluk.

"What you want? Hamba! Voertsek hier. Julle maak moelikgeid hiersô by onse loxion. Hamba!" Sy begin die deur in Ghaap se gesig toemaak, maar hy keer.

"Imikozi Zola sent me!"

"Nkosi!" sê sy vererg. "Imikhosi is fruit! And it's nkosi *Zonda* who sent you. Why you harrass me? Go away!"

"I'm going nowhere," hoor Ghaap homself met dik dapperheid sê. "You show me the place of uBaba. Now! Or I . . ."

"Wat's jou storie, Mama?" sê Ghalla agter hom. Hy't die geweer ongeërg oor sy skouer, 'n groot, rustige glimlag in die dowwe lig. Nes 'n ou uit 'n Amerikaanse cop-moewie. "You now show us that house, OK?"

Die vrou kyk vyandig na die twee van hulle, draai dan om en wink hulle agter haar aan die donker vertrek in. Ghaap buk by die deur in, sien 'n ry mense wat binne op die vloer lê en slaap. Hy het steeds die flits in sy hand. Skakel dit af. Hulle trap oor slapende lywe, Ghalla kort op hulle hakke, geweer onder die arm.

Dis bedompig binne. Ruik na mens. Die vrou tree deur 'n donker opening agter 'n gordyn. Binne brand 'n kers. En die meisie wat die deur kom oopmaak het, sit grootoog in die hoek van die vertrek. Teen een muur is 'n soort altaar waarop verskeie bakkies en blikkies en 'n bondel smeulende takkies in 'n piering staan. Lyk soos soutbos, dink Ghaap. Dieselfde valerigheid. Maar hy weet dis nie dit nie. Dis mphephu, die rookmaker vir die voorvadergeeste. Sy rug trek hol.

Die vrou gaan kniel by die altaartjie en haal 'n Bic-aansteker uit haar klere uit, waarmee sy die smeulende bondel opnuut aansteek. Sy begin ritmies met haar bolyf wieg, prewel saggies en dringend. Al wat Ghaap kan uitmaak, is die

469

Makhulukhulu, elke keer as sy asemskep. Hy weet dis die Zoeloenaam vir God.

Die meisie in die hoek het intussen saam begin prewel. Sy't 'n koeiveldrommetjie voor haar waarop sy saggies die ritme aangee.

Ghaap loer versigtig in die vertrek rond, nie mooi seker hoe lank hy wil wag vir die voorvaders om op te daag nie. Daar's boerbokvelle op die vloer. En rye-rye rakke teen al die mure af. Toegepak met bottels en blikke en plastiekbakke. Moet die kruiemedisyne wees, dink hy.

Hy maak keel skoon, haastig dat die vrou moet klaarkry. Hierdie plek gee hom die horries.

"Makhulukhulu," sê sy dan finaal, "siyabonga kakhulu". Baie dankie, God. Sy staan op, die smeulende bossie in haar hand. Sy kom swaai dit voor Ghaap se gesig en begin opnuut te prewel. Dan oor sy skouers en langs sy sye en agterkant af. Volgende doen sy Ghalla, wat haar met 'n welluidende "dankie" laat klaarkry.

"I burn the mphephu for you," sê sy vir Ghaap, al die ergerlikheid weg uit haar gesig. "Dit maak jou skoon. It will protect you. Maar jy moet baie-baie versigtig loop. uBaba! He's a powerful doctor. You don't go alone. Jy kry vir hom by die ander kant van hier, nè? Other side. Not far from here. In the veld. Maar jy moet . . . Oeeee," kerm sy dan skielik en vou dubbeld. Die meisie in die hoek kry lewe, gaan aan't praat in Zoeloe. Sy kom gooi haar arms om die vrou. Neem die mphephu by haar, swaai dit om haar rond.

"Ooooe, the pain. The pain. He's killing me," roep die vrou. Haar arms ruk in alle rigtings, asof 'n onsigbare hand haar skud.

Ghaap gee 'n reusetree terug, die ene hoendervel.

"Oooooe! Ai-ai-ai-ai! It's him. He's here!"

470

Ghaap gee nóg 'n tree terug, gereed om te vlug. Uit die hoek van sy oog sien hy hoe Ghalla die geweerloop laat sak.

"The address, Mma! Tell us the address!" sê hy, die geweer op die twee vroue gerig. "You! Help her tell us. We're wasting time!"

Die jonger vrou waai heftig met die mphephu. "It's here," roep sy en help ma Mahlatse om te gaan sit. "Back that way, in the veld. Number seven three nine. You go now. Go! Your presence has brought his evil here. He's attacking her."

Ghaap laat nie 'n sekonde langer op hom wag nie. Ghalla dek die voorhoede.

Hulle hardloop na buite. Sowel Ghaap as Ghalla het hulle selfone uit en begin solank troepe bymekaarmaak.

72

"Jy weet," sê Quebeka toe sy in haar bakkie klim, "ons moes dalk vir Du Toit hier gehou het. Wie weet watse nonsens jaag hy vannag aan."

"Gaan slaap, Quebeka." Beeslaar staan langs die bakkie. Hande in die sakke, die wind steeds kil. Hy't net een ding in sy kop en dis om te bel. "Jy't drie ure. Vandag gaan 'n moerse lang dag raak vir jou. Jou saak is nog fokken ver van done and dusted."

"En wat van jou?"

Beeslaar wys met sy hand sy moet beweeg en hy draai om om te begin stap. "Gaan slaap," roep hy oor sy skouer. "Ek's oukei."

Hy kyk nie weer om nie, maar hoor hoe sy wegtrek.

Sodra haar agterligte om 'n draai verdwyn het, het hy sy selfoon uit.

"Ons hét die bliksem! Ons hét hom," antwoord Ghaap opgewonde in sy foon in.

Maar dis nie wat Beeslaar wil hoor nie. "Gerda," sê hy. "Jy moet sorg dat sy uit Bara kom. In 'n private kliniek. Ek sal betaal. Sorg net dat sy en Kleinpiet daar uitgehaal word en so vinnig . . ."

"Beeslaar, ek kán nie nou nie. Ek swéér, my bra. Dis toe nes jy gesê het. Ons is nóú op pad na 'n adres, want ons wéét nou waar sit daai etter. Maar ek bel jou weer. Oor en uit!"

Beeslaar swets, wil die selfoon teen 'n akkerboom stukkend smyt. Mister Soweto het nou belangriker dinge as die lewe van 'n vrou. Sý vrou.

Hy skop verwoed na 'n sementvullisdrom langs die straat. Die drom kantel vir 'n oomblik. Hy skop wéér. Maar die ding val nie om nie. Dan gryp hy dit met albei arms en lig dit op. Rommel stort oor hom uit. Hy gooi die drom brullend in die donker in. So ver as wat hy kan. Dit val met 'n slag teen 'n paal, spat uitmekaar. Beeslaar buk en tel een van die brokke op, gooi dit teen die spierwit ringmuur van 'n historiese huis. Die stuk breek nie verder nie, maar maak 'n ordentlike gat in die broos ou muur. Beeslaar staan 'n ruk lank uitasem sy handewerk en betrag.

Dan begin hy aanstryk in 'n suidoostelike rigting, reg in die wind in. Hy loop op in Merriman. Verby die universiteitsgeboue, die hospitaal. Kyk vir die Pieke vorentoe. Helder verlig deur 'n skerfie maan en die oggendster.

Hy probeer om die prentjie van Gerda Matthee-Fouché uit sy kop uit te kry. Iewers in die doolhowe van daardie verskriklike hospitaal. In kraam. Sal sy 'n bed hê? Onwaarskynlik. Sy lê iewers in daai gange – tussen die voordeur en die lykshuis. Op 'n matras, as sy gelukkig is.

As daar net iemand was wat hy kon bel. Wat daar kan ingaan en haar gaan haal. Waar sy ook al is . . . Tien kilometer se gange – versprei oor vierhonderd en dertig geboue, maar steeds te klein. Die massa, daagliks. Daar's plek en personeel vir net drieduisend – in 'n gemeenskap van by die vyfmiljoen.

En Gerda . . . As hy net dínk aan haar. Hy wil iets stukkend slaan.

Hoe kón die verdomde trekkies haar dáár gaan aflaai? Het

hulle dan geen verstand nie? Die Milpark-kliniek is hoog-stens 'n paar minute verder, spesialiseer juis in trauma! Beeslaar skop wild na 'n leë hamburgerboksie wat die wind teen hom aanwaai. En waar's die pa? Die harige Alba-nees. Mister Nuwe-lewe-vir-Gerda!

Hy rek sy treë, buig in die wind in. 'n Bergie met 'n super-marktrollie kom skielik van links om 'n gebou se hoek en tref Beeslaar skuins teen die bobeen.

"Kyk waar jy fokken lóóp!" skel Beeslaar en skop verwoed na die man se trollie, wat kantel en met 'n slag omval, sodat 'n magdom leë bottels en ander optelgoed oor die sypaadjie uitskiet. Die trollie se eienaar kyk 'n oomblik verslae na die skade – sy bottels wat stukkend oor die sypaadjie uitgesaai lê – en die hygende reus wat die skade veroorsaak het.

"Askies tog, my lanie," antwoord hy verskrik. "Ek't nou nie traffic op dié corner ge-expec' nie. Sorrie tog."

Die vrees in die man se oë laat Beeslaar bedaar. Hy steek sy hand in sy sak vir sy beursie, sien hoe die man onwillekeurig koes vir die beweging.

Beeslaar druk 'n honderdrandnoot in sy hand en stap woordeloos om die glasbesaaide sypaadjie aan huis toe. Hy't dalk genoeg infantiele chaos gesaai vir die nag. Miskien moet hy sy energie op iets meer nuttigs mors. Soos Blikkies altyd sou sê. "As jy met jou ballas die wêreld wil regruk, ontman jy jouself. Vat dit nou maar van 'n ou man wat 'n loopbaan daaruit wou maak. Van verdagtes donner tot hulle sê wat jy wil hoor. Wat geglo het dis al taal wat die krimineel verstaan: vuiste klap, pleks van lippeklap."

Met die gedagte aan ontmanning blom daar ineens 'n nuwe gedagte in sy kop. Quebeka was reg: Hulle moes Du Toit nooit laat gaan het nie.

Hy begin vinniger loop, sy arms aan die pomp. Doosbrein!

skel hy homself. Die ding is eintlik só ooglopend. Dis vroeër die aand al vir hom op 'n skinkbord aangebied. Hy stap nóg vinniger, voel hoe die adrenalien hom jaag. Verby die Merriman-sirkel swenk hy regs. In die rigting van Malan du Toit se huis. Hy slaan oor in 'n draffie. Hy moes al eerder daaraan gedink het. Maar dis oor sy kop in Soweto sit . . . Hy moes saam met Quebeka gery het. En hulle moes Malan du Toit voorgespring het. Hy bel vir Quebeka.

"Jy moet vir Swiff en April gaan optel," blaas hy in die foon in. "Ek is op pad na Du Toit se huis. Ek dink ek weet wat van die pistool geword het. En wie die sneller getrek het!"

Sy vra nie vrae nie, praat nie terug nie. "Maak so," is al wat sy sê voor sy aflui.

By Du Toit se huis, sien Beeslaar, staan die voorhek oop. Die huis self is donker.

Hy draf regs om, verby die kruikfontein, die swembad. Gaan staan vir 'n sekonde om sy asem terug te kry, sy oë gewoond te maak aan die donker. Hy beweeg saggies met die trappe af na die groen tuin agter die swembad. Daar's 'n skielike beweging in die struike skuins voor hom. Hy haal sy pistool uit. "Kom maar uit, meneer Du Toit! Ek weet jy's daar," roep hy.

Stilte.

Beeslaar tree stadig en saggies vorentoe. "Du Toit!"

Hy gee nog 'n tree, roep weer. Dis donker. Beeslaar kan nie vorms onderskei in die donker blaargordyn nie. Hy staan tjoepstil. Luister. Dan hoor hy dit. Die asemhaling.

"Dis verby, Du Toit," sê hy, "hou nou maar op met die wegkruipery."

"Niemand kruip weg nie," antwoord die man, tree agter 'n struik uit.

Hy't sy hande omhoog. Leeg.

"Ontspan," sê Beeslaar. "Moet ek nou raai, of gaan u my sélf vertel wat presies u hier doen?"

"Dis . . . Ellie se kat. Ek het haar kat kom soek. Sy sal môre wil weet hoe dit met die kat gaan. En . . . ek het vergeet van die . . ."

"Hoe lýk hy?" Beeslaar gaan sit op die boonste trap.

"Dis 'n kat, man. 'n Kat."

"Hoe seker is u sy hét een?"

"Ek het verdomp betáál vir die ding!"

"Ja. Maar daar's 'n verskil, sien u? Een ding om 'n tjek te skryf vir 'n fênsie kat. Ander ding om te weet of hy bestaan ook."

Du Toit antwoord nie. Hy staan net.

Beeslaar kyk na die man se moeë gestalte. Die plooie langs sy mond het oornag in slote verander, hy't 'n stoppelbaard en die kransie hare om sy bles staan in alle rigtings. Sy oë is rooi.

"Jy soek nie die kat nie, meneer Du Toit," sê Beeslaar en staan op. "Want ek dink jy was só diep in ontkenning oor wat in jou eie huis aan die gang was . . . Jy sal daai kat nie herken nie, al spring hy nou ook by jou broeksak uit. Jy weet van hom so min soos wat jy van jou eie huismense weet, nie waar nie? Jy't nie geweet jou seun is skielik met die Bybel geklap nie. Jy't nie geweet jou dogter is al vir maande aan't stokkiesdraai nie. Want jy was nie daar om die disintegrasie van jou gesin raak te sien nie. Nie waar nie?"

Du Toit sak neer op die trap, skuins onder Beeslaar.

Hy vee hardhandig met albei handpalms oor sy oë. Die afwaartse beweging los twee modderspore oor sy wange.

"Ja. Jy's reg. En ja, ék het haar doodgemaak, Beeslaar. Dit was nie Ellie nie."

Hy staar voor hom uit in die donkerte in. Sy skouers hang.

"Nonsens." Beeslaar vou sy baadjie toe oor sy bors; die wind waai yskoud op sy drafsweet. "Dit was nie jý nie. En ek vermoed dit was óók nie presies jou dogter nie."

"Wat? Man, verstaan jy dan nie?!"

"Ek dink ek verstaan eintlik maar heeltemal te goed, me-neer Du Toit. Wie is jou geldskieters vir die Jonkershoek-ontwikkeling?"

Du Toit se kop vlieg op, skrik in sy oë. Maar hy sê niks.

"Kom-kom. Dis koud hier buite. En jy kry in elk geval nie die pistool nie, nè? Want ek dink hy's lankal verwyder. Die groot vraag is, deur wie? Jy't vir ons gelieg, nie waar nie? Jy hét nie 'n pistool nie. Maar jy't 'n pistool op die toneel aan-getref, Dinsdag. Jy en jou seun het dit . . . hier in die tuin begrawe."

Du Toit reageer nie. Sy kop op sy bors.

Beeslaar staan op, gaan buk by hom om hom op te help. "Kom," sê hy, "ons gaan soek hitte. Het jy sleutels vir die huis?"

Du Toit kyk verskrik op na hom. Hy's bang om weer die moordtoneel te sien, besef Beeslaar.

"Ons kom net uit die wind," stel hy hom gerus. "Dat ons kan praat, oukei?" Hy neem 'n bos sleutels by die man, lei hom aan die arm om die huis, sluit die voordeur oop, soek ligskakelaars. Du Toit sleep soos 'n slaapwandelaar agterna. Beeslaar laat sit hom op 'n antieke riempiesmatbank in die ingangsportaal en leun dan self teen die trapreling aan.

"Dis nie waar nie," sê Du Toit, sy stem skor. "Wat jy daar buite . . ." Hy haal 'n sakdoek uit, vee met bewende hand daarmee oor sy mond en gesig. Kyk verbaas na die modder wat van sy nat gesig af kom.

"Jy moet my dogter laat gaan," sê hy moeg. "Dis alles mý skuld."

"Jy's tien teen een reg, meneer Du Toit. Maar daar's 'n verskil tussen die oorsaak wees en fisieke aandadigheid. Want dis vir laasgenoemde waarvoor ek jou handlangers gaan opsluit."

Du Toit skud sy kop. "Ek kan nie meer nie, Beeslaar. Ek kan nie. Die Here hoor my . . . Ek het . . ." Sy onderlip begin kwaai te bewe en die handpalms vee weer hardhandig oor sy wange.

"Hierdie keer moet jy my glo. Dit wás ek. Ek het geknak. Ek kon nie meer nie. Ek het die pistool by haar afgevat. En haar . . ."

"Wag nou! Probeer weer. En dié keer vertel jy vir my die waarheid. Ek dink ek weet eintlik al, maar vir jou . . . en vir die kinders is dit beter dat ek dit by jou hoor, oukei?"

"Jy móét my belowe. Jy sal haar laat gaan."

Beeslaar skud sy kop. "Ek is 'n polisieman, meneer Du Toit. Van die ou soort. Ek maak nie deals as ek klaar weet wat die waarheid is nie. Want jy gaan probeer om wéér vir my te lieg. Om jou dogter uit die tronk te hou."

"Asseblief, Beeslaar. Sy's 'n . . . Sy's nie sterk nie. Sy sal dit nie maak nie."

"Sy's baie sterker as wat jy dink, Du Toit. Jou dogter sal deurtrek. Maar dis oor jóú wat ek bekommerd is. Want jy's jou lewe nie seker as dit bekend word wie jou régte pêlle is nie, nie waar nie? En dis dáárom dat jy eintlik graag tronk toe wil gaan. Vir 'n moord wat jy beslis nie gepleeg het nie. Vertel my liewer van jou sogenaamde sakevennote."

Du Toit laat sak sy kop. "My besigheid het niks hiermee uit te waai nie."

"Dit het alles daarmee uit te waai, man. In feite: Jy's

478

geensins so besorgd oor jou dogter nie! Dis jou éie gat wat jy wil red, of hoe?" Beeslaar haal sy selfoon uit, bel vir Quebeka. "Stuur iemand om ons te kom haal," vra hy. "En Charmaine, sy moet ook maar inkom."

"Maak so," sê sy. "Nog iets?"

"Nog iets, ja," sê Beeslaar, "die man waaroor julle so riem-spring. Die amptenaartjie wat julle vir dronkbestuur aan-gehou het. Willemse, of so iets, die ou wat in aanhouding dood is."

"Williams!"

"Hoeka. Charmainetjie moet sy bankstate kry. Ek dink hý's ons vermiste skakel."

73

"H'y's klaar saam met sy voorvaders, daai ou," sê Ghalla Kruger en steek 'n sigaret aan. Hy, Ghaap, Mo van Schoor en Duif Vermeulen leun teen Mo se swart Lancer aan. Hulle het pas gehoor hoe die skote klap binne-in Hlanganani se huis.

'n Oomblik lank is daar stilte – en dan 'n onaardse geskree. Dit gee Ghaap die ritteltits van agter sy hakskene af, op teen sy rug, tot op die kroontjie van sy kop. Dit klink soos 'n wildekat wat in die vuur gegooi word, sit om in 'n gebulk en dan 'n gorrelende gil, asof die persoon in iets taais verdrink.

Ghaap tuur in die newel in na die umThakathi se huis. Sy hande jeuk om self daar in te neuk met 'n R5. Maar hy's verbied: te junior.

En nou klink alles oor en verby. Hy kan dit hoor aan die uitroepe van 'n bevelvoerder binne-in die huis, sien dit in die kordon geweerlope wat om die huis laat sak word.

Hy het nog selde in sy lewe so useless gevoel soos vannag. Na regte is hy die man wat die klopjag op Hlanganani, oftewel uBaba, oftewel The Fatha, se huis moes gelei het. Nie soos oulappies saam met die civvies staan en nek rek nie. Want dis hý wat hierdie saak finaal oopgekloof het. Nou ja, met behulp van Beeslaar seker, maar tog . . . Hy't nie met opset sy dienspistool verloor nie. Hulle kon hom minstens 'n R5 gegee het. Hy kon sy ore nie glo toe Mthethwa hom verbied op die toneel nie.

Sal vir hom leer om volgens die boek te werk. Net sodat sy slapgat-kollegas die eer kan vat. 'n Etter soos Hlanganani . . . Hoeveel keer in jou loopbaan? Hóéveel keer? Hy skop verwoed na 'n klip. Mis. Kyk op of iemand dit gesien het. Al drie die trekkies kyk anderpad; hul wange bewe van die inspanning om nie te lag nie, wat Ghaap natuurlik verder die moer in maak. "Watse fokken ge-dlozi is dit in elk geval met julle?" brom hy bedonnerd.

Dis Ghalla wat antwoord. "Die voorvaders, my ou. Die voorvadergeeste. Dis nag-Nella vir daai broer daar binne-in daai huis. Hy't pas sy last dish gehad. Maar jý, sersant Djannie, jý't manalleen die fokker uitgerook. Jy's nou dalk nie die SAPS se nommer een striker nie, maar jy't vanaand history gemaak, my ou. History!"

"Gee maar 'n entjie, man," sê Ghaap, skielik verleë. Ghalla buk by Mo se oop vensterruit in en raap 'n pakkie sigarette van die paneelbord op.

"Dankie, man," sê Ghaap en steek die sigaret in sy mond. "En sweef my 'n kaggeltjie daar, my lanie?"

Ghalla steek laggend vir hom sy sigaret aan, rek sy lyf en gaap, vra dan: "Ek wonder hoe gaan dit met die antie daar in Bara. Ek skiem sy't seker teen dié tyd al klaar gegooi."

"Ghalla, my ou maat," brom Ghaap, "ek wil jou nou nie onnodig tune nie, maar jy's darem . . . bar, my ou. Daai vrou . . . Sy's familie, man."

"Familie? Serias? En djy sê dan niks!"

"Ek hét, maar niemand luister mos na my nie!" Hy vertel hulle van die Beeslaar-konneksie. Hoe dit Beeslaar was wat hom finaal op Hlanganani-The-Fatha se spoor gebring het.

"Ou moerbroer," sê Mo in sy hoë stemmetjie. "Ek het gewéét van hom. Groot ou, bedonnerd. Het een van sy meerderes gebliksem, as ek reg onthou. Ek dag hy't lankal 'n uitsmyter of so iets geword. Privaat sektor toe."

"Nee," sê Ghaap, "hy boer nou innie Kalahari in. En as hy nie boer nie, is hy my baas."

Mo klap vir Ghaap oor die skouer. "Kwaai."

Dit het al taamlik lig begin word en die vier van hulle begin nader beweeg aan die toordokter se huis. Ghaap wil sien hoe lyk hy.

'n Ambulans het opgedaag. Twee jong manne klim rustig uit en stap agter om, haal 'n draagbaar uit. Daar's geen haas nie, hulle weet klaar hulle kom haal 'n lyk.

Die binnekant van die huis is baie verniel. Bloed teen die muur van die voorste vertrek, 'n sitkamer. Wat nou soos 'n oorlogstoneel lyk. Eenkant staan 'n gestoffeerde tweesitplekbank, 'n outydse, bokstipe televisiestel op 'n koffietafel, en 'n omgekeerde kabinetkas, wat Hlanganani waarskynlik as skerm gebruik het in die skietgeveg. Kon hom nie veel gehelp het nie, want hy's voos.

Die liggaam sit-lê teen 'n muur op; bloed lê in boogstrepe rondom hom uitgewaaier. Daar's 'n kussing onder sy ken – dalk 'n vergeefse poging om die bloed te keer. 'n Koeël moes sy keel oopgekloof het. Ghaap hurk by hom, loer onder die kussing in, sien die wit pyp van die lugkanaal wat afgeruk is. Dís die borrel-gil wat hy gehoor het. Hlanganani wat in sy eie bloed verstik en verdrink het.

Die gesig is half weggeskiet en die tande van die bokaak steek soos ou ivoor deur die bloed en weefsel. Dis moeilik om sy ouderdom te bepaal. Maar dit was 'n groot man, sien Ghaap. Pens wat oor 'n los broeksgordel peul, vet bene wat by sy kortbroek se pype uitsteek. Die een knie is weggeskiet; geel vet en beensplinters staan uit die wond uit op.

Watter een van die koeëls ook al eerste getref het, dink Ghaap tevrede, een ding is seker: Die ou shape-shifter het 'n rowwe dood gesterf.

Ghaap staan op, kyk vir oulaas na die lyk. Aan die man se linkerpols is daar 'n vrouehorlosie, net-net sigbaar tussen 'n bloederige koeksel rieme en krale.

Dieper die huis in lê die liggaam van 'n jong vrou. Opgekrul in 'n plas bloed. Sy het ook 'n wond aan die nek. Maar dié is geen skietwond nie, meen Ghaap. Lyk omtrent of 'n beer haar gebyt het.

En agter die huis in die agterplaas is daar 'n klein, vensterlose sinkvertrekkie, 'n matras op die grond. Die toue waarmee Gerda Matthee tien teen een vasgebind was, lê by die bed.

En agter die vertrek is daar 'n hondehok.

Maar geen spoor van 'n hond nie.

Toe Ghaap klaar gekyk het, is dit Ghalla wat vir hom wag.

"Duif het gesê hy gaan solank vir ons chow organiseer. Hy moet nou-nou sy vere-vriende kosgee, anders tiep die outjies om. So ons gaan eet brekfis by hom!"

Moerse, dink Ghaap. Duif se duiwe vreet beter as sy gaste. Hardop sê hy: "Maar wat dan van Gerda Matthee? Ou Beeslaar meen ons moet haar uit Bara uit kry."

"Is reg met my. Maar ek glo nie sy's gereed vir cruise nie. Ons weet nog nie eens of die bybie al daar is nie. Nog meer rede vir 'n visit. Sy's boonop familie!"

Ghaap antwoord nie, staar net by die venster uit na die glim van die vroegoggendson in die rooknewels. Die sagte oranje gloed. Tye soos dié, reken Ghaap, dat mens weer kan glo dat die Here in die hemel sit. Dat daar ook goedheid op hierdie aarde is.

"Oe," sê Ghalla, "my vrou gaan weer appels kak vanmôre. Hoeveelste oggend dat sý die laaities moet aflaai."

"Jy dan kínders?" vra Ghaap verras.

"Tjek 'n bietjie," sê Ghalla en haal 'n foto uit sy hempsak. Ghaap hou die foto skuins, om die opkomende lig te vang. "Ha-ha," sê hy dan, "moerse snaaks." Die foto is van twee swart seuntjies.

"Genuine!" sê Ghalla. "Dis my laaities daai! Trevor en Fikile."

"Se gat," sê Ghaap vererg. "Die kinders is dan swart."

"Maak hulle nie mínder myne nie. Want ek het mos bietjie skade gely. Met daai laaste transito is die mouter bietjie opgesmash. Kan nie bybies maak nie. Maar dié twee het ek opgetel. Nét hier anderkant!"

"Kak, man."

"Ek sê jou, my ou. Jy kan vir ou Duif vra. Ek was een aand op pad huis toe, toe sien ek iets in die veld roer. Ek sit by die robot en wag – min gespin. Maar toe hóór ek die laaitie. Dit was my Trevor."

"Wat vir 'n naam is Trevor in elk geval vir 'n Boer soos jy?" vra Ghaap, steeds ongelowig.

"Hy's bietjie blas, die laaitie. Kan hom nie Frikkie noem nie. Sy maats sal hom mos spot!" Ghaap gee die foto terug, 'n glimlag in sy hart.

Die binnekant van Baragwanath-hospitaal se ongevalle-ingang ruk hom vinnig terug aarde toe. Hy't al baie stories van hierdie hospitaal gehoor. Maar níks kon hom voorberei nie. Dit lyk soos iets uit 'n moewie – *Night of the Living Dead*. Hordes mense in verskeie stadia van doodgaan wat in die ontvangsarea rondsit of -lê.

Ghalla loop verby 'n lang ry mense, gaan praat met 'n klerk

by 'n toonbank, wat hom in 'n rigting beduie. "Kom!" roep hy vir Ghaap. "Daar was glo 'n Eskom-oomblik hier. Lights out! Hulle moes vieruur vanoggend die deure vir 'n uur lank sluit. Te keer dat die massas hulle nie omdop nie. Al hierdie mense moes buite voor die deure wag. En dit was intussen shift change óók nog. Dit lyk darem nie elke dag so nie!"

Hulle beland in 'n gang wat lyk of dit in die ewigheid eindig. So ver die oog strek, so lank is die gang, met mense wat sit of lê of by mekaar verby maal. Ghalla loop selfversekerd deur, druk nou en dan vir Ghaap teen 'n muur vas as daar 'n trollie met 'n liggaam uit een van die sygange verskyn.

In 'n sygang moet hulle oor 'n paar mense klim. "Askies, mama. Askies!" roep Ghalla namate hulle vorder. Tot hulle deur 'n stel swaaideure is en skielik in die relatiewe kalmte van 'n nuwe gang beland.

"Nou moet ons soek," sê Ghalla. Hulle loop 'n hele ent, dan sien hulle haar. Sy lê op 'n sponsmatras teen die muur van die gang, baie kleiner as wat Ghaap verwag het sy sou wees – bleek, haar lippe gebars en rou. Haar lang, roesrooi hare is in 'n klam bondel agter haar kop.

Hulle hurk by haar. Ghalla vee liggies 'n haarsliert van haar voorkop af weg.

Sy glimlag effens, draai haar kop na Ghalla toe en maak haar oë dan rustig oop.

"Haai jy," fluister Ghalla, "jy's darem die braafste tjerrie wat ek nog ooit in my lewe gesien het, hoor jy?"

Die glimlag sprei uit. Vir 'n rukkie kyk sy net vir Ghalla, haar groen oë geswel en rooi.

Sy lig haar hand op. Dis 'n skraal hand, twee van die vingernaels in die lewe in afgebreek, bloederig.

Sy raak aan Ghalla, dan lig sy die kombers waaronder sy lê. En wys vir hulle die pienk klein gesiggie wat langs haar lê.

485

"Jés!" roep Ghalla saggies uit. "Dis die mooiste outjie wat ek nog óóit gesien het." Hy wink vir Ghaap nader om te kyk. "Tjek 'n bietjie daai dingetjie, my ou!" sê hy gelukkig. "Dis die mooiste bybietjie in die hele wye wêreld!"

Die vrou laat sak die kombers, probeer iets sê, maar daar kom nie geluid uit nie. Ghalla bring sy oor tot by haar mond. Luister, dan beduie hy vir Ghaap: "Suster Lucy. Sy wil'ie nursie hê."

Ghaap draai om, om te gaan soek, loop hom vas in 'n skip van 'n vrou. Daar's bloed aan haar uniform en donnerweer in haar oë.

"*What* are you doing here!" raas sy.

Ghalla spring regop. "Sorrie, matrone, maar ons het net gou kom . . ."

Sy beduie hom stil. "There's no time," sê sy. "You must go back to the place where you found this lady. She says there's a child still there!"

"Her child? But we brought the child. A doctor took him . . ."

"Don't be stupid, wena! It's an African boy. She says he's the one that saved her life! He's still there, under the road. Right by the place where you found her and the little one! Hurry!"

"Is hy oukei, die pikkanien?" vra Ghalla en wys na Gerda Matthee agter hom op die vloer.

"It's a *she*. And she's fine, but you're wasting time. Now get out of here and go do your work!"

74

Nadat hy klaar met Quebeka gepraat het, bel Beeslaar vir Ghaap.

"Kan nie nou nie!" blaf Ghaap.

"Hei! Luis . . ."

"Bel jou terug!" Die lyn gaan dood.

Beeslaar haal diep asem. Frustrasie brand in sy keel.

Sy foon lui. Rea du Toit. Hy lig die foon onwillig na sy oor, kyk na waar Du Toit met sy kop in sy hande sit.

"Albertus. Ek kry nie vir Malan in die hande nie. Jy moet help. Ek dink Dawid-Pieter is in die moeilikheid."

Beeslaar sluk. Here Jesus, hou dit dan nie op nie? "Watse moeilikheid, tannie Rea?"

"Julle moet hom gaan soek!"

"Waar? Wat gaan aan?"

"Dis sy kerkmaats. Hulle kry snaakse SMS'e van hom. Al van vieruur af. Hulle het vir Malan en vir Ellie probeer bel, maar hulle antwoord nie hulle fone nie!"

"Waar's hy, tannie Rea?"

"Dis wat ek nie weet nie, Albertus. Hy het glo 'n . . . 'n wapen! Jy moet help, asseblief."

"Wie's dit wat gebel het?"

"Francois! Dawid-Pieter het hom ge-SMS om tot siens te sê, vergifnis te vra. Hy sê die kind klink deurmekaar!"

"Stuur my sy nommer! Dadelik!" Beeslaar druk die foon dood. Francois, die graskop-seun wat die kaartjie in Beeslaar se hand gedruk het. Wanneer? Dit voel soos dae gelede. Jarre. 'n Ander leeftyd.

Du Toit het intussen opgestaan, skrik op sy gesig. Hy tas in sy broeksakke rond, vind nie die selfoon nie. Hardloop na sy kantoor toe. Beeslaar hoor hom bel.

Sélf bel hy vir Liewe Heksie – al genade.

Sy antwoord dadelik. "Met Maaike."

"Maaike, dis Beeslaar. Die kaartjie wat ek jou gistermiddag gewys het. Van die Jesus freaks? Ek soek die nommer daarop. Dringend!"

"Een momentje," sê sy. Hy hoor Rembrandt blaf, deure wat oop- en toegaan. Dan is sy terug by die foon. "Het dit," sê sy en begin 'n nommer lees.

Beeslaar skryf die nommer sommer teen die muur langs die trap, skakel dit dan onmiddellik. Dit gaan oor in stempos. Beeslaar los 'n boodskap dat die seun hom moet terugbel. Hy gee lang treë na Du Toit se kantoor. "Het jy al iets?" roep hy.

Du Toit sit agter sy lessenaar, sy oë wild, hande wat bewend die foon vashou. "Wie bel jy?" vra Beeslaar.

"Wim. Hy sê Dawid-Pieter is nie in sy kamer nie. Hy moes uitgeglip het."

"Wanneer laas het jy hom gesien?"

"Gisteraand nog. Toe ek en Wim polisie toe is. Hy't wakker geword, wou saamgaan. Vir haar gaan bid of iets. Hy was ontsettend ontsteld, wou die een of ander prediker bel om . . . om vir ons in te tree by God, of so iets. Hy was vol stories van . . . Here, is ons dan almal gek? Hy't gesê Elmana het haar hart vir die Duiwel gegee. Dis hoekom . . . hoekom alles gebeur het. Dit het mooipraat gekos om hom kalm te kry.

Wim se vrou het hom onder hande geneem, gesê sy sal na hom kyk."

Beeslaar se selfoon biep. 'n Terugbel-SMS, sien hy, met 'n nommer. Hy bel dadelik.

"Albertus . . ."

Sy hart wil gaan staan. Hy probeer iets sê, maar sy stem is weg.

"Albertus, jy het 'n dogter. Ons is . . ." Haar stem verdwyn, kom dan weer terug. "Ons is oukei. In Baragwanath. Dit was Baz, Albertus. Dis hý wat ons laat . . . Dis hý."

"Gerda!"

Die lyn is reeds dood. Hy bel, sy hande skud of hulle horries het.

"Êhê! Sista Lucy here!"

"Is she all right, please . . ."

"She's fine. I'm a bit worried about the mother. But we've got a drippie coming. You can call again before I go off duty, OK?"

"Thank you! Please, please take good care of . . ." Maar die lyn is reeds dood.

'n Dogter. Hy wat Beeslaar is . . .

Die foon roer in sy hand, hy luister, versigtig.

"Oom, dis Francois. Oom moet vir Dawid-Pieter gaan . . ."

"Waar's hy, weet jy?"

"Oom, hy't ge-SMS dat ons vir hom moet bid. Satan het sy familie vernietig. Hy't . . . hy't gesê sy gebede . . . God het sy rug op die Du Toits gedraai en . . ."

"Wáár, boeta, wáár is hy?"

"Ek weet nie."

"Waar dínk jy?"

"Oom . . ."

"Dink!"

"Ja, oom. Ek dink . . . dalk die hangbrug. Ons . . ."

"Jy hou aan dink. En laat weet my. Ons gaan hangbrug toe."

Malan du Toit staan klaar in die deur. "Ek gaan my motor haal," sê hy.

Beeslaar bel Quebeka, lig haar in oor die nuwe situasie.

Daar's 'n hek voor die hangbrug. Gesluit. Beeslaar herken die omgewing. Dis naby Liewe Heksie se huis, op die rand van die dorp, teenaan die Eersterivier. Malan du Toit is klaar besig om oor die twee meter hoë draadheining te klim, al roepend.

Beeslaar sien 'n kleiner hek wat oop is, hardloop daardeur. Dis al taamlik lig buite, wat help. Maar die wind waai met hernieude woede. Sover hulle hardloop, bly albei mans roep. Vorentoe is daar 'n sementdrif in die water, 'n voetganger-brug daarnaas.

Dis 'n swaaiende kontrepsie wat aan staalkabels op pale weerskante van die rivier hang. Die seun sit in die middel van die brug, bene en arms sywaarts deur die kabelwand ge-steek. In sy regterhand hang 'n pistool, asof hy verveeld sit en dink.

Beeslaar gaan staan by die punt van die brug, roep die seun se naam. Maar daar is geen reaksie nie. Agter hom het Malan du Toit ook aangekom, druk teen hom aan: "Laat my deur!"

Beeslaar hou hom terug. Roep weer na die seun, wat stadig sy kop draai. Hy sê iets, maar dit gaan verlore in die lawaai van die wind en die water wat oor die rand van die sement-driffie onder die brug raas.

Beeslaar roep weer.

"Bly weg!" kom die antwoord. Dawid-Pieter versit die pis-tool. Hy hou dit nou met albei hande vas, die loop in sy

mond. Beeslaar spring vorentoe, sy volle gewig op die brug
– wat onmiddellik begin wip.

Die seun los met een hand die pistool, gryp vas aan die
staalkabels.

"Luister, Dawid-Pieter! Dis nié jou skuld nie, oukei?"

Die seun sê niks, bly voor hom uitstaar. Beeslaar tree ver-
sigtig nader en die brug wieg. Hy moet aan die staalrelings
weerskante van hom vasgryp om sy balans te behou. Die hele
brug beweeg, met die seun wat in die middel sit en ook ge-
wieg word. Hy roep iets na Beeslaar, hou die pistool omhoog
– 'n Z8. Beeslaar probeer sien of die veiligheidsknip aan is.
Van agter beur Malan du Toit om verby te kom, wat die brug
opnuut aan 't swaai sit, Beeslaar van balans gooi.

Die seun skree vir hulle om weg te bly, lig die pistool weer
na sy mond. Beeslaar gee twee lang treë en die brug begin
gevaarlik swaai.

Die seun gryp instinktief vir vashouplek; die pistool vlieg
uit sy hand. En beland onder hom in die water.

Beeslaar storm vorentoe terwyl die brug soos 'n trampo-
lien onder hom wip.

Dan is hy by die seun, buk en kry hom aan sy hempskraag
beet.

Teen die tyd dat hulle Dawid-Pieter van die brug af het, is
Quebeka by hulle.

Sy gooi pa én seun sonder seremonie agter in die vangwa
in. Sê Beeslaar aan om saam te ry.

"My kar," roep Malan du Toit van agter uit die vangwa. "My
kar staan oop!"

"Jy moes fokken vroeër daaraan gedink het," snou Quebe-
ka terug en klap haar deur toe, maar sy wag tóg dat Beeslaar
die kar gaan sluit.

Hulle ry met flitsende ligte deur die vroegoggendstrate. Beeslaar bel wéér Ghaap se nommer. Hy kry die stemposboodskap, los 'n kort, bebliksemde boodskap.

"Wat ís dit met jou en daai foon?" vra Quebeka geïrriteer.

"Is . . . niks."

Sy besluit kennelik om nie verder daarop in te gaan nie, vertel hom dat ou Prammie self saam met 'n taakmagspan besig is om vir Swiff en Andries April te gaan laai.

"Skapies kom huis toe," merk Beeslaar ingedagte, sy oë steeds op sy selfoon se skerm.

"Dít, ouboet, is vir fokken seker," glimlag sy moeg.

75

Toe hulle uit die Chris Hani Baragwanath-hospitaal kom, val Ghaap en Ghalla onmiddellik in die verkeer vas. Oorkant die ingang na die hospitaal is daar 'n taxistaanplek so groot soos 'n sokkerveld, malende mense en minibustaxi's wat die wêreld toepak.

"Aggenee tog," hoor Ghaap vir Ghalla onder sy asem sê, "die broers is darem nou weer vir jou besig."

"Wat is dit met jou en die gebroerdery?" vra Ghaap. Hy's honger, ver verby moeg, sy oë brand en hy't 'n dors wat kans sien vir 'n helse dam water.

"Ag wat, my ou. Dis maar die way, hier."

Ghaap is te moeg om te antwoord. Hy sit sy selfoon aan en sien die string oproepe van Beeslaar wat hy misgeloop het. Die donner kan vir één slag in sy lewe bietjie wag, besluit hy. Hy bel Mabusela, wat iewers in 'n vreeslik raserige plek sit. Hy lig hom in oor die situasie met die kind, dat hy en Ghalla al weer op pad is terug Chicken Farm toe. Mabusela sê hy en Mthethwa sal kom.

Ghalla het sy strobo-ligte aan. Ghaap sien die weerkaatsing in die minibusruite voor hulle. Ghalla klim oor die middelmannetjie van die pad en wen 'n stukkie veld deur teen die aankomende verkeer op te jaag. Hulle ry tot by 'n groot verkeerskruising, rooi, maar druk deur en glip in 'n suidelike rigting. Die verkeer is ligter hier. Ghalla swenk weer af, in die stiller strate van 'n woonbuurt in. Hy hou die lepel op die plank, lê op sy toeter toe hy bewegende mense gewaar, skuur deur nog 'n paar rooi verkeersligte. Ghaap is opnuut verbaas oor hoe toegeeflik die verkeer is.

Kort-kort skiet Ghalla sommer deur stukke ruwe veld. Ghaap se kop stamp teen die kajuitplafon en hy klou vir dood, antwoord nie sy selfoon toe dit lui nie. Hy vermoed dis weer Beeslaar, maar hy gaan beslis nie nou kyk nie.

Vir 'n ruk vleg hulle deur die nou strate van 'n volgende woonbuurt. Ghaap sweer hy skop nog 'n gat deur die voetholte soos hy briek trap.

Skielik is hulle uit die woonbuurt en op 'n groter straat. Modjadjistraat, lees Ghaap op 'n randsteen. Vorentoe is daar 'n groot stel verkeersligte en hy herken skielik weer die wêreld, sien die groot blok van die Soweto Holiday Inn. Ghalla swenk noord, Klipspruit Valley Road. Agter hulle lê die verwaarloosde geboue van Kliptown se sakegebied, die spoorlyn kom in sig.

Die verkeer is weer druk en Ghalla ry lang ente af van die teer af of teen aankomende verkeer in. Hulle glip oor die spoor, sodat Chicken Farm links van hulle lê. Maar hulle ry nie in nie. Hulle jaag deur na die kruising met die Ou Potchpad, swenk links af. Na sowat honderd meter stop Ghalla.

"Ek skiem dis hier, my ou. Net hier. Jy vat die lang gun," sê hy, "en die torch!"

Ghaap is skaars uit die kar of Ghalla het al met die steil skouer van die pad af in 'n beboste ruigte verdwyn. Hy volg, so vinnig as wat hy kan, teen die skuinste af. Hulle hardloop direk wes; die plantegroei raak al hoe ruier. Dan sien Ghaap 'n rooi vrouesandaal, wys dit vir Ghalla, wat knik: Dit moet die Matthee-vrou s'n wees.

494

'n Ent verder is hulle skielik in die reusepyp van 'n akwaduk.

Ghaap skyn die flits in die skemerdonker van die pyp in. Eerste wat hy raaksien, is die bloedkolle in die droë sand. Hy haal die geweer oor, gee die flits aan vir Ghalla, wat sy pistool uit het. By 'n groot bloedkol gaan Ghaap sit, kyk na die vreemde spore.

"Jut se kind," sê hy saggies.

"Wátse kind?"

"Lig hierso, man! Kyk hierso. Die spore. Dis 'n kolwolf!" Hy vat die flits by Ghalla, lig dieper die pyp in. Die straal lig verhelder die rommel wat deur jare se buie reën ingespoel is. "Hy't iets gevat, hierso. Kyk die sleepsel. Moet 'n moerse ding wees."

"Wátse ding, my ou?" Ghalla haal sy pistool oor, mik dit die donker in.

"Hiëna, 'n grote. Sal 'n wyfie wees. Kyk hierso." Ghaap wys vir hom die een ry spore. "Kyk, hier kan jy sien. Groot voete voor, die kleintjies agter. Kyk, hulle kom éérs uit die pyp uit. En dan sleep hulle iets terug." Hy wys na die bek van die akwaduk. "Smaak my sy was éérste hier. Sy moes die vrou en die kind . . ." Die flits vang 'n vorm wat Ghaap se woorde opdroog. 'n Kind se voet. Hy staan op om hoogte vir die lig te kry, want hy kan nie die lyf sien nie. Lyk of dit uit die sand en rommel uit groei. Hy sal moet nader gaan. Hy beduie vir Ghalla om te kom.

Dan sien hulle die res van die lyf. 'n Kinderlyf. Die een arm bebloed, been en senings wat in die flitslig reflekteer.

Ghaap buk by hom, voel vir die slagaar in die nek.

Hy leef!

76

Beeslaar aanvaar dankbaar nóg 'n beker rooibostee. Daar's gelukkig nie melk in nie. Genoeg suiker, wel. Wat hy bitter nodig het.

Hy brand van frustrasie, wil weg wees hier. Op 'n vliegtuig, noorde toe. Maar Quebeka het mooi gevra. "Daar's g'n enkele rede," het hy gepleit.

Sy het direk voor hom kom staan, ernstig opgekyk na hom. Hy kon weer die vrees en onsekerheid van die vorige aand op haar gesig sien. Here, was dit nét gisteraand?

"Jy . . . Ek sal . . . Ek gaan nie smeek nie. Maar jy't self gesê, all for one, nè?" Haar weerloosheid, die goue vlekke in haar oë wat vra.

Hy sug, knik. En verwens homself onmiddellik. Dis sy alewige swakheid . . . 'n ander se weerloosheid.

Dis die nuus uit Johannesburg. Dit maak hom rou, soos een sonder vel. Hy sal homself moet regruk. Sy swakheid is gevaarlik. Die swak van omgee; jy verloor jou dop, maak jouself weer oop vir die pyn.

"'n Uur," sê hy. "Dan moet ek lughawe toe. Dringend. Daar's iets . . . iets in die noorde wat ek moet gaan uitsorteer."

Hulle wag saam vir die prokureurs om op te daag. Quebeka het intussen iemand gestuur om Dawid-Pieter se ouma te gaan oplaai by die ouetehuis. In te bring stasie toe. En ou Prammie het 'n lasbrief bekom vir die beslaglegging op Malan du Toit se kantoorinhoud – by die werk sowel as tuis. Hy kom dra die nuus oor, bly sit toe Charmaine opdaag met twee senior amptenare uit die Nasionale Vervolgingsgesag. Al drie van hulle is doodsbenoud: Die Du Toit-saak dreig om 'n jare lange ondersoek teen 'n bekende Kaapse "sakeman" te kelder. Charmaine is betrek nadat die NVG-manne begin vermoed het ene Leonard "Pannevis" Davis, een van die ses groot bendebase in die Kaap, is besig om sy "domein" uit te brei na die platteland – lees Stellenbosch.

Davis, sê Charmaine, is 'n "gesiene burger" met 'n spoghuis teen die Plattekloof-heuwels – uitsig op Tafelberg – en verskeie wettige besighede, onder meer 'n restaurant in Seepunt, verskeie loan shark-agentskappe, 'n petrolstasie, minibustaxi's . . .

"Dis sy profiel op die oppervlak," sê Charmaine. "Maar sy éintlike besigheid is met 'n Chinese organisasie wat metamfetamien en heroïen verskaf in ruil vir perlemoen en renosterhoring. Hy's die hoofskakel tussen die Chinese en die vyfhonderd-man-sindikaat, The Ninja Boys."

"Maar waar is die skakel met Malan du Toit en Jonkers Valley?" wil Beeslaar weet.

"Pannevis se begerigheid is om legit te raak. Du Toit se ontwikkeling was die goue geleentheid, glo ons. Hy sit op berge kontant, maar sonder 'n wettige uitlaat om dit gewas te kry. *Mission Impossible.* Deesdae. Vóór die Fica-wetgewing in 2003 van krag geword het, was Suid-Afrika die witwas-mekka van die wêreld. Maar deesdae gooi die banke jou uit . . . selfs as jy daar aangesit kom met jou hopie kontant wat jy uit broodbak verdien het. Enigiets meer as vyfduisend rand-deposito's in harde kontant word geweier. Menige gangster is destyds in die knieg gewond met dié wetgewing – soos wyle Rashied

Staggie, destydse baas van die Hard Livings. Maar die ouens bly nie lank sonder plan nie." Charmaine se oë skitter van die opwinding.

"Eiendom?" Dis Quebeka se bydrae.

"Jy wéét dan. Dis nou die nuwe gier. Verder is dit kontanthawens soos dobbel en perderesies, en die informele banke – loan sharks. En dít, liewe vriende, is ons skakel tussen Davis en Du Toit."

"Kan nie wag nie," sê Quebeka en rol haar oë. "Maar gee ons die kortetjie, spaar ons die detail."

"Jes, mêddim! Die een is Shane Williams – 'n amptenaar van die stadsraad – ook bekend as wyle Shane."

"Williams!" sê Beeslaar. "Ek het gewéét hy moet die skakel wees."

"Ja," beaam Charmaine. "Hy was in die proses om 204 te draai en met my twee kollegas hier saam te werk toe hy tragies die lewe gelaat het in ons oornaggeriewe. Die man wat gaan sit vir die moord is ene Michael 'Snoekie' Smoog – 'n bewaarder wat skielik met 'n splinternuwe Fortuner rondry – komplimente van Pannevis Davis homself."

"En die ander skakel?" vra Quebeka.

" 'n Middeljarige vrou, Myrtle Johns. Sy's 'n klantebestuurder by die bank waar Davis, Davis se vrou én Malan du Toit hulle sente spaar. Mevrou Johns is 'n enkelouer en 'n internetdobbelaar, wat vier jaar gelede dringend geld moes leen om haar skuld te betaal. Sy't meer geleen as wat sy geskuld het – sodat sy 'vir oulaas' die wiel kan spin en 'n kitsmiljoenêr kan raak. Maar toe raak sy 'n kits-kerkmuis.

"En sy moet nóg leen, dié keer by 'n ander loan shark. En nog een – en dit raak 'n storie van by één loan shark leen om 'n ander af te betaal. En so beland sy in Davis se kloue. Oukei?"

498

"Maar is dit nie die vrou wie se dogter met die batterysuur bygedam is nie?" vra Quebeka.

Charmaine knik. "Dis soos ou Snoekie sy 'spanne' in lyn hou. Maar ons werk aan haar 204-status – en dis al wat ek kan sê, want die mure het ore hier. Ons het op háár afgekom . . ."

"Net kort, Charmaine!" herinner Quebeka haar.

Maar Charmaine is nie van stryk te bring nie. Hierdie is haar *15 Minutes*: "Toe ek aan Malan du Toit se geldsake begin torring het . . . toe boor ons die goud raak, sien. Want Du Toit het die deposito vir Jonkers Valley se grond uit sy maatskappy se sak gehaal. Vir die res moes hy letterlik smeek, steel en 'leen'. Onder andere van 'beleggers' – soos Hope Holdings." Sy lê klem op die naam, kyk hulle een-een deur om seker te maak sy't hulle volle aandag.

"Hope Holdings voer plaaslike kunshandwerk uit na Amerika – via Bermuda en ander dodgy plekke. Hope Holdings doen ook baie 'liefdadigheidswerk' op die Kaapse Vlakte: voedselskemas in Manenberg en Bonteheuwel. Ook 'n aantal kleuterskole en sokkervelde, ensovoorts.

"Want dis die ding met die nuwe gangsters. Die band tussen hulle en 'n magdom kleiner straatbendes en sindikate is moeilik om te lê. Hoofsaaklik weens gebrek aan inligting. Die gemeenskap wil niks sê om iemand soos Pannevis te inkrimineer nie – omdat hy in so baie arm huishoudings letterlik die kos op die tafel sit."

Quebeka luister met koninklike kalmte, weer ten volle in beheer, iets wat Beeslaar haar op dié oomblik beny. Dan vra sy: "Nou maar wat's jou probleem dan, Charmainetjie? Hoe pis ons nou met dié saak op julle parade?"

"Het Du Toit énige vorm van 'n bekentenis afgelê?" vra Charmaine aan Beeslaar. Sy doop 'n stuk beskuit in haar tee, kou haastig terwyl sy wag vir 'n antwoord.

"Nog nie formeel nie. Hy hou vol dit was hý wat die sneller getrek het. Dat dit gewone huismoles was – niks met die besigheid te doen nie."

Charmaine en haar twee NVG-kollegas kyk vir mekaar. Die een ou, wat as Cebo voorgestel is, neem die woord op: "Kyk, julle meneer Du Toit is vir ons van minder belang. Ons soek vir Pannevis. Wat óns voor bang is, is dat Pannevis vir Du Toit gaan beetkry vóór ons. Hy's tans sy lewe nie seker nie, veral as hy dalk vir moord aangehou moet word. Want Pannevis se 'manskappe' onder die nommerbendes in die gevangenisdiens – en ek praat nou bewaarders sowel as inwoners – is in hierdie stadium slimmer as ons. Sodra die woord uitgaan, is daar geen manier waarop julle of ons vir Du Toit gaan veilig hou nie, sien?"

"So, wat wil jy nou eintlik sê?" Quebeka se oë flits, sy sit vorentoe, wakker en vol baklei: "Wil jy nou sê ek moet my ondersoek opskort vir júlle duister dinge? Hier sit kláár, as we speak, 'n hele blerrie peloton lawyers hier onder. Wat nie kan wág dat ek hulle kliënte se bangles afhaal en hulle met 'n wiegeliedjie huis toe stuur nie. Hè? En wat dan van die moord, man? Wát dan van die moord op Elmana du Toit?"

"Hokaai!" Dis Charmaine wat keer. "Vuvu, al wat ons sê is dat jy ook die groter prentjie in die oog moet hou – die man wat hierdie wêreld vol tik stop in die eerste plek. Dis al. Wat nou met Malan du Toit gaan gebeur . . . Of hy aangekla word of wat ook al . . . Pannevis weet hy kan sy vyf en tagtigmiljoen rand se 'belegging' koebaai soen. Oukei?"

Quebeka trek haar mond skepties, kyk na Beeslaar. Hy haal sy skouers op. "Dis jóú besluit," sê hy. "En . . . e . . . jou baas s'n."

"So wat stel julle voor?" vra Quebeka aan Cebo.

"Wat óns wil voorstel, is 'n deal met Du Toit: inligting vir veiligheid. Anders is Pannevis voorlopig 'n vrye man."

Ou Prammie masseer sy slape, sug en sê: "Ek hoop net een van julle het vir my iets logies wat ek oor 'n uur van nou af vir die provkom kan oordra. Want op dié oomblik smaak dit my ons probeer visvang met kaal hande. Of hoe?"

Toe niemand 'n antwoord aanbied nie, tel Beeslaar die gespreksdraad op: "Kolonel, as ek nou maar kan sê wat ek hier van die buitekant af sien. Wat daarvan as Shane Williams se dood die sneller was vir al die dinge hier? Du Toit moes hom wit geskrik het vir die gemaklike manier waarop Williams uit die weg geruim is, dink ek. Hy't dalk koue voete begin kry. Daarom die teenwoordigheid van Quentin "Swiff" Daniels hier – om Du Toit gehoorsaam te hou. Of hoe, Charmaine?"

"Reg ja, maar hy's small fry. Saam met 'n aantal amptenare hoër op in die voedselketting. Óns soek die groot kanon – vir Pannevis."

"En wat dan van Andries April?" vra Quebeka.

"Niks van hom nie," sê Charmaine. "Hy's die arme drol wat onwetend die weerligafleier was. Sy NGO is tien teen een deur Pannevis gefinansier, vermoed ons."

Hulle sit 'n ruk in stilte – herkou aan die gedagte.

"April," hervat Beeslaar uiteindelik, "het gisteraand in soveel woorde aan my vertel dat Malan du Toit se ontwikkeling met Vlakte-geld gefinansier word. Hy't hulle iets genoem . . ." Beeslaar soek in sy moeë brein rond. "'Mocha Java Diamonds'. Dis wat hy hulle genoem het. Koop eiendom om hulle geld wit te was."

"So jy sê April is 'n innocent bystander?" vra Quebeka.

"Maak sin," sê Charmaine. "En dit maak hom 'n kosbare getuie – vir óns ondersoek na Pannevis Davis. En as ons hom

501

lewendig wil hou, beter ons hom en Swiff Daniels skei." Sy staan op. "Ek reël dit," sê sy en verdwyn, los 'n stuk beskuit drywend in haar tee.

Kolonel Baadjies staan ook op, maar met minder geesdrif. Hy moet die provinsiale kommissaris gaan bel. Die twee NVG-manne volg hom.

Quebeka se lessenaarfoon lui: Dis 'n diensklerk, wat berig dat Du Toit se prokureurs én dié van Quentin "Swiff" Daniels opgedaag het. Sy sê Beeslaar aan om solank in die konferensiekamer te wag. Sy sal die Du Toit-regspan gaan haal.

Die tyd vir "smouseniering" het aangebreek, sê Quebeka met 'n flouerige glimlag: nóg 'n gesegde van Blikkies.

Op pad konferensiekamer toe probeer Beeslaar weer Ghaap se nommer, maar kry stempos. Dieselfde geld suster Lucy. Hy bel Kulula, om te hoor of daar plek vir hom is op 'n vlug – so vroeg moontlik. Hy hoor daar's plekke op die tienuur- en twaalfuurvlugte. Laasgenoemde na Lanseria – spoegafstand van Soweto af.

Dan arriveer Willem Bester en sy kollegas – sommer twee. Bester stel hulle voor terwyl hy sy aktetas op die konferensietafel neersit en oopmaak. Die ene saaklikheid. Hy is vars geskeer, maar het sakke onder die oë.

"Ons aanbod," begin hy en haal 'n twee-gigagreepgeheuestokkie uit die tas te voorskyn, "is volle bekendmaking van Malan du Toit se finansiële sake. In ruil vir indemniteit en veilige bewaking vir ons kliënt en sy kinders." Die twee kollegas haal papiere te voorskyn, wat Bester oor die tafel aanskuif na Beeslaar en Quebeka. "Dis 'n getekende opdrag van ons kliënt om namens hom die bekendmaking waar te neem. Onder voorwaardes."

Quebeka tel die dokument op, frons, skuif dit oor na Bees-laar. Wat nie die moeite doen om daarna te kyk nie. Hy skud sy kop, sê: "Jou kliënt, meneer Bester, is in geen posisie om voorwaardes te stel nie. Want ons het klaar beslag gelê op al sy rekenaars, al sy finansiële state, al sy finansiële transaksies. Alles. Ons hoef g'n niks te onderhandel nie."

Bester knik. Die vennote haal nóg dokumente te voor-skyn.

"U dink tog sekerlik nie dat my kliënt hierdie soort inlig-ting op sy kantore se rekenaars sal laat rondlê nie?"

"Maak nie saak waar nie . . ."

Quebeka beduie Beeslaar stil. "Ons wil alle moontlike be-wyse hê van die transaksies wat tussen u kliënt en ene Leonard Davis – beter bekend as Pannevis – plaasgevind het. En name, bankrekenings – die hele sous. Sonder dit, kan u maar klaar-maak . . ."

"Ons kliënt het 'n verskeidenheid vennote in die Jonkers-hoekvallei-ontwikkeling. Wettige maatskappye. Dis alles op die stokkie." Hy hou weer die geheuestokkie op, gee dit aan Quebeka toe sy haar hand daarvoor uithou.

Sy staan op daarmee. "Ek moet advies kry van my SB, kolo-nel Baadjies. Hang aan."

Die drie prokureurs brom fluisterend in mekaar se ore sodra Quebeka uit is.

Beeslaar het sy selfoon weer uit, bel vir Ghaap.

Niks.

Hy staan vererg op, lus om sy teebeker teen die muur stuk-kend te gooi, maar hy loop liewer by die deur uit. Hy sien Quebeka onder in die gang, ernstig in gesprek met Baadjies. Beeslaar glip by haar kantoor in – om sy vliesbaadjie te kry. Hy's seker Quebeka kan die res op haar eie doen.

Daar's nou meer belangrike dinge op sy brein as al die

Pannevisse in die wêreld. Hy kan die woord nie eens dínk nie. 'n Dogter. Sy verstand weier nog.

Sy foon lui, val amper uit sy hande uit van haas om dit by sy oor uit te bring.

Ghaap.

"Praat met my. En jy beter ordentlik praat, anders breek ek jou stert kort agter jou nekwerwels af!"

"Ons was net betyds," blaas Ghaap in die foon in. "Hy gaan sy arm verloor, maar hy haal asem."

Beeslaar se hart word yskoud. "Waarvoor was jy betyds, Ghaap? Jissus, man, hou op met die raaisels!"

"Die seun. Wat amper hiëna-brekfis was!"

Beeslaar val met sy rug teen die gangmuur aan, sy mond droog.

"Met Hlanganani, alias The Fatha, is dit óók oor en uit. Hulle het hom poespap gesk-..."

"Weet sy al? Het julle haar al gesê, van die kind?"

"Sy's baie swak, Beeslaar. Ons gaan nie nou eers karring nie. Die hondjies het nou oorgevat hier – om die hiëna te soek. Jy moes hoor hoe tjank hulle toe hulle daai reuk kry. Asof hulle leeu ruik. Hulle is nou besig om die plek te ..."

Beeslaar se ore sny uit. Kleinpiet 'n arm verloor? Jissis. Hoeveel kan één vrou dan in 'n leeftyd verduur? Dit klink ... bisar.

"Jy nog daar?" wil Ghaap weet.

"Jy weet, sy't reeds twee verloor."

"Ek weet, ja," antwoord Ghaap. "Daarom dat ek so bly is dat hierdie twee minstens oukei is."

Beeslaar se hart slaan 'n paar slae oor. "Watter kind ... Wie's die kind met die hiëna?"

" 'n Jong swart seun. Dis hý wat jou Gerda en haar kinders gered het."

"Ghaap, die boyfriend. Kon julle hom al kry?"

"Negatief," antwoord Ghaap. En lui af.

Minute nadat die gesprek verby is, staan Beeslaar nog en staar voor hom uit. Hy's bewus van die bedrywigheid rondom hom. Hoor die voetval van mense in die gang, telefone wat lui, stemme. Maar dit klink alles ver. Hier bý hom is dit stil. Is daar verligting. Dankbaarheid. En hoop. Goddelike hoop. 'n Helder stroom wat sy bloed laat bruis.

En woede: vir die gorilla met die druip-oë. Baz. Wat homself maar gereed kan hou. Want Beeslaar gaan hom jag. En as hy hom het, gaan daai ou verdwyn – hare en al.

Quebeka kom raak aan hom. "Confession time," sê sy, 'n opgewonde glimlag op haar mooi mond. "Andries April het pas 'n verklaring onderteken wat Quentin Daniels met Pannevis verbind. Uit ou Swiff sélf kom daar g'n piep: lojaal tot die dood toe. Anyways – en ou . . ."

"Quebeka," sê Beeslaar. "Van hier af vlieg jy solo. Ek moet regtig dringend Johannesburg toe."

Sy kyk op na hom, haar oë sag. "Is dit baie erg, die probleme daar?" Haar stem is warm, hees. Simpatiek. Hy wil nie nou simpatie hê nie. Kan dit nie bekostig nie, want sy gemoed is vol. Hy staan weg van haar.

"Een laaste guns," vra sy: "Malan du Toit."

Beeslaar sug, sy oog op sy selfoon. Dis amper tienuur. "Net 'n halfuur," kners hy en volg haar, terug na die konferensiesaal. "En dit gaan jou kos," sê hy in die loop. "Die oom in Huis Groot Gewels wie se Krugerrande gesteel is, oom Arnold Sebens – gaan maak tog by hom 'n draai. Ek het hom belowe."

Quebeka se antwoord is 'n moordende kyk, maar Beeslaar skrik nie. Hy weet sy sal gaan. Dis hoe sy is.

Malan du Toit sit nou tussen die drie prokureurs. Hy lyk soos Beeslaar voel: gedaan. Ou panties.

"Nou toe. Kaptein Beeslaar is nou hier, so jy kan maar gesels. En vergeet nou maar eers al die ander stories. Ons wil weet wat presies Dinsdagmiddag gebeur het toe jy by die huis aankom."

Du Toit haal diep asem, kyk eers na sy prokureur. Toe dié sy kop knik, begin hy: "Dawid-Pieter het my gebel. Gesê hy dink Elmana het seergekry. Dat Ellie nog in die huis is, weier om vir hom oop te maak." Hy staar voor hom uit en sluk 'n paar keer, sy mond droog. Quebeka staan op en skink vir hom 'n glas water van die teetafel af.

Hy drink die helfte van die glas uit, hervat dan sy storie: "Ek kon dadelik sien Elmana was dood. Sy het op die vloer gelê, haar oë was oop. Bloed om haar kop. Ellie het op die trap . . . die trap . . . gesit, haar bene vol bloed."

Hy drink nog water. "Sy het net . . . daar gesit. Ek dink nie eens sy't my . . . Sy was nie eens bewus van my nie. Ek kon nie . . . Ek wou weet of sy oukei was. Ellie. Sy . . . sy't nee gesê. Sy was heel kalm. Heel kalm. Gesê sy't haar . . . Elmana, haar per ongeluk . . . per ongeluk vermoor. Hulle het weer baklei. Elmana het haar geklap. Vir Ellie. Oor sy iets leliks . . . Sy't Elmana 'n . . . Sy't haar 'n dwelmkop en 'n voos-doos genoem. Nog ander lelike goed.

"Toe Elmana haar klap, het sy oorgekook. Sy't teruggeklap. Elmana het woedend gereageer, die brahmaanbeeld opgetel om . . . om na Ellie te gooi of iets. Sy was heeltemal . . . Ellie sê sy was rasend. Mal. Besete. Ellie het een van die bonsai's opgetel. Om haarself mee te verdedig. Die bome was vir Elmana kosbaar. Dit was die een suiwer passie in haar lewe. Ek dink . . . ek dink sy wou die boom red. Maar . . . maar met die swaar beeld in haar hand. Sy moet haar ba-

506

lans verloor het, met haar voorkop teen die koffietafel geval het."

Hy vee met sy palms oor sy oë. Daar's nie trane nie. Beeslaar vermoed die man is ver verby trane.

"Ellie sê sy het 'n soort stuipe gekry, konvulsies. Ellie het geskrik, haar probeer help. Maar die . . . die hou teen die kop en die tik-stuipe het . . . Elmana het ophou asemhaal. Net tóé het Dawid-Pieter by die huis gekom. En my gebel."

Du Toit drink die laaste paar slukke van sy water. Quebeka maak sy glas weer vol. "En jý meen toe in jou alwysheid jy gaan dit as huisbraak verdoesel?"

Hy knik, blaas 'n lang asem uit. "Alles was so deurmekaar. So vinnig gebeur. Die chaos, die twee kinders daar, die bloed. Ellie was histeries . . . het aanhou bly sê: 'Ek het Mamma vermoor, ek het Mamma vermoor, ek het . . . ' En Dawid-Pieter . . . Hy't sy ma probeer wakker skud, geskree sy moet God om vergif- . . . Ek het nie geweet wat om te doen nie. Het die pistool gaan haal. Moes dit só doen dat dit lyk sy's van agter geskiet – om die voorkopwond weg te steek. Ek het 'n paar tuinhandskoene van haar gegryp en aangetrek. Ek was oortuig daarvan dat sy reeds dood was."

"Toe rond jy die toneel af met die brahmaanbeeld en deur al die ander bonsai's in die huis rond te gooi, die geld uit jou eie kluis te steel. En Dawid-Pieter moes die pistool gaan weggooi of begrawe."

Du Toit knik en Quebeka sê: "Behalwe dat hy dit toe nie gedoen het nie, nè?"

"Ons was, al drie van ons, in paniek. Die laaste weke was moeilik. Té moeilik met Elmana. Traumaties. Ek het Ellie kamer toe gestuur om die bloed te gaan afwas, my seun moes die tik-gereedskap gaan wegsteek. En die pistool, dit begrawe . . . Die res weet julle."

Hy raak stil, vee weer met die palms oor sy oë en wange. "Die verdomde pistool. Wat ek . . . wat Davis aan my opgedring het. Ek het nie meer beheer oor hulle gehad nie. Hulle het my bloots gery. Sedert die dood van Shane Williams. Hulle . . . Ek het dadelik geweet dis hulle. Williams het my gebel. Hy wou geld hê, of hy gaan *Akkernuus* toe. Ek kon nie meer . . . ek . . . Dit was so 'n gemors. Ek kon nie dink nie. Ek het net geweet ek moet my kind beskerm." Hy staar intens na die houttafelblad voor hom, asof hy dit alles weer sien.

Hy bly stil, en Quebeka por: "Toe't jy die liggaam geskuif."

Du Toit knik. "Ek móés. Vir Ellie. Vir my gesin. Al was dit te laat. Ek wat so verlam was, so slap teen Elmana. En Davis – wat by die dag erger geword het. Ek het ná die Williams-ding . . . Ek het gesê ek is klaar, ek vat my familie en ons gee pad. Gaan weg. Ellie se kat. Hulle het die kat vermoor, die kop vir my in 'n geskenkpakkie by die kantoor laat aflewer. Die liggaam is huis toe gestuur, geadresseer aan Ellie.

"Ek was waansinnig van vrees. En Elmana wat dieper die af-grond in verdwyn. Sy's óf aan die slaap, óf sy's rasend: Daar's slange in haar bed, ek en die kinders probeer haar vermoor. Ons almal op eiers."

Hy bly weer stil, kyk vir sy prokureur. Bester knip sy oë. Wys dis genoeg.

Dis kort voor halfelf toe Quebeka vir Beeslaar laat gaan. "Eintlik jammer jy moet weg. Jy't dit dalk nie opgemerk nie, maar die wind het gaan lê – beste tyd van die jaar om in die Kaap te wees."

"Ou Blikkies," antwoord hy, "het nie 'n slegte jop met jou gedoen nie, Quebeka."

Haar oë blink plesierig. Dan tree sy onverwags nader, plaas haar arms op sy skouers en plant 'n vlugtige soen op sy ongeskeerde wang. "Hy't jou ook nie te vrot grootgemaak nie," glimlag sy.

'n Uur later later sit Beeslaar op die Kaapse lughawe. Hy't pas plek gekry op 'n Kulula-vlug wat oor veertig minute vertrek.

Hy bestel koffie by 'n restaurant in die groot vertreksaal, kyk na die malende menigte om hom, na die blou berge van Stellenbosch op die horison. Hy strek sy rug en arms, onderdruk 'n gaap. Die koffie sal hom regruk. Eintlik moes hy vonkelwyn bestel het. Mos. 'n Man in sý posisie . . . sigare en vonkelwyn.

Maar hy sal nie kan vier nie, weet hy. Want hy't eers 'n moerse appel te skil met 'n sekere Albanees, wat volgens Ghaap moontlik landuit is. Maar die aarde is nie groot genoeg nie, besluit hy, daar's g'n nêrens waar daai gorilla sal kan wegkruip nie. Hy wat Beeslaar is, gaan hom soek. Tot hy hom kry. En dan's dit hy en meneer Baz.

Hy roer drie lepels suiker by die koffie. Maar dalk moet hy darem 'n brandefientjie oorweeg. Sommer bý die koffie. Om te vier.

Wat hom met 'n donderslag laat onthou: Blikkies se astrooiery! Hy moet vir Tertia laat weet. Ou Blikkies se een en enigste. Tot aan die einde getrou aan 'n pa wat nie geweet het hoe om haar lief te hê nie.

Hy sal haar uit Johannesburg uit bel.

Maar intussen. Intussen wil hy rustig raak. Die tyd gebruik om sy kop in te stel. Op die dun straaltjie hoop. Sy een kans. Liewe Here, één moontlike kans om 'n mán te wees. En 'n pa.

Vir sy dogter.

BEDANKINGS & ERKENNINGS

Vriendin en mentor Hettie Scholtz, wat my met wyse raad en leiding bygestaan het. Ook my uitgewer, Etienne Bloemhof, wat my oortuig het om van twee boeke een te maak.

Om hierdie boek moontlik te maak, kon ek oes uit die ryk bronne van ervaring en kennis by tallose mense. Ek noem hulle volgens die chronologie van my gesprekke met hulle – beslis nie in volgorde van belangrikheid nie, want elkeen was belangrik.

In Johannesburg het Gareth Crocker, die skakelman van Tracker, agteroor gebuig om my lastige vrae beantwoord te kry. Synde self 'n skrywer, 'n suksesvolle een, het hy my voorgestel aan die spesialiseenheid van Tracker, toegewyde manne wat vir geen duiwel stuit om gesteelde karre terug te kry nie. Stan Davis, Stroppie Grobbelaar en Piet Kruger het my in hul wêreld ingeneem – en snags in Soweto in – om intiem kennis te maak met voertuigmisdaad. Onder leiding van Leon Bothma het hulle my 'n wêreld gewys wat vreemder is as enige wetenskapfiksie. Dankie, ouens. Julle is great!

Ook in Johannesburg, die onblusbare kaptein Patrys Rautenbach van die SAPD, wat aan my belangrike insigte verskaf het oor die moeilike werk van polisiëring in daardie geweste. Richard Brussow van die National Hijack Prevention Academy het my baie gehelp om in die koppe van motorkapers te kon klim. Ook Rolinda Nel van Business Against Crime. Ek is dank verskuldig aan Virginia Kepler, *Beeld* se top-misdaadskrywer, wat haar besige dae met my gedeel het en die saad van 'n swanger vrou in 'n jaagtog hospitaal toe geplant het. Liezl Thom, ook 'n misdaadjoernalis en skrywer van Pretoria, het ure aan my afgestaan en kennis gedeel.

Dr. Liesbeth Botha van die WNNR en haar partner, Jomarié Dick, wat hul bakkie tot my beskikking gestel het sodat ek heen en weer tussen Pretoria en Johannesburg kon wip vir navorsing – baie dankie. Ook aan Hanret Snyman van Sewende Laan, Meville, vir gratis verblyf en die middernagtelike inwag met koffie wanneer ons uit Soweto teruggekeer het. En Dineke Volschenk, wat so dikwels taxi gery het. En Estelle Bester, wat Soweto soos die palm van haar hand ken en my bekend gemaak het met iScamto en 'n hele aantal sangomas van daar. Deur haar het ek ook Annelie de Wet in Kaapstad ontmoet, 'n opgeleide sangoma wat met waardevolle ervaring en inligting kon help.

Johan Laubscher, my swaer en 'n ontwikkelaar op Stellenbosch, het baie inligting oor sy wêreld verskaf; so ook my buurvrou, Karine Swiegers, een van die dorp se top-eiendomsagente. Nog 'n naby-persoon, my swaer Kobus Swart, moes my telkens reghelp met gewere en pistole en patrone en al die skietgoed wat genoem word.

Eikestadnuus se redakteur, Elsabe Retief, het my bekend gemaak met die fynere kuns van koerant uitgee op 'n dorp en Linde Dietrich het waardevolle leiding gegee betreffende die historiese aspekte van Stellenbosch.

Pearlie Joubert, 'n *Mail & Guardian* -joernalis wat ek baie bewonder, het inligting verskaf oor die Kaapse bendes. My dank ook aan generaal Glen Schooling van Stellenbosch Buurtwag, 'n ou hand in die SAPD wat weet waarvan hy praat.

Nog 'n dankie aan Madri van der Walt, manuskripontwikkelaar van Durbanville (www.madrivictor.co.za), wat die eerste weergawe reggeklap het. Ook Isobel Dixon van Blake Friedmann Literary Agency in Londen. En die beste proeflesers in Hester Carstens en Sophia van Taak. Plus Hettie Scholtz. Sonder hierdie span, onder leiding van Etienne Bloemhof, was *Onse vaders* 'n armer, gebrekkiger boek. Maar darem met 'n mooi omslag – dankie aan Mike Cruywagen vir die heerlike ontwerp. En Ansie du Toit vir die outeursfoto.

Vir die kwistige ploeg met ander se kalwers as dit by taal en woordgebruik kom, baie dankie aan die webtuiste www.watkykjy.co.za en Lebo Motshegoa, skrywer van *Township Talk*, die eerste woordeboek vir iScamto – die slengtaal wat die jeug in swart woongebiede gebruik.

Ander bronne: Alice Miller se *For Your Own Good: Hidden Cruelty in Child-rearing and the Roots of Violence* (www.fsgbooks.com); *In ons bloed*, saamgestel deur Hilton Biscombe (Universiteit Stellenbosch, Syn Press); *Nog altyd hier gewees: die storie van 'n Stellenbosse gemeenskap* deur Hermann Giliomee (Tafelberg); *Spots of a Leopard: On Being a Man* deur Aernout Zevenbergen (www.laughingleopard.co.za); *Home Invasion* deur Rudolph Zinn (Tafelberg); *Baba: Men and Fatherhood in South Africa* deur Linda Richter en Robert Morrell (HSRC Press); *Teenage Tata: Voices of Young Fathers in South Africa* deur Sharlene Swartz en Arvin Bhana (HSRC Press); *Fruit of a Poisoned Tree: A True Story of Murder and the Miscarriage of Justice* deur Antony Altbeker (Jonathan Ball); *Iron John: Men and Masculinity* deur Robert Bly (www.randomhouse.co.uk)

Laaste, maar nie die minste nie, my liewe Hollander, Rien van Gils. Vir die lankmoedigheid, die geduld, die wysheid en die ruimte.

Dankie vir alles.